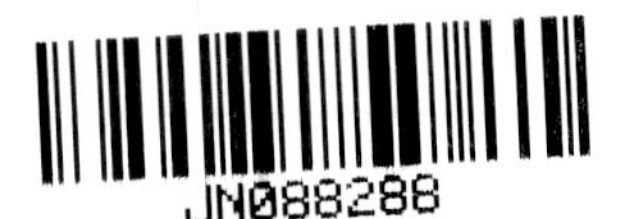
JN088288

河出文庫

フリアとシナリオライター

マリオ・バルガス＝リョサ
野谷文昭 訳

河出書房新社

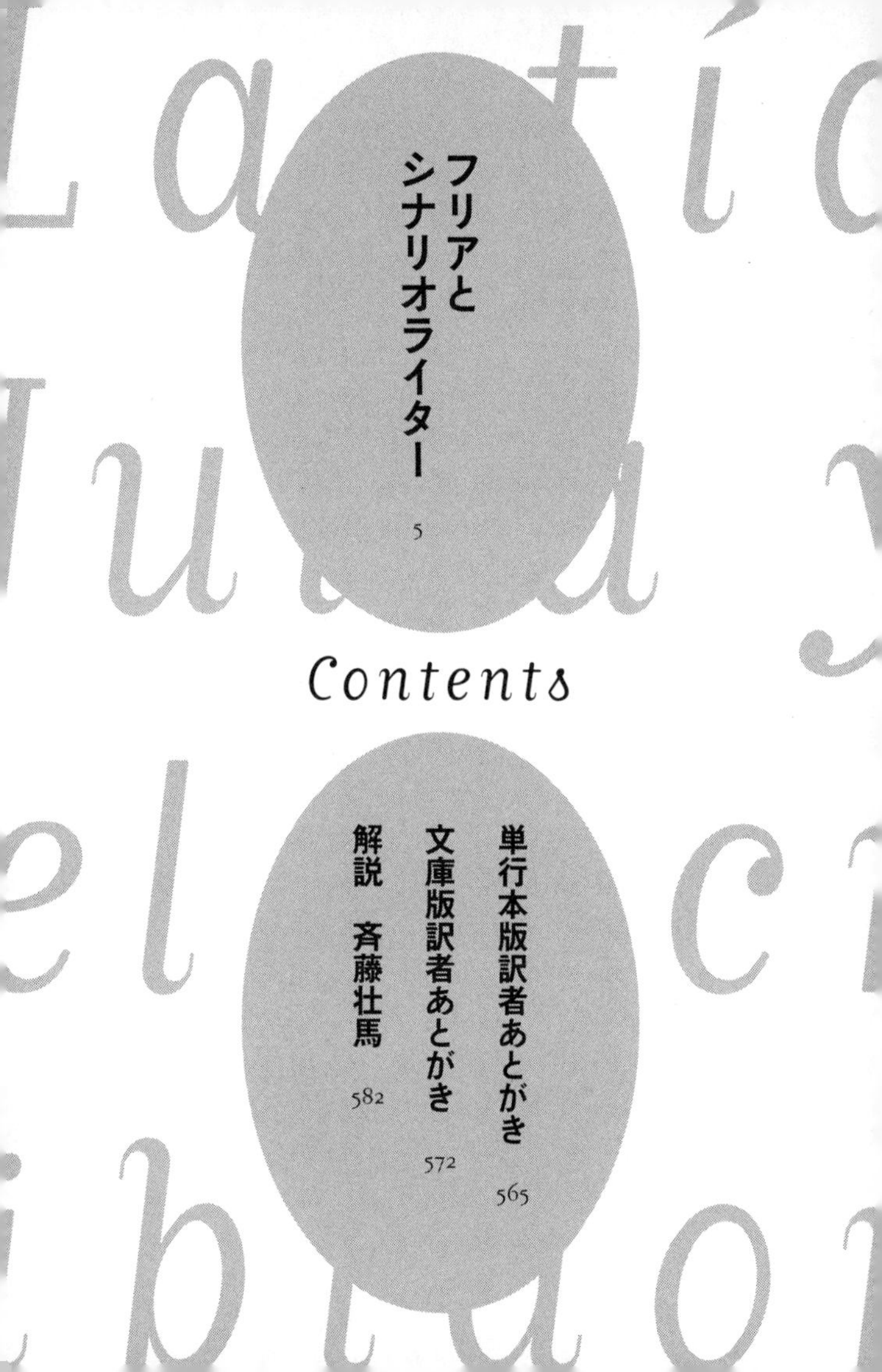

Contents

フリアとシナリオライター
La tía Julia
y el escribidor
Mario Vargas Llosa

フリア・ウルキディ＝イリャネスに捧げる。
私とこの小説は彼女に多くを負っている。

僕は書く。僕は書く、と僕は書く。頭の中で、僕には、自分が僕は書く、と書くところが見え、自分が書くのを見ている僕を見ることもできる。僕はすでに、自分が書いているところを思い出せるし、書いているのを見たことも思い出せる。それに、自分が書くのが見えることを思い出している僕が見え、僕は書いていたと、そして僕は書いていたと僕は書く、と僕は書いていたと、自分がそう書くのを見たことを僕は思い出していたと、自分がそう書くのが僕には見えていたと、自分がそう書くのを見たのを思い出すと、自分がそう書くのを見ながら僕は書く。また、僕は書く、と自分がそう書くのが見える、とそう自分が書いているところを僕は想像していた、とそう僕は書いたと自分が書いているところを想像するだろうということをすでに書いた僕が書いているところを想像することも僕にはできる。

サルバドール・エリソンド『書くことを書く男』

1

もうずいぶん昔のことだ。当時僕はまだとても若く、ミラフローレス地区のオチャラン街にある白壁の屋敷に祖父母とともに住んでいた。サン・マルコス大学の法学部に籍を置いてはいたけれど、いずれ何らかの自由業で食べていかざるをえないことを覚悟していたと思う。もっとも心の底では、作家になることを望んでいた。その頃僕はラジオ・パナメリカーナで働き、報道部長という派手な肩書きにそぐわないささやかな報酬を得ていた。それでも職場では自分勝手なことができたし、勤務時間も融通(ゆうずう)がきいた。仕事の内容は、各新聞から面白そうな記事を拾い出し、適当に手を加えてニュース番組用の原稿に仕立てるというものだった。僕の下で編集に携っていたのは、パスクアルという髪を整髪料で塗り固めた青年で、彼は大惨事が三度の飯より好きだった。ニュースは正時ごとに一分間流されたが、十二時と夜九時の〈エル・パナメリカーノ〉だけは十五分過ぎに始まった。いずれにしても、何回分かを一度に準備しておけたので、僕は外に出ては長いこと街を歩き回り、コルメナ街でコーヒーを飲んだり、ときには大学に顔を出したり、僕たちの仕事場より活気のあるラジオ・セントラルに寄ったりしたものだった。

二つの放送局は同じオーナーが経営し、サン・マルティン広場から目と鼻の先のベレン街に隣り合うようにしてあった。似ているところは何ひとつなく、むしろ悲劇に登場する姉妹のように、一方は気品を備えているのにもう一方は欠点だらけで、実に対照的だった。ラジオ・パナメリカーナは真新しいビルの二階と屋上を占めていて、スタッフも番組も野心的で、スノッブでコスモポリタン的な雰囲気を備え、モダンであること、若々しいこと、そして貴族的であることを売り物にしていた。アナウンサーはアルゼンチン人ではなかったが（ペドロ・カマーチョならそう言ったに違いない）、そうであってもおかしくはなかった。溢れんばかりのジャズとロック、それにクラシックを少々という具合に音楽を盛んに流し、ニューヨークやヨーロッパの最新ヒットをいち早くリマに紹介した。だからといって、ラテンアメリカの音楽をないがしろにしたわけではない。ただし最低限の洗練度が常に要求され、国産ならば厳選された上で〈ワルツ〉のレベルの音楽のみが電波に乗った。〈歴史を作った人々〉〈世界は今〉といったいくぶんのんびりした知的番組がある一方で、〈クイズコンテスト〉〈有名人への大ジャンプ〉のような軽いノリの番組もあったけれど、度を超すばかばかしさや俗っぽさに陥ることはできるだけ避けようとする意志のようなものが窺えた。パスクアルと僕が受け持っていた報道部があること自体、文化に対する配慮のひとつの証だった。報道部のオフィスは屋上に建てられた木造の小屋で、そこからは点在するごみ捨て場や、リマの家々にまだ残るコロニアルスタイルの窓が見えた。屋上の小屋へはエレベーターが通じていたが、いつも着く前に扉が開いてしまうという恐ろしい代物だった。

　それにひきかえ、ラジオ・セントラルの方は、中庭や迷路のような廊下がたくさんある古い屋敷にちんまり納まり、スラングを連発するアナウンサーの悠長な喋り方を聞くだけで、その大衆性と郷土色が感じとれた。ニュースはほとんど扱わず、ペルー中心のアンデス音楽が幅を利かせていた。インディオの大物歌手が公開番組に出演することもちょくちょくあり、そんな日は何時間も前から人々が入口に群がっていた。ブラジルやカリブ、メキシコ、アルゼンチンの音楽も盛んに流し、とくにユニークなところもなく、単純で、誰にでも受け入れられる番組だった。たとえば〈電話リクエスト〉〈誕生日にはセレナーデ〉〈コメディー界の噂〉〈セルロイドと映画〉といった具合だ。しかしなんと言ってもメインはラジオ劇場で、放送される回数もさることながら、高聴取率を得ていることが、あらゆる調査によって裏づけられていた。

　その種の番組は一日に少なくとも六回は放送され、マイクに向かう声優たちの様子をこっそり見るのが僕の大きな楽しみだった。落ち目を迎え食うに困った惨めな男優や女優の若々しく優しい透明な声と、彼らの皺だらけの顔や無愛想な口、くたびれた目は、あまりにも大きくかけ離れていた。熱帯魚の水槽みたいなスタジオの中で、台本を両手にマイクを囲み、「アルベアル家の人々」の第二十四回を始めようとする声優たちをガラス越しに指さしながら、ヘナロ・ジュニアは予言めいたことを言った。「ペルーにテレビが普及したら、連中は自殺するしかないだろうよ」。実際、ルシアノ・パンドの声にほろりとする主婦たちが、彼の丸くなった背中とやぶにらみを目にしたとしたら、ホセフィナ・サンチェスの甘い囁(ささや)きに若かりし頃を思い出す年金生活者たちが、彼女の二重顎や口髭(くちひげ)、絶えずぴくぴく動く耳や浮き出た血管を目にしたとしたら、さぞかし幻滅したことだろう。けれどテレビがペルーにやってくるのはまだ遠い先のことで、ラジオ劇場の数ある番組の人気は当分安泰のようだった。

いくつもある連続ドラマの台本を書いているのは誰なのかということに、僕はかねがね興味を抱いていた。というのも、祖母は午後の放送を何より楽しみにしていたし、ラウラ叔母さん、オルガ叔母さん、ガビイ叔母さん、そして何人もの従姉妹(いとこ)たち（ミラフローレスのあちこちに住んでいた仲のよい親戚）の家に行くたびに、ラジオ劇場の話をさんざん聞かされたからだ。それが国産だとは思っていなかったけれど、ヘナロ親子がシナリオをメキシコでもアルゼンチンでもなくキューバから買っていると知って驚いた。シナリオを製作していたCMQは、ゴアル・メストレが君臨するラジオ＝テレビ業界の一大帝国だった。メストレは白髪の紳士で、リマを訪れた折に傘下のオーナーたちを従え、スタッフ一同の畏敬に満ちた眼差(まなざ)しを浴びながらラジオ・パナメリカーナの廊下をのし歩く姿を見かけたことがあった。キューバのCMQの噂は、局のアナウンサーや司会者、技師たちからずいぶん聞かされていたので——映画に関わる人間にとってのハリウッドと同様に彼らにとってそれは神話の部類に属するものだった——僕とハビエルも〈ブランサ〉でコーヒーを飲みながらひとしきり空想にふけったものだ。ヤシの樹、楽園を思わす海岸、ギャングと観光客の遥かなるハバナ、そこにあるゴアル・メストレの要塞の冷房のきいたオフィスで、作家の軍団が消音タイプライターの前に座り、一日八時間、不倫、殺人、情熱、出会い、相続争い、献身、偶然のいたずら、犯罪の物語を洪水のごとく量産しているにちがいない。そうして出来上がったシナリオがカリブの島国からラテンアメリカ全体に輸出され、それぞれの国のルシアノ・パンドやホセフィナ・サンチェスの声によって演じられ、どの国でも祖母や叔母や従姉妹、年金生活者たちの午後をときめかせているのだった。

ラジオ劇場の台本は、ヘナロ・ジュニアが電報で注文し、目方で買っていた（あるいはむしろCMQが売っていた）。僕はそれをヘナロ・ジュニアから直接聞いたのだが、放送前に彼か兄弟か父親が台本に目を通すのかどうかを尋ねると彼は驚いてこう言った。「君なら七十キロの紙の束を読めるとでもいうのかい」。彼は反論したが僕を見る眼差しは好意的で慇懃さが感じられた。その眼差しはインテリである彼にふさわしいものだったが、エル・コメルシオ紙の日曜版に僕の短篇小説が載っているのを知って以来、僕のことを知識階級の一員として扱ってくれていた。「どのくらい時間がかかると思う。ひと月かそれともふた月か。ラジオドラマを一本読むのに二ヶ月もかけられる人間なんていやしない。運を天に任すのさ。幸い奇跡の神は今のところ我々を守ってくれている」。うまくすれば広告代理店や同業者、友人を通じて、配給された台本がそれまでにいくつの国で買われ、どのくらいの聴取率を上げたかあらかじめ調べがつくこともあった。最悪の場合は、タイトルで判断するかコインを投げて決めていた。台本が目方で売られたのは、ページ数や単語数で値段を決めるよりもごまかしが少ない方法だったからだ。こちらで確認するにはその方法しかなかった。「それもそうだ」とハビエルは言っていた。「読む時間がないのなら、単語を全部数える時間なんてあるわけがない」。六十八キロと三十グラムの小説の値段を牛肉やバターや卵のように秤(はかり)で決めるという考えを彼はえらく面白がった。

しかしこのシステムはヘナロ親子にとって、厄介の元でもあった。テキストはキューバ訛(なま)りだらけで、毎回放送直前に、声優のルシアノやホセフィナ自身がスタッフともども、できるだけ(うまくいった試しがなかったが)ペルーのスペイン語らしくなるよう手直しする必要があった。また、タイプ打ちされた紙の束が、ハバナからリマに運ばれる途中、船倉や飛行機のトランクや税関で傷(いた)んだり、何章かがそっくりなくなったり、湿気にやられて読めなくなったり、行方不明になるかと思えば、ラジオ・セントラルの食庫でネズミにかじられることもあった。しかも、父親の方のヘナロが台本を配るときになって初めてそれが分かるので、日常茶飯事のようにパニックが起きた。そんなときは消えてしまった章を勝手に飛ばして済ませることもあったが、のっぴきならない場合には、ルシアノ・パンドかホセフィナ・サンチェスを一日だけ病気にしてしまい、浮かせた二十四時間の間に継ぎはぎをしたり、デッチ上げたり、傷が大きくならないようにしながら削除したりして、失われた何グラムか何キロかの穴埋めをした。おまけにCMQの台本は値が張ったから、ペドロ・カマーチョの存在とそのすばらしい才能を見つけ出したとき、ヘナロ・ジュニアが有頂天になったのも当然のことだった。

ヘナロ・ジュニアがそのラジオ界きっての天才の話をしてくれた日のことはよく覚えている。フリア叔母さんに初めて会ったのが同じ日の昼だったからだ。彼女はルーチョ叔父さんの義理の妹にあたり、前の晩にボリビアからリマへやってきたところだった。ちょっと前に離婚したばかりだった彼女は、しばらくのんびりして結婚の失敗という痛手から立ち直ろうと、姉のオルガ叔母さんを訪れたのだ。「本当は新しい旦那を探しに来たのよ」身内が集まった折に、誰よりも口の悪いオルテンシア叔母さんがそう言った。僕は、木曜日はいつもルーチョとオルガの叔父夫婦の家で昼食をとる習慣だったのだけれど、その日行ってみると二人ともまだパジャマ姿のままで、ムール貝のチリソース煮と冷たいビールで二日酔いを紛らせていた。着いたばかりのフリア叔母さんと明け方まで噂話に花を咲かせ、三人でウイスキーを一本空けてしまったのだ。みんな頭痛がするらしく、ルーチョ叔父さんはこれでは仕事にならないとこぼし、オルガ叔母さんは土曜日でもないのに徹夜をするなんてみっともないと言っていた。到着後間もない彼女は、素足にガウン、髪にはカーラーを巻いたまま、スーツケースの中身を出しているところだった。ビューティークイーンに間違えられることなど決してなさそうな格好を僕に見られても、少しも気にならないらしかった。

「じゃあ、あなたがドリータの息子なのね」彼女は僕の頬にキスしながら言った。「もう高校は卒業したんでしょ？」

　僕は無性に腹が立った。当時僕は、あいかわらず人を子供扱いし、実際の僕つまり十八歳の一人前の男としては認めてくれない身内の人間たちに、いささか反発を覚えていた。とりわけ「マリオちゃん」と呼ばれると僕はひどく苛立った。「ちゃん」づけされると、半ズボンを穿いていた頃に引き戻される気がしたからだ。

「もう法学部の三年で、ジャーナリストとして働いてもいるんだ」ルーチョ叔父さんは彼女にそう説明しながら、ビールを注いだグラスを僕に差し出した。

「本当のところ、いまだに赤ちゃんみたいな気がするんだもの、マリオちゃん」フリア叔母さんが止めを刺した。

　食事の間ずっとこんな調子で彼女は僕に質問を浴びせ続けた。好きな女の子はいるのか、パーティーへは行くのか、どんなスポーツをしているのか。大人が知恵遅れの人間や子供を相手にするときの優しい調子だった。そして、故意にか無邪気にかは分からなかったが、やはり僕にはこたえる意地悪な言い方でアドバイスしてくれた。髭が生やせるようになったらすぐに口髭を蓄えるといいわ。褐色の肌にはよく似合うし、女の子と付き合うのに役立つはずよ。

「こいつは女の子にも、馬鹿騒ぎにも興味がないんだ」ルーチョ叔父さんが言った。

「インテリなのさ。エル・コメルシオの日曜版に短篇小説がひとつ載ったんだ」

「危ないわ、ドリータの息子ったらあっちの気があるかもよ」フリア叔母さんは笑った。僕は思わず彼女の前の夫に連帯したい気持ちになった。けれど笑顔を作り、取り合わなかった。彼女は昼食の間休むことなくぞっとしないボリビアのジョークを連発し、僕をからかい続けた。ところがこちらが帰ろうとすると、自分の仕打ちを済まなく思ったのだろう、映画が好きなのでいつか夜付き合ってほしいと親しげな調子で言った。

　ラジオ・パナメリカーナにはぎりぎり間に合った。もしも遅れていたら、パスクアルは三時の放送を、ウルティマ・オラ紙が伝えた、ラワルピンジィの異国情緒溢れる街でくり広げられたという墓掘り人夫とハンセン病患者の壮絶な戦いのニュースで埋めつくすことになっただろう。四時と五時のニュースの仕込みも終えて、〈ブランサ〉へコーヒーを飲みに行こうと外に出た。ラジオ・セントラルの入口の前を通りかかるといやに機嫌のいいジュニアに出くわした。「すごい話があるんだ」。そう言うと彼は僕の腕をつかみ〈ブランサ〉まで引っ張って行った。仕事で二、三日ラパスに行っていた彼は、むこうで例のマルチ人間――ペドロ・カマーチョ――に実際に会ってきたのだった。

「いや、人間どころか、ありゃ工場だ」彼は称賛の念をこめて自分の言葉を訂正した。

「ボリビアで演る芝居はどれもこれも彼が書いたものだし、おまけにひとつ残らず自分で出てる。それにラジオ劇場だって全部書いてる上に監督、主演までこなしてるんだ」

しかしジュニアにとって印象的だったのは、ペドロ・カマーチョの八面六臂（はちめんろっぴ）の活躍よりもその人気だった。ラパスのサアベドラ劇場で噂の男を見るために、彼はチケットを二倍の値段で買わなければならなかったのだ。

「まるで闘牛だ、わかるか」彼はあらためて驚いてみせた。「誰がリマで劇場を一杯にできた？」

彼の話では、ラジオ・イジマニの玄関で、アイドルのサイン欲しさに少女やご婦人方、老女たちがひしめき合うのを二日続けて見たという。またマッキャン・エリクソン社のラパス・オフィスは彼に、ボリビアのラジオ番組の中でペドロ・カマーチョのラジオ劇場が最も高い聴取率を取っていることを請け合った。ジュニアは、そのころ革新的プロモーターと呼ばれ始めたビジネスマンのひとりだった。彼の興味は名誉よりも仕事で、ナショナル・クラブの会員ではなかったし、会員になりたいという欲さえなかった。彼は誰とでも仲よくなることができた上にそのバイタリティーときたら周りの人間がくたびれてしまうほどだった。とにかく決断が速く、ラジオ・イジマニを訪れた後すぐに、ラジオ・セントラルとの独占契約を条件にしてペルーに来るよう、ペドロ・カマーチョを説き伏せたのだった。

「別に苦労はしなかったよ。向こうじゃろくに食わせてもらってなかったからね」と彼は説明した。「奴（やっこ）さんにはもっぱらラジオ小説を手掛けてもらうつもりだ。これでＣＭ

Qの鮫どもと縁が切れるぞ」

　僕は彼の甘い考えにけちをつけるつもりでこう言ってやった。ボリビア人がいけ好かないということは自分が確認したばかりであり、ペドロ・カマーチョはラジオ・セントラルのスタッフ全員とうまくいかないだろう、彼のボリビア訛りはリスナーにとって耳障りとなり、ペルーのことを知らないために次から次へとへまをやるはずだ、と。ところがジュニアときたら僕の悲観論など馬の耳に念仏で、にっこり笑うとこう言った。ペドロ・カマーチョはこの国に来たこともないのに、リマはバホ・エル・プエンテ生れの下町っ子みたいにしゃべる。s（エセ）もrr（エーレ）も発音しない彼のリマ訛りはビロード並みになめらかだ。

「ルシアノ・パンドや男の声優たちはみんなで奴を袋だたきにするかもしれないな。美人のホセフィナ・サンチェスなんか奴を手込めにしかねないぞ」ハビエルはそんなことを想像した。

　屋上の小屋でタイプを打ち、エル・コメルシオ紙やラ・プレンサ紙の記事の形容詞、副詞を別の言葉に代えて、お昼の〈エル・パナメリカーノ〉用の原稿を作りながら、僕はハビエルと話をしていた。ハビエルは無二の親友で、僕たちは互いの無事を確かめるために、ほんのわずかな時間でも毎日顔を合わせることにしていた。彼は何かにつけ感動する男で、今の感動とさっきの感動が矛盾することもしばしばだったが、感動そのものはいつも本物だった。カトリック大学文学部では、彼ほど勉強熱心で、巧みに詩を読み込み、難解な文章を鋭く評釈できる学生はいまだかつて現れたことがないと言われたスターだった。当然ながら、見事な論文を書いて卒業し、優れた教授にして、優れた詩人か批評家になるであろうことは、誰の目にも明らかだった。ところがある日、何の説明もなく書きかけの論文を放り出すと、文学とカトリック大学に見切りをつけ、サン・マルコス大学の経済学部に入学してみんなをがっかりさせたのだった。どうして文学をやめてしまったのかと尋ねられるたびに、彼は、自分が書いていた論文に目を覚まされたのだと告白した（あるいは冗談を言った）。論文のタイトルは「リカルド・パルマにおける格言」となるはずだった。諺を拾い集めるために、彼は虫眼鏡を使って『ペルー伝説集』を読まなければならなかった。良心的で几帳面な彼は、調査事項をびっしり書きこんだカードで大きな箱を一杯にした。ところが、ある朝、空き地でそのカード入りの箱を燃やしてしまい——彼とは燃えさかる資料の周りでアパッチ族の真似をして踊った——文学を憎むことを決意した。そしてついに文学より経済学の方がましだと考えるようにさえなったのだった。その彼は当時中央貯蓄銀行で実習中だったのだけれど、何かしら口実を見つけては、毎朝ラジオ・パナメリカーナまでやってきた。そして悪夢のような格言研究の後遺症で、意味もなく諺の雨を降らせた。

ボリビア人のフリア叔母さんが、ラパスに住んでいたにもかかわらず、ペドロ・カマーチョの噂を耳にしたことがなかったのには驚かされた。でも彼女が打ち明けたところによれば、ラジオ小説など聞いたことがなく、アイルランド人のシスターが経営する高校を卒業する年に（「何年前かなんて聞かないでね、マリオちゃん」）、歌劇『ラ・ジョコンダ』の「時の踊り」で〈黄昏〉を踊って以来、一度も劇場に足を踏み入れたことがなかったのだそうだ。僕たちはアルメンダリス大通りの端にあったルーチョ叔父さんの家から、バランコ座に向かって歩いていた。その日の昼、彼女はとてもずるい手を使って、自分が誘われたことにしてしまった。彼女がリマに着いてから一週間後の木曜日だった。またボリビア的ジョークの餌食になりそうなので僕は気が進まなかったのだけれど、毎週御馳走（ごちそう）になる昼食を逃したくなかったのだ。それに、ことによると彼女に会わなくても済むのではないかと期待してもいた。なぜなら、前の晩――水曜の夜はいつもガビイ叔母さんの家へ行くことになっていた――オルテンシア叔母さんがこんな打ち明け話をするのを聞いたからだ。

「フリアったらリマへ来て最初の一週間に、もう四人の男と出かけてるのよ。しかも一人は女房持ち。まったく、バツイチ女は手がつけられないわ」

お昼の〈エル・パナメリカーノ〉の準備を終えてルーチョ叔父さんの家に着くと、彼女はまさにそんな求愛者の一人と一緒だった。居間に入ってその光景を目にした僕は、復讐（ふくしゅう）が果たせると思い嬉（うれ）しくなった。時代遅れのスーツに蝶ネクタイ、襟にカーネーションという噴飯ものの派手な格好で彼女の隣りに座り、したり顔で彼女を見つめていたのが祖母の従兄弟（いとこ）にあたるパンクラシオ伯父さんだったからだ。はるか昔に妻に先立たれ、がに股で歩く彼は、人前でも平気でメイドの体に触るので、一族の間で評判が悪かった。白髪を染め、銀鎖の懐中時計を持った彼は、毎日午後六時になるとラ・ウニオン通り界隈の街角で通りかかるOLたちを冷やかすのだった。「お手柄ですね、叔母さん」。彼女は振り向くと片目をつぶり、頷いて見せた。パンクラシオ伯父さんは自分が得意とするペルー音楽について蘊蓄を傾けた後で――親戚内でお祝いがあると、きまって箱の形をしたカホンという楽器を独りで叩きまくるのだった――彼女の方を向き、猫みたいに取り澄ましてこう言った。「ところで、いつも、我が国の音楽の聖地、ラ・ビクトリアに〈フェリーペ・ピングロとその仲間〉が集まるんだ。どうだね、ひとつ本物のペルー音楽を聴いてみる気はないかね」。するとフリア叔母さんは僕を指さしながらすこしもためらわずに答えた。「とても残念なんだけれど、今夜はマリオちゃんに映画に誘われてるの」。彼女の顔があまりに悲し気だったので、その言葉は僕にとって非難はおろか侮辱に聞こえさえした。「若い者に譲るとするか」。パンクラシオ伯父さんはスポーツマンのように引きさがった。彼が帰った後、オルガ叔母さんが彼女にこう訊いてくれたので、僕は救われたと思った。「映画のことはあのスケベじじいから逃れるためのただのでまかせでしょ？」ところがフリア叔母さんは、その見方を強く否定した。「そうじゃないわ、姉さん。バランコでやってる映画をどうしても観たいの。でもそれ、女性だけじゃ観に行けない映画なのよ」。そう言うと彼女は、こちらの夜の予定はどうなるのだろうと聞き耳を立てていた僕の方を振り向き、心憎いことを言って僕を安心させた。「お金のことなら心配しなくていいのよ、マリオちゃん。おごるわ」

　こうして僕たちは暗いケブラーダ・デ・アルメンダリス通りを抜けると広々としたグラウ大通りに沿って歩き、『母と愛人』というタイトルのなんともぞっとしないメキシコ映画を観に行ったのだった。

「離婚した女にとって最悪なのはね、そういう女にはちょっかいを出すべきだと、男たちが揃いも揃って信じていることじゃないのよ」と彼女は僕に打ち明けた。「そうでなく、離婚した女なんだからもうロマンチックなことなんて必要ないと考えることなの。もはや恋愛の対象と見てはくれないし、優しい言葉を囁いてもくれないわ。いきなり品のない言葉で言い寄ってきて、人を罠にはめようとするの。だから誰かに踊りに誘われるより、あなたと映画に来る方を選んだのよ」

　僕は、自分に白羽の矢が立ったことのお礼を言うと、彼女はそこに込められた皮肉に気づかずにこう続けた。

「離婚した女はみんな街娼同然だと思うなんてすごく馬鹿げてるわ。おまけに、頭の中にあるのはあれをすることだけ。それより、素敵なのは恋に落ちることなのに。でしょ？」

　そこで僕は彼女に説明してやった。恋なんて存在しない、それはペトラルカというイタリア人やプロヴァンス地方の吟遊詩人が考え出したもので、情動の純粋なほとばしり、感情の純粋な発露と考えられているが、実はさかりのついた猫の本能的欲望を文学的神話や美辞麗句でくるんだものにすぎないのだ、と。僕自身は少しも信じていなかったのにそんなことを言ったのは、ただ彼女の気を惹(ひ)いてみたかったからだ。けれどフリア叔母さんは僕の恋愛＝生物学理論を眉唾物と思ったらしかった。あなたはそんな馬鹿げたことを本気で信じてるの？

「僕は結婚という形態には反対でね」僕はできるだけ学者っぽい調子で言った。「いわゆる自由恋愛を支持しているんだ。しかし、欺瞞(ぎまん)的でない言い方をするならそれは単に自由交接と呼ぶべきかもしれないな」

「交接ってあれをすること？」彼女は声を上げて笑った。だが、たちまちがっかりした顔になった。「私が若い頃は、男の子たちはそれぞれの行の頭の文字を合わせると言葉が現れる詩だとか花を女の子に贈ったものだし、キスだって何週間も経(た)ってから初めてしたものよ。なのに今の若い子たちの恋愛ときたら、ひどく安っぽいものになっちゃったわね、マリオちゃん」

　切符売場でどちらが料金を払うかを巡りあやうく喧嘩(けんか)になりかけた。そしてドロレス・デル・リオが一時間半にわたって嘆き悲しみ、抱き合い、喜び、涙を流し、髪を風になびかせて森の中を走るのを辛抱強く観た後で、僕たちは霧雨(ガルア)に頭と服を湿らせながら、今度も歩いてルーチョ叔父さんの家に戻った。その途中、僕はふたたびペドロ・カマーチョのことを話題にした。本当に彼の噂を聞いたことがないの？　ヘナロ・ジュニアの話だと、彼はボリビアの有名人だそうだよ。いいえ、そんな人、名前すら知らないわ。そこで僕は、ヘナロ・ジュニアが一杯喰(く)わされたか、そうでなければ〈ボリビアのラジオ小説工場〉という触れ込みは、無名の物書きを売り出すために彼がでっち上げたのではないかと思った。それから三日後、僕は生身のペドロ・カマーチョを知ることになった。

　そのとき僕は、父親の方のヘナロと一悶着(ひともんちゃく)起した直後だった。大惨事に目がないパスクアルが、十一時のニュースをイスパハンで起きた地震に関する情報で埋め尽してしまったのが原因だ。大ヘナロが腹を立てたのは、巣を失くして猛(たけ)り狂った蛇の群れがシューシュー音を立てながら一斉に地表に這(は)い出して、崩れた家から逃れたペルシャ人に襲いかかったことについて事細かに伝えるために、パスクアルが他のニュースを葬り去ったからではない。その地震が起きたのが一週間前だったからだ。大ヘナロが頭に来るのも無理はないと思ったので、僕はパスクアルの無責任ぶりを責めてやった。どこからあの記事を拾ってきたんだ？　アルゼンチンの雑誌からです。なぜああいう馬鹿をやった？　今日はめぼしいニュースがひとつもなかったからです、地震の話は少なくとも面白いと思いました。そこで僕は、二人が給料をもらっているのはその日のニュースを簡潔に伝えるためであって、聴き手(リスナー)を楽しませるためではないことを説明した。するとパスクアルは、それはそうだというように頷いてから、こちらが反論しようのないことを言った。「結局、僕とあなたではジャーナリズムに対する考え方が違うんですよ、ドン・マリオ」。人が目を離すたびに、そのとんでもない考え方を実行に移された日には、二人ともたちまちお払い箱になるぞと応えようとしたそのとき、仕事場の戸口に突然人影が現れた。背が低いのにもほどがあるというくらい小さくて華奢なその男は、鼻が大きく、異様なまでに生き生きとした目には並はずれた何かが感じられた。どう見ても着古しの黒の三つ揃いに身を包み、シャツと蝶ネクタイには染みがついていたものの、その姿には、糊の利いたフロックコートを着て山高帽をぴしっとかぶり、しゃちほこばっている古い写真の紳士のような気取りと厳めしさがあった。つやつやした真っ黒な髪の毛を肩まで伸ばし、歳は三十から五十までのいくつであってもおかしくはなかった。姿勢、物腰、表情がひどく不自然なために、見たとたん操り人形を連想させる彼は、僕たちに深々と頭を下げると、外見と同様ただならぬ厳めしさを感じさせる調子でこう切り出した。

「諸君、すまないがタイプライターをいただきたいので協力してくれたまえ。優れているのはどっちかな」

そう言いながら僕のタイプとパスクアルのを交互に指さした。仕事をサボってはラジオ・セントラルにちょくちょく顔を出していたお陰で、顔と声が一致しないことには慣れていたけれど、あまりに貧弱な体つきの小男が、完璧な発声法でしっかりした美しい声を出せるのにはびっくりした。その声は文字をひとつ残らず明瞭に発音するばかりでなく、音の粒子や原子さえも損なわないかのように聞こえた。自分の容姿や厚かましさそして声が僕たちを仰天させたことに気づきもしない彼は、早速二台のタイプライターを、まるで匂いでも嗅ぐような仕草でもって点検し始めた。そしてついに僕の使っていた年代物の馬鹿でかいレミントンを選んだ。それは時の経過などにはびくともしない、霊柩車みたいなやつだった。先に反応したのはパスクアルだった。

「あんたは泥棒か、でなきゃ一体何なんだ？」そう非難するのを聞いて、僕は彼が地震の件の埋め合せをしようとしていることに気づいた。「報道部からタイプを取っていく気か？」

「君の報道部より芸術の方が大事なのさ、腕白小僧」そう言って男は、自分が踏んづけた動物を見るような目でパスクアルをじろっと見やると、次の動作に移った。僕同様明らかに「腕白小僧」の意味を測りかね、目を白黒させているパスクアルの真ん前で、闖入者はレミントンに手を掛けた。そして、役立たずのくせに図体ばかりがやたら大きいタイプライターを渾身の力を込めて持ち上げた。すると首に青筋が立ち、いまにも目玉が飛び出しそうになった。顔がざくろ色に変り、狭い額には汗が滲んだ。だがそれでもあきらめようとはしなかった。彼は歯を食いしばり、体を小刻みに震わせながら、ドアに向かって二、三歩進んだのだ。しかし、ついに重さに耐え切れず、タイプともども床にへたりこんでしまった。そしてパスクアルの机にレミントンを載せると、しばらく息をはずませていた。その有様を見て、僕とパスクアル（彼はこめかみに指を当て、「狂っている」という仕草を繰り返した）はニヤニヤしていた。なのに彼は、笑われていることなど気にもせず、呼吸が整うやいなや、人を咎めるような厳しい調子でこう言った。

「さあ諸君、怠けずに少しばかり人道的協力を頼む。私に手を貸してほしいんだ」

そこで僕は、気の毒だが、そのレミントンを運び出すにはまずパスクアルの屍を、次に僕の屍を踏み越えねばならない、と言ってやった。すると小男は、奮闘したためにいくらか曲がってしまった蝶ネクタイを直した。ユーモアをまるで解さないのか、僕の不意を突く返事に対して不愉快そうに顔をしかめると、もったいぶった様子で頷きながらこう言った。

「紳士は決して決闘を断ったりしないものだ。諸君、時間と場所を」

けれど仕事場にヘナロ・ジュニアが現れたお陰で、決闘へと発展しそうな気配を見せた状況に終止符が打たれた。彼は頑固者の小男が顔を紫色にして再びレミントンを両腕に抱えようとしたときに入ってきたのだった。

「ちょっと待て、ペドロ、私が運んでやる」そう言うと、ヘナロ・ジュニアは彼からタイプライターをマッチ箱のようにひょいと取り上げた。そして僕とパスクアルの顔つきから、何らかの説明が必要であることを悟ると、二人を慰めるように明るい調子でこう言った。「誰かが死んだわけじゃあるまいし、しょんぼりすることはない。タイプなら親父がすぐに補充してくれる」

「僕たちはいつだって味噌っ滓じゃないですか」。僕は虚勢を張って嚙みついた。「こんな薄汚い部屋に押し込められた上に、この間僕の机が経理課に持っていかれたと思ったら、今度はレミントンまで。しかも何の断りもないときてる」

「この男ときたらまるで泥棒みたいなんです」パスクアルが加勢した。「突然ここへ入ってきて、我が物顔に振舞うんだから」

「同僚同士の内輪もめは控えてくれ」賢王ソロモンよろしくジュニアが言った。彼はレミントンを肩に担いでいた。そのとき僕は、小男の背がちょうどジュニアが着ている上着の襟の高さであることに気づいた。「親父が来て紹介したんじゃなかったのか。それなら私が紹介しよう。これですべて丸く収まる」

そのとたん小男は機械仕掛けのような動作で小さな腕を素早く伸ばし、僕の方に二、三歩歩み寄ると、子供のような手を差し出した。そして今度は深々と頭を下げると、美しいテノールでこう名乗った。

「貴君の友人、ボリビア生れのアーティスト、ペドロ・カマーチョだ」

それから同じ動作、同じお辞儀、同じ言葉をパスクアルにも繰り返したのだが、見るからにひどく戸惑っている相棒は、小男がからかっているのか、いつもそんな調子なのか判断しかねていた。ペドロ・カマーチョは僕たちと大げさに握手を交わした後、振り返って報道部を見た。そして背後に巨人のように立って真剣な眼差しで彼を見つめているジュニアの前で、顔をしかめ、上唇を少し持ち上げて黄色い歯を見せた。戯画か妖怪を思わせるその笑顔をしばらく保った後で、彼は手品師が引き下がるときのような仕草をしながら、耳に快い調子でこう言って、僕たちをほっとさせた。

「私は根に持たないよ。他人の無理解には慣れてる。では諸君、また会おう」

そして、彼は、レミントンを担いでエレベーターに向かって大股に歩いて行く革新的プロモーターに追いつこうと小鬼のように跳ねながら仕事部屋の戸口から姿を消した。

2

　春の日差しに満ち溢れるリマの朝、夜明けとともにゼラニウムの花が燃え上がり、バラが芳香を放ち、ブーゲンビリアが咲き乱れる。そのころ、町で名うての医師、ドクトル・アルベルト・デ・キンテーロス――広い額、鷲鼻、鋭い眼差し、実直にして善良な心――は、サン・イシドロの広々とした屋敷で目を覚ますと、大きく伸びをした。カーテンの向こうでは生垣に囲われた、手入れの良い庭の芝生に陽光が降りそそぎ、空は澄み渡り、花々が咲き誇っていた。それらを見ながら、彼は八時間の深い眠りと穏やかな気分がもたらす爽快感を味わった。

　その日は土曜日で、三つ子を身籠った患者が産気づいて厄介なことが起きない限り診療所に出向く必要がなかったので、午前中、エリアニータの結婚式の前に少し運動をしてサウナでひと汗かく時間があった。妻と娘はヨーロッパでセンスを磨き、持ち衣装を一新している最中で、ひと月は帰らないはずだった。彼には莫大な財産と美貌――優雅な物腰に加え、鬢のあたりが白くなった髪や気品に満ちた風采が醸す魅力の前には、貞淑なご婦人たちでさえ、物欲しそうな視線を禁じえないほどだった――が備わっていたので、その気になれば、束の間の独身生活を思う存分楽しめただろう。ところがアルベルト・デ・キンテーロスは、賭事にも女性にもアルコールにも必要以上の興味を示さず、知人――群れをなすほどいた――の間ではこう囁かれていた。「学問に家族にジム通い、それがあいつの欠点だ」

朝食の支度を命じた彼は、準備が整う間に、診療所に電話を入れた。当直医の話では、三つ子の母親は何事もなく朝を迎え、線維腫の手術を終えた女性患者の出血も治まったようだった。彼はいくつか指示を与えると、重大事が起きた場合にはレミヒウス・トレーニングジムか、昼飯どきであれば弟のロベルトの家に電話するように言いつけ、午後には診療所に立ち寄るつもりであることを伝えた。使用人がパパイヤジュース、ブラックコーヒー、蜂蜜を塗ったトーストを運んできたときには、アルベルト・デ・キンテーロスはすでに髭を剃り終え、灰色のコーデュロイのズボンにヒールのないモカシンを履き、緑のタートルネックのセーターを着ていた。災害の記事やゴシップが載っている朝刊にざっと目を通しながら朝食を取ると、彼はスポーツバッグを手に家を出た。そしてしばらく庭で立ち止まり、飼犬のパックの頭を撫でてやった。すると甘えん坊のフォックステリアはいかにも愛情のこもった声で吠え、彼を見送った。

レミヒウス・トレーニングジムは、家から何ブロックと離れていないミゲル・ダッソ通りにあり、ドクトル・キンテーロスはそこまで歩いて通うのが好きだった。彼はのんびりと歩きながら、近所の人々と挨拶を交わしたり、立ち並ぶ家々の、その時間にはすでに水やりと生垣の刈り込みが済んでいる庭を覗いたり、カストロ・ソト書店に寄り道して、ベストセラーをあれこれ物色した。早い時間にもかかわらず、ダボリーの店の前にはくしゃくしゃの髪に開襟シャツ姿のいつもの少年たちがすでにたむろしていた。オートバイに跨ったり、スポーツカーのフェンダーに腰掛けた彼らは、アイスクリームを舐めながら冗談を交わし、夜のパーティーの計画を立てていた。彼らは礼儀正しく挨拶をしたが、ドクトル・キンテーロスが通り過ぎるやいなや大胆にも、その年齢や職業について忠告を浴びせる者がいた。それはジムで毎回言われる定番ジョークで、彼が辛抱強くかつ機嫌よく受けてきたものだった。「過労にならないようにしてくださいよ、先生。孫のことも考えないと」。ところがその忠告は、彼の耳にはほとんど聞こえなかった。というのも、パリのクリスチャン・ディオール社がエリアニータのためにデザインしたウェディングドレスを彼女がまとったらさぞかし美しいにちがいないと想像に耽っていたからである。

その朝ジムに人はあまりいなかった。インストラクターのココとウェイト・リフティングに凝っているネグロ・ウミージャ、ペリーコ・サルミエントの二人、つまりそこにあったのは、十人分に相当する筋肉の塊三つだけだった。まだウォーミングアップ中ということは、三人とも着いたばかりだったにちがいない。

「そら、コウノトリが飛んで来たぞ」ココが手を差し出した。

「何世紀も生きてきたくせに、まだ立てるのかい」ネグロ・ウミージャは手を振った。

ペリーコは舌を鳴らして指を二本立てただけだが、それは彼がいつもやるテキサス直輸入の挨拶だった。ドクトル・キンテーロスにはジムの仲間のざっくばらんでなれなれしい態度が心地良かった。裸でつき合い一緒に汗を流すことで、年齢も地位も消え去り分け隔てのない仲間意識が生まれるような気がした。そこで彼は、必要なときにはいつでも手を貸してやる、つわりが始まったり酸っぱいものが欲しくなったらすぐに診療所に来い、ゴム手袋でお前たちのプライバシーをほじくってやるぞと応えた。

「早く着替えてこい、そしてウォーミングアップだ」そう言うとココはもう定位置で縄跳びを始めていた。

「心臓麻痺が起きたってあんたは死なないよ、じいさん」とペリーコは、ココとリズムを合わせながら励ますように声を掛けた。

「中にサーファーがいるぞ」ロッカールームに入りかけると、ネグロ・ウミージャの声が聞こえた。

確かに、中には青いスウェットに着替えた甥のリチャードがいて、スニーカーを履いているところだった。まるでやる気のなさそうな彼は、あたかも手が布切れにでもなってしまったみたいで、眉間に皺を寄せ、心ここにあらずといった顔をしていた。彼を見つめていながらその青い瞳は虚ろで、反応がまったくなかったため、ドクトル・キンテーロスは彼の目が見えなくなってしまったのではないかと自問したほどだった。

「恋にでも落ちない限り、そこまで上の空ではいられないものだぞ」彼は近付くと、甥の髪の毛をくしゃくしゃにした。「お月様から降りて来いよ、リチャード」

「すみません、叔父さん」リチャードは我に返り、淫らなことをしているところを見つけられたかのように、顔を真っ赤にした。「考えごとをしてたものだから」

「どんな悪いことを考えていたのか、ぜひ知りたいものだな」ドクトル・キンテーロスは笑いながらバッグを開け、空いているロッカーを見つけると服を脱ぎ出した。「君の家はさぞかし取り込んでるんだろうな。エリアニータはぴりぴりしてるかい」

　リチャードが突然ある種の憎しみをこめた眼差しを向けたので、ドクトルは一体何がこの青年の気に障ったのだろうかと考えた。しかし甥は明らかに無理をして自然を装いながら、微苦笑を浮かべた。

「確かにてんやわんやの大騒ぎです。だから、時間までここで脂肪でも燃やすつもりで来たんです」

　ドクトルは、「絞首台に上がる時間までというわけだ」と付け加えてやろうかと思った。甥の声は憂いがこもって重く、靴ひもを結んでいるときの顔つきやぎこちない手つき、荒っぽい動作からも、彼の腹立ちや鬱積する不快感、動揺がありありと窺えた。目の動きも落ち着かず、開けたり閉じたり、どこかを見つめたかと思えばたちまち逸らし、また見つめては逸らすという具合で、あたかも決して見つからない何かを探しているようだった。彼はこの世で最もハンサムな若者、戸外で磨かれた若き神——冬の一番雨の多い時期でさえサーフィンを試み、バスケットにテニス、水泳やサッカーにも長けていた——であり、スポーツで鍛え上げられたその肉体は、ネグロ・ウミージャをして「オカマどもの垂涎の的」と言わしめたほどだった。贅肉のかけらもなく、広い肩から蜂のようにくびれた腰にかけて滑らかに流れる筋肉のライン、固く引き締まり、素早く動く長い脚は、トップレベルのボクサーをも嫉妬させ、青ざめさせた。ドクトル・アルベルト・デ・キンテーロスは、娘のチャロとその仲間が甥のリチャードとチャールトン・ヘストンを比べて、リチャードの方が断然魅力的であり、あらゆる点でチャールトン・ヘストンに勝ると判定を下すのをたびたび耳にしていた。彼は建築科の一年生で、両親のロベルトとマルガリータによれば、常に模範的つまり勤勉で従順、親や妹に優しく、健康的で人好きのする息子だった。エリアニータとリチャードはドクトル・アルベルト・キンテーロスのお気に入りの姪と甥だった。だからこそ彼は、サポーターパンツにスウエット、スニーカーを履いている間も——リチャードはシャワーの脇で彼を待ちながら、拳をタイルに打ちつけていた——取り乱した甥を見るのが辛かった。

「困ったことでもあるのかな」優しく微笑みながら、彼はさり気ない調子で尋ねた。

「叔父さんが力になってやろうか」

「いえ、別にありません。なぜそんなことを聞くんですか」慌てて答えるリチャードの顔が、またマッチのように赤くなった。「調子は最高だし、早く体を温めたいだけです」

「私からのプレゼントは妹に届いただろうか」ドクトル・キンテーロスは突然思い出して言った。「ムルギーア宝石店は昨日届けると約束したんだが」

「あの大きなブレスレットでしょ」リチャードはロッカールームの白いタイルの上でジャンプし始めた。「妹は大喜びでしたよ」

「ああいうことは普段なら叔母さんの役目なんだが、あいにくまだヨーロッパを旅行中なので、私が選んだんだ」ドクトル・キンテーロスは表情を柔らげた。「ウェディングドレスを着たエリアニータか、さぞかし素敵だろうな」

なぜなら、彼の弟ロベルトの娘は、男性のリチャードと同様、あらゆる点で恵まれた女性だったからだ。美人の名にふさわしい美人、真珠の歯、星の瞳、小麦色の髪、桃の肌といった比喩さえかすむほどの美女。ほっそりとした体つき、黒髪に、抜けるように白い肌、息遣いさえ上品で、小さな顔の輪郭は古典的、目鼻立ちは東洋の細密絵師が描いたようだった。リチャードより一つ年下で、高校を出たての彼女の唯一の欠点は、内気なことだった。それもミス・ペルー・コンテストにぜひ参加してほしいという要請を頑（かたくな）に拒み、主催者たちをがっかりさせたほど極端だったので、なぜ彼女がよりによってあんな相手とあっという間に結婚するのかがドクトル・キンテーロスをはじめ誰にも理解できなかった。というのも赤毛のアントゥネスは人柄がすこぶる良いこと、シカゴ大学で経営学の学位を得ていること、いずれ親から肥料会社を譲り受けること、自転車レースで何度も優勝杯を獲得していることといったメリットがあるにはあったが、エリアニータに求愛し続け彼女と結婚するためなら犯罪に手を染めかねないミラフローレスやサン・イシドロの数多い若者たちの中では、容貌の点で最も劣り（ドクトル・キンテーロスは何時間か後に自分の甥になるはずの人間に対してそんな評価を下したことを恥じた）、面白味に欠け、頭の回転が鈍い青年であることは確かだったからだ。

「うちのお袋より着替えるのがのろいじゃないですか、叔父さん」リチャードはぴょんぴょん跳びはねながらぶつぶつ文句を言った。二人がトレーニングルームに入るとココ――彼にとってインストラクターの仕事は職業というよりむしろ天職と呼ぶべきものだった――は、ネグロ・ウミージャのお腹を指差し、彼が編み出した哲学の公理を説いていた。

「食事中であろうが、仕事中であろうが、映画を観ていようが、女を口説いていようが、一杯やっていようが、生きているうちはいつだって、できることなら棺桶（かんおけ）の中でさえ、腹をひっこめてろ！」

「十分ばかりウォーミングアップをして、体の骨の御機嫌を取るんだ、長老」インストラクターはそう命じた。

リチャードと並んで縄跳びをしていると、心地よい熱が体の中を駆け巡っていく。その感覚を味わいながら、ドクトル・キンテーロスは、結局こんな風に年を取るのであれば、五十になるのもまんざら捨てたものではないなと考えた。同年配の連中で自分ほど締まったお腹(なか)と隆々とした筋肉を誇っている者がいるだろうか。手近な例を挙げれば、弟のロベルトは、自分より三つ年下であるにもかかわらずでっぷり肥(ふと)り、しかも背中が早くも曲がってきているので十歳は上に見える。かわいそうに、ロベルトの奴、エリアニータの結婚でさぞかし淋(さび)しい思いをしているに違いない。目の中に入れても痛くないほど可愛がっていた娘を、いわば失うことになるからだ。それに自分の娘のチャロだって早晩結婚するはずだ——恋人のタト・ソルデビージャはもうすぐ工学部を卒業する——、そのときは自分も辛さを味わい、年を取ったと感じるのだろう。ドクトル・キンテーロスは訓練のお陰で、足を絡ませることもテンポを狂わせることもなく、楽々縄跳びを続けることができた。彼は体操の名手さながらの動きで足を交互に出し、手を交差させたり戻したりした。それに引きかえ鏡に映る甥の方は、慌てふためき、ときおり縄に足をとられながらも猛烈なスピードで跳んでいた。彼は歯を食いしばり、額に汗を光らせ、もっと集中しようというのか目をつぶっていた。ことによると女のことで悩んでいるのだろうか？

「縄跳びは終りだ、ぐうたらどもめが」ペリーコやネグロ・ウミージャと一緒にバーベルを上げながらも、ココは二人から目を離すことなくタイムを計っていたのだ。「シット・アップを三セット。すぐ始めるんだ、耄碌(もうろく)じじいども」

ドクトル・キンテーロスにとって、腹筋運動は力の見せどころだった。首のうしろで手を組み、かなり速くこなしていき、ボードを上げて行うセカンド・ポジションでは、背中を床すれすれの位置に保ったまま額が膝につくまで体を折り曲げた。一セット三十回を終えるごとに一分間のインターバルを置き、体を床に投げ出して大きく深呼吸を繰り返した。九十回こなすと彼はあぐらをかき、リチャードに先んじたことを満足気に確認した。すでに足の先から頭のてっぺんまで汗にまみれ、鼓動も速くなっていた。

「エリアニータがどうして赤毛のアントゥネスと結婚するのか、いまだに理解できない」突然彼はひとりごちた。「あいつのどこがいいんだろう」

彼は即座に自分の失態を後悔したが、リチャードは驚いているようには見えなかった。腹筋を終えたばかりの甥は、息を切らせながら冗談で答えた。

「恋は盲目って言うじゃないですか、叔父さん」

「彼は優秀な人間だし、きっとあの娘を幸せにしてくれるだろうよ」ドクトル・キンテーロスはいささかまごつきながらその場をとり繕った。「つまり、私が言いたかったのは、君の妹に気があった連中の間で、リマでも類を見ないほどすばらしい鞘当てがあったってことだ。ところが彼女は他の連中を全部振り払い、赤毛のプロポーズを受け入れてけりをつけてしまった。たしかに彼はいい青年だよ、しかし、あまりに、つまりだな……」

「あまりにうすのろだって言うんでしょ」リチャードが後を続けた。

「そこまで辛辣に言うつもりはないよ」ドクトル・キンテーロスは腕を広げたり、閉じたりしながら、息を吸っては吐き出した。「だが本当のところ、ちょっとうぶすぎると思う。他の娘が相手なら、文句のつけようがないんだが、あんなに美人で頭の切れるエリアニータが相手じゃ、あの男、いずれ泣きを見るぞ」彼は自分の率直な物言いに気まずさを覚えた。「なあ、悪く取らんでくれよ」

「心配しないでください、叔父さん」リチャードは笑顔で答えた。「赤毛はいい奴だし、ちびがあいつを気に入ったのもそれなりの理由があってのことでしょう」

「次はサイドベンド三十回を三セットだ、そこのろくでなしども」とココが叫んだ。彼は八十キロを頭上に担ぎ上げ、カエルのように顔をふくらませていた。「腹を引っこめろ。出っ張らすんじゃないぞ」

ドクトル・キンテーロスは、リチャードの悩みも体を動かせばふっきれるだろうと考えたが、わき腹を曲げながら隣りを見やると、甥は新たにこみ上げる怒りをトレーニングにぶつけているようだった。気掛かりと不機嫌のせいで、甥の顔はふたたび歪んでいた。彼は、キンテーロス家には代々ノイローゼに罹る者が多かったことを思い出し、おそらくロベルトの長男は新しい世代の中でたまたまこの伝統を受け継いでしまったのだろうと思った。そして、気を紛らすためにこう考えた。結局のところ、ジムに来る前に診療所に寄って、三つ子の母親と線維腫の手術を受けた患者の容態を診た方が賢明だったかもしれない、と。そのあとはもう何も考えなかった。肉体を酷使することだけに集中したからだ。足を上げたり下げたり（レッグライズ五十回！）、腰をひねったり（トレーニングバーを持ってトランクツイスト三セット、へばるまでやれ！）、ココの指示

(もっと力を入れるんだよ、耄碌じじい！　もっと速くだ、このマグロ野郎！）に従って、背中や胴体、前腕、首を動かしたりしているうちに、空気を出し入れできる肺は片方だけになり、まだ汗をかける皮膚はほとんどなく、わずかに動く筋肉もすっかり疲れ切り、苦痛の極にあった。そしてココが「ダンベルを持ってプルオーバー、十五回を三セット！」と叫んだとき、彼の体力はついに限界に達した。それでも十二キロをつかみ、なんとか一セットだけでもと挑戦してはみたものの、やはり無理だった。力はすでに尽きていた。三回目でダンベルが手から滑り落ち、ウェイトリフターたちのからかいの言葉（ミイラは墓へ、コウノトリは動物園に帰れ！　葬儀屋を呼べ！　安らかに眠りたまえ、アーメン！）を甘んじて受ける一方、リチャードが相変らず猛烈な速さで猛り狂ったように——苦もなく自分のノルマをこなすのを、羨望の眼差しで黙って見ているしかなかった。どんなに鍛えようが不断の努力を続けようがやはり十分ではないのだ、とドクトル・キンテーロスは考えた。バランスのとれた規定食を取ろうと、規則正しい生活を送ろうと。努力すればあるところまでは差を縮められる、だがそこを越えると、年齢というやつが、飛び越せない溝、乗り越えられない壁となって立ちはだかるのだ。それからしばらく後、裸になった彼はサウナでまつ毛の間をしたたりおちる汗に視界を奪われながら、昔本で読んだ一節を思い出し、憂鬱な気分になった。「若さよ、お前の思い出が私を絶望させるのだ！」サウナから出ると、ウェイトリフターたちに混じったリチャードが彼らと張り合っていた。ココはリチャードを指差し、おどけた仕草でこう言った。

「あのハンサムボーイは自殺することに決めたらしいぜ、先生」

リチャードはにこりともしなかった。バーベルを高々と持ち上げた彼は、顔に玉の汗を浮かべ、血管を浮き出させ、今にも他の者たちにぶちまけんばかりに苛立ちをあらわにしていた。ドクトルはふと、自分の甥が両手に持ったバーベルで、突然四人の頭を叩き潰すのではないかと思った。彼は皆に別れを告げるとつぶやくように言った。「教会でな、リチャード」

家に戻った彼は、三つ子の母親が病室で友達とブリッジをしたがっていることや、線維腫の手術を受けた女性がもうタマリンドソースをかけたワンタンを食べても構わないかと問い合わせてきたことを知り、ひと安心した。そしてブリッジとワンタンに許可を与えると、すっかり落ち着き、絹の白いシャツと紺の三つ揃いを着込んでから銀色のネクタイを締め、真珠のピンで留めた。ハンカチに香水を振っていると、妻から手紙が届き、最後に娘のチャリートの追伸が添えてあった。発信地はツアーで回る十四番目の街ベネチアで、こう書かれていた。「この手紙を受け取る頃には少なくともあと七つ回っているはずよ。どれもこれも素敵な街ばかり」二人は大いに楽しんでいる様子で、チャリートはイタリア男に夢中になっていた。「何人かの映画俳優と知り合いになったのよ、パパ、それがみんなとても口説き上手なの。でもこのこと、タトには内緒にしてね。愛を込めて、チャオ」

彼はオバロ・グティエレスにあるサンタ・マリア教会まで歩いて行った。まだ時間前で招待客が到着し始めたところだった。前列の席に腰を下ろし、暇潰しに白ユリと白バラで飾られた祭壇や司教冠(ミトラ)に似たステンドグラスを眺めた。そして自分がこの教会を好きになれないのは、漆喰(しっくい)とレンガの美的とは言えない組み合わせと、派手な楕円形アーチのせいであることを再確認した。知り合いが次々と現れるたびに、彼は笑顔で会釈した。知り合いが多いのも当然だった。ありとあらゆる人間が続々と教会に集まりつつあったからだ。その中には遠い親戚、何世紀ぶりかに甦(よみがえ)った友人、そしてもちろん、リマでも指折りの名士たち、銀行家や大使、実業家そして政治家の顔があった。ロベルトとマルガリータときたら相変らずの軽薄ぶりだな、とドクトル・キンテーロスは別に辛辣さをこめることもなく、むしろ弟と義妹の弱点に同情を覚えながら考えた。贅を尽した昼食が用意されているのは確実だった。結婚行進曲が始まり、新婦が入場してくるのを見たとたん、彼の胸は一杯になった。薄手の白いドレスを纏(まと)ったエリアニータは掛け値なしに美しかった。ベール越しに見えるその顔は、この上なく繊細で軽い、何か霊的なものに包まれていた。一方、巨体が威厳を感じさせるロベルトは、世界の掌握者のような雰囲気を漂わせつつ、こみ上げる感動をこらえていた。そのロベルトに手を引かれ、彼女は目を伏せたまま祭壇に向かって進んで行った。赤毛のアントゥネスはといえば、いつもほど醜くなく、まばゆいばかりのモーニングを着込み、幸せに顔を輝かせていた。黒のロングドレスに身を包み、髪を二階建てに盛り上げた彼の母親――四半世紀をペルーで過ごしているにもかかわらず、いまだに前置詞を使い分けられずにいた不細工なイギリス女さえもが、魅力的な女性に見えた。「こけの一心」とはよく言ったものだとドクトル・キンテーロスは考えた。なぜなら、あのしょうもない赤毛のアントゥネスは子供のころからエリアニータを追いかけ回し、常に心配りを忘れず、かつ細心の注意を払って迫ってみるのだが、そのつど彼女に尊大に振舞われ、軽くあしらわれてきたのだった。しかし彼はエリアニータのありとあらゆる傲慢（ごうまん）でぶしつけな仕打ちにも、彼をあきらめさせようとして街の少年たちが浴びせる辛辣なからかいの言葉にも耐え抜いたのだ。意地っ張りだからこそついに思いを遂げ、今あそこで、感激のあまり血の気の失せた顔でリマ一番の美女の薬指に指輪をはめることができたのだと、ドクトル・キンテーロスはつくづく思った。式が終り、ざわつく人ごみの中を、そこかしこで会釈をしながら彼は教会のサロンへ向かった。そのとき、人ごみに辟易（へきえき）したかのように柱の陰にぽつんと立っているリチャードの姿が目に入った。

　新郎新婦の前に出来た行列に加わったドクトル・キンテーロスは、政府を皮肉るフェブレ兄弟の小話を十以上も聞かされるはめになった。彼らは双子であまりに似ているため、それぞれの夫人でさえ区別できないらしいと噂されていた。サロンはごった返す人でパンク寸前になり、大勢の客が庭で順番を待っていた。給仕人の集団がシャンパンを配って回る。笑い声や冗談が聞こえ、乾杯の声が上がり、誰もが新婦の美しさを話題にしていた。ドクトル・キンテーロスがやっとのことで辿（たど）り着くと、エリアニータは暑さやすし詰め状態にもかかわらず乱れたところもなく、はつらつとしていた。「いつまでも幸せにな、おちびちゃん」そう言って抱き締めると、彼女も耳許で言った。「今朝、ローマのチャリートからお祝いの電話をもらったの、メルセデス叔母さんとも話したわ。わざわざ電話してくれるなんて本当に優しい人たち！」赤毛のアントゥネスは汗だくで、エビのように赤くなり、幸せのあまり火花すら放ちかねなかった。「これからは私も、あなたのことを叔父さんと呼ばなければなりませんね、ドン・アルベルト」「もちろんだとも、甥っ子になったんだ」ドクトル・キンテーロスは彼の肩を叩いて言った。「だからそういう丁寧な口のきき方はやめてくれ」

窒息しそうになりながら新郎新婦の応接室をあとにしたドクトル・キンテーロスはカメラマンのたくフラッシュと挨拶の嵐の中、人ごみを掻き分け、なんとか庭に出ることができた。そこでは混雑の度合はいくぶん減り、ひと息つくことができた。が、グラスを手にすると、たちまち友人の医者たちに囲まれ、妻の旅行を種にさんざんからかわれた。メルセデスは戻ってこないだろう、フランス男と一緒にいるにちがいない、間男された証拠におでこから角が二本生えてきたぞ。ドクトル・キンテーロスは彼らのからかいに耐えながら、トレーニングジムのことを思い出し、どうやら今日は物笑いの種になる日らしいなと思った。海のような人々の頭の向こうに、ときおりリチャードの姿が見えた。サロンの反対側で笑っている若者たちに混じった彼はただ一人仏頂面をきめこみ、シャンパンを水のようにあおっていた。「あいつもエリアニータがアントゥネスと結婚するのを嘆いているんだろう」とドクトル・キンテーロスは思った。「あいつだって自分の妹の結婚相手にはもっとましな男を望んでいたはずだ」。いや、そうでなく、ことによると人生の過渡期にありがちなアイデンティティの危機に陥っているのかもしれない。そしてドクトル・キンテーロスは、リチャードぐらいの歳の頃、自分も医学と航空工学のどちらを選ぶべきか迷い、悩んだ時期があったことを思い出した（決心がついたのは父親の説得力ある言葉を聞いたからだった。曰く、ペルーじゃ航空工学を勉強したところで凧か模型飛行機を作るのが関の山だぞ）。おそらくロベルトは、四六時中自分の仕事にかまけ、リチャードに助言するどころではないのだろう。そこでドクトル・キンテーロスは、人から高く買われている持ち前の優しさを発揮した。近いうちに事を荒立てないように配慮しながら甥を招き、それとなく手助けする方法を探り出そうと心に決めたのだ。

ロベルトとマルガリータの家は、サンタ・マリア教会の数ブロック先の、サンタ・クルス大通りに面したところにあった。そこで、教区教会でのレセプションが終ると、昼食に招待された客たちは、サン・イシドロ地区の街路樹が作る木陰と日差しのもとを列をなして歩き、パーティー用の見事な飾りつけを済ませた芝生と花壇と格子の柵に囲まれた赤レンガと板ぶき屋根の大邸宅を目指した。門の前まで来たとたん、ドクトル・キンテーロスは、祝賀会の規模が予想をはるかに超えること、そして社会面の記者が後に〈壮麗な〉と形容した一大イベントに自分が立ち会おうとしていることを理解した。

庭一面にテーブルとパラソルが並べられ、一番奥の犬小屋の隣りには巨大な日よけテントが張られている。その下に真っ白なテーブルクロスを掛けた、壁の端から端まで続く長いテーブルが置かれ、色とりどりのオードブルを盛った大皿で埋めつくされていた。見事な錦鯉が泳ぐ池のほとりにはバーがあり、グラスやボトル、シェイカーやジュースのピッチャーが、軍隊の喉(のど)を潤おせそうなほど並んでいた。白の短いジャケットを着たウエイター、フードとエプロンをつけたウエイトレスが通りに面した門のところで客を迎え、ピスコ・サワーにアルガロビーナ酒とそのカクテル、ウォッカのマラクヤジュース割り、ウイスキーやジンの入ったグラス、シャンパングラス、チーズスティック、チリソースをかけたポテトチップスやマラスキノ・チェリーのベーコン詰め、エビのパイ包みやミートパイ、そして食欲をそそるためにリマの創造力が生み出したありとあらゆるカナッペを乗せたトレイを持って、彼らを追い回していた。家の中ではバラや甘松、グラジオラス、ストック、カーネーションの巨大な花籠や花束が壁にもたせかけてあったり階段や出窓、家具の上に置かれていて、さわやかな雰囲気を演出していた。ワックスがかけられた寄せ木張りの床、洗濯を施したカーテン、光り輝く磁器や銀細工の置物を見たドクトル・キンテーロスは、ガラスのケースに飾られた遺跡の出土品さえもぴかぴかになっているのを想像し、にんまりした。大広間にもビッフェがあり、食堂のさまざまなお菓子――マサパン、ケソ・エラード、ススピロ、ウエボ・チンボ、ジェマ、コキート、シロップ漬けのクルミ――が作る輪の中央に、チュールと砂糖の柱をあしらった目を見張るようなウェディングケーキがでんと置かれ、御婦人方の感嘆のさえずりを誘っていた。しかし、とりわけ女性たちの好奇心をそそったのは、二階に陳列されたプレゼントの数々だった。ドクトル・キンテーロスは自分が贈ったブレスレットがその中で光を放っている様を見に行きたかった。けれど見物人の列があまりに長かったので、彼はそこに加わらないことにした。

　握手したり、抱擁されたり、こちらから抱擁したりしながら、あちらこちらを軽く点検してまわった後、彼は庭へ引き返し、パラソルの陰に座って静かにその日二杯目の酒の味をみた。何もかもが至って順調だった。マルガリータとロベルトは派手に事を進める術（すべ）を知っていた。楽団を呼んだのは必ずしも誉（ほ）められたアイデアとは思えなかった——絨毯（じゅうたん）、テーブル、象牙をはめ込んだ食器戸棚は取り払われ、カップルたちが踊るスペースを作ってあった——が、そんな野暮ったいことも新しい世代に免じて大目に見ることにした。というのも、若者たちにとってダンスのないパーティーなどパーティーではないということを知っていたからだ。七面鳥とワインのサーブが始まり、エリアニータの同級生や幼なじみの女の子たちは両手を高く上げ、彼女が入口のステップの二段目に立って今にも投げようとしているブーケを待ち構えた。ドクトル・キンテーロスは、赤ん坊の頃からエリアニータに乳母として仕えてきたベナンシアが庭の隅にいるのを見つけた。老いた彼女は心底感動し、エプロンの縁（ふち）で目頭を拭っていた。

　彼の舌では銘柄こそ当てられなかったものの、口にふくんだ瞬間に外国もののワインだと分かり、スペイン産かチリ産か、あるいはことによると——その日大盤振舞いしていたことからすれば——フランスものであってもおかしくはないと思った。七面鳥の肉は柔らかく、ピュレはバターのように滑らかだった。さらにキャベツと干しブドウのサラダもあり、こればかりは毎日の食事には気を使っていた彼もおかわりせずにはいられなかった。二杯目のワインを味わい、心地良い気だるさを感じ出したとき、リチャードがやって来るのが見えた。手にしたウイスキーのグラスを揺する彼の目はうつろで、声の調子も定まらなかった。

「結婚のパーティーくらい馬鹿げたものはないね、叔父さん」彼はそうつぶやくと、自分を取り巻くすべてを軽蔑するような表情を浮べ、隣りの椅子に崩れ落ちた。ネクタイはずれ、グレイのスーツの襟には鮮やかな染みがつき、目には酔いに加え、茫洋(ぼうよう)とした怒りの色が浮んでいた。

「まあな、実を言えば、私だってそんなにパーティーが好きなわけじゃない」ドクトル・キンテーロスは優しく言った。「だけど、その歳でパーティーが好きじゃないとは驚きだな」

「大嫌いさ」リチャードは、あたかもすべての人間を消し去ってしまいたそうな目付きでぼそっと言った。「なんで僕がこんなところにいなけりゃならないんだ」

「お前がいなかったら妹はどうなる」ドクトル・キンテーロスはアルコールが彼に言わせたたわごとについて考えを巡らせた。パーティーではいつも一番楽しんでいるのがリチャードではなかったか？　ダンスが抜群にうまかったのではないか？　チャリートの部屋に集まって新しいダンスを編み出そうとしている少年少女の先頭に立っていたリチャードを何度見かけたことか？　しかし今の彼にはその面影さえなかった。目の前には、ウイスキーを飲み干し、ウエイターにおかわりを頼んでいるリチャードの姿があるだけだった。

「いずれにせよ覚悟しておくんだな」ドクトル・キンテーロスは甥に向かって言った。「お前が結婚するとなれば、親父さんたちはもっと盛大なパーティーを開くんだぞ」

リチャードはぴかぴかのウイスキーグラスを口に運び、目を細めてゆっくりと一口飲んだ。そしてうつむいたままつぶやいた。彼のくぐもった声が、ほとんど聞き取れないほど弱々しい音となってドクトル・キンテーロスの耳に届いた。それはこう言っていた。「僕は絶対結婚なんてしないよ、叔父さん。神に誓ってもいい」

ドクトル・キンテーロスが応えるより先に、髪が明るく、青いシルエットのほっそりした女の子が二人の前に決然と立ち、リチャードの手を取ると有無を言わせず椅子から引っ張り上げた。

「年寄りと一緒に座ってるなんて恥ずかしくないの。踊りましょう、お馬鹿さん」

ドクトル・キンテーロスは二人が屋敷の玄関ホールに消えていくのを見送ると突然食欲を失った。建築家アランブルーの末娘が、魅力的な声で平然と言ってのけたあの「年寄り」という言葉が、底意地の悪い木霊（こだま）みたいに耳の中で響き続けていた。コーヒーを飲み終えると彼は立ち上がり、サロンをのぞきに行った。

　パーティーは佳境に入り、ダンスの熱狂は正面に楽団が陣取った暖炉を中心に、隣りの部屋にも伝染していき、そこかしこでペアを組んだ男女がチャチャチャやメレンゲ、クンビアそしてワルツを声を限りに歌いながら踊っていた。音楽と太陽とアルコールに煽(あお)られた陽気な騒ぎの波は若者から大人へ、大人から老人へと広がっていき、ドクトル・キンテーロスも驚いたことには、なんと八十になる親戚のドン・マルセリーノ・ウアパヤさえもが、義妹のマルガリータの手をとり、「灰色の雲」のリズムに乗って元気よく肥満体の骨を軋(きし)ませていた。たちこめる煙、騒音、人の動き、照明、そして幸福感、そんな雰囲気のせいでドクトル・キンテーロスは軽い眩暈(めまい)を覚えた。そこで手摺(てすり)にもたれ、しばらく目を閉じた。それから彼も、ベールを取っただけのウェディングドレス姿でエリアニータがパーティーを仕切るのを、幸せな気分でにこやかに見つめた。彼女は一秒たりとも休まなかった。一曲終るたびに次の相手にしてもらおうと二十人の若者が彼女を囲む。すると頬っぺたを真っ赤に染め、目を輝かせた彼女は、その中から毎回違う相手を選び、踊りの渦の中へと戻っていくのだった。いつの間にか、隣りに弟のロベルトがいた。モーニングから身軽な茶色のスーツに着替えた彼は、踊り終えたばかりらしく、汗をかいていた。

「あの娘(こ)が結婚するなんて今だに嘘(うそ)みたいな気がするよ、アルベルト」エリアニータを指差しながら彼は言った。

「実にきれいだ」ドクトル・キンテーロスは笑顔で応じた。「ずいぶん張り込んだじゃないか、ロベルト」

「かわいい娘のためだ、最高のことをしてやらなけりゃ」そう叫ぶ弟の声は淋し気に響いた。

「ハネムーンはどこへ行くのかね」ドクトルは訊いた。

「ブラジルとヨーロッパさ。赤毛の両親からのプレゼントなんだ」そう言うと、楽しそうな顔でバーの方を指差した。「明日は朝早く発つというのに、あの調子じゃ婿さん旅行どころじゃなくなるぞ」

赤毛のアントゥネスは友人たちに取り囲まれ、彼らの一人ひとりと順番に乾杯を交わしていた。いつになく赤ら顔をした新郎は、いくぶん警戒しながら笑い、コップに口をつけ、唇を湿らせるだけでごまかそうとしていたものの、友人たちは満足せず、グラスを空けろと攻め立てていた。ドクトル・キンテーロスはリチャードを目で捜した。だが、バーにも、ダンスの渦の中にも見当たらず、窓から見える範囲の庭にもその姿はなかった。

事が起きたのはそのときだ。「アイドル」というワルツが終り、踊っていたカップルたちは手を叩こうとした。楽士たちはギターから指を離し、赤毛は二十回目の乾杯に挑もうとグラスを掲げた。そのとき、目の前の蚊を追い払おうとするかのように右手を顔の前に上げた新婦が、体をよろめかせ、ダンスの相手が抱き止める前に倒れ込んでしまったのだ。だが、父親とドクトル・キンテーロスは別に慌てもせず、たぶん足を滑らせただけだから、笑い転げながら立ち上がるのだろうと思っていた。ところが、サロンが徐々に騒がしくなってきた――叫び、人だかり、「娘や、エリアナ、エリアニータ！」という母親の金切り声――ので、ついに二人も駆けつけた。そのときにはすでに、先に飛び出していた赤毛のアントゥネスが彼女を両手で抱き起こし、何人かに付き添われて二階に運んでいくところだった。その前を「こっち、この娘の部屋に、ゆっくり進んで、気を付けて」と言いながら、マルガリータが階段を上っていき、「医者よ、誰かお医者様を呼んでちょうだい」と叫んだ。何人かの親族――フェルナンド叔父、従姉のチャブーカ、ドン・マルセリーノ――が友人たちを落ち着かせ、楽団に演奏を再開するよう言いつけた。ドクトル・キンテーロスが階段の上に目をやると、弟のロベルトが手招きをしていた。彼ははっとした。何て間抜けなんだ、私は医者じゃないか、何を待ってるんだ。彼は人ごみの中を縫って進み、慌てて階段を上った。

エリアニータは彼女の寝室に運び込まれていた。その部屋はバラ色で、庭に面していた。まだ青ざめてはいたが、意識を取り戻し、目をしばたき始めた彼女のまわりには、ロベルト、赤毛、乳母のベナンシア、そしてベッドの脇に座り、アルコールを浸したハンカチで娘の額を撫でてやっている母親がいた。赤毛は新婦の片方の手を両手で握り締め、不安な面持ちの中にも恍惚の色を浮かべつつ彼女の顔を見つめていた。

「さあ、みんな、とりあえずここから出て行って、私と新婦だけにしてくれないか」ドクトル・キンテーロスは自分の持ち場につくために、彼らにそう命じた。そして彼らを戸口へ押しやりながら言った。「心配しなくていい、大したことはないだろう。さあ出て行った。彼女を診察させてくれ」

ところがベナンシアだけは外に出るのを嫌がった。そのため、マルガリータが引きずるようにして連れ出さなければならなかった。ドクトル・キンテーロスがベッドに戻り、エリアニータの枕許に座ると、彼女は黒くて長いまつ毛の陰から、戸惑いと恐れの色を浮かべた目で彼を見つめた。彼は額にキスをしてやり、体温を測っている間に、何でもないいんだから怖がることはないと笑顔で話しかけた。彼女はいくぶん脈が上がり、苦しそうな息づかいだった。ドクトルは必要以上に胸が締めつけられているのに気づき、手を貸してボタンを外させた。

「どのみち着替えなけりゃならんのだから、こうすりゃ時間の節約になるだろう、エリアニータ」

彼女のガードルがあまりにきついので、すぐにぴんときたものの、彼はこれっぽっちも素振りを見せず、自分が感づいたことを悟られるような質問は控えた。服を脱ぎ出すと、エリアニータの顔はみるみる真っ赤になった。彼女は当惑のあまり目を上げられず、唇を動かすこともできなかった。ドクトル・キンテーロスは彼女に、下着を脱ぐ必要はないが、呼吸の妨げになるからガードルだけは外すようにと言った。彼は微笑みながら、一見上の空といった調子で、挙式の当日、花嫁は感極まったり、それまでの雑事の疲れが出たりするし、まして休みもせずに何時間も踊り狂ったりすれば、気絶しない方がおかしいと言って、彼女の胸とお腹（きつく締めつけていたガードルを外したために、文字通り飛び出していた）を触診した。何千人という妊婦の相手をしてきた専門家の掌（てのひら）は、間違いなく既に四ヶ月目に入っていると判断した。彼は瞳を調べ、とりとめのない質問をして彼女を煙（けむ）に巻き、階下に戻る前にしばらく休むよう忠告した。それに、いいかね、もうあまり踊りすぎないようにしなさい。

「なに、ちょっと疲れただけさ。とにかく何か薬をあげよう、今日一日の興奮を冷ますんだ」

　彼は髪を撫でてやり、親が入ってくる前に落ち着く暇を与えようと、新婚旅行について二、三訊いてみた。彼女は答えはしたが、その声は弱々しかった。君たちのような旅行をすることは、一人の人間に起こりうることの中でも最良の出来事の一つだ。たとえば私の場合、仕事が多すぎるので、君たち二人みたいにたくさんの国々を巡る時間など得られるはずもない。それどころかここ三年間というもの、お気に入りのロンドンさえ訪れていない。彼がそんな話をしながら見ていると、エリアニータは何食わぬ顔でガードルを隠すとナイトガウンを羽織り、椅子の上にドレスと襟と袖に刺繡（ししゆう）をほどこしたブラウスそして靴を置いた。それからベッドに戻って横になり、羽根布団にくるまった。彼は、姪と率直に話をして、旅行についていくつか助言を与えておく方がことによると賢明ではなかったかと自問してみた。いや、ちがう。そんなことをすれば、彼女を針の筵に座らせ不愉快な思いをさせることになっただろう。しかも彼女がひそかに医者に通い続け、何をすべきか十分承知しているであろうことは疑うべくもなかった。それはともかく、あんなにきついガードルをつけるのは危険であり、それこそ命に関わることになりかねなかったし、いずれ胎児に悪影響を及ぼす可能性だってあった。まだまだねんねだと思っていた姪のエリアニータが妊娠していると知り、彼はある種の感慨を覚えた。彼は戸口へ行ってドアを開けると、彼女にも聞こえるように大声で状況を報告し、家族一同を安心させた。

「あの娘は私や君たちよりはるかに健康だ。ただし疲れ切ってる。誰かを使いにやってこの鎮静剤を買ってこさせてくれないか。そしてあの娘はしばらく休ませてやろう」

ベナンシアが寝室に駆けこんできて、ドクトル・キンテーロスが振り返ると、早くもエリアニータを優しくあやしていた。両親も部屋に入り、赤毛のアントゥネスがあとに続こうとしたが、ドクトルは彼の腕を慎重につかむと、バスルームへ連れて行き、ドアを閉めた。

「あの体で昼からずっと踊りっ放しだなんて、分別がなさすぎるぞ、赤毛」ドクトル・キンテーロスは石鹸で手を洗いながら、これ以上は不可能というくらい自然な調子で言った。「流産してもおかしくない。ガードルは使うなと言ってやれ、あんなに締めつけるなんてもってのほかだよ。今何ヶ月なんだ。三、四ヶ月ってところか？」

その瞬間、ある疑いが、死をもたらすコブラの毒牙のように素早く、ドクトル・キンテーロスの頭をよぎった。静まり返ったバスルームの空気が電気を帯びた気がした彼はおそるおそる鏡の中をのぞいた。赤毛は信じられないほど大きく目を見開き、顔をしかめていた。口が歪んでいるので間が抜けて見えるその顔は、死人のように青ざめていた。

「三、四ヶ月？」赤毛は喉を詰まらせながら言った。「流産？」

ドクトル・キンテーロスは足許の地面が沈んでいく気がした。なんてひどいことをしたんだ。人間のすることじゃない、彼はそう自分に向かって言った。そしてこのときようやくエリアニータがプロポーズを受け入れたのが婚礼の数週間前であったことをむごいほど鮮明に思い出した。彼はアントゥネスから視線をそらすと時間をかけて手を拭き、頭の中で、何か気の利いた嘘、自分が地獄の底に突き落してしまった若者を救い出せそうな言い訳を必死に探した。そしてようやく思いついたのは自分でもばかばかしいと思うような科白だった。

「エリアニータは私が気づいたことを知らないはずだ。そう思わせたからな。とにかく、心配はいらん。彼女はいたって元気だ」

ドクトル・キンテーロスはそそくさとその場をあとにしたが、扉口に向かう途中ちらっと横目で彼を見やった。彼は同じところに突っ立ったままで、目は宙に釘づけになり、口をあんぐり開け、顔には汗が吹き出ていた。バスルームの中で鍵を掛ける音が聞こえた。きっと泣き出すだろう——ドクトルは思った——そして壁に頭を打ちつけ、髪を掻きむしり、彼女や相手の男にも増して私を呪い、恨むのだろう。彼は深い罪悪感と疑いに苛まれつつゆっくりと階段を降りたが、その一方で機械仕掛けの人形のように、一同に向かってエリアニータは無事だ、すぐ降りて来ると、何度も繰り返した。庭に出て、深呼吸すると、気分がよくなった。それからバーに行き、ウイスキーをストレートで一杯飲み干すと、自分がよかれと思って疑いもせずにしたことが引き起こしたドラマの結末を待たずに、家に帰ることにした。書斎に閉じこもって黒い革張りのソファーに身を沈め、モーツァルトにどっぷりと浸りたい気分だった。

門のところで、痛ましい姿で草の上に座っているリチャードに出くわした。釈迦のようにあぐらを組んだまま柵に寄り掛かった彼のスーツは皺がより、埃と染みと草にまみれていた。しかしその顔のお陰でドクトルは赤毛やエリアニータの件を忘れ、思わず足を止めた。彼の血走った目を見ると、アルコールと憤りは二倍増したようだった。口の両端から涎を垂らしたその顔は、実に悲惨でグロテスクだった。

「なんてざまだ、リチャード」ドクトル・キンテーロスはそうつぶやくとかがみこんで甥っ子を立ち上がらせようとした。「これじゃとても親父さんたちには見せられないぞ。さあ行こう、酔いがさめるまで家にいるがいい。お前がこんな風になるなんて思ってもみなかったよ」

リチャードはうつろな目で彼を見たが、首は座らず、素直に立とうとするものの足が言うことを聞かなかった。そこでドクトルは彼の両腕をとり、抱き上げるようにして立たせなければならなかった。そして肩を支えて歩かせると、リチャードはぼろ人形みたいにふらつき、一足ごとにつんのめりそうになった。「タクシーがつかまるかな」ドクトルはつぶやき、リチャードの片腕を担いだままサンタ・クルス大通りの歩道の縁で立ち止まった。「この調子で歩いてたら角に辿りつくのも無理だからな」。通りかかったタクシーはどれも客を乗せていた。ドクトルは手を上げたまま待ち続けた。すると、赤毛とエリアニータのことが頭に浮んできたうえに、甥の状態も心配で、普段は決して平静を失わない彼も次第に苛立ってきた。そのとき、リチャードの口から漏れてくる支離滅裂なつぶやきの中に「ピストル」という単語が聞き取れた。だが、彼は微笑むことしかできなかった。そして「苦しいときこそ笑顔を」という諺どおり逆境にもめげず、リチャードの耳に届くことも彼がそれに応えてくれることも期待しないで、自問するかのように言った。

「なんでピストルが要るんだ、リチャード」

殺意を帯びた目つきで虚空を見つめたリチャードは、かすれた声でゆっくりと、だがはっきりと答えた。

「赤毛の奴を殺してやる」一語一語に冷ややかな憎悪がこめられていた。そしてひと呼吸置くと、にわかにしわがれた声でこう言い添えた。「でなきゃこの俺を殺すかだ」

それから再びしどろもどろになり、アルベルト・デ・キンテーロスにはもはや何を言っているのか分からなくなった。そのときやっとタクシーが止まった。キンテーロスはリチャードを奥に押し込み、運転手に行き先を告げると自分も乗り込んだ。車が動き出したとたん、リチャードが堰を切ったように泣き出した。驚いて横を向くと、甥っ子が抱きついてきて頭を彼の胸に押しあて、体を小刻みに震わせながらしゃくり上げ続けた。ドクトルは甥の肩に腕を回して、少し前に彼の妹にしたように髪を撫でてやり、「この子は飲みすぎたんだ」ということを仕草で伝え、バックミラーでこちらを見ている運転手を安心させた。ドクトルは、彼の胸で丸くなって泣くリチャードに涙や涎や洟水で紺のスーツと銀色のネクタイを汚されても、かまわず放っておいた。ほとんど聞き取れない甥の独り言の中で二、三度繰り返された、おぞましいけれど美しく、純粋にすら響く文句が理解できたときでさえ、彼は動じなかったばかりか、まばたきひとつしなかった。その文句とはこうだった。「だって僕は男としてあいつを愛してるんだよ、叔父さん。何がどうなろうとかまうもんか」。屋敷の庭でリチャードが激しく吐いたので、ペットのフォックステリアはすっかり脅えてしまい、執事とメイドたちは非難がましい目で彼を見つめた。ドクトル・キンテーロスはリチャードの腕を取って客間へ運び、口をゆすいでやった。それから服を脱がせてベッドに寝かせると、強い睡眠薬を飲ませ、若者特有の深い眠りに落ちたことが分かるまで仕草――相手には聞こえず見えないと知りつつも――で彼をあやしながら付き添っていた。

続いて彼は診療所に電話を入れて、よほどのことがない限り翌日まで顔を出さないと当直の医師に告げた。次に執事に向かって電話も来客も取りつぐなと命じ、ダブルのウイスキーを自らグラスに注ぐと、オーディオルームに閉じこもった。そしてレコードプレーヤーでアルビノーニやヴィヴァルディ、スカルラッティの曲を山のように掛けた。というのも心にのしかかる重苦しい影を忘れるには、しばらくの間ベネチアのバロック的な軽い時を過ごすに限ると思ったからだ。彼は革を張った安楽椅子の温かい柔らかさに身を沈めると、海泡石でできたスコットランド製のパイプをくわえ、目を閉じ、音楽がもたらすはずの奇跡が起きることを願った。彼は、今こそ自分が若い頃から信じてきた道徳的規範を試す絶好の機会だと考えた。それは「人を裁くよりも理解せよ」というものだった。恐怖も、怒りも、さしたる驚きも感じなかった。それよりもむしろ、自分の心の奥底に潜む感情、優しさと哀れみの入り交じった同情心に気がつき、なぜあんなに美しい娘がただの抜け作と突然結婚する気になったのか、どうしてあのサーフィンの王者、街で指折りのハンサムボーイにちっとも彼女ができなかったのか、なぜ彼が常に、文句も言わず、賞賛に値するほどかいがいしく妹のお守りをしていたのかが、今やっと分かったと独りごちた。パイプの煙をくゆらせ、アルコールが喉を焼く心地よさを味わいつつ、リチャードの方はそれほど心配はいらないと自分に言い聞かせた。父親のロベルトを説得すれば彼を留学させてもらえるはずだ。たとえばロンドンのように、最新の物事と刺激に満ちた都市でなら、過去を忘れることもできるだろう。それにひきかえ彼が不安と、同時に好奇心を掻き立てられたのは、残りの二人の登場人物の行く末についてだった。けれど音楽が彼を酔わせるにつれ、頭に渦巻く答えなき疑問はしだいに弱まり、まばらになっていった。赤毛は無分別な妻を今すぐ棄てるのだろうか。もう棄ててしまったのか。あるいは何も言わず、気高い心もしくは足りない頭の人知れぬ証として、自分が追い求め続けた不実な娘と暮らしていくのか。スキャンダルが起きるのか、それとも、ごまかしと踏み躙られた自尊心が織りなすベールが、すました顔でこのサン・イシドロの悲劇を永遠に包み隠してしまうのだろうか？

3

例の出来事から何日も経たないうちに、僕はペドロ・カマーチョと再会した。朝七時半、最初のニュースを仕込んでから〈ブランサ〉へカフェオレを飲みに行く途中のことだ。ラジオ・セントラルの守衛室の窓口に差しかかると、僕のレミントンが見えた。ところが、重いキーが文字を叩き出す音が聞こえ、タイプが使われていることは分かるのに、そのうしろに人の姿がない。そこで窓から首を突っこんで覗いてみると、タイプを打っているのはペドロ・カマーチョだった。守衛用の小部屋をオフィスとしてあてがわれたのだ。天井が低く、歳月と湿気と落書きのためにぼろぼろのその部屋には、壊れかけてはいるものの、キーの音を響かせているタイプライターに負けず劣らず馬鹿でかい事務机がでんと置かれていた。机とレミントンの寸法は、ペドロ・カマーチョの小さな体を文字通り呑み込んでいた。椅子にはクッションが二枚足してあった。それでも顔がキーボードに届くだけで、両手を目の高さまで上げてタイプを打つ様は、さながらボクシングをしているように見えた。完全に集中していた彼は、僕がすぐそばにいることさえ気づかずに、飛び出た目で原稿用紙を見つめ、舌を嚙みながら二本の指でキーを叩いていた。初めて会った日と同じ黒いスーツ姿で、上着も蝶ネクタイも着けたままという、十九世紀の詩人を思わす髪型と服装をした彼が、その体には大きすぎる机とタイプを前に厳しく真剣な面持ちで座り、いずれにとっても小さすぎる洞穴の中で一心不乱に仕事をしているのを見ると、哀れとも滑稽ともつかない気がした。

「ずいぶん早起きなんですね、カマーチョさん」僕は部屋に体を半分入れて挨拶した。

だが彼は原稿用紙から目を離さず、横柄にも首を動かして、僕に黙るか、待っているか、もしくはその両方をせよと合図しただけだった。三つ目を選んだ僕は、彼が区切りをつけるあいだ、原稿におおわれたテーブルや、くず籠がないために丸めて放った紙がちらばる床を眺めていた。間もなく彼はキーから手を離し、僕を見て立ち上がると、儀式張った態度で右手を差し出し、格言で僕の挨拶に応えた。

「芸術は時間を問わず。お早う、我が友」

狭苦しい部屋で閉所恐怖症にならないかと尋ねなかったのは、居心地の悪さこそ芸術にふさわしいという答えが返ってくるに決まっていたからだ。かわりに彼をコーヒーに誘った。彼は細い手首で踊っているひどく古臭い時計に目をやるとつぶやいた。「一時間半の創作活動のあとには休息がふさわしい」。〈ブランサ〉への道すがら、いつもこんなに早くから仕事を始めるのかと訊くと、彼の場合は他の「創造者たち」と違って、インスピレーションが日光に比例するからだと教えてくれた。

「太陽とともに目覚め、温まっていくのだ」と彼は歌うような調子で説明してくれた。僕たちのそばで、まだ眠たげなウエイターが床の吸殻やごみがいっぱい混じったおが屑を掃いていた。「私は、曙光とともに執筆を開始する。真昼時、私の頭は松明となる。それから炎は弱まっていき、昼下がりには仕事を切り上げる。熾しか残っていないからだ。だが構わない。夕方から夜にかけては俳優業の能率が上がる。私の体の機能は実にうまく配分されているのだ」

　彼があまりにも真剣に語るので、僕がまだそこにいることなどほとんど眼中にないらしいことが分かった。話し相手ではなく、聞き手しか受け入れないタイプの人間なのだ。最初のときと同じく、彼のモノローグを飾る人形の笑顔――口の両端を吊り上げ、額に皺を作り、歯をのぞかせる――とは裏腹に、彼にはユーモアがまったく欠けていることに驚かされた。何もかも極端に重々しく話し、それが完璧な発声、その容貌、風変りな服装、さらには演技染みた身振りと相まって、奇妙奇天烈な雰囲気を醸し出していた。彼が、自分の言葉を一言たりとも疑っていないのは明らかだった。世界一気取った男と、世界一誠実な男が彼の中で同居していることが、外からも見てとれた。芸術的な高みに立って話をしている彼をなんとか現実味のある俗世間へと引きずりおろしたくなった僕は、もう住むところは決めたのか、こちらに友達はいるのか、リマの居心地はどうかと質問してみた。ところが彼にとってその手の地上的なテーマはそれこそどうでもいいことだった。彼は苛立った調子で、すでにラジオ・セントラルからさほど遠くないキルカ通りに「アトリエ」を構えたが、自分はどこに住もうがくつろげるのだと答えた。なぜなら、芸術家の祖国はこの世界そのものだからだ、ちがうかね？　彼はコーヒーの代わりにミントとレモン・バーベナのハーブティーを注文し、それが味覚を刺激するだけでなく、「脳を活性化する」のだと教えてくれた。そして時計で計ったように寸分違わぬ間隔でカップを口に運んでは少しずつそれをすすった彼は、飲み終えるやいなや立ち上がり、勘定は割り勘にすると言い張ってから、リマの通りと地区の名前が入った地図を買うのにつき合ってほしいと僕に頼んだ。お目当ての品物はラ・ウニオン通りの露店にあった。彼はその地図を広げるとくまなくチェックし、地区ごとに色分けされているのを見て満足気にうなずいた。そして代金二十ソルを払い、領収証を要求した。

「これは仕事に使うのだから、費用は向こうが持つべきだ」仕事場に戻る途中、彼はきっぱりとそう言った。歩き方もまた独特で、まるで汽車に乗り遅れまいとするかのようにせかせかしていた。別れ際、ラジオ・セントラルの入口で彼は、狭苦しい自分のオフイスを、宮殿でも披露するかのように指差した。

「通りの真っ只中にあるに等しい」自分自身に、そして状況に満足した口調で彼は言った。「歩道で仕事をしているようなものだ」

「こんな雑踏や車の騒音で気が散りませんか」僕はあえて聞いてみた。

「むしろ逆だ」そう答えて僕を安心させると、彼は悦にいって最後の教訓を垂れた。「私は常に人生を描いている。私の作品には現実のインパクトが不可欠なのだ」

　僕が立ち去ろうとすると、彼は人差し指で僕を呼び戻した。そしてリマの地図を見せながら、謎めいた調子で、その日の午後か次の日にいくつか情報を与えてほしいと言った。僕は喜んでそうすると答えた。

　パナメリカーナの仕事部屋では、パスクアルが九時のニュースの原稿をすでに書き上げていた。トップは彼の一番好きな種類のニュースだった。ラ・クロニカ紙から拾ったその事件は、彼一流の形容詞で飾られていた。「荒れ狂うアンティル諸島沖で昨夜、パナマ船籍の貨物船『シャーク号』が沈没し、乗組員八名が溺れ、前述の海域に生息するサメに食われて死亡しました」。僕は「食われて」を「襲われて」に換え、「荒れ狂う」と「前述の」を削ってからオーケーを出した。一度も怒ったことのないパスクアルは、このときも腹を立てなかったものの、こんな不満を漏らした。

「ドン・マリオときたらいつだって僕の文体を台無しにするんですから」

　その週のあいだ僕はずっと短篇を書こうとしていた。それは、アンカシュの大農園（アシエンダ）で医者をやっているペドロ叔父さんから聞いた話に基づくものだった。ある晩、一人の農夫が別の農夫を驚かそうと「ピシュタコ」（悪魔）に変装してサトウキビ畑にいきなり現れた。いたずらの標的になった農夫は驚きのあまり、持っていた山刀を振り降ろし、「ピシュタコ」の頭を真っ二つにしてあの世へ送ってしまった。そして彼は山に逃げ込んだ。それからしばらくのちのある日、何人かの農夫が宴会からの帰り道、村をうろついていた「ピシュタコ」を見つけ、棒で袋叩きにして殺してしまった。ところが、死んだのは最初の「ピシュタコ」を殺した男だった。彼は夜になると悪魔に扮装して家族に会いに来ていたのだ。すると今度はその男を殺した連中が山に逃げ込み、「ピシュタコ」に扮して夜な夜な村へ通い、そのうちの二人が驚いた農夫たちに山刀で八つ裂きにされ、彼らもまた……。僕が語りたかったのは、ペドロ叔父さんがいるアシエンダで起きたできごとよりも、自分が思いついた結末だった。あるとき、偽の「ピシュタコ」たちに混じって正真正銘の悪魔が勢いよく飛び出すのだ。タイトルは「質的飛躍」になる予定で、クールにして知的、凝縮され、皮肉たっぷりの、つまりその頃初めて知ったボルヘスの短篇のようにするつもりだった。パナメリカーナでの原稿作りの合間に、大学で、あるいはコーヒーを飲みながら〈ブランサ〉で、という具合に空いている時間はすべてこの短篇につぎこみ、昼と夜は祖父母の家でも書いていた。その週は叔父たちの家で昼食を取ることもなければ、いつものように従姉妹たちを訪ねることもなく、映画にも行かなかった。書いては破り、というか、一つの文章を書き終らないうちに、もうひどい出来のような気がして、また書き直すのだった。書き損じやスペルの間違いは決して偶然ではなく、その文章は失敗で、書き直す必要があるという警告、あるいは啓示（無意識の、神の、もしくはほかの誰かの）であると僕は信じていた。パスクアルはこう言ってこぼしたものだ。「まったく、ヘナロ親子に紙をそんなにむだにしていることがバレたら、僕たちの給料からさっぴかれますよ」。ある木曜日、やっと短篇が仕上がった気がした。それは五ページにわたるモノローグで、結末に至って語り手が悪魔自身だったことが分かる仕掛けになっていた。お昼の〈エル・パナメリカーノ〉のあと、僕はオフィスでハビエルに「質的飛躍」を読んで聞かせた。「すばらしい出来だよ」彼は拍手をしながら言った。「だけど、いまだに悪魔のことなんて書けると思ってるのか？　どうしてリアリズムの短篇にしないんだ？　悪魔なんか引っ込めて、偽の『ピシュタコ』の間で起きる事件だけを書けばいいじゃないか。でなけりゃ幻想小説にして、思いつく限りの幽霊どもを登場させるかだ。ただし悪魔は抜きだ、悪魔はいらない。だって宗教臭くなるだろ、信仰の臭い（におい）がする、古臭いんだよ、そういうのは」

彼が部屋を出ていくと、「質的飛躍」を細かくちぎってくず籠に捨て、「ピシュタコ」のことは忘れることにしてルーチョ叔父さんの家へ昼食を食べに行った。そこで僕は、ボリビアから来た女性と、僕も噂を耳にしたことのある男性で、遠い親戚筋にあたるアレキーパの大地主にして上院議員アドルフォ・サルセードとのあいだに、ロマンスらしきものが芽生えつつあることに気づいた。

「幸い彼にはお金と地位があるし、フリアへの思いも真剣だし」とオルガ叔母さんが言った。「もう彼女にプロポーズしたのよ」

「そうは言うが、アドルフォは五十だし、それに例の恐ろしい一件のことをまだ否定していないじゃないか」ルーチョ叔父さんが言い返した。「お前の妹が彼と結婚したら、一生純潔のままか、浮気するか、二つに一つだぞ」

「カルロータとの話は、アレキーパじゃよくある根も葉もない中傷よ」オルガ叔母さんが負けずに言った。「アドルフォはどこから見ても申し分のない男だわ」

僕が上院議員とドニャ・カルロータとの「話」についてよく知っていた理由は、それがハビエルの賞賛のおかげでごみ箱へと消えた別の短篇のテーマだったからだ。二人の結婚は共和国南部を揺るがした。というのもドン・アドルフォもドニャ・カルロータもプーノに土地を持っていたので、彼らが結ばれれば、地主たちの勢力に大きな影響をもたらすことになるからだ。二人の挙式はヤナウアラの美しい教会で盛大に執り行われ、ペルーじゅうから招待客がやってきてパンタグリュエル張りのパーティーが開かれた。ところが、蜜月の二週間目、新婦は夫を世界のどこかに置き去りにし、好奇の目にさらされながら独りアレキーパに帰ってきてしまい、周囲の驚きをよそに結婚の取り消しをローマへ要求すると公言した。アドルフォ・サルセードの母親は、ある日曜日、十一時のミサから出てきたところでカルロータと出くわし、大聖堂の中庭で彼女に怒りをぶちまけた。

「このあばずれったら、うちの息子をあんな風に放り出すなんて、一体どういうこと」

するとプーノの大土地所有者(ラティフンディスタ)は、堂々とした態度で、みんなに聞こえるよう大声で答えた。

「お宅の御子息ときたら、殿方がお持ちのあれを、おしっこのためにしか使えないんですもの、奥様」

　彼女は結婚を無効とするのに成功し、アドルフォ・サルセードは親族の集まりで、尽ることのない笑い話の種になっていた。彼は、フリア叔母さんと知り合ってからというもの、〈グリル・ボリーバル〉や〈ノベンタ・イ・ウノ〉へ招待しては彼女を攻め立て、香水をプレゼントし、バラの花籠を送りつけていた。ロマンスのニュースを聞いて愉快になった僕は、フリア叔母さんが現れるのを待って、新しい求婚者をだしに当てこすりのひとつでも言ってやろうと考えた。ところが彼女はなんと僕を出し抜き、コーヒーの時間に食堂に現れるなり――山と荷物を抱え――高笑いしながらこう言った。

「噂は本当よ。サルセード上院議員のあれはお役に立たないの」

「フリア、お願いだから、はしたないことを言わないで」オルガ叔母さんが咎めた。

「人が聞いたら……」

「今朝本人が話してくれたわ」フリア叔母さんは農園主の悲劇を嬉しそうに明かした。

　二十五歳を迎えるまではきわめて正常だった。ところがその年、アメリカでの休暇中に不運にも災難に見舞われた。シカゴだかサン・フランシスコだかマイアミだか――フリア叔母さんはうろ覚えだった――のキャバレーで、若きアドルフォは人妻を口説きおとした（と思った）。彼女に連れていかれたホテルでことの真っ最中、彼は背中にナイフの刃先を感じた。ふり返るとそこには二メートルはあろうかという片眼の男が立っていた。時計とメダル、それにドルを奪われただけで、殴られもせず、怪我もなく済んだのだが、それが不幸の始まりだった。それっきりになってしまったのだ。つまりそのとき以来、女性と二人になり、いざ行為に及ぼうとすると、背筋に冷たい金属の感覚が甦り、片眼の男の頬傷のある顔が脳裏に浮かぶので、冷や汗をかき、気力が萎えてしまうのだった。ありとあらゆる医者や心理学者の診察を仰ぎ、しまいにはアレキーパの祈禱師にすがったばかりか、満月の夜に火山のふもとで生き埋めにされたこともあった。

「ひどい言い方、馬鹿にするのはよくないわ、かわいそうじゃないの」オルガ叔母さんは体を震わせて笑っていた。

「もし彼がずっとあのままだという保証があればそりゃ結婚するわよ、お金のためにね」フリア叔母さんはあっけらかんと言った。「でももし私のおかげで治ったりしたら……。冗談じゃない、あの爺さん、私相手に今までの分を取り戻そうと必死に頑張るわ」

　パスクアルがアレキーパ生まれの上院議員の冒険を知ったら、きっと大喜びしただろう、そして張り切ってニュースの時間をそっくりそれに充てたにちがいないと思った。ルーチョ叔父さんはフリア叔母さんに、そんなに選り好みをしていたら、ペルーで結婚相手を見つけることなどできっこないと忠告した。すると彼女は、ここもボリビアと同じで、いい男は貧しく、裕福な男は不細工で、まれに金持ちのいい男がいたとしてもきまって結婚しているのだとぼやいた。それから急に僕の方を向き、一週間も顔を出さなかったのは、また映画に連れて行かれると思ったからかと訊いた。僕は違うと答え、試験のせいだと言い繕ってから、今夜にでも行こうと提案した。

「素敵、じゃあレウロ座に掛かってるのがいいわ」そう言って彼女は独裁者さながらさっさと決めてしまった。「うんと泣ける映画なの」

ラジオ・パナメリカーナに戻るバスの中で、アドルフォ・サルセードの話をネタにもう一度短篇を書いてみようかと、あれこれ思いを巡らせた。モーム風に軽くて爽やかなものにするか、モーパッサンみたいに邪悪でエロチックなものにするか。局ではジュニアの秘書のネリーがデスクで一人くすくす笑っていた。何がおかしいんだ？

「ラジオ・セントラルでペドロ・カマーチョと大へナロがもめたのよ」と彼女は言った。「あのボリビア人、ラジオ劇場にはアルゼンチン人の俳優は一切使わないって言ったの、でなきゃ辞めてやるって。ルシアノ・パンドとホセフィナ・サンチェスが味方したので、結局彼の思いどおりになったわ。アルゼンチン人との契約は破棄、愉快でしょ」

その頃局内では、ペルー人のアナウンサーや司会者、声優たちと、同じ職種のアルゼンチン人たち――ペルーに押し寄せていた彼らの多くは政治的理由で国を追われた人々だった――との間に激しいライバル意識が存在したので、ボリビア人の物書き先生も、土着民の血を引く同僚たちの共感を得るためにそうした戦略をとったのだろうと想像した。しかしそうではなかった。僕はすぐに、彼には何かをそんな風に打算的に行うことは無理だと気づいた。アルゼンチン人一般に対する、そしてとりわけアルゼンチンの俳優や女優たちに対する彼の嫌悪は、必ずしも私利私欲に由来するわけではなさそうだった。七時のニュースのあと彼に会いに行き、しばらく暇だからと言って、必要なデータを集める手伝いを申し出た。すると彼は僕を自分の巣穴へ招き入れ、彼の椅子を除けば腰掛けられる唯一の場所、デスクがわりに使っていたテーブルの隅を気前よくすすめてくれた。相変らずいつもの背広に蝶ネクタイ姿の彼の前には、タイプされた原稿がすでにうず高く積まれていた。リマの地図は、壁に画鋲で止めてあった。様々な色が加えられた地図には、奇妙な記号が赤鉛筆で描かれ、異なるイニシャルが地区ごとに書き込んであった。僕は彼に、それらの記号と文字の意味を質問した。

彼はいつものように、自己満足とある種の親切心とを含んだほほえみを機械的に浮かべて頷いた。そして椅子に座り直すと、熱弁をふるった。

「私の仕事は人生と関わっている。ちょうどブドウの木が根株と切り離せないように、私の作品は現実と密接につながっているのだ。これが必要なのはそのためだ。私は現実の世界がこのとおりなのかそうでないのかを知りたい」

彼が地図を指差したので、僕は言わんとすることを理解しようと顔を近づけてみた。イニシャルは暗号そのもので、それが意味しそうな団体名、個人名はひとつも思いつかなかった。唯一確かなことは、ミラフローレスとサン・イシドロ、ビクトリア、カヤオといった互いに似たところのない地区が、赤丸で囲んであることだった。僕は、さっぱり分からないので説明してほしいと彼に頼んだ。

「ちっとも難しくはない」彼は神父みたいな声でじれったそうに答えた。「何よりも重要なのは真実であり、真実は常に芸術だ。ところが嘘偽りは芸術ではない。かりにそうであるとしても、そんなことはまれにしかない。私はリマが、地図に私が描いたとおりの街かどうかを知らねばならない。たとえば、サン・イシドロ地区はＡＡでいいのか。高貴な血統（アルト・アボレンゴ）、気高き貴族階級（アリストクラシア・アフォルトゥナダ）地区か」

彼は頭文字のＡを強調し、「日の光が見えないのは盲人のみ」とでも言いたげな話し方をした。彼は階層にしたがってリマの地区を分類していたのだ。面白いのはその分類と命名の仕方で、それぞれに特殊な名がつけられ、当たっている場合もあったものの、完全に独断的としか言いようのないものもあった。たとえば、ヘスス・マリアが頭文字ＭＰＡ（中産階級＋自営業＋主婦）に対応することについては僕も同意した。けれどビクトリアとポルベニールにＶＭＭＨ（浮浪者＋オカマ＋ごろつき＋娼婦）の烙印（らくいん）を押すのは正しくないし、カヤオをＭＰＺ（船員＋漁師＋黒ん坊（サンボ））、セルカードとアグスティーノをＦＯＬＩ（女中＋工員＋農民＋インディオ）だと決めつけるのはきわめて問題だと言ってやった。

「この分類は科学的ではなく、芸術的なものだ」彼はピグミー族の手を魔術師のように動かしながら答えた。「私が興味をもつのはその地区を構成しているすべての人々ではなく、最も際立った、それぞれの地域に香りと色彩を与えている人々なのだ。もし産婦人科医を登場させるとすれば、彼はその職業にふさわしいところに住んでいるべきであるし、それが警察の軍曹であっても同じことが言える」

街の人間模様についての長ったらしいが傑作な（といっても僕にとってであり、彼自身はまるで葬式に立ち会っているみたいに真面目くさっていた）尋問につき合わされるうちに、彼が最も関心を抱いているのが、極端な存在ばかりであることに気づいた。億万長者と乞食、白人と黒人、聖者と犯罪者。僕の答えにしたがって、一瞬たりとも躊躇せず素早く地図にイニシャルを書き加えたり、変更したり、消したりするのを見ていると、どうやらずいぶん前からその分類法をあみ出し、使っているように思えた。なぜミラフローレス、サン・イシドロ、ビクトリア、カヤオの四地区だけに丸をつけてあるんですか？

「なぜなら、間違いなく主要な舞台になるからだ」彼はそれぞれの地区をぎょろ目で眺めつつ、ナポレオン張りの自信をこめて言った。「私は中途半端な色や濁った水、薄いコーヒーが嫌いな人間だ。私が好むのは、イエスかノー、男らしい男と女らしい女、昼か夜。わが作品には、必ず、貴族か賤民、売春婦か聖母が登場する。中流からは霊感が得られない。聴取者だって私と同じことを考えてる」

「ロマン派の作家みたいですね」と僕はつい言ってしまったのだが、タイミングが悪かった。

「何と言おうと、彼らの方が私に似ているのだ」彼は椅子から飛び上がると語気を荒らげた。「私は一度たりとも人の真似をしたことはない。何を非難されようと構わないが、盗作の汚名だけは別だ。それどころか、不埒なことに、この私こそ絶えず盗作の被害に遭ってきたのだ」

　ロマン派の作家に似ていると言ったのは、侮辱しようとしたからではなく、ただの冗談にすぎなかったのだと僕は説明しようとした。けれど彼は聞いていなかった。なぜなら、突然怒りを爆発させ、舞台で観客を前にしているかのように身振りを交えながら、大声で悪態をつき始めたからだ。

「アルゼンチンに行ってみるがいい。ラプラタの三文文士どもに穢（けが）された私の作品が国中に溢れている。アルゼンチン人に出くわしたことがあるかね？　彼らを見たら道を変えるんだ。アルゼンチン人気質ははしかみたいにうつるからな」

　彼は蒼（あお）ざめ、小鼻をひくひく震わせた。そして歯を食いしばると不愉快そうに顔をしかめた。彼のもうひとつの人格が現れたことにまごついた僕は、何やら一般論めいたことを口ごもりながら言った。ラテンアメリカには著作権に関する法律がなく、知的財産が保護されていないのは嘆かわしいことです。ところがまたしても失敗だった。

「そんなことは言っとらん。盗作されようがされまいがどうでもいい」彼はますます腹を立てて言った。「芸術家の仕事は名声が目的じゃない、人を愛するがゆえに仕事をするのだ。たとえタイトルを変えられようと、私の作品が世界に広まるなら願ってもないことだ。ラプラタ川あたりの悪文家どもを許せないのは、私が書いた台本をいじくり回し下卑たものにしてしまうからなのだ。あの連中がどうするか知っているかね？　タイトルや登場人物の名を変えるなどというのは序の口だ。それだけじゃない。決まってアルゼンチン的味つけをする。例の……」

「傲慢にして」今度こそ的を射たはずだと思い、口をはさんでみた。「上品ぶった調子で」

するとと彼は、軽蔑したように首を横に振り、悲劇的なまでに厳粛な顔つきで、くぐもった声をゆっくりと部屋に響かせながら、とても彼の口から出たとは思えない下品な言葉を吐いた。

「すけべえかつオカマ野郎みたいな調子だ」

僕は、彼の舌を引っぱり出して、なぜ普通の人々にも増して激しくアルゼンチン人を忌み嫌うのかその訳を知りたい気がした。でも、ここまで取り乱している彼を見ると、敢(あ)えて聞くことはできなかった。彼は苦り切った顔で、幻影を振り払うかのように片手を目の前で動かした。そして、痛々しい表情のまま部屋の窓を閉め、レミントンのローラーを元に戻すとカバーをかけた。それから蝶ネクタイを締め直し、机から分厚い本をとり上げて脇にはさむと、外へ出ようと合図した。そして電気を消し、部屋の外から鍵をかけた。僕は何の本を持っているのか訊いてみた。すると彼は、猫を撫でるように優しく本の背に触れた。

「数々の冒険を共にしてきた同志」僕に本を差し出しながら彼は熱っぽくつぶやいた。

「忠実な友、そして仕事のよき助手よ」

スペインのエスパサ・カルペ社から有史以前に出たその本――分厚い表紙はこの世の

ありとあらゆる染みと傷で汚れ、紙は黄色くなっていた——は、仰々しい略歴を持つ無名の著者（アダルベルト・カステホン＝デ＝ラ＝レゲラ、ムルシア大学にて古典文学、文法、修辞学の学士号を取得）によるもので、『世界百大作家の一万の文例』というおそろしくスケールの大きいタイトルがついていた。そして「セルバンテス、シェイクスピア、モリエールらが語る神、人生、死、愛、苦悩、など……」と謳った副題が添えられていた。

僕たちはベレン街に出た。彼と握手をするとき、ふと腕時計に目をやった。そのとたん心臓が飛び出しそうになった。なんともう十時。芸術家氏と三十分ばかりつき合ったつもりが、実際はリマ社会と噂の真相の分析とアルゼンチン人憎悪に三時間も費やしていたのだ。パナメリカーナに駆けつける道すがら、パスクアルが九時のニュースの十五分間を、トルコの放火魔やポルベニールの幼児殺害で埋めつくしてしまったに違いないと思った。しかし事態はそれほどひどくはなかったようだ。エレベーターの中で会ったヘナロ親子は怒っていない様子だった。彼らは、ルーチョ・ガティーカが、その日の午後パナメリカーナと交わした独占契約によって、一週間リマに来ることになったと教えてくれた。オフィスに戻った僕は原稿をチェックしてみた。するとどれもまずまずのできだった。そこで外に出て、ミラフローレス行きのバスをつかまえるためにサン・マルティン広場までのんびりと歩いた。

祖父母の家に着いたのは夜の十一時で、二人とももう眠っていた。いつものように僕の夕食がオーブンの中に用意してあり、その日はライスを添えたカツレツと目玉焼き――僕の大好きなメニューだ――が載った皿のほかに、震える文字で書かれた書き置きが残されていた。「ルーチョ叔父さんより電話あり。一緒に映画に行くはずだったフリアにお前は待ちぼうけを食わせた由。礼儀知らず、彼女に電話して謝るようにとのこと。祖父」

ボリビア人の物書き先生にかまけて、ニュースを数本すっぽかした上に、女性とのデートの約束を忘れてしまうというのはさすがに行き過ぎだと思った。意図したわけではないが非礼を働いてしまったために、不愉快な気分で床についた。なかなか寝つけず、何度も寝返りを打ちながら、横柄にも無理やり僕を映画に行かせようとした彼女が悪いのだと自分に言い聞かせ、次の日電話でどう弁解したものかと考えた。もっともらしい言い訳は思いつかず、かといって敢えて本当のことを言う気もなかった。そこで僕は、むしろ思い切った行動に出た。八時のニュースを終えてから、旧市街の花屋へ行き、百ソルもするバラの花束にカードを添えて彼女に届けるよう頼んだ。カードには、さんざん迷った揚句(あげく)、簡潔でしゃれていて最高の出来と思われる、こんな文句を書いた。「言い訳に代えて」

その日の午後は、ニュースとニュースの合間を利用して、アレキーパの上院議員の悲劇をネタにしたピカレスク仕立ての官能的短篇の下書きをいくつか書いた。そして夜も本腰を入れてその作業を続けるつもりだったのだが、〈エル・パナメリカーノ〉が終ったあとハビエルがやってきて、バリオス・アルトスの降霊術の会に僕を連れて行ってくれた。霊媒師は公証人で、僕も貯蓄銀行のオフィスで会ったことのある男性だった。彼の噂はハビエルからは何度も聞いていた。というのもハビエル自身彼から、死者の霊に煩わされているという話を四六時中聞かされていたからだ。それによると、正式な降霊会で霊を呼び寄せるときばかりでなく、まったく予期しないときでも突如霊が降りてきて、彼と交信しようとするということだった。霊たちは彼をからかうのが常だった。たとえば、夜明けに電話のベルが鳴るので受話器をとると、電話の向こうから、半世紀ほど前に亡くなりその時から煉獄に住んでいる（彼女自身が教えてくれたそうだ）曾祖母の、聞き違えようのない笑い声が聞こえてくるのだった。霊たちは、彼が大型、小型のバスに乗っていようが道を歩いていようがおかまいなしにやってきた。たとえ耳許で話しかけられても、彼は黙って聞こえないふりをして（「霊を無視する」と言っていたような気がする）、人から狂人扱いされないようにしなければならなかった。この話にとても興味を引かれた僕は、その公証人兼霊媒師の降霊会を開いてもらうようハビエルに頼んでおいたのだ。けれど、霊媒師は申し出を受け入れてはくれたものの、天候の具合がよくないとかなんとか言って何週間も先送りにしていた。月齢や潮の変化に加えて、霊たちはもっと細かいことにさえ敏感らしく、湿度や星の位置、風向きなどすべての条件を満たす日を待たなければならなかったのだ。そしてついにその日がやってきたのだった。

公証人兼霊媒師の家を見つけるのはひと苦労だったが、ようやく、カンガリョ通りに面した大きな屋敷の裏手にある狭くてむさくるしいアパートにたどり着いた。じかに接してみると、彼はハビエルの話と異なり、さして面白くない人間だった。六十すぎの独り者で、頭は禿げあがり、湿布の匂いをぷんぷんさせ、目つきは牛を思わせた上に、会話ときたら陳腐そのもので、あれでは誰も霊と交信できる人間とは思わなかっただろう。彼はいまにも崩れ落ちそうな油染みた小部屋に僕たちを通すと、フレッシュチーズがちょっぴり乗ったクラッカーと雀の涙ほどのピスコ酒でもてなした。そして十二時になるまで、代り映えしない調子で彼岸体験について語り続けた。話は二十年前、妻に先立たれたときに遡る。妻の死によって深い悲しみの淵に立たされた彼を、ある日ひとりの友人が降霊術の世界へといざない、救い出したのだ。それは彼のそれまでの人生で最も重要なできごとだった。

「愛していた人々の姿を目にしたり、声を聞けるからというだけではありません」彼は洗礼の儀式の話をするかのような口調で言った。「時間を忘れてしまうくらい楽しいからです」

彼の話を聞いたかぎりでは、死者と語らうというのは本質的には映画やサッカーの試合を観るようなものらしかった（もちろん、それほど面白くはないが）。彼によれば、死後の世界はひどく日常的で退廃的なのだそうだ。死者が彼に話したことから判断すると、向こうとこちらの生活には「質的な」違いはなかった。霊たちも病気にかかるし恋もする、結婚もすれば子供も産む。それに旅行だってするという具合だ。ただひとつ違うところは、彼らが決して死なないことだった。僕は殺意をこめた目でハビエルをにらんだ。そのとき時計が十二時を告げた。すると公証人は僕たちをテーブル（丸いのではなく四角いのだった）の周りに座らせて明かりを消し、手をつなぐよう指示した。一瞬沈黙が訪れ、僕は期待のあまり落ち着かなくなった。ようやく面白くなりそうだった。ところが、霊がやってきても、公証人はあいかわらずの口調で、退屈きわまりない質問をしはじめただけだった。「で、元気かね、ソイリータ。声が聞けて嬉しいよ。ここにいるのは友達だ、とてもいい人たちで、あんたの世界と話がしたいそうだよ、ソイリータ。え、何だって。ああ、挨拶したいのかね。お安い御用だ、ソイリータ、あんたの代わりにしておくよ。彼女がくれぐれもよろしくと、それとできることなら彼女が一刻も早く煉獄から出られるようにときどき祈ってほしいと言ってます」。ソイリータに続いて親類やら友人やらがぞろぞろとやってきては公証人を相手に同じような会話を繰り返していった。誰も彼もが煉獄にいて、僕たちに挨拶をしては、祈ってほしいと頼むのだった。ハビエルは、半信半疑のままではいやだと言って、地獄にいる誰かの霊を呼んでもらおうとしたが、霊媒師はためらいもせず、無理だと答えた。そこにいる人間を呼び出せるのは、奇数月の最初の三日間に限られ、それも辛うじて声が聞こえるに過ぎないのだった。そこでハビエルは、彼の母親や、彼自身、そして兄弟たちを育てた乳母の降霊を頼んだ。するとドニャ・グメルシンダが現れた。彼女は挨拶を済ませると、ハビエルのことを懐しがり、もう主に会うために煉獄を出る仕度をしているところだと話した。続いて僕が公証人に、兄のファンの霊を呼んでほしいと頼むと、驚いたことに（なぜなら僕にはもともと兄弟なんていなかったのだ）やはり霊がやってきて、霊媒師の穏やかな声を通して、自分はもう神の御許にいるので心配はいらない、いつも僕のために祈っている、と言った。この知らせにすっかり安心した僕は、降霊会をよそに、頭の中で上院議員についての短篇を書くことにした。まず、「未完の顔」という謎めいたタイトルを思いついた。さらにハビエルが飽きもせず公証人に、天使かせめてマンコ・カパクのような歴史上の人物を招喚してくれとせがんでいる間に、僕は、上院議員がフロイト的な妙案で問題を解決するという結末まで決めていた。彼は、愛を交わすとき、妻に海賊の使うアイ・パッチをつけさせるのだ。

会は午前二時近くに終った。バス停のあるサン・マルティン広場まで運んでくれるタクシーを探してバリオス・アルトス界隈を歩きながら、僕はハビエルに当たりちらした。彼のせいで僕にとってのあの世は詩と神秘を喪失してしまい、彼のせいで人は死ぬとみな能無しになることが明白になり、彼のせいで僕はもう不可知論を唱えられなくなり、実在する来世にとこしえの痴呆と退屈が待ちかまえていることを確信しつつ生きていかざるをえなくなったとなじってやったのだ。そしてタクシーをつかまえ、罰としてハビエルに勘定を持たせた。

家には例のカツレツ、目玉焼き、ライスと一緒に新しい伝言が置いてあった。「フリアより電話あり。届いたバラがとてもきれいで気に入った由。とはいえバラが、数日内に彼女を映画につれていく義務からお前を解放した訳ではないとのこと。祖父」

　あくる日はルーチョ叔父さんの誕生日だった。プレゼントにネクタイを一本買った僕は、正午に叔父さんの家へ行くつもりだったのに、折悪しくヘナロ・ジュニアが仕事場に現れ、〈ライモンディ〉での昼食に付き合わされるはめになった。彼は、月曜日から始まるペドロ・カマーチョのラジオ劇場のために、日曜日の新聞に打つ広告の文句を考えてほしいと言った。宣伝用のコピーならば、当の芸術家先生が参加するのが道理じゃありませんか？

「それが首を縦に振ってくれなかったんだ」ヘナロ・ジュニアは煙突みたいに煙草を吹かしながらそう説明した。「自分の台本なら、宣伝などしなくても勝手に流行るとかなんとか、馬鹿げたことを言って。とにかく一筋縄じゃいかないよ、次から次へと妙なことをしでかすんだから。アルゼンチン人の一件はもう聞いただろ。おかげでこっちは契約をキャンセルして、賠償金を払わざるを得なくなった。うぬぼれるだけのことはあると思わせる番組になるといいんだが」

　二人でニベを二尾平らげ、よく冷えたビールを飲み、〈ライモンディ〉が老舗であることを証明するために置いてあるように見える灰色の小ネズミたちが梁の上を列になって走るのをときおり眺めながら宣伝文句を考えているとき、ヘナロ・ジュニアはペドロ・カマーチョに関するもうひとつの悩みを打ち明けた。それはリマでのデビュー作となる彼の四本のラジオ劇場の主人公のことだった。つまり四本とも、「奇跡的な若さを保った」五十代の男の物語だったのだ。

「どの調査結果を見ても、聴取者は三十から三十五歳までの主人公を望んでいると説明してやったんだが、聞く耳持たずでね」口と鼻から煙を吐きながらジュニアが嘆いた。「ひょっとして、俺は失敗をしでかしたのだろうか。あのボリビア人はとんでもない喰わせ者かもしれないな」

僕は、前の晩、ラジオ・セントラルの小さな仕事場で話をしたときに、芸術家氏が男の五十歳について熱弁をふるったのを思い出した。男はこの歳で知的にも性的にも頂点に達するとともに、自分の経験を生かせるようにもなると彼は言った。曰く、この年齢の男は異性の欲望を最もそそり、同性には最も恐怖を覚えさせる。そしてどこか胡散臭い調子で、老いとは「自分の意のままになる」ものなのだと主張したのだった。僕はそのとき、ボリビアの物書き先生が五十歳を迎え、老いることを怖れているのだろうと推論した。大理石でできた精神にも、一条の人間的な弱さがあったのだ。

番組の宣伝を作り終えたときには、もうミラフローレスに寄るには時間が遅かったので、とりあえずルーチョ叔父さんに電話をして、夜挨拶に行くと伝えた。まだお祝いに来た一族でごったがえしているだろうと思っていたが、着いてみると、オルガ叔母さんとフリア叔母さんのほかにはもう誰も残っていなかった。親戚は昼のうちに次々と訪れ、すでに帰ったあとだった。三人はウイスキーを飲んでいて、僕にも一杯注いでくれた。

フリア叔母さんは、再びバラ――居間のサイドボードの上に生けてあるのを見たけれど、花束にしてはやけに少なかった――のお礼を言ってから、いつものように僕をからかい始め、彼女を待ちぼうけさせた夜どんな「予定」が突然入ったのかを知りたがった。大学の「女の子」かしら、それともラジオ局のキャリアウーマン？　青いドレスに白い靴の彼女は、顔には化粧を施し、髪は美容院でセットしていた。そして大きな声で屈託なく笑い、声はハスキーで、眼差しは挑発的だった。今さらながら、僕は彼女が魅力的な女性であることに気づかされた。ルーチョ叔父さんは興奮冷めやらぬ様子で、五十回目の誕生日は人生で一度しかない、だからみんなで〈グリル・ボリーバル〉へ繰り出そうと言い出した。去勢された倒錯上院議員（そんなタイトルはどうだろう？）についての短篇の執筆を二日連続で放っておくことになりそうだという考えが僕の頭をよぎった。しかし残念だとは思わなかったし、むしろそのパーティーに加われることがとても嬉しかった。僕をしげしげと見つめていたオルガ叔母さんは、服装が〈グリル・ボリーバル〉向きではないと判断し、ルーチョ叔父さんに洗濯したてのワイシャツと派手なネクタイを貸すように言って、僕のスーツのくたびれ具合と皺を目立たなくしてくれた。ワイシャツは大きすぎ、首がぶかぶかで気持ちが悪かった（そのためフリア叔母さんは僕のことをポパイと呼び始めた）。

それまで〈グリル・ボリーバル〉に行ったことがなかった僕は、そこが世界一上品で洗練された場所に思え、料理もかつて味わったことがないほどおいしく感じた。楽団がボレロやパソ・ドブレ、ブルースを演奏していた。ショーの花形は、ミルクみたいに白い肌をしたフランス女だった。マイクを愛撫するような淫らな印象を与えつつお色気たっぷりに歌う彼女に、アルコールのせいでますます機嫌がよくなったルーチョ叔父さんは、彼がフランス語と称する意味不明の喝采を送った。「ブラヴォォ！ ブラヴォォ！ マムアセル・チェリ！」。真っ先に踊りに飛び出したのは僕だった。しかも、オルガ叔母さんをダンスフロアに引きずりだしたのだ。これには自分でも驚いてしまった。というのも僕はダンスができなかった（文学的資質はダンスやスポーツとは相容れないと当時の僕は固く信じていた）からだ。ところがありがたいことに、フロアにはたくさんの人がいてすし詰め状態だった上に照明が暗かったので、踊れないことを誰にも気づかれずにすんだ。ルーチョ叔父さんが相手になると、フリア叔母さんは体をくっつけさせず、こみ入ったステップやターンを無理強いして、叔父さんにばつの悪い思いをさせていた。彼女の踊りは実に見事で、多くの紳士や淑女が彼女の動きを目で追っていた。

次の曲になったとき、僕はフリア叔母さんを誘い出した。そして彼女に自分が踊れないことを予め伝えた。けれど曲がすごくスローなブルースだったので、うまくパートナーを務めることができた。二、三曲続けて踊っているうちに僕たちは、ルーチョ叔父さん夫婦のテーブルから少しずつ遠ざかっていった。演奏が途絶えた瞬間、フリア叔母さんは体を離しかけたが、僕は彼女を引き止めて頬に、それも唇のすぐ近くにキスをした。すると彼女はまるで奇跡を目のあたりにしたかのごとく驚いて僕を見た。楽団の交代があり、僕たちは席に戻らざるをえなかった。フリア叔母さんはそこで五十という歳をネタに、ルーチョ叔父さんをからかい始め、その歳を過ぎると男は好色になるのだと言った。彼女はときおり、僕が本当にそこにいるのかどうか確かめるようにこちらをちらっと見やったが、その目には僕にキスされたことがまだ信じられない様子がありありと窺えた。オルガ叔母さんはすっかり疲れ、もう家に帰りたがっていた。それでも僕はもう一曲だけ踊りたいと言い張った。「インテリは悪に染まりやすい」ルーチョ叔父さんは世間の言い草が正しいことを確認すると、オルガ叔母さんを連れてダンスフロアへ上った。僕はまたフリア叔母さんを引っ張り出した。だが、踊っているあいだ、彼女はずっと（出会って以来初めて）黙ったままだった。まわりにはたくさんのカップルがいて、ルーチョ叔父さんとオルガ叔母さんのペアとの間に距離ができると、僕は彼女を少し引き寄せ頰をくっつけた。「ちょっと、マリオちゃん……」彼女が戸惑って囁くのが聞こえたけれど、僕はそれを遮り耳許で言った。「もうマリオちゃんなんて呼ばせないよ」彼女が顔を離して僕を見つめ、笑顔を作ろうとしたとき、僕はほとんど機械的に体を屈めて唇にキスをした。ほんのちょっと触れただけだったが、彼女は思いもよらぬ出来事に驚き、今回は一瞬踊りの足を止めた。彼女は今や完全に混乱していた。目は見開かれ、口はぽかんと開いていた。曲が終り、ルーチョ叔父さんが会計を済ませると、四人は店を出た。ミラフローレスへの道すがら——僕たち二人は後ろの席にいた——、僕はフリア叔母さんの手を取ると、両手で優しく握りしめ、ずっとそのままでいた。彼女は手こそ引っこめなかったものの、まだ驚きが収まらないらしく、口をきこうとしなかった。
祖父母の家で車から降りるとき、僕は彼女がいくつ年上なのだろうと自問した。

4

カヤオの夜はオオカミの口のようにじめじめと暗い。リトゥーマ軍曹は外套（がいとう）の襟を立て、手をこすり合わせると、任務につく用意をした。年の頃は五十代の真っ盛り、警察じゅうの尊敬を集める男だった。仕事のきつい所轄を愚痴ひとつこぼさずに次々と担当し、その体には犯罪と闘う中で受けた傷の痕がいくつか残っていた。ペルーの刑務所は、彼に手錠を掛けられた犯罪者でごったがえしていた。彼は日々の朝礼のときに模範としてその名が挙げられ、士官たちの演説の中で賞賛されたこともあり、二度に亘（わた）って叙勲にあずかっていた。しかしそんな名誉も、彼の勇気と誠実さに劣らぬ謙虚な態度を変えることはなかった。ここ一年はカヤオ第四分署に勤務し、三ヶ月前から港町担当の一軍曹にとって運命が課する任務の中で最も苛酷と言える、夜間パトロールを受け持っていた。

ヌエストラ・セニョーラ・デル・カルメン・デ・ラ・レグア教会の遠い鐘の音が十二時を告げると、リトゥーマ軍曹——広い額、鷲鼻、鋭い眼差し、実直にして善良な心——はいつもどおり時間きっかりに巡回を始めた。彼の背後では、闇に燃えるかがり火が古い木造の第四分署を照らしていた。彼は中の様子を思い浮かべた。ハイメ・コンチャ中尉は〈ドナルド・ダック〉を読み耽り、洟たれカマーチョとマンサニータ・アレバロの二人の巡査は淹れたてのコーヒーに砂糖を加え、今日唯一の囚人——チュクイートとラ・パラーダの間を走るバスの中で現行犯逮捕されたスリで、六人の怒り狂った乗客に殴られ、あざだらけになって署に連行されてきた——は牢の床で丸くなって眠っているのだろう。

彼はパトロールを、トゥンベス生まれで、海岸地方の舞曲トンデーロを趣のある声で歌う鼻ぺちゃソルデビーリャが担当しているプエルト・ヌエボのスラムから始めることにした。プエルト・ヌエボはカヤオの警官や刑事たちの恐怖の的だった。なぜなら板切れやブリキ、トタンに日干しレンガでできたバラックの迷路のなかでは、沖仲仕や漁師の仕事で日銭を稼いでいるのは一握りの住民にすぎなかったからだ。大部分は浮浪者、泥棒、酔っ払い、麻薬常用者、ひも、オカマ（もちろんこれに数限りない娼婦が加わる）で、何かにつけて刃傷沙汰が起き、ときには銃声さえ響いた。このスラムには上下水道も電気も、舗装道路もなく、法の番人の血が流れることも決して稀ではなかった。しかしその夜は珍しく静けさを保っていた。見えない石につまずき、鼻をつく排泄物や腐ったゴミの臭いに顔をしかめ、チャトを探して曲がりくねったスラムの路地を巡りながら、リトゥーマ軍曹は考えた。「寒さのせいで、夜遊びが好きな連中も早寝したらしいな」。というのも、季節は八月半ば、冬のさなかだったからだ。一面にたちこめた霧が目に映るものすべてをぼんやりと歪め、小止みなく降る小糠雨のために空気が湿っぽかったので、夜は悲し気で無愛想な雰囲気を漂わせていた。チャト・ソルデビーリャはどこへ行ってしまったのか。あの臆病者のトゥンベス男のことだから、寒さにめげたかごろつきに脅えたかして、暖かいところで一杯ひっかけようとワスカル大通りの酒場にでも行ったのかもしれなかった。「いや、あいつにそんな度胸があるわけがない」――リトゥーマ軍曹は思った――「今日俺がパトロールに出ることも、自分の持ち場を離れれば大目玉を喰らうことも分かってるはずだ」

　チャトは国の保冷庫が見える角の街灯の下にいた。彼はごしごし手をこすり、ばかでかいマフラーを顔に巻きつけて目だけ出していた。軍曹を見るなりびくっとしてピストルに手をかけた。そして誰だか分かると踵を鳴らした。

「驚かさないでください、軍曹殿」彼は笑いだした。「そんな風に暗闇から急に出て来たから、遠目に見て幽霊かと思いましたよ」

「幽霊とはよく言ったもんだな」リトゥーマは彼と握手をした。「どうせごろつきか何かだと思ったんだろう」

「この寒さじゃ、外にゃごろつきなんていませんよ、まったく」チャトは再び手をこすりだした。「こんな晩に外をほっつき歩こうなんて考えつくような気狂いは、あなたか私くらいのものです。それからあいつらだ」

　彼が保冷庫の屋根を指差したので軍曹が目を凝らすと、トタン屋根のてっぺんで、嘴を翼の中に入れ一列に並んで体を寄せ合っている六羽のヒメコンドルがかすかに見えた。「さぞかし腹を空かせているにちがいない」彼は考えた。「凍えながらも、何かの死臭を嗅ぎつけてあそこにいるんだろう」。チャト・ソルデビーリャは、電灯の薄暗い光の下で、手の中にすっぽりと収まってしまうほどちびた嚙み跡だらけの鉛筆で報告書に署名した。特に異状はなかった。事故〇件、犯罪〇件、泥酔者〇名。

「隠やかな夜ですね、軍曹殿」マンコ・カパク大通りへ向かって何ブロックか一緒に歩きながら、彼はそう言った。「このまま交代の時間が来てくれればいいんですがね。そのあとは世界が終ろうと知ったことじゃありません」

　彼は自分がさも愉快なことを言ったかのように大笑いした。リトゥーマ軍曹は「物の考え方に問題のある警官がいるな」と思った。するとそれを見すかしたのか、チャト・ソルデビーリャが真剣な顔で言い添えた。

「私はあなたとは違うのです、軍曹殿。私はこいつが好きじゃない。制服なんて食べていくために着てるだけですからね」

「俺に決定権があれば、お前はそいつを着てはいられんさ」軍曹はつぶやいた。「信念を持って仕事をしてる者だけを部隊に残すだろうからな」

「警察もえらく人気がなくなるでしょうね」チャトが言い返した。

「有象無象（うぞうむぞう）より少数精鋭の方がましというものだ」軍曹は笑った。

チャトも笑った。二人はグアダルーペの倉庫を囲む、悪童たちの投石でいつも街灯の電球が割れている空き地の暗がりを歩いた。遠い波の音が聞こえ、時折、アルヘンティーナ大通りを横切るタクシーのエンジン音も聞こえてきた。

「あなたは我々全員がヒーローになることを望んでおられる」突然チャトが切り出した。「このゴミためを守るために我々が命をかけることを」。彼はカヤオ、リマ、そして世界中を指さした。「そんなことしたって人にありがたがられると思いますか。往来で我々にぶつけられる言葉を聞いたことがないんですか。我々を尊敬してくれる人間がいますか。みんな我々のことを軽蔑してますよ、軍曹殿」

「ここで別れよう」マンコ・カパク大通りにさしかかるとリトゥーマは言った。「持ち場を離れるなよ。それにあまり悪く考えるな。部隊をはずれたらどうなるか分からんだろう、クビになれば野良犬みたいに辛い目に遭うぞ。小心者（ペチート）アンテサーナがいい例だ。我々に会いに署まで来ちゃあ目に涙を一杯浮かべて、『俺は家族をなくしちまった』と言ってたじゃないか」

　背後でチャトが文句を言うのが聞こえた。「女がいないのに何が家族なもんか」

　たぶんチャトの言うとおりなのだろうと考えながら、リトゥーマ軍曹は人っ子ひとりいない真夜中の大通りを歩いた。まさにそうだ、人々は警察のことなど好いてはいないし、怖い思いをしたときに思い出す程度なのだ。しかしそれが何だというのだ。彼は尊敬されたり、愛されるために汗水たらしている訳ではなかった。「俺は世間のことなどこれっぽっちも気にしちゃいない」そう思った。それならなぜ彼は警察について同僚たちのように考えないのか？　努力せずに甘い汁を吸い、上司の目が届かなければ油を売り、袖の下を取る彼らのように。なぜだ、リトゥーマ？　彼は考えた。「お前は好きなんだ。サッカーやレースが好きな人間と同じく、お前は自分の仕事が好きなんだ」。彼はもし今度どこかのサッカー気狂いに、「あんたはスポーツボーイズのファンかい、それともチャラーコのファンかい、リトゥーマ」と訊かれたら、「俺は警察のファンだ」と答えてやろうと考えた。夜霧と小糠雨の中で、自分の思いつきに満足した彼は笑い出した。と、そのとき物音がした。彼はびくっとして立ち止まり、ピストルに手をやった。あまりに驚き、危うく恐怖を感じるところだった。「あくまで危うくだ」彼は思った。「お前は今まで恐怖を感じたことなどなかったし、この先も感じないだろう、だいいち恐怖がどんなものかさえ知らないはずだぞ、リトゥーマ」。左側は空き地で、右手には臨海ターミナルに並ぶ倉庫群の最初の巨塊がそびえていた。そこから大きな音が聞こえてきた。木箱やドラム缶が崩れ、それが他の木箱やドラム缶を巻き込んで落ちていった轟音(ごうおん)だ。しかしあたりは再び静まり返り、遠い海の音、風がトタン屋根に当たったり、港のフェンスを通り抜けるときのひゅうひゅういう音以外何も聞こえなくなった。「ネズミを追っかけていた猫が木箱でもひっくり返し、連鎖反応であちこち崩れたんだろう」彼はそう思った。そして哀れな猫のことを、ネズミと一緒に積み荷や樽(たる)の山の下敷きになりぺちゃんこになった猫のことを考えた。すでに彼はもろこし(チョクロ)ロマンの持ち場に入っていた。だがもちろんチョクロはそこにはいなかった。持ち場の反対側のはずれにある〈ハッピーランド〉か〈ブルースター〉、あるいは通りの奥の、カヤオの口の悪い手合いが「梅毒横丁」と呼んでいる路地にぎっしり立ち並ぶ、そんな船乗り相手のちっぽけな飲み屋か売春宿のどこかに彼が入り込んでいることは、リトゥーマにはお見通しだった。そこでひび割れたカウンターに立ち、ビールの一杯でもたかっているのだろう。そうした巣窟の方に向かって歩きながら、リトゥーマはいきなり後ろに現れた自分を見てぎょっとするロマンの顔を想像した。「任務中に酒を飲んでるとはな。万事休すだ、チョクロ」

二百メートルほど進んだとき、彼は突然立ち止まった。ふり返ると、暗がりの中に、悪童どものパチンコから奇跡的に生き延びた街灯の光が、今は静まり返ったあの食庫の壁を弱々しく照らしているのが見えた。「猫なんかじゃない」彼は思った。「ネズミでもない」。泥棒だ。胸が高鳴り、額と両手が汗ばんでいるのが分かった。泥棒だ、泥棒にちがいない。わずかの間動かずにいたが、自分が現場に戻ることはもう分かっていた。彼には確信があった。今までに何度も経験したことのある胸騒ぎがした。ピストルを抜き、安全装置をはずすと、左手の懐中電灯を握りしめ、急いで現場に戻った。口から心臓が飛び出しそうだった。間違いない、あれは泥棒だ。息を切らして倉庫の前まで来ると、彼は再び立ち止まった。しかし一人ではなく徒党を組んでいるとしたら。チャトかチョクロを呼んでこようか。彼は首を振った。誰も必要ない、一人で十分、お釣がくるくらいだ。敵が大勢いれば向こうに不都合なだけで、自分には好都合だ。板壁に顔をつけて耳をすましてみたが、中は静まり返っていた。聞こえるのは遠い波の音と何台かの車の音だけだった。「泥棒だなんてどうかしてるぞ、リトゥーマ」彼は思った。「夢でも見てるんじゃないか。あれは猫かネズミだったんだ」。いつの間にか寒くなくなり、体のほてりと疲労を感じていた。食庫の周辺を歩いて扉を探した。やがて扉を見つけ、懐中電灯で確かめると錠前は壊されていなかった。「はずれだったな、リトゥーマ、お前の鼻も昔ほどきかなくなったってことさ」と独り言を言いながら立ち去ろうとしたとき、機械的に動かしていた懐中電灯の黄色い光の輪の中に、穴が浮かび上がった。それはドアから二、三メートルのところにあり、壁板を斧(おの)か足で乱暴に壊して開けたものだった。その穴は人ひとり這って入るのに十分な大きさだった。

心臓が早鐘のように鳴った。彼は懐中電灯を消し、ピストルの安全装置がはずれているのを確かめると、周りを見回した。どこもかしこも真っ暗だった。はるか彼方、ワスカル大通りの街灯がマッチの火のように見えた。彼は空気を胸一杯吸い込むと、あらん限りの力を込めて大声を上げた。

「部下たちにこの倉庫を包囲させろ、伍長。逃げ出そうとする者がいればただちに発砲するんだ。全員急いで配置につけ！」

そして真実味をもたせるために大きな足音をたてて端から端まで走り回った。そのあと倉庫の壁に顔をくっつけ、喉から声をふり絞って叫んだ。

「万事休すだ。お前たちは失敗したんだ。完全に包囲されているぞ。入ったところから一人ずつ出てこい。三十秒やる。おとなしく従うんだ！」

叫び声は反響し、夜のしじまに吸い込まれていった。そのあとは、波の音と犬の吠える声が聞こえるばかりだった。三十秒ではなく、六十秒数えた。彼は思った、「これじゃまるで猿芝居だ、リトゥーマ」。すると怒りがこみ上げてきた。彼はどなった。

「目を離すな。逃げようとしたら一斉に撃つんだ、伍長！」

そして果敢に四つん這いになると、年齢や着込んだ服をものともせず素早く穴をくぐり抜けた。中に入ると即座に立ち上がり、つま先立ちで建物の片側に駆け寄って背中を壁につけた。何も見えなかったが懐中電灯を点けたくはなかった。物音はまったくしなかったものの、彼は確信を強めた。誰かがそこにいて、暗闇に身を潜め、彼同様耳をすまし、目をこらしている。呼吸が、激しい息づかいが聞こえてくる気がした。彼は引き金に指をかけ、ピストルを胸に構えた。そして三つ数え、明りを点けた。すると突然大声がした。驚いた彼の手から懐中電灯が落ち、床を転がった。それは黒い影や綿らしき包み、樽、建物の梁、そして（一瞬、あろうことか）裸でうずくまる黒人の姿を浮かび上がらせた。黒人は両手で顔を覆いながらも指の隙間から怯えた瞳をのぞかせ、あたかも危険が光そのものからやってくるかのように懐中電灯を見つめた。

「動くな、でないと撃つぞ。動くと貴様の命はないぞ、黒ん坊（サンボ）！」リトゥーマは吠えるように言った。力みすぎて喉が痛んだが、前かがみになり、手探りで懐中電灯を探した。そして満足感を味わいながら荒々しく言った。「万事休すだ、サンボ！　失敗したんだ、サンボ！」

　叫びすぎたせいで頭がくらくらした。拾い上げた懐中電灯の光の輪が、黒人を探して舞った。黒人は逃げもせず同じところにいた。リトゥーマは信じがたい光景に目を見開いた。幻でも夢でもなかったのだ。男は素っ裸だった、そう、靴も下穿き（したばき）もシャツも一切身につけず、生まれたままの姿をしていた。羞恥心はおろか裸だという自覚すらないようだった。というのも、懐中電灯の光を浴びて陽気に踊っている汚らわしい部分を隠そうともしなかったからである。あいかわらず怯え、指で顔を覆っていた。光に催眠術をかけられ動けないのだ。

「両手を頭の上にのせるんだ、サンボ」軍曹は距離を置いたまま命じた。「体に一発ぶち込まれたくなければおとなしくしろ。私的建造物不法侵入罪、ならびにその双子の坊やをぶらぶらさせてうろついた廉（かど）で貴様はブタ箱行きだ」

　そして同時に——倉庫の暗がりに潜んでいるかもしれない共犯者のたてるわずかな物音も聞き逃すまいと耳をすませながら——リトゥーマ軍曹はつぶやいた。「こいつは泥棒じゃない。狂ってるんだ」。真冬に素っ裸でいることだけでなく、見つかったときに発した叫び声からもそう思われた。まともな人間ではない、軍曹はそう判断した。人の声というよりは獣の遠吠え、ロバの鳴き声、高笑い、犬の鳴き声、それらを足して四で割ったような実に奇妙な音だった。喉だけでなくお腹と心臓そして魂から出た音のようだった。

「両手を頭の上に置けと言っただろう、糞っ」そう叫ぶと軍曹は黒人の方へ一歩踏み出した。だが男は言うことを聞かず、微動だにしなかった。真っ黒な体は、暗がりでもあばらが浮き出ているのが分かるほど痩せ細り、足は細長い棒みたいだったが、異常に大きなお腹が恥骨の上まで垂れ下がっていた。リトゥーマはすぐさま、スラムで見かける、寄生虫にやられてお腹が膨らんだ骨と皮ばかりの子供たちを思い出した。黒人が顔を覆ったまま動こうとしないので、軍曹はもう二歩前に出て、いつ逃げ出してもおかしくない相手との距離を測った。「狂った人間にはピストルも役に立ちゃしない」と思いながら、さらに二歩踏み出した。サンボとの距離は二メートル足らずになり、このときはじめて男の肩や腕、背中に模様のように刻まれた傷痕が見えた。「何だこれは」リトゥーマは考えあぐねた。病気なのか？　それとも傷か火傷の痕か？　そして相手を怯えさせないよう声を低めて言った。

「そのままおとなしくしてるんだぞ、サンボ。両手を頭にのせて、お前が入ってきた穴に向かって歩け。いい子にしてたら署でコーヒーを飲ませてやる。凍え死にしそうだろうが、こんな寒い晩に素っ裸でいるなんて」

あと一歩前に出ようとしたとき、男は突然顔から手を離し——くしゃくしゃに固まった長髪からのぞいたぎょろりとした目玉、恐ろしい傷痕、そして分厚い唇から飛び出たたった一本しかない長くとがった前歯を見たリトゥーマは、驚きのあまり体がすくんでしまった——再びあの意味不明な、人間のものとは思えない叫び声を上げた。そして逃げ道を探す動物のように落ち着きがなく、手のつけられない、苛立った様子で左右を交互に眺めたあげく、あろうことか愚かにも、軍曹が立ち塞がる場所をめがけて突進してきた。だが襲いかかろうとしたわけではなく、彼の体の脇をすり抜けるつもりだったようだ。男が走り出すというあまりに予想外のことが起きたために、リトゥーマは男を阻むことができず、まともにぶつかってしまった。それでも軍曹は落ち着きを失わずにいたので、銃の引き金を引かず、弾を発射せずに済んだ。彼にぶつかるとサンボは鼻息を荒くした。リトゥーマは相手を押し返した。すると男はぼろ切れでできているかのように床に引っくり返ってしまった。そこで男を落ち着かせるために彼は足で軽く蹴った。「さあ立つんだ」そう命令した。「狂ってる上に間抜けだな、お前は。しかし何て臭いだ」

タールともアセトンとも小便とも猫ともつかぬ何とも言いようのない悪臭がした。男はあお向けになったまま、恐怖におののいた目で軍曹を見上げた。

「それにしても、一体どこから来たんだ」リトゥーマはつぶやいた。懐中電灯を少し近づけ、当惑しながらしばらくの間、男の顔、頬、鼻、額、顎を縦横無尽に走って首のあたりで消えているその信じがたい細い葉脈、直線的切り傷が無秩序に交差して描き出す模様を調べてみた。こんなまだら顔の男が、股間の双子を剝き出しにしたまま、どうして通報もされずにカヤオの街を歩いていられたのだろうか。

「さあ、立て、さもないとぶん殴るぞ」リトゥーマは言った。「狂っていようが狂っていまいがもうたくさんだ」

男はぴくりともしなかった。口からもれる例の音、さっぱり意味の分からないつぶやき、喉を鳴らして呻くようなその音は、人間というよりは、鳥か虫あるいは獣のそれに近かった。そして男は底知れぬ恐怖をたたえた瞳で相変らず懐中電灯の光を見つめていた。

「立ち上がれ、怖がらなくていい」そう言って軍曹は手を伸ばし、サンボの腕をつかんだ。男は抵抗しなかったが、立ち上がろうともしなかった。「がりがりじゃないか」リトゥーマは猫の鳴き声や水がごぼごぼいう音に似た、男が引っ切りなしに立てる声を半ば面白がりながら思った。「そんなに俺が怖いのか」。無理やり男を立たせると、信じられないほど軽く、壁の穴の方へ軽く押しただけで、倒れてしまった。しかしこのときは男も力をふり絞り、油の樽を支えにして自分で立ち上がった。

「貴様は病気か」軍曹は訊いた。「歩くこともできないじゃないか、サンボ。このでくの坊めが、どっから来たんだ」

彼は男を穴のところまで引っ張っていって屈みこませると、先に外へ出した。サンボはまるで口の中にある鉄の塊を吐き出そうとするかのように、引っ切りなしに呻き続けた。「間違いない」軍曹は思った。「こいつは気が違ってるんだ」小糠雨は止んでいたが、強い風が通りを吹き渡り、彼らの周りでヒューヒューうなりを上げていた。リトゥーマはサンボを押し立てて急がせ、第四分署へと向かった。ぶ厚い外套を通して冷気が伝わってきた。

「寒くて凍えそうだろう、相棒」リトゥーマは言った。「この季節にすっぽんぽん、おまけにこんな夜遅くときてる。肺炎にならなかったら奇跡ってもんだ」

黒人は胸の前で腕を組み歯をかちかち鳴らしながら、長く骨ばった手で、ここが一番寒いとでも言うように脇腹をこすっていた。いびきとも呻きともロバのいななきともつかぬ声を相変らず出し続けてはいたが、それも今では独り言となり、軍曹の指図に従って素直に道を曲がるのだった。通りを走る車もなく、犬も酔っ払いもいなかった。署に着いたとき——油染みた窓からもれる光を見てリトゥーマは、岸を見つけた遭難者のような喜びを味わった——ヌエストラ・セニョーラ・デル・カルメン・デ・ラ・レグア教会の耳障りな鐘の音が午前二時を告げていた。

軍曹が裸の黒人を連れて現れたので、若くハンサムなハイメ・コンチャ中尉は手に持ったドナルド・ダック——スーパーマン三冊と魔術師マンドレイク二冊を別にすればその晩四冊目——を落としこそしなかったものの、顎がはずれそうなほど口をあんぐりとあけた。ダイヤモンドゲームをしていた二人の巡査、カマーチョとアレバロも目をむいた。

「その案山子、どこから見つけてきたんだ」ようやく中尉が口をきいた。

「そいつは人間ですかそれとも獣ですか、それより生きてるんですか」マンサニータ・アレバロは立ち上がって黒人の臭いを嗅ぎながら尋ねた。男は署に足を踏み入れてからは生まれて初めて電灯やタイプライターや警察官を見るかのごとく恐怖に顔を引きつらせながら、声を出さずに周りをきょろきょろ見回していた。しかしマンサニータが近寄ってくるのを見ると、またも身の毛もよだつような悲鳴をあげて——リトゥーマの目にはびっくりして椅子ごと倒れそうになったコンチャ中尉や、ダイヤモンドゲームの駒をひっくり返すモコス・カマーチョの姿が映った——外に出ようとした。軍曹は男を片手で引き止め肩を少し揺すった。「静かにするんだ、サンボ。恐がらなくていい」

「臨海ターミナルの新しい食庫で見つけました、中尉殿」彼は言った。「壁をぶち破って入り込んだのです。調書には窃盗と書きますか、建造物侵入ですか、公然猥褻ですか、それとも三つともでしょうか」

　サンボは再びうずくまり、中尉とカマーチョとアレバロは男を足の爪先から頭のてっぺんまでじろじろ眺め回した。

「この傷は天然痘によるものではありませんね、中尉殿」マンサニータが顔と体の傷痕を差し示しながら言った。「これは刃物によるものです、信じられないことですが」

「生まれてこのかたこんなに痩せた人間は見たことがない」モコスが裸の男の骨張った体を見て言った。「こんなに醜い奴もだ。うわあ、すげえ髪をしてやがる。それになんて足だ」

「さあ、質問に答えろ」中尉が言った。「お前は何者なんだ、黒ん坊（サンボ）」

リトゥーマ軍曹は軍帽を脱ぎ、外套のボタンをはずした。それからタイプライターの前に座り、調書を作りはじめた。そしてそこからどなった。

「そいつは口がきけません、中尉殿。妙ちきりんな音を出すだけです」

「お前は気違いのふりをしてるんだろう」中尉は興味をそそられた。「こっちはそんな手にひっかかるほどガキじゃないんだ。さあ答えろ、お前がどこのどいつで、母親が誰なのかを」

「言わないと痛い目に遭わせるぞ」マンサニータが追い討ちを掛けた。「カナリアみたいに歌わせてやる、このサンボ野郎」

「だけどもしこの線が刃物による傷だとすると何千回と切られた勘定になるな」黒人の体にます目のように残る傷をためつすがめつしていたモコスが感心して言った。「でもどうしたらこんな痕がつくんだろう」

「死ぬほど寒いんだな」マンサニータが言った。「前歯がマラカスみたいに鳴ってるぜ」

「奥歯だろうが」モコスは訂正し、蟻（あり）でも見るようにそばに寄って調べた。「よく見ろ、前歯は一本しかないぞ、この象の牙みたいなのがな。まったく、なんて奴だ。悪い夢でも見てる気がするぜ」

「気が触れてるようです」リトゥーマはタイプを打つ手を休めずに言った。「この寒いなかをそんな格好で歩くなんて正気の沙汰じゃない。違いますか、中尉殿」

そのとき、背後で混乱が生じ、彼が振り返ると、何かに刺激されたサンボがいきなり中尉を押しのけ、カマーチョとアレバロの間を矢のように通り抜けるところだった。しかし男は外に向かうのではなく、ゲーム盤の置いてあるテーブルに向かった。リトゥーマは、男が食べかけのサンドイッチに飛びつきそれを口に放り込み、獣みたいに猛烈な勢いで貪(むさぼ)ると一気に飲み込むのを見た。アレバロとカマーチョが飛び掛かり、平手打ちを二発喰らわせても、黒人は残ったサンドイッチを同じように貪り続けていた。

「殴るんじゃない」軍曹が言った。「それよりコーヒーでも淹れてやれ。それが情けってもんだ」

「ここは慈善事業をやるところじゃないぞ」中尉が言った。「一体こいつをどう始末すりゃいいんだ」そして彼はサンボを見つめた。サンドイッチを食べ終えた男は床の上でじっと横になり、モコスやマンサニータに頭を殴られても、おとなしく、かすかにあえぎ声を上げるばかりだった。中尉もついに同情したのか、こうつぶやいた。「もういい、コーヒーでもやってから牢に入れておけ」

モコスがポットのコーヒーをカップに半分注いで男に差し出した。サンボは目をつぶり、ゆっくりとコーヒーを飲み干すと、アルミのカップを舐めて最後の一滴まで味わい、舌でカップを磨き上げた。そしておとなしく牢に運ばれていった。

リトゥーマは調書を見直した。窃盗未遂、建造物侵入、公然猥褻。デスクに座り直したハイメ・コンチャ中尉の視線は宙をさまよっていた。

「分かったぞ、誰に似てるのかやっと分かった」中尉は嬉しそうにほほえんで、リトゥーマにカラーの漫画雑誌の山を指差した。「ターザンに出てくる黒ん坊だ、アフリカの」

カマーチョとアレバロはダイヤモンドゲームを再開し、リトゥーマは軍帽をかぶって外套のボタンを掛けた。外に出ようとしたとき、目を覚ましたばかりのスリが甲高い声を張り上げ、新しい相棒のことで何かを訴えるのが聞こえた。

「おーい、助けてくれえ。こいつに姦(や)られちまうよ」

「黙れ。でないと俺たちがお前を姦っちまうぞ」中尉がたしなめた。「こっちはのんびり漫画を読みたいんだ」

通りに出たリトゥーマには、相変らず恐怖に囚われている痩せた中国人のスリの叫び声など気にもせず床に寝そべっている黒人が目に見えるようだった。「目を覚ましたらあの化け物とご対面か」そう言ってリトゥーマは笑った。そして彼のたくましい体は、再び霧と風と闇を切り裂いて進み始めた。彼はポケットに手を突っ込み、外套の襟を立て、うつむき加減で急ぐことなくパトロールを続けた。そしてまずは梅毒横丁へ足を運んだ。すると〈ハッピーランド〉のカウンターに肘をつき、泣き虫鳩(パロマ・デル・リヤント)という渾名(あだな)の、髪を染め入れ歯をはめたオカマの老バーテンダーが話す冗談を聞いて笑いこけているチョクロ・ロマンが見つかった。日誌にロマン巡査が「勤務時間中にアルコール飲料を摂取していた模様」と書き留めてはみたものの、自分の欠点にも他人の欠点にも非常に甘いコンチャ中尉のことだから、今回も大目に見てしまうだろうことがリトゥーマには十分すぎるほど分かっていた。それから海辺を後にし、夜になると墓場より寂しいサエンス・ペニャ大通りを遡り、市場地区を担当しているウンベルト・キスペをなんとかして捜さなければならなかった。屋台はどれも閉まっていて、階段やトラックの下に敷いた布ぶくろや新聞紙の上で丸くなって眠っている浮浪者の数もいつもより少なかった。市場の周りを意味もなく何度も回り、合図の口笛をさんざん吹いたあげく、コロン通りとコシュラネ通りの交差点でやっとキスペを見つけた。彼は、売上金を狙った二人の悪党に頭を割られたタクシー運転手を助け起こしているところだった。リトゥーマも手を貸し、頭を縫ってもらうために二人で運転手を保健所に運び込んだ。そのあと二人は最初に店を開けた魚屋のグアルベルタ婆さんの屋台で骨(あら)のスープを飲んだ。リトゥーマはサエンス・ペニャ大通りでパトカーに拾われ、レアル・フェリペ要塞まで一気に運んでもらい、要塞の城壁で警備にあたっている、署で一番若い小ちゃい手(マニータス)ロドリゲスの持ち場へ行った。驚いたことに彼は、暗闇の中で一人、石蹴りをしていた。真剣な顔つきでマスからマスへ、片足と両足を交互に使って跳んでいた彼は、軍曹を見るなり気をつけをした。

「運動で体を温めようと思いまして」そう言うと歩道に書いたチョークの線を指差した。

「小さいころ石蹴りをしませんでしたか、軍曹殿」

「むしろコマ回しだな。それに凧揚げも楽しかった」リトゥーマは答えた。

マニータス・ロドリゲスは、夜警もまんざらではないと彼に思わせたという出来事について話した。午前零時ごろ彼がパス・ソルダン街を巡回していると、一軒の家の窓から何者かが忍び込もうとしているのが見えた。そこでピストルを構え手を上げるよう命じると、男は泣き出し、自分はこそ泥ではなくその家の主人であり、闇にまぎれて窓から入ってくるよう妻に頼まれただけなのだと訴えた。ではなぜ普通の人間同様ドアから入らないのか？「なぜって家内は頭がおかしいんです」——男は涙ながらに語った——「私が泥棒の真似をして家に押し入った方が燃えるって言うんだから。ときにはナイフで脅せと言いだしたり、しまいには人に悪魔の格好までさせて。とにかく家内を喜ばせなけりゃ、キスひとつさせてくれないんですよ」

「お前がまだ洟たれ小僧なのを見て、からかったんじゃないのか」リトゥーマは笑った。

「本当に本当なんです」マニータスは言い張った。「私がドアを叩き、男と一緒に家に入ると、小さいくせに態度のでかい黒人の奥さんが出てきて夫の言う通りだと言ったうえに、自分たちには泥棒ごっこをする権利もないのかと食ってかかるんです。この仕事をしてるとこんなこともあるんですね、軍曹殿」

「そうだな」リトゥーマは同意しながらもさっきの黒人のことを考えていた。

「あんな嫁さんをもらったら、男も飽きないでしょうね、軍曹殿」マニータスは舌なめずりをした。

彼はリトゥーマと並んでブエノスアイレス大通りまで歩き、そこで別れた。ベヤビスタ地区との境——ビヒル通り、グアルディア・チャラカ広場——に向かう、ふだんなら疲労と眠気を感じはじめる長い道のりをたどりながら、軍曹は例の黒人のことを思い出していた。精神病院から逃げ出してきたのだろうか？　しかしラルコ・エレーラ精神病院ははるか遠くにあり、そこから来たのであればどこかで警官かパトカーに見つかり、捕まっているはずだった。ではあの傷痕は？　刃物で切られたのか？　そんなばかな、きっと痛いぞ、とろ火でじわじわあぶられるようなもんだ。だいいち傷を一本一本あんな風に顔中線だらけになるまでつけるなんて、冗談じゃない。とするとあれは生まれついてのものなのか？　夜の帳はまだ降りたままだったが、乗用車やトラック、早起きの人々の影が動き出し、朝の兆しが見えはじめていた。軍曹は自分に問いかけた。おかしな奴らならいくらでも見てきたはずのお前が、どうしてあの裸の男をそんなに気にするんだ？　彼は肩をすくめた。単なる好奇心さ、パトロール中はこんな風に何か考えていた方がいい。

アヤクーチョで勤務を共にしたことがあるサラテ巡査には、難なく会うことができた。日誌はすでにできあがり、サインがしてあった。衝突事故一件、けが人なし。その他異状なし。リトゥーマは黒人の話をしたが、サラテが面白がったのはサンドイッチの件だけだった。切手収集に情熱を燃やす彼は、軍曹と一緒に何ブロックか歩くあいだにも、前の日の朝、ライオンと毒ヘビが描かれている緑と赤と青の非常に珍しいエチオピアの三角切手数枚を、何の価値もないアルゼンチン切手五枚と交換した話を切りだした。

「だけど向こうはものすごく価値があると間違いなく思いこんでるって言うんだろ」リトゥーマは話を遮った。

いつもは愛想よくつきあってやるサラテのマニアぶりに、このときばかりは我慢できず、彼と別れるのが嬉しかった。空が青味を帯び、闇の中から幽霊のように、灰色がかった鉄錆(てつさび)色の建物からなるカヤオのごみごみした街並みが現れはじめた。軍曹は速足で歩きながら、署に着くまでにあと何ブロックあるかを数えた。だが、今急いでいるのは――彼は自分自身に告白した――、徹夜のパトロールで疲れているからではなく、もう一度あの黒人を見たいからなのだ。「どうやらお前はすべては夢で、黒ん坊などはじめからいなかったと思ってるらしいな、リトゥーマ」

けれど男は存在していた、署の留置場の床で結んだひものように身をよじって眠っていた。反対側の隅で眠りこんでいたスリの顔には脅えた表情がまだ残っていた。他の連中も眠っていた。コンチャ中尉は山積みの漫画本の上にうつぶせになり、カマーチョとアレバロは入口の腰掛けで肩を寄せ合っていた。リトゥーマはしばらく黒人を、その浮き出た骨、縮れ毛、分厚い唇、たった一本しかない前歯、幾千もの傷痕、震える体を、じっと眺めながら考えていた。「それにしてもお前はどこから来たんだ、サンボ」。そしてついに日誌を赤く膨れた目を開けた中尉に提出した。

「夜勤が明けたな」彼は粘つく口を開いた。「これで昼間は勤めなしだ、リトゥーマ」

「そして昼間は人生もなしというわけだ」と軍曹は思った。彼は力一杯踵を鳴らして暇(いとま)

を告げた。

　朝の六時、もはや自由の身だった。いつものように市場に寄って、グアルベルタ婆さんの店で熱いスープを飲み、ミートパイにフリホーレス豆のライス添え、カスタードクリームを食べ、コロン街のねぐらに帰った。なかなか寝つけず、ようやく眠りに落ちたとたんあの黒人の夢を見た。アビシニアの真ん中で、山高帽をかぶってブーツを履いた男は調教用の鞭(むち)を握り、何頭ものライオンと、赤や緑や青い色の毒ヘビに取り巻かれていた。鞭のリズムに合わせて猛獣たちが芸当を見せると、蔓(つる)植物や木々の幹、鳥のさえずりと猿の叫び声で賑(にぎ)やかな枝葉の間に陣取った観客は彼に熱狂的な喝采を送った。ところが黒人は観客にお辞儀をするかわりに跪(ひざまず)き、何かを請うように手を差し出し、目に涙をため、分厚い唇を開くと、苦しそうな声でわめくようにあの早口言葉、意味を持たない音楽を猛烈なスピードで奏で始めたのだった。

リトゥーマは午後三時頃目を覚ました。七時間眠ったにもかかわらず寝覚めは悪く、疲労感があった。「奴はもうリマへ連行されただろう」と彼は思った。猫のように顔を洗い、服を着ながら、黒人がたどったコースを思い描いた。九時に発車するパトカーに乗せられ、体を覆うためのぼろ切れを与えられ、本庁に引き渡されて調書を取られ、未決囚が入る留置場に送り込まれただろう、そして今ごろはあの薄暗い穴倉の中で、昨日一日の間に捕まった浮浪者やスリ、強盗、酔っ払いに混じって寒さに震え、空腹を抱えて、虱(しらみ)に食われた体を掻いているはずだ。

灰色の、湿っぽい日だった。人々は汚れた水の中を泳ぐ魚のように霧の中を動き回っていた。リトゥーマは一歩ごとに思いを巡らせながらグアルベルタ婆さんの店に出かけ、軽い食事——パンを二つとフレッシュチーズ、それにコーヒー——を取った。

「いつもと様子が違うよ、リトゥーマ」人生がどんなものかをよく知っているグアルベルタ婆さんが言った。「金で困ってるのかい、それとも女かい」

「ゆうべ捕まえた黒ん坊のことを考えてるんだ」軍曹は舌先でコーヒーの味見をしながら言った。「港の倉庫に入りこんでたんだよ」

「で、それがどうかしたのかい」グアルベルタ婆さんが訊いた。

「そいつは素っ裸で、傷痕だらけで、ジャングルみたいな髪をしてて、言葉が喋れないんだ」リトゥーマは説明した。「そんな奴がいったいどっから来たのかってね」

「地獄からさ」老婆は笑いながら代金を受け取った。

リトゥーマはグラウ広場へ向かい、海軍兵長のペドラルベスとおちあった。二人は何年も前、軍曹がまだ平の巡査でペドラルベスが一兵卒の海兵だった頃、勤務していたピスコで知り合ったのだった。その後それぞれの配属先が変り二人は十年近く離れ離れになっていたが、二年ほど前から再び任地が同じになったのだった。非番の日は共に過ごし、リトゥーマはペドラルベス家で自宅にいるようにくつろぐことができた。二人はラ・プンタにある兵長と海兵のためのクラブへ行き、ビールを飲んで置物のヒキガエルの口にコインを投げ入れる遊びをすることにした。軍曹は開口一番例の黒人の話をした。するとペドラルベスは直ちに解釈してみせた。

「そいつはアフリカの野蛮人だな。船で密航してきたんだ。人目につかないように旅を続け、カヤオに着くと、闇に紛れて海へ飛び込み、ペルーに密入国したのさ」

リトゥーマは雲の切れ間から光が射す思いがした。何もかもが突然明らかになったのだ。

「その通りだ、間違いない」舌打ちし、手を叩きながら言った。「アフリカからやって来たのか、きっとそうだ。そしてこのカヤオで、なんらかの理由で船から降ろされたんだよ。面倒なことが起きないように、なにしろ船倉にいたんだからな、厄介払いされたんだ」

「当局に引き渡さなかったのは、どうせ引き取りっこないと分かってたからだろう」ペドラルベスは続けた。「無理やり降ろしたんだな。一人でなんとかやれよ、野蛮人、とか言ってね」

「とするとあの黒ん坊、自分がどこにいるのかさえ分かってないかも知れないな」リトゥーマが言った。「あのうなり声は、気が触れてるせいじゃなく、野蛮人だからなんだ、つまりあのうなり声はあいつらの言葉だったんだな」

「飛行機に乗って、降りてみたら火星だったようなものさ」ペドラルベスが相の手を入れた。

「俺たちの頭も大したもんだ」リトゥーマが言った。「あの黒ん坊の身の上を解明したんだからな」

「頭がいいのは俺一人じゃないか」ペドラルベスが文句をつけた。「で、その黒人、これからどうなるんだろう」

「知るもんか」とリトゥーマは思った。二人は六回コイン投げの勝負をし、軍曹が四勝したので、ビール代はペドラルベスが持った。そして彼らは、チャンチャマヨ街にある、窓に鉄格子のついたペドラルベスの家に行った。ペドラルベスの妻のドミティラは三人の子供に夕食を食べ終えさせるところで、彼らを見るなり末っ子をベッドに押しこみ、上の二人の子供には人が来てもドアを開けないよう言い聞かせた。それから髪を整えると二人の腕をとり、三人揃って家を出た。彼らはサエンス・ペニャ大通りのポルテーニョ館に入り、イタリア映画を観た。リトゥーマもペドラルベスも気に入らなかったその映画を、彼女はもう一度観たいとさえ言った。チャンチャマヨ街まで歩いて帰ると――子供たちはすっかり寝入っていた――ドミティラは二人のために干し肉とオユコ芋を温め直した。リトゥーマが彼らの家を出たとき時計の針はすでに十時半をさしていた。それでも第四分署には、夜勤が始まる十一時きっかりに着いた。

ハイメ・コンチャ中尉は息つく暇も与えずに彼を呼び、簡潔だが厳しい指令を下した。リトゥーマは眩暈を感じ耳鳴りがした。

「上層部は何をすべきか分かっているんだ」中尉は彼の肩を叩いて発破をかけた。「上には上の考えがあって、我々にはそれを理解する義務がある。上の連中は決して間違えない、そうだろ、リトゥーマ」

「その通りであります」軍曹は口ごもりながら答えた。

マンサニータとモコスは忙しいふりをしていた。リトゥーマは横目で、一人がヌード写真でも眺めるかのように通行証を調べ、もう一人が机の上を片付けては散らかしまた片付ける様子を見ていた。

「一つ質問してもよろしいでしょうか、中尉殿」リトゥーマは言った。

「ああ」中尉が答えた。「ただし答えられるかどうか分からないぞ」

「なぜ上層部はこの仕事に私を当てたのでしょうか」

「それなら教えてやれる」中尉は言った。「理由は二つある。まず奴を捕まえたのがお前だということだ。物事は始めた人間がけりをつけるのが道理というものだろう。第二にお前がこの署内で、そしておそらくはカヤオで最も優秀な警察官だからだ」

「光栄に思います」リトゥーマはそうつぶやいたが、少しも嬉しいとは思わなかった。

「上層部は難しい仕事であることを十分承知しているからこそお前を見込んだんだぞ」中尉が言った。「リマにいる何百という警官の中から選ばれたんだ、誇りに思わなくてはな」

「やれやれ、今度はお礼を言う番か」リトゥーマは唖然として首を振った。そして少し考えてからぼそっと付け加えた。「今やらなければいけませんか」

「今すぐだ」中尉は努めて陽気に言った。「今日できることを明日にまわすな」

リトゥーマは思った。「あの黒人の顔が頭から離れなかったわけがこれではっきりした」

「どちらか一人、手助けに連れていっていいぞ」中尉の声が聞こえた。

リトゥーマにはカマーチョとアレバロが体をこわばらせたのが分かった。軍曹が二人の巡査を見比べているあいだ、署内は凍りついたように静まり返り、彼は二人に居心地の悪い思いをさせてやろうと選ぶのにわざと時間をかけた。マンサニータの手の中では通行証の束が踊り、モコスは机に顔を伏せたままだった。

「こいつにしよう」リトゥーマはアレバロを指差した。彼はカマーチョが深いため息をもらすのを感じる一方、マンサニータの目に激しい憎しみの色が浮かぶのを見てとり、自分が罵られていることを理解した。

「私は風邪を引いておりまして、今夜の外出は免除していただけるようにお願いするつもりだったのです、中尉殿」アレバロは阿呆面（あほうづら）を下げてしどろもどろに言った。

「女々しいことは言わずに外套を着るんだ」リトゥーマは彼に目もくれずその脇を通り過ぎると先に立って歩いた。「さっさと行くぞ」

留置場の前まで行くとリトゥーマは扉を開けた。その日黒人と顔を合わせるのは初めてだった。男は膝までしかないぼろズボンを穿き、頭を出すために穴をあけた麻袋が胸と背中を覆っていた。裸足のままおとなしくしていた男は、喜びもしなければ恐がりもせずにリトゥーマの目を見つめた。男は床に座り、何かを嚙んでいた。両手は手錠の代わりのロープで結ばれ、体を掻いたり、ものを食べたりできるように間をあけてあった。

軍曹は手振りで立つように促したが、どうやら通じないらしかった。リトゥーマが近寄って腕をつかむと、男は素直に立ち上がった。彼は前を歩き、リトゥーマが留置場に入ったときと同じく冷静そのものだった。マンサニータ・アレバロはすでに外套を着て、マフラーを首に巻いていた。コンチャ中尉は彼らが出て行くのを振り返って見ようともせず、ドナルド・ダックの本に顔を埋めていた（「あいつめ、本が逆さなのに気付いていないな」とリトゥーマは思った）。一方カマーチョがよこした笑顔には、「御愁傷様」と書いてあった。

　通りでは軍曹が車道側を歩き、壁側をアレバロに任せた。二人に挟まれた黒人は歩調を合せて大股で歩き、どんなことにもまるで関心を示さず、相変らず口をもぐもぐやっていた。

「もう二時間もああやってパンのかけらを噛んでいるんです」アレバロが言った。「今夜リマから連れ戻されてから、食料置場にあった固いパンを全部やったんですよ、石みたいになったやつを。なんと残らず平らげました。で、碾臼みたいにいつまでも噛み続けてるんです。よっぽど腹を空かせてたんでしょうね」

「任務が第一、感情は二の次」リトゥーマは歩きながら考えていた。予定では、カルロス・コンチャ街をモラ海軍少将通りまで進み、それからリマック川に出て、川沿いに海へ向かうはずだった。彼は四十五分かせいぜい一時間もあれば行って帰ってこられるだろうと踏んだ。

「あなたのせいですよ、軍曹殿」アレバロがぶつぶつ文句を言った。「こいつを捕まえろなんて誰に命令されたんですか。泥棒じゃないと気がついた時点で放してやるべきでした。お陰でこんな厄介なことに巻き込まれてしまった。それと、教えてほしいんですが、上の連中が考えている通りだと思いますか。密航してきたんでしょうか」

「ペドラルベスが考えついたのも同じことだった」リトゥーマは言った。「たぶん当たってるな。でなけりゃどうしてこんな傷だらけのまだら顔で、こんな髪の毛で、素っ裸で、何を言ってるんだか分からない男が、突然カヤオの港に現れる。きっと彼らの言うとおりなんだ」

二人の警官のブーツの音が暗い道に響いていた。サンボの剝き出しの足は少しも音をたてなかった。

「私だったら牢に入れときますね」アレバロがまた話しはじめた。「だって、軍曹殿、アフリカの野蛮人がアフリカの野蛮人であることには何の罪もないんですから」

「だから牢に入れておけないんだ」リトゥーマはつぶやいた。「中尉が言ってただろう、牢というのは泥棒や人殺し、法を犯した連中が入るところなんだ。国がこいつを牢に入れておく口実があるか」

「だったらこいつの国に送り返すべきですよ」アレバロが不満そうに言った。

「で、こいつの国がどこなのか、いったいどうやって調べるんだ」リトゥーマは声を荒らげた。「中尉の話を聞いただろうが。上層部はあらゆる言葉で話しかけてみた。英語、フランス語、おまけにイタリア語でもな。こいつは言葉を話さないんだ、野蛮人なんだよ」

「つまりあなたは、野蛮人であることを理由にわれわれがこいつを撃ち殺さなければならないのをいいことだと思ってるんですね」マンサニータ・アレバロがまたぶつぶつ言った。

「いいことだと思ってるなんて言ってやしない」リトゥーマはつぶやいた。「ただ中尉の言ったこと、つまりは上の考えを繰り返してるだけだ。ばか言うな」

　モラ海軍少将通りにさしかかったときヌエストラ・セニョーラ・デル・カルメン・デ・ラ・レグア教会の鐘が十二時を告げ、リトゥーマにはその音が物悲しく聞こえた。彼は前方を見つめせっせと歩いたのだが、時々、意志に反してつい顔を左に向け、黒人を見やってしまうのだった。街灯の弱々しい光の下を通るとき一瞬目にする姿はいつも同じだった。男は真顔で顎を動かし、苦悩の色を浮かべることもなく、二人に歩調を合わせて歩いていた。「この世で唯一大事なのは嚙むことらしいな」とリトゥーマは思った。また少したってからこう思った。「死刑の宣告を受けているのに、それが理解できないんだ」。そしてすぐさま思った。「間違いなく野蛮人だ」そのときマンサニータの声がした。

「最後にもうひとつ、どうして上層部はこいつを釈放して独りでやっていかせないんでしょうか」彼は不服そうに言った。「浮浪者になればいいんだ、リマにはいくらでもいる。一人増えようが、一人減ろうがどうってことないじゃありませんか」

「中尉が言ってただろう」リトゥーマは言い返した。「警察は犯罪を助長するようなことはできないんだ。そこらの広場に放り出したところで、こいつにできるのは盗みぐらいなものだろう。でなけりゃ犬みたいに死ぬか。実際のところ、我々はこいつに情けをかけてやってるようなものさ。弾を一発喰らうのは一瞬のことだ。空腹だとか寒さだとか孤独、淋しさなんかで少しずつ死んでいくよりはましだろう」

しかしリトゥーマは自分の声に説得力がないのが分かっていたし、自分の話を聞きながら、他人の話を聞いているような気がしていた。

「それはともかく、ひとつ言わせてください」マンサニータは食い下がった。「私はこんな任務は好みません、なのに私を選ぶなんて薄情ですよ」

「じゃあお前は俺がこの任務を気に入っているとでも思ってるのか」リトゥーマはつぶやくように言った。「俺を選んだ上の連中は薄情じゃないのか」

サイレンが鳴り響く海軍工廠（こうしょう）の前を通り、乾ドックのところで空き地を横切ろうとすると、暗がりから犬が飛び出してきて三人に向かって吠えた。ブーツが歩道に当たる音とすぐ近くにあるはずの海の音を耳にし、塩分を含む湿った空気を鼻に感じつつ、彼らは無言で歩いた。

「去年ここにジプシーたちが押し寄せて来ましてね」いきなりマンサニータがかすれた声で言った。「テントを張ってサーカスをやったんです。占いをしたり魔術を見せたりしてね。ところが市の許可を取ってなかったものだから、市長は我々に、彼らを追い払うよう命じたんです」

　リトゥーマは答えなかった。突然、黒人だけでなく、マンサニータやジプシーたちのことが哀れに感じられたのだ。

「それで、殺したあとは浜に置き去りにして、カツオドリにでもつつかせるんですか」マンサニータは泣き出さんばかりだった。

「ごみ捨て場に放り込むんだ。そうすりゃ市の清掃車が見つけて死体保管所に運んでくれる。そのあとは医学部に贈られて学生に解剖されるんだ」リトゥーマは苛立った。「指令をしっかり聞いただろうが、アレバロ、いちいち俺に繰り返させるな」

「聞きはしましたが、まさか自分たちの手で殺さなければならないとは思ってもみなかった。しかも平気な顔でそんなことをしなけりゃならない」とマンサニータはしばらくたってから言った。「あなただって、たとえ努力したところで私と同じです。この命令に納得していないことぐらい、声で分かります」

「我々の務めは納得することじゃない、実行することだ」軍曹は弱々しく言った。そしてひと呼吸置いてからさらにゆっくりとした口調でつぶやいた「たしかにお前の言う通りだ。俺だって納得しちゃいない。従うべきことに従っているだけだ」

　そうこうしているうちにアスファルトの道が消え、街灯がなくなり、三人は霧の中を柔らかい土を踏んで歩き始めた。固体化しそうな気がするほど濃い悪臭が彼らを包みこんだ。彼らは海のすぐそばのリマック河畔にある、四方を浜と川床と道路に囲まれたごみ捨て場にたどり着いた。朝六時を過ぎると清掃局のトラックがやってきて、ベヤビスタやペルラやカヤオのごみをそこに捨てていくのだが、それとほとんど同時刻に老若男女を問わずあらゆる人々が集まってきて、ごみの山の中から金目のものを掘り出したり、海鳥やヒメコンドル、野良犬の群れと競い合って、ごみにまみれた残飯を漁るのだった。三人はその荒涼とした場所から目と鼻の先の、カヤオの魚粉工場が立ち並ぶベンタニーヤ地区、アンコン地区に続いている通りにいた。

「ここが一番いい」リトゥーマは言った。「清掃車は全部ここを通るからな」

波が大きな音を立てていた。マンサニータは足を止め、黒人も足を止めた。二人の警官は懐中電灯を点け、ものも言わずに口を動かし続けている男の、無数の切り傷が走る顔を揺れ動く光で照らしてじっくり調べた。

「最悪なのは、こいつに分別がなく、何が起きるのかまるで分かっちゃいないことだ」リトゥーマはつぶやいた。「誰だって変だと気づき、恐くなって逃げ出すはずだ。なのにこの落ち着きぶりだ。これが俺を苦しめるんだよ。俺たちを信用し切っている顔がな」

「いいことを思いつきました、軍曹殿」アレバロは凍えかけているかのように歯をかちかち鳴らしていた。「逃がしてやりましょう。殺したと報告するんです、死体が消えたところでなにかしら言い訳をでっちあげれば済むことですから……」

リトゥーマはすでにピストルを抜き、安全装置をはずすところだった。

「お前は俺に、上官の命令に背くばかりか嘘までつけと言うのか」軍曹の声は震えていた。彼は右手に持ったピストルの銃口を黒人のこめかみに向けた。

しかし、二秒、三秒、さらに何秒かが過ぎたが、銃声は聞こえなかった。彼は実行するのか。命令に従うのか。引き金は引かれるのか。謎めいた入国者の死体がごみの山に転がるのか。それとも男は命拾いし、郊外の砂浜を闇雲にひたすら逃げて行き、その一方で、無謬（むびゅう）の軍曹は、ごみの腐臭と寄せては返す波の音に抱かれつつ、任務の不履行に悩み、苦しむのか。カヤオの悲劇はいかなる結末を迎えるのだろうか？

5

ルーチョ・ガティーカのリマ訪問はパスクアルによって、「ペルーラジオ放送史上空前の芸能イベント大成功を収める」と形容され、僕たちのニュースのネタになった。けれどこの出来事は僕には高くついた。短篇一本、それにおろしたてのネクタイとシャツを台無しにしたうえ、またしてもフリア叔母さんに待ちぼうけを喰わせてしまったからだ。そのチリのボレロ歌手がやってくる前から、新聞に彼の写真や彼を褒めそやす記事(「金の掛からない宣伝だが、この方がはるかに役に立つ」とジュニアは言っていた)が盛んに載るのを目にしていたにもかかわらず、ラジオコンサートの入場券を手に入れようとベレン街に列を作っている女性たちを見るまでは、そんなに有名な歌手だとは知らなかった。ホールは小さかった――百席のみ――ので、コンサートを直接聴くことができたのは、希望者のほんの一部にすぎなかった。初日の夜、パナメリカーナの入口につめかけた人々の数は半端(はんぱ)ではなく、パスクアルと僕は、屋上がつながっている隣りのビルから自分たちのオフィスに入らなくてはならなかった。七時のニュースを書き終えたものの、三階まで原稿を持っていく手立てはなかった。

「階段も入口もエレベーターも女どもが占領してますよ」パスクアルが言った。「通してもらおうとしたら割り込みとまちがわれました」

ヘナロ・ジュニアに電話をすると、彼は喜びに声をはずませて言った。

「ルーチョのコンサートまでまだ一時間もあるのに、もう観客がベレン街の交通を遮ってしまってるんだ。ペルー中がラジオ・パナメリカーナにダイヤルを合わせてるぞ」

このままだと七時と八時のニュースが犠牲になるが構わないかと訊くと、彼はなんとかなると答え、原稿の内容を電話でアナウンサーに伝えるという手を思いついた。僕たちはそのとおりにした。そしてニュースの合間にパスクアルはラジオから流れてくるルーチョ・ガティーカの声に聴き惚(ほ)れ、僕は結局「砕かれた顔」という怪奇小説風のタイトルをつけることにした不能の上院議員の短篇の第四稿を読み返した。九時きっかりの番組終了時間になると、ルーチョ・ガティーカに別れの挨拶をするマルティネス・モロシーニの声とともに、いつも効果音として使っているレコードの拍手ではなく、本物の観客の大喝采が聞こえてきた。その十秒後に電話が鳴り、ジュニアが怯えた声で訴えた。

「なんとしてでも降りてきてくれ、こっちはやばいことになりかけてるんだ」

階段を埋め尽した女たちの壁に突破口を開くのは並大抵なことではなかった。ホールの入口では巨体の持ち主である守衛のヘススが、彼女たちを必死に食い止めていた。「救護班です、救護班です、けが人を運び出しにきました」とパスクアルは繰り返し叫んだ。女性たち――そのほとんどは若かった――は僕たちを無視するかさもなければ笑うばかりで一向に道をあけてくれなかったので、もはや力ずくで突き進むしかなかった。中では混乱の極みが僕たちを待ち受けていた。件の人気歌手は、警察に護衛させろと怒鳴っていた。彼は小柄で、青ざめた顔にはファンへの憎悪がみなぎっていた。革新的プロモーターは、警察を呼べば印象が悪くなるとか、若い娘が押し寄せたのは才能の証だなどと言って、彼を落ち着かせようとした。それでも当の有名人は納得しなかった。「この連中のことならよく知ってるぞ」彼は恐怖と怒りの入り混じった声で言った。「最初はサインをねだるだけだが、しまいには引っ掻いたり嚙みついたりするんだ」

僕たちは大笑いしたが、現実が彼の予言の正しさを証明した。ジュニアは、三十分も待てばファンの娘たちも飽きて帰るだろうと踏んでいた。十時十五分（僕はフリア叔母さんと映画に行く約束をしていた）になり、彼女たちが飽きるのを待つのに飽きてしまった僕たちは、脱出することにした。ヘナロ・ジュニア、パスクアル、ヘスス、マルティネス・モロシーニと僕は腕を組んで輪を作り、スターを囲んで進んだものの、扉を開けたとたん、彼の青ざめた顔はさらに青くなった。はじめのうちこそたいした被害もなく、女性の海の中で肘鉄や膝蹴りや頭突きを食らわせ、胸をぶつけながら階段を降りていくことができたし、観客もいっときは拍手を送ったり、ため息をついたり、手を伸ばしてアイドル——彼は真っ青な顔に笑みを浮かべ、「みんな、腕を離さないでくれよ」とつぶやいていた——に触ろうとすることで満足していたのだが、すぐに僕たちはお定まりの攻撃に立ち向かうはめに陥った。彼女たちは僕たちの服をつかんで引っ張りはじめ、黄色い声を上げながら爪を立て、アイドルのジャケットやシャツの切れ端を奪い取ろうとした。十分ばかり息ができないほどもみくちゃにされた後、僕たちは玄関にたどりついた。やっと脱け出せると思ったら僕は幻覚に襲われた。ちびのボレロ歌手がさらわれて、僕たちの目の前で熱狂したファンに引きちぎられている。実際にはそんなことは起こらなかったけれど、一時間半も前からハンドルを握って待っていた大ヘナロの車にルーチョ・ガティーカを押し込んだときには、彼と我ら鉄のボディーガード軍団の姿は、大惨事の生き残りさながらだった。僕はネクタイを取られ、シャツはびりびり、ヘススは制服をずたずたにされ、制帽はどこかに消えてしまい、ヘナロ・ジュニアはハンドバッグの一撃によって額にあざをこしらえていた。当のルーチョに至っては怪我こそなかったものの、身につけていたもので形を留めているのは靴とパンツだけだった。次の日、いつものように〈ブランサ〉で十時のコーヒーを飲みながら、ペドロ・カマーチョにルーチョ・ガティーカのファンの武勇について話してみた。彼は少しも驚かなかった。

「若き友よ」遠い目で僕を見つめると哲学者のような口調で言った。「音楽もまた、民衆の魂をゆさぶるのだ」

僕がルーチョ・ガティーカの身の安全を守るために奮闘していた間にアグラデシーダ夫人が屋上オフィスを掃除して、上院議員の短篇の第四稿をゴミと一緒に捨ててしまった。僕は落ちこむかわりに重荷から解放された気分になり、これは神からの啓示なのだと考えた。ハビエルにもう書き直すつもりはないと伝えると、彼も思いとどまらせようとはせずに、その決断を讃えてくれた。

僕のボディーガード体験談はフリア叔母さんに大受けだった。〈グリル・ボリーバル〉でこっそりキスを交わした夜以来、僕たちは毎日のように会っていた。あのルーチョ叔父さんの誕生日の翌日、僕がふだんとは違う時間にアルメンダリス大通りの家に寄ってみると、運のいいことにフリア叔母さんしかいなかった。

「夫婦でオルテンシア叔母さんのところへ出かけたわ」僕を居間に通しながら彼女はそう言った。「私はやめておいたの。だってあの人ったらあることないこと私の噂をして暮しているでしょう」

僕は彼女の腰に手を回して抱きよせ、キスしようとした。しかし拒みこそしなかったものの応じてはくれず、彼女の唇の冷たさだけが伝わってきた。体を離すと、彼女はにこりともしないで僕を見つめていた。前の晩のように驚くのではなく、その表情からはむしろ好奇心とからかう様子が感じられた。

「いいこと、マリオちゃん」彼女の声は優しく穏やかだった。

「私もこれまでずいぶん馬鹿げたことをしてきたわ。でもこんなこと、、、だけはしないいつもりよ」そう言って彼女は大声で笑った。「私が年端もいかない男の子を誘惑する？　そんなことありえないわ」

僕たちは椅子に座り、二時間近くしゃべり続けた。僕は彼女に自分の人生について、ただし過ぎ去ったことではなく、パリに住んで作家になるはずの将来の人生のことをあれこれ語って聞かせた。初めてアレクサンドル・デュマを読んだときから僕は作家になりたいと思い、それ以来、フランスへ渡って芸術家が集まる地区の屋根裏部屋で暮し、この世で最もすばらしいものである文学に我が身を捧げることを夢見ているのだと言った。そして、法学部で学んでいるのは家族を喜ばせるためで、弁護士ほどばかばかしくてつまらない職業はないと思っているし、そんなものには決してならないつもりだとも言った。そのうち自分がやけに熱っぽく語っているのにふと気づいた僕は、男友達ならともかく、女性に胸の中を打ち明けるのはこれが初めてだと慌てて言った。

「あなたにとって私はママみたいなものだわ、だから心を開けるのよ」フリア叔母さんは僕の心理を分析してみせた。「ドリータの息子がボヘミアンになるなんて驚きだわ。飢え死にしないかしら」

彼女は前の晩、〈グリル・ボリーバル〉で人目を忍んで交わしたキスのことが気になって眠れなかったと言った。ドリータの息子、ボリビアでは母親に付き合ってコチャバンバのラ・サール学園まで送り迎えしたのがつい昨日のように思えるおちびちゃん、まだ半ズボンを穿いていると思っていたのに、一人で映画に行くのは嫌だからとエスコート役を押し付けた坊やが、突然一人前の男みたいに彼女の唇にキスしたことが信じられなかったのだ。

「一人前の男だよ」僕はきっぱり言うと彼女の手を取り、甲にキスをした。「もう十八歳なんだ。それに初体験だって五年前に済ませてる」

「すると私はどうなるの、三十二だし、初体験は十五年前」彼女は笑いだした。「もうすっかりお婆ちゃんじゃないの」

　彼女は唇の厚い大きな口を一杯に開け、目もとに皺を寄せて、しゃがれ声で遠慮することなく楽しそうに大笑いした。皮肉の色が浮んだいたずらっぽい目で、まだ一人前の男としてではなかったものの、もはや洟たれ小僧としてでもなく僕を見つめた。それから立ち上がり、ウイスキーを持ってきた。

「ゆうべあんな大胆なことをした後じゃ、もうコカ・コーラをどうぞというわけにもいかないでしょ」そう言って彼女は悲しそうな顔をした。「私に言い寄ってくる男の人たちと同じように扱わないと」

　僕は歳の開きすぎというほどではないと主張した。

「確かに開きすぎじゃないわ」彼女は答えた。「でも結構差があるわよ。だって私にはあなたぐらいの子供がいてもおかしくないもの」

　彼女は、自分の結婚について話してくれた。最初の何年かは何もかもがうまくいっていた。夫は高地に大農場を持っていて、彼女もラパスにはめったに出ないほどすっかり田舎暮らしに馴染(なじ)んでいた。農場の屋敷は住みやすく、のどかな雰囲気、馬に乗ったり、ピクニックに出かけたり、インディオの祭りを見物したりする素朴で健康的な生活が、彼女は大いに気に入った。暗雲がたちこめ出したのは、二人に子供ができなかったからだ。夫は、跡つぎがいないことを気に病んでいた。そして酒を飲む癖がつき、それからというもの夫婦の間に諍(いさか)いが絶えず、何度も別れたり縒(よ)りを戻したりした揚句、ついに破局を迎えたのだった。けれど離婚してからは、仲の良い友人同士でいるということだった。

「いつか結婚するとしても、僕は絶対子供を作らないつもりさ」僕は彼女に言った。

「子供と文学は相容れないものだからね」

「それって私があなたにプロポーズして、求婚者の列に並んでもかまわないということかしら」フリア叔母さんはしなをつくった。

彼女は当意即妙の答えを返したし、品よくきわどい話もしたけれど、(それまで僕が知り合ったあらゆる女性と同じく)怖ろしいほどの文学音痴で、ボリビアの農園では暇な時間が果しなく続いたはずなのに、アルゼンチンの雑誌とデリーの駄作を読んだにすぎないようだった。それにかつて読んだ覚えのある小説ときたら、H・M・ハルとかいう作家の『アラブ人』と『アラブ人の息子』の二冊きりという有様だった。その夜、別れるとき、また一緒に映画に行けるかどうかを尋ねると、「もちろん行けるわ」と答えた。それからというもの、毎日のように夜の回に行き、かなりの数のメキシコとアルゼンチンのメロドラマを我慢して見たけれど、かなりの数のキスも交わした。そのうち映画は単なる口実となった。僕たちはアルメンダリス大通りの家から最も遠い映画館（モンテカルロ座、コリーナ座、マルサーノ館）を選び、より多くの時間を一緒に過ごした。映画のあと、長い道のりを小さなパイを作りながら（ボリビアでは手をつなぐことを「小さなパイを作る」と言うのだと彼女から教わった）、ミラフローレス地区の人気のない通りをジグザグに歩き（人や車が現れるたびに手を放した）、ありとあらゆることを話して――その頃はちょうど、リマで冬と呼ばれるぱっとしない季節だったので――霧雨に体を濡らしたものだった。フリア叔母さんはいつも、ごまんといる求婚者たちとお昼やお茶に出かけたけれど、夜は僕のために空けておいてくれた。僕たちが映画館に通いつめたのは、実は一番後ろの席に座れば（とりわけ映画がつまらないときには）他の観客の邪魔にならず、また誰かに気づかれることもなく、キスができたからだった。二人の関係はたちまち形の定まらないものになり、恋人と愛人という相反する範疇の間の、定義しようのない一点に位置していた。このことは折にふれて二人の話題にのぼったものだ。人目を忍び、見つかることを怖れ、危険を意識している点においては愛人と言えただろうが、それでいてプラトニックな、肉体をともなわない、つまりセックスをしない（しかもハビエルがのちに呆れていたように、「相手の体に触れる」ことさえしなかった）愛人だった。当時のミラフローレスの若いカップルたちに見られたいくつかの古典的な儀式（映画に行ったり、映画館の中でキスをしたり、手をつないで街を歩いたりすることと）を尊重し、清い交際（石器時代にあったその頃は、ミラフローレスの娘たちは結婚まで処女を守り、恋人から正式な婚約者へと昇格してはじめて胸や性器に触れることを許すに過ぎなかった）をしていた点においては恋人とも言えただろう。とはいえ、年の差や親族関係といった問題がある中でどうすれば本物の恋人になりえただろう。僕たちは、自分たちのロマンスの曖昧さや常識破りなところに目をつけて、「イギリス的恋人関係」、「スイス風ロマンス」、「トルコ風悲劇」などと、あれこれ名前をつけて遊んだ。

「少年と中年女の恋愛、おまけに二人は甥と叔母なんだから」ある晩中央公園を歩いているときフリア叔母さんが言った。「ペドロ・カマーチョのラジオ劇場にうってつけだわ」

僕は彼女に、自分が法律上の叔母に過ぎないことを忘れないでほしいと言ってやった。すると、彼女は、三時のラジオ劇場では、サン・イシドロに住むサーフィンの名手で飛び切りハンサムな若者が、こともあろうに妹と関係を持ち、恐ろしいことに妊娠させてしまうのだと話してくれた。

「いつからラジオ劇場のファンになったの」僕は訊いてみた。

「姉さんの影響よ」彼女は答えた。「でも正直言って、ラジオ・セントラルのはどれも最高、ストーリーが胸に迫るの」

そして彼女もオルガ叔母さんも、つい涙ぐんでしまうことがあると告白した。それは僕が知った、ペドロ・カマーチョの筆がリマの家庭に衝撃を及ぼしつつあることの最初の兆候だった。その後何日間かは、一族のどの家を訪れても同じような印象を受けた。ラウラ叔母さんのところへ立ち寄ると、彼女は居間の入口に現れた僕を見るなり指を口にあてて沈黙を命じ、ボリビア人アーティストの（震えたり、無愛想だったり、燃え上がったり、澄みきったりする）声を聞くだけでなく、その匂いや手触りまで感じ取ろうとするかのように、体をかがめてラジオにへばりついていた。ガビイ叔母さんの家に顔を出すと、彼女とオルテンシア叔母さんは指をせっせと動かして編みものをしながら、ルシアノ・パンドとホセフィナ・サンチェスによる、特徴ある科白に満ちた会話を聴いていた。わが家でも、祖父母は、祖母カルメンの話だと元来「小説好き」だったはずが、今やすっかりラジオ劇場の虜になっていた。祖父たちが、十時に始まる最初のラジオ劇場を聴くために病的なほど早くからスイッチを入れていたので、僕は朝はラジオのコールサインとともに目覚めた。そして二時の放送を聞きながら昼食をとり、家に帰るのだが、日中はいつ帰っても、二人の老人と料理婦が客間の隅で、茶簞笥みたいに馬鹿でかくて重いラジオにかじりついているところに出くわした。最悪だったのは彼らがいつもボリュームを最大にしていたことだ。

「どうしてそんなにラジオ劇場が好きなの」ある日祖母に訊いてみた。「たとえば本にはない魅力って何？」

「何ていうか、生き生きしてるのよ。登場人物の声が聴こえたほうがずっと本物みたいだし」彼女はしばらく考えるとそう答えた。「それにねえ、この歳になると、読むより聴くほうが楽なのよ」

親族の家でも同じように調査を試みたけれど、結果ははっきりしなかった。ガビイ叔母さん、ラウラ叔母さん、オルガ叔母さん、オルテンシア叔母さんたちがラジオ劇場を好んで聴くのは、それが面白くて悲しく強烈だからであり、気晴しになり、夢を見させてくれ、現実には不可能なことを体験させてくれるからであり、さらにはそこに何がしかの真実が含まれているから、そして女性はいつでも多少なりともロマンチックな心を持っているからだった。なぜ本よりもラジオ劇場のほうが好きなのかという僕の質問に、彼女たちはこぞって反論した。何を馬鹿なこと言ってるの、比べることなんてできるわけないでしょ、読書は教養のためのものよ、ラジオ劇場なんて暇つぶしのためのおとぎ話にすぎないわ。ところが実際はどうかといえば、四人ともラジオから離れようとしなかったし、本を開いているところなど見たためしがなかった。夜道を歩きながら、フリア叔母さんはときどき印象に残ったエピソードをかいつまんで話し、僕のほうは物書き先生とのやりとりについて話して聞かせたので、ペドロ・カマーチョは知らず知らずのうちに僕たちのロマンスの一部となっていた。

何百回も苦情を言った末に、ようやく僕のところへ代わりのタイプライターが宛てがわれた日、ヘナロ・ジュニアは新しく始まったラジオ劇場が成功を収めたことを自ら僕に証明してみせた。彼は書類ばさみを手に、晴れやかな顔で僕たちのオフィスに現れた。

「最も楽観的に見積った数字さえ超えたんだ」と彼は言った。「二週間でラジオ劇場の聴取率が二十パーセント上がった。それが何を意味するか分かるか。スポンサー料が二十パーセントアップするってことだ」

「ということは僕たちの給料も二十パーセントアップするんですか、ドン・ヘナロ」パスクアルは椅子から飛び上がった。

「お前さんたちが働いているのはラジオ・セントラルじゃなくパナメリカーナの方だろう」ジュニアは釘を刺すように言った。「こっちは趣味のよさが売りものだから、ラジオ劇場など流すわけがない」

　新聞は特集を組んで新しいラジオ劇場に魅了された聴衆の反響を伝え、ペドロ・カマーチョに賛辞を送りはじめた。ギド・モンテベルデはウルティマ・オラ紙のコラムで「南国の想像力とロマン溢れる言葉を備えた手だれの脚本家、恐れを知らぬラジオ劇場の指揮者にして甘い声であらゆる役をこなす声優」と絶賛した。しかし、そうした賛辞を浴びている当人にとっては、自分の周りに生じ始めている熱狂の渦などどこ吹く風だった。ある朝、〈ブランサ〉へ行く途中いつものようにコーヒーを一緒に飲もうと誘いに行くと、彼の仕事部屋の窓に貼り紙があり、こう書きなぐってあった。「記者の入室を禁ずる。サインもお断り。芸術家は只今執筆中。理解されたし！」

「あれは真剣に書いたんですか、それとも冗談ですか」僕は、ミルクが少し入ったコーヒーをすすりながら、頭の働きをよくするミントとレモン・バーベナのブレンド・ティーを飲んでいる彼に訊いた。

「真剣そのものだ」彼は答えた。「地元のブン屋どもがつきまとい始めた。早いうちに手を打たないと、たちまちあの辺りに写真やサインを求める聴取者の列ができるだろう」そんなことはごめんだというように彼はサン・マルティン広場を指差した。「我が時は金なり。下らんことに浪費するわけにはいかん」

　彼の言葉に虚勢は微塵（みじん）も感じられず、本気で心配していることが見て取れた。いつもの黒いスーツに蝶ネクタイ姿の彼は、「アビアシオン」といういやな臭いのタバコを吸っていて、あいかわらず糞まじめだった。僕は彼の心をくすぐろうと思い、叔母たちがそろって彼の熱狂的ファンになったことや、ヘナロ・ジュニアがラジオ劇場の聴取率リサーチの結果に小躍りして喜んでいることを教えてやった。ところが彼は退屈そうな素振りで僕の話を遮り、まるでそうなるのは当然で、最初から分かっていたとでも言いたげな顔をすると、それはともかく「商売人ども」（そのとき以来、この言葉は常にヘナロ親子を意味するものとなった）のセンスのなさには腹が立つと言った。

「ラジオ劇場には欠陥が存在する。私の義務はそこを改善すること、そして彼らの義務は私に手を貸すことだ」彼は眉をひそめながら言い放った。「しかし芸術と金銭が宿敵同士であることは火を見るより明らかだ、ブタと真珠のようにな」

「欠陥ですって」僕はびっくりした。「大成功じゃないですか」

「商売人どもは私が要求しているにもかかわらず、小さなパブロ（パブリート）の首を切りたがらない」彼は説明した。「お情けだよ。あんな馬鹿げた仕事をしながらも、どのくらいだか知らないが、とにかくラジオ・セントラルに長いからというんだ。それじゃまるで芸術は慈善に関わらなけりゃいけないみたいじゃないか。あの病人の無能さは、私の仕事に対する妨害以外のなにものでもない」

偉大なる(グラン)パブリートは、定義しがたい個性的な人物で、局に雰囲気をもたらしたり、あるいは作り出したりしていた。「小さな(イート)」という縮小辞が子供を連想させるにもかかわらず、実際には五十過ぎの先住民系混血(チョロ)で、足を引きずって歩き、喘息(ぜんそく)の発作を起こしては周囲に毒気をまき散らしていた。彼は午前も午後もラジオ・セントラルとパナメリカーナのあたりを徘徊(はいかい)し、清掃夫に手を貸したり、ヘナロ親子のために映画や闘牛のチケットを買いに行ったり、はては公開放送の整理券配りまで引き受けるという具合に、ありとあらゆることをこなしていた。中でも最も長く続けていたのはラジオ劇場の仕事で、彼は効果を受け持っていた。

「あの連中は効果というものを、乞食でもできるくだらない仕事だと思っている」ペドロ・カマーチョは貴族のように冷ややかな口調で批判した。「しかし実際にはあれも芸術なのだ。死にかけたパブリートの小人みたいな頭に芸術の何が分かる」

彼は、「必要とあらば」、いかなるものであれ「仕事の完遂」（確かそんな風に言った）にとって、障害となるものはすべて自分の手で排除するにやぶさかでないと請け合った。それから無念そうな顔で、効果のいろはから教えて技術者を育てる暇はないとつけ加えたが、その後で、実はあらゆる「国産ラジオ放送」を素早く調べ上げた結果、探していたものに巡り会うことができたと言った。そして周りにちらっと目をやると、声を落とし、メフィストフェレスのようにこう結んだ。

「私たちが必要とする人材は、ラジオ・ビクトリアにいる」

グラン・パブリートの抹殺を狙うペドロ・カマーチョのもくろみが実現する可能性を分析したハビエルと僕は、パブリートの運命はもっぱら聴取率次第であるという意見で一致した。ラジオ劇場の人気が上昇し続ければ、彼は情け容赦なく犠牲にされるだろう。事実、一週間もしないうちにヘナロ・ジュニアが屋上のオフィスに現れて、新しい短篇を書いている最中だった僕をぎょっとさせ——急いでタイプライターから原稿を引っぱり出し、ニュースの原稿に混ぜた僕の狼狽ぶりに気が付いたはずだが、何も言わずにいてくれた——そして大パトロン張りの身振りでパスクアルと僕の二人に向かってこう言った。

「お前たちが文句ばかり言うから、望み通り新しい編集員を宛てがってやるぞ、このぐうたらども。グラン・パブリートがお前たちと一緒に働くことになった。だからといって、あいつにおんぶにだっこは許さんぞ」

報道部への増員は、人手の問題というよりは人道的な配慮だった。というのも次の朝、グラン・パブリートが七時きっかりにオフィスに来て、何をすればいいのかと僕に訊くので、議会の議事録概要に目を通す仕事を頼むと、びっくりした表情で激しく咳きこみ、顔を紫色にしてそれは無理だと口ごもりながら言ったからだ。

「実は読み書きができないもんで」

新しい編集者として文盲男に白羽の矢を立てたのは、ジュニアの鷹揚な精神が発揮された好例として、僕は評価することにした。編集の仕事をグラン・パブリートと分け合うというので不安を覚えていたパスクアルは、その朗報を聞いて素直に喜んだ。そして僕の目の前で新米の同僚に対し、そんなに消極的な気持ちでいてはだめだ、自分みたいに大人になってから夜の無料講座に通った人間だっているのに、勉強を怠ってきたことは許せないと叱りつけた。グラン・パブリートはすっかり恐縮し、「確かにそうです、そんなこと考えてもみませんでした。そうです、おっしゃる通りです」と、ロボットみたいに同じ文句を繰り返しては頷き、今すぐクビになるのかと問いたげな顔でこちらを見た。僕は原稿を下の階のアナウンサーに届ける仕事を言いつけて、彼を安心させてやった。ところが実際には、彼はパスクアルの奴隷となり、日がな一日屋上と通りの間を往復しては、煙草や、カラバヤ街の屋台で売っているスタッフドポテトを買わされ、時には雨が降っているかどうかを見に行かされるという有様だった。しかし、グラン・パブリートは卓越した犠牲的精神を発揮して奴隷の身分を耐え忍び、僕よりも彼をいたぶる御主人様のほうに敬意と友情を示していた。しかもパスクアルが何も命令しないときには、部屋の片隅にうずくまり、頭を壁にもたせかけて、たちまち眠りに落ちた。そして錆びついた扇風機のように一定の間隔で大きないびきをかいた。彼は寛大な心の持ち主だった。ラジオ・ビクトリアからよそ者を引っぱってきて自分の職を取り上げたペドロ・カマーチョに対してこれっぽっちも恨みも抱いていなかったのだ。それどころか、そのボリビア人の物書きを純粋な気持ちで崇拝し、常に言葉を尽して褒めそやすのだった。彼は僕に断り、ちょくちょくラジオ劇場のリハーサルを見に行った。そしてそのたびに、ひどく興奮して戻ってきた。

「あの方はまさに天才ですよ」息を切らしながらそう言った。「人があっと驚くことを思いつくんだから」

彼はペドロ・カマーチョの芸術的偉業に関する傑作なエピソードをきまって持ち帰った。そんな彼がある日誓って言ったことには、愛を囁く場面に入る直前、ペドロ・カマーチョはルシアノ・パンドにマスを掻いてくるよう命じたのだそうだ。そうすれば声が弱まりロマンチックな息づかいになるという理屈だった。もっとも、これにはルシアノ・パンドもさすがに抵抗を示したという。

「ムードのあるシーンになるたびに、彼が中庭のトイレに駆け込む理由が分かりましたよ、ドン・マリオ」グラン・パブリートは十字を切って指に口づけした。「本当に抜いてくるんですよ。だからあんな甘い声が出せるんだ」

ハビエルと僕は、その話が本当なのかそれとも新米編集員の作りごとなのか、あれこれやり合った末に、いずれにせよ、あながち嘘とは言い切れないだけの根拠はあるという結論に達した。

「短篇にはドロテオ・マルティのことよりそういうことを書くべきじゃないか」ハビエルは僕をたしなめるように言った。「ラジオ・セントラルは文学的素材の宝庫だな」

　そのころ僕が夢中で書いていた短篇は、フリア叔母さんから聞いた話、つまり彼女が実際にラパスのサアベドラ劇場で目撃したことに基づいていた。ドロテオ・マルティはスペインの俳優で、『好まれざる女』だとか『男の中の男』、あるいはもっと残酷な悲劇を携えてアメリカ大陸を巡業し、観客の感情を高ぶらせては涙の洪水を引き起していた。十九世紀以降娯楽としての演劇がすたれていたはずのリマにおいてすら、ドロテオ・マルティ劇団は、噂によれば彼らのレパートリーの中でも空前絶後の傑作として名高い『我らが主の生涯、受難そして死』を演じ、市立劇場を満員にしたのだった。その役者は鋭い経営感覚の持ち主でもあり、口さがない連中の話では、一度など、キリストがオリーブ山での苦悩と嘆きの夜の場面の最中に、演技を中断すると愛想よく、御客様、明日のマチネではサービス公演として、男性一名につき同伴の女性一名様を入場無料とさせていただきます、と言った（そして受難の場面を再開した）のだそうだ。フリア叔母さんがサアベドラ劇場で見たのはまさにその『我らが主』の上演だった。クライマックスにさしかかり、ゴルゴタの丘の頂でイエス・キリストが今わの際を迎えたとき、観客は、マルティ演じるイエス・キリストのくくりつけられた柱が、たちこめる香の中で傾きはじめたことに気づいた。事故が起きたのか、それとも予定通りの特殊効果なのか？　聖母、使徒、レギオン軍、その他大勢の民衆が、賢明にも目と目でこっそり合図を交わし合い、後退りしながら離れていく一方で、揺れ動く十字架の上では相変らず頭を垂れたままのイエス役ドロテオが、一階の前の方の席に座っていた観客に聞こえる程度の小さな声で訴え始めた。「倒れるぞ、倒れるぞ」けれど、神への冒瀆を怖れて金縛りに遭っていたに違いないのだが、舞台の陰にいた裏方たちでさえも、祈りに代わって人々が警告の言葉をささやき合うなか、今やあらゆる重力の法則に逆らってふらついている十字架を、駆け寄って支えようとはしなかった。次の瞬間、ラパスの観客は、聖なる十字架の重みを背負ったまま栄光の舞台へと頭から落ちていくガリラヤのマルティを目の当りにし、劇場に響き渡る轟音を聞くことができたのだった。フリア叔母さんは、キリストが、床に激突する寸前に、獣じみた声でこう叫んだと言っていた。「畜生、落っこちる！」僕が再現したかったのは何よりもこの結末だった。そこで短篇は劇的効果を狙い、イエスが口汚く叫ぶところで終らせることにした。喜劇調の短篇にしたかったので、ユーモアのテクニックを学ぶために、鈍行バスや急行バス、眠る前にはベッドの中でも、マーク・トウェインからバーナード・ショウ、ハルディエル・ポンセラやフェルナンデス・フローレスにいたるありとあらゆるコミカルな作品を、手当たり次第に読み漁った。とはいっても、毎度のことながらなかなかまとまらず、パスクアルとグラン・パブリートは、僕が屑籠に投げ捨てる原稿用紙の数を数えるようになった。せめてもの救いは、ヘナロ親子が報道部における紙の無駄遣いを大目に見てくれたことだった。

グラン・パブリートの代わりとなるラジオ・ビクトリアの男に会ったのは、交代して

二、三週間たってからだった。それまでラジオ劇場の収録は、誰でも自由に見学できたのだが、彼が来てからというもの、ペドロ・カマーチョは声優と技術スタッフを除く人間がスタジオに入ることを禁じ、関係者以外の侵入を防ぐために扉を閉ざし、恐怖の巨体の持ち主ヘススをその前に立たせた。当のジュニアも例外ではなかった。何か問題を抱え、涙を拭くハンカチが要るときの彼の常で、怒りで鼻をひくひくさせながら僕たちの仕事部屋に現れ、不平をまくし立てた昼下がりのことを、僕は今でも覚えている。「スタジオに入ろうとしたら突然リハーサルを止めて、俺が出ていくまでは録音しないと言うんだ」彼の声は上ずっていた。「今度リハーサルを邪魔したら顔面にマイクをぶつけてやると言われたよ。どうすりゃいいんだ。いっそのことあいつをお払い箱にするか、それともじっと我慢するか」

僕は、ジュニアが言ってほしがっていることを言ってやった。ラジオ劇場は成功しているのだから（「ペルーラジオ界、その他もろもろのために」）、ここはぐっとこらえて、芸術家の縄張りには首をつっこまない方がいいのではないか。こうして彼は僕の助言に従ったものの、今度は僕の方が、物書き先生の番組の収録に立ち会ってみたいという欲求に苛まれることになった。

ある朝、二人の日課になっていたお茶の時間に、用心深く外堀を埋めてから、ペドロ・カマーチョに思い切って持ち掛けた。新しい効果音係の働きぶりを現場で見て、本当に彼が言ったほど優秀なのかどうかをぜひ確かめたいと言ってみたのだ。

「優秀だとは言ってない、平均的だと言ったのだ」彼は即座に僕の言葉を訂正した。「しかし、今私が仕込んでいるところなので、優秀な人材になる可能性はある」

彼はハーブティーをひと口飲むと、まるで儀式でも執り行うように猜疑心に満ちた冷たい眼差しで、僕をしばらく観察した。そしてついに、諦めたように頷いた。

「よろしい。では明日、三時に収録スタジオに来てくれたまえ。ただし、済まないがこれが最初で最後だぞ。声優たちが気を散らすのは困るのだ。誰かがいれば彼らのペースが乱れ、私の手に負えなくなる。そのときはこの仕事ともおさらばというわけだ。いいかね、一回の収録はミサを一回挙げるのに等しいのだ」

実のところ、それはミサより厳粛なものだった。覚えている限りのミサと比べても(何年も前から教会へは行っていなかった)、僕が見学を許された、『ドン・アルベルト・デ・キンテーロスの幸運と不運』第十七話の収録に勝る感動的な儀式、生き生きとした典礼は見たことがなかった。スタジオにいた時間は三十分——リハーサル十分、録音二十分——を超えてはいなかったはずなのに、それが何時間にも感じられたのだ。一歩足を踏み入れたとたん、僕は、ラジオ・セントラル「第一録音スタジオ」という名の、埃だらけの緑色の絨毯を敷いたガラス張りの部屋に張りつめた、修道院に似た雰囲気に強い印象を受けた。観客はグラン・パブリートと僕の二人だけで、あとはすべて関係者だった。ペドロ・カマーチョが入ってきて、軍人のように厳しい目で僕たちに、塩の像みたいにじっとしているように合図した。脚本家兼監督はまるで別人だった。彼はいつ

大げさに、ゆっくりと、早口で、等々——という、平凡な意味での指示を与えるのではて訓辞を垂れた。彼は、少なくとも科白の言い回しに対する具体的な説明——重々しく、いえる黒いスーツに蝶ネクタイ、くしゃくしゃの髪——は、これから録音する章につい　五人の声優が輪を作って立ち、その中心にいるペドロ・カマーチョ——彼の制服とも

もよりはるかに背が高くて力強く、規律の整った軍隊を教練する将軍のように見えた。規律の整った？　いやむしろ、魅了され、魂を奪われ、狂信的になった軍隊というべきだろう。髭を生やし静脈瘤を抱えたホセフィナ・サンチェスの姿を認めるのにも苦労した。というのも、かつて僕が何度も目にした、周りの状況など意に介することなくガムを嚙みながら編み物に精を出し、自分が言うべきことすら知らないといった様子の彼女は、もうそこにはいなかったからだ。彼女は今や真剣そのもので、祈りを唱えるかのように台本を読み返し、そうでないときには、初聖体拝領の日に祭壇を見上げる子供のようにぎこちなく、震えながら、畏敬に満ちた眼差しで一心に芸術家を見つめていた。ルシアノ・パンドと三人の声優たち（女性二人に年端の行かぬ少年一人）も似たようなものだった。彼らは私語を交わしもしなければ、互いに顔を見合せたりもしなかった。その目は台本からペドロ・カマーチョへと、磁石のように吸い寄せられた。音響係のビヤ樽オチョアさえ、ガラスのこちら側で恍惚感を共有し、真剣な表情でボタンを押したり、ライトをつけたりしながらコントロールパネルをチェックし、顔をしかめたままスタジオの成行きに神経を集中させていた。

　五人の声優が輪を作って立ち、その中心にいるペドロ・カマーチョ——彼の制服ともいえる黒いスーツに蝶ネクタイ、くしゃくしゃの髪——は、これから録音する章について訓辞を垂れた。彼は、少なくとも科白の言い回しに対する具体的な説明——重々しく、大げさに、ゆっくりと、早口で、等々——という、平凡な意味での指示を与えるのでは

なく、いつものように高貴にして尊大な口調でもって、物語に備わる美や哲学がいかに深遠であるかについて説いたのだ。当然ながら、「芸術」と「芸術的」という単語が熱狂的な演説の中を最も数多く飛び交い、ありとあらゆる扉を開き、謎を解くための呪文の役割を果していた。だがもっと驚くべきは、ボリビアから来た物書き先生の話の内容よりも話しているときの熱意であり、それ以上に驚かされたのが、彼の言葉がもたらす効果だった。爪先立ち、身振り手振りを交えながら話す彼の声は、自分の手の中にある切迫した真実を、広め、分かち合い、強要しなければならないと考えている狂信者の声を思わせた。そして彼は、その任務を完璧に果していた。五人の声優は自分たちの仕事（脚本家兼監督はそれを「使命」と言った）についてのご託宣を少しでも多く吸収しようというのか、目を大きく見開き、直立不動の姿勢で一心不乱に聞いていた。フリア叔母さんがそこにいなかったのが残念だった。彼女ときたら、リマでも最も惨めな職業に就いている一握りの声優たちが、ペドロ・カマーチョの高揚した雄弁によって、無限に続くような気がした三十分の間、美しく霊的な存在に変身したのだと言っても、少しも信じてくれそうになかったからだ。グラン・パブリートと僕は、スタジオの隅に座り込んでいた。僕たちの前には、奇妙な道具一式に囲まれたラジオ・ビクトリアから脱走してきたばかりの新参者がいた。彼もまた敬虔（けいけん）な態度で芸術家の熱弁に聞き入っていた。録音が始まると、僕の目はたちまち彼に釘づけになった。

　背が低く、がっしりした体つきに赤褐色の肌、ごわついた髪の持ち主であるその男は、まるで乞食のような格好をしていた。着古したオーバーオールに継ぎだらけのシャツ、靴ときたら紐さえなかった（あとになって、彼が縮絨機という不思議なあだ名で呼ばれていることを知った）。彼の仕事道具は、大きな板、扉、水を張った洗面器、呼子、アルミ箔、扇風機、その他ありふれた家庭用品の数々だった。バタンは独りで腹話術、軽業、物真似、曲芸を披露しはじめた。監督兼声優が前もって定めておいた合図――会話や悲鳴やため息に満ちたスタジオで人差し指を気取って動かすこと――を送るや否や、バタンは板の上を器用に強弱をつけながら歩いて、登場人物が近づいてきたり遠ざかったりする足音を作り、別の合図が出ると、扇風機の速さを調節しながらアルミ箔を当てて雨や風の音を立て、さらに違う合図に合わせ、今度は指を三本口に入れて鳴らし、春の朝、別荘で眠っているヒロインを目覚めさせる鳥のさえずりをスタジオじゅうに響かせた。とりわけ注目に値したのが、通りの音を再現する技術だった。二人の登場人物が話をしながらアルマス広場を歩くシーンがあった。ビヤ樽オチョアがエンジンの音とクラクションを吹き込んだテープを流したものの、それ以外の効果音はバタンが全部こなした。彼は舌や喉を鳴らし、つぶやいたり囁いたりした（すべてを同時にやっているように見えた）。目を閉じるだけで、人の声や途切れ途切れの会話、笑い声や相槌などが耳に飛び込んでくるので、ラジオ・セントラルの小さなスタジオにいながら、人通りの激しい道をぼんやりと歩いている気分になった。しかもバタンはそれでもまだ足りないというように、数十人もの声色で話をすると同時に、板の上で歩き、飛び跳ね、道行く人々の足音や身体が擦れ合う音を生み出した。彼は四つん這いになって「歩き」(手にも靴をつけていた)、類人猿のように両腕をぶらぶらさせて、肘や二の腕を腿にぶつけたりした。昼どきのアルマス広場を音響で演じたあとは、比較的楽な音を作って——二本の小さな鉄の棒をぶつけ、ガラスを引っ掻き、弾力のある絨毯の上を椅子や人の足が動く音を真似るために、尻で何枚かの板をこすった——、リマの成り上がり者の婦人が屋敷で友人たちにお茶——磁器のカップに注いだ——を出しているところを表現し、また猛獣の唸り声を出したり、アヒルの声で鳴いたり、イノシシみたいに鼻を鳴らしたり、狼の遠吠えを真似たりして、バランコの動物園を(いない動物まで含めて)声帯摸写で再現してみせた。収録を終えた彼は、オリンピックでマラソンを走り切ったかのように息を切らし、目の下に隈をつくり、馬みたいに汗をかいていた。

ペドロ・カマーチョが発揮する薄気味悪いほどの真剣さは、仕事仲間にも伝染していた。それはまさに劇的な変化だった。キューバCMQのラジオ劇場収録のときは、雰囲気がまるで違っていた。声優たちはお祭り気分で、台本を読みながら顔をしかめ、卑猥な仕草をして、ふざけたり、科白の内容を茶化したりすることもしばしばだった。ところが、今もし誰かが冗談を飛ばそうものなら、ほかの者たちは、冒瀆の廉で罰しようと、一斉にその人間に襲いかかりそうな気配だった。僕は最初、スタッフがボスに服従するふりをしているのだろうと思った。つまり、彼らはアルゼンチン人のように追放されるのを恐れているだけで、心の底では、あの男ほど確信をもって「芸術に仕える神官」であろうとしているわけではないと見たのだが、僕の読みははずれていた。パナメリカーナへの帰り道、次のラジオ劇場が始まるまで家へ戻ってお茶の支度をするホセフィナ・サンチェスに出くわしたので、しばらくベレン街を一緒に歩きながら、ボリビア人の物書き先生は、いつも収録の前にああして訓辞を垂れるのか、それとも今日に限ってのことなのかと尋ねた。すると彼女は僕を軽蔑するように見つめ、二重顎を震わせながら答えた。

「今日は少ししかしゃべらなかったわ、霊感が湧かなかったのよ。でも、あの人の考えを後世に残すことができないと思うと、心が痛むことだってあるんだから」

僕は「この道で経験の長い」彼女に、ペドロ・カマーチョは本当に才能あふれる人間だと思うかどうか訊いてみた。彼女は一呼吸置いてから、自分の考えを言い表すのに適当な言葉を探し当てた。

「あの人にとって芸術家という職業は、神に捧げられたものなのよ」

6

日射しがまばゆい夏の朝、ドン・ペドロ・バレダ＝イ＝サルディバルはいつものように正装し、リマ最高裁判所の第一法廷（刑事裁判用）の予審判事執務室へ時間どおりに入った。五十歳という人生の絶頂期を迎えた彼は、その人物像――広い額、鷲鼻、鋭い眼差し、実直にして善良な心――に加え、モラリストらしい潔癖さが物腰に表れているために、人々は即座に敬意を払わずにはいられなかった。裁判官にしては地味な服を着ていたのは、汚職を受け入れない性格のために、相変らずの薄給生活を送っていたからだ。しかしその折り目正しさによって、上品な人物という印象を与えた。裁判所の巨大な建物は夜の眠りから目を覚まし、弁護士や事務員、廷吏、原告、公証人、遺言執行人、さらに噂好きな連中や野次馬といったエネルギッシュな人々で溢れはじめていた。この蜂の巣の心臓部とも言うべき場所で、ドン・バレダ＝イ＝サルディバルは、アタッシェケースを開けて調書を二冊取り出した。そして机の前に座ると、その日の仕事に取り掛かった。するとまもなく、眼鏡をかけた小男で、しゃべるたびに唇の下の小さな髭が規則正しく動く秘書のセラヤが、まるで隕石(いんせき)が空を飛ぶように、静かに素早く執務室へと姿を現した。

「お早うございます、先生」彼は蝶番(ちょうつがい)みたいに身体を二つに折って判事に挨拶した。

「お早う、セラヤ君」ドン・バレダ＝イ＝サルディバルは、愛想よくほほえんだ。「今朝は何から始めるのかね」

「未成年者に対する暴行事件なんですが、精神的な暴力が加わっています」秘書は分厚い書類の束を机の上に置いた。「容疑者はビクトリア地区に住む男で、いかにも犯罪者という風貌をしていますが、罪状は否認しています。主だった証人が廊下におります」

「聴き取りを始める前に、警察の調書と原告側の供述書を読む必要があるな」判事は念を押すように言った。

「では、それまで待たせておきましょう」そう答えると、秘書は部屋から出て行った。

ドン・バレダ＝イ＝サルディバルは、法律という固い鎧(よろい)の下に、詩人の魂を宿していた。そして、寒々しい法的書類に一度目を通すだけで、条文やラテン語の修辞の表皮を剝がし、想像力によって本質に迫ることができた。彼はビクトリア地区で作成された調書を読みながら、告訴の内容を頭の中で微に入り細に入り鮮やかに再現した。彼の目には、前の週の月曜日、サリータ・ウアンカ＝サラベリアという名の、メルセデス・カベリョ・デ・カルボネラ学園に通う十三歳の少女が、家々が雑然と立ち並ぶ地区の警察へ入っていく光景が映った。顔や手足が痣だらけの彼女は、涙ぐみ、両親であるカシミロ・ウアンカ＝パドロン氏とカタリナ・サラベリア・メルガル夫人に付き添われてやってきた。少女は前の晩、ルナ・ピサロ通り十二番地にあるアパートのH号室で、同じアパート（J号室）の住人グメルシンド・テリョによって暴行されたのだ。サリータは動揺と自失を克服し、今回犯人に強姦されたのは悲劇の結末にすぎず、レイプ犯はそれまで長期間に亘って、しかも誰に気づかれることもなく、自分に言い寄っていたのだと、社会秩序の番人の前で打ち明けた。実際、男は八ヶ月もの間——即ち風変りで不吉な鳥として十二番地のアパートに越してきた日以来ずっと——両親にも近所の住人にも悟られることなくサリータ・ウアンカにしつこく付きまとい、下品な冷やかしや向こう見ずなほのめかしの言葉（「君のくだもの畑にあるレモンを搾ってみたいな」、「そのうち君のミルクを搾ってやるよ」等々）を浴びせ続けてきたのである。グメルシンド・テリョはその種の予言の数々を実行に移し、少女が学校から戻るとき、あるいは使いに出たときに、十二番地のアパートの中庭や近所の路上でたびたび体に触ろうとしたり、キスしようとしたのだった。当然のことながら、被害者は羞恥心から両親に被害のことを知らせなかった。

日曜日の夜、彼女の両親がメトロポリタン映画館へ出掛けた十分後、サリータ・ウアンカが学校の宿題をしていると、ドアをノックする音が聞こえた。ドアを開けると、そこにはグメルシンド・テリョがいた。「何か御用ですか」彼女は丁寧に尋ねた。レイプ犯はおよそ害のなさそうな態度を装い、携帯用石油コンロの燃料を切らしてしまったのだと言った。そして、買いに行こうにももう遅いので、食事の用意のためにほんの少しだけ灯油を貸してほしいと言い添えた（翌日返す約束もした）。純真で気前のよいウアンカ＝サラベリアは男を部屋に入れ、灯油の缶はコンロとときどきトイレとして使うバケツとの間に置いてあると教えた。

（ドン・バレダ＝イ＝サルディバルは、供述を書き留めた社会秩序の番人の軽率さによって、ウアンカ＝サラベリア家には、寝食する部屋でバケツに用を足すというブエノスアイレス的習慣があることを、はからずも暴露してしまったことに頰を緩ませた）

容疑者は、前述の策略によってH号室に入りこむやドアに閂（かんぬき）を掛けた。それから跪いて手を合わせ、サリータ・ウアンカ＝サラベリアに愛の言葉を囁きはじめた。このときようやく彼女は我が身の危険を感じたのだった。グメルシンド・テリョは、望みをかなえてほしいと、少女が供述に際しロマンチックに表現した言葉で言い寄った。その望みとは？　彼女が着ているものを脱ぎ、彼に身体に触れ、キスをし、処女を奪うことを許すということだ。サリータ・ウアンカは気丈にもその申し出をきっぱり拒絶すると、グメルシンド・テリョをののしり、人を呼ぶと言って威嚇した。それを聞いた容疑者は、懇願するような態度を止め、服からナイフを取り出すと、少しでも声を出したら刺すと言って脅迫した。男は立ち上がり、サリータに近づきながら、「さあ、いい子だから早く裸になるんだ」と言ったが、結局従わないと見るや彼女に殴る蹴るの暴行を加え、床に押し倒した。犯人は、被害者によれば、極度の緊張のために歯をかちかち鳴らしている彼女の服を剝ぎ取り、続いて自分の服のボタンをはずすと彼女にのしかかった。そして、ついに床の上で性行為に及んだ。抵抗する彼女に対して犯人は新たに拳で殴打を見舞い、その痕は痣やこぶとなって残った。自分の欲望を満たしたグメルシンド・テリョは、長生きがしたければこの一件について一言も喋るなとサリータ・ウアンカ＝サラベリアに言い残し（冗談ではないことを示すためにナイフを振りかざした）、H号室から出て行った。両親がメトロポリタンから帰ると、凌辱された身体を横たえた娘が泣きじゃくっていた。二人は彼女に傷の手当てを施し、何があったのか話すよう促したが、娘は恥じ入り、話すことを拒んだ。こうして一晩が過ぎた。しかしながら、翌朝になると、彼女は処女を喪失した精神的ショックから幾分立ち直り、事件の全容を語った。それを聞いた両親は、ただちにビクトリア警察署に駆け込み、事件を告発したのだった。

ドン・バレダ＝イ＝サルディバルは一瞬目を閉じた。彼は、少女の身に生じた出来事を痛ましく思いはしたが（毎日のように犯罪を扱ってはいたものの、感覚は麻痺していなかった）、一見したところ謎ひとつない典型的な犯罪、一ミリたりとも刑法の枠を超えない事件であり、強姦罪と児童虐待罪に該当し、この種の犯罪にはつきものの計画性、行為と言葉による暴行、精神的虐待といった要素が重なっているだけだと独りごちた。

続いて彼が目を通したのはグメルシンド・テリョの逮捕を遂行した社会秩序の番人た

ちの調書だった。

上司であるG・C・エンリケ・ソト大尉の命を受け、アルベルト・クシカンキ＝アペステギ並びにウアシ・ティト＝パリナコーチャの両警官が、逮捕状を携えてルナ・ピサロ通り十二番地のアパートに踏み込んだが、男は部屋にいなかった。そこで住人に聞き込みを行ったところ、職業は整備工で、同地区の反対側、エル・ピノ丘陵のふもと付近にあるエル・インティ自動車修理溶接工場で働いているという情報が得られた。二人の警官はただちにそこへ向かった。工場に着いてみるとグメルシンド・テリョはなんと直前に退社したところで、さらに工場の経営者、カルロス・プリンシペ氏の話では、洗礼式があるという理由で早退の許可を求めたということだった。警官が工員たちに、心当りの教会を尋ねても、彼らは互いに悪意のこもった目くばせを交わし、薄笑いを浮かべるばかりだった。プリンシペ氏は、グメルシンド・テリョがカトリック教徒ではなくエホバの証人の信者であり、その宗派の洗礼は教会で神父が執り行うのではなく、受洗者を野外で水に沈めて行うと説明した。

件の宗教団体が（事件が事件だっただけに）変質者の集団である可能性を疑ったクシカンキ＝アペステギとティト＝パリナコーチャは、容疑者のいる場所への案内を要求した。しばらくの間躊躇し、話し合った結果、「エル・インティ」の経営者が自ら二人を「テリョがいそうだ」という場所へ案内することになった。というのもかなり前に一度だけ、テリョが経営者や工場の従業員を入信させようとして、ある儀式に立ち会わせたことがあった（彼らにとっては何ら説得力のない経験だった）からだ。

　プリンシペ氏は警官たちを自分の車に乗せ、マイナス街とマルティネッティ公園の境に位置し、近隣住民のゴミ焼場となっている、リマック川へ降りる入口のある空き地へ運んだ。事実そこにはエホバの証人の信者たちが集まっていて、クシカンキ＝アペステギとティト＝パリナコーチャは年齢も性別も異なる十数名の人々が泥水に腰までつかっているのを目撃した。しかも信者たちは水着ではなくきちんと正装し、何人かの男たちはネクタイを締めていた上に、一人は帽子まで被っていた。岸に群がる野次馬たちから冗談や皮肉を浴びようが、ゴミを投げつけられようが、地元特有の悪戯をされようが、平然と儀式を遂行する人々を見て、警官たちは最初、集団で一人の人間を溺死させようとしているのだと思った。彼らの目に映ったのは、信者たちが奇妙な賛歌を確信に満ちた声で歌いながら、ポンチョを着て毛織り帽を被った老人の腕をつかみ、神に捧げるつもりか、汚水の中に沈めているところだった。しかし警官たちがピストルを構え、ゲートルを泥だらけにしながらその犯罪行為を中止するよう命じると、当の老人が真っ先に怒り出した。老人は警官たちに引き下がるよう要求し、彼らに向かって聞きなれぬ言葉（「ローマ人ども」、「教皇礼賛者め」等々）を吐いた。そこで警官たちは仕方なく、洗礼が終るのを待ってから、プリンシペ氏のおかげで特定することができたグメルシンド・テリョを逮捕することにしたのだった。儀式はその後も何分か続き、その間も祈りと洗礼を受ける者を沈める行為が繰り返された。やがて男が水を飲み込み、白目を剝いてむせはじめると、信者たちはようやく彼を高々とかつぎ上げて岸まで運び、彼らによればそのときから始まるという新生を祝い出した。

　警官たちがグメルシンド・テリョを逮捕したのはその瞬間だった。整備工はなんら抵抗もしなければ逃げようともせず、逮捕されたことに驚きの色すら見せなかった。そして手錠をかけられるとき、仲間に向かって「兄弟たちよ、あなた方のことは決して忘れません」とだけ言った。すると突然、信者たちは別の賛歌を歌い出し、白目を剝いて空を見上げながらプリンシペ氏の車まで付いてきた。二人の警官と容疑者を車でビクトリア警察まで送り届けた彼は、協力を感謝されつつ、署をあとにした。

　警察署ではG・C・エンリケ・ソト大尉が被告に、中庭で靴とズボンを乾かしたいかどうかを尋ねた。するとグメルシンド・テリョは、最近リマではその真の信仰への改宗者がうなぎ昇りに増えているため、濡れたままでいることに慣れてしまったと答えた。ソト隊長はさっそく尋問にとりかかり、容疑者は協力的に応じた。身許(みもと)を尋ねられた彼はグメルシンド・テリョと名乗り、モケグア生まれの故ドニャ・グメルシンダ・テリョの息子で、父親は分からず、彼自身も二十五年もしくは二十八年前におそらくモケグアで生まれたと答えた。このように不確かである理由に関して彼は次のように説明している。すなわち、生まれて間もなく母親によって同市のローマン・カトリック系の男子孤児院に預けられ、彼の言う「異常な環境」の中で教育を受けたが、幸いにも十五歳もしくは十八歳のときにそこから解放された。彼は、その年齢に達するまでその施設に留まっていたのだが、ある日大火災のために孤児院が全焼するとともにあらゆる書類が焼失し、そのため正確な年齢は分からずじまいになったというのだ。だがこの災難が自分の人生に幸運をもたらしたと彼は説明する。というのもこのとき、チリからリマへ徒歩の旅を続けながら、教えの真実が見えない者の目に光を、聞こえない者の耳に言葉を施している二人の賢者と知り合ったからである。こうして二人の賢者と共にリマに到着したのだと彼は述べた。しかし、二人が存在していることを知れば十分で身許を調べる必要はないと言って、彼らの名前を明かすことは避けた。そして、いずれにせよその時からこの地に住み、機械の整備（孤児院で覚えた仕事だった）と真実の教えを広めることの双方に時間を費やしてきたのだと語った。また、住所についてはブレニャ地区からビタルテ地区、バリオス・アルトスへと移り住み、八ヶ月前にエル・インティ自動車修理溶接工場に就職した際、当時の家からはあまりに遠すぎたのでビクトリアに引っ越してきたとのことだった。

容疑者は、それ以来ルナ・ピサロ通り十二番地のアパートに、借家人として住んでいることを認めた。同様に、ウアンカ＝サラベリア一家についても知っていることを認め、彼らには何度か啓蒙的な話をしたり、本を読ませたりしてきたが、彼らも他の借家人と同じくローマ教会の邪説に毒されているため、成果は得られなかったと語った。被害者として彼を告訴した少女サリータ・ウアンカ＝サラベリアの名前を出されると、男は彼女を記憶していると言ってから、まだあどけない子供なので、いつか正しい道へ導いてやれる希望を失ってはいないことをほのめかした。告訴のいきさつを聞かされると、驚きをあらわにして内容を否認したが、いきなり（きたるべき裁判を見越して精神錯乱を装ったのか？）至って満足そうに笑い出し、これは信仰心と犠牲的精神を測るために神から与えられた試練なのだと言った。そして、自分がなぜ兵役を免（まぬか）れたのか、それを待ち侘（わ）びていたにもかかわらず、サタンの象徴たる軍服を着ることと国旗への忠誠を誓うことを自分が模範となって拒む機会になぜ恵まれなかったのかが、今やっと分かったと言い足した。G・C・エンリケ・ソト大尉が、その意見は反ペルー的な態度に基づくものなのかと問い質（ただ）すと、容疑者は否定し、単なる宗教上の話にすぎないと答えた。それをきっかけに彼は、ソト大尉や警官たちを相手に、キリストは神ではなく神の証人であること、ローマン・カトリック教会が吹聴しているように彼が十字架にかけられたというのは嘘で、本当は立木に打ちつけられたのであり、聖書にもそう書かれているということを熱っぽく語りはじめた。この点に関し彼は、月二回発行の宣伝誌「目ざめよ！（デスピエルタ）」を読むことを勧め、たった二ソルで今述べた問題や他の文化的テーマに関する疑問は解決され、健全な喜びを得られるはずだと言った。ソト大尉は彼の話を遮ると、署内では商業的宣伝活動が禁じられていることを伝えた。そして前の晩、サリータ・ウアンカ＝サラベリアが彼に犯され、殴られたと主張している時間に、どこで何をしていたか話すよう迫った。グメルシンド・テリョはその夜も、いつものように独りで部屋にこもり、「木」の問題について、またある種の人々が信じこまされているところに反して、最後の審判の日にあらゆる人間が甦るというのは嘘で、多くの人間は決して甦らず、つまり魂も死すべき運命を持っているということについて深く瞑想していたと言い切った。再び黙るよう促された容疑者は許可を申し出て、自分はわざとそうしているのではなく、人々が暗闇の中で生きていることを知っている人間として、常に他人に少しでも光を与えずにはいられないのだと言った。そして前夜、さらにその前の晩にもサリータ・ウアンカ＝サラベリアを見た覚えはないと明言し、中傷されはしたものの少女を恨むつもりなど毛頭なく、恐らくは彼女を通じて神が自分の信仰の強さを試しているのだろうから、むしろ彼女に感謝してさえいると調書に書き込んでくれるよう懇願した。グメルシンド・テリョからは告発の内容についてそれ以上の詳細は得られないと判断したG・C・エンリケ・ソト大尉は取り調べを終了し、予審判事が当該事件の調査を行えるように容疑者を裁判所内の留置所へ移した。

ドン・バレダ＝イ＝サルディバルは調書を閉じ、裁判所のざわめきに満ちた朝の空気の中で考えた。エホバの証人？　その信者たちのことなら知っている。何年か前、自転車で世界中を渡り歩いている男が彼の家のドアを叩き、「目ざめよ！」を彼に差し出したとき、彼は不覚にも受け取ってしまったのだった。それからというもの、かの「証人」は星の運行に似た几帳面さで、昼夜を問わず彼の家に現れては、彼を啓蒙すると言い張り、分量もテーマも様々なパンフレットや本、雑誌をうんざりするほど持ってきた。そして説得や懇願、議論といった文明的な方法では「証人」を家から遠ざけることができなくなった判事は、ついに警察の力を借りたのだった。つまり、今回のレイプ犯はその種の猛烈な伝道師の一人なのだ。ドン・バレダ＝イ＝サルディバルは、これは面白くなりそうな事件だとひとりごちた。

まだ朝と呼べる時間だった。判事は上司や同僚や部下たちの愛情の証としてデスクの上に置かれた、ティアワナコ風の柄がついた長く切れ味鋭いペーパーナイフ（法曹界に入って二十五周年を迎えたときに贈られた）をぼんやりと撫でながら秘書を呼ぶと、証人を通すよう指示した。

最初に入室したクシカンキ＝アペステギとティト＝パリナコーチャの両警官は、丁寧な口調でグメルシンド・テリョ逮捕の状況を確認するとともに、容疑者には宗教に対する激しい思い入れでいささかげんなりさせられたものの、罪状を否認したことを除けば終始協力的だったことを明らかにした。秘書のセラヤは、鼻の上で眼鏡を揺すると、警官たちの話を調書に書き込んでいった。

次に少女の両親が通された。二人があまりに高齢だったので判事は驚いた。どうしてこの年老いた夫婦に、ほんの十三年前に子供が作れたのだろう？　歯が一本もない、目やにだらけの父親イサイアス・ウアンカ氏は、調書の該当個所の内容をあっさり認めると、テリョ氏をサリータと結婚させられるかどうかただちに知りたがった。夫の質問が終らぬうちに、小柄で皺だらけのサラベリア＝デ＝ウアンカ夫人が判事の方へ歩みより、彼の手に口づけをするとすがるような声で、後生だからテリョ氏にサリータを祭壇へ連れて行くよう強いてほしいと訴えた。ドン・バレダ＝イ＝サルディバルは、結婚の仲介は自分が任されている判事の職務の権限外にあることを二人の年寄り相手に苦労して説明した。見たところこの夫婦は男を強姦罪で罰するよりも、娘を結婚させる方に関心があるらしく、事件については催促されない限り話題にしようとせず、あたかも娘を売りに出すかのごとく、サリータの美徳を並べるのに長時間費やした。

判事は二人の貧しい農民――アンデス出身で、生涯土をいじってきたことは間違いなかった――のせいで、自分が息子の結婚を認めようとしない頑固な父親になった気がし、内心にんまりした。彼は二人にじっくり考えさせることにした。どうして無防備な少女を犯してしまうような男を娘の夫に望むことができるのか？　しかし彼らは先を争い、サリータはあの年で料理でも裁縫でも何でもできるのだから理想的な妻になるだろう、自分たちはもう年なのであの子を孤児にしたくない、テリョ氏は真面目で働き者のようだ、あの夜サリータに無礼な振舞いをしたことを別にすれば、酔っているところさえ見かけたことがないし、非常に礼儀正しい、そして工具箱と、家を回って売り歩いているパンフレットの束とを手に朝早くから出かけるのだと口々に言った。あんなふうに懸命に生きている青年こそが、サリータに似合いの結婚相手ではないですか？　さらに老夫婦は判事に手を差し伸べて言った。「どうかお情けを。私どもにお力添えをお願いします、判事様」

ドン・バレダ＝イ＝サルディバルの頭の中を、一つの推測が、雨をたたえた小さな暗雲のようによぎった。ことによるとすべてはこの夫婦が娘を結婚させるために仕組んだ悪巧(わるだく)みなのではないか？　とはいえ、医師の診断書は有無を言わせぬものだった。少女は犯されたのだ。彼はさんざんてこずった末に二人の証人を引きとらせた。次は被害者の番だった。

　サリータ・ウアンカ＝サラベリアが入ってくると、予審判事のいかめしい執務室がぱっと明るくなった。加害者もしくは被害者という名のもとに、人間のありとあらゆる奇行や心理が目の前を通りすぎるのを見てきたはずのドン・バレダ＝イ＝サルディバルだったが、今度ばかりは正真正銘のユニークな標本に出くわしたらしいと思った。サリータ・ウアンカ＝サラベリアは少女なのだろうか？　確かに、彼女の戸籍上の年齢、その小さな体に遠慮がちに現れはじめた女性的なふくらみ、三つ編みにした髪やその身につけている制服のスカートとブラウスから判断すれば少女でないはずはない。ところがその一方で、猫のような身のこなし、足を軽く開き、腰を突き出して肩を引き、大胆に誘惑するかのごとく小さな手を腰に当てて立っているさま、そしてなによりビロードを思わせる不敬な目と、小さな鼠(ねずみ)の歯で下唇を嚙む仕草によって、サリータ・ウアンカ＝サラベリアは、数限りない経験と、何世紀にも及ぶ手練手管を身につけた女にも見えるのだった。

　ドン・バレダ＝イ＝サルディバルにとり、未成年者に対する尋問はお手の物だった。相手に自分を信用させ、感情を傷つけないよう優しくそして忍耐強く、遠回しに話をする術を知っていたので、きわどいことがらについても難なく聞き出すことができた。しかし彼の経験も、今回は役に立たなかった。グメルシンド・テリョがかなり前からよからぬことを言っていやがらせをしていたのが本当かどうかをやんわり訊くやいなや、サリータ・ウアンカは堰を切ったようにしゃべりだした。ええ、あの人がビクトリアに引っ越してきてからはいつも、場所がどこであろうとそうだったの。バス停で待ち伏せしていて、家までついてくるの。「君の蜜が舐めたいな」「君には可愛いオレンジがふたつ、僕にはちっちゃなバナナがひとつ」とか、「君のせいで愛があふれ出てきちゃう」なんて言いながら。しかし判事の頰をほてらせ、タイプを打つセラヤの手を止めさせたのは、少女の口とはおよそ不釣り合いな比喩ではなく、自分が標的になった待ち伏せの様子を説明するサリータの身振りだった。あの工員さんはいつも触ろうとしたの、まずここを。彼女は二つの小さな手を上にもっていき、まだ未熟な胸にかぶせると、いとおしげに撫で回した。それとここも。彼女は手を膝まで下ろし、スカートに皺をよせながら足を撫で、徐々に（つい先ほどまでは子供らしく見えた）太腿へと這わせていった。ドン・バレダ＝イ＝サルディバルは、目をしばたたき、むせかえった。そして秘書と目くばせを交わしながら、あまり具体的に話す必要はなくもっと大雑把でいいのだと、父親のような口調で少女に言った。それからここをつねったの、サリータは判事の言葉を遮り、うしろを向いて、突然しゃぼん玉みたいに膨らんだかのような尻を彼に向かって突き出した。判事は、自分の執務室が今にもストリップ小屋になりそうな予感がして、頭がくらくらした。

　判事は必死に動揺を抑え、前置きはそこまでにして話を暴行のことにしぼるよう落ち着いた声で少女に諭した。そして彼女に、事実を客観的に述べるべきではあるが、細部にこだわる必要はなく、羞恥心を傷つけるようなこと――ドン・バレダ＝イ＝サルディバルはいささかまごつき咳払いした――は言わなくても構わないと伝えた。判事は尋問を早く切り上げたいと思うと同時に品位を保ちたいと思った。そして話が性暴力のことに及べば当然ながら気持ちが乱れるはずだから、少女は慎重になり、表面的なことを大まかにてきぱきと喋るだろうと考えていた。

　しかしサリータ・ウアンカ＝サラベリアは判事の助言を聞くと、血の匂いを嗅ぎつけた闘鶏さながらに興奮し、限度をわきまえぬ淫奔なモノローグで一切合切をぶちまけ、精液にまみれたパントマイムの上演に、ドン・バレダ＝イ＝サルディバルは息を飲み、セラヤにいたっては体をそわそわと、目に見えて淫らに（ことによると自慰的に？）動かしはじめたのだった。あの工員さんはドアをこんなふうにノックして、ドアを開けるとこんなふうに見つめて、こんなふうに喋って、それからこんなふうに跪いて、こんなふうに自分の胸に手を当てて、こんなふうに告白して、こんなふうに愛してるって誓ったの。催眠術にかけられ呆然（ぼうぜん）としている判事と秘書の目の前で、少女とも女ともつかない彼女は鳥のように羽ばたき、バレリーナのごとくつま先立ち、しゃがみこんでは立ち上がり、笑いそして怒り、グメルシンド・テリョを真似て声の調子を変えながら彼と自分の一人二役を演じ、揚句の果てに跪き（彼の）愛を（自分に）訴えかけたのだった。ドン・バレダ＝イ＝サルディバルは手を伸ばし、口ごもりながらもう十分だと言ったが、おしゃべりな被害者は供述をやめなかった。あの工員さんは私をナイフでこんなふうに脅かして、こんなふうに襲いかかって、こんなふうに押し倒して、こんなふうにのしかかってきて、スカートをこんなふうにつかんで、とこのとき判事――青い顔で、気高く、威厳に満ちた、聖書に登場する怒れる預言者――が椅子から身を起こして叫んだ。「もういい。やめなさい。十分だ」彼が声を荒らげたのは生まれて初めてのことだった。

床に横たわっていたサリータ・ウアンカ＝サラベリアは驚いて、自分に雷を落としたように見える人さし指を見つめた。迫真の供述が、まさに最もデリケートな場面に差し掛かったとき、彼女は床に横たわったのだった。

「これ以上知る必要はない」判事は先ほどより穏やかな口調で繰り返した。「さあ、立ってスカートを直してから、両親のところへ戻りなさい」

被害者は頷きながら身を起こした。その小さな顔から淫らな女優の表情が跡形もなく消え去り、見るからに胸を痛めている少女に戻った。そしておずおずと会釈を繰り返しながら扉口まで後退りすると部屋を出ていった。そこで判事は秘書の方を振り返り、何ら皮肉の感じられない控え目な調子で、キーを叩くのをやめるよう促した。君はすでに紙が床に滑り落ち、何も入っていないローラーにタイプし続けていることに気付いていないのかね。するとセラヤは顔を真っ赤にし、今の出来事に動揺したからだと口ごもりながら答えた。ドン・バレダ＝イ＝サルディバルは彼に向かってほほえんだ。「尋常でない見世物に立ち会わさせてもらったな」判事は哲学的なもの言いをした。「あの娘の血には悪魔が宿ってる。最悪なのは本人がそのことに気づいていないらしいことだ」

「あれがアメリカ人が言うところのロリータというやつでしょうか、判事」秘書は自分の知識を増やそうとして訊いた。

「間違いない、典型的なロリータだよ」判事が判決を下した。そして彼は〈嵐に巻き込まれてもそこから楽観的な教訓を得ずにはおかない老練な船乗り〉、窮地にあっても愛想よくこう付け加えた。「まあ少なくとも、この分野に関しては北方の巨人が独占権を握っているわけじゃないことが分かったんだから、喜んでいい。あのインディオ娘にかかれば、どんなヤンキーのロリータでも男を取られかねないな」

「あのサラリーマンは、彼女に調子を狂わされ、そのはずみで強姦してしまったと考えられますね」秘書が脱線しはじめた。「彼女を見て、彼女が話すのを聞いたなら、誰だって犯したのは彼女の方だって言うに決まってますよ」

「そこまで。その手の憶測は厳禁だ」判事が諌めると、秘書は顔を青くした。「当てずっぽうでものを言うんじゃない。グメルシンド・テリョを呼びなさい」

十分後、二人の守衛に付き添われて執務室に入ってきた男を見たとたん、ドン・バレダ＝イ＝サルディバルは秘書の報告が不当であることをすぐさま理解した。男はいかにも犯罪者というのではなく、ある意味でどこかしらもっといかめしい雰囲気を漂わせていた。つまり狂信家めいていたのだ。判事は記憶が甦り、首筋のうぶ毛が逆だつほどぞっとした。グメルシンド・テリョの顔を見たとたん、彼に悪夢をもたらした、自転車に乗った「目ざめよ！」売りの男の平然とした視線を、悟りきって迷いのない、すべての悩みをふっ切った人間が持つ穏やかだが頑な眼差しを思い出したのだった。男は明らかにまだ三十歳に達していない若者で、骨と皮ばかりの弱々しい身体から、食べものや物質を軽蔑していることがはっきりと見て取れた。髪は丸坊主に近いくらい刈り込み、浅黒く、背は低いほうだった。彼はくすんだグレイのスーツと、白いシャツを着て、金具のついたハーフブーツを履いていた。ダンディーでもなければ貧乏くさくもないありきたりのスーツは、もう乾いてはいたものの、水中洗礼式のせいで皺くちゃだった。判事――人類学者の嗅覚を持つ男――は一目見るなり彼の精神的特徴がどのようなものか分かった。慎み深く、控え目で、確固たる信念を持ち、沈着冷静、そして宗教人の資質を備えている。彼は極めて折り目正しく、部屋に入るなり判事と秘書に対して心のこもった挨拶をした。

ドン・バレダ＝イ＝サルディバルは廷吏に容疑者の手錠をはずさせ、退室するよう命じた。それは彼が司法に携わるうちに身につけた習慣で、たとえどんな凶悪犯であっても、一対一（テット・ア・テット）で差し向かい、強要せずに父親のように尋問すれば、犯罪者たちも、聴罪司祭に告解をするがごとく心を開くのが常だった。彼はそれまで自らの大胆な実践を悔やんだことはなかった。グメルシンド・テリョも手首をさすりながら、信頼を置かれたことに感謝の意を示した。判事が椅子をすすめると、整備工は快適という概念そのものが不快であると言いたげに、背筋を伸ばして椅子の端に座った。判事は、この〈証人〉の生き方を決定づけているに違いない標語を心の中で思いついた。すなわち、まだ眠いうちにベッドから起き上がること、空腹を満たす前にテーブルを離れること、そして（もし行くことがあれば）最後まで観ずに映画館を出ること。彼は、男がビクトリアに住む魔性の少女に銛を突き立てられ、火をつけられる様子を頭に描こうとしたのだが、容疑者の権利の侵害になるのですぐに想像するのをやめた。するとグメルシンド・テリョが話を切り出した。

「私たちが政府や政党、軍隊、その他の物質的な組織に隷属しないのは事実です。どれもサタンの申し子ですから」彼は穏やかな調子で言った。「色の付いた布切れに忠誠を誓ったりしませんし、制服も着ません。なぜなら虚飾や見せかけには騙されないからです。皮膚の移植や輸血を認めないのは、科学には神のお造りになったものを壊すことなどできないからです。だからといって義務を怠るわけではありません。判事さん、何なりとおっしゃってください、何があろうと礼を失するようなことはいたしませんから」

彼は、その退屈な演説にタイプで伴奏をつけている秘書の仕事を楽にするためかと思えるほどゆっくりしゃべった。判事はまず彼の協力的な姿勢に礼を述べると、自分があらゆる思想や信念、とりわけ信仰心を尊重する人間であることを明かし、彼を逮捕したのは信仰していることが理由ではなく、ある少女を殴り、犯したという告訴に基づいていることを忘れないでほしいと言った。

モケグア生まれの青年の顔に抽象的な笑みが浮かんだ。

「証人とは、証言する者、証明する者、立証する者のことです」彼は判事をじっと見つめながら、語義に詳しいことをひけらかした。「神の存在を信じ、それを理解させようとする者、真実を知り、それを広めようとする者。私は〈証人〉であり、わずかな意志さえあればあなた方二人も〈証人〉になることができます」

「ありがとう、またの機会に頼むよ」判事は話を遮り、ぶ厚い調書を持ち上げて、ごちそうでも見せびらかすように男の目の前にさし出した。「時間がない、重要なのはそこだ。本題に入らなくては。まず一つ言わせてもらう。これは忠告だが、君に求められているのは真実、それも嘘偽りのない真実を話すことだ」

容疑者は何かを思い出したらしく、深いため息を吐いた。

「真実ですか」彼は悲しそうにつぶやいた。「でもいかなる真実でしょうか、判事さん。ことによると、あの誹謗中傷の数々、捏造されたもの、人々の無知につけこんでバチカンが私たちに真実だと思いこませようとしている欺瞞でしょうか。いささか不遜かもしれませんが、私は真実を知っていると自認しています。ところで、他意なく伺いますが、あなたは真実をご存じですか」

「私はそれを知ろうとしているのだよ」判事はファイルを手で叩きながらうまく切り返

した。

「ありもしない十字架の話やペテロの言った『生きた石』のばかばかしい話、司教というものについての真実、もしかすると教皇が魂の不死性を説いて人を担ごうとすることについての真実かもしれませんね」グメルシンド・テリョは皮肉たっぷりに言った。

「君がサリータ・ウアンカ＝サラベリアという少女を虐待した際に犯した罪をめぐる真実だよ」判事は反撃した。「罪のない十三歳の少女に対する人権蹂躙に関する真実、彼女を殴り、脅し、辱め、妊娠させたかもしれない強姦についての真実にだ」

判事の声は次第に大きくなり、弾劾するような、居丈高な調子に変った。グメルシンド・テリョは、彼の腰かけている椅子同様に硬い表情で判事を真剣に見つめていたが、動揺や後悔の色は一切見せなかった。そしてついに牛のようにゆっくりと頭を振った。

「私はエホバが私に課そうとするいかなる試練にも応じる覚悟ができています」彼はきっぱりと言った。

「神の話ではない、君のことを言ってるのだよ」判事は彼を地上へ引きずり降ろした。

「君の欲望、君の姦淫、君のリビドーについてだ」

「いかなることも神の問題なんですよ、判事さん」グメルシンド・テリョは言い張った。

「あなたや私や他の誰かの問題ではありません。あの方の、ひたすらあの方の問題なんです」

「責任を転嫁するのはやめたまえ」判事は戒めた。「事実を認めるんだ。自分の非を認めれば、裁判のときにおそらく情状を酌量してもらえるはずだ。宗教人らしくしたまえ、信仰を持った人間だと思わせるように振舞ったらどうかね」

「私は自分が犯した数限りない過ちを悔やみます」グメルシンド・テリョは陰鬱な調子で言った。「私は自分が罪人（つみびと）であることを十分承知しています、判事さん」

「よろしい、それでは犯行の状況を具体的に述べなさい」ドン・バレダ＝イ＝サルディバルが促した。「どんなふうに彼女を犯したのか、病的に笑ったり泣いたりせずに、詳しく話すんだ」

だが〈証人〉は早くも顔を手で覆い、声を上げて泣き出した。判事は顔色ひとつ変えなかった。容疑者が突如感情を変化させることには慣れっこになっていたし、この種の状況を利用して事実を知る術を心得ていたからだ。うなだれて体をわななかせ、手を涙で濡らしたグメルシンド・テリョを見ながら、ドン・バレダ＝イ＝サルディバルは、自分のテクニックが効果的であることが証明された、感情を昂（たか）ぶらせた容疑者はもはや知らないふりをすることができなくなって、自分から事実をいくらでも喋るだろうと考え、控え目にではあったがプロとしての誇りを感じた。

「詳しく話してくれないか」彼は再び促した。「何があったのか、場所、状況、何を喋り、何をしたのか。さあ、勇気を出して」

「私は嘘がつけないのです、判事さん」グメルシンド・テリョはしゃくりあげ、口ごもりながら言った。「侮辱されるとか、投獄されるとか、屈辱を受けるとかいうのなら、私は耐える覚悟ができています。でも嘘だけはつけないんです。習ったことがないので、できません」

「なるほど、そいつは君にとって名誉なことだ」判事は彼を元気づけながら叫んだ。「じゃあ、嘘がつけないところを見せてもらおうか。彼女にどんなふうに乱暴したんだね」

「問題はそこにあります」〈証人〉は憤った様子で唾を飲み込んだ。「私は彼女を犯していないんですから」

「それなら言わせてもらおうか、テリョ君」判事は〈蛇の穏やかさに加わる軽蔑の色〉、一語一語はっきりと発音した。「君はエホバの似非証人だ。ペテン師だよ」

「彼女には指一本触れたことがないし、二人きりで話したこともありません、あの日なんて会ってもいないんです」グメルシンド・テリョは〈鳴き声を上げる仔羊〉、そう言った。

「君みたいな人間を厚顔無恥、猫かぶり、背信者というのだ」判事が〈氷のごときティンパニーの響き〉、宣告を下した。「法も倫理も気にしないというなら、せめて君が何度も引き合いに出したその神には敬意を払いたまえ。いいかね、神はたった今も君のことを見ているのだ。君が嘘をつくのを聞いて、きっとうんざりしているにちがいない」

「彼女がいやがるような目つきをしたことはないし、いやがりそうなことを頭の中で考えたことさえないんです」グメルシンド・テリョは悲痛な調子で繰り返した。

「君は彼女を脅し、殴りそして犯した」判事の声が一段と高くなった。「君の薄汚い欲望のためにだ、テリョ君」

「私の…薄汚い…欲望の…ために」〈証人〉は〈ハンマーの一撃を喰らった人間〉、繰り返した。

「そう、君の汚れた欲望のために」判事は同じことを言うと、少し考えてからこう付け加えた。「君の罪深い男根のためにだ」

「わ、私の…つ、罪深い…だ、だ。男根の…ために」容疑者は〈ショックを受けた面持ち、消え入りそうな声〉、どもりながら言った。「わ、私の…つ、罪深い…だ、男根の…ために…そ、そう…おっしゃい…ましたか」

彼の目つきが変り、やぶにらみになったかと思うと、その視線は〈びっくりしたバッタ〉、秘書から判事へ、床から天井へ、椅子からデスクへと跳び移り、今度はデスクに置かれている書類や調書、吸取り紙の間を跳ね回った。そのうち彼の目が突然輝いた。あらゆる事務用品の中でひときわ目立つ、先スペイン期のティアワナコ文化が生んだ芸術的ペーパーナイフが光っているのに気づいたのだ。グメルシンド・テリョは、判事と秘書に阻む暇を与えず、すばやく手を伸ばすと、ナイフをつかんだ。威すような素振りは少しも見せなかった。それどころか、銀色に輝くナイフを〈子供を抱きかかえる母親〉、胸に抱きしめると、相手をなごませるような温厚さと憂いに満ちた眼差しで、驚きのあまり体を硬くこわばらせた二人の男を見つめた。

「あなた方に危害を加えると思われるのが辛いのです」彼は告解するような口調で言った。

「逃げられやしないのに、馬鹿な奴だ」落ち着きを取り戻しながら判事が警告するように言った。「裁判所には廷吏がごまんといるんだ、殺されるぞ」

「逃げるって、この私がですか?」整備工が皮肉っぽく訊いた。「判事さんは私のことをあまりご存じないようですね」

「君が企(たくら)んでいることは見え透いている」判事は譲らなかった。「ペーパーナイフを返しなさい」

「私の無実を証明するためにお借りしたまでです」グメルシンド・テリョは涼しい顔で言った。

判事と秘書は顔を見合わせた。容疑者は立ち上がっていた。その表情はキリストを思わせ、右手に持ったナイフは無気味に輝き、何かが起きることを告げていた。左手をズボンのジッパーの隠れているあたりへそろそろと下ろしながら、彼は悲痛な声で言った。

「私の体は汚れていません、判事さん、私はまだ女性を知らないんです。他の人々が罪を犯すために使っているものは、私にとってはおしっこをするためのものでしかないのです」

「やめたまえ」とんでもない疑いに襲われたドン・バレダ゠イ゠サルディバルが遮った。

「何をするつもりなんだ」

「私にとってはどうでもいいものであることを証明するために、切り取ってごみ箱に捨てるんです」容疑者は顎の先でくず籠を示しながら答えた。

彼の口調に怒りの色は見られず、穏やかな決意が感じられた。判事と秘書は口をぽかんと開けたまま、叫ぶこともできずにいた。グメルシンド・テリョはすでに左手で罪作りの元をつかんで、右手のナイフを高々とかざし〈斧を掲げて罪人の首までの距離を目測している死刑執行人〉、今にもそれを振り下ろし、突飛な方法による証明を行おうとしていた。

彼は実行するのか。自らの童貞をナイフの一振りで失おうというのか。倫理的かつ抽象的な証明のために自分の肉体、若さ、名誉を犠牲にするのか。最も権威ある場所と見なされているリマ裁判所の執務室は、グメルシンド・テリョによって生贄（いけにえ）の祭壇と化してしまうのか。この法廷劇はいかなる結末を迎えるのだろうか？

7

　フリア叔母さんとの恋愛は順調に続いてはいたものの、秘密を守るのが容易ではなかったので、だんだんややこしくなっていった。そこで二人で相談した結果、親戚の連中に疑われないように、ルーチョ叔父さんの家へ行く回数を思い切って減らすことにした。ただし木曜日の昼食だけは欠かさず通い続けた。夜、映画に行くにもいろいろな手を考えた。フリア叔母さんが早目に家を出て、オルガ叔母さんに電話を掛けて夕食は友だちと食べると伝え、あらかじめ決めておいた場所で僕を待っていることもあった。しかしこの作戦には、僕が仕事を終えるまで、彼女は何時間も外で過ごさなければならないばかりかほとんどの場合何も食べられないという不都合があった。あるときは、僕がタクシーで家まで行き、車から降りずに彼女を拾うということも試してみた。彼女は待ちかまえていて、車が止まるのが見えるやいなや家から飛び出すのだ。ところがこれは危険な戦術だった。もし僕が見つかれば、彼女との間に何かあることがたちまちばれてしまうだろうし、いずれにせよタクシーに身を潜めて姿を見せない訪問者は、人々の好奇心や悪意を呼び覚ましあれこれ問い質されるはめになっただろう。

そこで僕たちはなるべく夜を避け、昼間ラジオの空き時間を利用して会う回数を増やした。フリア叔母さんは旧市街に来るバスに乗り、午前十一時頃か午後五時頃、カマナのカフェもしくはラ・ウニオン通りの〈クリーム・リカ〉で待っていてくれた。僕が原稿を二本チェックしておけば、彼女と二時間共に過ごすことができた。ただし、コルメナ街の〈ブランサ〉には近づかないようにした。パナメリカーナやラジオ・セントラルの連中がうようよいたからだ。ときには（正確にいうなら給料日には）彼女に昼食をおごり、三時間も一緒にいた。とはいえ僕の雀の涙の給料では、そうそう贅沢は許されなかった。ある朝僕は、ペドロ・カマーチョが当ったことに気をよくしていたヘナロ・ジュニアを捕まえ、あらかじめ考えておいた演説をぶって、給料を五千ソルに上げてもらうことに成功した。そしてそのうち二千ソルは生活費として祖父母に渡していた。それでも三千ソル残れば、以前なら煙草や映画や本など、好きなものに使っても余るくらいだった。ところが、フリア叔母さんと付き合い出してからはあっというまに消えてなくなり、財布の中はいつも空っぽで、しょっちゅう人から金を借りたばかりか、アルマス広場の国営質屋にまで足を運ぶ有様だった。また僕が、男女関係についてはスペイン人的先入観を頑固に持ち続け、フリア叔母さんに一切勘定を持たせなかったことも手伝って、今や経済状態は悲劇的と言えるほどになっていた。そこで、少しでも足しになればと考えて、ハビエルに「ペンの身売りだ」と酷評されたことを手掛けはじめた。つまり、リマの新聞の文芸付録や雑誌に、書評やルポを書くようになったのだ。粗悪な文章を恥じる気持ちをやわらげるために、載せるときはペンネームを使った。それでも、月に二、三百ソルの収入は、僕の経済状態にとってカンフル剤となった。

リマの旧市街の安っぽいカフェでのデートは、手を取り合って見つめ合い、店の作りによっては膝を触れ合わせながら、こよなくロマンチックな会話を長々と楽しむというごく無邪気なものだった。誰にも見られないときにはキスすることもあったが、喫茶店が厚かましいサラリーマンでひしめく時間帯だったので、そんなチャンスは滅多に訪れなかった。話題はもちろん自分たちのことで、一族の誰かに見つかる危険性、そしていかにその危険を避けるかといったことを話し、前に会ったとき（つまり数時間前もしくは前日）からそれまでに何をしたかをつぶさに教え合いはしたものの、決して将来の計画を立てたりはしなかった。未来というものが二人の会話から暗黙のうちに抹殺されていたのは、彼女にしろ僕にしろ、二人の関係にそんなものはありえないと確信していたからに違いない。とはいえ、リマの旧市街の煙草の煙がもうもうと立ちこめるカフェでプラトニックなデートを重ねていくうちに、始まりはゲームのようだったとしても、少しずつ真剣味を帯び出したのだと思う。僕たちはそこで、知らずしらず恋に落ちていったのだ。

文学の話もずいぶんした。というより、フリア叔母さんは聞き役で、もっぱら僕が、パリの屋根裏部屋（僕の仕事と不可分の要素）のこと、自分が作家になったら書くであろうすべての小説や戯曲、エッセイのことを彼女を相手に話すのだ。ラ・ウニオン通りの〈クリーム・リカ〉でハビエルに見つかってしまったあの日の午後も、フリア叔母さんにドロテオ・マルティについての短篇を読んでやっているところだった。どことなく中世の香りがする『十字架の屈辱』というタイトルの、五ページの作品だった。それが彼女に聞かせた初めての短篇で、僕は彼女の評価に対する不安を隠すためにゆっくりと読み進めたのだが、結局、作家の卵の傷つきやすい心がずたずたにされるはめになった。フリア叔母さんが途中で口をはさんだのだ。

「でもそうじゃなかったわ、そんなことつけ足したら何もかもぶち壊しじゃない」驚いた彼女の口調には怒りさえ感じられた。「だって彼はそんなこと言わなかったし、それに……」

ショックを受けた僕は読むのをやめ、いま聞かせているのは前に彼女が話してくれたエピソードに忠実な報告ではなくお話（クエント）、短篇小説（クエント）であり、加筆したり削除したりするのはすべてある種の効果を狙った手段なのだと説明した。

「笑いの効果だよ」僕は強調し、たとえ同情からであろうと彼女が理解してくれたかどうかを確かめようとほほえんで見せた。

「だけど結果はまるで逆よ」フリア叔母さんは少しも動じることなく、冷たく言い放った。「あなたがあれこれいじくり回したせいで、すっかり面白味がなくなっちゃったわ。十字架が動きだしてから倒れるまでにそんなに時間がかかるなんて、誰も信じないわよ。その話のどこが面白いの？」

失意のどん底に突き落とされた僕が、ドロテオ・マルティの短篇をくず籠送りにすることを心に決めながらも、文学的な想像力には現実を歪める権利があると、激しくも痛ましい自己防衛を躍起になって繰り広げていたとき、誰かに肩を叩かれた。

「お邪魔ならそう言ってくれ。消えるよ。野暮なまねはしたくないからね」ハビエルはそう言うと、椅子を引いて腰掛け、ウエイターにコーヒーを注文した。それからフリア叔母さんに笑顔を向けた。「ハビエルです、よろしく。この物書きの親友ですよ。ずいぶんうまいこと隠してたじゃないか、相棒」

「フリアだよ、オルガ叔母さんの妹だ」僕は説明した。

「なんだって。あの有名なボリビア女性かい」ハビエルから意気込みが失われていった。彼は僕たちが手をつないでいるところを見つけたのだ。でも二人は手を離さなかった。さっきの自信もどこへやら、彼は絡み合った指をじっと見つめるばかりだった。「こりゃやられたな、バルギータス」

「私が有名なボリビア女性ですって？」フリア叔母さんが訊いた。「どうして有名なのかしら」

「リマに来たばかりのとき、感じが悪かったせいさ、ひどい冗談を言ったからね」僕は教えてやった。「ハビエルが知ってるのは最初のころのことだけなんだ」

「肝心なところはおあずけだったわけか。語り手としては失格だし、友だちとしては最低だな」口達者に戻ったハビエルが、小形のミートパイを指差しながら言った。「だったら二人に残りを聞かせてもらおうじゃないか」

そのときのハビエルは実に好感が持てた。休みなく喋り続け、あらゆる種類の冗談を飛ばすものだから、フリア叔母さんはすっかり彼が気に入ってしまった。僕は二人が見つかったことをむしろ喜んだ。もともとセンチメンタルな秘密を打ちあけるのは苦手だった（おまけにこの場合複雑すぎた）。だから、彼にこの恋愛の話をするつもりはなかったのに、偶然のいたずらで彼が秘密を共有することになったおかげで、アヴァンチュールの成り行きを話せる。それがうれしかったのだ。その日、彼は別れぎわにフリア叔母さんの頬にキスすると、深々と頭をさげた。

「手前共は一流の取り持ちでございますから、どんなことでも頼りにしてくださいませ、お二人様」

「どうせならベッドも用意しますよぐらい言ったらどうだ」同じ日の午後、詳しいことを知りたくてうずうずしながらパナメリカーナの鶏小屋へ現れた彼を見るなり、僕は小言を言った。

「彼女、お前の叔母さんかなんかだろう」そう言って彼は僕の背中を叩いた。「とにかくたまげたよ。年増（としま）で金持ちで離婚歴のある愛人か。そりゃ満点だ」

「叔母さんじゃない、叔父さんの奥さんの妹だよ」僕は朝鮮戦争に関するラ・プレンサ紙のニュースに目を通しながら、ハビエルがとっくに知っていることを説明した。「愛人なんかじゃないし、年増でもない、金だって持っちゃいない。離婚歴があるってことだけは事実だけどね」

「年増というのはつまりお前より年上だってことだ。金持ちと言ったのだって批判じゃなく褒め言葉さ。財産目当てに女とつき合うのには大賛成だ」ハビエルは笑った。「愛人じゃないって。だったらなんなんだ？ 恋人か？」

「その中間かな」彼をいらつかせることを承知の上で、そう答えた。

「なるほど、謎めかすつもりだな。そのうち痛い目に遭うぞ」彼は警告した。「それにひどいじゃないか。こっちはちびのナンシーとの恋のことを一から十まで話してるというのに、お前ときたら、財産目当ての色恋沙汰をずっと隠してたなんて」

そこでなれそめや、二人で会うのがいかに面倒であるかを話して聞かせると、彼はこの何週間かの間に僕が二、三度金を借りようとした理由を理解した。そして興味津々で僕を質問攻めにし、ついには僕の愛の妖精になってくれると誓った。だが、別れるとき、彼は急に厳しい顔つきになった。

「ただのお遊びなんだろ」そして息子を思いやる父親のごとく僕の目をじっと見つめながら諭すようにこう言った。「何はともあれお前も僕もまだ若僧だってことを忘れるなよ」

「まずいことになれば手を引くさ」僕は彼を安心させるためにそう答えた。

彼が出て行ってしまうと、パスクアルが、小犬を救おうとしてうかつにも高速道路の真ん中で車を止めたベルギー人観光客のせいで、二十台余りの車が次々と追突したというドイツの玉突き事故の話をしてグラン・パブリートを楽しませているのをよそに、僕はじっと考え込んでいた。本当にこのロマンスは真剣なものじゃないのか？　そうだ。これはいつものとは違う、僕が経験した中では一番大胆で、大人っぽい。けれどいい思い出にするためにはあまり長引かせないほうがいい。そんな風にあれこれ思いを巡らせていると、ヘナロ・ジュニアが昼食の誘いに来た。彼は〈マグダレーナ〉の純ペルー風テラスに僕を連れていき、鴨（かも）肉入りライスとシロップをかけた揚げ菓子を無理やり食べさせると、食後のコーヒーのときに見返りを要求してきた。

「お前はあいつの唯一人の友人だ。頼むから言ってやってくれ。あいつのせいで俺たちは厄介なことに巻き込まれてるんだ。俺じゃ駄目だ、なにせ無知で教養のない男だと思われてるからな。昨日は親父のことを中産階級呼ばわりときた。俺としてはこれ以上あいつともめたくない。本当はクビにすべきなんだろうが、そうなると会社はとてつもない被害をこうむる」

悩みの種はラジオ・セントラルに宛てたアルゼンチン大使からの手紙で、彼は毒のある言葉で、ラジオ小説（外交官は「連続物語劇」と呼んだ）のそこかしこに現れる、サルミエントとサン・マルティンの祖国に対する「中傷的かつ悪辣な、病的なまでの」言及に対して抗議していた。大使はいくつかの例を挙げ、それらは、決してあら探しをして集めたのではなく、「その手の放送に目がない」公使館員がたまたま書き留めたものであることを請け合っていた。手紙によれば、なんと、ブエノスアイレスっ子の名だたる男らしさというのは神話であり、ほとんどの男たちが男色（好んでかしかたなしにか）に走っているとほのめかした回があったという。別の放送では、あまりに人数の多いブエノスアイレスの家庭では空腹と出費を軽減するために、口減らし――老人や病人――が行われていると言ったらしい。またあるときなど、あちらでは牛は輸出用で、家庭での垂涎の的のごちそうは馬肉だと嘯（うそぶ）いたそうだ。サッカーの練習、とりわけヘディングのやりすぎが原因で国民の遺伝子は傷つき、その結果、泥水色の川のほとりでは精神薄弱、末端肥大症、そしてそのほかのクレチン病系の病気に侵された人々が蔓延していると言ったこともあったらしい。さらには、ブエノスアイレス（「そっくりの大都市」と手紙には書いてあった）の家々では、寝食のための部屋でバケツに大小の用を足すのが普通だと言ったという具合だ。

「笑えるだろ、俺たちも大笑いしたよ」ヘナロ・ジュニアが爪を噛みながら言った。「ところが今日弁護士がやってきて、笑いごとじゃ済まなくなった。大使館が政府に抗議すれば、ラジオ劇場は打ち切られ、罰金刑を食らった上に局の閉鎖に追い込まれるかもしれないんだ。あいつに頼んでくれ、脅してもいい、とにかくアルゼンチン人のことは忘れるように言ってくれよ」

できる限りのことはしようと約束したものの、期待はもてなかった。物書き先生は自分の信念を曲げない男だったからだ。僕は彼に友情を感じるようになっていた。彼に対し、創作意欲をくすぐる昆虫学的な好奇心を抱く一方で、尊敬の念も抱いていたのだ。しかし彼の方はどうだろう？ ペドロ・カマーチョは友情はもとより、自分の仕事あいは悪徳である「芸術」の邪魔になるようなことには一切時間や精力を費やせない人間らしかった。芸術の切実さに比べれば、人も物も欲望もすべて二の次だったのだ。それでも彼が僕のことを他の人間よりはましな存在と見なしてくれていたことは事実だ。二人でコーヒー（彼はミントとレモン・バーベナのハーブティーだったが）を飲みに行ったり、僕が彼の仕事場に顔を出して執筆に区切りをつけるのにひと役買ったりもした。僕が熱心に話を聞くのが嬉しかったのだろう。ことによると僕を弟子だと思っていたのかもしれない。あるいは彼にとって僕は、オールドミスにとっての愛玩犬、または年金生活者にとってのクロスワードパズルのように、生活の隙間を埋めるための人間か何かだったのかもしれない。

僕はペドロ・カマーチョに三つの点で惹かれていた。まず彼の語ること、次にひとつのこだわりにまるまる費やされた彼の人生の厳しさ、そしてとりわけ彼の仕事の能力だ。エミール・ルートヴィヒによる伝記を読んだとき、ナポレオンは書記官たちが疲れ切って倒れてからも口述し続けられるほどタフだったということを知った。僕の想像の中では、このフランス皇帝の顔は鼻の大きいシナリオライターのそれだったたし、ハビエルとかった。

僕は一時期、ペドロ・カマーチョのことをアンデスのナポレオン（その後、ペルーのバルザックという名に変った）と呼んでいた。あるとき好奇心から彼の仕事の時間割を作ってみたことがあったけれど、何度も調べ直したにもかかわらず、不可能としか思えなかった。

スタートしたときラジオ劇場は日に四本だった。だが成功したと見るやその数は日に十本に増え、月曜から土曜まで、すべてが一章分の三十分（コマーシャルが七分あったので実際には二十三分）ずつ放送された。全作品を演出し、出演もしていた彼は、各章のリハーサルと録音に四十分かかる（例の演説と稽古に十分から十五分かかったであろうから）と計算するなら、毎日七時間近くスタジオにこもる必要があったはずだ。台本は放送と並行して執筆し、一章書くのに放送時間の二倍、つまり一時間しかかからなかったことは確認済みだった。いずれにせよおよそ十時間はタイプに向かっているということだ。彼の休日である日曜日のおかげで強行スケジュールもいくらか緩和されていたとはいえ、彼は休日ももちろん仕事場に来て、次の週の仕事を先取りしていた。つまり彼は、月曜から土曜までは十五、六時間、日曜日は八時間から十時間働いていた。その時間は実際、ひたすら放送「芸術の」生産のためだけに費やされていたのだ。

確かラジオ・セントラルに来るのは朝八時、社を出るのは午前零時近くだった。外出するのは僕と一緒に〈ブランサ〉へ行き、大脳活性ハーブティーを飲むときだけ。彼のためにヘススやグラン・パブリートやラジオ劇場のスタッフたちが、かいがいしくサンドイッチやジュースを買ってくるので、昼食は仕事部屋ですませていた。彼は決して招待に応じなかったし、映画や芝居、サッカーの試合あるいはパーティーに行ったという話も彼の口から聞いたことがなかった。彼の「商売道具」である、引用の詰まったばかでかい本と地図を別にすれば、本や雑誌、新聞を読んでいるところを目撃したことは一度もなかった。いやそれは正しくない。ある日彼の部屋でナショナル・クラブの会員名簿を見つけたことがあった。

「守衛に少しばかり握らせて手に入れたのだ」僕が理由を尋ねると、彼はこう答えた。「劇に出てくる上流階級の名前をどこで調べられると思う？　ほかの登場人物については耳さえあればいい。庶民ならそこらにうようよいる」

ラジオ劇場の制作、つまり滞ることなくそれぞれの台本を作り上げていく一時間というのも、常に信じがたいものだった。彼がシナリオを執筆しているところを僕は何度も見ていた。猜疑心丸出しでレコーディングの秘密を守ろうとしたのとは裏腹に、書いているときは人に見られても構わないようだった。彼が彼の（僕の）レミントンを叩いていると、声優やバタンや音声係が入ってきて彼に仕事の手を止めさせる。すると彼は顔を上げて質問に耳を傾け、細々とした指示をあれこれ与える。そして顔の表面だけを使った独特の笑顔、僕がそれまでに見た中で最も笑顔らしくない笑顔を作って訪問者に別れを告げ、再びタイプを打ち始めるのだ。僕も、屋上の鶏小屋は人が多くてうるさいので勉強どころではない（法学の勉強といっても試験のためであり、やっつけてしまえばきれいさっぱり忘れ、それでも落第せずにすんだのは、皆が言うには僕の頭がいいからではなく、大学が悪かったからだ）と言っては、彼の仕事部屋に入り込んだものだ。それでもペドロ・カマーチョは文句を言わなかったし、彼が「創作している」のを感じ取ってくれる人間がそばにいることが、まんざらでもなさそうだった。

僕は窓枠に腰かけ、法典に顔を埋めていた。実は彼の様子を窺っていたのだ。彼は二本の指を使い、ものすごい速さでタイプを打っていた。この目で見ているのに信じられなかった。手を止めて言葉を探したり、アイデアを練ったりすることなど決してなかったし、飛び出た狂信的な目に迷いの色が浮ぶこともない。まるで暗記した文章を清書しているか、誰かが口述することをタイプで打っているような印象を受けるのだ。それにしても、とてつもない速さで指をキーに落とし、日に九時間も十時間も、まったく違ういくつかのストーリーの状況や挿話、科白を創り出すなどということが、果して可能だろうか？　ところが彼には可能だった。シナリオは、その小さく強靭（きょうじん）な頭と疲れを知らぬ指の先から、ソーセージが機械から数珠つなぎになって出てくるように、程よいサイズで次から次へと生み出されていく。一章を書き終えると、訂正もしなければ読みもせずに秘書に渡してコピーを取らせ、自分の方は休むことなく次のシナリオに取りかかるのだ。あなたの仕事ぶりを見ていると、フランスのシュルレアリストたちの自動筆記（オートマテ）理論（イスム）、つまり理性の介入を排除して、潜在意識を浮び上がらせる方法を思いだすと彼に言ってみたことがある。すると民族意識の色濃い答えが返ってきた。

「我らが混血のアメリカ大陸に生れた人間の頭脳は、フランス人どもよりも優れたものを生み出すことができるのだ。劣等感など持たんでよろしい」

どうしてボリビア時代に書いたものをリマの物語の下敷として利用しないのか。僕がそう訊くと、具体的なことは何ひとつ引き出せそうにない一般論を彼は持ち出した。人々の心に届かせるためには、ストーリーは果物や野菜と同じく新鮮でなくてはならない。芸術は保存がきかないし、食物よりはるかに腐りやすい。一方で「聴き手の郷土を舞台にしたストーリー」であることも必要だ。リマの人間がラパスで起こる物語に興味を示すなどということがありうるだろうか？　とはいうものの、彼があれこれ理由を挙げたのは、彼にとり理論をうちたてること、あらゆるものを絶対的な真理、永遠の公理に変えることが、書くこと同様必要不可欠だったからである。昔のシナリオを使わない理由はもっと単純だった。彼は手間を省くことにまるで無関心だったからだ。彼にとっては生きることとイコール書くことだった。自分の作品が長らえようが長らえまいがどうでもよかった。放送してしまえば、それっきりシナリオのことは忘れた。彼は自分のラジオ劇場の台本を一冊も残していないと請け合った。それらは、聴衆に消化された時点で消え去る運命にあるという暗黙の信念とともに生み出されていたのだ。あるとき彼に、出版を考えたことはないのか訊いてみた。

「私が書いたものは、本よりもはるかに確実なところに保存されている」彼は即座に教えを垂れるように答えた。「ラジオを聴く人々の記憶の中にだ」

ジュニアと昼食を食べた日に、僕はアルゼンチン大使館からの抗議のことをカマーチョに話した。六時ごろ彼の仕事部屋に立ち寄り、〈ブランサ〉に誘った。彼がどう反応するか不安だったので、僕は回りくどい話し方をした。当てこすりに耐えられなくて、すぐにかっとなる人間がいるものだから、ペルーの法律は名誉毀損に対してとても厳しくて、つまらないことを理由にラジオ局が潰されてしまうんです。アルゼンチン大使館が、あれこれ実例を挙げ、ある種の仄めかしを遺憾であるとして、外務省へ公式に抗議文を送りつけると脅してきたので……。

「ボリビアでは国交を断絶するという脅迫さえあったよ」彼は僕の言葉を遮った。「国境に軍が集結しているなどと書いたビラもまかれた」

彼の口ぶりには諦めが感じられた。あたかも、太陽の義務は光を放つことであり、それによって火事が起きたところでやむをえないと考えているようだった。

「ヘナロ親子があなたにラジオ劇場でアルゼンチン人の悪口を言うことをなるべく避けるよう頼んできています」話の核心に触れたとき、僕は効き目のありそうな論法を思いついた。「つまり、アルゼンチン人にこだわらない方がいいということです。だいいち、こだわるだけの価値があるんですか」

「ある。〈連中〉は私の創作意欲を掻き立てるのだ」そう言って彼はこの一件に終止符を打った。

局への帰り道、彼はいたずらっ子のような口調で、「ガウチョの動物的習慣」をテーマにした劇がラパスでスキャンダルを巻き起こしたとき、〈連中〉が激怒したことを教えてくれた。僕はパナメリカーナに戻るとヘナロ・ジュニアに、そもそも僕の調停能力に期待するのが間違いなのだと言ってやった。

二、三日後、ペドロ・カマーチョの下宿を見学する機会が訪れた。フリア叔母さんがメトロ座で上映していた、恋愛ものの名コンビ、グリア・ガーソンとウォルター・ピジョン主演の映画を観たいと言って、僕が最後のニュース原稿を書いているところへやってきた日のことだ。もうじき十二時というころ、バスに乗るために二人がサン・マルティン広場を歩いていたら、ペドロ・カマーチョがラジオ・セントラルから出てくるのが見えた。フリア叔母さんに教えると、たちまち紹介してほしいと言い出した。そこで一緒に歩み寄り、彼女をあなたと同郷の女性だと紹介したところ、彼はえらく親切な態度を示した。

「あなたの大ファンです」フリア叔母さんはそう言ってから、さらに取り入ろうと嘘をついた。「ボリビアにいた頃から、あなたのラジオ劇場は欠かさず聴いてたわ」

僕たちはいつの間にか、彼と一緒にキルカ通りに向かっていたが、道すがらペドロ・カマーチョとフリア叔母さんは僕をそっちのけにして祖国の話で盛り上がっていた。ポトシ銀山、タキーニャ・ビール、ラグアという名のコーンスープ、生チーズをたっぷり乗せたトウモロコシ料理、コチャバンバの気候、サンタ・クルス出身の女性の美しさなど、ボリビア自慢は尽きなかった。故郷のすばらしさを語る物書き先生はすっかりご満悦のようだった。彼はバルコニーと斜め格子窓のある家の門の前で立ち止まった。しかし別れを告げはしなかった。

「上がっていきたまえ」彼は僕たちを誘った。「簡単な夕食だが三人で分ければいい」

下宿屋ラ・タパーダは、リマの旧市街によくある二階建ての古い家屋だった。こうした十九世紀の建物は、かつては広くて住み心地のよい、おそらく豪華なものだったのだろうが、のちに富裕層が中心部から環境の良い郊外へと移動し、リマ旧市街の品位が落ちていくとともにしだいに荒れ、人を詰め込むようになり、部屋数を二倍あるいは四倍にしてくれる間仕切りと、玄関や屋根裏、テラスや階段まで利用して作られた新たな秘密の空間によって、まさにハチの巣になるほど細かく分割されていった。下宿屋ラ・タパーダは今にも崩れ落ちそうな代物だった。ペドロ・カマーチョの部屋に通じる階段は三人の重みで揺れ、埃が舞い上がるためにフリア叔母さんがたて続けにくしゃみをした。壁や床をはじめありとあらゆるところに埃が積り、この家が箒や雑巾で掃除をしたことがないのは明らかだった。ペドロ・カマーチョの部屋は独房さながらだった。おそろしく小さい上にほとんど空っぽだったのだ。あるものと言えば、色あせたマットとカバーなしの枕が乗った頭板のない簡易ベッド、ビニールのクロスを掛けた小さなテーブル、藁の椅子、スーツケース、壁と壁の間に張った紐、そこにぶら下がっているパンツと靴下ぐらいなものだった。物書き先生が自分で洗濯をしていることには驚かなかったけれど、自炊しているとは意外だった。窓辺には携帯用の石油コンロのほかに、壜入りの燃料、ブリキの皿と食器、コップなどが置かれていた。彼は堂に入った身振りで、フリア叔母さんに椅子を、僕にはベッドを勧めてくれた。

「座りたまえ。住まいは貧しくとも心は大きい」

彼は二分で夕食を用意した。食材はビニールの袋に入れて風通しのいい窓際に吊してあった。ゆでたソーセージに目玉焼き、バターを塗ってチーズを乗せたパン、そして蜂蜜を掛けたヨーグルトが食卓に並べられた。いかにも毎日やっていそうな慣れた手つきを見て、僕たちはそれがいつものメニューであるに違いないと確信した。

食事中彼は愛想よく喋り続け、カスタードクリームのレシピ（フリア叔母さんに頼まれて）や白い衣類用の一番安い洗剤についてといった話題にも応じてくれた。彼は自分の食事を食べ切らなかった。そして皿を脇にやると、食べ残しを指差して洒落たことを言った。

「諸君、芸術家にとって、食事は悪徳なのだ」

彼の機嫌がよかったので、僕は敢えて仕事について触れてみた。そして、ガレー船の奴隷並みのスケジュールをものともせず、決して疲れているように見えないあなたのスタミナが羨ましいと言ってやった。

「私には一日の仕事が単調になるのを防ぐための秘訣があるのだ」と彼は告白した。

幻のライバルに秘密が漏れるのを嫌うように声を落とし、同じストーリーに一時間以上かけないこと、別のテーマに取りかかれば気分転換になり、一時間ごとに新たに仕事を始めるような感覚でいられることを教えてくれた。

「変化こそが喜びの源泉なのだよ、諸君」眼をらんらんと輝かせ、邪悪な小鬼のようなしかめっ面をしながら彼は繰り返した。

そのためには、類似したストーリーよりもむしろ対照的なストーリーを並べることが重要だ。状況、場面、テーマ、登場人物が完全に異なることにより新鮮な感覚が強化されるからだ。また、ミントとレモン・バーベナのハーブティーは有益な飲み物で、脳細胞を掃除し、想像力を高めてくれる。そして適当な間隔でタイプから離れてスタジオへ行き、脚本家から監督、声優になることもまた休憩であり、気分転換になる。しかし、それに加えて自分には、年月を経て発見した秘密が、無知な人々や鈍感な人間から見れば児戯に等しい秘策がある。そんな連中がどう思おうとかまわないが……。ペドロ・カマーチョはためらい、口を閉じると漫画みたいな顔を曇らせた。

「残念ながら、この街では実践するわけにはいかないのだ」彼は憂鬱そうに言った。「例外は日曜日だ。私独りになれるからな。平日は野次馬が多いし、彼らには理解してもらえないだろう」

人間を横柄に見下す彼に、いつからそんな遠慮が生まれたのだろう。フリア叔母さんを見ると、僕同様話の続きを聞きたがっていることが分かった。

「そこまで人の気を引いておきながらやめるなんてひどいわ」彼女はすがるように言った。「秘策って何なの、カマーチョさん」

　ペドロ・カマーチョは、自分が喚起しえた観客の注目を満足気に眺める奇術師のように、黙って僕たちを見つめていた。そして今度は聖職者のようにゆっくりと立ち上がって（彼は窓辺の石油コンロの隣りに座っていた）スーツケースのところまで行き、それを開けると、手品師がシルクハットからハトや万国旗を出すように、思いもよらぬ品々を中から取り出しはじめた。イギリスの裁判官用のかつら、大小様々な付け髭、消防士のヘルメット、軍隊の記章、太った女、老人、そして間抜け面をした子供の仮面、交通巡査が使う警棒、マドロス帽にマドロスパイプ、医者の白衣、付け鼻、付け耳、綿のあご鬚（ひげ）……。さながら電気仕掛けの人形のように次から次へと小道具を披露しては、僕たちに褒めてほしくてか、そうしないと気がすまないからか、実際にかぶったり、つけたり、はずしたりしてみせた。その手際のよさは、それがかなり前からの習慣で、ちょくちょくやっていることを物語っていた。そんなふうにして、あっけにとられているフリア叔母さんと僕の目の前で、ペドロ・カマーチョは変装道具を使い、医者、船乗り、裁判官、老女、乞食、尼僧、枢機卿……などになった。そしてこうした変身を繰り返しながら、激しい口調で語り始めた。

「我が所有物である登場人物たちと一体になり、同じ格好をする権利が私にはないのだろうか。台本を書いているときに、彼らの鼻、彼らの髪をつけ、彼らのフロックコートを着ることを、誰が私に禁じるのか」。枢機卿の真紅の帽子をマドロスパイプに、パイプをダスターコートに、ダスターコートを松葉杖に替えながら彼は言った。「小道具や衣装で想像力を刺激することが誰の迷惑になる。諸君、リアリズムとはいかなるものか、よく言われるところのリアリズムとは何なのか。物質的に現実と一体化する、それに勝るリアリズム芸術の実践法があるだろうか。私の方法では日々の労働が耐えやすく、しかも、喜びと活力にあふれたものにならないというのか」

だがもちろん――初めは憤りに満ちていた彼の声が絶望的な調子に変った――人々は理解力を欠き愚かであるがゆえに、何もかも曲解する。もしラジオ・セントラルで、変装してタイプを打っているところを見つかれば、あいつには女装趣味があるという噂が広がり、仕事場は庶民の病的な好奇心を磁石みたいに吸いつけることになるだろう。彼は仮面やそのほかの道具をしまい終えるとスーツケースを閉じ、窓辺に引き返した。悲しげな様子だった。ボリビアではいつも自分の「アトリエ」で仕事をしていたために「小道具や衣装」の問題はなかった、と彼はつぶやいた。ところがこちらでは、自分の習慣どおりに台本が書けるのは日曜日だけだ。

「そういった変装道具は、登場人物に合せて手に入れるんですか、それとも持ち合せの変装道具から登場人物が生まれるんですか」僕はまだ驚きから覚めていなかったけれど、何か言わなくてはと思い、とりあえず質問してみた。

彼は赤ん坊を見るような目で僕を見た。

「君はまだ若い」そう言って僕をやんわりと咎めた。「知らないのかね、いつだって『はじめに言葉ありき』ということを」

招待してくれたことに何度も礼を言って外に出てから、僕はフリア叔母さんに、ペドロ・カマーチョが自分の秘密を教えてくれるという並々ならぬ信頼の証を示してくれたことに感動したと言った。彼女も満足していた。インテリがあんなに面白いとは思ってもみなかったわ。

「みんながみんなああだというわけじゃないよ」僕は笑いながら言った。「ペドロ・カマーチョはカギカッコつきのインテリさ。あの部屋には本が一冊もないことに気づいたかい。文体が影響を受けないように本は読まないんだって」

旧市街の人気のない通りをバス停のある方へ手をつないで歩きながら、僕は、いつか日曜日にラジオ・セントラルへ行って、変装によって自らの創造物に乗り移っている物書き先生を見てやるつもりだと彼女に言った。

「乞食みたいな暮らしぶりだったわね、不当な扱いだわ」フリア叔母さんが抗議するように言った。「ラジオ劇場があんなに有名なんだから、うんと稼いでいると思ったのに」

下宿屋ラ・タパーダには浴槽もシャワーも見あたらず、階段の最初の踊り場にかびだらけのトイレと洗面所があるだけだったことを彼女は気に病んでいた。あなたはペドロ・カマーチョがシャワーなど浴びない人間だと思っているの？　物書き先生はそんな世俗的な問題など気にしていないと僕は彼女に言ってやった。すると彼女は、下宿の不潔さを見たとたん吐き気を催し、ソーセージと玉子を飲み込むのに超人的な努力が必要だったことを打ち明けた。アレキーパ大通りの交差点ごとに停車する古ぼけた乗合バス（コレクティーボ）

に乗り、彼女の耳や首すじに唇を這わせていた僕は、彼女の警戒するような声を聞いた。

「つまり作家というのは、飢え死にしそうな連中ってことね。ということは、あなたも一生貧乏暮しをするんだわ、バルギータス」

ハビエルが僕をバルギータスと呼ぶのを聞いて以来、彼女も僕をバルギータスと呼んでいた。

8

ドン・フェデリコ・テリェス＝ウンサテギは腕時計に目をやり、十二時になったことを確かめると、「ネズミ駆除株式会社」に勤める六人の従業員に昼食を食べに出てもかまわないと言った。彼は、一分たりとも遅れることなく三時に戻るようにと釘を刺すことはしなかった。なぜならこの会社では時間を守らぬことは神聖を侵すに等しく、罰金を科せられたり、解雇さえされかねないことを、誰もが十分すぎるほど知っていたからだ。社員が出払ってしまうと、ドン・フェデリコはいつものように自分の手で事務所のドアに二重の鍵を掛け、ねずみ色の帽子をすっぽり被ると人通りの激しいウアンカベリカ通りの歩道に出て、彼の車（ダッジのセダン）が停めてある駐車場へと向かった。

彼は人に恐怖心と不吉な思いを抱かせ、道ですれちがっただけで他の市民とは異なっていると感じさせる人間だった。年は男盛りの五十歳、その特徴——広い額、鷲鼻、鋭い眼差し、一本気な性格——からすれば、女性に興味さえあったならドン・ファンにだってなれただろう。しかしドン・フェデリコ・テリェス＝ウンサテギは自らの存在をある聖なる戦いに捧げていて、誰にも、またいかなるもの——睡眠や食事、家族との団欒のような必要不可欠な時間を除く——にも邪魔されることを許さなかった。四十年前に開始したその戦いの目的とは、国中のネズミどもを一匹残らず退治することだった。

その途方もない戦いを始めた理由は、彼の知人はもとより妻や四人の子供たちさえ知らなかった。ドン・フェデリコ・テリェス＝ウンサテギはそれを秘密にしていたが、忘れたことはなかった。昼夜を問わず甦り、悪夢のようにつきまとうその記憶は、常軌を逸していると、あるいはおぞましいと思われたり、もうけ主義の産物とみなされたりしていた彼の戦いを根気強く続けていくために必要な、生々しい憎悪という新たなエネルギーを生み出していた。たった今も、駐車場に入り、自分のダッジが洗車されていることをコンドルのように鋭い一瞥をくれて確認してからキーを回し、エンジンが暖まるまで二分間（時計を見ながら）待っている間に、彼の思いは今一度〈飛んで火に入り羽を焦がす蛾の群れ〉、時間と空間を遡り、子供時代を過ごしたあの未開の村へ、彼の運命を決定づけたあの驚くべき事件へと戻っていった。

それは今世紀の初め、ティンゴ・マリアがまだ地図上の一点、鬱蒼としたジャングルにぽっかり開いた穴の中に立つ小屋の集まりにすぎなかった頃の出来事だった。そこには時として、都会の生ぬるい生活を捨ててジャングルを征服する夢を抱いた野心家たちが、数知れぬ苦難の末にたどり着くことがあった。こうして技師イルデブランド・テリエスは、若い妻（マイテという名とウンサテギという姓が物語るように、彼女はバスク貴族の血を引いていた）と幼い息子フェデリコを連れ、その地にやってきた。技師は壮大な計画を抱いていた。森を伐採して金持ち連中の家や家具に使う高級木材を輸出すること、エキゾチックな果物を求める世界中の味覚に応えるべくパイナップルやアボカド、スイカ、ライチ、ルクマを栽培すること、そしてゆくゆくはアマゾンの河川に蒸気船を運行させること。しかし、神々と人々とが希望の火を灰に変えてしまった。天災——大雨、害虫、河川の氾濫——そして人間の問題——人手不足、生来の怠惰と愚かさ、アルコール、乏しい資金——によって開拓者の理想は一つまた一つと消えていき、ティンゴ・マリアに着いて二年が過ぎた頃には、ペンデンシア川上流の小さな畑でサツマイモを育てながら細々と生計をたてていかざるをえなくなっていた。事件はそこに建てた丸太とヤシの葉の小屋の中で起きた。ある暑い夜、蚊帳のないゆりかごで眠っていた生後まもないマリア・テリェス＝ウンサテギが、生きたままネズミどもに喰い尽されてしまったのである。

それは単純かつ残酷な出来事だった。父親と母親はある洗礼式の代父母をつとめ、その夜は川の向こう岸でお定まりの祝宴に出席していた。主人の小屋から離れたところに木の枝で葺いた小屋があり、畑の世話を任されていた監督とまだ残っていた二人の作男がそこで暮していた。フェデリコと妹のマリアは母屋で寝起きしていた。しかしフェデリコは、暑い時期になるとペンデンシア川のほとりに簡易ベッドを運び出し、せせらぎを子守歌に眠るのが習慣だった。そしてその夜もそうしたのだった（そのことで彼は、一生自分を責め続けることになる）。彼は月の光を浴びながら横になり、やがて眠りに落ちた。夢うつつに赤ん坊の泣き声が聞こえた気がした。だがそれほど激しくも長くもなかったので、目を覚ますには至らなかった。夜が白むころ、彼は足の先に小さく鋭い歯が当るのを感じた。目を開けたとたん、彼は自分が死にかけているのかと、いやむしろもう死んでしまって地獄にいるのではないかと思った。何十匹ものネズミが彼の周りを押し合いへしあいしながら這い回り、かじれるものならなんでも手当り次第かじりついていたのである。フェデリコはベッドから飛び起きると棒切れを摑み、大声を上げて監督と作男たちになんとか危機を知らせた。四人は松明や棍棒を振り回したり、足で蹴散らしたりして、侵入者の群れを必死で追い払った。しかし赤ん坊の寝ている部屋（それは飢えたものどもにとり晩餐会のメインディッシュだった）に入ると、そこにあったのは、小さな骨の山だけだった。

二分がたち、ドン・フェデリコ・テリエス＝ウンサテギは出発した。彼は車が長蛇の列をなすタクナ大通りを抜けるとウィルソン大通りからアレキーパ大通りを通り、昼食の待つバランコ地区へ向かった。信号で止まって目を閉じると、あの松明の臭いのする明け方を思い出すたびに味わう酸っぱい泡立つような気分に襲われた。なぜなら、諺にあるように、「弱り目に祟り目」だったからだ。バスク人の血をひく若い母親は、事件のショックでしゃっくりが止まらなくなり、そのせいで吐き気を催し、食事がのどを通らず、人々の失笑を買った。彼女は口もきけず、震えたしわがれ声しか出なくなった。そんな風にして目を見開いたまましゃっくりをし続けていたため、次第に体力を消耗し、数ヶ月後に衰弱死したのだった。父親の方は文明に背を向け、野心や活力はおろか、身だしなみを整える習慣すら失った。そして不注意から畑を競売にかけられると、一時期渡し守になって、人や作物や動物をウワリャガ川の岸から岸へと運んで食いつないでいた。しかし川が増水した日に、渡し舟が木にぶつかって壊れてしまうと、彼にはもはや新しい舟を作る気力さえ残っていなかった。彼は〈眠れる美女〉と呼ばれる母親の乳房と物欲しそうな腰つきを想（おも）わす山の官能的な斜面に入り込み、木の葉と若木で隠れ家をこしらえると髪も髭も伸ばし放題にして、野草を食べ、めまいを催させる植物の葉で作った煙草を吸いながら、そこで何年も暮らしたのだった。成長したフェデリコがジャングルをあとにしたときには、元技師はティンゴ・マリアの魔術師と呼ばれるようになっていた。彼は〈七面鳥の洞穴（クエバ・デ・ラス・パバス）〉の近くに住み、ウアヌコ出身の三人のインディオ女性を妻にして、彼女たちとのあいだに腹の膨れた山猿のような子供を何人かもうけていた。

フェデリコだけが、この惨事に頭を使って立ち向かった。その日の朝、妹を小屋に独りきりにしたことで鞭で折檻（せっかん）されたあと、少年（数時間のうちに一人前の男になった）はマリアが埋められている土まんじゅうの前に跪くと、命あるかぎりあの人殺しどもの根絶に我が身を献（ささ）げると誓ったのだ。彼は自分の気持ちを揺るぎのないものにするために、鞭打たれてできた傷口の血を、少女を覆う土の上に垂らした。

それから四十年がたち〈山をも動かす堅固な志操〉、ドン・フェデリコ・テリエス＝ウンサテギは、いつものつましい昼食に向かって通りを走るセダンの中で、自分は信義に篤い男であることを常に証明してきたと独りごつことができた。なぜなら、復讐を誓ってからというもの、彼の仕事と着想によって、おそらく生まれてきたペルー人の数よりも死んだネズミの方が多かったはずだからだ。賞が貰えるわけでもない困難で禁欲的な仕事は、彼を厳格で友人のいない、習慣にしがみついているだけの人間にしてしまった。仕事を始めた子供の頃、最も骨が折れたのは、褐色の動物に対する不快感を克服することだった。最初に用いた方法は原始的なものだった。罠である。小遣いを貯めてライモンディ大通りにある寝具と雑貨の店、〈深い眠り〉でネズミ取りを一つ買い、それを見本に自分でいくつも作り始めた。板を切り、針金をよじって、一日に二回、畑の畝に仕掛けた。時には罠に掛かったまままだ生きているものもあった。そんなとき彼はぞくぞくしながら、とろ火であぶって息の根を止めたり、ピンを突き刺したり、手足をもぎ取ったり、目玉を潰したりして責め苛んだものだった。

しかし子供ながら機転の利いた彼は、そんなことに耽るだけでは成功を収められないことを悟った。彼の仕事は質ではなく量を問われるものだった。問題は一匹の敵に最大の苦しみを与えることではなく、短い時間で最大数の敵を撲滅することである。そのときの年齢を考えると驚くべき明晰さと意志の力によって彼は感情をすべて殺し、それからは冷酷かつ統計的、科学的な観点に基づいて大量殺戮（さつりく）を行うようになった。カナダ系の学校で過ごす時間や寝る間も惜しんで（とはいえ余暇を切りつめる必要はなかった。あの悲劇以来遊んだことなどなかったからだ）ネズミ取りに改良を加え、刃を取りつけて獲物の体を切断する仕組みを考案し、決して生き残れないようにした（それは苦しみを増幅させるためではなく殺す手間を省くためだった）。次に作り出したのは家族用の罠で、台になる板を大きくしてフォークのように反（そ）った刃をいくつもつけることにより、父ネズミ、母ネズミ、そして四匹の子ネズミを同時に串刺しにできるものだった。彼の仕事ぶりはたちまち地区の隅々にまで知れ渡り、徐々に復讐や罪ほろぼしの域を超え、社会に貢献し、わずかばかりの（しかしないよりはましな）報酬さえもらえる仕事になった。近くの畑はもとより遠くの畑からも、ネズミに荒らされた気配がうかがえるやいなや少年に声が掛かる。すると彼は〈蟻の勤勉さはすべてを可能にする〉、わずかな日数でネズミを退治してしまうのだった。ティンゴ・マリアの小屋や家、会社からも注文が舞い込むようになった。そして警察署を乗っ取っていたネズミを一掃するよう署長から依頼されたときに、少年は栄（は）えある瞬間を迎えた。受け取る金を彼はすべて新しいネズミ取りの開発に注ぎ込み、無邪気な人々から倒錯した趣味か商売だと思われていた自分の仕事を拡大していった。元技師の父親が〈眠れる美女〉のなまめかしい茂みの中へ入り込んだ頃には、フェデリコはすでに学校をやめ、刃のついたネズミ取りにもまさる効果的な武器を併せ用いるようになっていた。毒薬である。

この仕事のおかげで彼は、他の子供たちが独楽を回して遊ぶ年頃で自分の食いぶちを稼げるようになった。しかしそれはまた彼を鼻つまみ者にした。人々は彼をすばやく走り回る動物の駆除に呼びはしたが、テーブルに着くことを勧めたり優しい言葉をかけたりはしなかった。もし彼がそのことで辛い思いをしていたのなら、表には出さないようにしていたのだろう。それどころか、彼は近隣の人々から忌み嫌われていることを喜んでいるようにすら見えた。この内向的で口数の少ない少年を笑わせたとか、笑うのを見たと言って自慢できる者は一人もいなかった。彼の情熱はひたすら汚らわしい生き物を殺すことにのみ注がれているようだった。仕事に対してはささやかな料金を取ったが、貧民街では無料の戦闘を繰り広げ、敵が陣営を張っている家に気づくやいなや彼はネズミ取りの入った大袋と毒薬入りのフラスコを手に現場を訪れた。鉛色の生き物の撲滅を目ざして休むことなく磨きをかけた技術は、死骸の始末という問題を生み出した。それは家の住人、とりわけ主婦や女中が最も嫌うことだった。フェデリコは仕事量を増やし、サンホセ女子修道院に住んでいた頭の弱いやぶにらみの背むし男を雇い、食べ物とひきかえに極刑に処された動物の死骸を粗布の袋に拾い集めさせ、アバッド競技場の裏で焼却するか、ティンゴ・マリアの犬や猫、ブタ、ハゲタカにふるまうよう仕込んだ。

あれからどのくらいの歳月が流れたことか。ハビエル・プラドの信号を待つドン・フェデリコ・テリェス＝ウンサテギは、あの少年の頃、日が出てから暮れるまで能なしをお伴にティンゴ・マリアのぬかった道を歩き回り、マリアを殺した動物どもとプロとして戦うようになってからというもの、自分は間違いなく進歩してきたと独りごちた。あのころの彼は着たきり雀で、助手が一人いるだけのガキにすぎなかった。だが三十五年たった今では、技術開発とビジネスを担う総合会社を率いてペルーの津々浦々に進出し、十五台の小型トラックと、燻蒸（くんじょう）したり毒薬を調合したりネズミ取りを仕掛けたりする専門家七十八人を有するまでになっていた。彼らは前線――国中の通りや家、農地――で、敵の探索、包囲、殲滅（せんめつ）に取り組み、彼が指揮を執る参謀本部（今しがた昼食を食べに出た六人のテクノクラートたち）の指示、助言を仰ぎつつ後方支援を受けていた。星座のように動く部下に加え、二つの研究所がこの聖戦に参加したいと申し出たのでドン・フェデリコは契約（内実は助成金の支給）を結び、継続的に新しい毒薬の開発を依頼していた。というのも敵には驚くべき免疫化の能力があり、二、三度作戦に使うと毒物はもはや効き目を失い、彼らが殺すべき動物どもの格好の餌になってしまうのだ。さらにドン・フェデリコは――このとき信号が青に変わり、ギアをローに入れて海岸地区へと向かった――奨学金制度を創設し、この制度によって「ネズミ駆除株式会社」は毎年、大学を出たばかりの化学者をバトン・ルージュ大学に送りこみ、ネズミ殺しの専門家を育成していた。

　二十年前、ドン・フェデリコ・テリエス＝ウンサテギを結婚へと駆り立てたのは、まさにそのこと――彼が信奉することに役立つ学問の問題だった。結局は人の子だった彼の頭の中に、ある日、彼と同じ血と精神を受け継ぐ息子たちが年子で生れ、母親のお乳を通じてあの不快な動物たちに対する憎しみを吹き込まれたのち、特別な教育を受け、彼の使命を継いで、ことによると世界を股にかけて働いてくれるかもしれないという考えが芽生えはじめたからである。一流の学校で博士号をとった六人か七人のテリェスたちが、彼が誓ったことを引継いでいつまでも続けていってくれることを想像した彼は、結婚そのものには魅力を感じていなかったにもかかわらず結婚相談所の門を叩いた。すると相談所は法外とも言える謝礼と引換えに、二十五歳の輝くばかりに美しいとは言いがたかったものの——彼女には前歯がなく、銀（リオ・デ・ラ・プラタ）の河と（大げさに）呼ばれている川が流れる地方の淑女たちのように、腰とふくらはぎが贅肉でたるんでいた——非の打ちどころがない健康状態、無傷の処女膜、生殖能力という彼が要求した三つの条件を満たす相手を彼に紹介した。

ドニャ・ソイラ・サラビア＝ドゥランはウアヌコの出身だったが、その家族は〈浮沈を楽しむ人生の辛酸〉、地方の上流階級から首都の下層労働者階級へとなりさがっていた。彼女はサレジオ会のマザーたちが、隣り合う有料の学校とともに経営していた授業料無料の学校——道義心からか、それとも宣伝のためか——で教育を受け、すべての同級生と同様アルゼンチン・コンプレックスを抱えて育ったが、彼女の場合そのコンプレックスは従順、無口、食欲というかたちで表れた。その後も用務員としてサレジオ修道会で働きながら人生を送り、その曖昧な仕事の内容——女中なのか雑用係なのか、あるいは事務員なのか——のせいで、あらゆることに同意し、さながら家畜のように首を縦に振る彼女の卑屈さと心もとなさはますます深刻なものになった。二十四歳のときに両親を失った彼女は、激しく悩んだ末に結婚相談所を訪れ、そこで夫となる男性を紹介された。それまで性体験のなかった夫婦は結婚をまっとうするのにおそろしく手間どり〈早すぎたり狙いが定まらず的をはずしたりと試行錯誤を繰り返す連続ドラマ〉、回を追うごとに不安と焦りだけが増していき、頑丈な処女膜は貫通しないままだった。清く正しい夫婦をめざす二人の努力とは裏はらに、ドニャ・ソイラは（悪徳からではなく、馬鹿げた偶然と新郎新婦の練習不足が原因で）異端の、つまり後ろの処女を先に失ったのだった。

偶然がもたらしたその嫌悪すべき一件を別にすれば、夫婦の暮しぶりは至って品行方正だった。妻のドニャ・ソイラは働き者で浪費せず、夫の主義（奇行と呼ぶ者もいただろう）に辛抱強く従った。たとえばドン・フェデリコがお湯を使うことを禁じても（彼によればお湯は意志の力を弱め、風邪の原因になるという）決して逆らわず、二十年たった今でもシャワーを浴びるときは唇を紫色にしていた。だらしない生活を送らぬように一家の決まり（書かれたものではなかったけれど彼女は暗記していた）によって、家では五時間以上の睡眠をとることが禁じられていたが、彼女は一度もこれに反することなく、毎朝五時に目覚まし時計が鳴るとワニのような大あくびで窓ガラスを震わせた。家庭的な娯楽のうち、不健全であるという理由で映画やダンス、観劇、ラジオが、また家計に負担が掛かるとして外食、旅行、あらゆるお洒落や部屋の装飾の類が認められていなかったが、彼女はこの掟（おきて）も仕方なく受け入れた。ただし、彼女が犯す唯一の大罪である大食に関しては、一家の主に従うことができなかった。そのため食卓には肉や魚、クリームをたっぷり使ったデザートがしばしば供された。さすがのドン・フェデリコ・テリエス＝ウンサテギにもたったひとつ自分の意志を無理強いできなかったことがある。それは厳格な菜食主義だった。

しかしドニャ・ソイラは決して夫に隠れてこそこそと悪徳にふけったりはしなかった。今、活気に満ちたミラフローレス地区を走るセダンの中で夫は独りごちた。その正直さのおかげで、妻の罪は贖（あがな）われるとまではいかないが少なくとも軽くはなっているのだ。食べたいという欲求が服従心に勝り、タマネギをちらしたステーキやニベの鉄板焼き、アップルパイのシャンテリークリーム添えを貪っているのを夫に見つかると、彼女は恥ずかしさに顔をまっ赤にしながらそれ相当の罰を受けることを覚悟した。処罰に抗議したことなどついぞなかった。それどころかドン・フェデリコが（シュラスコ一枚、棒チョコレート一本の罰として）三日間口をきくことを禁じれば、眠っている間に禁を破らぬよう自分で猿ぐつわを噛み、罰が二十回の尻叩きであればさっさとガードルをはずし、アルニカチンキを用意するという具合だった。

いや違う、ドン・フェデリコ・テリエス＝ウンサテギは自分のセダンが走るマレコン・デ・ミラフローレス通りから、灰色（彼が嫌いな色だった）の太平洋をぼんやり眺めながら考えた。結局のところ、この私をがっかりさせたのは妻のソイラではないのだ。

彼の人生における最大の失敗は、子供たちだった。彼が夢見た殺戮者の王子たちからなる百戦錬磨の前衛部隊と、神と甘党の妻がもたらした四人の子供たちとの間にはなんと大きな隔りがあることか。

　とりあえず二人続けて男の子が生れた。そこへ予期せぬ激しい衝撃が襲った。妻のソイラがまさか女の子を産むなどとは考えてもみなかったのだ。最初の女の子のときは失望させられたものの、それは偶然がもたらしたのかもしれなかった。しかし四度目の妊娠の結果生まれた赤ん坊にも陰茎と睾丸（こうがん）がついていないのを見たドン・フェデリコは、妻がさらに不完全な子供を産み続けるのではないかと思うとぞっとして、子孫を残そうなどという気紛れを一切断ってしまった（そのため、ダブルベッドをシングル二つと取り換えた）。彼が女性を憎んでいたわけではない。好色漢でも大食漢でもなかった彼には、肉欲の対象になるか料理をするしか能のない存在が何の役に立つのか分からなかっただけだ。彼にとって生殖は、自分が繰り広げている聖戦を永遠のものにすること以外の理由を持たなかった。だが、この期待はテレサとラウラの誕生によって煙と化した。というのもドン・フェデリコは、女性にはクリトリスだけでなく脳味噌も備わっていて、男性と対等に働く能力があると主張するようなモダンな考えの持ち主ではなかったからだ。その一方で彼は自分の名が汚されるのではないかという不安に悩まされた。数々の統計が、女性の九十五パーセントは過去、現在もしくは未来において売春婦であるという反吐（へど）が出そうな事実を繰り返し示しているではないか。ドン・フェデリコは、自分の娘たちが貞淑な五パーセントの内にとどまれるよう、細々とした規則によって二人の生活に制限を加えたのだった。襟ぐりの開いた服は着ないこと。季節を問わず長袖のブラウスやセーターを着て黒のストッキングを穿くこと。マニキュア、口紅、アイシャドウ、頬紅、前髪のセット、三つ編み、ポニーテールといった男の気を引くための手段はすべて禁止。海水浴や誕生パーティーの類の、男性に近づく可能性があるスポーツ・娯楽も禁止。違反をすれば必ず体罰が加えられた。

しかし彼をがっかりさせたのは、自らの後裔に女の子が混じったことだけではなかった。二人の男の子――リカルドとフェデリコ（息子）――が父親の美徳を何ひとつ受け継がなかったのだ。彼らは意志が弱く怠け者で、不毛なこと（チューインガムやサッカー）に目がなかった上に、ドン・フェデリコが二人のために用意した将来について聞かされても少しも心を動かさなかった。休暇になると父親は息子たちを訓練するつもりで前線に兵士として送り込む。すると二人は戦場に対する嫌悪感も露にしぶしぶ出掛けていくのだった。あるとき彼は、二人が自分の生涯をかけた仕事を冒瀆するようなことを囁き合い、父親を恥じていると告白するのを聞きつけた。当然のことながら父親は二人を囚人のように丸刈りにした。それでも、彼らの陰口によって裏切られた心の傷は癒されなかった。ドン・フェデリコはもはや幻想など抱きはしなかった。自分が年をとって死ぬか体が利かなくなれば、リカルドとフェデリコは彼の敷いたレールから離れて職を変え（実入りのいい仕事を選び）、自分の事業は――有名な交響曲と同じく――未完成に終るだろうことが分かっていた。

　まさにその瞬間、精神的にも肉体的にも不快になったドン・フェデリコ・テリェス＝ウンサテギは、新聞売りの少年がセダンの窓から突っ込んだ雑誌の毒々しい色が朝の光に輝いている表紙に目を留めた。そしてそこに使われているのが、ある種の商売女が敢えて用いる水着まがいの布切れをつけた二人の女を配した砂浜のてらてら光る写真であることに気づくと、胸糞が悪そうに顔をしかめた。そのとたん、彼は視神経を引きちぎられるような痛みを感じ、月に吠える狼のごとく大きく口を開けたままになった。半裸姿で卑猥な笑いを浮べている二人の女が誰だか分かったのだ。彼はあのアマゾンの夜明けにペンデンシア川のほとりで、ネズミの糞にまみれたゆりかごの中に妹の骨が散らばっているのを見たときの恐怖に勝るとも劣らない感覚に襲われた。信号はすでに青に変り、後続の車がクラクションを鳴らしていた。ぎこちない手つきで財布を取り出した彼は、堕落の産物の代金を払った。そして車を動かしたところで衝突しそうになり――ハンドルが手から離れて車が左右に大きく揺れた――ブレーキを踏んで歩道に寄せた。

　彼は憤りで身震いしながら、停めた車の中でしばらくおぞましい証拠をまじまじと眺めた。疑う余地はなかった。それは自分の娘たちだったのだ。海水浴客に紛れた不埒なカメラマンに盗み撮りされたに違いない。アグア・ドゥルセからラ・エラドゥーラと思われる享楽的な雰囲気の砂浜に寝そべって話をしているらしい二人の少女は、カメラを見てはいない。ドン・フェデリコは呼吸を整えた。そしてひどく気落ちしながらも、信じがたい偶然の連続について思いを巡らせた。海岸をうろついていた男がラウラとテレサをカメラに収め、下品な雑誌が腐りきった世の中に二人の写真を送り出し、彼がそれを見つけて……。そのとき驚くべき事実が思いがけず彼の目の前できらめいた。つまり、娘たちは彼がいるときだけ従順なのだ。すなわち、彼が背を向けた途端、兄たちと、そして何ということか——ドン・フェデリコは胸にダーツの矢が刺さるのを感じた——他ならぬ妻とも共謀して戒律をあざわらい、海辺へ行って裸になりその身体を晒すにちがいない。涙が頬を濡らした。水着をよく見てみるとそれはあまりに小さな二枚の布切れにすぎず、何かを隠すというよりはむしろ想像を不純の極みにまで掻き立てるために機能しているだけの代物だった。誰の手にも届くところにあるラウラとテレサの脚、腕、腹、肩、首。今こうして惜し気もなく世界中にさらけ出された二人の手足や身体を自分は一度も目にしたことがないと考えると、なんとも言いようのないばかばかしい気持ちがした。

涙を拭うと再びエンジンをかけた。表面上は平静を取り戻していたが、腹の中では炎が燃え盛っていた。ペドロ・デ・オスマ大通りの自宅に向かってセダンをのろのろ走らせながら、彼は考えた。二人の娘があられもない姿で海水浴をするのなら、自分の留守のあいだは当然パーティーにも顔を出し、ズボンを穿き、しょっちゅう男たちとつき合いそして体を売っているのだろう、ことによると我が家にも男を呼んでいるのかもしれない。料金を決めて金を取っているのは妻のソイラだろうか？　リカルドとフェデリコはおそらく客を集めてくるという汚らわしい役目についているのだ。ドン・フェデリコ・テリェス＝ウンサテギは息も絶えだえになりながら、身の毛もよだつ配役を思い描いていた。娘たちは娼婦、息子たちはぽん引き、そして彼の妻は売春宿の女将というわけだ。

常日頃暴力と関わっている――結局のところ、何千、何万という生き物を殺してきたのだ――ために、ドン・フェデリコは怒ると手のつけられない男になっていた。あるとき農業技師が栄養の問題を訴えるつもりで、畜産が盛んでないペルーでは国民の栄養摂取という観点からテンジクネズミの養殖を盛んにする必要があると彼の目の前で言ってのけた。そこでドン・フェデリコ・テリェス＝ウンサテギはその勇気ある男に対し、テンジクネズミはネズミの従兄弟だと言ってやんわり釘を刺した。しかし男は再び過ちを犯し、統計まで持ち出してその栄養価の高さと肉の味のよさについて得々と論じたのだ。するとドン・フェデリコは男に平手打ちを食らわせ、床に転がり顔をさすっている農業技師を、恥知らず、人喰い動物の宣伝屋と罵ったのだった。そして今、車を降りてドアを閉め、血の気の失せた顔で眉をひそめたまま、おもむろに自宅の玄関に向かうティンゴ・マリア出身の男の体の中には、農業技師を懲らしめてやったあの日と同じく、熱いマグマが昇り始めていた。右手にはおぞましい雑誌を真っ赤に焼けた鉄の棒のように持ち、目には激しい痒み（かゆ）を感じていた。

あまりに動揺していた彼は、今回の過ちにふさわしい罰を想像することさえできなかった。頭にもやがかかり怒りで思考が溶けてゆき、そのためにますます苦々しい気持ちになった。というのもドン・フェデリコは常に理性が行動を支配する男であり、獣のごとく本能や感情に身を任せ、確固とした考えなしに行動する原始的な人間を軽蔑していたからだ。しかし家の鍵を取り出し、激しく怒っているためにうまく動かない指でなんとか開けた扉を押しやりながら、彼は今の自分にはあれこれ考えた上で落ち着いて行動することなどできるわけがなく、怒りに任せてその場の思いつきで行動してしまうことが分かった。そこでドアを閉め、頭を冷やすために深呼吸した。自分がどれほど大きな屈辱を受けたかをあの恩知らずどもに気づかれるのは、彼にとって恥ずべきことだった。

彼の家は一階に小さなホールと居間そして食堂と台所があり、二階には寝室があった。ドン・フェデリコは居間の入口から妻を見た。彼女はサイドボードの脇で、気色が悪い菓子――キャラメルかチョコレートだろうとドン・フェデリコは思った。それともクッキーかキャンディーか――をうっとりと頰ばり、残りを手に持っていた。彼女は夫を見ると脅えた目でほほえみ、観念したのか甘えるような仕草で自分が食べているものを彼に示した。

ドン・フェデリコは両手で雑誌を広げ、その破廉恥極まりない表紙を妻に見せながらゆっくりと居間に入っていった。そして何も言わずにそれを彼女の目の前に突き出した。すると妻の顔がみるみるうちに青くなり、目は大きく見開かれ、開いた口からクッキーのかすが混じった涎が糸を引いて垂れた。彼はその様子を楽しむかのように眺めていた。

それからこのティンゴ・マリア出身の男は右手を振り上げると、震える妻の横っ面を平手で思い切り張り飛ばした。彼女は呻き声をあげ、よろめいて膝をつきながらも、敬虔にして神秘的な輝きを放つ表情であいかわらず表紙を見つめていた。一方、厳しい顔で仁王立ちになったドン・フェデリコは、咎めるような眼差しで彼女を見下ろしていた。やがて彼はそっけ無く被告たちの名を呼んだ。

「ラウラ、テレサ」

　物音がしたので後ろを振り返った。すると階段の下に二人がいた。彼の気づかぬうちに下りてきていたのだ。姉のテレサは掃除でもしていたかのようにスモックをはおり、ラウラは学校の制服姿だった。娘たちはうろたえながら、まず跪いている母親を、次に〈ナイフと巫女が待つ生贄用の石の祭壇へと向かう神官〉、厳かにゆっくりと近づいてくる父親を、そして最後に彼女たちのところへたどりついた父親が検察官のごとく目の前につきつけた雑誌を見た。だが二人の反応は彼の期待したものではなかった。早熟な娘たちは顔面を蒼白にするかわりに膝をつき、口ごもりながら言い訳を並べたてた。そして顔を赤らめながらも共犯者同士にしかできない目くばせを素早く交わしたのだ。ドン・フェデリコは落胆と怒りの奥底で、まだその朝の苦々しさをすべて味わい尽したわけではなかったと独りごちた。ラウラとテレサは自分たちが写真を撮られ、その写真が雑誌に掲載されることを知っていたばかりか、かてでくわえて——二人の目の輝きは他に何を語りえただろう——そのことを喜んでさえいたのである。純粋無垢だと信じきっていた家庭が、砂浜で裸になるというありふれた悪習に染まっていたばかりか、露出狂（つまり色情狂）という病に罹っていたことが分かった今、彼は全身から力が抜け、石灰の味が口の中に広がり、果たして人生に意味などあるのだろうかと考えこまざるをえなかった。彼はさらに――といってもすべては一秒とたたない間のことだが――自問した。このような恐るべき罪に対する唯一正当な償いは死ではないか。何千人もの男たちが娘の秘められた肉体に眼差しを注いだこと（眼差しだけだろうか？）を知るくらいなら、自分が娘を殺すことを考える方がまだしも苦しまずに済んだ。

そこで彼は行動に移った。雑誌を落として両手を自由にすると、左手でラウラの制服のジャケットを摑み、何センチか引き寄せて狙いをつけ、当たったときの衝撃が最大になるよう右手を高々と掲げると、恨みを込めて振り下ろした。するとそのとき――ああ、なんという日だろう――彼は再び仰天した。その驚きはおそらくあの卑猥な表紙に目がくらむ思いをしたとき以上だったろう。ラウラの柔らかい頰に当たるはずだった手が空振りしてしまったのだ。不様にもすっぽ抜けてしまった彼の腕に痛みが走った。だがそれだけではなかった。そのあとさらに深刻な事態が生じたのだ。なぜなら末娘は彼の平手打ちをかわした――ドン・フェデリコはひどく気まずい思いをしながら、家族の誰ひとりいまだかつてそんなことはしなかったのを思い出した――だけでは飽き足らず、一旦後退した後、十四歳の顔を憎しみに歪めながら、彼に――他ならぬ彼に――拳骨で殴りかかると引っ掻くわ突き飛ばすわ足で蹴るわと大暴れしたからである。

彼は呆気にとられ自分の血が止まってしまった気がした。それはあたかも空の星が突然軌道から外れて猛スピードで飛び出し、互いにぶつかり合い粉々に砕け散りながら、狂ったように宇宙を飛び回っているようなものだった。いきり立った娘は殴りかかるのに加えて、「ちくしょう、人でなし、お前なんか大っ嫌いだ、死ね、さっさとくたばれ」と叫びはじめた。その勢いに押された彼は反撃することもできず、目をまん丸に見開いたままじりじりと後退った。そのときテレサが駆け寄ってきて――すべてはあっという間のできごとで、彼が状況を把握したときにはすでに新たな状況が生じていた――妹を止めるかわりに彼女に加勢したのだ。そのことに気付いたとき、彼は気が狂うのではないかと思った。今や姉娘までが彼を攻撃し、忌まわしいことこの上ない罵声――守銭奴、馬鹿、変人、下衆野郎、暴君、気違い、ネズミ屋――を浴びせた。こうして二人の猛り狂った少女は彼を壁の方へと追い詰めていった。驚きのあまりすくんでしまっていた彼はここでようやく動きを取り戻し、自分の身を守ろうと顔を両手で覆いかけた。するとそのとき背中に鋭い痛みが走った。振り向くと、立ち上がった妻ソイラが彼に嚙みついていた。

娘にまさる妻の変貌ぶりに気づいたとき、彼はそれでもまだ驚くことができた。反抗的な目でにらみながら荒々しく殴りかかり、つばを吐きかけシャツを引き裂き、「殺しちまおう、復讐してやるんだ、大好きなネズミを食べさせてやるがいい、目玉をくり抜いちまいな」と狂ったようにどなっている目の前の女と、不平を言わず声を荒らげず不機嫌な顔など見せたことのないあのソイラは、果して同一人物なのだろうか。三人が大声でわめくので、ドン・フェデリコは自分の鼓膜が破れてしまったと思った。全力で相手の攻撃に耐えていた彼は殴り返そうとしたものの、まるで歯が立たなかった。というのも彼女たちは卑劣にもあらかじめ練習してあった戦法を実践しているらしく、三人のうち二人がかわるがわる彼の腕をつかみ、残る一人が彼を痛めつけていたからだ。身体のあちこちが焼けるように熱くなって腫れ上がり、刺すような痛みが走り、目から火花が出た。そして突然、自分に襲いかかる女たちの手に赤い染みがついているのを見て血が出ていることを知った。

階段の吹き抜けに息子のリカルドとフェデリコの姿をみとめたとき、彼は何の期待も抱かなかった。ほんの数秒ですっかり懐疑的になってしまった彼には、二人がやってきてどさくさまぎれに自分を蹴ることが分かっていた。威厳も名誉も失った彼は床に横たわりながら、なんとか玄関までたどりついて逃げ出すことだけを考えた。しかしそうは問屋がおろさなかった。起き上がって二、三歩進もうとすると足を払われて派手に床を転がった。急所を守ろうと巨体を丸めた彼の目に、自分を激しく蹴ろうとしている息子たちや、箒やはたきや暖炉の火かき棒を武器に再び彼を痛めつけようとする妻と娘たちの姿が映った。世界が訳の分からないものに変ってしまったことしか理解できないと思う間もなく、息子たちまでもが蹴りつけるリズムに合わせて彼に、変人、ごうつくばり、汚らわしいネズミ野郎と言うのが聞こえてきた。目の前が暗くなりはじめたとき、食堂の隅の死角になったうろの中から突然白い歯をした灰色のネズミが一匹現れた。その小さな闖入者は爛々と輝く目で、横たわった男を嘲るように見つめていた……。

　ドン・フェデリコ・テリェス＝ウンサテギ、ペルー中のネズミにひるむことなく死をもたらす男は息絶えてしまったのか。父殺し、夫殺しは成就したのだろうか。あるいは、前代未聞の混沌の只中で食堂のテーブルの下に倒れているこの夫にして父親は気絶しているにすぎず、家族は身の回りのものをさっさとスーツケースに詰め込み喜び勇んで家を出て行ったのか。バランコの不幸な事件はいかなる結末を迎えるのだろうか？

9

　ドロテオ・マルティを扱った短篇が失敗に終ったので、僕はしばらく落ち込んでいた。けれどある朝、パスクアルがグラン・パブリートに、飛行場で何を発見したか話して聞かせているのを耳にしたとたん作家魂が甦った気がして、新しい物語の構想を立て始めた。パスクアルは、浮浪児たちが危険で刺激的なスポーツをしているのを目撃したのだった。彼らは夕暮れになるとリマタンボ空港の滑走路の端に寝転び、パスクアルが誓って言ったことによれば、飛行機が離陸するたびに、横になった少年たちの体は高い風圧でさながらマジックショーのように何センチか浮き上がり、数秒後にその効果がなくなると、地面にどすんと落ちるらしい。その頃僕はあるメキシコ映画（それがブニュエルの作品で、ブニュエルとはいかなる人物かを知るのは、何年も後のことだ）を観てとても興奮した。『忘れられた人々』である。そこで自分の短篇にも同じ精神を盛り込むことに決めた。場末の苛酷な生活環境の下でたくましく育つ大人びた子供たち、若き狼に焦点を合わせた作品にするのだ。ハビエルは懐疑的な反応を示し、そんな話はでたらめで、飛行機によって起きる風圧では生まれたばかりの赤ん坊さえ持ち上がらないと言い切った。そして議論の末に、僕は、短篇の中では登場人物が浮き上がるが、それでもリアリズム小説にする（「いや、それは幻想小説だ」と彼は叫んだ）と言い張り、結局、パスクアルを含め三人で夜コルパクの空き地へ行って、この危険な遊び（今度の短篇のために僕が考えたタイトルだ）の真偽のほどを確かめることにした。

その日はフリア叔母さんに会えなかったけれど、次の日の木曜日にルーチョ叔父さんの家で会えるはずだった。ところが、いつものように昼食をごちそうになろうと正午にアルメンダリス大通りの屋敷に着いてみると、彼女の姿はなかった。オルガ叔母さんは、彼女がドクトル・ギリェルモ・オソーレスという「申し分のない結婚相手」から昼食に招かれたことを教えてくれた。その人物は医者で、どうやらわが一族の遠縁にあたるらしく、かなり男前の五十代で、財産もあり、最近妻に先立たれたところだった。

「申し分のない結婚相手よ」オルガ叔母さんはもう一度言って、片目をつぶって見せた。「真面目で、お金持ちで、いい男。子供は二人だけで、それももう大きいの。私の妹にうってつけの相手じゃない？」

「彼女、この何週間かはぼんやりしてて、時間を無駄にするばかりだったからな」ルーチョ叔父さんも満足そうに口を挟んだ。「誰とも出掛けないし、まるでオールドミスみたいな暮らしぶりだったよ。だがあのホルモンが専門の医者のことは気に入ったんだ」

僕は嫉妬のあまり食欲がなくなり、苦々しい思いで胸が一杯になった。それにあんまり動揺したために、何が起きたのかを叔父夫婦に悟られてしまいそうだった。けれどフリア叔母さんとドクトル・オソーレスとのことをわざわざ詳しく聞き出す必要はなかった。その日、彼らは、それ以外のことは話題にしなかったからだ。二人は十日ほど前にボリビア大使館主催のパーティーで知り合い、彼女の滞在先を知ったドクトル・オソーレスが家にやってきた。彼は花を贈り、電話をかけ、〈ボリーバル〉へお茶に誘い、そしてその日、協会のクラブでの昼食に漕ぎつけたのだった。ホルモンが専門の医師はルーチョ叔父さんに冗談めかしてこう言った。「君の義理の妹は一級品だよ、ルイス。今募集中の心中の道連れにどうだろう、つまり俺の再婚相手ってことさ」

僕は無関心を装おうとしたもののうまくいかず、ルーチョ叔父さんと二人きりになったとき、どうかしたのかと訊かれてしまった。首を突っこむべきじゃないことに首を突っこんで、その報いを受けてるんじゃないのか？　さいわいオルガ叔母さんがラジオ劇場の話を始めたので、ひと息つくことができた。彼女によると、ペドロ・カマーチョは時にブレーキが利かなくなることがあり、少女にいたずらしなかったことを証明するために、判事の目の前で自らをペーパーナイフで「傷つけようとした」牧師の話は、女友だちの間で、いくらなんでもあんまりだということで意見が一致したという。僕は黙っていたけれど、心は怒りと幻滅の間を行ったり来たりしていた。どうしてフリア叔母さんはその医者のことを僕に一言も言わなかったのだろう？　この十日間何度も会っているのに、名前さえ口に出さなかった。オルガ叔母さんの言う通り、ついに「興味を惹かれる」男性が現れたのだろうか？

　ラジオ・パナメリカーナに戻るバスの中で僕はうじうじするのをやめて、開き直った。二人の恋愛沙汰はずいぶん長く続いたし、いつ何時見つかって、一族の笑い物になりスキャンダルを惹き起こすかもしれない。それに僕は、彼女自身の言葉を借りれば「母親であったとしてもおかしくはない」女性と、時間を無駄にしてまで一体何をしているのだろう？　ただの経験にすぎないのならもう十分だ。ドクトル・オソーレスの登場はまさに渡りに舟で、あのボリビア女性から逃げる機会を与えてくれたのだ。僕はどうにも落ち着かず、酒に酔いたいような誰かを殴りたいような、そんな衝動に激しく駆られながら局に戻った。そして三時の放送の半分を、いつもの調子でトルコ系移民十二人が丸焼きになったハンブルクの火事のニュースに充てたパスクアルに八つ当りし、これからは僕自身がきちんと目を通したものでなければ死者のニュースを挟むことは禁止すると言い渡した。さらに、僕に電話をよこし、法学部がまだ存在していて翌日訴訟法の試験が待ち受けていることを教えてくれたサン・マルコス大学の同級生に対し、つっけんどんな返事をしてしまった。受話器を置いたとたん、再びベルが鳴った。フリア叔母さんだった。

「ホルモン専門家のせいで待ちぼうけを食わせちゃったわね、バルギータス、会えないんで淋しかったでしょう」彼女はいけしゃあしゃあと言った。「怒ってないの?」

「理由がないじゃないか」と僕は答えた。「君は何をしようが自由なんだろう」

「ほら、やっぱり怒ってるわ」彼女の声はいく分真剣さを増した。「くだらないことで怒らないで。いつ会えるの。説明させてほしいの」

「今日は無理だ」僕は素っ気なく言った。「あとで電話する」

電話を切った僕は、彼女より自分自身に腹が立ち、自分が滑稽に感じられた。パスクアルとグラン・パブリートは楽しそうに僕を見つめ、災害マニアからは、がつんとやってやったことに対してやんわりと復讐された。

「驚いたな、ドン・マリオがそんなに女泣かせだったとは」

「あの扱い方でいいんだ」グラン・パブリートは僕の肩をもった。「女というのは手綱をしめてもらうのが好きなのさ」

僕は二人の編集部員をののしった。そして、四時のニュースの原稿を書き上げると社を出て、ペドロ・カマーチョのところへ行った。すると彼は収録の最中だった。そこで彼の部屋で待ちながら、好奇心から置いてあった原稿をのぞいてみたものの、内容はさっぱり頭に入らなかった。というのも、先ほどのフリア叔母さんとの電話が破局を意味するのかどうかを自問すること以外何もできなかったからだ。その間、心の中で、彼女を死ぬほど憎む気持ちと会いたくてたまらない気持ちが数秒ごとに入れ替るのだった。

「毒薬を買いに行くのにつき合ってくれないか」入口に現れたペドロ・カマーチョが、

ライオンのたてがみをふり乱しながら、憂鬱そうな声で言った。「そのあとでもお茶ぐらい飲めるだろう」

ラ・ウニオン通りと交わる何本かの通りで毒薬を探し求めながら、かの芸術家は、下宿屋ラ・タパーダのネズミにもはや我慢ができなくなったのだと打ち明けた。

「ベッドの下を走り回るだけで満足してくれるなら、どうということはないんだ。人間の子供じゃないからね。私は動物嫌いというわけじゃない」そう説明しながら、彼はその隆起した鼻で黄色い粉末の臭いを嗅いでいた。露天商によればそれは牛一頭を殺せるほどの威力があるものだった。「ところが、あの髭づらどもときたら、私の食糧を食い尽す気でいる。風が当たるように窓辺に置いてある蓄えを夜な夜な齧ってるんだ。もう許せない、皆殺しにしてやる」

彼は売り子が途方に暮れるほどあれこれまくしたてて値切ると、代金を払い、毒薬の袋を包ませた。それから僕たちはコルメナ街のカフェに腰を落ち着けた。彼はハーブティーを、僕はコーヒーを注文した。

「恋愛のことで心を痛めているんです、カマーチョさん」一気に告白した僕は、ラジオ劇場風の言葉遣いに自分でも驚いた。けれどそんな調子で話すことによって、自分の話と距離を保つことができ、気が楽になった。「愛する女性が僕を裏切り、浮気してるんです」

僕をじっと見つめる飛び出た目玉は、以前にも増して冷たく、真剣味を帯びた。着古し、洗濯とアイロンを繰り返した黒の一張羅が、玉ネギの皮のようにてかてか光っている。

「決闘すれば、今日の低俗な国々では監獄行きとなる」彼は発作みたいに手を動かしながら、重々しい口調で宣告を下した。「自殺したからと言って、それを勇敢な行為と称える者などもはや誰もいない。自らの命を絶ったところで、良心の呵責や戦慄をもたらしたり、称賛を浴びたりするかわりに、嘲笑を買うだけだ。とどのつまりが、現実的な方法こそ最良の方策なのだよ、君」

　彼に打ち明けてよかったと思った。ペドロ・カマーチョにとっては自分以外の人間などいないに等しかったから、僕の悩みなどもはや思い出しもしないだろうし、結局のところ彼が持論を説くきっかけになったにすぎないということも分かっていた。それでも、酒に身を任せるより、彼の話を聞いていた方が（さして役には立たなかったにせよ）よっぽど慰めになった。ペドロ・カマーチョは一瞬微笑みかけてから、その方法とやらについて詳しく説明しはじめた。

「不貞を働いた女に手紙を書くんだ、冷酷で辛辣で簡潔なのをな」彼は確信に満ちた声で修飾語を三つ並べた。「女に自分が剝製のトカゲや、汚らわしいハイエナになったような気にさせる手紙だ。裏切りを見抜けぬほど間抜けではない証として、軽蔑していることをそれとなく臭わせ、女に姦通を自覚させるような手紙さ」そう言うとふと口をつぐみ、考え込んだ。それからわずかに調子を変え、彼に期待しうる最大限の友情を示してくれた。「そうしてほしければ私が書いてあげよう」

僕は熱い思いで感謝しながらも、ガレー船の奴隷さながらの労働時間を知っているだけに、こちらのプライベートな問題であなたの仕事を増やすわけにはいかないと答えた（あとになって僕は遠慮したことを悔やんだ。シナリオライター直筆の文章を手に入れ損ねたのだ）。

「彼女を誘惑した男には」ペドロ・カマーチョは悪意に瞳を輝かせながら、間髪を容れずに続けた。「一番いいのは匿名の手紙だ。思う存分中傷を書きつらねてやれ。頭に角が生え出しているのに、どうして被害者が泣き寝入りしなくてはならないのか？　なぜ姦通者たちにいい思いをさせておくのか？　二人の愛を打砕き、痛いところを突き、疑惑という毒を盛ってやるのだ。二人に不信感を植付け、悪意に満ちた目で見つめ合い、憎しみ合うように仕向けるがいい。復讐ほど甘美なものはないぞ」

僕は匿名を使うのは紳士にあるまじき行為ではないかと暗に言ってみたが、彼の返事はすぐさま僕を安心させた。紳士には紳士的に、悪党には悪党として振舞わなければならない。これこそが「名誉の不文律」であり、則らないとすればそれは単なる愚行にすぎない。

「彼女への手紙と男への匿名の文書で、二人を懲らしめてやることはできます」僕は言った。「でも僕の悩みは？　僕の怒りや失望感、心の痛みは誰が取り除いてくれるんですか」

「その手のことに効く浣腸薬みたいなものはない」彼の答えに、僕は笑う気力さえ失った。「分かってる、極端な物質主義だと思ってるんだろう。しかし聞きたまえ、私は人生経験が豊富なのだ。心の痛みなどというものは大方の場合消化不良か、腹にもたれる固ゆでのフリホーレス豆、鮮度の落ちた魚、便秘が原因にすぎないのだ。だから良質の下剤さえあれば、恋煩いなどたちまちすっきりさせられる」

このとき、彼がユーモアの巧みな使い手であり、僕や聴取者を弄び、自分が口にする言葉を信じることなく、ただ僕たち人間どもの救いようもない無能さを確かめるという貴族的なスポーツをしているにすぎないことがはっきりと分かった。

「あなたは数々の愛に彩られた豊かな人生を送ってきたんですか」僕は尋ねた。

「そう、至極豊かな人生をな」彼はミントとレモン・バーベナのハーブティーのカップを口に持っていき、その向こうから僕を見て頷いた。「しかし、生身の女性を愛したことはない」

彼はまるで僕の無邪気さもしくは馬鹿さ加減を計るかのごとく、意識的に口を閉ざした。

「女たちに精気を吸い取られても今の私と同じ仕事ができると思うかね」彼は不愉快そうな声で僕をたしなめた。「子供と物語を同時に作れるとでも？　梅毒に脅えながら想像力や創作意欲が掻き立てられると言うのかね。女性と芸術は両立しないのだよ、君。女陰のひとつひとつに、芸術家が一人ずつ葬られている。生殖行為のどこが面白い。犬や蜘蛛（くも）や猫だってするではないか。人は人らしくあるべきだよ、君」

そう言うが早いか彼は椅子から跳び下り、ちょうど五時のラジオ劇場を収録する時間だと告げた。僕はがっかりした。その日の午後はずっと彼の話を聞いていたかったからだ。どうやら、うっかり彼の痛いところを突いてしまったらしかった。

パナメリカーナのオフィスでは、フリア叔母さんが僕を待っていた。彼女は僕のデスクに女王然と腰を掛け、パスクアルとグラン・パブリートのもてなしを受けていた。二人はかいがいしく動き回りながら、ニュースの原稿を見せたり、報道部の仕事について説明していた。彼女は穏やかにほほえんでいた。ところが僕が部屋に入ったとたんその顔がこわばり、いくらか青ざめた。

「こいつは驚きだな」僕はとりあえずそう言った。

けれど彼女は回りくどい言い方はしなかった。

「私の電話を先に切る人はいないって言いに来たの」彼女はきっぱり言った。「あなたみたいな青二才だったらなおさらだわ。何が気に食わなかったのか言ってちょうだい」

パスクアルとグラン・パブリートは直立不動のまま顔だけ動かして僕と彼女を交互に見比べ、始まったばかりのドラマの行方に興味津々の様子だった。僕が席を外してくれるように頼むと二人はふくれっ面をしたものの、あえて逆らおうとはしなかった。不埒な視線をフリア叔母さんに投げかけながら彼らは部屋を出た。

「確かに電話は切ったよ、でも本当は首を絞めてやりたかったんだ」二人きりになると僕は言った。

「あなたがそんな風に怒るなんて知らなかったわ」彼女は僕の目を見つめた。「何があったのか知りたいものだわ」

「何があったかよく知ってるくせに、馬鹿なこと言うなよ」と僕。

「私がオソーレス先生と昼食に出掛けたから妬いてるの？」彼女はからかうような口調で訊いた。「やっぱりあなたは洟たれ小僧なのね、マリオちゃん」

「マリオちゃんはやめてくれと言ったじゃないか」僕は文句を言った。苛立ちが募り、声が震え、もはや何を言っているのか自分でも分からなくなった。「今からは洟たれ小僧呼ばわりも禁止だ」

　僕がデスクの角に腰掛けると、それに合せるように今度はフリア叔母さんがデスクから下り、窓に歩み寄った。彼女は腕組みをして、湿り気を帯びた、灰色の、どこか幻想的な朝の風景に目をやった。しかし何かを見ていたわけではなく、僕に言うべき言葉を探しているようだった。彼女は青いスーツに身を包み、白い靴を履いていた。突然僕は彼女にキスしたくなった。

「ものごとを少し整理する必要があるわね」彼女は僕に背を向けたまま、ようやく口を開いた。「あなたは私に何かを禁止することはできないの、たとえ冗談でもよ。理由は簡単、私にとってあなたはなんでもない存在だから。夫じゃないし、許婚者でも愛人でもない。手をつないだり、映画館でキスしたりするのはほんのお遊び、本気じゃないわ。

だいいちあなたには私を拘束する権利もないわ。しっかり頭の中に入れておくのよ、ボク」

「その言い方、お袋そっくりだ」僕は言った。

「私があなたのママであってもおかしくないということだわ」フリア叔母さんはそう言って顔を曇らせた。あたかも怒りが消し飛んでしまい、その跡に以前からわだかまっていた不快感と根深い不安だけが残っているようだった。彼女は振り返るとデスクの方に何歩か戻って来て、僕のすぐそばに立った。そして僕を辛そうに見つめた。「あなたといると、自分が年を取った気がするのよ、バルギータス。本当はちがうのに。それが嫌なの。私たちの関係には存在理由がないわ。未来はなおさらよ」

　腰を抱くと彼女は抵抗せずに身を任せたものの、僕が頬や首筋、耳に優しくキスしている間も――彼女の生温かい肌は僕の唇の下で脈打ち、その血管の中に秘められたもう一人の彼女を感じられることが僕はひどく嬉しかった――同じ調子で話し続けた。

「よく考えてみたけれど、やっぱり嫌なのよ、バルギータス。だって、ばかばかしいと思わない？　私は三十二歳、しかも離婚歴がある。十八歳の洟たれ小僧とどうしろっていうの？　これって五十女がするお遊びじゃない。私にはまだ早過ぎるわ」

　首筋や手に口づけ、耳をそっと嚙み、鼻や瞼（まぶた）に唇を這わせ、髪の毛に指をからめているうちに愛おしさが激しくこみあげ、ときどき彼女の言っていることが聞こえなくなった。すると彼女の声もときおり上ずったり、囁きのように小さくなったりし始めた。

「はじめの頃は楽しかったわ、隠れんぼうをしているみたいで」彼女は僕のキスを拒みはしなかったが、自分からは何もせずに言った。「それに少女時代に戻った気がしたから」

「いったいどっちなんだい」僕は耳許で囁いた。「身持ちの悪い五十女みたいな気にさせられるのか、それとも若い娘か」

「空きっ腹を抱えた洟たれ小僧とデートして、ただ手をつなぐだけ、映画に行くだけ、そっとキスを交わすだけ、そんなことが私を十五歳の頃に戻らせてくれるの」フリア叔母さんはさらに続けた。「内気な男の子と恋をするのはそりゃ楽しいわよ、大事にしてくれるし、やたら体に触ったりベッドに連れて行こうとしたりしないし、初めての聖体拝領を迎える女の子みたいに扱ってくれるから。でも、危険な遊びだわ、バルギータス、だって嘘の上に成り立ってるんだもの……」

「そういえば今書いてる短篇のタイトルは『危険な遊び』になる予定なんだ」僕はつぶやいた。「空港で離陸する飛行機の風圧を利用して、宙に浮く浮浪児たちの話さ」

彼女は笑った。そして僕の首に手を回すと頬をすり寄せてきた。

「どうやら怒りがおさまったみたい」彼女はそう言った。「だって私はあなたの目玉をくり抜いてやるつもりで来たのよ。いいわね、今度電話を切ったりしたら……」

「いいかい、今度あのホルモン専門の医者とデートなんかしたら……」僕は彼女の唇に唇を近づけながら言った。「そいつとはもう二度とデートしないって約束してくれないか」

　彼女は体を離し、いかにも喧嘩っ早そうな輝く目で僕を見た。

「忘れないでね、私がリマに来たのは夫を探すためだってこと」彼女は半ば冗談めかして言った。「それに今回は私にぴったりの人だと思ってるの。ハンサムで、教養も地位もあって、髪の生え際が白くなりかけていて」

「そんなに条件のいい男が、本当に君を結婚相手に選ぶのかな」そう言うと、腹立ちと嫉妬が甦ってきた。

　すると彼女は腰に手を当て、挑発的なポーズをとりながら答えた。

「私と結婚させてみせるわ」

　けれど僕の顔を見たとたん笑い出し、また僕の首に腕を回した。そして二人が熱いキスを交わしていると、ハビエルの声がした。

「風紀紊乱罪ならびに猥褻罪で監獄行きだぜ、お二人さん」上機嫌の彼は、僕たちと抱き合うとこう言った。「ちびのナンシーを闘牛に誘ったらオーケーしてくれたんだ、喜んでくれよ」

「こちらは初めて大喧嘩したばかりなんだ。で、仲直りしたところをお前に見つかったってわけさ」僕は彼にそう告げた。

「あなたは私のことを知らないんだわ」フリア叔母さんは僕をたしなめた。「私が大喧嘩しようものなら、お皿は割るし引っ掻くし、ひどいことになるわよ」

「喧嘩のいいところは、あとで睦まじさが増すことだ」その道に長けたハビエルが言った。「しかしなんてこった、俺がちびのナンシーのことでうかれてやって来たら、このざまだ、まったく友達甲斐のない奴らだよ。さあ、お祝いだ、何か食べに行こう」

二回分の原稿を書くあいだ二人に待ってもらってから、みんなでベレン街の小さなカフェに行った。そこは狭くて汚らしいにもかかわらずリマで一、二を争う豚の皮を出すために、ハビエルが気に入っている店だった。パナメリカーナの玄関でパスクアルとグラン・パブリートが道行く女性を冷やかしているのを見つけたので、報道部に追い返してやった。まだ明るく、しかも旧市街の真っ只中とあって、親戚や家族の友人の目がそこかしこに光っているかもしれなかったが、僕はフリア叔母さんと手をつなぎ、彼女にひっきりなしにキスをした。彼女は山育ちの人間みたいに頰を紅く染め、満足そうだった。

「濡れ場はもうたくさんだ、このエゴイスト、俺のことも考えろ」ハビエルが文句を言った。「少しはちびのナンシーの話をさせてくれよ」

ちびのナンシーというのは僕の従妹だった。かわいいけれどひどく移り気な女の子で、ハビエルは物心がついた頃からずっと彼女に恋心を抱き続け、探偵さながらのしつこさで追い回していた。一方、彼女のほうはハビエルをまるで相手にしていなかった。なのに絶えず気を持たせるようなことをして、彼にもしかしたらとか、もうすぐだとか、今度こそと思わせていた。この前恋愛期は高校時代から続いていて、僕は信頼の置ける親友並びに取り持ちとして、彼がどんな目に遭ったのかを何から何まで知っていた。ちびのナンシーがハビエルとの約束をすっぽかした回数は数えきれないほどで、日曜日の昼の部を観るためにレウロ館の入口で待つ彼をほったらかしてコリーナ座やメトロ座へ行ったことや、土曜のパーティーにほかの男を連れて現れたことも数知れなかった。僕が生まれて初めて酔っ払ったのも、彼女が農学部のエドアルド・ティラバンティ（火のついた煙草を一度口の中に入れてから取り出し、何事もなかったかのようにまた吸い始めるという特技を持っていたのでミラフローレス界隈では有名な学生だった）の誘いに応じたことがバレた日に、スルキーリョの小さな飲み屋でハビエルがピスコ酒のカクテルやビールをあおってうさを晴らすのにつき合ったときのことだった。ハビエルは泣き叫び、僕はその涙を拭うハンカチになってやるだけでなく、彼が正体を失くしたときには（「今夜はとことん飲んでやる」とメキシコの映画スター、ホルヘ・ネグレテ気取りで予言していた）下宿まで連れて行って寝かしつけるという使命も持っていた。ところが潰れてしまったのは僕のほうで、げーげー吐いたかと思うと突然うわ言を言い出し——ハビエルの下卑た脚色によると——カウンターによじ登ると〈エル・トリウンフォ〉の常連である酔っ払いや遊び人、ごろつき連中に向かって熱弁を振るったらしい。

「諸君、詩人の前だぞ、ズボンを脱ぎたまえ」

後に彼に繰り返し文句を言われることになるのだが、その悲しみの夜、彼を慰め面倒を見てやるどころか、僕のほうがぐでんぐでんになり、ミラフローレス地区をオチャラン街の屋敷までだらしなく引きずられていくはめになった。彼は驚いた祖母に死体も同然の僕を引き渡す際、とんでもないことを言った。

「カルメンおばさん、バルギータスはきっと死にますよ」

その後、ちびのナンシーは六人を数えるミラフローレスっ子とつき合っては別れ、ハビエルにも何人か恋人ができた。ところが女性たちは、ハビエルの従妹に対する愛の炎を消すどころかますます強めてしまった。彼はあいかわらず彼女に電話をかけ、家に行き、デートに誘い、プロポーズし続け、拒否されようと、むげにあしらわれようと、無視されようと、すっぽかされようと、どこ吹く風だった。ハビエルは体裁より情熱を優先できる男だったので、ミラフローレスの友人たちの嘲笑など少しも気にせず、従妹を追い求めることで彼らに笑いのネタを提供していたのだ（近所の若者が誓って言ったことには、彼は日曜十一時のミサを終えて出てきたちびのナンシーに近寄り、こう言ったらしい。「やあナンシー、素敵な日だね、何か飲みに行かないか、コカ・コーラかシャンパンでもどうだい」）。ちびのナンシーは、たいていは前の恋人と別れ、新しい恋人がまだできない時期だったけれど、ときに彼と映画やパーティーに出かけることがあり、そんなときハビエルは期待に胸をふくらませ、幸せにどっぷり浸るのだった。ベレン通りにある〈エル・パルメーロ〉という名のカフェで僕たちと一緒にカフェオレを飲み、チチャロンのサンドイッチを食べながら絶え間なくしゃべる彼は、まさにその幸せいっぱいの状態にあった。フリア叔母さんと僕はテーブルの下で膝をくっつけ、指を絡ませて見つめ合いながら、ハビエルがちびのナンシーの話をするのをBGMのように聞いていた。

「今回の誘いには感動したみたいだ」彼は言った。「そりゃそうさ、ミラフローレスの貧乏学生で女の子を闘牛に招待するやつなんかいないもんな」

「何をやらかしたんだ？」僕は彼に尋ねた。「宝くじでも当てたのか？」

「下宿のラジオを売っ払ったんだ」彼は良心の呵責などみじんも感じていないようだった。「賄い婦が疑われてお払い箱になったよ」

彼の説明によると計画に手抜かりはなく、闘牛の最中にスペイン製のショールという効果的なプレゼントでちびのナンシーを驚かせるつもりだった。ハビエルは宗主国スペインをやたら賛美していて、闘牛、フラメンコ、サラ・モンティエル等々関係があるものならなんでも有難がった。彼の夢はスペインに行くこと（ちょうど僕がフランスへ行きたがっていたように）で、ショールも新聞の広告を見て思いついたのだった。値段は貯蓄銀行のひと月分のアルバイト代に相当したが、彼はその投資が実を結ぶことを信じて疑わなかった。彼は僕たちに、何がどうなるのかを説明してくれた。計画では、闘牛場にそれと分からないように包んだショールを持って行き、興奮が頂点に達する瞬間を狙って包みを開け、ショールを広げて従妹の華奢な肩に掛けることになっていた。どう思う？　ちびのナンシーはどんな反応をするかな？　そこで僕は、だったらついでにセビーリャの飾り櫛とカスタネットも贈って、ファンダンゴでも歌ってやれとアドバイスしたが、その計画にすっかり感激したフリア叔母さんは彼の肩をもち、あなたの計画は何から何まですばらしく、ナンシーに心というものがあるならば、きっと骨の髄までしびれるはずだと言った。私が男の子にそんなことをされたら、たぶんいちころだわ。「だからいつも言ってるでしょ」彼女は叱るような調子で僕に言った。「ハビエルは本物のロマンチストだって。恋をするならこうでなけりゃ」

ハビエルは有頂天になり、来週だったらいつでもいいから、映画かお茶かダンスに、四人で出かけようと提案した。

「僕たちがカップルでいるところをちびのナンシーが見たら何て言うと思う」僕は彼の足を地面に下ろしてやった。

すると彼は僕たちに冷や水を浴びせるようなことを言った。

「ばかも休みやすみ言えよ、彼女はすべて知ってるよ、大いに結構だとさ、俺がこの間話したんだ」そして僕たちが驚いたのを見ると、いたずらっ子みたいな顔で付け加えた。「お前の従妹には一切隠しごとをしてないんだ、何がどうあろうと、結局のところ彼女は俺と結婚するんだからな」

ハビエルが僕たちのロマンスのことをばらしてしまったと知って、僕は不安になった。従妹とはとても仲が良かったから、告げ口をするはずはないと確信してはいたものの、彼女がうっかり口を滑らそうものならニュースは山火事のように親戚中を駆け巡るだろう。フリア叔母さんはしばらく言葉を失っていたけれど、やがて何食わぬ顔でハビエルの愛の闘牛大作戦を煽りはじめた。パナメリカーナのビルの入口で別れるとき、僕はフリア叔母さんと映画を口実にその夜会う約束をした。キスするとき、彼女の耳許でささやいた。「ホルモンの医者のおかげで、君に恋していることに気がついたんだ」すると彼女は頷いた。「どうやらそのようね、バルギータス」

バス停に向かう彼女をハビエルと一緒にぼんやり眺めていた僕は、その時はじめて、ラジオ・セントラルの入口に人だかりができていることに気づいた。男性も多少混じってはいたもののほとんどは若い女性だった。彼らは二列に並んでいたが、数が増えるにつれて押し合いへしあいが始まり、列は乱れた。原因はペドロ・カマーチョに違いないと思ったので、近づいてのぞいてみた。案の定彼のサイン目当てに集まった人々だった。小部屋の窓の向こうに物書き先生が見えた。彼はヘススと大ヘナロに付き添われ、ノートや手帳、リーフレット、新聞にアラビア風の飾り文字でサインを書きなぐったのち、尊大な態度でファンたちに別れを告げた。誰もがうっとりと彼を見つめ、おずおずと近寄っては賛美の言葉を口ごもりながら捧げるのだった。

「我々にとっちゃ頭痛の種でもあるが、奴は間違いなくペルーのラジオ界の帝王だ」僕の肩に手をおき、人ごみを指差しながらヘナロ・ジュニアが言った。「この有様をどう思う？」

僕は彼に、いつからサイン会などやり出したのかと訊いた。

「先週からさ、毎日三十分、六時から六時半までだ。注意が足りないぞ」革新的プロモーターは言った。「我が社が打つ広告を読まないのか？　自分が働いているラジオ局の放送も聴かないのか？　俺だって半信半疑だったさ。だけど間違ってたよ。二日ぐらいは人も来るだろうと思ってたのに、この分だとひと月はもちそうだ」

彼は一杯おごると言って、僕を〈バル・デル・ボリーバル〉へ誘った。僕がコカ・コーラを注文すると、彼はウイスキーをつきあえと言ってきかなかった。

「あの行列が何を意味するか分かるか」彼は解説した。「ペドロのラジオ劇場が国民のあいだに浸透していることの証だ」

確かにその通りだと応えると、君には「文学の趣味」があるのだから、あのボリビア人を手本にして、大衆の心を摑むこつを学んではどうかと勧められ、僕は思わず顔が赤くなった。「象牙の塔に閉じこもっていてはだめだ」僕はそう助言された。彼はペドロ・カマーチョの写真を五千枚ばかりプリントさせ、月曜日から、サインを求める人々にプレゼントするつもりだった。僕は物書き先生がアルゼンチン人に対する攻撃の手を緩めたかどうか訊いてみた。

「そんなことはもうどうでもいい、奴は誰であろうとこきおろせるんだ」彼は何やらいわくありげな答え方をした。「こんな大ニュースも知らないのか？　大統領がペドロのラジオ劇場を欠かさず聴いてくれてるんだよ」

彼は僕を納得させようと、詳しく話し始めた。彼によると大統領は、政府の執務で昼間の放送を聴く暇がないために、ラジオ劇場を録音させ、毎晩寝る前に一回分ずつ聴くということだった。それは大統領夫人が自らリマの奥様連中に触れ回っている話だった。「将軍についちゃいろいろ噂があるが、案外感受性の豊かな男なのかもしれないぞ」ジュニアはそうまとめた。「そんなわけで権力の頂点にいる男が味方なんだ、ペドロがアルゼンチン人どもをくそみそにけなしたって構いはしない。奴らはけなされて当然だしな」

ジュニアと話し、フリア叔母さんと仲直りしたおかげだろう、僕は俄然やる気になった。そこで仕事場に戻るとニュースはパスクアルに任せ、張り切って空中浮浪児たちの短篇に取り掛かった。結末はもう決まっていた。遊んでいる最中に一人の子供がほかの者たちより高く浮き上がるが、そこから一気に落下して頭を割り、死んでしまうのだ。最後の一節では、飛行機の轟音が響く中、驚き、怯えた顔で死体を眺めている仲間たちを描き出す。それは時計のように精密に語られる、ヘミングウェイ張りのハードボイルド小説になるはずだった。

数日後、僕は従妹のナンシーを訪ね、フリア叔母さんとの話をどう思っているか訊くことにした。すると彼女はまだショール事件のショックから立ち直っていないことが分かった。

「聞いてくれる、あの間抜けのせいでとんだ笑いものになったわ」ラスキーを探して家中を駆けずり回りながら彼女は言った。「だって、アチョ闘牛場の観客席の真ん中で、いきなり包みを開いて闘牛用のケープを取り出したかと思ったら、それをあたしの頭に被せたのよ。みんなが一斉にこっちを見るし、牛だって死ぬほど笑ってたわ。なのにあいつときたら、闘牛のあいだずっと被せっ放しだったの。しかも帰りはその格好のまま外に出てくれって言うんだから。あんなに恥ずかしい思いをしたのは生れて初めてだわ」

執事のベッドの下に潜り込んでいたラスキー——毛むくじゃらで醜いうえに、必ず僕に嚙みつこうとする犬——を見つけ出し、二人で檻に戻すと、ちびのナンシーは僕を自分の部屋に引きずり込み、証拠物件を見せてくれた。それは斬新なデザインの布で、エキゾチックな庭園やジプシーのテント、さらには高級娼館を連想させる代物だった。全体に光沢があり、襞にはそれぞれ血のような鮮紅色から紅薔薇の紅に至るまで、あらゆる色合の赤が見られた。それに結び目がたくさんある長くて黒い房があしらわれ、きらきら光るスパンコールと金のラメは目まいを誘った。従妹は闘牛のかわし技を真似たり、布を体に巻きつけたりして、盛んに笑い声をあげた。僕は彼女に友達を侮辱するのは許さないと釘を刺してから、とうとう彼女とつき合う気になったのかと訊いてみた。

「今、思案中なの」いつもの答えが返ってきた。「でも友達としてなら喜んでつき合うわ」

僕は、その気もないのに色目を使うなんてひどいと言い、ハビエルがショールをプレゼントするためについに盗みを働いたことを教えてやった。

「で、あんたの方は？」ショールを畳んで洋服だんすにしまいながら彼女が言った。

「フリアとつき合ってるって本当？　恥ずかしくないの？　オルガ叔母さんの妹じゃない」

僕は、本当さ、でも恥ずかしいとは思わないと答えながら、顔が火照るのが分かった。彼女もいくらかどぎまぎしたようだったけれど、いかにもミラフローレス的な好奇心には克てず、いきなり核心を突いてきた。
「もしあの人と結婚したとしてよ、二十年後、あんたはまだ若いのに、向こうはお婆さんじゃないの」彼女は僕の腕を摑むと、階段を引きずり下ろすようにして居間まで引っ張っていった。「こっちよ、音楽でも掛けながら、あんたの恋愛話の一部始終を聞かせてもらうわ」

レコード――ナット・キング・コール、ハリー・ベラフォンテ、フランク・シナトラ、ザビア・クガート――を山のように選びながら、彼女は、ハビエルにその話を聞いてからというもの、親戚にばれたときのことを思うとそれこそ身の毛がよだつと打ち明けた。家の親類ときたら、あの人がデートの相手を変えるたびに、十人のおじさん、八人のおばさん、それに五人の従姉妹が彼女のお母さんに電話で告げ口するくらいお節介なんだから。あんたがフリア叔母さんと恋に落ちたなんて！　そりゃもうとんでもないスキャンダルよ、マリート！　そして彼女は、親類の間では僕が一族の期待の星であることを思い出させてくれた。たしかにその通りだった。癌細胞みたいにはびこった親類どもは、僕がいつの日か億万長者に、最低でも大統領ぐらいにはなるだろうと考えていた（僕の株がなぜそんなに上がったのかさっぱり分からなかった。いずれにせよ学校の成績とは関係ない。目覚ましいことなどついぞなかったのだから。ことによると、子供の頃、おばというおばに詩を書いて贈ったからだろうか、でなければどんなことにも口出しするこましゃくれた子供に見えたからなのか）。僕はチビのナンシーに、口にチャックをするように誓わせた。彼女はロマンスの詳細を知りたくてうずうずしていた。

「あんたはフリアに好意を持ってるだけ？　それとももう夢中なの？」

彼女には以前恋愛のことで胸のうちを打ち明けたことがあったし、今度のことも、すでに知られてしまっていたので、包み隠さず話すことにした。最初は遊びみたいなものだったのに、突然、ホルモン専門の医者に嫉妬を覚えたまさにその日に、自分が恋していることに気がついた。けれども彼女のことを考えれば考えるほど、この恋愛のややこしさが分かってきた。年齢の違いだけではない。法学部を出るにはまだ三年もかかるし、だいいち弁護士になる気など毛頭ない。好きなのは小説を書くことだけだからだ。とはいえ作家では食べていけない。事実、その頃はタバコと本を何冊か買って、映画に行く程度の収入しかなかったのだ。いつか経済的な余裕ができるとして、フリア叔母さんはその時まで待ってくれるだろうか？　従妹のナンシーは本当にいいやつで、僕の言ったことに反論を唱えるかわりにこう言った。

「もちろんんよ、ただし問題は、その頃にはたぶん熱が冷めて、あんたがフリアを捨てるってことだわ」彼女の言葉は現実的だった。「かわいそうに、あの人は時間を無駄遣いすることになるのよ。でも教えてよ、あの人は本気なの、それともただの遊び？」

僕はナンシーに、フリア叔母さんは君みたいな軽々しい浮気者（こう言われて彼女はひどく喜んだ）ではないと言ってやった。とはいえ僕自身それまでに何度も彼女と同じことを自問していた。それから数日後、フリア叔母さんにも尋ねてみた。僕たちは、海に臨む、舌がもつれそうな名前（ドモドッソラとかいう）の小さな洒落た公園のベンチに座り、抱き合って休みなくキスを交わしながら、初めて二人の将来について話し合った。

「この先どうなるか、私は細かいところまで知ってるわ。水晶玉に映るのを見たの」フリア叔母さんは辛そうな顔ひとつ見せずに言った。「二人の関係はうまくいったとして三年か四年というところね。つまりあなたが、自分の子供のママになる若い娘を見つけるまで。そのとき私はお払い箱になって、別の男をたぶらかさなくちゃならないの。そこで『ＦＩＮ』の文字が現れて終り」

僕は彼女の手にキスしながら、それはラジオ劇場の聴きすぎだと言った。

「どうやらあなたは一度も聴いたことがないみたいね」彼女は反論した。「ペドロ・カマーチョのラジオ劇場には、愛だの恋だのは滅多に出てこないわ。たとえば今オルガと私は三時の放送にはまってるの。主人公の青年の悲劇は眠れないこと。目をつぶったとたんかわいそうな女の子をまた轢き殺してしまうからよ」

ここで僕は話を本題に戻し、自分はもっと楽観的に考えていると言った。そして彼女はもちろん自分自身をも納得させるために、違いはどうであれ肉体のみに基づく愛は長続きしないと、熱をこめて言い切った。目新しさが消え、慣れっこになってしまえば、性的な魅力は減っていき、最後には消えてしまう（とりわけ男の場合がそうだ）。そうなったカップルは、別の魅力、精神的、知的、道徳的な魅力を備えている場合にのみ生き延びる。その手の恋愛には年など関係ないからだ。

「聞こえはいいわね、もし本当なら心強いけど」常に冷たい鼻の先を僕の頬に這わせながら彼女は言った。「でもそれは真っ赤な嘘。肉体の問題は二の次ですって？　二人が互いに我慢し合ってやっていくのに一番大事なことじゃないの、バルギータス」

その後ホルモン専門の医者とはデートしたのだろうか？

「何度も電話を掛けてきたわ」そう言って彼女は僕の好奇心を煽った。それからキスをしながら真相を明かしてくれた。「もう一緒に出かけないって言ってやったの」

僕は喜びで有頂天になり、空中浮揚の短篇について長々と話して聞かせた。それは十ページの作品で、うまく仕上がりそうなのでエル・コメルシオ紙日曜版の文芸付録に載せてもらおうとしていた。僕はそこに暗号めいた献辞を添えるつもりだった。「フリオの女性形に捧げる」

10

製薬会社の若き宣伝部員にして、前途有望と誰もが認めるルーチョ・アブリル＝マロキンの悲劇は、歴史の香りが漂う町ピスコの郊外でその幕を開けた。陽光降りそそぐある夏の日の午前のことだった。十年ほど前にセールスマンの職に就いてからというもの、国内の町や村を巡り、診療所や薬局を訪れてはバイエル研究所の試供品やパンフレットを配っていた彼は、そのとき仕事を終えてリマに戻るところだった。町の医者や薬剤師に会うのに約三時間費やした。そのため、サン・アンドレス基地の第九航空部隊に今は隊長に昇進した高校時代の同級生がいて、彼はピスコに来るたびにその家で昼食をごちそうになっていたにもかかわらず、その日は真っすぐ首都へ帰ることにした。彼にはフランス系の姓を持つ、白い肌の妻がいた。若い血潮と妻恋しさに急かされた彼は、一刻も早く彼女のもとにたどり着こうとしていた。

正午を少しまわったところだった。結婚——三ヶ月前のことだ——と同時にローンで手に入れた新車のフォルクスワーゲンは、広場のこんもりと茂ったユーカリの樹の下で彼を待っていた。ルーチョ・アブリル＝マロキンは、試供品とパンフレットの入ったスーツケースを車に放り込むと、ネクタイを外して上着を脱ぎ〈研究所のスイス的な規則に従って、宣伝部員たちは真面目な印象を与えるように、常にネクタイと上着を着用しなければならなかった〉、友人のパイロットのところへは寄らないと再び心に誓った。そして、これから砂漠地帯を三時間走るのに備え、お腹がくちくなって眠気に襲われないよう、普通の昼食のかわりに軽いもので済ませることにした。

広場を横切り、アイスクリーム屋の〈ピアベ〉でイタリア人にコカ・コーラとピーチアイスを注文すると、そのスパルタ式昼食を取りながら、ペルー南部の港町の過去、いかがわしき英雄サン・マルティンと彼の解放軍の彩り豊かな上陸に思いを馳せることもなく〈熱くなった男のエゴイズムと官能がなせる業〉、雪のように白い肌で目が青く、金髪の巻き毛をした、生温かく華奢な——実際少女と言ってもおかしくなかった——妻のことを思い浮かべた。彼女はロマンチックな夜の闇の中で、猫が物憂げに鳴くみたいな声で、なんとも官能的な言葉〈意味が分からなければ分からないほど男心をそそるフランス語〉を使って「枯葉」という歌を耳許で口ずさみながら、暴君ネロさながらの激しい情熱を彼の中に掻き立てるのだった。そんな妻との愛の回想が自分から落ち着きを奪いつつあることに気付いた彼は、頭を切替え、代金を払うと店を出た。

彼は近くのスタンドでガソリンを満タンにし、ラジエーターに水を入れると、車をスタートさせた。日光が真上から照りつけるこの時間、ピスコの通りはどこも人気がなかったにもかかわらず車を注意深くゆっくりと走らせたのは、歩行者の安全を考えたからではなく、ブロンドのフランス娘の次に大事にしていた黄色いフォルクスワーゲンのためを思ってのことだった。彼は運転しながら、自分の人生について考えていた。年は二十八歳。高校を終えるとすぐに働くことにしたのは、のんびり大学生活を送れるほど気が長くなかったからだ。そこで試験を受けて合格した研究所に就職した。この十年間、給料も地位も着実にアップしてきたし、仕事も退屈なものではなかった。机に向かって無為に時を過ごすよりは、外で何かしている方が好きだったからだ。ただ、今となっては、フランス生まれのかれんな一輪の花を、人も知るように人魚を狙う鮫がうようよいる都市リマに残して、外回りをやっているわけにもいかなかった。そんなわけでルーチョ・アブリル＝マロキンは、すでに上司たちと交渉していた。すると上司たちの覚えめでたかった彼に嬉しい返事が返ってきた。あと数ヶ月だけ外交の仕事を続ければ、翌年の初めには地方にポストを用意するというのだ。そして寡然なスイス人、シュヴァルプ博士も「今度の異動は栄転になるぞ」とはっきりと言った。ルーチョ・アブリル＝マロキンは、ことによるとトルヒーヨかアレキーパ、チクラヨあたりの支店長になれるのではないかと考えずにはいられなかった。これ以上の条件があるだろうか？

彼は町を出て国道に入った。この道は何度も行き来していた――長距離バスのこともあれば乗合バスのこともあり、他人の車に同乗したり自分の車を運転したこともある——ので、目をつぶっても分かるほどだった。彼方の砂丘とはげ山の間に消えてゆくアスファルトの黒い帯の上には、自動車が走っていることを知らせる銀色の輝きは見当らなかった。おんぼろトラックが前をがたがた走っていたので追い抜こうとしたとき、橋と立体交差が目に入った。南部幹線道路はそこで鋭くカーブを描き、金属を思わせるカストロビレイナ山地の方向へ登っていく国道と分かれていた。彼は〈自分の車を愛し、法を畏れる者の慎重さ〉、分岐点を過ぎるまで待つことにした。トラックのスピードは時速五十キロにも届かず、ルーチョ・アブリル＝マロキンは仕方なくスピードを落とし、十メートルほど後ろにつけた。橋、立体交差、今にも壊れそうな建物——飲み物の売店、タバコ屋、料金所——掘っ建て小屋のそばを行ったり来たりしている人々のシルエット——逆光で顔までは見えなかった——が迫ってきた。

　橋を渡り終えた瞬間、トラックの下から出てきたのかと思うほど不意に、女の子が現れた。彼と道路との間に突然割って入り、恐怖に顔をひきつらせ万歳をする格好で、飛んできた石のようにフォルクスワーゲンのフロントガラスに突っ込んできた少女の姿は、その後永遠にルーチョ・アブリル＝マロキンの記憶に刻まれることになった。あまりに思いがけないことだったので、ブレーキを踏んだのもハンドルを切ったのも、惨事（惨事の始まり）のあとだった。愕然とした彼は、今起きていることが何か他人事であるかのような奇妙な感覚を抱きつつ、フェンダーに鈍い衝撃を感じ、少女の身体が高く飛ばされて放物線を描きながら八メートルないしは十メートル前方に落下するのを見た。

　このときはじめて彼はブレーキを踏んだ。あまりに急だったので反動で胸をハンドルにしたたか打ちつけ、目の前がぼやけて白くなり、耳鳴りがした。それでもフォルクスワーゲンから飛び出すと、つまずきながら走り、「子供を殺すなんてアルゼンチン人のすることだ」と思いつつ少女のところまで行くと、抱き上げた。年の頃は五、六歳、裸足で、身なりはみすぼらしく、顔や手足は垢だらけだった。見たところどこからも血は出ていなかったが、目を閉じたままで、息をしていないようだった。ルーチョ・アブリル＝マロキンは酔っ払いのようにふらつきながらその場で回れ右をすると、左右を見やり、砂地に、風に、彼方の波立つ海に向かって叫んだ。「誰か救急車を、医者を呼んでくれ」夢うつつの状態にはあったが、彼は山の脇道をトラックが下ってきたのに気付いていたし、交差点に差しかかる車にしてはスピードを出し過ぎていることもおそらく分かっていた。それにもかかわらず、立ち並ぶ小屋のひとつから警官が飛び出し、自分に向かって走ってくるのを見たとたん、彼は注意をそらした。社会秩序の見張り役は汗をかき、息を弾ませ、少女を見ながらいかにも職務質問という感じの訊き方をした。「気絶してるのか、それとももう死んでるのか」

　ルーチョ・アブリル＝マロキンは、自らの人生に残された歳月をかけて、あの時の正しい答えはどちらだったのだろうと自問し続けることになった。少女は重傷を負っていただけなのか、それとも既にこと切れていたのか。彼は息を弾ませている警官に答えることができなかった。なぜなら警官は質問したとたん恐怖に顔を歪め、ルーチョ・アブリル＝マロキンが後ろを振り返ったまさにそのとき、山を下ってきたトラックが、クラクションを鳴らしながら狂ったように自分たちに襲いかかってくるのが分かったからだった。彼は目をつぶった。轟音とともに腕の中の少女が吹き飛ばされ、彼は星の瞬く暗闇へと突き落とされた。この神秘的とも言える昏迷状態にあってもなお、けたたましい音や叫び声、悲鳴が聞こえていた。

自分が轢かれたこと、そしてそれが公平であれと説く格言「目には目を、歯には歯を」を実行してみせるある種の内在的な正義が存在していたからではなく、鉱山から来たトラックのブレーキが利かなかったからであることを彼が知るのは、ずっと後のことだ。そして、警官が首の骨を折って即死し、哀れな少女——まさにソフォクレスの娘——がこの二度目の事故で（最初が未遂に終ったとすれば）命を失ったばかりでなく〈悪魔たちを喜ばす謝肉祭〉、ものの見事にトラックの二重タイヤの後輪に轢かれてぺしゃんこになったことを知ったのもそのときだった。

しかし何年も経ってから、ルーチョ・アブリル＝マロキンは自分に言い聞かせることになるのだが、教訓を残してくれたその日のあらゆる経験のうち、最も忘れがたいのは、最初の事故でも二番目の事故でもなく、その後の出来事だった。というのも不思議なことに、衝突の激しさ（数限りない骨折、脱臼、切り傷、擦り傷でぼろぼろになった身体を修復するために、労災病院で何週間も過ごすはめになったほどだ）にもかかわらず、製薬会社の宣伝部員は意識を失わなかったか、もしくは数秒失っただけだったからだ。目を開けたとき、すべては今起きたばかりであることに気付いた。目の前に並ぶバラックから十、十二、ことによると十五ほどのズボンやスカートが、常に光を背にしたまま駆けつけてきたからである。動くことはできなかったものの痛みは感じず、いくらか落ち着いた気分だった。もう心配はいらない。彼は救急車や医者、そしてかいがいしい看護婦のことを思った。彼らはすでにそこにいる。もう着いたのだ。彼は自分をのぞき込んでいるいくつもの顔にほほえもうとした。しかしそのとき、わき腹に針で突かれたような鋭い痛みを感じ、今しがたやってきた連中が彼を助けようとしているのではないことを悟った。彼らは時計をもぎ取り、ポケットに指を突っ込んで手探りで財布を抜き取り、初めての聖体拝領の日以来首に下げていた〈贖い の 主〉（セニョール・デ・リンピアス）のメダルを引きちぎった。そしてルーチョ・アブリル＝マロキンは、人々のすることにびっくりしながら、今度は本当に夜の闇の中へと沈んでいった。

だが、実際のところ、その夜は一年間明けることがなかった。当初、惨事の影響は肉体に及んだだけだと思われていた。意識を取り戻したとき、ルーチョ・アブリル＝マロキンは、頭のてっぺんからつま先まで包帯を巻きつけられて、リマの病院の一室にいた。ベッドの両脇では〈心乱るる者に安らぎを与える守護天使たち〉、ジュリエット・グレコの同国人である金髪の女性と、バイエル研究所のシュヴァルプ博士が心配そうに彼を見つめていた。クロロフォルムの匂いがもたらす陶酔感の中で、額を覆うガーゼ越しに妻の唇を感じた彼は、喜びがこみ上げ、涙が頰を伝った。

　骨を接合し、筋肉や腱を正しい位置へ戻し、傷口を閉じて癒着させること、つまり彼という人間の半分を成す動物的部分の治癒に数週間を要したものの、医師たちの優れた技術、看護婦たちの勤勉さ、マグダラのマリアを思わせる妻の献身や、精神的にも経済的にも非の打ちどころのない研究所の支援のお陰で、入院生活は必ずしも耐えがたいものではなかった。労災病院で回復しつつあったルーチョ・アブリル＝マロキンは、ある日嬉しい知らせを受けた。フランス人の妻が妊娠していて、六ヶ月後には彼の子供の母親になるというのだ。

　二つの事故が彼の心に複雑怪奇な傷痕を密かに残していたことが明らかになったのは、退院し、サン・ミゲルの家と仕事に戻ってからのことだった。彼を見舞った症状の中で最も軽いのが不眠症だった。ひっきりなしにタバコをふかしながら暗い家の中を歩き回り、激しい不安に襲われつつとぎれとぎれの演説をぶつ。そうやって一睡もせずに夜を明かすのだ。妻は繰り返し彼の口をついて出てくる「ヘロデ王」という言葉を聞いてぎょっとした。睡眠薬で不眠を化学的に抑えようものなら事態はさらに悪化した。というのも、アブリル＝マロキンの眠りに、まだ生まれてもいない自分の娘が引き裂かれる悪夢が訪れたからである。彼の調子外れの叫び声に脅えるようになった妻は、とうとう女の子と思われる胎児を流産するはめになった。「夢のとおりになった。俺は自分の娘を殺したんだ。もうここにはいられない。ブエノスアイレスで暮らそう」夢の中で我が子を殺した男は、陰鬱な顔で昼も夜もそう言い続けた。

　しかし、それでもまだ最悪とは言いがたかった。眠れぬ夜、あるいは悪夢に苛まれた夜のあとには、残酷な一日が待ち受けていた。事故に遭ってからというもの、ルーチョ・アブリル＝マロキンは、車輪がついたあらゆるものに生理的な恐怖を覚えるようになり、自分で運転しようが客として乗ろうが、決まってめまいや吐き気に襲われ、玉の汗を流し、叫び出してしまうのだった。このタブーを克服するべくあれこれ試してはみたものの、いずれも徒労に終り、結局、この二十世紀にインカ帝国時代（車輪を持たない社会）さながらの生活をせざるをえなかった。彼の行動範囲が自宅とバイエル研究所の間の五キロに限られているのなら、事態もそれほど深刻ではなかった。傷ついた心にとって、朝二時間、夕方二時間歩くことは、おそらく癒しの働きをしただろう。ところがペルーの広大な領土全体を活動の場としていた製薬会社宣伝部員となると、車輪恐怖症は悲劇そのものだった。飛脚が活躍し、体力がものを言う時代が再びやってくる可能性は少しもなかったので、ルーチョ・アブリル＝マロキンの職業的将来は大いに脅かされた。研究所は彼にリマの事務所でデスクワークをさせることを決め、道徳的、心理的配慮から減給こそしなかったものの、この配置換え（今度の任務は試供品の目録作製だった）は実質上の降格を意味した。なお悪いことに、オルレアンの娘に負けじと夫の精神障害にけなげに耐えてきたフランス娘までもが、アブリル家の胎児が去ってからというもの、ヒステリーを起こすようになったのだ。そのため時機がくるまで二人は離れて暮らすことになった。そして娘は〈暁の光と南極の夜を思い起こさせる青白さ〉、両親の住む城に安らぎを見いだそうと、フランスへ向けて旅立った。

　これが事故のあった年、ルーチョ・アブリル＝マロキンの身に起きた出来事だった。妻にも、夢にも、平穏な日々にも見放され、車輪を疎（うと）み、生涯歩き続ける（厳密な意味で（エストゥリクト・センス））ことを運命づけられ、友といえば苦悩だけだった（黄色いフォルクスワーゲンは、蔦（つた）と蜘蛛の巣に覆われたのち、ブロンド娘のフランス行きの旅費を捻出するために売り払われてしまった）。同僚や知人が、彼には精神病院行きという月並みな将来か、自殺という仰々しい解決策しか残されていないだろうと囁きはじめた頃、若者は――天から降ってきたマナと言うべきか乾いた砂地に降る雨と言うべきか――聖職者でもないし魔術師でもないが、魂を癒してくれる人物の存在を知った。ルシア・アセミラ博士である。

　卓越した才能を備えながら優越感のかけらも見せない女性、科学が理想的年齢と見なす年――五十歳――を迎えていたアセミラ博士――広い額、鷲鼻、鋭い眼差し、実直にして善良な心――は、間抜けを意味する自分の姓（それを誇りに思っていた彼女は、名刺であれ診療所の看板であれ、人の目につくところにはすべて武勲のごとく刻み込んでいた）とはかけはなれた人物だった。その知性ときたら、むしろ肉体に属すると思えるほどで、患者たち（彼女は好んで「友人たち」と呼んだ）が目や耳、鼻で感じとれるものだった。偉大なる知の拠点――チュートン族のベルリン、沈着冷静なロンドン、罪深きパリ――において、卓越した学位を数多く取得した彼女だが、人間の苦難とその治療法に関する膨大な知識は、（当然ながら）人生という名の大学で学んだものだった。凡庸な連中を越えた人間の常として彼女もまた、（彼女と違って）奇跡を起こすことのできない精神科医や心理学者といった同業者に誹（そし）られ、批判され、愚弄の言葉を浴びていた。魔女、悪魔主義者、落ちこぼれを堕落させる者、精神異常者、そのほか様々な悪口雑言を、博士はまるで気に掛けていなかった。精神分裂病者や親殺し、偏執狂（パラノイア）に放火魔、躁鬱病患者からオナニスト、緊張病患者や筋金入りの犯罪者、神秘論者からどもりに至る人々の群れが、ひとたび彼女の手に掛かると、そのもてなし（彼女は「診察」よりも気に入っていた）によって心を入れ替え、愛情深い父親、聞きわけのいい子供、貞淑な妻、勤勉なサラリーマン、立て板に水の弁士、病的なほど法を遵守する市民になっていき、そんな「友人」たちに感謝されるだけで、正しいのは彼女の方だと分かるのだった。

　彼女の診断を受けるようルーチョ・アブリル＝マロキンに勧めたのは、他ならぬシュヴァルプ博士だった。彼は〈狂うことのない時計を生んできたスイス人の迅速さ〉、自ら診察の予約をしてくれた。信用してというよりも諦め切って、不眠症の男は指定された時間に、サン・フェリペ地区の住宅街に立つ、ダチュラの花が咲く庭に囲まれたピンクの建物、ルシア・アセミラの診療所（神殿、告解室、魂の研究所）を訪れた。こざっぱりした看護婦の問診を受けたのち、彼は博士の書斎、革装の本がひしめき合う本棚とマホガニーの机、柔らかい絨毯、ペパーミントグリーンのビロードの長椅子のある天井の高い部屋に通された。

「まず先入観を捨てること、上着を脱いでネクタイもはずしてください」ルシア・アセミラ博士は開口一番そう言うと〈相手に武器を捨てさせてしまう賢者の自然さ〉、長椅子を指差した。「次はそこに横になって。あおむけでもうつぶせでもかまいません。別にフロイトを真似るわけじゃなく、あなたを楽にするためですから。ここでは夢の話も、母親を愛してるなんていう告白もしなくて結構です。それよりも胃の具合をできるだけ正確に話してください」

クッションの利いた長椅子に寝そべった製薬会社宣伝部員は、人違いされていると思い、診てほしいのはお腹ではなく心の方だと遠慮がちに言ってみた。

「二つは互いに関係があるんです」女医は教え諭すように言った。「決まった時間に排泄し切る胃袋と、冴えた頭、曇りのない魂とは双子なんです。反対に、中にあれこれ詰め込んでいる無精で欲深い胃袋は、悪い考えを生んだり、人の性格を歪めたりする上に、コンプレックスや倒錯した性欲を大きくしたり、犯罪の資質を育てたりするんです。排泄の苦痛を他人になすり付ける必要がありますから」

そう聞かされたルーチョ・アブリル＝マロキンは、しばしば消化不良や便秘に悩まされていること、さらには便通が定期的でない上に、色や量、そしてほぼまちがいなく――ここ何週間か触ってみた覚えはなかった――固さや温度もまちまちであることを打ち明けた。女医は優しく頷くと、「思ったとおりだわ」とつぶやいた。そして青年に、次の指示を出すまで毎朝空腹時にドライプルーンを六個食べるようにと言った。

「この問題は片づいたから、本題に入りましょう」哲学者のような女医は話を進めた。「何がどうしたのか話してください。ただし、あらかじめ知っておいてほしいのですが、あなたが悩んでいる問題を人畜無害なものにするわけではありません。そうじゃなく、あなたがその問題を愛し、誇りに思えるようにしてあげるということなのです。セルバンテスが不自由になった自分の片腕を、あるいはベートーベンが自分の耳が聞こえなくなったことを愛し、誇りとしたようにね。さあ、話してください」

仕事で医者や薬剤師を相手にすること十年のルーチョ・アブリル＝マロキンは、巧みに言葉を操り、ピスコの痛ましい事故に始まり、前の晩に見た悪夢、そして自分の家庭を舞台にしたドラマの黙示録的な結末にいたるまでの物語を要約し、率直に語った。自分が哀れに思えてきた彼は、終りに近づくと涙を流し、ルシア・アセミラでなかったら胸が張り裂けたであろう悲痛な声で「先生、助けてください」と叫んで物語をしめくくった。

「あなたの話は涙を誘うどころか退屈そのものね。陳腐だし、ばかばかしいし」魂の修理屋は愛情をこめ、彼を励ますように言った。「洟水を拭いて、今から言うことを頭に入れなさい。心の地図の上では、あなたの病気は体にとっての深爪に当るということ。つまり、こういうことです」

上流階級のサロンに足繁く通う女性らしい流儀で彼女が説明したところによると、人を破滅に追いやるのは、真実を恐れることと、矛盾を孕(はら)んだ精神状態だった。前者に関して言えば、偶然やいわゆる事故などというものは存在せず、そんなものは自分が邪悪な心を持っていることを隠すために人が創りだした単なる逃げ口上にすぎないのだということを、眠れぬ青年に教えた。

「要するに、あなたは少女を殺したかったから殺したんですよ」女医は自らの考えをずばりと言ってのけた。「そしてあとで自分のしたことに怖じ気づき、警察や地獄が恐くなったものだから、罰を受けようとして、でなければ殺人のアリバイを作ろうとして、トラックに轢かれようと思ったわけです」

「まさか、そんな」製薬会社宣伝部員は口ごもった〈極度の絶望を示す大きく見開かれた目と汗の浮かんだ額〉。「それじゃ警官は。彼も私が殺したんですか」

「警官を殺そうとしたことがない人がいるでしょうか」女医は考えながら言った。「あなたが殺したのかもしれないし、トラックの運転手かもしれない。あるいは自殺かもしれません。ですが、これはチケット一枚で二人入れるサービス公演ではありません。あなたの問題に絞りましょう」

彼女は彼に、純粋な衝動が矛盾し合うと人は心を苦しめることになり、心の方も悪夢や恐怖症、コンプレックス、不安、憂鬱を生むことで人に復讐するのだと説明した。

「自分自身と争ってはいけません。だってその戦いからは敗者が一人生れるにすぎないのですから」女医は司教がミサをあげるような口ぶりで言った。「自分を恥じることなく、人は誰しもハイエナで、善人であることは単に猫をかぶっているにすぎないのだと考えて、気楽に構えていればいいのです。鏡に向かって言ってごらんなさい。私は幼児殺しだ、そしてスピードを恐がる臆病者だってね。遠回しに言うのは止めること。私には事故やら車輪恐怖症やらの話はしないでください」

そして実例を挙げ、自分の病いを治してほしいと跪いて頼みにくる痩せ細ったオナニストにはポルノ雑誌をプレゼントし、床を這いずり回り、髪をかきむしりながら自分はもう終りだと叫ぶ人間の屑のような麻薬患者にはマリファナ煙草やコカの葉を少しばかりあげるのだと言った。

「それで私には、子供を殺し続けろとおっしゃるんですか」製薬会社宣伝部員は〈虎に変貌した仔羊〉、吠えるように言った。

「そうしたければ、どうぞ」女医はそっけなく答えた。そして彼に警告した。「大声を出さないように。私はお客様は常に正しいだなんて信じてるそこらの物売りじゃありません」

ルーチョ・アブリル＝マロキンは再び不安を感じて泣きだした。そんなことにはお構いなしに、ルシア・アセミラは十分ほどかけて、「誠実な生き方を学ぶためのトレーニング」というタイトルの文章を何枚もの紙に書きつけた。彼女はそれを手渡し、八週間後にまた来るよう約束させた。そして別れ際、彼の手を強く握り締めると、朝、ドライプルーンを忘れずに食べるよう念を押した。

アセミラ博士の患者の多くがそうであったように、ルーチョ・アブリル＝マロキンも、診療所を出るとき、自分が人の心理を利用した待ち伏せに遭い、頭のおかしいとんでもない女が張り巡らした罠に絡め取られた気がした。そして、うかつにも彼女の処方に従ったりすれば、自分の病いは重くなるばかりだと確信するに至った。だから例の「トレーニング」など目もくれずにトイレに流してしまうつもりだった。しかしその夜〈極度に悪化する衰弱の元の不眠症〉、彼は、それを読んだのだ。病理学的に見てあまりに馬鹿げていると思った彼は、笑いすぎてしゃっくりが出たほどだった（母親に教えられた通りコップの水を反対側の縁から飲んで止めた）。だが、そのあとで、神経がちくちく刺激されるような強い好奇心を覚えた。そこで眠れぬ夜の暇つぶしにと、まさか治療になるとは考えもせず、とりあえず実行してみることにした。

　必要な自動車やトラック1とトラック2は、少女、警官、物盗り、そして彼自身の役をすることになる人形とともに、〈シアーズ〉のおもちゃ売り場で難なく見つけることができた。指示に従い、車を彼が覚えている通りの色で塗り、人形の服にも同じく彩色をほどこした（絵の才能があったので、警官の制服、少女のみすぼらしい服や垢だらけの肌などは実にうまく仕上がった）。ピスコの砂地を再現するのには包装紙を丸々使い、本物そっくりにしたくて、一方の端に大平洋の青い帯を描き泡立つ波で縁どった。初日は一時間ほどかけ、自宅の居間兼食堂の床に跪く格好で物語をなぞり、それが終ると、つまり泥棒たちが製薬会社の宣伝部員にわっと群がって身ぐるみ剝ぐ段になると、事件当日に劣らず脅え、心が痛んだ。彼は床に仰向けになり、冷や汗をかきながらむせび泣いた。だが、日を追うごとに精神的ショックは軽くなっていった。しかもその作業は彼を童心に戻らせ、本の虫でもなければ音楽マニアでもなかった彼が、妻に出て行かれてからもてあましていた時間を紛らわせる、一種のスポーツの様相を呈しはじめた。それはブロックを組み立てたり、ジグソーパズルをしたり、クロスワードパズルを埋めていくようなものだった。ときにはバイエル研究所の倉庫で宣伝部員たちにパンフレットを配りながら、新たな解釈を可能にしたり、その日の夜の上演時間を引き延ばしてくれそうな事件の詳細や、人の動き、事故の原因などを探し求めて記憶を引っかき回している自分に驚かされることもあった。家の掃除にやってくる家政婦は、居間兼食堂の床に木でできた小さな人形やプラスチックのミニカーが所狭しと転がっているのを見て、養子でももらうつもりなのかと彼に尋ね、もしそうなら給金を上げてもらうと言った。「トレーニング」に示された進度に従い、彼はその頃には、小人の国のサイズで事故?の十六通りの再現を毎晩行っていた。

「試実な生き方を学ぶためのトレーニング」の子供について書かれた個所は、人形遊びにも増して気違いじみたものに思えたが〈悪へと向かう惰性か?　科学を進歩させる好奇心か?〉、彼はこれにも従った。この章は「理論的トレーニング」と「実践トレーニング」の二つに分かれていて、アセミラ博士は前者が後者に優先することが不可欠であると書いていた。人間は行動する前に考える理性的な動物ではなかったか、というのが理由だった。理論篇はもっぱら製薬会社宣伝部員の観察力や思考力を前提とするもので、そこにはただ、「子供が人類に引き起こす災厄について毎日よく考えてみること」という指示があるだけだった。時間や場所の指定はなかったが、体系だった方法で行う必要があった。

無邪気な子供が人類にどんな害を及ぼしているのだろうか。彼らは神の恵みであり、純粋さそのもの、喜び、人生ではないのか。理論的トレーニング第一日目の朝、事務所へ向かう五キロの道のりを歩きながら、ルーチョ・アブリル＝マロキンは自分に問いかけた。そして、確信してではなく書いてあることに合せるために、なるほど子供というのはうるさいときがあると認めた。実際、いつでも、しかもあらゆる理由でよく泣くし、分別に欠けているために、その癖によってどれだけ損をするかが分からず、静かであることの良さを分からせることもできないのだ。そして坑道の中でのつらい仕事を終えて家に帰っても、赤ん坊が激しく泣くので眠ることができず、確かついに子供を殺して？しまったとかいう労働者の話を思い出した。似たような事件が、世界中で、何百万と起きているのではないか？　どれほど多くの労働者や農民、商人、会社員が、物価高、低賃金、住宅難が原因で狭いアパートで暮し、子供と同じ部屋で寝起きして、自分が下痢であることも、もっとお乳が欲しいことも言葉にできずにひたすら泣き喚く子供のせいで、満喫して当然の眠りを妨げられているのだろうか？

その日の夕方、五キロの帰り道を歩きながらあれこれ考え抜いたあげく、ルーチョ・アブリル＝マロキンは、数知れぬ破壊の原因が子供にありうることに気がついた。他のどんな動物とも異なり、ヒトの子供は一人立ちするのにとてつもない時間を要する。この欠点によっていかに多くのものが破壊されていることか。なにしろ芸術性の高いお面であろうと水晶の花瓶であろうと手当り次第に割っていき、主婦が目を痛めて縫い上げたカーテンを引きずりおろし、糊の利いたテーブルクロスや倹約と愛情なくしては買えなかったレースのショールをためらいもせず糞まみれの手でつかむのだ。そればかりではない。指をソケットに突っ込んでは電気をショートさせ、あるいは愚かにも感電死する。そしてそれは家族にとって、小さな白い柩（ひつぎ）、墓穴、通夜、エル・コメルシオ紙に載る訃報、喪服、葬列を意味することになるのだ。

研究所とサン・ミゲルの間を往復しながら、この訓練に没頭するのが彼の習慣になった。前と同じことを考えないよう、まず最初に、それまで考えてきた結果集まった告発すべき点をざっと数え上げ、それからまたあら探しを始めた。ひとつのテーマが別のテーマに簡単につながっていくので、考えが途切れることはなかった。

たとえば、徒歩三十キロ分を費すことになった子供の経済的罪というテーマの場合はこんな具合だった。なぜなら彼らが家計を食いつぶすさまは破壊そのものではないか。彼らは身体の大きさに反比例して親の収入を減らしてしまう。原因は飽くことを知らない食欲と特別な食事を要求する繊細な胃袋だけではない。薬学、心理学、歯科学、その他の科学分野の中に彼らが自分たちのために生んだとも言える専門家、つまり貧しい両親たちのおかげで服を着て、食事にありつき、年金暮しをすることができる〈宿主の精力を吸い取る寄生植物〉、大量の人間はもちろんのこと、助産婦、託児所、育児相談、保育園、ベビーシッター、サーカス、幼稚園、マチネ、おもちゃ屋、児童裁判所、教護院といった無数の制度もまたその原因なのだ。

ある日、ルーチョ・アブリル＝マロキンは、モラルや世間体にこだわって、子育てだけの生活に引きこもってしまい、パーティーとも映画とも旅行とも縁がなくなったあげく、一人で出かける機会が多いために忌まわしくも道を踏みはずしてしまう夫に見捨てられる若い母親たちのことを思い、泣き出しそうになった。彼女たちの眠れぬ夜や心の苦しみに対し、子供がどんな償いをするというのか？　彼らは成長すると独立して別に家庭を築き、母親を養老院に置き去りにするのだ。

こんな調子で彼は自分でも気づかぬうちに少しずつ、彼らが純真で善良であるという神話を打ち崩すにいたった。ことによると、子供には分別が備わっていないからというお定まりの口実のもとに、彼らは平気で蝶の羽をむしり、雛鳥を生きたままオーブンに放り込み、カメを裏返しのままにしてあの世に送り、リスの目玉を抉（えぐ）り取るのではないか？　つぶてを放って小鳥を殺すパチンコは大人の武器ではないのか？　自分より弱い子供に対しては容赦のない態度を取っているのではないか？　また、猫であればとっくに自活する年齢になってもよちよち歩き、壁にまともにぶつかってこぶを作るような連中を、知性ある存在などと呼べるのか？

ルーチョ・アブリル＝マロキンは鋭い美意識を備えていて、それが家と会社の間を幾度となく往復するための糧となった。あらゆる女性たちに、更年期を迎えるまでみずみずしく、はつらつとしていてほしいと思っていた彼は、出産が母親にもたらす多くの荒廃を数え上げると胸が痛んだ。片手に収まるほどくびれていた蜂のような腰には急激に脂肪がつき〈唇で押してもへこまない、金属みたいに硬い肉の層〉、張りがあった胸や尻やすべすべしたお腹は膨れてぶよぶよになり、襞が垂れ下がり、難産の際のいきみや引きつりが原因で、アヒルのようにガニ股になってしまう女性もいるのだ。ルーチョ・アブリル＝マロキンは、自分の姓を名乗るフランス娘の彫刻さながらの身体を思い浮かべ、彼女の美しさを台無しにする丸々とした子供ではなく、ヒトの残骸めいたものが生まれたことを喜んだ。ある日、便座に腰掛けた彼は――ドライプルーンのお陰で胃腸はイギリスの鉄道並みになった――ヘロデ王のことを考えてももはや震え上がらないことに気づいた。そして別の日の朝、物乞いの子供の頭に拳骨を喰らわせている自分を発見したのだ。

そのとき彼は、特に意図することもなく〈星が夜から昼へと旅するときの自然さ〉、「実践トレーニング」編に移ったことを知った。アセミラ博士が〈直接行動〉と副題を添えたこの続編を読んでいるルーチョ・アブリル＝マロキンは博士のいかにも科学者のような声が聞こえてくる気がした。理論篇と違い、こちらには明快な指示があった。それは、彼らがもたらす災厄をはっきりと意識したならば、個人的レベルで小さな復讐を開始せよ、というものだった。「子供はか弱き存在」、「子供をぶつのは禁物、たとえそれが一本のバラの花でも」、「鞭は心を傷つける」、といったたぐいのデマを頭に入れたうえで、目立たぬように実行する必要があった。

実のところ、初めのうちは骨が折れ、道で彼らの一人とすれ違っても、小さな頭の上に置いた手が罰を意味するのか、それともいささかがさつな愛撫を意味するのか、相手にも自分にも分からないほどだった。しかし〈訓練が生む自信〉、気後れや先祖伝来の抑制心を徐々に克服して大胆になり、記録を塗り替え、主導権を握るようになった。そして、「トレーニング」の予言通り、二、三週間経つと、街角で拳骨を喰らわせたり、痣ができるくらいつねったり、人生の新入りたちの足を踏みつけて泣かせたりすることが、もはや道徳的理由や理論が要求する義務ではなく、一種の快感になったことに気づいた。宝くじを売ろうと近づいてきた子供が思いがけず平手打ちを浴びて泣きだすのを見るのが好きになり、朝、盲目の女の手を引き小銭の入った真鍮の皿をちゃらちゃら鳴らしてそばに寄ってきた少年が、彼に蹴られた脛をさすりながら地面に倒れこんだときなど、闘牛を見ているときのような興奮を覚えた。「実践トレーニング」は危険をともなうものだった。だがそのことは、無鉄砲を自認する製薬会社宣伝部員を思い止まらせるどころか、逆に奮い立たせたのだ。サッカーボールを破裂させてやったために、棒や石ころを手にしたピグミーの群れに追いかけられた日でさえ、彼の熱意は衰えなかった。

このように彼は、治療中の何週間かの間に〈人間を白痴化する精神的怠慢〉、普通なら悪事と呼ばれる行動をいくつもしでかした。公園でベビーシッターが彼女たちをあやすのに使っていた人形の首を引きちぎり、棒つきキャンディーやタフィーやキャラメルを、口に入る寸前に奪い取って踏みにじるかもしくは犬に投げ与え、サーカスや昼の部を上映している映画館、人形劇の会場の周りをうろついては、指がしびれるほど三つ編みや耳を引っぱった。小さな手足やお尻をつねり、また舌を出したりしかめ面をして見せるという月並みな戦法を使ったのはもちろんのこと、喉がかれて声が出なくなるまで、ぺてん師や獰猛な狼、警官、骸骨、魔女に吸血鬼、そのほか子供たちを恐がらせるために大人の創造力が生み出したキャラクターの話を聞かせたのだ。

ところが彼の行動は〈坂道を転がるうちに大きくなる雪ダルマ〉、ある日、ルーチョ・アブリル＝マロキンは自分が恐ろしくなり、少しでも時間を稼ごうとタクシーを拾うと、アセミラ博士の診療所に駆け込んだ。冷や汗をかきながらいかめしい診療室に入るや否や、彼は震える声で叫んだ。

「もう少しで女の子をサン・ミゲル行きの市電の車輪の下に押し込むところでした。でも警官の姿が見えたので、ぎりぎりのところで我慢したんです」そして彼らみたいにすすり泣きながら大声で言った。「あと一歩で犯罪者になるところでしたよ、先生」

「もともと犯罪者だったじゃないですか、忘れっぽい人ですね」心理学者は言葉を区切りながら彼にその事実を思い出させるように言った。そして若者を上から下までまじまじと眺めると、満足そうに言い渡した。「治りましたよ」

そのときルーチョ・アブリル＝マロキンは自分がタクシーに乗って来たことを思い出

した！　まるで閃光が暗闇に輝き、星の雨が海に降るようだった。彼は跪こうとしたが、賢者に止められた。

「家のグレートデン以外、誰も私の手を舐めたりしませんよ。感情的になるのはそれくらいにして。もう帰って結構です、新しい友人が何人も私を待っていますから。ご都合のよろしいときに請求書を取りにいらしてください」

「本当だ、俺は治ったんだ」製薬会社宣伝部員は喜びを噛みしめながら、心の中で何度も繰り返した。この一週間は毎日七時間は眠っていたし、悪夢に代わって、異国情緒あふれる海岸でサッカーボールみたいな丸い太陽にこんがり焼かれ、葉先の尖ったヤシの樹の間をのんびり歩くカメや、真っ青な波の上で淫靡に交わるイルカを眺めるという心地良い夢を見た。そこで今度は〈地獄の責め苦を味わった人間の慎重さと計画性〉、再びタクシーを拾うと研究所に向かい、車輪の回転が自分に及ぼす影響が、もはや恐怖でぞっとすることや宇宙規模の苦しみなどではなく、軽い眩暈だけであることを確かめ、車の中で泣いた。彼はドン・フェデリコ・テリェス＝ウンサテギの下に馳せつけ、「我が相談役にして救い主である新たな父よ」と呼びかけながらそのアマゾン人の手に口づけをした。この彼の振舞いと言葉に対してボスは、自尊心を備えた主人なら誰でも奴隷に敬意を表するものだと言わんばかりの態度で応じ、いずれにせよ、治ったかあるいはもう人殺しコンプレックスが消えたのであれば、決められた時間どおりに「ネズミ駆除株式会社」へ来るように、さもなければ罰金を取るだろうと〈感情の扉を持たないカルバン主義者〉、平然と言い放った。

　こうしてルーチョ・アブリル＝マロキンは、ピスコの事故で埃まみれになって以来彼の人生そのものになっていたトンネルを脱け出たのだった。これを境にあらゆることが元に戻り始めた。甘く優しいフランス娘は家族の溺愛のおかげで苦しみから解放され、穴のあいたチーズやねばねばするカタツムリを使ったノルマンディー料理で元気を取り戻し、ピンク色の頬を輝かせ、心を愛情で一杯にしてインカの地へと帰ってきた。再会した夫婦は蜜月を延長した。うっとりするような口づけ、衝動に駆られての抱擁、そのほかさまざまな形で情熱をほとばしらせて愛し合うために、二人はあやうく貧血を起こしかかったほどだった。製薬会社宣伝部員は〈脱皮によって活力を増す蛇〉、たちまち研究所での高い地位に返り咲いた。自分が以前と変らぬ自分であることを示したいと願い出た彼は、シュヴァルプ博士の信頼を取り戻すことに成功し、空を飛び地を駆け、川を渡り海を越えて、ペルーの村や町を巡り、医師や薬剤師を訪ねてバイエル製品を宣伝する仕事を任せられた。妻の倹約ぶりが功を奏し、二人は、危機のあいだに背負いこんだ借金をすぐに残らず返済し終え、新しい、もちろん今度も黄色のフォルクスワーゲンを、月賦で手に入れたのだった。

　外から見るかぎり（しかしよく知られた格言は「外見を信ずることなかれ」と説いてはいなかったか？）、アブリル＝マロキン夫妻の人生が展開する枠組みを損うようなものは何ひとつなかった。宣伝部員はめったにあの事故を思い出さなかったし、たとえ思い出したとしても、後悔するどころかむしろ誇りさえ感じたが〈社会的形式を重んじる中産階級〉、その事実を公にすることは差し控えた。ところが〈キジバトの巣、ヴィヴァルディのバイオリン協奏曲の拍子に合わせて火が燃え上がる暖炉〉、家の中では――星滅びてなお宇宙をさまよう光、人死すとも伸び続ける爪や髪――アセミラ博士のセラピーを生き延びたものがあった。すなわちひとつは、ミニチュア人形やブロック、模型の鉄道や鉛の兵隊で遊ぶという、ルーチョ・アブリル＝マロキンの年齢にはおよそそぐわない趣味だった。アパートを埋め尽す勢いで増えていくおもちゃは隣人や家政婦を戸惑わせた。そしてある日、フランス娘が、夫が浴槽に紙の小舟を浮かべたり屋上で凧揚げをして日曜日や祝日を過ごすことに不平を漏らしはじめたことから、円満だった夫婦の仲に最初の陰りが見えはじめた。しかし、そんな趣味にも増して深刻で、彼女が明らかに反発したのは、「実践トレーニング」の頃からルーチョ・アブリル＝マロキンの心に巣喰い出した、子供に対する嫌悪感だった。通りであろうと公園あるいは広場であろうと、彼らとすれ違えば、普通の人間なら残酷と言うであろうような痛い目に遭わせずにはいられなかったし、妻との会話のなかでも「乳離れしたばかりのやつら」とか、「地獄の辺土（リンボ）が好きな連中」などと軽蔑をこめた言い方で彼らを呼ぶのが常だった。ブロンド娘が再び妊娠した日、彼女の反発は不安に変った。夫婦は〈恐怖のあまり羽が生えた踝（くるぶし）〉、倫理と智恵を授けてもらうべくアセミラ博士のもとへと飛んでいった。しかし、彼女は二人の話を聞いても少しも驚かなかった。

「それは幼稚症で、再び幼児殺しを犯す可能性あり」博士は電文調の所見を述べた。「どちらも取るに足らない馬鹿げた病いで、つばを吐くように簡単に治せます。恐がることはありません。胎児に目ができるまでには治りますから」

博士は彼を治せるのだろうか。ルーチョ・アブリル＝マロキンを幻影から解放できるのか。幼児嫌悪症とヘロデ王症候群の治療法は、彼を車輪コンプレックスと犯罪妄想から解き放ったトレーニングと同じく大胆なものなのか。サン・ミゲルの心理劇はいかなる結末を迎えるのだろうか？

11

大学の前期試験が近づいていたけれど、フリア叔母さんと付き合い出してからというもの、僕はますます授業をサボるようになり、それに反比例して短篇を盛んに書いていた（いつも骨折り損に終わっていたが）ので、迫りくる危機に対する準備などできているわけがなかった。頼みの綱は、ギリェルモ・ベランドというカマナ出身の学生だった。五月二日広場（プラサ・ドス・デ・マヨ）にほど近い旧市街の下宿に住んでいた彼は優等生で、授業は皆勤、教授の息遣いまでノートに取り、僕が詩をそらで覚えていたように六法の条文を残らず暗記していた。年がら年中許婚者のいる故郷のことを話し、弁護士の資格を取って大嫌いな街リマを離れ、カマナに戻って郷里の発展に尽すことのできる日をひたすら心待ちにしていた。僕は彼にノートを借り、試験のときは耳打ちしてもらい、試験の間近になると彼の下宿に押し掛けて、特効薬になるように講義をまとめてもらったものだった。

その日曜日も、ギリェルモの部屋で三時間ばかり過ごしたあと、法律用語が飛び回る頭を抱え、覚えなくてはならないラテン語の量に怯えながら家路についた。サン・マルティン広場にさしかかると、ラジオ・セントラルの鉛色の正面玄関の脇にある、ペドロ・カマーチョの仕事部屋の窓が開いているのが遠くに見えた。もちろん僕は挨拶しに行くことにした。会えば会うほど――といっても僕たちの関係は、相変らず喫茶店でテーブルをはさんで短い会話を交わす程度のものだったが――彼の人となりや体つきや弁舌の魔力は大きくなっていった。彼の仕事場に向かって広場を横切りながら、僕は、禁欲的な小男にあれだけの仕事をさせる鉄の意志、そして朝も昼も、昼も夜も、波瀾万丈の物語を生み続ける才能のことをまた考えた。いつなんどきであろうと、彼のことを思い出すとき、僕は「彼は執筆中だ」と思ったし、それまで何度も目にしてきたように、二本の指でレミントンのキーをすばやく叩き、何かに憑かれたような目でキーが打ち出す文字を見つめる彼の姿が目に浮かんだ。すると決まって、同情と羨望の入り交じった奇妙な感覚に襲われるのだった。

仕事部屋の窓が半開きになっていたので――中からタイプライターの規則正しい音が聞こえた――、僕はそれを押し開けると同時に声をかけた。「おはようございます、カマーチョさん、精が出ますね」ところが一瞬、部屋か相手を間違えてしまったような印象を受けた。ボリビア生まれの物書き先生が白衣と医者の帽子、ユダヤの律法学者さながらの大きな黒髭で変装していることに気づいたのは、それから数秒後のことだった。

彼は僕に目もくれず、体を軽く机の方に傾け、身じろぎひとつせずにタイプを打ち続けていた。そしてしばらくすると、彼は、ふたつの考えごとの合間にひと息つくかのように、ただしこちらを振り返りもせず、見事に響く美しい声でこう言った。

「産婦人科医のアルベルト・デ・キンテーロスが、姪の産む三つ子をとりあげているところなんだ。だが赤子の一人がつかえている。五分待ってもらえないだろうか。彼女の帝王切開を終えたらハーブティーを飲みに行こう」

　僕は出窓に座って煙草を吸い、つかえてしまった三つ子が生まれるのを待ったが、実際のところ、手術は五分とかからなかった。それから彼は、衣装を脱いで几帳面に畳み、大司教のような付け髭と一緒にポリ袋にしまった。そこで僕は言った。

「三つ子の出産、しかも帝王切開やら何やらを含めて五分しか掛からないなんて、驚きですよ。僕なんか飛行機の風圧を利用して宙に浮かぶ三人の少年の短篇に、三週間も掛かったんですから」

〈ブランサ〉への道すがら、何篇もの失敗作の後に書いた空中浮揚の短篇は悪くない出来だと思えたので、不安におののきながらもエル・コメルシオ紙日曜版の編集部へ持ち込んだということを彼に話した。編集長は僕の目の前でそれを読んでくれたが、返事は謎めいていた。「置いていきたまえ、これをどうするかはじきに分かるはずだ」それ以来日曜日を二度迎え、そのつどうずうずしながら新聞を買いにすっ飛んで行ったけれど、二度とも無駄だった。しかしペドロ・カマーチョは、他人の問題に時間を割いたりしなかった。

「お茶を飲むのはやめにして、歩くことにしよう」と言うと、彼は椅子に座りかけた僕の腕を摑み、コルメナ街に引き返した。「ふくらはぎがぴりぴりしてる。こむら返りの前兆だ。一日中座っているのでこうなる。運動が必要だ」

彼がどう答えるか分かるというだけの理由で、僕はヴィクトル・ユゴーやヘミングウェイを真似たらどうかと言ってみた。けれどこのときは予想が外れた。

「下宿屋のラ・タパーダで面白いことが起きている」返事のかわりにそう言うと、彼は僕を急き立てるようにして南米の解放者サン・マルティンを記念するモニュメントのまわりを足早に回った。「月夜の晩になると決まって泣く若者がいるんだ」

日曜日に旧市街まで出てくることなどめったになかった僕は、平日そこにいる人々と今日の前にいる人々との違いに驚いてしまった。中流のサラリーマンにかわって、広場は外出を許されたメイドや不格好な靴を履いた頰っぺたの赤い山育ちの若者、三つ編みに裸足の少女たちでごった返し、人ごみの中には街頭カメラマンや食べ物を売る女たちまでいた。モニュメントの中央にはサン・マルティンの騎馬像とともに、祖国を象徴するチュニック姿の貴婦人像が立っている。僕は物書き先生をその真ん前に無理やり立ち止まらせ、彼を笑わせられるかどうか試してやろうと、なぜ像のてっぺんに場違いな駱駝科の動物が鎮座ましましているのか、その理由を話して聞かせた。つまりこういうことだ。件のブロンズ像をここリマで鋳造するときに、職人たちは彫刻家の指示した「奉献の炎（リャマ）」を、動物のリャマと勘違いして作ってしまったのだ。だがもちろん、彼はにこりともしなかった。そしてふたたび僕の腕を摑んで歩かせ、何度も通行人とぶつかりながら、僕はもとより周囲の一切に関心を示すことなく独り言を再開した。

「顔を見たものはいないのだが、化け物という可能性もある。下宿の女将の私生児かもしれないぞ。生まれついての片輪か、せむしか、侏儒（しゅじゅ）か、頭が二つあるかでドニャ・アタナシアがわれわれを驚かすまいと日中はどこかに閉じ込め、夜だけ外気に触れさせているのだ」

彼がテープレコーダーのように淡々と語るので、僕は少し挑発してやろうと思い、それは想像しすぎという気がすると言って反論した。若い男が恋の辛さに泣いているとは考えられないだろうか。

「恋に落ちた男なら、ギターかバイオリンを弾くか、あるいは歌を歌うだろう」そう言って彼は、同情によって和らげられてはいたものの、軽蔑のこもった眼差しで僕を見つめた。「その男はただ泣くばかりなんだ」

事の始まりからすべて説明してもらおうと努力してみたが、彼は普段にも増して上の空で、自分の考えに集中していた。分かったことといえば、何日も前から夜になると下宿の片隅で誰かが泣く声が聞こえ、ラ・タパーダの住人が文句を言っているということだけだった。大家のドニャ・アタナシアは自分は何も知らないと言い張り、物書き先生によれば、悪霊のせいにしているとのことだった。

「犯罪者が泣いているということもある」モニュメントのまわりを十周以上回ったあとで、ペドロ・カマーチョは、僕の腕を摑んだままラジオ・セントラルの方向に向きを変えさせ、大声で数字を読み上げながら計算する会計係の口調で自分の想像を語り続けた。「家庭内犯罪か。それとも親を殺した男が罪の意識に苛まれ、髪の毛や我が身を掻きむしっているのか。ことによるとネズミ殺しの息子の一人かも知れないぞ」

興奮している様子はこれっぽっちもなかったけれど、僕には彼の存在がそれまでになく遠く感じられた。それにこのときほど、彼に人の言うことに耳を傾け、話を交わし、誰かが隣りにいることを思い出す能力が欠けていたこともなかった。彼が僕を見ていないことは確かだった。彼の妄想の内容が手に取るように分かるその独り言をもっと続けさせようとしたけれど、姿なき泣き男の話を始めたときと同様、彼は突然黙り込んでしまった。彼は仕事部屋に戻って黒いジャケットを脱ぎ、蝶タイをはずし、ネットで髪をまとめ、別のポリ袋から取り出した、髷のついた女もののかつらをかぶった。それを見ていた僕は、ついにこらえ切れなくなって、吹き出してしまった。

「今、僕の前にいる新しい相手はどなたですか」と僕は、笑いがおさまらないまま尋ねた。

「フランスかぶれの研究所員のカウンセリングをしなくてはならない。彼は息子を殺してしまったのだ」先程のユダヤ人風の髭とは打って変り、色鮮やかなピアスと艶っぽいほくろをつけながら、彼は皮肉っぽい調子でそう答えた。「さらば、友よ」

立ち去ろうとして踵を返すか返さないかのうちに、レミントンのキーを叩く――甦りつつある、むらのない、自信に満ちた、うむを言わせぬ、果しなく続く――音が聞こえてきた。ミラフローレスへ向かうバスの中で、僕はペドロ・カマーチョの人生について考えていた。どんな社会環境が、人とのどんなつながりが、関係が、問題が、偶然が、できごとが、あの文学的な（文学的？　でもそうでなければ一体何なのか？）資質、作品の中で開花して実を結び、聴衆の心を摑んで放さない才能を育てたのだろうか。いかにすれば彼のように、一方では作家のパロディーでありながら、同時に、自分の職業に捧げた生活、そしてそのなかで生み出された作品によって、ペルーで唯一作家と呼ぶにふさわしい人物でありうるのか。詩人や小説家、戯曲家の肩書を騙るあの政治家、弁護士、教師たち、人生という括弧でくくられた神聖な短い時間の五分の四を文学とは何の関係もない活動にあて、薄っぺらな詩集か、けちな短篇集を一冊出したにすぎない者たちを、果して作家と呼べるのだろうか。文学を飾りや口実に利用しているあの手の連中が、書くためだけに生きているペドロ・カマーチョより作家らしくしていられるのはどうしてなのか。彼らがプルーストやフォークナーやジョイスを読んだことがある（あるいは少なくとも、読んでいるべきであるということを知っている）のに対し、ペドロ・カマーチョは文盲に毛の生えたようなものだからなのか。そんなことを考えるとなんともやるせない気持ちになった。作家以外のものにはなりたくないという思いはますますはっきりしていたし、作家になるには身も心も文学に捧げる以外に方法がないという確信もますます強まっていた。僕がなりたかったのは、断じて生半可な作家でも、兼業作家でもなく、正真正銘の作家だった。でも一体誰のような？　僕の知るなかでは、天職に取り憑かれた熱狂的専業作家の像に一番近かったのが、あのボリビア出身のシナリオライターだった。だからこそ僕をあれほど惹きつけたのだ。

祖父母の家では、幸せがあふれんばかりのハビエルが、日曜日に向けて死者も甦るような計画を携えて僕を待っていた。彼はピウラに住む両親から仕送りを受けていたのだが、受け取ったばかりのその月の送金には、独立記念日の連休のためにと、かなりな額の小遣いも含まれていたので、その余分の金を四人で仲良く使い果してしまうことに決めたのだった。

「お前に敬意を表して、知的で国際色豊かな計画を立てたんだぞ」彼は僕の背中を叩きながら焚き付けるように言った。「アルゼンチンのフランシスコ・ペトローネ劇団に、食事は〈リンコン・トーニ〉でドイツ料理、しめは〈ネグロ＝ネグロ〉のフランス風パーティー、暗がりでボレロを踊ってやつだ」

それまでの短い人生において僕が出会ったうちではペドロ・カマーチョが最も作家らしい人物だったように、知人のなかでハビエルはその気前のよさと豊かさによって、一番ルネサンスの王子然としていた。しかも彼は、実に段取り上手だった。フリア叔母さんとナンシーはその夜何が僕たちを待ち受けているかをすでに知らされていたし、彼のポケットにはもう劇場の入場券が入っていたのだ。それ以上は望めないほど魅力的な計画のおかげで、ペルーにおける文学の資質とその悲惨な運命についての僕の不吉な考えはいっぺんに吹き飛んでしまった。ハビエルも大満足だった。ひと月ほど前からナンシーとデートするようになり、その頻度からすると、どうやら本格的なロマンスに発展しているようだった。僕がフリア叔母さんとの恋愛問題をナンシーに打ち明けたのをこれ幸いに、やれ二人の取り持ち役を務めるだとかデートの便宜を図るといった口実を設けては、週に何度もナンシーと会っていた。従妹とフリア叔母さんとは今や切っても切れない仲になった。二人は一緒に買い物や映画に行っては秘密を交換しあっていた。すでに僕たちのロマンスの熱狂的守護天使となっていた従妹は、ある日の午後、こんなことを言って僕の士気を高めてくれた。「フリアといると、歳の差なんかすっかり忘れちゃうわ」

次の日曜日（その後の人生の少なからぬ部分は、この日、星によって決定されたと思う）、偉大なる計画は幸先よく始まった。一九五〇年代のリマでは質の高い演劇を観るチャンスなどめったになかったのに、アルゼンチンのフランシスコ・ペトローネ劇団は、ペルーでは演じられたことのなかった現代劇をいくつも引っ下げてきたからだ。ナンシーがオルガ叔母さんのところでフリア叔母さんと落ち合い、二人でタクシーに乗って旧市街までやって来た。ハビエルと僕はセグラ劇場の入口で彼女たちを待っていた。この手のことになると限度を忘れてしまうハビエルは、ボックス席のチケットを手に入れていた。ところが、そんな席に座ったのは僕たちだけだったものだから、結局、舞台に劣らず人の目が注がれることになってしまった。自分にやましいところがあったので、僕は親戚や知人の目に留まって怪しまれるかもしれないと思った。けれど幕が開いたとたん、そんな心配はどこかへ行ってしまった。演物はアーサー・ミラーの『セールスマンの死』で、僕が初めて観る伝統からはずれた、つまり時間と空間の約束事を無視した作品だった。僕は感激し、興奮のあまり幕間に熱い調子でその作品を褒めちぎり、登場人物やテクニック、着想についてあれこれ批評しながらしゃべり続けた。そして、舞台がはねたあとも、コルメナ街の〈リンコン・トーニ〉でソーセージを食べ、黒ビールを飲みながら独りまくしたてたので、あとでハビエルにたしなめられてしまった。「まるで精力剤をもらったオウムみたいだったぞ」。従妹のナンシーは、僕の文学的気まぐれが常軌を逸していて、その点ではエドゥアルド大叔父——祖父の兄で、裁判官を辞めたあと蜘蛛の収集という珍しい趣味に没頭していた——に匹敵すると常々思っていたので、観てきたばかりの劇について僕が長々と演説するのを見て、この癖が今に命取りになるのではないかと心配した。「あんた気が狂いかけてるわよ」

ハビエルがその夜の締めくくりに〈ネグロ＝ネグロ〉を選んだのは、そこが知的なボヘミアンの溜まり場として——木曜日にはちょっとしたイベント、つまり一幕芝居や独り芝居、リサイタルが開かれ、画家、音楽家、作家が集まった——評判の店だったことに加え、それがサン・マルティン広場のアーケードの地下にあり、テーブルは二十席そこそこ、そして僕たちが「実存主義的」と考えていた装飾を施した、リマで最も照明の暗いナイトクラブだったからだ。足繁く通ったわけではないけれど、まるでサン・ジェルマン・デ・プレの地下酒場にいるような幻想に浸れる場所だった。僕たちはダンスフロア脇の席に陣取り、ハビエルがいつにも増して気前よくウイスキーを四杯注文した。彼とナンシーはすぐさま立ち上がって踊りに行き、僕はその狭くて混み合った隠れ家で、フリアに演劇とアーサー・ミラーのことを語り続けた。僕たちは手を握り合って寄り添った。そして僕は献身的な聞き役を務める彼女に、演劇というものをその夜初めて発見したと言った。これは小説に劣らず複雑で奥深いものかもしれない、しかも上演するときには生身の人間、そして絵画や音楽といった別の芸術が加わり、活気に満ちたものとなるから、ことによると文学より優れているかもしれないな。

「いっそジャンルを変えて、短篇のかわりに戯曲を書いてみようかな」僕は興奮のあまりそう口走った。「どう思う」

「私のほうはちっとも構わないわよ」フリア叔母さんは椅子から立ち上がりながら答えた。「だけど、バルギータス、今は私をダンスに誘って。そして何か耳許で囁いてちょうだい。お望みとあれば、曲の合間に文学の話をさせてあげてもいいわ」

僕は彼女の指示に従った。二人は体をぴったりくっつけて、キスをしながら踊り、僕は彼女を愛していると、そして彼女は僕を愛していると言った。親密で刺激的で人の心をかき乱すような雰囲気に誘われ、ハビエルのウイスキーも手伝って、僕はそのとき初めて、湧き上がる欲望を隠さなかった。踊りながら、彼女のうなじにゆっくりと唇を這わせ、口に舌を入れて唾液を吸い、力を込めて身体を抱き寄せ、胸や下腹や、腿の感触を味わい、席に戻ってからも、闇に乗じて脚や胸を撫で回した。そうやって二人がうっとり幸せに浸っていると、従妹のナンシーがボレロとボレロの合間にやって来て、血も凍るようなことを言った。

「たいへんよ、あそこにいる人を見て、ホルヘ叔父さんだわ」

僕たちはその危険を頭に入れておくべきだったのだ。ホルヘ叔父さんは叔父の中で最も年下で、あらゆる事業を手掛け、大胆な経営を行い、波瀾万丈の人生を送る一方で、スカートとパーティーとグラスをともなう濃密な夜の生活を積極的に楽しんでいた。彼は〈大使館〉という名のナイトクラブを舞台に悲喜劇的な早とちりをしたことがあり、それが噂になっていた。ショーが始まって間もなく、ショーガールが客席にいた酔っ払いの下品な野次に邪魔されて、歌を歌えなくなってしまった。するとホルヘ叔父さんはナイトクラブを埋め尽した客の前ですっくと立ち上がり、ドン・キホーテよろしく、「静かにしたらどうだ、馬鹿者、貴様にレディの敬い方を教えてやる」と叫んでファイティングポーズをとると、酔っ払いの前に進み出た。ところが、たちまち自分が笑い者になっていることを知った。というのも、歌の邪魔をしたのは店のさくらで、それ自体がショーの一部だったからである。その彼が、確かに、僕たちの席からテーブル二つしか離れていないところにめかし込んで座っていた。煙草を吸う人間が擦るマッチの炎や、ボーイの持っている懐中電灯に照らされて、彼の顔がかすかに浮び上がっていた。隣りには妻のガビイ叔母さんがいるのが分かった。僕たちから二メートルと離れていないにもかかわらず、二人ともこちらを見ないようにしていた。もはや疑う余地はなかった。彼らは僕とフリア叔母さんがキスしているのを見てすべてを悟り、あえて知らんぷりをしているのだ。ハビエルが会計を済ませるが早いか僕たちは〈ネグロ＝ネグロ〉をあとにしたが、ホルヘ叔父さん夫婦は彼らの脇をかすめるように通り過ぎたときですら、こちらを見ようとはしなかった。ミラフローレスへ向かうタクシーの中で――四人とも押し黙り、浮かぬ顔をしていた――ちびのナンシーが、みんなが考えていたことをずばりと言った。「これで苦労も水の泡ね、大騒ぎになるわよ」

ところが、できのよいサスペンス映画のように、日々は何事もなく過ぎていった。一族がホルヘ叔父さんとガビイ叔母さんから警告を受けた形跡は微塵も感じられなかった。ルーチョ叔父さんもオルガ叔母さんも、フリア叔母さんに対して、彼らが何か知っていると思わせるようなことは一言も口にしなかったし、その週の木曜日、僕が勇気を奮い、お昼を食べるために彼らの家に顔を出したときも、二人はいつものとおりごく自然にもてなしてくれたのだ。従妹のナンシーさえ、ラウラ叔母さんとファン叔父さんの裏のある質問を受けずに済んでいた。僕の家では祖父母がまるで別世界の住人みたいに、「映画に目がない」フリアが映画に行くのに相変らずつきあわされているのかと、無邪気そのものの調子で尋ねるほどだった。落ち着かない日々が続いた。念には念を入れ、フリア叔母さんと僕は少なくとも一週間、隠れて会うのもやめることにした。ただし、かわりに電話でやりとりしていた。フリア叔母さんが少なくとも日に三回は角の雑貨屋から僕に電話をよこす。そして、一族の恐るべき反応について互いの意見を述べ合い、ありとあらゆる仮説を立ててみるのだ。ホルヘ叔父さんが秘密を守ろうと決心したなどということがありえるだろうか。一族の習慣から言ってそんなことは考えられないことが僕には分かっていた。だとすると……。ハビエルはこんな説を主張した。つまり、ガビイ叔母さんとホルヘ叔父さんは、あの晩ウイスキーの飲み過ぎで事態がつかめなくなり、記憶の中にはかすかに疑いが残っていたものの完全には証明できないので、事を荒立てずにおくことにしたというのだ。少しばかりの好奇心にちょっぴり自虐的な気分も加わって、その週は親族の家を訪ね歩き、身の振り方を考えた。特に変ったところはなかったけれど、奇妙にも避けられていることがひとつあるのに気づき、そのとたん頭の中に疑いが広がった。僕をお茶と菓子の時間に招いてくれたオルテンシア叔母さんが、二時間話をする間、一度もフリア叔母さんの名前を出さなかったのだ。「みんなすべて承知の上で何かたくらんでいるんだ」僕はハビエルに向かってそう言い切った。すると同じ話題ばかりなのにうんざりした彼はこう応えた。「お前は小説のネタを仕込むために、本当はスキャンダルになってほしいんだろう」

その週はやたら事件が多かった。僕は思いも寄らず、路上のいざこざの当事者になると同時にペドロ・カマーチョのボディーガードを務めることになったのだ。訴訟法の試験の結果をチェックしたあと、その科目に強い友人ベランドよりいい点数をとってしまったことに良心の呵責を感じながらサン・マルコス大学を出て、大学公園を横切ろうとすると、同族会社であるラジオ・パナメリカーナとラジオ・セントラルの族長、大ヘナロに出くわした。僕たちは話をしながらベレン街まで一緒に行った。常に暗色系の服を着込んで、しかつめらしい顔をした彼のことを、ボリビア人の物書き先生はときおり「奴隷商人」と呼んでいたが、確かになるほどと思わせるところがあった。

「君の友人の天才先生なんだが、あれに悩まされっ放しなんだ」と彼は言った。「奴にはもううんざりだよ。あんなに仕事をしていなけりゃ、とうの昔に放り出しているところだ」

「またアルゼンチン大使館からの抗議ですか」と僕は訊いてみた。

「何やら面倒なことをたくらんでいるらしい」と彼は嘆いた。「人をからかい始めたんだ。一つの物語の人物をほかの物語に登場させるわ、名前を入れ替えるわで、聴取者を混乱させている。家内から聞いてはいたものの、ついに電話がかかってくるし、手紙も二通来た。メンドシータの司祭がエホバの証人の名を名乗り、あべこべにそいつは司祭の名前になっているんだそうだ。こっちは忙しくてラジオ劇場を聴く暇がない。君はたまには聴くのかね」

僕たちはコルメナ街をサン・マルティン広場の方向に歩いていた。地方行きのバスと中国人の経営する安っぽい喫茶店が並ぶ間を進むうちに、僕は、その数日前にフリア叔母さんからペドロ・カマーチョの話を聞かされて大笑いしたこと、そして隠してはいるけれど彼が実はユーモアの持ち主なのではないかという疑いが確信に変ったことを思い出した。

「それがすごく変なのよ。若い妻が身籠って、子供を産むんだけれど、出産のときに赤ちゃんは死産で、子供は正式に埋葬されるの。なのに今日の午後の放送じゃ、大聖堂でその赤ん坊の洗礼式をやってるんだから。一体どうなってるのかしら」

僕は大ヘナロに、こちらも放送を聴いている暇がないと答えてから、そんな風に入れ替わったり混線したりするのは、たぶん物語を語るために必要な独創的方法なのだろうと言ってやった。

「こっちは奴の独創性に金を払ってるわけじゃない。肝腎なのは人を楽しませることだ」そう言ったときの大ヘナロは、どう見ても革新的プロモーターなどではなく、伝統主義者そのものだった。「こんな茶番を続けてたら聴取率が下がって、スポンサーが降りてしまう。友人の君から、あの今風の悪趣味をやめないと働き口がなくなると言ってやってくれ」

僕はパトロンである自分の口から言ってはどうかと勧めてみた。そのほうが脅しの効果は大きいはずだ。しかし大ヘナロは、息子にも受け継がれている仕草だが、悲しげに首を振って言った。

「私に口を出させないんだ。番組のヒットにのぼせあがっていて、話をしようとしても人を小馬鹿にする始末だ」

すでに彼はカマーチョのところへ行き、努めて慇懃な調子で、電話が何本もかかってきたことを告げ、抗議の手紙を見せたのだった。するとペドロ・カマーチョは一言も応えずに手紙を引ったくり、中も改めずに細かくちぎるとくず籠に捨ててしまった。そして目の前に誰もいないかのごとくタイプを打ち始めた。卒倒寸前になった大へナロが敵の洞穴から退散しようとしたとき、カマーチョがこうつぶやくのが聞こえた。「自分の頭の蠅を追うべし」

「あんな無礼な真似は二度とされたくない。クビにすべきなのかもしれないが、それも現実的とは思えない」彼は困り果てた顔で言った。「だが君なら失うものがない。奴も君を罵ったりはしないだろう。君は芸術家の端くれだからな。頼む、会社のために手を貸してほしいんだ。奴に言ってやってくれ」

僕はやってみますと約束し、実際にお昼の〈エル・パナメリカーノ〉を終えてからペドロ・カマーチョを例のハーブティーに誘ったままではよかったが、それが不幸の始まりだった。彼とラジオ・セントラルを出かかったところで、二人の巨漢が僕たちの行く手を遮った。僕はすぐにそれが誰か分かった。二人は局と同じ通り、ベレン修道女学院の真向かいにある〈パリジャーダ・アルヘンティーナ〉というシュラスコ屋をやっている髭の兄弟で、彼ら自ら白い前掛けに丈のあるコック帽という格好で血のしたたる肉や臓物を焼いていた。彼らは今にも殴りかかりそうな勢いでボリビア人の物書き先生を挟み撃ちにすると、太った兄の方が怒鳴った。

「俺たちが子供殺しだって言うのか、この糞ったれカマーチョ。この国にはあんたに礼儀を教えてやる人間がいないとでも思ってたのか、この浮浪者めが」

そう言っているうちに彼は興奮し、顔を紅潮させ、早口になった。兄のシュラスコ屋が憤りのあまり息を継ぐと、それまで相槌を打っていた弟が、しゃしゃり出た。

「それにシラミのことだ。ブエノスアイレスの女たちの好物が、ガキの頭から取ったシラミだと？　この大馬鹿野郎、自分のお袋をこけにされて、黙っていられるものか」

だがボリビア人の物書き先生は、一ミリたりとも後退りしなかった。彼は医者のような顔付きをして、兄弟がまくし立てることにじっと耳を傾け、飛び出た目で二人を代わる代わる見つめた。そして突然、彼一流の式部官めいたお辞儀をすると、ひどく重々しい調子で、優雅なことこの上ない問いを発した。

「ことによると、そちらのお二人はアルゼンチンの方ではありませんか」

太った方のシュラスコ屋は口髭に泡を飛ばしながら——彼の顔はペドロ・カマーチョの二十センチは上にあったので、かなり屈み込む必要があった——愛国心たっぷりに吼えた。

「そうとも、お陰さまでアルゼンチン人だ、それがどうした」

その答え——彼らが話すのを一言でも聞けば、ただちにアルゼンチン人であることが分かるのだからそれこそ無意味だった——を聞いたとたん、ボリビア人の物書き先生は、体の中で何かが爆発したかのように見る見るうちに青ざめ、目には炎が燃え盛った。そして威嚇するような表情で人差し指を振りかざすと、彼らに向かって叱りつけるように言った。

「臭いと思っていた。よろしい、さっさとここから消えうせて、タンゴでも歌うがいい」

そう命じた声の調子は真剣そのもので、ユーモアなど少しも感じられなかった。二人のシュラスコ屋は、一瞬言葉を失って立ち尽した。物書き先生が冗談を言ったのではないことは明らかだった。彼は肉体的にはまるで無防備だったにもかかわらず小さな体を強ばらせ、軽蔑のまなざしで二人を威嚇するようににらみつけていた。

「今なんて言った」相手の言葉に当惑しながら怒りをつのらせた太った方のシュラスコ屋がついに口を開いた。「なんて言ったんだ」

「タンゴでも歌っていたまえ、ついでに耳掃除もするといい」ペドロ・カマーチョは命令の内容を増やしそれを完璧に発音した。そしてわずかに間を置いてから、鳥肌が立つほど落ち着き払ったまま向こう見ずで気取った科白を吐き、僕たちの立場を不利にしたのだ。「痛い目に遭いたくなければの話だがね」

今度は、僕の方がシュラスコ屋兄弟よりも驚いてしまった。体格ときたら小学校四年生程度の小男が、百キロはありそうな二人のサムソンに鉄拳を見舞うことを約束するなどというのは、自殺行為を通り越し、狂気の沙汰としか言いようがなかった。ところが太った方のシュラスコ屋はただちにその言葉に反応し、物書き先生の胸ぐらを摑むと、周りにたかった野次馬たちから笑いが起きるなか、彼を羽のように軽々と持ち上げ、吼え立てた。

「この俺を痛い目に遭わせるだと？　それはこっちの科白だ、このちんちくりん」

　兄のシュラスコ屋がペドロ・カマーチョを右のパンチで今にも吹っ飛ばしそうなのを見て、こちらも割って入らざるをえなくなった。紫色の顔をして宙に浮いたまま蜘蛛みたいに足をばたつかせているマルチ作家を救おうと、その男の腕にしがみつき、「ちょっと、それはやりすぎだよ、彼を放すんだ」とかなんとか言った。そのとたん、弟のシュラスコ屋にいきなり拳固を食らい、地べたにへたりこんでしまった。僕はぼうっとなりながらもなんとか立ち上がろうとした。祖父の哲学を実践に移すつもりだったのだ。古い人間だった祖父は騎士道精神の持ち主で、アレキーパ生まれの名にふさわしい男なら、売られた喧嘩（それが顎への一撃というあからさまな挑発ならなおのこと）は買わなければならないということを、僕は叩き込まれていたのだ。立ち上がりかけた僕の目に、兄のシュラスコ屋がかの芸術家に平手打ち（リリパットの住人を思わせる仇敵の暴言に対して、彼は慈悲深くも、拳骨より平手打ちを選んでいた）をまさに雨あられと浴びせているのが映った。反撃を開始し、弟のシュラスコ屋と突き飛ばしたり殴り合ったりしているうちに（「芸術の擁護のために」と思っていた）視界が狭まってきた。それほど長く殴り合っていたわけではないのに、ラジオ・セントラルの連中がようやく僕たちを屈強な男たちの手から救い出してくれたときには、僕はこぶだらけ、物書き先生の方は顔がすっかり腫れ上がり、大へナロが診療所に連れていかなくてはならないほどだった。午後になるとジュニアが、身の危険を冒してまで局の看板スターを守ろうとしたことに礼を言うかわりに、僕を咎めた。パスクアルがどさくさまぎれにニュースを二回続けて流したことがその理由だった。そのニュースは次のような文句（いくらか誇張されていた）で始まった。「本日、著名なジャーナリストでもある当ラジオ局の報道部長が、アルゼンチン人の暴漢グループに襲撃されました」

その日の夕方、ラジオ・パナメリカーナの僕のオフィスにハビエルが顔を出し、僕たちが大立ち回りを演じた話を聞いて笑い転げ、僕がペドロ・カマーチョの具合を聞きに行くのについてきた。物書き先生は右目を眼帯で覆われ、首と鼻の下には傷を手当てした痕があった。お加減はいかがですか？　すると彼の顔に軽蔑の色が浮かんだが、事件のことなどどこ吹く風で、彼に加勢しようと僕が争いに飛び込んだことに対し一言の礼もなかった。彼はただこう言っただけだった。

「仲裁が入ったおかげであの連中は九死に一生を得た。もう二、三分続いていたら、人々に私が誰だかが分かり、かわいそうだが二人は吊るし上げられていただろう」。この寸評はハビエルに大受けだった。

僕たちは一緒に〈ブランサ〉に行った。するとペドロ・カマーチョは、ボリビアでも一度、彼の放送を聴いた「例の国」のサッカー選手がピストルを隠し持ってラジオ局に現れたのだが、幸いピストルは守衛に見つかったという話をしてくれた。

「これからは気をつけないといけませんよ」とハビエルが注意を促した。「近ごろリマはアルゼンチン人がうようよしていますからね」

「結局のところ君たちも私も、早晩蛆虫の餌になるのだ」とペドロ・カマーチョは悟り切った人間みたいなことを言った。

そして、どうやら彼が信じて疑わないらしい魂の転生について僕たちを相手に蘊蓄を傾けた。彼が打ち明けたところによると、もし選ぶことができるなら、長命で穏やかな海の生物、たとえばカメやクジラに生まれ変りたいとのことだった。彼の機嫌がいいのを利用して、僕はしばらく前から引き受けていた、ヘナロ親子と彼との橋渡し役という名誉職を機能させようと、大ヘナロからのメッセージを伝えた。抗議の電話や手紙が寄せられていること、ラジオ劇場のストーリーが理解できないと言っている人々がいること。父親は、プロットを混乱させないこと、平均的聴取者のレベルはどちらかと言えば低いという事実を考慮することを彼に望んでいた。僕は表現をやわらげ、彼の側に立って（実際そのとき僕は彼のそばにいた）話した。もちろんそんな頼みは馬鹿げているし、人は自分が好きなとおり自由に書くべきです。僕はただ頼まれたことを伝えているだけなんです。

彼が顔色ひとつ変えず黙って聞いていたので、僕はなんとも気まずい思いをした。僕の話が終っても、彼は一言も口をきかなかった。そしてハーブティーの残りの一口を飲み終えると立ち上がり、仕事場に戻らなくてはと呟いただけで、別れも告げずに出て行ってしまった。僕が関係者以外の人間のいる前で抗議の電話の話をしたので、気を悪くしたのだろうか。ハビエルはきっとそうだと言って、僕に謝りに行くことを勧めた。僕はヘナロ親子の仲介役など二度とするものかと心に誓った。

その週、フリア叔母さんとは一度も会わず、それと引き換えに、人目を忍ぶ恋が始まってからというものすっかり疎遠になっていたミラフローレスの友人たちと、夜の街に何度か繰り出すことになった。いずれも同じ学校の出身者か近所の仲間で、黒ん坊（エル・ネグロ）サラスのように今は工学を学んでいる者もいれば赤ら顔（エル・コロラオ）モルフィノのような医学生、あるいはココ・ラニャスのようにもう働いている連中もいた。幼なじみの彼らとは、素敵なことをあれこれ共にしたものだった。ピンボールをしたり、サラサール公園で遊んだり、エル・テラサスやミラフローレスの海岸で泳いだり波乗りをしたり、土曜日にはパーティーに行き、恋人のことを話し、映画に行くという具合だった。けれど何ヶ月も会わずにいた後で彼らと出掛けて気づいたのは、僕たちの友情から何かが欠けてしまったことだった。僕たちは以前ほど多くのものを共有してはいなかった。その週の夜には、昔みんなでよくやった悪さを試みた。つまり、小さく古いスルコ墓地に行き、月明かりを頼りに地震で倒れた墓石の間を練り歩いて髑髏（どくろ）を盗もうとしたり、アンコン地区にほど近い保養地サンタ・ロサにあった建築中の巨大なプールで素っ裸で泳いだり、グラウ大通りの陰気くさい売春宿を巡ったりしたのだ。みんなはちっとも変らず、以前と同じ冗談を言い、同じ女の子の話をしたけれど、僕は自分にとって大切だったもの、文学とフリア叔母さんのことを彼らに話せなかった。もし、あのとき僕が、今短篇小説を書いていて、夢は小説家になることだなどと言ったとしたら、彼らもちびのナンシー同様、こいつは頭のネジが一本緩んでいると思ったに違いない。もし連中に――彼らが僕にものにした女の子の話をしてくれたように――僕が離婚した女性と付き合っていて、彼女が遊び相手ではなくれっきとした恋人（それこそミラフローレス的な意味で）だと打ち明けたとしたら、きっと彼らは僕のことを、そのころ流行った洒落た隠語を用いるなら、「すこぶるつきの能天気」だと思っただろう。文学作品を読まないからといって彼らを軽蔑する気など毛頭なかったし、自分が大人の女性と恋愛関係にあるからといって優越感をもっていたわけでもない。だが実を言うと、みんなでスルコ墓地のユーカリの木とコショウボクの陰にある墓を暴いたり、サンタ・ロサの星を眺めながらプールで水遊びをしたり、ビールを飲みながらナネット街の売春婦たちと値段の交渉をしているうちに、僕はすっかり退屈し、彼らが僕に話すことは上の空で聞き流し、「危険な遊び」（その週のエル・コメルシオ紙にも載らなかった）のことや、フリア叔母さんのことばかり考えていた。

久しぶりに会った近所の仲間たちに失望したことをハビエルに話すと、彼は僕の肩をもってこう答えた。

「つまり連中はまだくちばしが黄色いってことだろう。お前も俺も、もう一人前の男だからな、バルギータス」

12

この都市の埃っぽい旧市街の一画、イカ通りの中ほどに、バルコニーと斜め格子の窓を備えた古い屋敷がある。その塀は、時の流れと心ない通行人によって汚されてはいたが（矢に射抜かれたハートを描き、女性の名を彫りつけるセンチメンタルな手、性器や卑猥な言葉を刻む不埒な指）、元の藍色をかすかに止めている。それは植民地時代に貴族の屋敷の塗装に使われた色である。その建物は、当時の侯爵家の住居？　今では継ぎはぎだらけのみすぼらしい代物になり果て、地震はもちろんのこと、リマのそよ風やそぼ降る霧雨に持ちこたえていることすら奇跡に等しいという有様だ。隅から隅まで虫に喰われ、ハツカネズミやトガリネズミが棲み着くこの家は、間借り人の数をさらに増やすために〈必要が蜂の巣に変えたパティオと部屋〉、繰り返し小さく仕切られていた。いかにも頼りない仕切り壁と今にも崩れ落ちそうな天井に囲まれて（というより天井の下敷になりかけて)、つましい境遇の人々がひしめき合って暮らしている。その二階を、古びた家具とがらくたの詰まった瀟洒(しょうしゃ)とは言えないまでも道徳的には非の打ちどころのない部屋六つが占めている。それがペンシオン・コロニアルだった。

管理人でもある大家は三人家族のベルグア一家で、三十年以上も前に、数え切れぬほど教会があり石畳の敷き詰められた山間(やまあい)の都市アヤクーチョからリマにやってきたのだが〈ああ、運命の悪戯〉、この幽霊屋敷で肉体的にも経済的にも社会的にも、さらには精神的にもひたすら衰えるばかりだった。彼らがこの諸王の都市(シウダー・デ・ロス・レイエス)リマで魂を召され、魚、あるいは鳥か昆虫に生まれ変るであろうことは疑うべくもなかった。

今や無残に荒れ果てたペンシオン・コロニアルを利用する人々は貧しく、部屋代にも事欠く有様で、大司教の署名が必要な手続きのために首都へやってくる田舎司祭などは最上の部類に属し、最悪の客はビクーニャそっくりの目に赤紫の頬をして、小銭をピンクのハンカチに包み、ケチュア語でロザリオの祈りを唱える百姓女たちだった。当然のことながらメイドのいないこの安下宿では、ベッドメイクから掃除、買い物、賄(まかな)いにいたるまで、すべて女将のマルガリータ・ベルグアか娘のロサ——その馨(かぐわ)しい名にふさわしい四十歳の生娘——が受け持っていた。マルガリータすなわち小さなマルガーラは(その縮小辞付きの名前にふさわしく)背が低く、痩せ細り、干しブドウより皺が多い、下宿に猫はいないのになぜか猫の臭いがする女性だった。明け方から日が暮れるまで休みなく働き、家の中そして日々の暮しの中で目まぐるしく動き回るその姿は、一見の価値があった。というのも、片方の足が二十センチ短いために、靴磨きの足乗せ台によく似た木の底がついた竹馬式の靴を履いていて、板張りの床の上で足を引きずるたびに家中が揺れたからだ。その靴は、はるか昔、アヤクーチョの祭壇の装飾を手掛ける腕利きの職人に作らせたものだった。彼女は常に倹約家だった。しかし、その美徳も年とともに病的執着心に変り、いまでは吝嗇家(りんしょくか)という辛辣な称号こそが似つかわしいことに疑いの余地はなかった。たとえば下宿人には毎月第一金曜日にしか入浴を許さず、一日に一度（彼女の場合は就寝前）しかトイレの水を流さないというアルゼンチン的習慣——かの兄弟国の家庭ではごく一般的なそれ——を強要していたために、ペンシオン・コロニアルのどこであろうとその濃厚で生暖かい臭気が絶えず漂い、下宿人はとりわけはじめのうちは気持ちが悪くなる（彼女は〈何を言われても答えをひねり出す女性ならではの想像力〉、そのお陰でよく眠れるはずだと主張していた）のだった。

　娘のロサは芸術家の魂と指の持ち主である（あの晩起こった悲劇によって一変してしまったことを考えれば、むしろ持ち主だったと言うべきか）。アヤクーチョで生れ育った彼女は、一家の羽振りがよかった（石造りの家が三棟と羊のいる土地を持っていた）幼少期からピアノを習い始めた。するとぐんぐん腕を上げ、市の劇場で、市長や県知事も顔を見せるほどのリサイタルを開くまでになり、客の喝采を聞いた両親は感涙にむせんだ。インカの姫君(ニュスタ)の踊りも披露されたこの栄えある夜会での成功に気をよくしたベルグア夫妻は、全財産を売り払い、娘を演奏家にしようとリマに引っ越すことを決意した。

それゆえこの古い屋敷を買い求め（その後細かく切り売りし、賃貸するようになるのだが）、それゆえピアノを買い、それゆえ才能に恵まれた娘を国立音楽学校へと入学させたのだった。ところが、好色な大都会はたちまちにして田舎者の夢を打ち砕いた。ベルグア一家はすぐさま、疑ってもみなかった事実に直面することになった。リマは何百万という罪深き男たちの巣窟で、ただ一人の例外もなく、誰もがこの霊感を受けたアヤクーチョ娘を餌食にしたがっていた。それは少なくとも、つやのある髪を三つ編みにした少女が〈恐怖に大きく見開かれ涙で潤んだ瞳〉、朝も昼も夜も語った話だった。ソルフェージュの教師は息を荒くして彼女に飛びかかり、シーツならぬ楽譜の上で罪を犯そうとし、音楽学校の守衛は「俺の女にならないか」といやらしくもちかけ、男の同級生二人は彼女をトイレに誘い込んでおしっこをしているところを見せろと言い、街角の警官に住所を訊けば、誰かと間違えて乳を搾りたがり、バスの車掌は乗車賃を取るときに胸をつまみ……。大理石のように固い山国の掟通りやがて主人となる結婚相手にのみ捧げられるべき若きピアニストの処女膜を守ろうと決意したベルグア夫妻は、音楽学校に退学届を出して家庭教師を務めてくれる若い女性を雇い、ロサに修道尼のような格好をさせ、自分たち二人と一緒のとき以外は外出するのを禁じた。それから二十五年が過ぎ、実際に、彼女の処女膜は完全な形であるべきところにあった。だがこの年になると、それももはやありがた味が薄かった。その魅力をのぞけば——しかも今の若者たちにとって処女膜などそれこそ軽蔑の対象でしかなかった——元ピアニスト（あの悲劇以来個人レッスンをやめ、医者代のためにピアノも売り払ってしまっていた）が差し出すことのできるものなど何もなかったからだ。背中が曲がり、動きが鈍り、背丈も縮んでしまった今、いつも着ている性欲撃退チュニックと、髪と額を覆う頭巾に埋まった彼女の姿は、女性というよりは歩く袋を思わせた。それでも彼女は、男たちが自分に触り、いやらしい目的のために脅し、犯そうとすると相変らず言い張り、ここまでくると、彼女の両親でさえ、果して娘の言うことが事実だったためしがあるのかと疑う始末だった。

しかし、真に感動的でペンシオン・コロニアルの守護神でもある人物、それは、広い額、鷲鼻、鋭い眼差し、実直にして善良な心を備えた老紳士、セバスティアン・ベルグアその人だった。彼は言うなれば古風な男だったが、ピサロとともにペルーへとやって来た遠い先祖、クエンカ高地生まれのスペイン人征服者ベルグア兄弟から受け継いだのは、恥ずべき鉄環（ガローテ）の拷問具を使って何百というインカ族の人々を（一人ずつ）絞め殺したり、それに匹敵する数のクスコの巫女を妊娠させたりする過剰な暴力性よりも、むしろ純粋なカトリック精神であり、由緒ある家柄の紳士は汗水垂らすことなく、地代と略奪によって生きていけるという、古色蒼然とした確信だった。子供の頃から毎日ミサに通い、毎週金曜日には、彼がかたくななまでに崇めている〈贖いの主（セニョール・デ・リンピアス）〉に対し忠実であることの証として聖体を拝領し、少なくともひと月に三日は自らを鞭で打ったり、苦行衣を纏ったりした。彼は〈ブエノスアイレスの人間の卑しい務め〉、労働を毛嫌いしていたので、自らの生活を支えていた地代を集めようとしなかったし、リマに居を定めてからも、自分が投資した公債の利子を受け取るためにわざわざ銀行へ足を運ぶこともしなかった。その手のこなさなければならない仕事は〈女が得意とする実務〉、常に働き者のマルガリータが受け持ち、ロサが大人になってからは妻と元ピアニストの娘に委ねられてきた。

ベルグア家の没落に拍車をかけた問題の悲劇が起きる前まで〈その姓すら後世に残らないであろう呪われた一家〉、ドン・セバスティアンの首都での生活は、几帳面なキリスト教徒の紳士のそれだった。朝起きるのは遅かったが、それも決してだらしがないからではなく、下宿人と一緒に朝食を取らないようにするため――貧しい人間を見下してはいなかったものの、社会的、とりわけ人種的な距離を保つことは必要だと考えていた――であり、つましい朝食を取るとミサへ出掛けるのが日課だった。好奇心の強い彼は、歴史に対する関心から、常に異なる教会――聖アグスティン、聖ペテロ、聖フランシスコ、聖ドミニコ教会――を訪れては、神への務めを果すと同時に、植民地時代の信仰心が生み出した芸術の傑作を鑑賞して感性を満足させていた。また、過去そのものである石造りの建物は、彼の心を、できることならそのころ生まれ、恐れを知らぬ隊長か信心深き偶像破壊者になりたかった征服と植民の時代――灰色の現在に比べ、なんと色鮮やかなことか――へと誘った。ドン・セバスティアンは輝ける過去への思いに耽りながら人でごった返す繁華街を抜け――ぴしっとした黒のスーツにカフスとカラーが取りはずせる糊の利いたシャツ、世紀末風のエナメル革の靴という格好で、背筋をのばし、用心深く歩いた——ペンシオン・コロニアルに戻ると、斜め格子のバルコニー——植民地時代の伝説の女優ペリチョリに対する思慕の念と切り離せない——の前に置かれたロッキングチェアに身を沈め、世の中の動きを知るために新聞を広告まで小声で読み上げ、そうして午前中の残りの時間を過ごすのだった。昼食を終えると——不本意ながらテーブルを下宿人と共にせざるを得なかったが、彼らを粗末に扱ったりはしなかった——一族の習慣に従って、すぐれてスペイン的といえる昼寝(シエスタ)の儀式を執り行った。その後で再び黒いスーツと糊の利いたシャツを着て灰色の帽子を被ると、カイリョマ通りまでぶらぶら歩き、〈タンボ＝アヤクーチョ・クラブ〉に顔を出した。彼は同郷人たちとドミノやポーカー、オンバーなどのカードゲームに興じ、政治談義に花を咲かせ、ときには——彼も人の子——未婚の女性には向かない話題を肴(さかな)にして、日が暮れなずむのを眺めた。それからまたゆっくりとペンシオン・コロニアルに戻り、自分の部屋にこもって独りでスープと煮込み料理を食べ、ラジオ番組か何かを聴いてから、自らの良心そして神とともに安らかに眠るのだった。

だがそれももはや昔のこと。ドン・セバスティアンは今では外出することもなく、着たきり雀となり——昼も夜もレンガ色のパジャマに青いガウンを着て、毛糸の靴下にアルパカのスリッパを履いていた——例の悲劇に見舞われて以来一言も口をきいたことがない。もはやミサに行くこともなく、新聞さえ読まない。下宿の老人たち（世の中の男はすべて好色であることに気づいてからというもの、ペンシオン・コロニアルの主人夫婦は、女か、男なら病気や年のせいで見るからに性欲のなさそうな影の薄い年寄り以外、下宿人として受け入れなかった）は、調子が良いときの彼が、髭も剃らずふけだらけの髪を乱したままあらぬ方（かた）を見つめ、古びた薄暗い下宿を幽霊のようにふらふら歩き回る姿や、ロッキングチェアをゆっくりと揺すりながら何も言わずにぼんやりとしているのを見ることがある。もう下宿人と朝食や昼食を共にすることはない。というのもドン・セバスティアンはフォークやスプーンを口に運ぶことができず、妻や娘に食べさせてもらっているからだ。調子が悪くなると〈救貧院の中ですら物笑いの種になることを嫌う上流階級の人間〉、下宿人が彼を目にすることはなくなる。気高い老紳士はベッドに残され、部屋には鍵が掛けられる。しかし声は聞こえる。ガラス戸を震わせる彼の呻き声や悲鳴、唸り声や叫びが聞こえるのだ。ペンシオン・コロニアルに入りたての者たちは、かの征服者の末裔が発作を起こして唸っているというのに、マルガリータとロサが何事もないかのように掃除や片付け、料理や給仕やおしゃべりを続けるのに驚かされる。彼女たちは、夫あるいは父親が苦しんでいるのに涼しい顔でいられる、残酷な、冷たい心の持ち主だと思われる。閉ざされた扉を指さして、「ドン・セバスティアンは具合が悪いのですか」と敢えて訊くぶしつけな輩（やから）に対し、マルガリータは、「たいしたことないの、嫌なことを思い出しているだけ、じきによくなるわ」と渋々答える。そして実際二、三日で具合はよくなり、げっそり痩せた蒼白いドン・セバスティアンが、ペンシオン・

バイエルの蜘蛛の巣だらけの廊下や部屋に、恐怖に歪んだ顔で現れるのだ。

それはいかなる悲劇だったのか？　いつ、どこで、どのように起きたのか？

すべては二十年前、ペンシオン・コロニアルに奇跡の主修道会の僧服をまとい、悲しげな目をした青年がやって来た日に始まった。アレキーパ生まれのセールスマン、慢性の便秘に悩み、預言者の名前と魚の姓――エセキエル・デルフィン（イルカ）――を持つ彼が、その若さにもかかわらず下宿人として入居を許された理由は、その俗人離れした体つき（極端に痩せた体、ひどく蒼い顔、華奢な骨格）と、傍目にも分かる信心深さ――暗紫色のネクタイ、ハンカチ、そして腕章に加えて、鞄には聖書が、胸元からは肩衣（スカプラリオ）がのぞいていた――が娘の純潔を汚すような真似は一切しないことを保証しているように見えたからだった。

事実、はじめのうち、若きエセキエル・デルフィンはベルグア一家をひたすら満足させた。欲がなく礼儀正しく、部屋代を毎月決められた日に納め、ときにはマルガリータ夫人にスミレを、ドン・セバスティアンにはボタン穴に挿すカーネーションを持ってくることがあり、ロサの誕生日には楽譜やメトロノームをプレゼントするなど、心優しいところも見せた。はにかみ屋で、話し掛けられないかぎり口を開くことはなく、口を開いたとしても常に小さな声で、目を伏せ決して相手の目を見ずに話し、物腰も語彙も洗練されていたのを、ベルグア一家の面々はいたく気に入り、たちまちこの下宿人に愛情を抱くようになった。そして彼らは〈人生の中でどうせだめなら少しでもましな方を選ぶという哲学を身につけた一家〉、おそらく心の底でいずれ彼を娘婿として迎えるという計画を抱き始めたのだろう。

とりわけドン・セバスティアンは彼をいたくかわいがった。ことによると、この繊細なセールスマンに、足の悪い働き者の妻が産んでくれなかった息子の姿を見ていたのではなかろうか。十二月のある日の午後、エセキエル・デルフィンを連れてリマのサンタ・ロサ礼拝堂まで歩き、彼が金色の硬貨を井戸に投げ込んで神の密かな恩寵を求めるのを眺めたかと思えば、焼けつく夏の日曜日には、サン・マルティン広場のアーケードでオレンジシャーベットをおごってやったりしたものだった。ドン・セバスティアンには若者の無口で物憂げなところが優雅に見えた。謎の病に心か身体を蝕まれているのだろうか、それとも癒えることのない愛の傷を負っているのか？　エセキエル・デルフィンは墓石のように無口だった。ベルグア一家はかつて、しかるべき用心を払いつつ、彼の涙を拭うハンカチ役を務めてやるつもりで、その若さでなぜいつも独りなのか、なぜパーティーや映画に行かないのか、なぜ笑わないのか、なぜ虚ろな目で空を見つめたまま溜め息ばかりつくのかと尋ねてみたことがあった。すると決まって顔を赤らめるだけで、口ごもりながら許しを請うとトイレに駆け込み、便秘を口実に閉じこもり、ときには何時間も出てこなかった。商用であちらこちらを飛び回る彼はまさに謎の人物――ベルグア家の三人は彼がどんな会社に勤め、何を売っているのかさえ知らなかった――で、仕事がなくリマにいるときは、聖書を読んでいたのか、それとも瞑想にふけっていたのか、部屋に籠ったままだった。ドニャ・マルガリータとドン・セバスティアンが、娘との仲を取り持ちたい気持ち半分同情半分で、「気晴しに」ロサのピアノの稽古を見ていくよう勧めると、彼は素直に従った。そして部屋の隅で身じろぎひとつせずじっと聴き入り、最後には品よく拍手をするのだった。彼はドン・セバスティアンが通う朝のミサにしばしば同行し、その年の聖週間にはベルグア一家と共に聖木曜日の参詣にも出掛けた。そのころには彼はすでに家族の一員同然となっていた。

だからこそ、北部への出張から帰ってきたばかりのエセキエルが、昼食の最中に突然泣き出し、自分の皿に盛られたばかりの少量のレンズ豆をテーブルにぶちまけて他の下宿人たち——アンカシュ生まれの治安裁判所判事、カハタンボの主任司祭、そして看護学校に通う二人のウアヌコ娘——をたまげさせたあの日、ベルグア一家は大いに気をもんだ。三人で彼を部屋にかつぎ込むと、ドン・セバスティアンがハンカチを差し出し、マルガリータがミントとレモン・バーベナのハーブティーを淹れ、ロサが毛布で彼の足をくるんだ。エセキエル・デルフィンは数分後に落ち着きを取り戻し、「自分のだらしなさ」を詫びると、このところ神経がひどく昂ぶり、なぜだか分からないが時と場所を選ばずしょっちゅう涙が溢れてしまうのだと説明した。そして恥ずかしさのあまり消え入りそうな声でこう打ち明けた。すなわち、夜になると恐怖に襲われ、身がすくんだまま一睡もできず、冷や汗をかき、亡霊に脅え、孤独な自分を憐れみながら朝を迎えるというのだった。彼の告白にロサは涙を浮かべ、跛の母親は十字を切った。ドン・セバスティアンは、おびえる青年が彼を信頼し心をやわらげるように、自分と同じ部屋で寝てはどうかと持ち掛けた。すると青年は、感謝のあまり彼の手にキスをした。

部屋にベッドがもうひとつ運び込まれ、マルガリータと娘が甲斐がいしく準備を整えた。当時、ドン・セバスティアンは五十過ぎの男盛りで、床に就く前に腹筋運動を五十回こなすのが日課となっていた（このトレーニングを、起きてすぐではなく寝る前にやっていたのも自分を俗人と区別するためだった）が、エセキエルを動揺させないように、その夜はそれも差し控えることにした。神経過敏な青年は愛情のこもった豚の臓物入りスープの夕食を済ませると、ドン・セバスティアンが一緒にいてくれるお陰で落ち着くことができたし、ぐっすり眠れるにちがいないと言って、早々と床に就いた。

その夜起きた出来事は、細々としたところまで、アヤクーチョ生まれの紳士の記憶に永遠に止まることになる。それは、寝ても覚めても、死ぬまで彼に付きまとい、ことによるとあの世まで彼を追っていきかねなかった。まだ宵の口だったにもかかわらず明かりを消した彼は、隣りのベッドで繊細な神経の持ち主が穏やかな寝息を立てているのを知って、「寝てしまったな」と思い、満ち足りた気持ちになった。自分にも眠気が襲ってきたのが分かり、大聖堂の鐘の音とどこかの酔っ払いの笑い声が聞こえた。そして彼は眠りに落ち、それまでに見た夢の中でも最も快い、元気の出る夢に酔い痴れた。その夢の中で彼は、尖塔がそそり立ち、盾や貴族の称号、花をあしらった紋章やアダムにまで先祖をさかのぼれる家系図が壁に掛かる城の中で、アヤクーチョの領主（他ならぬ彼だった！）が、シラミだらけのインディオの群れからおびただしい貢ぎ物と熱烈な賛辞を贈られ、貯蔵庫と虚栄心を同時に満たしていた。

十五分たっただろうか、それとも三時間だろうか、物音が聞こえたか、胸騒ぎがしたか、あるいは気持ちが挫けたかして、彼は突然目を覚ました。カーテンの隙間から漏れてくる街灯の光によってわずかに白んだ闇の中に、隣りのベッドから起き上がり音もなく戸口の方へと動く人影がかすかに見えた。彼は半ば朦朧とした意識のまま、便秘の青年がトイレに行って踏ん張ろうとしているのか、あるいは、また気分が悪くなったのかと思い、小声で尋ねた。「エセキエル、大丈夫か」。返事はなく、かわりに扉の掛け金の音（錆びついていたために軋んだ）がはっきりと聞こえた。ぎょっとした彼は、訳が分からないままベッドの中でいくらか身を起こすと、もう一度質問した。「どうかしたのか、エセキエル、手を貸そうか」。そのとき彼は青年が踵を返し〈今そこにいたかと思うともうここにいる身の軽い猫〉、すでにベッドの脇に立ち、窓から差し込む光を遮っていることに気づいた。「さあ、何とか言いなさい、エセキエル、何があった」彼はつぶやくように言うと、手探りでランプのスイッチを探した。その瞬間、ナイフが振り下ろされ、最も深くえぐられた最初の傷を作り、神経叢をバターのごとく貫いて、鎖骨に穴を穿った。彼は自分が悲鳴を上げ大声で助けを求めたと確信していたので、攻撃を防ぎ、足にまとわりついた毛布から逃れようとしながら、妻も娘も下宿人も駆けつけてこないことに驚いていた。しかし実際には、誰にも何も聞こえなかったのだ。あとになって、警察と判事がこの猟奇的事件を検証した際、たくましい彼が犯人である貧弱な体のエセキエルの手から凶器を奪えなかったことに誰もが驚いた。血塗られた暗闇で、製薬会社の宣伝部員が常識を越えた力を得たかのようだったが、すべては謎に包まれていた。ドン・セバスティアンは、頭の中で叫び声を上げ、次のナイフの動きを予測し、手でそれを遮ろうとするのがやっとだった。

彼は十四ないし十五回（医師たちの考えでは、左臀部に開いた傷口は〈ひとりの男の髪を一夜にして白髪に変え、神の存在を信じさせるほどの驚くべき偶然〉、同一個所に加えられた二つの傷らしかった）刺され、その傷は全身にむらなくちりばめられていたが、例外的に顔だけは――マルガリータが思ったように贖いの主の奇跡によるのか、それともロサが言ったように彼女と同じ名をもつサンタ・ロサの奇跡によるのか――かすり傷ひとつ負っていなかった。その後の調査によれば、凶器となった刃渡り十五センチの研ぎ澄まされたナイフはベルグア家のもので、事件の一週間前に台所から忽然と消え、アヤクーチョ男の身体に、喧嘩には目がない人間も真っ青になるほどたくさんの切り傷や刺し傷を負わせたのだった。

それでも彼が死ななかったのはなぜか。それは偶然のためであり、神の慈悲のためであり、（とりわけ）もっと大きいとも言える悲劇に立ち会うためだった。物音を聞きつけた者は一人もいなかった上に、身体に十四――十五？――の傷を負ったドン・セバスティアンは意識を失い、暗闇の中で血を流していたのであれば、衝動に駆られた青年が家を抜け出し、永久に消え失せることは可能だった。しかし、歴史に名を残す多くの人物同様、彼も奇怪な気まぐれによって身を滅ぼすことになった。相手の抵抗がやむと、エセキエル・デルフィンはナイフを捨て、服を着るかわりに全部脱いだ。そして生まれたままの姿でドアを開けると、廊下を伝ってマルガリータ・ベルグアの寝室へ入り込み、明らかに彼女を犯すつもりでいきなりベッドに飛び込んだ。なぜ彼女を？　家柄こそよかったものの、五十代で、片足が短く、背が低く、これと言って取り柄のない、とどのつまり、この世のいかなる美的尺度をもってしても否定しがたく、手の施しようがないほど醜い婦人を彼が襲おうとした理由は何か。なぜ、むしろ処女であるうえに活力にあふれ、漆黒の髪に抜けるように白い肌をした若きピアニストの禁断の実を摘もうとはしなかったのか？　なぜ、引き締まった、味のよさそうな肉体の持ち主であるウアヌコ出身の二十代の看護学生たちがいる秘密のハーレムに侵入しようとしなかったのか？　エセキエル・デルフィンの判断が正常な男性らしからぬということで、裁判所は彼が錯乱状態にあったとする弁護側の主張を認め、彼を牢に入れるかわりにラルコ・エレーラ精神病院に送った。

青年の、予期せぬ、それも淫らな訪問を受けたマルガリータ・ベルグア夫人は、何かとてつもなく深刻な事態が生じていることを悟った。彼女は現実的な女性で、自分の魅力などというものにはいささかの幻想も抱いていなかった。「私を犯そうとする男性なんて夢の中だっていませんよ。それで私には、その裸の男が狂人か犯罪者だと分かったのです」と彼女は供述した。だから猛り狂った雌ライオンのごとく抵抗し――証言の中で彼女は、情欲に駆られた男に口づけさえ許さなかったと聖母にかけて誓った――自らの名誉を汚されるのを防いだばかりか、夫の命まで救ったのだ。彼女は引っ掻き、噛み付き、肘鉄や膝蹴りを喰らわせてこの変質者を寄せつけないようにしながら、叫び声を上げ（夫と違って実際に）、娘やほかの住人たちを起こした。ロサとアンカシュ生まれの判事、カハタンボの司祭、それにウアヌコの看護学生たちは、力を合せて露出狂を押え付けると縛り上げた。そしてみんなでドン・セバスティアンの姿を求めて走った。果して生きているだろうか？

救急車を呼んで彼をロアイサ大司教病院へと運び込むのに一時間近くかかり、三時間程たってからようやく駆けつけた警察が、逆上し、犯人の目をくりぬいて生き血をもすすりかねない勢いだった（父親に傷を負わせたからか、母親を襲ったからか、それともことによると〈汚れた肉体と隅々に毒を秘めた魂を持つ人間〉、自分が無視されたことへの腹いせからか？）若きピアニストの手からルーチョ・アブリル＝マロキンを救い出した。製薬会社の若き宣伝部員は、警察ではふだんの穏やかな態度と口調に戻り、顔を赤らめながらおずおずと話し始めたものの、罪状についてはきっぱりと否認した。ベルグア一家と下宿の住人たちによる名誉毀損だというのだ。これまで人に危害を加えたことなど一度もないし、女性を襲おうなんて考えたことさえありません、ましてや相手がマルガリータ・ベルグアのように身体が不自由で、いつも優しく思いやりがあり、この世で最も――もちろん、歌と恋の国からやってきた女性、すなわちイタリア人の瞳と音楽的な肘と膝を持つ私の妻の次にではありますが――私が大切にし、愛する人間とあってはなおさらです。彼の落ち着きぶり、上品さ、穏やかな物腰、そしてバイエル研究所の上司や同僚によるきわめて高い評価、前科がないことが、社会秩序の番人たちを戸惑わせた。何もかもが〈見せかけで人を欺く不可解な魔術〉、この繊細な若者に対する、被害者の妻と娘と下宿人たちによる陰謀とは考えられないだろうか？　国家の第四権力である司法当局はこの仮説に理解を示し、支持した。

事態を困難にし、町の人々をやきもきさせていたのは、被害者であるドン・セバスティアン・ベルグアがアルフォンソ・ウガルテ大通りの大衆病院で生死の境目にあったため、謎を解明することができなかったことだ。彼があまりに多量の輸血を必要としたため、悲劇の報を受けて献血に駆けつけたタンボ＝アヤクーチョ・クラブに出入りする同郷の友人たちは、あやうく結核になりかけたほどだった。そうした輸血に加え、漿液（しょうえき）、縫合、消毒、包帯、交代で彼に付き添った看護婦、骨を接合し、内臓を正常な状態に戻し、彼の苦痛を和らげた医師たちに掛かった費用が、すでに残り少なくなっていた（インフレや生活費の急騰によって）一家の財産をわずか数週間で食い尽くした。彼らは公債を捨て値で処分し、所有地を切り刻んで人に貸し、現在の住処である二階へと引きこもらざるを得なくなった。

ドン・セバスティアンは一命こそ取り留めたものの、当初は警察の疑いを晴らせるほどの回復ぶりは見せなかった。彼は刺し傷か恐怖か、あるいは妻が受けた道徳的不名誉が原因で口がきけなく（そして阿呆のようにぶつぶつつぶやくだけに）なった。話すことはできず、あらゆるもの、あらゆる人間をカメのように気力なく無表情に見つめ、指がいうことをきかなかったので、正気を欠いた男の裁判中、受けた質問に対して筆談で答えることすらできなかった（したくなかった？）。

裁判は大きな反響を呼び、諸王の都市リマには公判の間、常にサスペンスがみなぎっていた。リマが、ペルーが、そして全混血アメリカが？　法廷で戦わされる議論を、専門家による答弁やそれに対する反論、検事の陳述、そして弁護士、つまり大理石の都ローマからルーチョ・アブリル＝マロキンを弁護するためにやってきた高名な法律学者——被告の妻は彼と同国人であるばかりかその娘でもあった——の陳述を、固唾を飲んで見守った。

国は二派に別れた。製薬会社の宣伝部員の無実を信じる者たち——すべての新聞はこちらだった——は、ドン・セバスティアンは、遺産とその分け前を目当てにアンカシュ生まれの判事、カハタンボの司祭、ウアヌコ出身の看護学生たちと結託したに違いない妻と娘に殺されかけたのだと主張した。ローマから来た法律学者は自分が皇帝でもあるかのような態度でこの意見を支持し、ルーチョ・アブリル＝マロキンに精神錯乱の気があるのに目をつけた家族と下宿人が共謀し、彼に罪をなすりつけた（あるいはおそらく罪を犯すよう仕向けたのだろう）と言った。彼が積み上げていく論証をマスコミはこぞって称賛し、それを正しいものと見なした。人が十四ないし十五の切り傷を負いながら、ご丁寧にも黙ったままでいるなどということが良識ある人間に信じられるだろうか。それにもし、論理的に言って、ドン・セバスティアンが苦痛のために叫んだとすれば、ペンシオン・コロニアルの壁はサトウキビと泥でできた仕切りに過ぎず、蝿の羽音やサソリの足音まで聞こえるというのに、彼の叫び声が妻にも娘にも判事にも司祭にも看護学生たちにも聞こえなかったなどということが、良識ある人間に信じられるだろうか。また、ウアヌコ出身の二人の下宿人が、成績優秀な看護学生であるにもかかわらず、血を流している人間に応急手当ても施さず、救急車がくるのを平然と待っていたなどということがあり得ようか。そして救急車はすぐには来ないのだから、他ならぬペンシオン・コロニアルの角にあるタクシー乗り場にタクシーを拾いに行くという、白痴にすら初歩的なことを、六人の大人の誰一人思いつかなかったなどということがあり得ようか。そうしたことはすべて不可解で、陰りを帯び、何かを暗示してはいまいか？

カハタンボの司祭は、悪童どものパチンコによって首がもげてしまった村の教会のキリスト像を新たに作るため、当初四日の予定でリマへ来ていたのだが、首都で三ヶ月も足止めを食らった後、自分が殺人未遂の罪により余生を獄中で送ることになるかもしれないと考え、憤怒のあまり心臓発作を起こして死んでしまった。彼の死は世論を揺さぶり、弁護側に破壊的な痛手を与えた。今や新聞も舶来の法律学者に背を向けて、彼が詭弁家であり、オペラマニアで植民地主義者の、よそ者であると書き立て、その反キリスト的な当て推量によって一人の善良な司祭を死に追いやったと非難し〈ジャーナリズムの風になびく葦(あし)の従順さ〉、裁判官たちは、外国人であることを理由に彼の特権を剝奪し、法廷での発言を禁じ、新聞の国粋主義的な言葉にはやしたてられながら、彼の本国送還を渋々決定した。

カハタンボの司祭が死んだことで、母と娘と下宿人たちは、危うく殺人未遂と犯人すり替えの罪を免れた。検察側もマスコミ、世論に歩調を合わせてふたたびベルグア一家に恩情を示し、当初のように母娘の供述を受け入れた。ルーチョ・アブリル＝マロキンの新たな弁護士は純国産の法律家だったが、作戦をがらっと変えた。彼は被告人が罪を犯したことを認めたうえで、鬱病に加えて、精神分裂や精神病理学上のさまざまな症状を併発しているという、著名な精神科医たちが嬉々として証明してみせた事実を盾に、責任能力が完全に欠けていると主張した。そしてこのとき精神錯乱の決定的証拠とされたのが、被告人が、ペンシオン・コロニアルにいた四人の女性のうち最も年配でありかつ唯一足が不自由な女性を選んだことだった。検察側の最終弁論が行われているとき〈原告側の人々が神々しく見え、思わず鳥肌が立つ劇的な大団円〉、それまで裁判とはなんら関係ないかのように物も言わず、目やにだらけの顔で椅子にじっと座っていたドン・セバスティアンが、おもむろに片手を上げ、力を入れたからか、怒りのためか、屈辱のためか、目を真っ赤にして、ストップウォッチによる計測できっかり一分間（ある記者曰く）、ルーチョ・アブリル＝マロキンをしっかり指さしたのだ。その動作は、あたかもシモン・ボリーバルの騎馬像が本当に動き出したかのごとく驚異的なものと見なされた。法廷は検察の主張を全面的に認め、ルーチョ・アブリル＝マロキンは精神病院に閉じこめられた。

ベルグア一家は二度と元通りにはならなかった。そして経済的、精神的崩壊が始まった。治療や裁判に散財したために、ピアノのレッスンを（したがってロサを世界的な芸術家にしようという野望も）諦めねばならず、生活水準も食事を抜いたり不潔なままでいるという悪しき習慣の一歩手前まで落さざるをえなかった。ただでさえ古い屋敷はますます古びて埃だらけになり、蜘蛛の巣が張り、白蟻に蝕まれていった。利用者は減り、レベルも下がり、女中や担ぎ屋さえ混じるようになった。ある日、乞食がやってきて扉を叩き、あろうことか、「ここは浮浪者用の宿かね」と尋ねたときに、下宿はついに落ちるところまで落ちたのだった。

こうして日々が過ぎ、月を重ね、ついに三十年がたった。

ベルグア一家が、ぱっとしない生活に馴染んだように見えた頃〈ある朝日本の都市を壊滅させた原爆〉、突如として彼らを混乱のさなかへ陥れる事件が起きた。何年も前からラジオは壊れたままであり、新聞は家計の都合でさらに前から買っていなかった。世間のニュースは柄の悪い宿泊客が交わすうわさ話や陰口を通じて間接的に、しかもたまにベルグア一家の耳に届くだけだった。

しかしその日の午後〈何という偶然〉、カストロビレイナ生まれのトラック運転手が、緑色の痰を飛ばしながら下卑た高笑いを上げ、「気違いってのはとんでもないことをする」とつぶやくと、読み終えたばかりのウルティマ・オラ紙を広間の傷だらけになったテーブルの上に放り投げた。元ピアニストはそれを拾い上げ、目を通した。そのとたん、彼女は〈吸血鬼に口づけされた女性の蒼白〉、自分の部屋に駆け込むと、大声で母親を呼んだ。二人は一緒にそのしわが寄った記事を何度も読み返したあと、かわるがわるどなるようにしてドン・セバスティアンに読んで聞かせた。すると彼は間違いなく理解した。というのも瞬間的にあの騒々しい発作を起こし、引き付け、汗をかき、泣き喚き、何かに憑かれたかのようにのたうちまわったからだ。

一体どんなニュースが落ち目の一家をそれほどまでに怯えさせたのか?

前日未明、マグダレーナ・デル・マール地区にあるビクトル・ラルコ・エレーラ精神病院の多数の患者が収容されている病棟で、社会から隔離され、壁の中の生活を送っていた一人の患者が、メスで看護士の首を切り落とすと、さらに隣りのベッドで寝ていた全身麻痺の老人を絞殺し、コスタネラ通りに面した塀を体操選手のように軽々と乗り越え、市中に逃走した。彼が常に模範的と言えるほどおとなしく、不機嫌な様子を見せたことも声を荒らげたこともない患者だっただけに、周囲の人々は今回の行動に驚きの色を隠さない。この三十年間、彼の唯一の仕事は、〈贖いの主〉のために想像上のミサを執り行い、存在しない会衆に見えない聖餅を配ることだった。病院を抜け出す前に、ルーチョ・アブリル＝マロキン――男盛りの五十歳を迎えたばかりだった――は、折目正しく短い別れの手紙をしたためていた。「残念ながら、ここを出て行かなければなりません。リマの古い屋敷で起きている火事が、私を呼んでいます。そこでは、松明のごとく燃え盛る跛の女性とその家族が、耐えがたいほどに神を侮辱しているのです。私はその炎を消し止める使命を授かりました」

果して彼は実行するのだろうか。炎を消し止めるのか。年月の奥底から甦った男は、不安に駆られるベルグア家の人々を、再び恐怖の底に突き落とすのか。恐怖に怯えるアヤクーチョ出身の一家はいかなる結末を迎えるのだろうか？

13

　忘れがたい一週間は、僕が目撃者であり、半ば主人公でもあった滑稽なエピソード（シュラスコ屋の兄弟と衝突したときのような暴力の要素はなかった）で幕を開けた。その頃ジュニアは番組の刷新に明け暮れ、ある日、定時のニュースを活気づけるために、インタビューのコーナーを設けることに決めた。彼に促されたパスクアルと僕は、以後一日一回、夜の〈エル・パナメリカーノ〉のなかでホットな話題に関連するインタビューを放送し始めた。それは報道部にとっては仕事量が増えること（昇給なしで）を意味したけれど、楽しかったので文句はなかった。ベレン街のスタジオで、あるいはテープレコーダーを前にして、キャバレーの芸人や国会議員、サッカー選手、天才ちびっ子にあれこれ話を聞きながら、僕はあらゆることが例外なく短篇のテーマになりうることを学んだ。

その滑稽な事件に出くわすまでは、僕がインタビューしたなかで最大の奇人はベネズエラの闘牛士だった。そのシーズン彼はアチョ闘牛場で驚異的な成功を収めていた。第一回目の闘牛で牛の耳をいくつも獲得し、二回目には信じがたい技を披露したのち足をひとつ与えられ、リマックからサン・マルティン広場のホテルまで群衆に担がれて凱旋した。しかし最後となった三度目の闘牛――彼のおかげで入場券は天文学的な値段で転売された――では、彼は雄牛を見ることすらままならなかった。なぜなら鹿のように怯え、午後中牛から逃げ回るばかりだったからだ。まともなパセひとつ決められず、ろくに牛も仕留められなかった。あまりのひどさにその日二本目の試合では四度の警告を受けたほどだった。一階スタンド席の怒りは頂点に達していた。観客はアチョ闘牛場に火をつけようとしたばかりかこのベネズエラ人闘牛士を血祭りに上げかねなかった。そこで彼は、激しい野次が浴びせられ、クッションの雨が降る中を、警官に護衛されてホテルまで戻らなければならなかった。翌朝、彼が飛行機に乗る何時間か前に、僕はホテル・ボリーバルの特別室で彼にインタビューした。ところが困ったことに、彼の知能指数は闘う相手である牛より低く、言葉で自分のことを話す能力でさえ牛といい勝負だった。まともな文章が作れず、動詞の時制を使いこなせず、考えを整理する様子は脳腫瘍患者か失語症患者、さもなければ猿人を思わせた。おまけに表現の仕方も内容に劣らず異様だった。むやみに接尾辞をつけたり語尾を消したりする耳障りな口調に加え、しばしば頭の中が真っ白になるらしく、そんなときは獣じみた唸り声を上げるのだった。

忘れがたいその週の月曜日にインタビューすることになったメキシコ人は、それとは全く逆で、頭脳明晰にして話は分かりやすく、立て板に水だった。ある雑誌の主宰者で、メキシコ革命に関する本を何冊か出していた彼は、エコノミスト・グループの代表を務め、ホテル・ボリーバルに滞在していた。その人物が局に来てくれることになったので、僕は自分でホテルへ迎えにいった。彼は身なりのよい白髪の紳士で、歳は六十ぐらいだったが、長身で背筋がぴんと伸びていた。同伴していた夫人は目の生き生きとした小柄な女性で、花飾りのついた小さな帽子をかぶっていた。ホテルから局へ向かう間に僕たちはインタビューの打合せをした。けれどジュニアの合図で録音は十五分で打切られた。というのも経済学者にして歴史学者のこの紳士が、ある質問に対する答えの中で軍事独裁政権というもの（当時ペルーはオドリア将軍が率いる軍事独裁政権に苦しめられていた）を激しく非難したからだ。

事件は夫妻をホテル・ボリーバルに送る途中で起きた。時刻は正午で、ベレン街もサン・マルティン広場も人で混み合っていた。夫人が歩道の内側を、夫が真ん中を、そして僕が道路側を歩いていた。ラジオ・セントラルの前を通り過ぎたところで、かの重要人物に何か話さなくてはと思った僕は、インタビューのすばらしさをほめそやした。そのとき、メキシコからやって来たご婦人の小さいがはっきりした声により、僕の言葉は遮られた。

「困ったわ、私、体の調子が……」

見ると彼女は憔悴(しょうすい)した顔で目をぱちくりさせ、口を妙な具合に動かしていた。しかし驚いたのは経済学者にして歴史学者の反応だった。異常を知らせるその声を聞くと、彼は夫人をちらっと見やり、次に困惑した顔で僕を見たと思ったら、立ち止まるかわりに前に向き直り、足取りを速めたのだ。メキシコから来た婦人は、僕の脇に取り残され、顔をゆがめていた。彼女が崩れかかった瞬間、僕は片方の腕を摑むことができた。幸い彼女はとても華奢だったので、支えて助けてやれたものの、例の重要人物の方はあたふたと逃げ出し、僕は彼女を引きずっていくというやっかいな仕事を押し付けられてしまった。人々は僕たちに道をあけ、立ち止まって眺めていた。そのとき――コロン座の前にさしかかったところで、メキシコから来た小柄な婦人は顔をしかめたまま、涙に加えて涎や洟水まで流しはじめていた――タバコ売りの声が聞こえた。「今度は漏らしてるぞ」それは事実だった。経済学者にして歴史学者（コルメナ街を横切り、〈バル・デル・ボリーバル〉の入口に群がる人々の間に姿を消した）の妻は、僕たちの後ろに黄色い航跡を描いていた。通りの角まで来ると、見世物となる一方で優男を演じていた僕は、彼女を抱き上げるとその格好で、運転手がクラクションを鳴らし、警官が笛を吹き、通行人が指さす中を、あと五十メートルばかり進まざるをえなくなった。腕の中のメキシコ人女性は絶えず身をよじり、顔をゆがめたままだったが、僕の手と鼻は、彼女がおしっこだけでなく、もっと大変なものまで漏らしているらしいことを感じ取っていた。彼女はときどき喉から消え入りそうなうめき声を出していた。ホテル・ボリーバルに入ると、「三〇一号室だ」と僕に対してつっけんどんに命じる声が聞こえた。声の主は例の重要人物で、カーテンの陰に半ば身を隠していたのだ。指示を与えるが早いか彼はまたそそくさと逃げ出し、先にエレベーターの方へ行ってしまった。そして一緒にエレベーターで部屋のある階へ昇るあいだも、自分がぶしつけな人間だと思われるのを嫌うかのように、僕のことも配偶者のことも、一度もご覧にはならなかった。僕はエレベーターボーイに手伝ってもらって夫人を部屋まで運んだ。ところが彼女をベッドに寝かせたとたん、この重要人物は僕たちを部屋の入口まで文字どおり押し戻し、礼も言わなければ挨拶もせず、二人の鼻先で扉を乱暴に閉めた。その瞬間、彼は苦虫を嚙みつぶしたような顔をしていた。

「それは悪い夫じゃない」あとでペドロ・カマーチョがそう説明してくれた。「ただ神経が細く、世間体を気にし過ぎるのだ」

その日の夕方、僕はフリア叔母さんとハビエルに書き終えたばかりの短篇「エリアナ叔母さん」を読んで聞かせることになっていた。エル・コメルシオ紙が空中浮遊する少年たちの話をちっとも載せてくれないので、自分の身内に起きた出来事に基づく物語を書いて自分を慰めたのだ。エリアナは僕が子供のころよく家に来た大勢の叔母さんの一人で、チョコレートをお土産にくれたり、〈クリーム・リカ〉にお茶を飲みに連れて行ってくれたりするので、ほかの叔母さんたちより好きだった。彼女の甘党ぶりは一族が集まると笑いの種になり、クリームをたっぷり使ったケーキや、ぱりっと焼き上がったクロワッサン、スポンジケーキ、〈ラ・ティエンデシータ・ブランカ〉のとろっとしたココアなどに、秘書の給料をつぎ込んでいると噂されていた。彼女は太っていて、優しく、朗らかで、おしゃべり好きな女性だった。親戚の誰かが、彼女が婚期を逃しかけていると陰口を叩こうものなら、僕は決まって彼女の弁護を買って出た。奇妙なことに、エリアナ叔母さんはある日を境に家に姿を見せなくなり、一族の人間が彼女の名前を口にすることもなくなった。その頃僕は確か六歳か七歳だったけれど、彼女のことを尋ねると返ってくる、「旅行に出かけたわ」、「今病気なの」、「じきに来るわよ」といった親戚の答えを不審に思ったのを覚えている。それから五年ほど経ったころのある日、親戚一同が突然喪服を着込んだ。そしてその夜祖父母の家で、それが癌で亡くなったエリアナ叔母さんの葬儀に参列するためだったことを知った。そのときようやく謎が解けた。エリアナ叔母さんは、独身を貫きそうに見えたとき、間の悪いことに、ヘスス・マリアで食料品店を開いていた中国人と結婚してしまった。両親をはじめ彼女の身内はスキャンダル――当時は夫が中国人というのが原因だと思っていたけれど、今思うと最大の問題は食料品屋だったことのようだ――を恐れて彼女に生きながらの死刑を宣告したきり決して会いに行かず、彼女が来ることも許さなかった。ところが彼女が亡くなると、みんなは彼女を許し――僕の一族は根が情にもろかった――通夜に行き埋葬に立ち会い、彼女のために大いに涙を流したのだった。

僕の短篇は、ベッドに横になり、叔母さんがなぜ消えたのかその謎を解こうとしている男の子の独白で、エピローグは彼女の埋葬だった。それは言わば「社会派」の短篇で、偏見の強い親族に対する怒りが込められていた。僕はそれを二週間で書き上げ、フリア叔母さんとハビエルにさんざんその話をしたので、二人はついに根負けし、僕に読んで聞かせてほしいと言ったのだった。なのにその月曜日の夕方、僕は短篇を朗読する前に、メキシコから来た小柄な婦人と例の重要人物の身に起きたことを話してしまった。これは致命的なミスだった。というのも彼らにはそのエピソードの方が僕の短篇よりずっと面白かったらしいからだ。

フリア叔母さんがパナメリカーナに来るのはもう習慣になっていた。僕たちはそこが一番安全な場所であることを発見したのだ。実際、パスクアルとグラン・パブリートは共犯者として信頼できた。彼女はいつも、穏やかな一時(ひととき)が始まる五時過ぎにやって来た。そのころまでにはヘナロ親子は帰ってしまっていたし、報道部のあたりをうろつく者もいなかった。二人の同僚は暗黙の了解によって、「コーヒーを飲む」ためにいつも座をはずしたので、フリア叔母さんと僕はキスをしたり二人きりで話をすることができた。ときには僕が書き物を始め、彼女の方は雑誌を読んだり、あるいは七時頃になると決まって現れ僕たちに合流するハビエルとしゃべっていることもあった。三人はもはや切っても切れない仲だったし、フリア叔母さんと僕との恋愛は、あの間仕切りのある小部屋の中で、不思議なくらい自然に進んでいた。手を握り合ったり、キスを交わしても、人の注意を惹くことがない。それが何より嬉しかった。小部屋の入口を一歩入れば僕たちは自由になり、思うがままに振舞うことができたし、愛する気持ちを伝え合い、二人にとって大事なことを話し、思いやりに包まれていると感じることができた。逆に一歩外に出れば、そこは敵意に満ちた世界であり、僕たちは嘘をつき、こそこそ隠れなければならなかった。

「ここを私たちの愛の巣と呼んでも平気？」フリア叔母さんは僕に尋ねた。「もしかしてこれって、通俗的な言い方かしら」

「もちろんそれは通俗的な言い方だよ。だからそんなふうに呼んじゃだめだ」と彼女に答えた。「でもモンマルトルと呼ぶのは構わない」

僕たちは先生と生徒を演じた。僕はどういうのが通俗的で、どんなことを言ったりしたりすべきではないかを彼女に説明するとともに、読む本に対しては異端審問所なみに厳しく検閲し、フランク・ヤービーからコリン・テヤードまで彼女のお気に入りの通俗作家を全て禁止した。そうやって僕たちは狂ったように楽しみ、ときにはハビエルが詭弁を弄してこのゲームに加わることもあった。

「エリアナ叔母さん」を朗読したとき、パスクアルとグラン・パブリートも僕が読むのを聞いていた。たまたまその場に居合わせたのを敢えて追い出すことはしなかったからだが、これが吉と出た。なぜならその短篇を褒めてくれたのは彼ら二人だけだったからだ。ただし二人は僕の部下だったから、本音かどうかは怪しかった。ハビエルは真実味が足りないと評した。彼は、中国人に嫁いだからといって一族がその女性を村八分にするなどという話は誰も信じるわけがないと言い、むしろ夫を黒人かインディオにすれば、この物語を生かせると請け合った。フリア叔母さんにいたっては、この短篇がメロドラマ的であるうえに、「わななないて」だとか「むせび泣いた」といった言い回しは気取った調子に聞こえると言って止めを刺した。僕が「エリアナ叔母さん」の弁護を始めたとき、オフィスの入口に立つちびのナンシーの姿が目に入った。その様子を見ただけで、やって来た理由が分かった。

「ついに始まったわ、親戚じゅう二人のことでもちきりよ」彼女はまくし立てた。

パスクアルとグラン・パブリートがゴシップの匂いを嗅ぎつけ、身を乗り出した。僕は従妹を黙らせ、パスクアルに九時の原稿を準備しておくように頼むと、四人でお茶を飲みに出た。〈ブランサ〉のテーブルにつくと、彼女はニュースの詳細を話し出した。髪を洗っているとき、母親がヘスス叔母さんと電話でやりとりするのを偶然耳にしたらしい。二人はあるカップルの噂をしていたのだが、それが僕たちのことだと分かったとたん背筋が寒くなった、と彼女は言った。あまりはっきりとはしないけれど、みんなはかなり前から二人の恋愛関係に気づいていたようだ。というのも話の中でラウラ叔母さんが「いいこと、カムンチータだってサン・イシドロの〈オリバール〉であの恥知らずの二人が手をつないでるところを見てるのよ」と言ったのだ（もう何ヶ月も前のことだったが、確かに一度だけそうしたことがあった）。浴室から出た（「びくびくしながら」と言っていた）ちびのナンシーは母親と目が合ってしまったが、素知らぬふりをして、何も聞こえないようにドライヤーを響かせていた。すると母親のラウラ叔母さんはドライヤーを止めさせて彼女を叱りつけ、「あの性悪女とぐるなんでしょ」と言ったという。

「性悪女って私のこと」とフリア叔母さんは怒ってというより興味ありげに尋ねた。

「ええ、あなたのことよ」と従妹は顔を赤らめて答えた。「何もかもあなたがやったと思われてるわ」

「その通りさ。なにしろ僕はまだ未成年で、法学の勉強に励む穏やかな毎日を送っていた。それがあるとき……」と僕は言ってみたけれど、全然受けなかった。

「私がばらしたことを知られたら、殺されちゃうわ」ちびのナンシーが言った。「一言も漏らさないって、神様に誓ってちょうだい」

　彼女は両親からあからさまに警告を受けていた。もしも彼女がどんなことであろうと道義に背くようなことをしようものなら、向こう一年間は家に閉じ込め、ミサにすら行かせないというのだ。両親の口振りがあまりに真面目だったので、彼女は僕たちに話すのをためらったほどだった。親戚たちは事の初めからすべてお見通しだった。けれど、どうせ記録簿に珍しい獲物である若い男の名前を書き加えたがっている軽薄な女がしでかしたくだらない火遊びだろうと高（たか）をくくり、敢えて手を出さずにいた。ところが、フリア叔母さんが人目もはばからず通りや広場を洟たれ小僧と連れ立って歩くようになり、そのつど二人のロマンスの現場を目撃した友人や親戚が増えていくと——セリア叔母さんが告げ口したので祖父母までが知っていた——それこそが恥であり、若造（つまり僕）を堕落させてしまうに違いなく、事実あの離婚女性にうつつを抜かすようになってからの僕は勉強する意欲を失っているようだということになり、ついに一族も干渉することにしたのだった。

「で、みんなは僕を救うためにどうするつもりなんだい」僕はまだそれほど恐怖を感じずに聞いてみた。

「あんたの両親に手紙を書くのよ」とちびのナンシーが答えた。「もう実行に移したわ。年上のホルへ叔父さんとルーチョ叔父さんの手でね」

両親は当時アメリカ合衆国に住んでいたが、僕は厳格な父を心底恐れていた。僕は父と離れ、母と母方の親族の下で育った。その後両親が和解し、一緒に暮らすようになったものの、父とは常に折り合いが悪かった。父は保守的で横暴しかも冷酷で怒りっぽい人間だったので、手紙を書いたのが事実なら、その内容は彼にとって爆弾にも等しく、すさまじい反応が予想できた。フリア叔母さんがテーブルの下で僕の手を握り締めた。

「顔が青いわよ、バルギータス。このテーマならいい短篇が書けそうね」

「気をしっかり持ち、落ち着くことが肝腎だ」ハビエルが励ましてくれた。「びくびくするな、この難局に立ち向かうための戦略を練ろう」

「あなたのことも怒ってるわよ」ナンシーが彼に注意した。「ひどい言われよう」

「ポン引きとでも」フリア叔母さんは笑みを浮かべた。そして、僕のほうに向き直ると、悲しそうな顔をした。「気掛りなのは、二人の仲が引き裂かれること、そうしたら二度とあなたに会えなくなるわ」

「それが通俗的な言い方さ。そんなふうに言っちゃだめだ」僕は彼女に教えてやった。「みんなでとぼけてたのね」フリア叔母さんは言った。「姉さんも義兄さんも、あなたの親戚も、全部知っていて私を嫌っていたなんて、疑ってもみなかったわ。あの偽善者たちときたら、いつだってとても優しくしてくれるのよ」

「とりあえず会うのはよせ」ハビエルが言った。「フリアは言い寄ってくる連中とデートして、おまえは誰かほかの女の子を誘うんだ。親戚連中に二人が喧嘩したと思わせるためにな」

フリア叔母さんと僕はがっくりきたけれど、それしか解決策がないことを認めた。しかし、ちびのナンシーが去り――僕たちは決して裏切らないと彼女に誓った――ハビエルも彼女を追って出て行ったあと、フリア叔母さんはパナメリカーナまで僕と一緒に来た。うなだれたまま手をつなぎ、霧雨に濡れるベレン街を歩きながら、二人とも口には出さなかったが、この計画が嘘から出た真になりかねないことが分かっていた。もし僕たちが会わなくなり、それぞれ別に出かけるようになれば、遅かれ早かれ二人の関係は終ってしまうだろう。毎日決まった時間に電話で話すことを約束し、長い口づけを交わすと、僕たちは別れた。

がたがた揺れるエレベーターに乗ってオフィスへ上がりながら、またもや僕は自分の不幸をペドロ・カマーチョに話したいという不可解な欲望を感じた。それは虫の知らせのようなものだった。オフィスでは、パスクアルがいつものように定時のニュースに大惨事ネタを混ぜようとしていた（当然ながら、僕が死者の話題を避けるように命じても、従ったためしがなかった）。その一方で、ボリビア出身の物書き先生の主要な協力者であるルシアノ・パンド、ホセフィナ・サンチェスそしてバタンが、グラン・パブリートと何やら夢中になって話しこみながら、僕の帰りを待っていた。三人は僕がパスクアルの最後のニュース原稿に手を入れるのをじっと待ち、彼とグラン・パブリートがおやすみを言って出て行った後、仕事部屋に四人きりになると、気まずそうに顔を見合わせた。それからようやく口を開いた。用件があの芸術家についてであることは疑うべくもなかった。

「私どもがお邪魔したのは、あなたがあの方の最良の友人だからです」とルシアノ・パンドが口ごもりながら言った。六十を出たせむしの小男で、飛び出た目が左右反対を向き、夏も冬も、昼も夜も、脂じみた襟巻きをしていた。彼は青い筋の入った栗色の三つ揃いを着ていたが、僕は、洗濯とアイロン掛けの繰り返しによってもはやぼろ切れと化したその服を着た姿しか見たことがなかった。おまけに右の靴の甲には穴があき、靴下がのぞいていた。「すこぶるデリケートな問題でありまして。すでにお察しのことと思いますが……」

「実を言うと察しかねてるんですよ、ドン・ルシアノ」と僕は言った。「ペドロ・カマーチョのことですか。まあ確かに僕たちは友人です。ただしあなたもご存じのように、彼がどういう人間かは結局のところ誰にも分かりません。何かあったんですか」

　彼は頷いたものの、言おうとすることが重すぎるかのように、黙ったまま靴を見つめていた。僕は、真剣な面持ちで身じろぎもせずにいた彼の同僚のホセフィナ・サンチェスとバタンに、目で問いかけてみた。

「私たちは愛情と感謝の気持ちからここに来たのよ」ビロードの美声でホセフィナ・サンチェスがさえずった。「だってあなた、この実入りが悪すぎる仕事に就いている私たちがどれほどペドロ・カマーチョさんにお世話になっているか、誰にも分からないじゃない」

「われわれは常にスペアタイヤだったんだ。誰もわれわれの才能なんか認めちゃくれなかった。劣等感のあまり、自分たちが屑みたいな気がしてたんだ」バタンが感極まった調子で言ったので、僕はとっさに事故が起きたのだと思った。「あの人のお陰でわれわれは自分の仕事に目覚め、それが芸術であることを知ったんだ」

「まるで彼が死んだみたいな口ぶりじゃありませんか、みなさん」と僕は言ってやった。

「だって、私たちがいなければ人々はどうなるの」ホセフィナ・サンチェスは僕の言ったことなど聞きもしないで彼女が崇める偶像の言葉を真似て言った。「誰が彼らに生きるよすがとなる夢と感動を与えるというの」

　彼女はある意味で、欠点の塊である外見の代償としてあの美しい声を与えられた女性だった。半世紀は生きてきたにちがいないのだが、歳を当てるのは不可能だった。肌は褐色で、脱色して黄色い麦藁の色になった髪の房がガーネット色のターバンからあふれて耳にかかっていたものの、残念ながら耳を隠すには至らなかった。というのもその耳は、まるで世界の騒音を貪欲に拾う目的で作られたかのごとく巨大で、広がっていたからだ。しかし、彼女の身体で最も人目を引いたのは、耳ではなく、極彩色のブラウスまで垂れ下がった革袋さながらの二重顎だった。鼻の下に生えているうぶ毛は髭と呼んでも差し支えないほど濃く、しかも彼女には話をするときにそれを撫でるというおぞましい癖があった。また静脈瘤ができていたため、サッカー選手用のサポーターで足を締め付けていた。ほかのときならばいつだって、彼らの訪問は僕の好奇心を大いにそそっただろう。でもその夜の僕は自分のことで頭が一杯だった。

「みなさんがペドロ・カマーチョの世話になったことはもちろん知っています」僕は苛々しながら言った。「どういう訳か彼のラジオ劇場はペルー一有名ですしね」

彼らが目配せを交わし、互いに励まし合うのが分かった。

「それなんですよ」ようやくルシアノ・パンドが不安気に、おどおどしながら言った。「初めのうちはみんな気にしませんでした。誰だってうっかり間違えることはあると思いましてね。お日様が昇ってから沈むまで働きづめの人ならなおさらです」

「ペドロ・カマーチョがどうしたって言うんですか」僕は彼の言葉を遮った。「事情が飲み込めないんですよ、ドン・ルシアノ」

「ラジオ劇場のことよ」神を冒瀆するかのようにホセフィナ・サンチェスがつぶやいた。

「回を追うごとにおかしくなってきてるの」

「声優も技術屋も、ラジオ・セントラルに掛かってくる電話に交代で出て、聴取者からの抗議の防波堤になっているんです」バタンが相槌を打つように言った。彼のヤマアラシみたいな頭は、整髪料をつけたように輝いていた。いつもと同じオーバーオールを着て紐がなくなった靴を履き、今にも泣き出しそうだった。「あの人がヘナロ親子にクビにされないようにしてるんですよ」

「ご存じのように、あの方には財産はないし、私ども同様無一文の暮しなんです」ルシアノ・パンドが付け加えた。「クビになったらどうなると思いますか。腹をすかせてのたれ死にですよ」

「で、私たちは」ホセフィナ・サンチェスが居丈高に言った。「彼がいなかったらどうなるのよ」

彼らは我先にと話し出し、一部始終をことこまかに教えてくれた。物語のつじつまが合わなくなり始めた（ルシアノ・パンドはそれを「過ち」と言った）のは二ヶ月近く前からで、最初のうちは取るに足りない、おそらく声優たちにしか分からない程度のことだった。彼らはペドロ・カマーチョには一言も知らせなかった。というのも、彼の性格が分かっていたので、敢えて進言する者など一人もいなかったからだ。しかも彼らはしばらくの間それが意図的に仕組まれたことかもしれないと思っていた。ところがここ三週間で事態はひどく深刻になっていた。

「嘘じゃなくこんがらがっちゃってるのよ」ホセフィナ・サンチェスは嘆いた。「あっちの話とこっちの話が絡み合って、もう私たちにすらほどくことができないの」

「イポリト・リトゥーマというのはずっと、十時のラジオ劇場に登場する軍曹で、カヤオでは犯罪者の恐怖の的でした」ルシアノ・パンドが突然声を張り上げた。「ところが三日前から、四時の回の判事の名前になっています。でも判事はペドロ・バレダという名前でした。万事がこんな具合なんです」

「で、今じゃペドロ・バレダはネズミ狩りの話をしてるの。ネズミが娘を食べちゃったから」ホセフィナ・サンチェスは目に涙を浮かべていた。「ネズミに食べられたのはフエデリコ・テリエス＝ウンサテギの幼い妹なのに」

「われわれの録音風景を想像してみてください」バタンが口ごもった。「セリフから何から支離滅裂なんですから」

「この混乱を整理する方法がないのよ」ホセフィナ・サンチェスは弱々しい声で言った。「だって、カマーチョさんがどんな風に番組を仕切るかはあなたも知っているでしょ。コンマ一つ変えさせてくれないわ。さもなきゃ怒りだしてもう大変」

「疲れておいでなんだ。それが原因です」ルシアノ・パンドはそう言って辛そうに頭を振った。「毎日二十時間も仕事をすれば、誰だって頭が混乱します。休暇が必要なんです、元どおりになっていただくには」

「あなたはヘナロ親子ともうまくやってるでしょう」ホセフィナ・サンチェスが言った。

「二人に話してもらえないかしら。彼は疲れている、二、三週間休暇を取らせてあげれば元気になるって言ってくれるだけでいいの」

「一番難しいのは、休暇を取るようあの方を説得することですよ」とルシアノ・パンドが言った。「でもこのまま放っておくわけにはいきません。しまいには追い出されてしまいますから」

「聴取者は四六時中局に電話をよこします」バタンが口を挟んだ。「奇跡でも起こさない限り、連中をやりすごすことはできないでしょう。おまけに先日、ラ・クロニカ紙に記事が載ってしまいましたから」

ヘナロの親父さんはこのことをもう知っていて、僕が彼にペドロ・カマーチョとの交渉を頼まれたことは言わないでおいた。話し合いの結果、まず僕がジュニアに探りを入れ、彼の反応次第では三人が同僚を代表して物書き先生を擁護しに行くほうがいいだろうということになった。僕は彼らが信頼してくれたことに対して礼を言い、彼らをいくらかでも楽観的な気持ちにしてやろうとした。そこで、ジュニアは親父さんより考え方が新しいし物分かりもいいから、きっと納得し、ペドロ・カマーチョに休暇を取らせてくれるだろうと言ってやった。明かりを消し、仕事部屋に鍵をかけている間も、話は続いた。ベレン街に出たところで、僕たちは握手を交わした。器量は悪いが気の優しい彼らが、霧雨に煙る人気のない街に消えていくのを僕は見送った。

その夜は全然眠れなかった。祖父母の家にはいつものように覆いを掛けた夕食が用意してあったけれど、一口も食べなかった（祖母が心配するといけないので、ライスを添えたカツレツはゴミ箱に捨てた）。祖父母は横になっていたもののまだ起きていたので、お休みのキスをしに部屋に入ったついでに、探偵さながら二人の様子をつぶさに観察し、僕のスキャンダラスな恋愛騒動に対する不安が彼らの表情に表れていないかどうか、知ろうとした。だが、彼らの表情には一抹の不安も感じられなかった。彼らは本当に親切で優しかったし、祖父ときたらクロスワードパズルのことで僕に質問したほどだった。そして二人は耳よりなことを教えてくれた。母が手紙をよこし、まもなく父と一緒にバカンスでリマに来ると書いてきたのだ。いつ着くかは追って知らせるとのことだった。その手紙は叔母さんたちの誰かが持っていってしまったので、見せてはもらえなかった。いずれにせよ、密告の手紙がもたらした結果であるにちがいなかった。父はこう言ったのだろう。「ペルーに乗り込んでかたをつけてやる」。すると母はこうだ。「フリアったらなんてことをしてくれたんでしょう」（フリア叔母さんと母は、僕たち一家がボリビアに住み、僕がまだ物心もついていなかった頃、友達同士だったのだ）。

当時僕は、本や大小の旅行鞄でいっぱいの小さな部屋で寝ていた。鞄の中には祖父母の思い出の品々や、かつて華々しく活躍していた時代の写真がぎっしり詰まっていた。カマナに綿花の大農園（アシエンダ）を持っていた頃、サンタ・クルス・デ・ラ・シエラの開拓に携わっていた頃、コチャバンバで領事をやっていた頃、ピウラ県知事だった頃。ベッドに仰向けになり、暗がりの中でフリア叔母さんのことや、遅かれ早かれなんらかの方法で必ず二人が引き離されてしまうであろうことについて、あれこれ思いを巡らせた。すると激しい怒りが込み上げてきて、何もかもがばかばかしく、どうでもいいことのように思えてきた。そのとたん、ペドロ・カマーチョの姿が脳裏に浮んだ。そして、フリア叔母さんや僕のことを噂し合っている叔父や叔母、従姉妹たちの電話の声を想像していると、今度は登場人物たちが名前を取り替え、三時のラジオ劇場から五時の回へと飛び移ったことや、物語が密林のように入り組みつつあることに戸惑った聴取者たちからの電話の声が聞こえてきた。そこで僕は、物書き先生のこんがらかった頭の中で何が起きているのか当ててみようとした。けれど、ちっとも愉快になれなかった。それどころか、音響係や秘書、守衛とぐるになり、苦情の電話をもみ消してまでなんとか芸術家をお払い箱にさせまいとしているラジオ・セントラルの声優たちのことを考えると、胸が熱くなった。それに、ルシアノ・パンド、ホセフィナ・サンチェスそしてバタンが、それこそスペアタイヤにすぎないこの僕がヘナロ親子に対して影響力を持っていると考えていたことにも感激した。僕が重要人物に見えるなんて、よほど自分たちをちっぽけな存在と感じていたのだろう、それに給料もさぞかし安かったにちがいない。そのうち、今すぐフリア叔母さんに会いたくなった。身体に触り、キスしたくてたまらなくなったのだ。そうこうしているうちに空が白んできて夜が明けかかり、犬が吠えるのが聞こえてきた。

僕は普段より早くパナメリカーナの仕事場に行き、八時にパスクアルとグラン・パブリートがやってきたときには、すでにニュースの原稿を何本か仕上げ、あらゆる新聞に目を通し、書き込みをしたばかりか、剽窃用の個所を囲んで印までつけておいた。そんなことをしながらも、僕は絶えず時計を眺めていた。フリア叔母さんは決めた時間ぴったりに電話をかけてきた。

「朝まで一睡もしなかったの」彼女は消え入りそうな声で囁くように言った。「愛してるわ、バルギータス」

「僕もだ、心から愛してるよ」パスクアルとグラン・パブリートが盗み聞きしようと近づいてくるのが分かったので、僕はむっとしながら小声で言った。「僕も一睡もしてないんだ。君のことばかり考えていた」

「姉さんと義兄さんがどんなに優しくしてくれてるか分からないでしょうね」とフリア叔母さんが言った。「一緒にトランプをしてたの。二人が全部知っていて、何か企んでるなんて信じられないくらい」

「でも事実さ」そう言って僕は例の話をした。「僕の両親からリマにくるという知らせがあったらしい。理由は一つしかない。この時期に旅行なんかしないからね」

彼女は黙ってしまい、僕は電話の向こうに、悲しみと怒りと絶望の入り交じった表情の彼女を思い浮かべた。愛してる、と僕はもう一度言った。

「約束どおり四時に電話するわ」やっと彼女が口を開いた。「角の中国人の雑貨屋から掛けてるんだけど、後ろに列ができちゃってるの。じゃあね」

ジュニアのいる階まで下りて行くと、彼はいなかった。緊急に話したいことがあると言付けを残したものの、心の隙間を埋めるために何かする必要があった。そこで大学へ行ってみた。するとたまたま出くわしたのが刑法の授業で、担当教授は前から小説に打ってつけだと思っていた人物だった。好色漢で聞き苦しいことを言う癖があり、服を剝ぎ取るような目つきで女子学生を見つめ、何かにつけては二重の意味をもつ、卑猥な言葉を飛ばすのだった。その日も、質問にきちんと答えた胸の平らな女子学生をほめて、「君はまさに立て板に水だね」と言葉を弄んだかと思うと、ある条項を説明するのにかこつけて、性病について長々と蘊蓄を傾けた。局ではジュニアが彼のオフィスで僕を待っていた。

「まさか給料を上げろと言うんじゃないだろうな」ドアを開けたとたん、彼は機先を制して言った。「我が社は破産寸前だぞ」

「ペドロ・カマーチョのことで話がしたいんだけど」そう言って僕は彼を安心させた。「ありとあらゆるでたらめをやり出したのを知ってるか」彼は悪ふざけを楽しんでいるかのように言った。「ラジオ劇場の登場人物をあれこれ入れ替えたり、名前を替えたり、話の筋を絡ませたりしたあげく、すべてのストーリーを一つにまとめようとしてるんだ。天才的じゃないか」

「まあ、多少は聞いてますが」彼が興奮していることに当惑しながら僕は答えた。「まさにそのことで昨夜声優たちと話をしたんです。みんな心配してましたよ。彼は働き過ぎだから、過労で倒れるんじゃないかと思ってるんです。金の卵を産む鶏を台無しにしかねませんよ。少しでも元気になるように、休暇を取らせてあげたらどうですか」「カマーチョに休暇だって」革新的プロモーターは驚いて言った。「お前、奴さんにそんなこと頼まれたのか？」

そうではなく同僚たちからの提案だと僕は答えた。

「連中は言われるまま働かされることにうんざりしてるものだから、二、三日羽を伸ばしたいのさ」彼はそう解釈してみせた。「今、あれに休暇を出すなんて狂気の沙汰だ」彼は書類を何枚か摑むと、勝ち誇った様子でひらひらさせた。「今月も聴取率の記録を更新したんだ。つまり、ストーリーをブレンドするという思いつきが功を奏してるってことだ。親父はああいう実存主義的なやり方を不安がっているけれど、結果が出てるんだ。数字を見てくれ」彼は笑った。「要するに、聴衆が気に入ってくれているうちは、奴さんの風変りなやり方も我慢しなきゃならないってことさ」

言い過ぎにならないように、それ以上こだわるのはやめた。それに結局のところ、ジュニアの方が正しいのかもしれないし、つじつまの合わないストーリーにしても、あのボリビア出身の物書き先生が練りに練った結果ああなったのかもしれないではないか。家に帰る気がしなかったので、ちょっとばかり無駄遣いをすることに決めた。局の出納係を説得して給料を前借りし、〈エル・パナメリカーノ〉のあとで昼飯をおごろうとペドロ・カマーチョの仕事部屋へ向かった。もちろん彼は狂ったようにタイプを打っていた。そして、あまり時間がないと断った上で、嬉しそうな顔もせず僕の誘いに応じてくれた。

僕たちはチャンカイ通りに行き、コレヒオ・デ・ラ・インマクラーダの裏手にあるペルー料理屋に入った。僕は彼に、その店で出すアレキーパ料理が、香辛料の利いた名高いボリビア料理を思い出させてくれるのではないかと言ってやった。しかし芸術家はいつものように粗食に徹した。彼は卵入りスープとフリホーレス豆のピュレだけで十分だと言い、わずかに料理の温度を確かめたにすぎなかった。そしてデザートは頼まず、ミントとレモン・バーベナのブレンドティーの作り方を知らないという理由でボーイたちに、彼らがびっくりするような悪口雑言を浴びせて抗議したのだった。

「最近悪いことばかりなんです」料理を注文し終えるや否や僕は話を切り出した。「あなたの同国人との恋愛が親戚にばれてしまい、彼女が僕より年上で離婚歴もあるというのでみんなかんかんに怒ってるんです。それで、何とか僕たちを引き離そうとしてるんですが、そのことで僕はすっかり落ち込んでるんです」

「私の同国人だって」物書き先生はびっくりして言った。「君はアルゼンチン人、いや失敬、ボリビア人の女性と恋愛中なのかね」

僕は、彼がフリア叔母さんを知っていること、ラ・タパーダの彼の部屋で三人で食事をしたこと、前に僕の恋の悩みを聞いてもらったこと、その悩みを解決する方法として朝食抜きでプルーンを食べ、匿名の手紙を送りつけるよう指導してくれたことを思い出してもらおうとした。話すとき、彼を注意深く観察しながら、わざと細かいところにこだわった。彼は瞬き一つせず、真剣な顔で僕の話を聞いていた。

「そんな障害があるのも悪くない」彼はそう言うと初めてスープを一口すすった。「悩むことは学ぶことなり」

それから彼は話題を変え、料理法のことや精神を健康に保つためにいかに節制が必要であるかといったことについて自説を展開した。そして脂肪や澱粉（でんぷん）、糖分のとりすぎは道徳観を麻痺させ、人を犯罪や悪事に走らせると言い切った。

「君の知っている人間で統計を取ってみるといい」彼はそう勧めてから言った。「堕落した人間には肥満が多いことが分かるだろう。それにひきかえ、性根の悪い痩せた人間はいない」

悟られまいとしていたが、彼は居心地が悪そうだった。話すときも、それまでのように自然で確信に満ちた調子ではなく、隠しておきたい心配事に気をとられている様子が口調にありありと表れていた。飛び出た目には戸惑いの影や懸念、恥じらいの色が浮び、ときおり唇を噛み締めた。長い髪はフケだらけで、ぶかぶかのシャツの襟の中で踊る首に小さなメダルが掛っているのが見えた。ときどき二本の指でいじっていたそのメダルを彼は僕に見せ、こう説明した。「これは〈贖いの主〉で、奇跡を呼ぶ力があるんだ」。黒いジャケットは肩までずり落ち、顔は青ざめていた。ラジオ劇場のことは決して口にしないつもりだったけれど、フリア叔母さんの存在や彼女について二人で話したことを彼が忘れていることが分かると、突然、意地悪をして、反応を見てやりたくなった。僕たちは卵スープを済ませ、紫色のトウモロコシ飲料（チチャ・モラーダ）を飲みながら、メインディッシュを待っていた。

「今朝あなたのことで、ジュニアと話をしていたんです」僕は努めてさりげない調子で切り出した。「いい知らせがあります。広告代理店の調査によるとあなたのラジオ劇場の聴取率がまた上がったそうです。石ころさえも聴いているとか」

　彼の身体がこわばるのが分かった。目をきょろきょろさせ、何度も瞬きをしながら、せわしげにナプキンを丸めたり伸ばしたりし始めた。このまま続けるべきか、話題を変えるべきか僕は迷ったけれど、好奇心の方が勝った。

「ジュニアは聴取率アップの原因が、ラジオ劇場の登場人物を入れ替えたり、ストーリーを絡めたりするアイデアにあると思っています」僕がそう言うと、彼はナプキンを放り出し、僕の視線を追い、血の気を失った。「天才的なんだそうです」

　彼が一言も口をきかず、僕をじっと見つめるばかりだったので、舌がもつれそうになるのを感じながらしゃべり続けた。前衛芸術や実験的な手法のことを話し、彼同様、物語の途中で登場人物の人格を変え、プロットのつじつまを合わせないようにして読者に絶えずサスペンスを味わわせるといった斬新な試みでヨーロッパにセンセーションを巻き起こした——と僕は請け合った——作家たちを引き合いに出したり、でっちあげたりした。フリホーレス豆のピュレが運ばれてきたので僕は食べ始めた。口をきかなくていいし、下を向いていればボリビア生まれの物書き先生の不愉快そうな顔を見続けずに済むので、内心ほっとした。しばらくの間、沈黙が続き、僕がフリホーレス豆のピュレと付け合せのライスを口に運ぶ一方、彼はフォークで掻き交ぜていた。

「厄介なことが起きているんだ」ようやくぼそぼそと独り言のように話す声が聞こえた。「話がどこまで進んだのか分からなくなり、疑い始めると、すべてが混乱してくる」彼は不安そうに僕を見つめた。「私は君が誠実な若者で、信頼に値する友であることを知っている。あの商売人どもには一言も漏らさないでくれ」

僕は驚いたふりをすると、親愛の情をこめ、不安がる必要などないことを、彼が面喰らうほど力説してやった。彼はまるで別人だった。苦悩と不安に苛まれ、今にも壊れてしまいそうで、その蒼白い額には汗が光っていた。彼は左右のこめかみを指で触ってみせた。

「もちろんこれはアイデアの詰った火山だ」彼はそう言った。「なのに記憶がそれを裏切る。名前の一件もそのせいだ。人には言えないことだがね。私が入れ替えているのではない。勝手に入れ替ってしまうのだよ。気づいたときには手遅れさ。それぞれをふさわしい場所に戻すのも、名前が変った理由を説明するのも、至難の業だ。羅針盤が北と南を混同したら、ことはすこぶる重大だ」

あなたは疲れている、そんなペースで仕事をしていたら誰だっておかしくなる、休みを取るべきだと僕は言ってやった。

「休暇だって？　それは墓に入ってからでいい」まるで侮辱されたかのように、彼は僕を脅すような調子で言い返した。

けれどすぐに謙虚さを取り戻し、「物忘れ」に気づいた後、カードを作って整理しようとしたことを教えてくれた。ただ、放送済みの台本をチェックする暇さえ無かったのだから、実際には無理な話だった。彼の時間はすべて、新しい台本を作ることに費やされていた。「もしも私が書くのをやめたら、世界はひっくり返ってしまうだろう」と彼はつぶやいた。一緒に働いている人たちの助けを借りるわけにはいかないんでしょうか。疑問が出てきたら彼らに相談してみればいいのでは。

「絶対だめだ」と彼は答えた。「私を尊敬しなくなる。彼らは単なる道具、私の兵隊にすぎないのだから、私が失敗したときに彼らがなすべきことは、私と失敗を共にすることなのだ」

彼は突然僕に話すのをやめ、ボーイにハーブティーの作り方を手ほどきしたが、運ばれてきたのは味も香りもない代物だった。その後で僕たちは速足で局に戻らなければならなかった。三時のラジオ劇場が彼を待っていたからだ。別れ際、僕は彼に、どんなことでも手伝いますからと言ってやった。

「頼みたいことはただ一つ、黙っていることだ」彼はそう言った。そして氷の笑みを浮かべて付け加えた。「心配無用、重病には荒療治だ」

仕事場で僕は各紙夕刊に目を通し、いくつかのニュースに印を付けると、六時用に、人類学博物館から借り出したインカ時代の道具を使って頭蓋骨に穴を開ける手術を行った歴史主義者の脳外科医とのインタビューをまとめた。三時半になると、僕は時計と電話を交互に見やり始めた。フリア叔母さんは四時きっかりに電話してきた。パスクアルとグラン・パブリートはまだ戻ってきていなかった。

「お昼ごはんのとき姉さんに言われたの」と彼女は暗い声で言った。「このスキャンダルは大きすぎる、あなたのパパとママが私の目玉をくり抜きに来るって。ボリビアへ帰ってくれと頼まれたわ。どうしたらいいの、バルギータス。私、帰らなきゃならないのよ」

「僕と結婚しないかい」そう尋ねた。

彼女は笑ったけれど、さして楽しそうではなかった。

「本気で言ってるんだ」僕は引き下がらなかった。

「本当に私に結婚してほしいって頼んでるの」フリア叔母さんは前よりは楽しそうに笑った。

「イエスか、ノーか」僕は言った。「急いでくれ、もうすぐパスクアルとグラン・パブリートが来る」

「自分はもう大人だって家族に証明するためにプロポーズするのね」フリア叔母さんが優しく言った。

「それも目的だ」僕は認めた。

14

サッカーの盛んなビクトリア地区の隣りにメンドシータというスラム街がある。その主任司祭ドン・セフェリーノ・ウアンカ＝レイバ神父の物語は、半世紀前のカーニバルの夜、良家に生まれながらも庶民と交わることを好んだ一人の若者が、チリモヨ横丁で陽気な洗濯女ラ・ネグラ・テレシータを凌辱したときに始まった。

この女は自分が妊娠したことに気づくと、すでに八人の子持ちで、夫もおらず、そんなに子供を抱えていれば自分を花嫁として祭壇の前に立たせてくれる男がいるはずもないので、ただちに異端審問広場の老いた賢女、ドニャ・アンヘリカの手を借りることにした。彼女は産婆を生業（なりわい）としていたが、得意とするのは地獄の辺土（リンボ）への客引き（つまり堕胎専門）だった。ところが、ドニャ・アンヘリカがラ・ネグラ・テレシータに飲ませた毒性の煎じ薬（本人の尿にネズミを浸したもの）の効能にもかかわらず、凌辱の落とし子は、のちの彼の性格を予感させる執拗さで母親の胎盤から離れるのを拒み、ネジのように動かずにその場で成長し続けて人らしさを備え、姦淫のカーニバルから九ヶ月が過ぎたころには、洗濯女もその子を産まざるをえなかった。

洗礼で代父を務めた議会の門番を喜ばせるために、子供にはその男と同じセフェリーノという名前がつけられ、母親の二つの姓が添えられた。幼いころは、司祭になることを予想させるところなど何ひとつなく、敬虔な勤めよりも、独楽回しや凧揚げを好んだ。とはいえ、口がきけるようになる前から、絶えず個性を発揮していたことは間違いない。洗濯女のテレシータは、直観的にスパルタもしくはダーウィンに想を得たかのような育児哲学を実践した。その哲学とは、このジャングルで生きのびることに興味があるならば、噛み付いたり噛み付かれたりする術を覚えなければならないこと、そして三歳からはミルクを飲むとか何かを食べるといったことはすべて自分に任せられた問題であることを、子供たちの頭に叩き込むことだった。それというのも彼女は一日に十時間洗濯し、さらに八時間かけてリマじゅうに配り歩いていたため、彼女自身と、自分のハンカチを振って踊れる年齢に達していない赤ん坊を養うのが精一杯だったからである。

凌辱の落とし子は、生き残っていくために、お腹の中にいたときすでに生きることに対して示していたのと同じ執拗さを見せた。ゴミバケツを漁り、乞食や犬と争って手にした残飯を残らず平らげることで栄養を取ることができたのだ。種違い（たねちが）の兄弟が結核や中毒によって蝿のように死んでいったり、あるいは成人してもくる病や精神障害を抱えていたりで、試練をくぐり抜けた子供は半分しかいなかったのに、セフェリーノ・ウアンカ＝レイバはすくすく育ち、身体は丈夫で、頭のほうもまずまずだった。洗濯女が（狂犬病に罹ったため？）働けなくなってからは、彼が母親を養い、やがて母親が亡くなると、彼女のために、ギメット葬儀社に依頼して、地区開闢（かいびゃく）以来最大規模となる、チリモヨ横丁挙げての葬式を出したのも彼（当時すでにメンドシータの主任司祭になっていた）だった。

　彼はなんでも自分でこなす早熟な少年だった。話せるようになると同時に、名家の御婦人方が思わず慈悲の心を催す泥だらけの小天使の顔を浮かべながら、アバンカイ大通りの通行人たちに物乞いする術を覚えた。その後は靴みがき、自動車の見張り番、新聞、スキンクリーム、クリスマス用の菓子（トゥロン）の売り子、サッカー場の案内係や古着屋もやった。爪は真っ黒、足も汚れ、頭にはシラミが湧き、つぎはぎだらけの服に、穴のあいたセーターを窮屈そうに着ていたその子供が、歳月が流れた後に、ペルー中に論争を巻き起こした司祭になろうとは、誰が予想できただろう。

　彼が読み書きを覚えたのは一つの謎だった。というのも、学校には一度も足を踏み入れたことがなかったからだ。チリモヨ横丁では、彼の代父である議会の門番が綴（つづ）り方や音節の区切り方を教え、その他のことは〈粘り強さひとつでノーベル賞にまでたどり着く貧民街の浮浪児〉、意志の力によって身に付けたのだろうと噂されていた。十二歳のころ、セフェリーノ・ウアンカ＝レイバは市中を歩き回り、金持ちの屋敷を訪ねてはいらない服や古靴（後であちこちのスラムで売るのだ）を分けてもらっていた。あるとき、彼は、のちに自分に聖職者になるための資金を提供することになる人物と出会った。それはバスク系の大地主マイテ・ウンサテギで、その財産と信仰心とではどちらが大きいのか、また領地の大きさと〈贖いの主（セニョール・デ・リンピアス）〉への献身の大きさとではどちらが勝るのか、判定を下しがたい女性だった。彼女がオランティア地区のサン・フェリペ通りにあるイスラム風の屋敷から出てくると、すでに運転手がキャデラックのドアを開けて待っていたが、そのとき婦人は、道の真ん中でその日の朝集めた古着を積んだ荷車の脇に立っている、かの凌辱の産物に目をとめた。そのとたん彼女は、あまりのみすぼらしさ、知性あふれる瞳、強情な狼の子を思わせる容貌が気に入ってしまった。そこで少年に声を掛け、日が傾くころ家を訪ねるつもりだと言った。

青い制服の運転手が運転する大きな車に乗って女の人がその日の夕方自分に会いにやってくる、とセフェリーノ・ウアンカ＝レイバが触れて回ったとき、チリモヨ横丁に笑いが起こった。しかし、六時にキャデラックが横丁の前でとまり、公爵夫人のごとく優雅なドニャ・マイテ・ウンサテギが路地を歩いてきて、テレシータの家はどこかと尋ねると、みんなはようやく納得し（そして呆気に取られ）た。ドニャ・マイテが〈自分の月経日まで取引に利用する女事業家たち〉、単刀直入に提案を持ちかけると、洗濯女は歓喜のあまり悲鳴をあげた。ドニャ・マイテはセフェリーノ・ウアンカ＝レイバの学費を負担し、息子を司祭にするという条件で、彼の母親に一万ソルの謝礼を払うと言ったのである。

　こうして凌辱から生まれた子供はマグダレーナ・デル・マールにあるサント・トリビオ・デ・モグロベホ神学校の生徒となった。天職が行動の先に立つというのが普通だが、セフェリーノ・ウアンカ＝レイバの場合はそれと異なり、自分が司祭になるために生まれてきたことに気づくのは、神学生になってからだった。敬虔で勉強熱心な学生だった彼は教師たちにかわいがられ、ラ・ネグラ・テレシータと後見人にとっては自慢の種だった。ラテン語や神学、教父学の成績はトップで、ミサを聞いても、祈禱を唱えても、鞭打ちの苦行においても彼は非の打ちどころなく信仰心を発揮した。だが、一方で、後にその大胆さが大論争を巻き起すことになったとき、支持者たちには宗教的熱情ゆえの勇み足と見なされ、誹謗者たちからは犯罪や殺人の温床であるチリモヨの影響と見なされた言動は、彼がまだ若かったころからその徴候を見せ始めていた。たとえば叙階される前から、彼は神学生たちに対し、十字軍を復活させ、祈りや自己犠牲といった女性的な武器だけでなく、男らしい（そしてもっと効果的な、と彼は言い切った）武器である拳や頭突き、そしてもし状況が求めるのであれば刃物や銃弾をもってしてでも悪魔（サタン）との戦いを再開する必要があるという持論を説いて回った。

　校長たちは驚き、慌ててその途方もない考えを否定しようとした。ところが、それはドニャ・マイテ・ウンサテギに熱狂的に支持された。そうなると、この博愛主義者の大地主から神学生の三分の一が援助を受けていた学校側としては〈耐えがたきを忍ぶ経済上の理由〉、大目に見ざるをえなくなり、セフェリーノ・ウアンカ＝レイバの主張の前に、目をつぶり耳を塞いだのだった。それは単なる理屈ではなかった。彼は実践によって持論を裏付けていった。外出日の夕方になると、このチリモヨの若者は、自ら武装説教と称する実践の模範例を必ず持ち帰った。ある日彼は、自分が住む地区の騒然とした往来で、酔っ払った男が妻を殴りつけているのを見て間に入り、この粗暴な男の脛を力任せに蹴り上げ、良きキリスト教徒の夫はいかに振舞うべきかについてこんこんと説いて聞かせた。また別の日には、シンコ・エスキーナスのバスの中で、新米のスリが老婆を餌食にしようとしているのを見とがめ、頭突きを喰らわせ顔に大怪我をさせた（そしてそのあと自ら彼を保健所に連れていき、顔の傷を縫合してもらえるよう取り計らってやった）。そしてついに、ある日のこと、マタムラの森の生い茂る草むらで獣さながらに快楽に耽っている男女を見つけるや、二人を血が出るまで棒で打ちすえた揚句、これ以上叩かれたくなければすぐに結婚することを跪いて誓えと脅した。しかし、「純潔はアルファベット同様、血をもって叩き込むべし」という彼の公理について言えば、その白眉（何らかの評価を下すとして）は、他ならぬ神学校の礼拝堂で、友愛あるいは連帯意識の発露として彼の唇にキスしようとしたトマス派神学の教師で彼の指導教師だった温厚なアルベルト・デ・キンテーロス神父に鉄拳を見舞ったことだった。人を恨むことを知らない好人物のキンテーロス神父（ピスコ郊外で自分の娘を轢き殺してしまった若い医師を治療したことで世に知られ、精神科医として富と名声を手にしたのち、通常より遅れて司祭の職に就いた）は、口の傷を縫い、失った三本の前歯を入れ直してもらった病院から戻ると、セフェリーノ・ウアンカ＝レイバを追放すべしという意見に与しなかったばかりか〈反対の頬を差し出すことにより死後に天国へと召される者に特有の寛容な精神〉、凌辱の落とし子が聖職者として叙階されたミサで後援者を自ら務めたのだった。

ところが、セフェリーノ・ウアンカ＝レイバが神学生だったころ、校長たちに気をもませたのは、教会はボクシングの要領で悪を倒すべきだという彼の信念だけではなかった。いやそれ以上にやっかいだったのが、様々な大罪を網羅する一覧表には、自慰を決して含めてはならないという信念（私心のない？）だった。彼を過ちから救い出そうとして教師たちが〈聖書のオナンが殺される件と教皇教書の度重なる引用〉、叱っても、堕胎の専門家ドニャ・アンヘリカの息子は早くも生まれる前から示したあの執拗さで、手によって行うその行為は、貞潔の誓いに対する代償として、禁欲的な生活を耐え抜けるように、神から聖職者たちに与えられたものなのだと言い張り、夜な夜な生徒たちを煽った。彼はこう主張した、罪は女性の肉体、あるいは（さらに邪悪な場合には）それとは別の肉体がもたらす快楽の中に存在しているのであり、想像力と指が交わりながらもたらす、つましく、孤独で、何も生み出すことのない慰めの中になどどうしてあり得ようか。レオンシオ・サカリアス神父の授業のときに読んだ論文のなかで、セフェリーノ・ウアンカ＝レイバは、新約聖書中の意味が曖昧な逸話に彼なりの解釈を加え、キリストその人も、ときには――マグダラのマリアと知り合った後か――手淫によって、童貞喪失の誘惑と戦ったのだろうという仮説が、支離滅裂であるとして退けられないための根拠を示唆するに至った。サカリアス神父は卒倒し、バスク人の女性ピアニストに寵愛されていた少年は、冒瀆の科で危うく神学校から追放されるところだった。

彼は悔い改め、赦しを請い、贖罪のために課された苦行を耐え、しばらくの間は、教師たちの頭痛の種となり、また生徒たちを熱狂させたとんでもない布教をやめた。けれど彼自身はと言えば、その実践を断ったわけではなかった。というのも日を置かずして、聴罪司祭たちは、彼が告解室のきしむ床に跪くや否や、「今週私は、シバの女王、デリラ、そしてホロフェルネス夫人を愛してしまいました」と言うのを、再び耳にすることになったからだ。彼の精神を豊かにしたであろう遊学の話をふいにしたのが、他ならぬこの気まぐれだった。あるまじき色恋沙汰とはうらはらに、セフェリーノ・ウアンカ＝レイバがまれに見る勤勉な学生で、知性に溢れていることは誰の目にも明らかだった。そこで指導者たちは、叙階されて間もない彼を、ローマに派遣して、グレゴリオ大学博士課程で研究させることを決定した。新米神父は〈バチカン図書館の埃にまみれた肉筆本を繙きつつ盲いていく学者たち〉、研究するつもりのあることをただちに発表し、論文の題目は、「聖職者の貞潔の砦としての孤独な悪習について」となるはずだった。だが彼の構想は指導者たちの激怒を招くとともに却下されてしまった。ローマ行きを諦めた彼は、地獄さながらのメンドシータ地区へと自らを葬り、以来そこから出ることはなかった。

狭い砂地の道と種々雑多な材料――段ボール、トタン、むしろ、板、ぼろ布、新聞紙――でできた掘っ建て小屋が象形文字のように入り組んだその土地は、瀟洒な伝染病・寄生虫研究所が立つほど細菌だらけであることよりも、社会的暴力がはびこっていたためにリマじゅうの聖職者から疫病のように恐れられていた。それを知った彼は、自らそこを選んだのだった。実際、そのスラム街は、当時「犯罪大学」と呼ぶにふさわしく、強盗、空き巣、売春、刃傷沙汰、寸借詐欺、麻薬の密売、ぽん引きといったすぐれて大衆的な専門科目で知られていた。

セフェリーノ・ウアンカ＝レイバ神父は、自らの手で二、三日かけて日干し煉瓦のバラックを建て、扉はつけず、そこにラ・パラーダの青空市で買った中古のベッドと藁のマットを運び込むと、毎朝七時に屋外でミサを執り行うことを人々に知らせた。また、月曜日から土曜日まで、ただし混乱を避けるために女性は午後二時から六時、男性は七時から十二時に限り、告解を受け付けること、そして朝八時から午後二時までの間教室を開き、地区の子供たちにアルファベットと算数および公教要理を教える予定であることを告げた。だが彼の意気込みは、厳しい現実を前に木っ端微塵に砕け散った。朝のミサの常連は、男も女も目やにだらけの老人が一握り、姿かたちこそ人間だがいずれも死に損ないの影にすぎず、ときおり、（牛とタンゴで知られる？）さる国の人々の、あの敬虔さを欠いた習慣を無意識のうちに実践し、祈りを唱えている最中におならをしたり、服を着たまま用を足したりするのだった。午後の告解と午前の教室に至っては、たまたま通りかかった人間が物珍しさで覗いてみることすらなかった。

一体どうしたのだろう。実はその地区のまじない師ハイメ・コンチャが、自分の競争相手になりそうな人物がやってきたのを不審の目で眺め、教区でのボイコットを指揮していたのだ。彼はたくましい体つきをした警察の軍曹上がりで、東洋のどこかの港からカヤオに密航してきた哀れな黄色人を銃殺するよう上部に命じられてから制服を脱ぎ、それ以来民間療法に従事して成功を収め、メンドシータの人々の心をがっちりと摑んでいた。

ある女性（バスク名門の血を引くメンドシータの元魔術師で、ハイメ・コンチャによってこの地区の女王にして女領主の地位を奪われ、落ちぶれたドニャ・マイテ・ウンサテギのこと）の密告によって事実を知ったセフェリーノ・ウアンカ＝レイバ神父は〈視界を曇らせ、胸を燃え立たせる歓喜〉、ついに武装説教理論を実践する絶好の機会が訪れたことを知った。サーカスの呼び込みよろしく彼は、蠅の飛び交う路地を巡り、次の日曜日の朝十一時、地区のサッカー場で自分とまじない師が拳を合わせ、どちらが本物の男か白黒つけると声をかぎりに触れ歩いた。筋骨隆々のハイメ・コンチャが日干し煉瓦の掘っ建て小屋に現れ、殴り合いの決闘をするという意味なのかと尋ねると、チリモヨ横丁の男は顔色ひとつ変えず、丸腰よりナイフで闘う方がいいということかと問い返しただけだった。元軍曹は腹をよじって笑いながらその場を去り、近所の人間に、自分は警官だったころ、通りで出くわす野良犬どもを頭にパンチを一発浴びせただけで殺したものだと吹聴した。

聖職者対まじない師の一戦は、並外れた期待を煽り、メンドシータの全住民はもとより、ビクトリアやポルベニール、セロ・サン・コスメ、アグスティーノからも見物人がやって来た。セフェリーノ神父はズボンにランニング姿で登場し、戦闘の前に十字を切った。決闘は、短かったが派手だった。チリモヨの男は体力では元警官に劣るものの、はるかに策に長けていた。開始早々彼は用意してあった唐辛子の粉を一摑み相手の目にかけ（その後、応援団に向かって、「地元の殴り合いでは何でもありだ」と言い訳した）、大男が〈投石というダビデの頭脳的な攻撃に敗れた巨人ゴリアテ〉、目潰しを食らって及び腰になったところへ、急所を目掛けて続けざまに蹴り上げた。そして、ついに男が身を二つに折るのを見た。しかし彼は休む暇も与えずに、今度は正面から攻撃し、左右からのパンチを浴びせた。相手が地に倒れると、ようやく戦法を変えた。徹底攻撃の仕上げとばかりに、今度は脇腹や胃袋の上を繰り返し踏み付けたのである。ハイメ・コンチャは、苦痛と屈辱にうめき声を上げながら、敗北を認めた。拍手喝采の嵐の中で、セフェリーノ・ウアンカ＝レイバ神父は跪き、天を仰いで両手を胸の前で交差させると、敬虔な祈りを捧げたのだった。

この逸話――新聞にまで取り上げられ、大司教を不機嫌にさせた――によってセフェリーノ神父はそれまで潜在的信者でしかなかった人々の共感を獲得し始めた。そのときを境に朝のミサに訪れる人の数は増え、何人かの罪深き人々、とりわけ女性が告解を申し出てはきたものの、もちろんそうしたまれな例は、楽天的な教区司祭が――メンドシータの住民の罪の容量を目算して――立てた厖大な予定の十分の一にも満たなかった。地区の人々に好感をもって受け止められ、新たな顧客を増やすことになったもう一つのことは、屈辱的な敗北を喫したハイメ・コンチャに対する彼の態度だった。近所の女たちを手伝って自らこの男に水銀クロムとアルニカチンキを塗ってやり、彼をメンドシータから追い出すつもりはないこと、逆に、〈殲滅したばかりの敵の将軍にシャンパンを振舞い、自分の娘を嫁がせるナポレオンの寛大さ〉、聖具係として教区教会の一員に迎えるつもりであることを伝えた。まじない師は、司祭によって手頃な値段が決められたとはいえ、友情や敵意をもたらす魔法の薬、邪眼よけの薬、惚れ薬などを売り続ける権利は認められ、ただし魂に関する問題を扱うことは禁じられた。また、病院に連れて行くべきさまざまな病気の治療はしないという条件のもとで、脱臼や骨の痛みを訴える近隣の者たちを相手に骨接ぎの仕事を続けることも認められた。

セフェリーノ・ウアンカ＝レイバ神父が、誰も寄り付かなかった教会へ〈蜜を嗅ぎつけた蠅や魚を見つけたアホウドリ〉、メンドシータの子供たちを引き寄せた方法は、およそ正統的とは言いがたく、ローマ教皇庁から初めて厳重警告を受けた。彼は、一週間出席するごとに、ご褒美としてマリアの聖画が一枚もらえると言って宣伝したのだ。もし、この餌、つまりチリモヨの青年が遠回しに「聖画」と呼んだものが、実際には聖母と見間違えることが難しい裸の女性の絵でなかったとしたら、みすぼらしい身なりの少年たちが先を争って駆けつけるようにはならなかっただろう。彼の教育方針を訝（いぶか）った何人かの母親たちに対し、教区司祭はおごそかな調子で、たとえ嘘のようであっても、あの「聖画」こそが間違いなく子供たちを汚れた肉体から遠ざけ、悪気のない、素直で夢見がちな人間にするのだと言った。

　地区の少女たちの心を捉えるにあたっては、女性を聖書で最初の罪人にしたその性癖と、やはり助手として教室に関わっていたマイテ・ウンサテギの力を利用した。彼女は〈ティンゴ・マリアの売春宿を二十年にわたって営んだ経験によってのみ得られる知恵〉、少女たちを魅了する術を知っていて、彼女たちが喜ぶような講座を開いた。薬局で化粧品を買うことなく唇や頬やまぶたに色をつける方法、綿や針刺し、新聞紙まで使って胸や腰、尻をふくらませる方法、ルンバやグアラチャ、ポーロ、マンボなど、流行りのダンスの踊り方。教区の視察に来た大司教直属の査察官は、教室の女子部で女の子の集団が、元やり手ばばあ（セレスティーナ）の教師然とした監視の下に、地区に一足しかないハイヒールを交代で履いては腰を振って歩くのを見て目をこすった。彼はようやく言葉を取り戻すと、セフェリーノ神父に、娼婦養成所でも開いたのかと訊いた。

「まあ、そんなところです」ラ・ネグラ・テレシータの息子にして恐れずに物を言う男は答えた。

「その手の職業に就かざるをえない以上、少なくとも上手くできるほうがいいのです」

（このため彼はローマ教皇庁から二度目の厳重警告を受けた）

しかし、彼を中傷する者たちが吹聴したように、セフェリーノ神父が「メンドシータのポン引き王」だったというのは確かではない。彼は現実的な人間で、人生を隅から隅まで知りつくしていた。したがって売春の振興を図ったのではなく、その整備に努めたのであり、体で生計を立てている女たち（メンドシータに住む十二歳から六十歳までの全ての女性）が淋病にかかったり、ひもに稼ぎを巻き上げられたりしないよう、壮大な闘いを開始したのだった。中でも二十人を超す街のひもを撲滅すること（ときには更生させること）は地区の健全化につながる英雄的活動だったため、セフェリーノ神父は向こう傷をいくつももらい、ビクトリア区長からは賛辞をもらった。その闘いに彼が応用したのが例の武装説教哲学だった。彼は、ハイメ・コンチャの路地での演説を通じて、法律とキリスト教は、怠け者の男が劣った性である女性の稼ぎで暮らすことを禁じている、したがって、女性を搾取している者は彼の鉄拳を見舞われることを人々に知らせた。こうして彼は、グラン・マルガリータ・パチェーコのあごを砕き、パドリージョの片目を潰し、ペドリート・ガローテを不能に、マチョ・サンペドリを白痴に、コヒノバ・ウアンバチャーノをすみれ色の血腫だらけにしなければならなかった。このドン・キホーテ的な撲滅運動のさなかのある晩、彼は待ち伏せに遭い、ナイフでめった刺しにされた。襲撃したグループは彼が死んだと思い込み、野良犬の餌にしようとぬかるみに置き去りにした。しかし、進化論を地で行く青年の頑丈さは、彼を刺した錆びたナイフの刃に勝り、彼は生き延びた。残された六ヶ所の傷――好色な女がそそられそうな身体と顔の刺し傷――が証拠となって、裁判の後、犯人グループの首領は治しようのない狂人として精神病院に送られた。その男はアレキーパ生まれで、エセキエル・デルフィンという、キリスト教に由来する名前と海に関係のある姓をもっていた。

自己犠牲と努力は待望の実を結び、驚くべきことに、メンドシータからひもが一掃された。セフェリーノ神父は地区の女性たちの敬愛の的となった。以来彼女たちは大挙してミサに押し寄せ、毎週告解をした。彼女たちの糧となる仕事を少しでも安全なものにしようと、セフェリーノ神父はカトリック団体の医師を一人地区へ招いて、性病の予防について助言を仰ぎ、客や本人の淋病の兆候に前もって気づくのに役立つ方法を彼女たちに習わせた。またマイテ・ウンサテギが彼女たちの頭に叩き込んだにもかかわらず産児制限の技術の成果が上がらないことに対しては、金銭ずくの愛から生まれたオタマジャクシどもを時期をはずすことなく地獄の辺土(リンボ)へ送ってやるために、セフェリーノ神父はドニャ・アンヘリカの弟子の女性をチリモヨからメンドシータへ呼び寄せた。この教区司祭がコンドームやペッサリーの使用を奨励し、中絶の熱烈な支持者であることを知ったローマ教皇庁はまた厳重警告を発した。彼が警告を受けるのは、それが十三回目だった。

十四回目の警告は、彼が大胆にも創設したいわゆる職業訓練校に対するものだった。そこでは、地区の経験豊かな男たちが、耳に快く響く雑談――リマの夜、たまに星がのぞく曇り空の下で逸話が行き交う――を通じて、右も左も分からぬ初心者たちに食いぶちの稼ぎ方をあれこれ手ほどきしていた。そこではたとえば、自分の指をあらゆるポケットや鞄、ハンドバッグ、スーツケースの中に、滑り込ませ、雑多なものの中から望みの獲物を選り分ける賢く慎重な侵入者に変える訓練を受けることができた。また、職人なみの忍耐力をもってすれば、どんな針金でも、こちらの都合に合せ、扉の鍵穴に差し込む複雑を極めた鍵の代わりになりうることや、たまたま自分が持ち主でなかった場合、様々なメーカーの自動車のエンジンをいかに掛けるか、といったことが披露された。さらに、自分の足や自転車を使って全速力で引ったくりをする方法、壁の登り方、音を立てずに家の窓ガラスを破る方法、物に整形手術を施し、たちまち持ち主を変えてしまう方法、リマのあちこちの牢獄から、警察の許可なしに外出する技術などを教えていた。ナイフの作り方や――羨望でどよめく?――コカインペーストの蒸留法さえも学ぶことができるこの訓練校は、セフェリーノ神父についにメンドシータの男たちとの友情と仲間意識をもたらすと同時に、ビクトリア警察署との間に初めての諍いをもたらし、彼は一晩拘留され、犯罪の黒幕として裁判にかけて牢にぶち込んでやるぞと脅されたのだった。彼を救ったのは、もちろん、大きな影響力を持つ彼の女庇護者だった。

この時期すでに、セフェリーノ神父は新聞、雑誌やラジオを賑わす有名人になっていた。彼の打ち出す新機軸が論争の的となった。彼を初期の聖人の一人、教会に革命を起すであろう新たな司祭たちの先駆と見なす者もいれば、彼がペテロの館すなわちキリスト教会に中から穴を開ける役目を負ったサタンの回し者であると信じて疑わない者もいた。メンドシータは（良くも悪くも彼のお陰で）観光名所になり、やじ馬、信心深い女性、ジャーナリストから俗物までが、かつてのならず者の王国へとやって来て、セフェリーノ神父を見物し、彼に触り、インタビューし、サインをねだった。彼の評判は教会を二分した。片方の派はそれを教会に有利であると見なし、もう片方の派は教会の掲げる主義にとって害になると見なした。

セフェリーノ・ウアンカ＝レイバ神父が、〈贖いの主〉――彼によってメンドシータにもたらされ、乾いた藁のように燃え広がった信仰――の栄光をたたえる行列に際して、彼の教区には生まれて十時間にもならない赤ん坊も含めて、生きている子供で洗礼を受けていない者は一人もいないと意気揚々と宣言し、信者たちの心が誇りに満ちた日、教会上層部は、多くの訓戒をともなう短い祝辞を送ってよこしただけだった。

それに引き換え、リマの守護聖人サンタ・ロサの祭りを祝ってメンドシータのサッカー場で行った戸外説教の中で、彼が司祭を務める埃っぽい教区には、神と粗末な日干し煉瓦の建物にある祭壇の前で聖別されなかった夫婦は一組もいないことを明らかにした日には、一騒動持ち上がった。かつてインカ帝国が栄えたこの国で、人々が最も尊ぶ根強い制度が――教会と軍隊を除けば――内縁関係であることはよく知られていたため、びっくり仰天したペルー教会の高位聖職者たちが、この偉業を自分の目で確かめにやってきた（足を引きずりながら？）のだ。だが、メンドシータの継ぎ接ぎだらけの家々を見て回った結果見出された事実に彼らは愕然とし、その口には秘跡が愚弄されたことによる言いようのない後味の悪さが広がった。セフェリーノ神父の説明が彼らに理解できない難解な言葉（スラムに長く暮らしていたチリモヨの青年は神学校で使っていた正当なスペイン語を忘れてしまい、誤用や特有語法にあふれたメンドシータの隠語しかしゃべれなかった）によるものだったために、元まじない師にして元警官のリトゥーマが、内縁制度を廃止するために用いた方法について語った。それは冒瀆的と言えるほど単純なものだった。事実上の夫婦、あるいはそうなろうとしている男女のすべてを、聖書の前に立たせ、キリスト教によって認められたことにした。カップルたちは大喜びで、神の御心に従って結婚しようと親愛なる司祭のもとに先を争って駆けつけ、セフェリーノ神父は野暮な質問で彼らを煩わせることもなく秘跡を授けたのである。そんな具合にして、数多くの教区民が、あらかじめやもめになることもなく、何度も結婚するという結果——スラムの男女は、天文学的な速度でバラバラになり、かき混ぜられ、あらたな組となった——を招いたので、セフェリーノ神父は、そこから生じた数々の退廃のうち、罪に関わるものについては浄めの告解で埋め合わせた（彼はそれを、異端的であるうえに悪趣味でもある諺を持ち出して、「愛の傷は愛で癒せ」ということだと言い訳した）。そのような行為を大司教に禁じられ、厳しく咎められたばかりか、平手打ちを浴びそうになったセフェリーノ・ウアンカ＝レイバ神父は、この一連の不祥事によって、不滅の大記録を打ち立てた。百回目の厳重警告を食らったのである。

こうして、向こう見ずな新機軸を打ち出しては公の非難を浴びるという繰り返しの中で、常に論争の的となり、ある者からは愛され、別の者には謗(そし)られながら、セフェリーノ・ウアンカ＝レイバ神父は花盛りの年齢である五十歳を迎えた。広い額、鷲鼻、鋭い眼差し、実直にして善良な心の持ち主だった彼は、神学生だった初期の頃から、想像上の恋愛は罪ではなくむしろ純潔の力強い用心棒となるという信念を抱き続け、そのため実際汚れを知らなかったのだが、そんなとき〈雌の淫らな輝きに満ち、なまめかしく豊満な女性の姿をした楽園の蛇〉、マイテ・ウンサテギという名の堕落した女性が（事実彼女は、そして結局のところこれは女性の属性かもしれないのだが、売春婦だった）、社会事業家(ソーシャルワーカー)になりすましてメンドシータにやってきた。

本人が主張するところでは、彼女はティンゴ・マリアの密林で、原住民のお腹から寄生虫を駆除する仕事に身を捧げていたが、息子を肉食ネズミの群れに食い殺されたために嫌気がさし、逃げ出してきたのだった。彼女にはバスクの血が流れ、それは彼女が貴族である証拠だった。むっちりした肉体をゼリーのようにぷりぷり揺する歩き方は、セフェリーノ・ウアンカ＝レイバ神父の身に危険が迫っていることを警告していたに違いないのだが、それにもかかわらず彼は〈一分の隙もない美徳をすら屈服させてきた深遠の魅力〉、彼女の目的が、魂を救い寄生虫を根絶することだという当人の話を鵜呑(うの)みにして、彼女を助手として迎え入れるという愚かな過ちを犯した。実のところ、彼女は神父に罪を犯させようとしていたのだ。そしていよいよ計画を実行に移し、日干し煉瓦の小屋に移り住むと、申し訳程度のカーテン、それも透け透けの布一枚で仕切られた大きなベッドで寝起きするようになった。夜になるとこの妖婦は、こうするとよく眠れ、また身体の健康を保つことができるという口実で、大蠟燭の明りのなかで体操を始めた。それにしても、バスク女がベッドの上で腰を振り、肩を揺すって脚をわななかせ、腕を波打たせる一方で、蠟燭の光が映し出す中国の官能的な影絵でも見るようにして、息も絶え絶えの司祭がカーテン越しに見つめるその『アラビアン・ナイト』さながらのハーレム・ダンスは、果してスウェーデン体操と呼ぶに相応しいものだったろうか。夜が更け、人々が眠りについてメンドシータに静寂が訪れるころ、マイテ・ウンサテギは隣りの寝床が軋むのを聞きつけ、甘い声でわざとらしく尋ねるのだった。「まだ眠れないのですか、神父様」

美しき誘惑者が、その素姓を隠すために、毎日十二時間働き、ワクチンを注射し、疥癬の治療を施し、豚小屋同然の家々を消毒し、また老人に日光浴をさせていたことは事実だ。しかし彼女は、ショートパンツをはき、脚や肩、腕、腰を剝き出しにして働いた。そして、ジャングルにいたときにそんな格好をする習慣がついたのだと言い訳した。セフェリーノ神父は、創意に富んだ務めを果してはいたが、げっそり痩せ、目に隈をつくり、その視線は四六時中マイテ・ウンサテギを追い求め、彼女が通りかかるのを見つけると口をだらしなく開けた。するとちょっぴり涎が出てきて、唇を濡らすのだった。始終ポケットに手を突っ込んだままでいる癖がついたのもこの頃で、聖具係で堕胎が専門の産婆だったドニャ・アンヘリカは、そのうち肺病になって血を吐くようになるだろうと予言した。

果して司祭は社会事業家(ソーシャルワーカー)の策略に陥ってしまうのか、それともあの身体の衰弱を招く予防策を用いて、抗うことができるのか。その予防策は彼を精神病院へ、さらには墓場へ運んでしまうのではないか。メンドシータの信者たちは、スポーツ観戦気分でこの闘いの行方を見つめ、最後はどうなるのかについて賭けを開始し、バスクの女が司祭の種を宿すとか、誘惑を断ち切るためにチリモヨの男が彼女を殺すとか、彼が法衣を脱ぎ捨てて彼女と結婚するといった類の、下世話な結末を予想した。しかし当然のことながら、いかさま札を出して一人勝ちしたのは人生そのものだった。

セフェリーノ神父は、原始キリスト教会へ、つまりすべての信者が共に暮らし、財産を共有していた福音書時代の教会へ立ち返るべきだと唱え、メンドシータ——キリスト教的実験を行う研究所そのものだった——に共同生活所を設立するための運動を精力的に開始した。何組かの夫婦を中心に十五ないし二十人からなる集団を作り、労働や扶養、家事を分担し、旧来の夫婦制に取って代わるこの新しい社会生活の単位のために改造された家で、共に暮すのだ。セフェリーノ神父は自ら模範を示し、小屋を広げると、社会(ソーシャル)事業家(ワーカー)に加えて二人の聖具係、すなわち元軍曹のリトゥーマと元堕胎の専門家のアンヘリカを住まわせた。これがメンドシータで最初の核共同体となり、それに倣って他の共同体が作られるはずだった。

セフェリーノ神父は、それぞれのカトリック生活共同体において、同性の構成員は民主的に最大限平等でなければならないと規定した。男も女も同性間では対等な口のきき方をしなければならないが、しかし彼は、神によって定められた体力、知性、常識の差を忘れることのないよう、女は男に敬語を使い、敬意の証として男の目を見ないように心掛けることを忠告した。料理や掃除、共同水道からの水汲み、ゴキブリや野ネズミの駆除、洗濯、その他の家事は交替で行うこととし、各構成員が稼いだ——方法の良し悪しにかかわらず——金は残らず共同体に納められなければならず、共通の出費をそこから差し引いた後、均等に再配分されることになった。罪深い習慣である隠し事をなくすために住居には壁がなく、腸を空（から）にする作業から性行為に至るまで、生活の営みはすべて、他人の面前で行わなければならなかった。

警察と軍隊が、カービン銃にガスマスク、バズーカ砲を装備した映画さながらの部隊を組んでメンドシータに侵攻し、地区の男女を一斉に取り押え、実際に彼らがしていること、やってきたこと（窃盗、強盗、売春）ではなく、反体制的かつ退廃的であるという理由で何日間も兵営に拘置した。一方、セフェリーノ神父は、司祭服の陰で共産主義の拠点を築こうとしているとして告訴され、軍事裁判にかけられた（彼の庇護者で百万長者のマイテ・ウンサテギが裏工作をして釈放された）が、それ以前に、原始キリスト教的生活共同体の試みそのものがすでに有罪の判決を受けていた。

もちろんその判決は、それが理論として疑わしく、実践するなどもってのほかである

(嘆かわしいことに事実がそれを裏付けていた)と判断したローマ教皇庁によるもの(二百三十三回目の厳重警告)だが、とりわけ、集産主義を忌み嫌うメンドシータの男女の本性に原因があった。第一の問題は性の乱れだった。共同体の寝室では、闇に乗じてベッドというベッドで、これ以上なく熱い触れ合い、精液まみれのこすり合い、身体の摩擦が行われあるいはあからさまな強姦、男色、妊娠という事態が生じ、その結果痴情がらみの犯罪が急増した。第二の問題は盗難で、共同生活は、所有欲を消し去るどころか、狂気の域にまで募らせてしまった。住民は自分たちが吐き出す腐った息まで盗み合った。共生は、メンドシータの人々を親密にする代わりに、彼らが死ぬほど憎悪し合うようになるという結果をもたらした。この混乱と無秩序の時期に、社会事業家(ソーシャルワーカー)(マイテ・ウンサテギ?)は妊娠したことを宣言し、元軍曹のリトゥーマは自分がその子の父親であることを認めた。セフェリーノ神父は目に涙を浮かべながら、自らのカトリック社会主義的発案から生まれたこの結びつきをキリスト教に則ったものにしたのだった(それ以来彼は夜になると月に向かって挽歌を歌いながらむせび泣くようになったのだと言われている)。

しかし、それから間もなく、彼は、一度も関係を持てなかったバスク女を失ったことに勝る不運に立ち向かわなければならなかった。福音主義派の牧師ドン・セバスティアン・ベルグアが、手強い競争相手としてメンドシータにやって来たのだ。彼はまだ若く、いかにもスポーツマンといった感じの外観と発達した二頭筋の持ち主で、到着するなり、今から六ヶ月の間に、カトリック司祭と三人の取り巻きを含めメンドシータ全体を、真の宗教――プロテスタント――の側に導くつもりであることを人々に伝えた。ドン・セバスティアン（牧師になる前は巨額の収入を得ていた産婦人科医だった？）には、住民に強い印象を与えるための秘策があった。赤レンガで小さな家を建てるときに、地区の人々に仕事を与えて目を見張るような賃金を払ったり、いわゆる「宗教的朝食」を始め、聖書に関する短い説教を聞いて何曲かの賛美歌を覚えた者に無料で振舞ったりしたのだ。メンドシータの人々は、彼の巧みな弁舌とバリトンの声に、あるいはカフェオレと豚（チチャ）の皮（ロン）入りのパンに魅せられて、カトリックの日干し煉瓦を棄て福音主義の赤レンガへと移り始めた。

セフェリーノ神父はもちろん武装説教に訴えた。どちらが本物の神の僕（しもべ）か、拳で決着をつけようと、ドン・セバスティアン・ベルグアに挑んだ。悪魔の誘惑から守ってくれたオナン式トレーニングに励みすぎたために衰弱していたチリモヨの男は、二十年にわたって毎日一時間、柔軟体操とボクシングを（サン・イシドロのレミヒウス・トレーニングジムで？）続けてきたドン・セバスティアン・ベルグアの二発目のパンチでノックアウトされた。セフェリーノ神父を絶望させたのは、前歯を二本失ったことでも鼻が潰れたことでもなく、自分自身の武器で敗れ、ライバルを前に日ごと信者を失っていく屈辱だった。

しかし、チリモヨの男は〈危機に瀕してなお奮い立ち、重病に荒療治を施そうとする向こう見ずな男たち〉、ある日、彼は野次馬の目をかすめて、液体の詰ったブリキ缶（しかし鼻が利く人間ならば誰でもそれが灯油だと分かっただろう）を日干し煉瓦の小屋にこっそり運び込んだ。その夜、町中が寝静まると、彼は忠臣リトゥーマを従え、赤レンガの家の扉と窓を外から厚い板と太い釘で塞いでしまった。ドン・セバスティアン・ベルグアは、正しき者の眠りを眠りながらも、妹との近親相姦を悔んでリマのスラム街（メンドシータ？）のカトリック司祭になってしまった甥が出てくる夢を見た。福音主義の寺院をネズミ捕りに変えつつあるリトゥーマの金槌の音が聞こえなかったのは、セフェリーノ神父の命を受けた元産婆のドニャ・アンヘリカが、麻酔作用のある濃厚な煎じ薬を彼に与えておいたからだ。伝道所が塞がれると、チリモヨの男は自分でそこに灯油をかけた。そして、十字を切ると、マッチに火をつけ、それを放り投げようとした。しかし、何かが彼をためらわせた。元軍曹のリトゥーマ、社会事業家（ソーシャルワーカー）、元堕胎の専門家、そしてメンドシータの野良犬どもは、星空の下でひょろひょろとした男がマッチをつまんだまま、悩ましげな目つきをして敵を火あぶりにするか否か決めかねているのを見た。

彼は実行するのだろうか。マッチは投げられるのか。セフェリーノ・ウアンカ＝レイバ神父は、メンドシータの夜を火焔（かえん）地獄に変えるのか。宗教と人々の幸福に捧げられたひとつの命を、そうして滅ぼしてしまうのか。あるいは、爪を焼く炎を踏み消し、赤レンガの家の扉を開き、跪いて福音主義者の牧師に赦しを請うのか。このスラム街の寓話はいかなる結末を迎えるのだろうか？

15

フリア叔母さんにプロポーズしたことを最初に打ち明けた相手は、ハビエルではなく従妹のナンシーだった。フリア叔母さんと電話で話をした後、僕は従妹に電話して、映画に行こうと持ち掛けた。実際に行ったのは映画ではなく、ミラフローレス地区のサン・マルティン街にあり、ルナ・パークの興業主マックス・アギーレがリマに連れてくるプロレスラーたちが始終たむろしていたカフェバー、〈エル・パティオ〉だった。店――中流階級の住居として考えられた小さな平屋で、バーとしての機能は明らかにちぐはぐだった――は空いていたので、僕はその日十杯目のコーヒーを、ちびのナンシーはコカ・コーラを飲みながら、落ち着いて話をすることができた。

席に着くが早いか僕は、どうすればこのニュースの上辺(うわべ)を飾れるか知恵を絞った。ところが機先を制したのは彼女のほうで、新たな情報を教えてくれた。それによると、その前の夜オルテンシア叔母さんの家で会合があり、十人を超す親族が集まって「例の問題」について話し合ったということだった。そしてその席で、ルーチョ叔父さんとオルガ叔母さんがフリア叔母さんにボリビアへ帰るよう頼むことが決まったのだ。「あなたのためを思って決めたのよ」ちびのナンシーが解説した。「あなたのお父さんは逆上して、身の毛がよだつような手紙をよこしたらしいわ」

ホルへ叔父さんとルーチョ叔父さんは僕を猫かわいがりしてくれていたので、今や僕が受けるはずの罰のことを心配していた。父がリマに着いたときにフリア叔母さんが出発してしまっていれば、怒りも収まり、そんなに厳しいことは言わないだろうというのが彼らの考えだった。

「実はもうそんなことはどうでもよくなったんだ」僕は偉そうに彼女に言ってやった。「だって僕はフリア叔母さんに結婚してくれと頼んだんだから」

彼女の反応は大仰なうえに漫画的で、映画のワンシーンを演じているようだった。コーラを飲みかけたとたんむせてしまったのだ。そこまでしなくてもと思うほど激しく咳込み、目には涙が浮かんだ。

「みっともないからやめろ、馬鹿みたいだぞ」僕はかっとなって彼女を叱りつけた。

「こっちは助けてほしいと思っているのに」

「むせたのはそのせいじゃないの、コーラが違うところへ入っちゃったのよ」従妹は涙を拭き、まだ咳払いをしながらたどたどしく言った。そして数秒後、声を低くして付け加えた。「でもあなたって本当に赤ん坊みたい。結婚するためのお金はあるの。お父さんのことはどうするつもり。あなた、殺されちゃうわよ」

　けれど、瞬く間にいつもの旺盛な好奇心のほうが勝り、こちらが考える暇もないほど矢継ぎ早に細かいところまで突っ込んできた。フリアはオーケーしてくれたのか。二人で駆け落ちするのか。誰が立ち会うのか。彼女は離婚しているから教会では式を挙げられないのではないか。どこで暮らすつもりなのか。

「だけど、マリート」滝のような質問の最後に、彼女はあらためて驚いたように言った。「あなた、自分が十八歳だってこと、分かってないんじゃない」

　彼女は笑い出し、つられて僕も笑ってしまった。僕は、確かにその通りだろう、けれど今は計画を実行に移すために助けてほしいと言った。僕たちは兄妹のように育ってきたし、互いのことがとても好きだったので、どんな場合にも彼女が僕の味方になってくれることが分かっていた。

「もちろん、あなたが頼むのなら、助けになってあげるわ。たとえそれが気狂いじみたことであろうと、たとえあなたと一緒に殺されるはめになろうと」彼女は最後にそう言ってくれた。「ところで、もしあなたが本当に結婚するとして、そのとき親戚がどう反応するか、考えてみた？」

　しばらくの間二人は上機嫌で、このニュースを知ったとき、叔父や叔母、従姉妹たちが何と言い、どんなことをするか想像してみた。オルテンシア叔母さんは泣き出し、へスス叔母さんは教会へ行くだろう。ハビエル叔父さんは十八番の叫び（「何と恥知らずな！」）を放ち、一番小さい従弟のハイミートはまだ三歳で舌足らずだから、ママ、結婚てなあに、と尋ねるにちがいない。とうとう二人は声を上げて笑ってしまい、その笑いがあまりに激しかったので、何がそんなにおかしいのかと、ウエイターたちが寄ってきたほどだった。二人がようやく落ち着くと、ちびのナンシーは、僕たちのスパイになって一族の動きや計画を逐一報告することを引受けてくれた。僕は準備にどのくらい日にちが掛かるのか分からなかったし、親戚が何を企んでいるのかを摑んでおく必要もあった。また彼女がフリア叔母さんとの連絡役になり、時々彼女を連れ出して僕と会えるようにしてくれることにもなった。

「オーケー、任せておいて」ナンシーは頷いた。「あたしが立会人になってあげるわ、ほんとうよ。もしいつかあたしに必要なときがきたら、あなたたちも同じことをしてちょうだい」

外に出て、従妹の家に向かって歩いていると、彼女が自分の頭を軽く叩いた。「あなた、すごくラッキーよ」彼女は何かを思い出したようだった。「まさにあなたに必要なものを手に入れてあげられるわ。ポルタ通りのお屋敷の部屋が借りられるの。まごとみたいに小さくてかわいい部屋で、キッチン、バス、トイレ付。それでひと月たったの五百ソルよ」

何日か前から空いていて、貸しているのは彼女の友人の女性だった。その人に頼んであげてもいいわよ。こちらが問題のロマンチックな領域をうろついているときに、住む場所という地に足の着いたことに気が回る従妹の現実的な感覚に、僕は驚いた。それはともかく、五百ソルというのは手の届く範囲だった。あとは「贅沢のために」（というのが祖父の口癖だった）もう少し稼げばいいのだ。考え直す必要はなかった。僕は間借り人がいることを友人に伝えてほしいと頼んだ。

ナンシーと別れた後、僕は七月二十八日大通りにあるハビエルの下宿へ飛んで行った。けれど家中の明りが消えていたので、気難しい女主人をわざわざ起すのはやめた。大の親友に大いなる計画のことを話し、アドバイスをもらう必要があったので、がっかりした。その夜僕は、悪夢にうなされては目を覚ました。夜が明ける頃、日の出とともに起きるのが習慣の祖父と一緒に朝食を取り、急いで下宿へ行った。ハビエルはちょうど出掛けるところだった。リマ行きの乗合バスをつかまえるために、僕たちはラルコ通りまで歩いた。彼は前の晩、女将や他の下宿人たちと一緒に、生まれて初めてペドロ・カマーチョのラジオ小説を一回分通して聞き、興奮いまだ冷めやらぬ様子だった。

「お前のところのカマーチョは本当に何でもできるんだな」彼は言った。昨夜（ゆうべ）は何があったか知ってるか。舞台は山から下りてきた貧しい家族が経営するリマの古びた下宿屋だ。みんなでしゃべりながら昼飯を食べてる最中に、突然地震が起きるんだ。ガラス窓や戸が震える音がして、叫び声が上がる。それがあんまり真に迫ってたんで、俺たちは腰を抜かしそうになったよ。セニョーラ・グラシアなんか庭に飛び出したほどだ……」

天才バタンが地響きをまねてうなり声を上げ、マイクのすぐ近くでがらがらを振ったりビー玉を擦り合せたりしてリマの建物や家が揺れる様を再現し、足を使ってクルミを割ったり石を打ち付けたりすることで、天井や壁そして階段に亀裂が生じて崩れ落ちるときの音を作り、その一方でホセフィナやルシアノ、その他の声優たちが、ペドロ・カマーチョの監視の下に、怯えたり、祈ったり、苦痛に呻いたり、助けを求めたりする、そんな光景が目に浮かんだ。

「だが地震なんてまだ序の口だった」バタンの離れ業の数々について僕が話しかけたところで、ハビエルはそう言って遮った。「何と言ってもすごいのは、その下宿が崩壊して、みんな下敷になって死んでしまったことだ。嘘みたいだろうが、一人として生き残った者はいなかったよ。物語の登場人物を一度の地震で皆殺しにできるなんて、大したものだ」

僕たちはすでにバス停に着いていた。僕はもはや我慢できず、前の晩起ったことと自分の一大決心のことを手短かに話した。彼は驚いていないふりをした。

「そうか、お前も何でもできるんだな」彼は同情するかのように頭を振りながら言った。そしてすぐに続けた。「本気で結婚したいのか」

「今まで、何かにこれほど本気になったことはないよ」僕は誓って言った。

そのときそれはもう事実だった。前の晩、フリア叔母さんに僕と結婚してほしいと言ったときには、まだ思慮を欠いた、単に口をついて出たに過ぎない言葉、ほとんど冗談みたいなものという感じがしていた。けれど、そのとき、つまりナンシーと話をした後は、それはもはや確信に変っていた。なんだか長い間考え抜いた揚句の揺るぎない決心を彼に聞かせている気分だった。

「確実に言えるのは、お前のその気違い沙汰のせいで、結局、俺が監獄にぶち込まれるってことだな」乗合バスの中でハビエルが諦めたようにつぶやいた。そして何ブロックか進み、バスがハビエル・プラド大通りに差しかかったときだった。「残り時間は少ないぞ。もし叔父さんたちがフリアに出てってくれとすでに要求したとすれば、彼女はもうそんなに長くはあそこに居られないだろう。それにあの化物みたいな親父が着く前に事を済ませておかないとな。来たら厄介だぞ」

僕たちはしばらくの間黙り込んだ。その間も乗合バスは街角ごとに停車して、客を乗せたり降ろしたりしながらアレキーパ大通りを進んでいた。ライモンディ学院の前を過ぎるとき、ハビエルが、問題をすっかり把握したうえで再び口を開いた。

「金が必要だな。どうするつもりなんだ」

「まず、局に給料の前借りを頼む。服やら本やら、要らないものは全部売り払う。タイプライターに時計、つまり質草になりそうなものは片っ端から質に入れる。それから必死に内職を探すんだ」

「質草ならこっちにもあるぞ。ラジオにボールペン、それに腕時計。金時計だぞ」そう言うとハビエルは目を細め、指を折って計算した。「千ソルぐらいは貸せそうだ」

僕たちはサン・マルティン広場で、昼にパナメリカーナのオフィスで会う約束を交わして別れた。彼と話をしたことで僕は元気になり、機嫌よく、とても楽観的な気分でオフィスに着いた。そして新聞を読んで放送用の記事を選び、パスクアルとグラン・パブリートが来たときには、最初のニュース原稿ができあがっていた。そんなことはそれが二度目だった。残念だったのは、フリア叔母さんから電話が掛かってきたとき二人がそこにいたために、僕たちの会話が台無しになったことだった。彼らがいる前で、ナンシーやハビエルと話したことを敢えて彼女に伝える気にはなれなかった。

「二、三分でもいいから今日会いたいんだ」僕は彼女に頼んだ。「事は順調に進んでる」

「こちらはいきなり落ち込んじゃったわ」とフリア叔母さんは言った。「昔から不幸なときにも明るく振舞えるこの私が、今はぼろ布(きれ)になった気分なの」

彼女には誰にも疑われずにリマの旧市街まで出て来るための大義名分があった。ラパス行のフライトを予約するのにボリビアーノ航空のオフィスに行かざるをえなかったのだ。結局、彼女が三時頃局に寄ることになった。彼女も僕も結婚の話題は持ち出さなかったけれど、彼女が飛行機の話をするのを聞くのは辛かった。受話器を置くとすぐ僕はリマ市役所へ行き、教会抜きの結婚に必要なことを調べた。僕にはそこで働いている友人がいたのだ。彼は、離婚歴のある外国籍の女性と結婚するのが僕の親戚で、そのために必要なのだと思い込んで調べてくれた。その結果、条件はかなり厳しいことが分かった。フリア叔母さんは出生証明書と、ボリビア、ペルー両国の外務省が公的に認めた離婚確定判決書を提出しなければならなかった。僕のほうは出生証明書が必要だった。ところがまだ未成年だったので、結婚するためには両親の許可を公証人に証明してもらうか、あるいは未成年保護審判官の前で、両親に「独立させて」（成年であると宣言して）もらう必要があった。どちらにしても可能性はなかった。

僕は頭の中であれこれ計算しながら市役所を後にした。フリア叔母さんがリマに書類を持って来ていると仮定して、その公的証明を受けるだけなら、二、三週間で済むだろう。もし持って来てなくてボリビアの市役所と裁判所にそれぞれ申請しなければならないとすれば、二、三ヶ月必要だ。それなら僕の出生証明書は？　僕はアレキーパ生まれなので、誰か向こうの親戚に手紙を書いて、書類を送ってもらうのにだってやはり時間が掛かる（危険であることはもちろんだ）。障害が、挑戦者のように次から次へと立ちはだかったけれど、僕は諦めるかわりにむしろ自分の決心を強めた（僕は子供のころから負けず嫌いだった）。局へ行く途中、ラ・プレンサ社の前で突然ある考えがひらめいて、僕は方向を変えるとほとんど全力疾走で大学のキャンパスに向かい、着いたときには汗が吹き出していた。法学部の事務室では、学生に成績を教えてくれる係だったリオフリオ女史が、いつものように母親のような表情で応対してくれ、緊急に片付けなくてはならない法的手続きのこと、学資の足しになりそうな仕事にありつける唯一のチャンスのことなど、僕の込み入った話を親身になって聞いてくれた。

「規則では禁じられているんですからね」穏やかさの詰まった巨体を虫喰いだらけのデ

スクから持ち上げ、僕を脇に従えて記録保管室に向かって歩きながら、彼女は不平を漏らした。「私ってお人好しなものだから、それであなたたちに付け込まれるのね。この親切心が裏目に出てそのうち仕事を失うんでしょうけれど、私のために何かしてくれる人なんて一人もいないんだわ」

もうもうたる埃がくしゃみを催させる中で学生の記録簿を引っ掻き回す彼女に、僕は、いつかそんなことになろうものなら、学部全体がストライキを宣言するだろうと言ってやった。ただし、彼女はついに僕の書類を見つけ出し、確かにそこには出生証明書も収まっていた。ただし、それを貸すのは三十分だけだと僕は彼女に釘を刺された。だが、十五分と掛からずにアサンガロ通りの本屋でコピーを二部取り、そのうちの一部をリオフリオ女史に返すことができた。僕は、目の前に現れるドラゴンどもを一匹残らず粉砕できる気がしながら、嬉々としてラジオ局に着いた。

さらに二回分のニュース原稿を書き上げ、〈エル・パナメリカーノ〉用にガウチョ・ゲレーロ（アルゼンチン生まれでペルーに帰化した長距離ランナーの彼は、ある広場の周囲を昼も夜も走り続け、自身の記録を塗り替えながら暮していて、走りながら食べたり髭を剃ったり書き物をしたばかりか、眠ることさえできた）へのインタビューも終えて、デスクに陣取り、証明書に記された官僚的な文章を通して自分の出生に関する詳細のいくつか――僕はパーラ大通りで生まれ、父とアレハンドロ叔父さんが市役所に行ってこの世に到着したことを届け出た――を読み解いていると、パスクアルとグラン・パブリートがオフィスに入ってきたので、僕は気が散ってしまった。二人は火事の話をしながらやってきて、被災者たちが黒焦げになるときに上げるうめき声や叫び声を真似ては笑い転げていた。難解な出生証明書の解読を続けようと頑張ってはみたものの、同僚の編集部員たちが、気の狂った放火魔にガソリンをかけられて署長をはじめ秘密警察官からマスコットの犬までカヤオ警察の署員全員が炭になってしまったなどと言うものだから、また気が散ってしまうのだった。

「あらゆる新聞に目を通したのにそいつは見落とした。どこに載ってた」僕は彼らに訊いてみた。そしてパスクアルに、「今日の番組をどれもこれも火事のニュースで終らせないように気をつけてくれよ」と言ってから、あらためて二人に挨拶した。「調子はどうだい、サディストのお二人さん」

「これはニュースじゃなくて、十一時のラジオ劇場ですよ」グラン・パブリートが言った。「カヤオのならず者を震え上がらせるリトゥーマ軍曹の物語です」

「その彼も黒焦げになったんですよ」パスクアルが先を続けた。「夜警に出ていたんだから、助かってたはずなのに。ところが、隊長を助けようと戻ってきてしまった。親切心があだとなったんです」

「隊長じゃない、メス犬の〈チョクリート〉を助けようとしたんです」グラン・パブリートが訂正した。

「そのあたりははっきりしません」とパスクアルが言った。「牢の鉄格子の扉が彼の上に倒れ掛かるんです。焼かれるときのドン・ペドロ・カマーチョは見物だったな。迫真の演技とはあのことだ」

「バタンも完璧だった」グラン・パブリートが興奮冷めやらぬ調子で絶賛した。「二本の指で火事の音が出せるなんて誰かが誓って言ったとしても、私は信じなかったでしょう。でもこの目で見たんですよ、ドン・マリオ」

ハビエルが来たのでこの会話は中断された。僕たちは〈ブランサ〉へいつものコーヒーを飲みに行き、そこで僕は調査の結果をかいつまんで話してから、勝ち誇ったように出生証明書を見せてやった。

「あれからずっと考えた上で言うんだが、やっぱりお前が結婚するのは賢いことじゃないな」彼は開口一番気まずそうに言った。「お前がまだ洟たれ小僧だからというだけでなく、何よりもまず金の問題があるだろう。食べるためにくだらない仕事をして、死ぬほど苦労するはめになるんだぞ」

「つまりお前も、親父やお袋が言いそうなことを言うつもりなんだな」僕は嘲るように言った。「結婚すると法学の勉強ができなくなる。立派な法律家には絶対になれない。そう言いたいんだろう」

「結婚すれば本を読む時間さえなくなるってことだ」ハビエルが答えた。「結婚したら作家になんか絶対になれないぞ」

「まだ続ける気なら、こっちにも覚悟があるぞ」僕はそう言って警告した。

「そうか、だったら舌をポケットにしまっておくよ」彼は笑った。「お前の未来を占ってやったことで、一応道義的責任は果たしたからな。実のところ、ちびのナンシーが望むなら、俺だって今日にも結婚するさ。さてと、何から取り掛かろうか」

「親父たちが結婚を認めてくれるか、僕を独立させてくれる可能性はないし、フリア叔母さんも多分必要な書類全部を持ってはいないだろうから、唯一の解決策は、人のいい区長でも見つけることだ」

「つまり金で融通がききそうな区長ってことだろう」彼は僕の言ったことを正した。「しかし、飢え死にしそうしてコガネムシでも観察するかのように僕をじっと見つめた。「しかし、飢え死にしそうなお前が誰を買収できるんだ」

「ちょっと抜けてる区長だっているさ」僕は言い張った。「作り話に引っ掛かるようなのが」

「よし、それじゃあ今のあらゆる法律を破ってお前を結婚させてくれるという、その素敵な間抜け区長を探してみるとするか」。彼はまた笑い出した。「フリアに離婚歴があるのが残念だな。でなきゃ教会で結婚できた。そのほうが簡単なんだ。神父にはお人好しがごまんといるからな」

　ハビエルはいつでも僕を元気にしてくれた。僕たちは最後には僕の新婚旅行のことや、僕が彼に支払うべき報酬（もちろんハビエルがちびのナンシーを拉致するのに手を貸すことだ）のことで冗談を言い合い、今いるここが、駆け落ちが日常茶飯事なので間抜けな区長を見つける必要がないピウラではないことを嘆いた。別れるときに彼は、早速その日の午後から区長を探すこと、そして結婚費用の足しにするために処分できる持ち物はすべて質に入れることを約束してくれた。

フリア叔母さんは三時に立ち寄るはずなのに、三時半近くになってもやって来ないので、僕は不安になり出した。四時になるとタイプの上の指が動かなくなり、僕はひっきりなしに煙草を吸った。四時半にはグラン・パブリートに気分でも悪いのかと尋ねられた。顔が青くなっていたからだ。五時、パスクアルにルーチョ叔父さんの家へ電話を掛けさせ、彼女がいるかどうか確かめた。家には戻っていなかった。三十分が過ぎ、午後六時を回り、夜の七時になっても彼女は家に戻っていなかった。最後のニュースの後、僕は祖父母の家がある通りで乗合バスを降りるかわりにアルメンダリス大通りまで乗り続け、叔父夫婦の家の周りをうろついたけれど、思い切って扉を叩く勇気はなかった。窓越しに、オルガ叔母さんが花瓶の水を替え、その少し後で、ルーチョ叔父さんが食堂の明りを消すのが見えた。矛盾する感情に襲われながら、そのブロックを何周かした。不安、怒り、悲しみ、フリア叔母さんを平手打ちしたい気持ち、キスしたい気持ち。どうにも落ち着かないままさらに何周か回っていると、彼女が外交官ナンバーのついた豪華な車から降りるのが見えた。嫉妬と怒りで足がわななくのを感じながら、ライバルが誰であろうとそいつにパンチを見舞ってやろうと決意して、僕は大股で近づいた。出てきたのは白髪の紳士で、車の中にはもう一人、女性が乗っていた。フリア叔母さんは、彼らに僕を義理の甥だと紹介し、そして僕に彼らをボリビア大使夫妻だと紹介した。なんだかばかばかしくなると同時に、それまでのしかかっていた重しのようなものも消えていった。車が発車すると、僕はフリア叔母さんの腕を掴み、ほとんど引きずるようにして通りを渡らせ、マレコン通りの方へ歩かせた。

「あら、ずいぶんご機嫌斜めね」海に近づいていくと、彼女がそう言うのが聞こえた。「かわいそうなグムシオ大使、あなたったら絞め殺してやるって顔してたわよ」

「僕が絞め殺したいのは君だよ」僕は言った。「三時から待ち続けて、もう夜の十一時じゃないか。約束したのを忘れてたのか」

「忘れてないわ」彼女はきっぱり言い返した。「あなたをわざと待たせたのよ」

僕たちはイエズス会の神学校の向かいにある小さな公園に来ていた。人影はなく、雨は降っていなかったけれど、湿気によって芝生や月桂樹、ゼラニウムの茂みが輝いていた。街灯の黄色い光の笠を囲むように霧が幻めいた影を作っていた。

「まあいいさ、この喧嘩は次のときまでお預けにしよう」そう言って彼女を手摺に座らせた。波が一斉に砕ける音が下の方で響いていた。「時間は少ししかないのに問題は山のようにある。出生証明書と離婚確定判決書はここに持ってきてるかい」

「今ここに持ってるのはラパス行きのチケットよ」そう言って彼女はハンドバッグを触ってみせた。「日曜日、朝十時の便で発つわ。でも幸せな気分よ。ペルーとペルー人にはもううんざりだから」

「君には申し訳ないけど、今僕たちがよその国に行ける可能性はないんだ」僕はそう言いながら、彼女の横に座り、肩を抱いた。「でも、いつの日か二人でパリに行って、屋根裏部屋で暮らすって約束するよ」

そのときまでの彼女は、突っ掛かるようなことを言いながらも、落ち着いていたし、人をからかうようなところもあり、とにかく自信に満ちていた。ところが、突然苦しそうに顔を歪め、こっちを見ずにきつい調子でこう言った。

「これ以上ややこしくしないでちょうだい、バルギータス。私はあなたの親戚のせいでボリビアに帰るけれど、二人の関係が馬鹿げてるせいでもあるのよ。私たちが結婚できないことぐらいちゃんと分かってるでしょ」

「いや、できるさ」そう言うと僕は彼女の頬や首筋にキスを浴びせ、彼女をきつく抱き締め、むさぼるように胸を愛撫しながら唇で彼女の唇を求めた。「お人好しの区長が必要なんだ。ハビエルが手助けしてくれてる。ちびのナンシーは僕たちのためにもうミラフローレスに貸し部屋を見つけてくれたんだ。悲観的になる理由なんてない」

彼女は僕のキスや愛撫を拒みはしなかったけれど、相変らずよそよそしく、表情は硬かった。僕は従妹やハビエルに相談したこと、市役所であれこれ調べ回ったこと、出生証明書を手に入れた方法などについて話して聞かせ、彼女を心の底から愛している、そして山ほどの人間を殺さなくてはならないとしても僕たちは結婚するのだと言った。閉じた口を舌でこじ開けようとすると彼女は歯を食いしばって抵抗した。けれど、その後緩めたので中に入り込み、彼女の上顎や歯茎、唾液を味わうことができた。フリア叔母さんの空いた腕が僕の首に巻きつき、彼女が僕の腕の中で丸くなり、胸を震わせしくしく泣き出したのが分かった。僕は休むことなくキスを浴びせながら、支離滅裂なことをささやいて彼女を慰めた。

「まだまだあなたは洟たれ小僧なのよ」彼女が泣くとも笑うともつかない調子でつぶやくのが聞こえ、僕は息もつかずに、君が必要だ、愛している、ボリビアになんて絶対行かせない、行くというのなら死んでやる、と言い続けた。するとついに彼女は小さな声でまた話し出し、こんな冗談を飛ばした。「『洟たれ小僧と寝ると、朝はいつもびしょびしょ』この諺聞いたことあるかしら」

「そいつは通俗的な言い方だ。しかも口にするのはまずい」僕はそう答え、唇と指の腹で彼女の涙を拭ってやった。「さっき言った書類は持ってるかい。君の友だちの大使はそれを正規のものと認めてくれるのかな」

彼女は落ち着きを取り戻しつつあった。すでに泣き止み、僕を優しく見つめていた。

「どのくらい続くのかしら、バルギータス」彼女は悲しそうな声で訊いた。「どのくらい経ったら飽きてしまうの。一年、二年、それとも三年。あなたに二、三年で捨てられて、そこからまたやり直さなけりゃならないなんて、公平なことだと思う？」

「大使は認証してくれるのかい」僕はしつこく訊いた。「もし彼にボリビア側の法的手続きをしてもらえるなら、ペルー側の証明を取るのは簡単さ。誰か外務省に勤めてる友だちを見つけて手伝ってもらうんだ」

彼女は半ば同情し半ば感動した様子で僕を見つめ続けた。顔には笑みが浮かんできた。

「もし、私だけを愛して、他の人を好きにならずに五年間我慢してくれるって誓うなら、オーケーよ」と彼女は言った。「五年間の幸せのためなら、気狂いじみたことだけどやってみるわ」

「書類は持ってるのかい」彼女の髪を手で撫でつけ、そこにキスをしながら訊いた。

「大使は認証してくれるの？」

彼女は判決書を持ってきていたし、実際、ボリビア大使館は、色とりどりのスタンプとサインでそれを認証してくれた。離婚のときに受け取った財産をボリビアから持ち出す手続きを取るのにその日の午前中に書類が必要だというフリア叔母さんの作り話を、大使が外交的に鵜呑みにしてくれたおかげで、ものの三十分と掛からなかった。ペルーの外務大臣の方も、ボリビアの書類を正規のものとあっさり認めてくれた。外務省の顧問をしている教授に手を回してもらったのだ。彼には、癌に罹って今わの際にある女性が安らかにあの世に行けるよう、何年も前から一緒に暮らしている男と一刻も早く結婚させなければならないという、ラジオ劇場に負けず劣らず手が込んだ別の話をでっちあげなければならなかった。

外務省の建物は植民地時代を偲ばせる古い木造で、そこの部屋の一つでは寸分もすきのない服装をした青年たちが働いている。その部屋で、教授から電話を受けて張り切った役人がフリア叔母さんの出生証明書と離婚確定判決書に、さらにスタンプを押しまくり、担当者のサインを集めて回っているのを待つ間に、僕は新たな大惨事の噂を耳にした。それは想像を絶する船の事故の話だった。カヤオ港の埠頭に停泊中の、乗客と見送りに来た人々を満載したイタリアの客船が、突然、ありとあらゆる物理的法則と論理的法則に反して傾き始め、左舷を下にして転覆したかと思うと瞬く間に太平洋に沈んでいき、乗船していた人々は体を打ち付けられたり、溺れたり、あるいは驚くべきことに鮫に喰いちぎられたりして、一人残らず死んでしまったのだ。何かの手続きに来た二人の女性が僕の隣りでそう話していた。冗談なんかではなく、転覆事故が本当に起きたような真剣な口ぶりだった。

「それってペドロ・カマーチョのラジオ劇場で起きたことでしょう」僕は口を挟んだ。

「ええ、四時の回よ」年長の、骨ばってエネルギッシュな婦人が、強いスラブ訛りで答えた。「心臓病が専門のドクトル・アルベルト・デ・キンテーロスの物語なの」

「先月は産婦人科の医者だった人物よ」タイプを打っていた若い女性が笑いながら口を挟んだ。そして彼女はこめかみに人差し指を当て、誰かの頭がおかしくなったことを仄めかした。

「昨日の放送を聞き逃したのね」その外国人女性の付添いで、リマの人間そのものの口調で話す眼鏡の婦人が、本気で気の毒がってくれた。「ドクトル・キンテーロスは奥さんと娘のチャロを連れて、バカンスでチリに行くところだったの。それが三人とも溺れ死ぬなんて」

「三人だけじゃなく、みんな死ぬのよ」スラブ系の婦人が細かいことにこだわった。「甥っ子のリチャード、姪のエリアニータと夫の赤毛のアントゥネス、あの頭の鈍い若者よ、それに近親相姦で生まれた子供のルベンシートも。みんなで三人を見送りに行ってたの」

「でも傑作なのは、ハイメ・コンチャ中尉も溺れ死んだことね。だって彼は別のラジオ劇場の登場人物だし、カヤオの火事で三日前に死んでるんだもの」例の若い女性がげらげら笑いながら、再び口を挟んだ。タイプはもはやそっちのけだった。「あのラジオ劇場ときたら、今やどれもこれもただのお笑いよ。そう思わない」

スーツとネクタイで正装した、国境問題が専門の知的な青年が、彼女に向かって優しくほほ笑み、ペドロ・カマーチョならきっとアルゼンチン人的と言うに違いない視線を僕たちに投げ掛けた。

「登場人物を一つの物語から別の物語へ移動させるあの方法は、バルザックが考え出したものだって、君に教えてあげなかったかな」彼は知識で胸を膨らませて言った。「もし自分が盗作されていると知ったら、バルザックはあの男を監獄送りにするだろうね」

「お笑いだって言ったのは、登場人物が入れ替わるからじゃなくて、生き返るからなの」若い女性が自己弁護した。「コンチャ中尉は〈ドナルド・ダック〉を読んでいるときに焼け死んじゃったのよ、それが今度はどうして溺れて死ねるの」
「ついてなかっただけさ」僕に書類を持ってきてくれたスーツ姿のおしゃれな青年が言った。

終油と聖体の秘跡を授かったことを証明する証書を手に入れた僕は、二人の婦人と秘書と若い外交官たちがボリビア出身の物書き先生を巡って議論に花を咲かせているのを尻目に、幸せな気分でそこを出た。喫茶店で待っていたフリア叔母さんは、その話をすると笑い転げた。彼女はもう同国人ペドロ・カマーチョの番組を聴かなくなっていたのだ。その週は、一人であるいはハビエルと二人でリマ中の区役所に行き、数え切れないほどの手続きと照会を試みたけれど、書類の合法化があっさり済んだことを別にすれば、結果は骨折り損の繰り返しだった。局には〈エル・パナメリカーノ〉のためにしか足を踏み入れず、ニュース原稿はパスクアルに任せっ放しだった。おかげで彼は聴取者に、事故や犯罪、襲撃、誘拐を大盤振舞いすることができ、僕の友人カマーチョが隣りの局でやっていた登場人物の組織的大量虐殺のために流れたのと同じくらい多くの血を、ラジオ・パナメリカーナにも撒き散らしたのだった。

僕は朝早くからお役所巡りを開始した。まず手始めにリマックやポルベニール、ビタルテ、チョリーリョスといった、旧市街から一番遠くて冴えない区役所へ行った。区長、副区長、区代表議員、秘書、守衛、鞄持ちたちを相手に数え切れないほど（初めは照れながら、だんだん厚かましく）問題の説明をしたにもかかわらず、そのたびごとにきっぱりとはねつけられた。越えるべきハードルはいつも同じだった。つまり公証人が認めた親の許可状を手に入れるか、保護審判官の前で親に独立を認めてもらわない限り、僕は結婚できなかったのだ。次はミラフローレスとサン・イシドロ（親戚の知り合いがいるかもしれなかった）を除く中心部の区役所で運だめしをしてみた。けれど、結果は同じだった。どの区長も、書類に目を通した後決まって、人のみぞおちを蹴り上げるような軽口を叩いた。「しかしなんだって自分の母親と結婚なんかしたがるのかね」「馬鹿な真似はよしなさい、どうして結婚しなけりゃならないんだ。同棲するだけでいい」。たった一ヶ所、希望の光が輝いたのがスルコの区役所だった。でっぷり太り、眉毛のつながった秘書が、一万ソルあればなんとかできると言ったのだ。「大勢の口をふさがないといけないんでね」。それをどうにか値切り、苦労して掻き集めた金（五千ソル）を握らせるところまでいったのだが、いざとなるとその太っちょは自分の大胆さに恐れをなしたかのように尻込みし、結局僕とハビエルはそいつのせいで役所からつまみ出されてしまった。

その頃僕はフリア叔母さんと一日に二度電話で話をすることにしていたのだが、いつも嘘をついていた。たとえばこんな具合だった。すべて順調に進んでいるよ、だから僕からいつ合図があってもいいように、必要最低限の物をスーツケースに詰めておくんだ。しかし僕は自分の士気がだんだん衰えていくのが分かった。金曜日の夜、祖父母の家に帰ると、両親から電報が届いていた。「ゲツヨウパナグラ516ビンデック」

その夜、ベッドで寝返りを打ちながらさんざん考えたあげく、ナイトテーブルのスタンドを点け、短篇のテーマを書き留めていたノートに自分がしそうなことを可能性に従って順番に書きつけてみた。まず最初は、フリア叔母さんと結婚し、望もうと望まなかろうと一族が諦めざるを得なくなるよう、彼らに法的な既成事実を突きつけてやることだった。けれど、もはや日数が限られていた上にリマの区長たちの抵抗が手強かったので、この第一の選択肢は刻一刻とユートピア的なものになりつつあった。二番目の選択肢はフリア叔母さんと外国に駆け落ちすることだった。ただし、ボリビアにではない。彼女が僕なしで暮らしていた、多くの知人、とりわけ他ならぬ前の夫がいる世界で生きていくと考えるだけで、嫌な気がした。ふさわしい国はチリだった。彼女はラパスに向けて旅立つことで親戚を欺けるし、僕のほうは長距離バスか乗合バスでタクナまで逃げるのだ。そこから国境をアリカ側へ非合法に越える方法が何かあるはずだった。そのあと陸路をサンティアゴへ向かい、フリア叔母さんに来てもらってそこで僕と合流するか、あるいは待っていてもらうのだ。パスポート無しで（取得するにはやはり父親の承認が必要だった）旅行したり、生きていくことが不可能だとは思えなかったし、その手の小説みたいな状況は僕の好みだった。家族は間違いなく人を使って僕を捜し、居場所を突き止め、連れ戻すだろうが、必要とあらば何度でも逃げ出して、待ちに待った二十一歳になって解放される日まで、そんなふうに生きて行くのだ。三つ目の選択肢は自殺することだった。できのいい書き置きを残して、親戚どもを目一杯後悔させてやるのだ。

　次の日の朝早く、僕はハビエルの下宿に飛んで行った。僕たちは毎朝、彼が髭を剃りシャワーを浴びる間に、前の日の出来事を検討して、その日の行動計画を練っていた。僕は便座に腰掛け、彼が体に石鹼をつけるのを眺めながら、ノートに書きつけた自分の運命の選択肢を、余白の解説と一緒に読んで聞かせた。すると彼は石鹼を洗い流しながら、優先順位を逆にして自殺を一番にしてほしいとせがんだ。

「自殺すれば、お前が書いた駄作も面白いということになって、病人みたいな連中が読みたがるだろうから、本にして出すのも簡単になるぞ」彼は体をごしごし拭きながらまくし立てた。「そうすりゃお前は、たとえ死んでからだとしても、作家になれるんだ」

「お前のせいで最初のニュースに間に合わなくなりそうだ」僕は彼を急かした。「カンティンフラスの真似はやめてくれ。お前のユーモアは悪趣味だ」

「お前が自殺すれば、俺は仕事や大学をこんなに休まなくても済むんだ」服を着る間もハビエルは続けた。「理想は、今日、午前中、それこそ今すぐ実行してくれることだ。そうすりゃ俺のものも質屋行きを免れる。どうせ流されるに決まってるからな。いつか弁償してくれる気なんかないだろう」

　そして外に出て、バス停まで走る間も、彼はあいかわらずメキシコの喜劇王気取りだった。「めでたく自殺すればお前は有名になるだろうから、お前の親友で、相談相手で、悲劇の証人であるこの俺は取材攻めに遭い、新聞に写真が載るだろう。すると、お前の従妹のナンシーは、俺の人気ぶりを見て態度をやわらげる。そう思わないか」

アルマス広場の〈質屋〉（なんと忌まわしい名前だろう）で僕たちは、僕のタイプライター、彼のラジオ、僕の腕時計、彼のボールペンを質草にしたばかりか、最後は彼を説き伏せて時計も質に入れさせた。狼のように吠え立てて値段の交渉をしたにもかかわらず、二人が手にしたのはわずか二千ソルだった。それまでの数日間、僕は祖父母に気づかれずにスーツ、靴、シャツ、ネクタイ、セーターをラパス街の古着屋で次々と売り払ってしまい、ほとんどそのとき身につけていたものしか残っていない状態だった。けれど、僕の衣類を生贄にしても、四百ソルそこそこにしかならなかった。逆に幸運だったのは、革新的プロモーターとの劇的な三十分の話し合いの後、四ヶ月分の給料を前借りすることと、それを向こう一年間かけて返していくことを認めさせたことだ。話し合いは思いもよらぬ形でまとまった。僕がそのお金は急を要する祖母のヘルニアの手術のために使うのだと誓って言っても、彼は心を動かさなかった。ところが、突然、「よしきた」と言ったのだ。そして彼は友人のような笑顔で付け加えた。「女を中絶させるためだと白状したらどうだ」僕は視線を落とし、内緒にしておいてほしいと頼んだ。

質屋で手に入れた金額の少なさに僕ががっかりしているのを見て、ハビエルが局までついて来てくれた。別れるときに、互いに仕事を早引けして午後、ウアチョに出掛けることに決めた。田舎に行けば役所の長も多分もう少し涙もろいだろう。仕事部屋に着くと電話が鳴っていた。フリア叔母さんはかんかんに怒っていた。前の晩、ルーチョ叔父さんの家に来たオルテンシア叔母さんとアレハンドロ叔父さんが、彼女の挨拶に応えなかったのだ。

「人を露骨に軽蔑の目で見て、もう少しで売女(ばいた)呼ばわりされるところだったわ」彼女はいかにも憤懣(ふんまん)やるかたないといった調子で言った。「だけど自分が何を言い出すか分からなかったから、私は唇を嚙み締めてたの。姉さんのために、でも私たち二人のためでもあるのよ、これ以上ことを荒立てないようにね、そっちはどうなの、バルギータス」

「月曜日、それも早い時間に」僕はきっぱり言ってやった。「ラパス行のフライトを一日延ばすと言うんだ。準備はほぼ整った」

「どじな区長探しのことはもう気にしないで」とフリア叔母さんは言った。「私は頭にきちゃったからもうどうでもいいの。たとえ見つからなくても、二人で駆け落ちしちゃいましょう」

「チンチャで結婚したらどうですか、ドン・マリオ」電話を切ったとたんパスクアルがそう言うのが聞こえた。僕がぎょっとしたのを見て、彼はうろたえた。「別に僕が噂好きだからとか、でしゃばりだからというわけじゃありません。でも、話を聞いていれば、成行きぐらい分かります。だから、役に立ちたいと思って言ってるんです。チンチャの区長は僕の従兄なので、書類があろうがなかろうが、成人していようがいまいが、あっという間に結婚させてくれますよ」

まさにその日、すべての問題が奇跡的に解決した。ハビエルとパスクアルは午後から、月曜日までに何もかも片づけるという合言葉の下に書類を携え、乗合バスでチンチャに向かった。僕の方は従妹のナンシーとミラフローレスの屋敷の貸し部屋を借りに行き、ラジオ局から三日間の休暇をもらい（大ヘナロに堂々と掛け合い、もし許してくれなければ仕事を辞めると言って無謀にも彼を脅して認めさせた）、リマ脱出の計画を練った。土曜日の夜、ハビエルがいい知らせを持って帰ってきた。区長は若くて気さくな人物で、彼とパスクアルがいきさつを話すと大笑いし、駆け落ちの計画を称賛してくれたのだ。「えらくロマンチックな話だな」と区長は二人に言った。彼は書類を受け取り、結婚の予告も友だちの間でやれば問題ないはずだと請け合った。

日曜日、僕は電話で、どじな区長が見つかったから、次の日の朝八時にリマから逃げ出して、正午には夫と妻になっているだろうとフリア叔母さんに伝えた。

16

ゴールを決めるからでも、ペナルティーキックを止めるからでもなく、サッカーの試合の主審を務めることでスタジアムを沸かせることになる男、そしてアルコールを求めて巡るリマの酒場にその足跡と借金を残す男、ホアキン・イノストローサ＝ベルモントは、役人たちが荒れ地だった土地をリマのコパカバーナに変えようとして三十年前に開発したラ・ペルラ地区の一角に生まれた（この開発計画は湿気のために失敗に終わり、ペルーの特権階級の人々は〈無理を押して針の穴を通り抜けようとしたラクダへの罰〉、喉と気管支を痛めつけられただけだった）。

ホアキンは、裕福なだけでなく〈爵位と紋章という木々が鬱蒼と茂る密林〉、スペインとフランスの侯爵家の血を引く一家の一人息子だった。しかし、その後レフェリーにして酔いどれとなる彼の父親は、貴族の血統書の類には目もくれず、カシミア製品の製造から熱帯アマゾンへのコショウ栽培の導入にまで及ぶ数々の事業によって、富を殖やすという現代的な理想にその人生を懸けていた。母親はおっとりした聖母を思わせる女性で献身的な妻だったが、夫が生み出した金を、医者やまじない師につぎ込む生活を送っていた（というのも、彼女は様々な上流階級病を患っていたからだ）。二人はいささか年を取ってから、跡継ぎを授けてくれるよう神に何度も祈った末に、ホアキンを授かった。彼の誕生は両親にこの上ない喜びをもたらし、二人は揺り籠の中の息子に、産業界のプリンス、農業の帝王、外交の魔術師、あるいは政界のドンといった将来を夢見た。

少年がサッカーの審判になったのは、この経済的な誉れと社会的栄華を手にする運命をよしとしない反抗心ゆえか、それとも、むしろ精神的に満たされていなかったからであろうか。いや、違う、それが天職そのものだったからである。もちろん、哺乳瓶をくわえてから薄髭が生えるまで、異国——フランス、イギリス——から輸入された女家庭教師が次から次へとやってきた。また、リマでも指折りの学校のいくつかから、彼に数と文字を教える教師を募った。だが、あらゆる種類の知るという行為に対する少年の存在論的な無関心さが原因で、一人また一人、しまいには全員が士気を失い、ヒステリーを起して、法外な額の給料を諦めてしまうのだった。八歳で足し算ができず、アルファベットはかろうじて母音を覚えているだけ。単音節の言葉しか話さず、常におとなしく、彼の気を引こうと世界各地から集められたオモチャの山——ドイツ製のブロック、日本製の鉄道模型、中国のパズル、オーストリアの兵隊人形、アメリカ製の三輪車——の間を縫って、ひどく退屈そうな表情を浮かべながらラ・ペルラの部屋から部屋を歩き回っていた。バラモン教の僧侶のまどろみからしばし彼を救い出せそうなものといえば、唯一マル・デル・スール・チョコレートに付いているサッカー選手の写真入りカードだけであり、彼はそれを光沢紙のノートに貼り付けて、興味深そうに何時間も眺めていた。

将来世間の笑い者になるにちがいない、血友病で知恵遅れの、家系を途絶えさせる子供を儲けてしまったという考えに恐れをなした両親は、科学の力に訴えた。高名な医者たちがラ・ペルラに呼ばれた。その中で、暗澹たる思いでいた夫婦の目を開かせたのは、町の人気小児科医、ドクトル・アルベルト・デ・キンテーロスだった。

「私が温室病と呼んでいる症状が現れています」彼は二人に説明した。「様々な花が咲き虫が飛び交う庭で育たなかった花は、大きくなってもいじけたままで、嫌な臭いがするものです。黄金の牢獄のせいで、坊っちゃんは痴呆化しつつあるんですよ。乳母も家庭教師もクビにして、同じ年頃の子供たちと付き合えるよう、坊っちゃんを学校に入れなければだめです。同級生に鼻をへし折られでもすれば、普通の子供になりますよ」

息子を痴呆化から救うためならいかなる犠牲をも顧みない覚悟で、誇り高い夫婦は、愛するホアキンを庶民の住む外の世界に飛び込ませることにした。当然ながら彼のために、リマで最も学費の高いロス・パドレス・デ・サンタ・マリア校が選ばれ、あらゆる階級の壁を壊さぬよう色は規定どおりだが、ビロード地を使った制服があつらえられた。

名だたる医師の処方は、目覚ましい成果をもたらした。並外れて低い点しか取れないホアキンを試験に合格させるため〈地獄の沙汰も金次第〉、両親が寄付せざるをえなかったこと（学校の礼拝堂にはステンドグラス、侍祭たちには毛織りのスカート、貧しい子供たちの小さな学校には丈夫な勉強机、等々）は事実だが、たしかに少年は目に見えて社交的になり、それからというもの、時に楽しそうな顔をすることもあった。この時期に、彼の才能（無理解な父親は欠点だと言った）が初めて兆しを見せた。サッカーに対する興味だ。息子のホアキンが、サッカーシューズを履いた途端、麻酔に掛かったように、鈍く、短い言葉しか口にしない子供から活発でよくしゃべる子供に変ることを知らされ、両親は狂喜した。そしてすぐさまラ・ペルラの屋敷と隣り合った土地を手に入れて、かなり大きなサッカー場を造り、ホアキンが思う存分遊べるようにした。

それ以来、霧で煙るラ・ペルラのパルメーラス大通りでは、学校の授業を終え、イノストローサ＝ベルモント家のサッカー場でプレーするためにやって来た二十二人の生徒――顔触れは変るものの頭数は常に同じだった――が、サンタ・マリア校のスクールバスから降りてくるのが見られた。一家は試合の後、選手たちをお茶に招き、チョコレートやゼリー、メレンゲ、アイスクリームを振舞った。こうして資産家夫婦は毎日午後になると、愛する息子のホアキンが嬉しそうに息を切らす姿を眺めて楽しんだ。

そのわずか数週間後、ペルーにおけるコショウ栽培のパイオニアは、奇妙なことが起きているのに気がついた。彼は二度、三度そして十度も、愛するホアキンが試合の審判を務めているのを目撃したのだ。口にホイッスルをくわえ、日よけ帽をかぶって選手を追いかけ、反則を告げたりペナルティーを科したりしていた。選手にならずにその役をまっとうしていることを少年が気に病んでいる様子はなかったにもかかわらず、百万長者は腹を立てた。家に招いて菓子をたっぷり食べさせ、息子と対等に付き合うことを許してやっている子供たちが、ずうずうしくもホアキンに審判などというぱっとしない役割を押しつけるとは。彼は今にもドーベルマン犬の檻を開き、厚かましい子供たちを恐怖に陥れかねなかった。だが、実際には彼らを咎めただけだった。すると驚いたことに、子供たちは無実を訴え、ホアキンが審判をしているのは彼がなりたがったからだと誓って言ったばかりか、犠牲者であるはずの息子も、神と母親に懸けてその通りだと子供たちの言葉を裏付けた。数ヶ月後、父親は手帳の記録や執事たちの報告をもとに、次のような統計をはじき出した。彼のサッカー場で行われた百三十二試合のうち、ホアキン・イノストローサ＝ベルモントは一度も選手としてプレーせず、百三十二回のすべてにおいて審判を務めていたのだ。両親は顔を見合せ、何か変だと目と目で語り合った。これが正常なはずがない。ふたたび科学が必要とされた。

リマで一番有名な占星術師であり、星々の中に人の心を読み、黄道十二宮によって客（彼は「友人たち」と呼ぶ方を好んだ）の精神を癒す男ルシオ・アセミラ教授は、数々の星占い、天体への問いかけ、月の瞑想を試みた後、正確とは言えないまでも、両親にとっては最も喜ばしい判断を行った。

「ご子息は細胞のレベルで、自分が貴族であることを知っていて、出自に忠実なために、他の連中と同等であると考えることに我慢できないのでしょう」彼はそう説明しながら、予言を口にするとき瞳に現れる知性のきらめきを見えやすくするため?眼鏡を外した。「選手より審判になりたがるのは、試合の審判を務める人間というのは命令を下す存在だからですよ。あなた方はあの緑の長方形の中で、ホアキン君がスポーツをしていると考えておられたのですか。だとすれば、それは間違いです。彼は疑いようもなくその体内に流れている、支配したい、唯我独尊でありたい、階層を守りたいという先祖伝来の欲求を満たしているのです」

父親は感涙にむせびながら息子にキスの雨を降らせ、自分を幸福な男だと言ってはばからず、アセミラ教授から請求された、それだけでも目を見張るような報酬の額に、さらにゼロをひとつ加えたのだった。同級生たちのサッカーの試合を審判することへのこだわりは、権力志向と優越意識から生じるものであり、それはいずれ息子を世界の(最悪の場合でもペルーの)覇者にするはずだと確信した実業家は、午後になるとちょくちょくその多岐にわたる仕事を放り出し〈初めての獲物の羊を喰いちぎる仔を見て涙する親獅子の親馬鹿ぶり〉、ラ・ペルラの私設スタジアムにやってきては、自分が贈った美しいユニフォームに身を包み、卑しい混乱(選手たち?)の後ろでホイッスルを鳴らすホアキンを眺め、父親としての喜びを味わうのだった。

それから十年がたち、当惑した両親は、おそらく星の予言が楽観主義という罪を犯したのだろうと、ぼやき始めざるをえなかった。ホアキン・イノストローサ=ベルモントはすでに十八歳になり、入学当時の同級生に何年も遅れを取りはしたものの、ひとえに家族の慈善活動のおかげで、中等部の最終学年を迎えていた。ルシオ・アセミラによればサッカーの審判をするという害のない気まぐれの陰に隠れているはずの世界の征服者の遺伝子はどこにも現れなかった。それにひきかえ、特権階級の一人息子が、フリーキックの判定をする以外なんの役にも立たない木偶の坊であるという事実は、恐ろしいことに隠しようがなかった。彼の知性は、話す内容から判断すると、進化論的に言って白痴と猿の中間に位置していた。気品と野心に欠け、レフェリーとして慌ただしく動くこと以外一切興味を示さなかったことは、彼を少しも面白味のない人間にしていた。

ここで、彼の第一の悪癖（二番目はアルコールだった）について言えば、少年が、才能と呼ぶに値するものを示していたことは事実だ。異常なほどの公明正大さ（サッカー場という聖なる空間と、試合という魔法の時間の中でのみだろうか？）、そしてまた〈イナゴマメの木の陰に隠れた昼の餌となるネズミを雲の高みから見つけだすハイタカ〉、どんなに遠くからでも、いかなる角度からも、センターフォワードの脛を狙ったディフェンスの狡猾なタックルや、同時に飛び上がったゴールキーパーに対するウイングの卑劣な肘打ちを決して見逃さない目の力により、彼は審判として、サンタ・マリアの生徒や教師たちから高い評価を得た。ルールのすべてを知り尽し、とっさの判断でルールの空白を補う直観の冴えもまた、類まれだった。名声はサンタ・マリアの壁を跳び越え、ラ・ペルラの貴公子は学校対抗戦や地区の選手権の審判を頼まれるようになり、ある日、ポタオ・スタジアムで？二部リーグの試合のレフェリー代理を務めたことを人々は知った。

高校を卒業すると、既に疲れ切った両親の前に新たな問題が生じた。ホアキンの行く末である。大学に進ませるという考えは、少年に無用な屈辱や劣等感を味わわせないように、そして一家の財産が寄付という形で湯水のごとく新たに流れ出るのを防ぐために、残念ながら放棄された。外国語を習わせようという試みは、完全な失敗に終った。一年間のアメリカ留学も、もう一年間のフランス留学も、彼に英語とフランス語の単語ひとつ覚えさせることができなかったばかりか、ただでさえ心もとなかった母国語のスペイン語を瀕死の状態へ追いやった。息子がリマに戻ってくると、カシミア製造業者は彼に資格を取らせるのを諦め、すっかり幻滅して、数ある自分の会社で働かせることにした。結果は予想に違わず惨憺たるものだった。息子の働きぶりもしくは怠慢ぶりは、わずか二年で繊維工場を二つ潰し、コングロマリットの中で最も業績のよかった会社——道路建設会社——を赤字に転落させ、密林地帯にあったコショウのプランテーションは害虫に蝕まれ、土砂崩れに押し潰され、洪水に飲み込まれてしまった（これによってホアキンは疫病神でもあることが証明された）。息子の計り知れない無能さに茫然自失となり、自尊心を傷つけられた父親は、すっかり生気を失ってニヒリストに変貌し、仕事を疎かにしたために、代理を務める強欲な部下たちにたちまち会社を乗っ取られ、舌を出して（無謀にも？）自分の耳をなめようとする珍妙な発作を起すようになった。ノイローゼと不眠症のために、彼は妻の後を追うかのように神経科医や精神分析医（アルベルト・デ・キンテーロス？　ルシオ・アセミラ？）に身を委ねるはめに陥り、そのせいで、わずかに残っていた正気と金もすぐに底をついてしまった。

両親が経済的に行き詰り、精神的痛手を負ったにもかかわらず、ホアキン・イノストローサ＝ベルモントは自殺に追い込まれたりはしなかった。彼は相変らずラ・ペルラを離れず、ペンキが剝げて錆だらけになり、汚れが溜まって蜘蛛がはびこる幽霊屋敷に住んでいた。彼の他に人影はなく、庭もサッカー場も（借金返済のために）既に失っていた。若者は、昼間はベヤビスタとラ・ペルラを分ける空き地で、地区の浮浪者たちによるストリートサッカーの審判をして過ごした。悪童たちが二つの石をゴール、街灯をラインに見立て、往来の真ん中で団子になって興じていた試合で、選手権の決勝戦並みの審判ぶりを披露していた――人跡未踏のジャングルの真っ只中でさえ夕食を取るのに舞踏会の衣装を着る優雅な王子魂ゆえか――上流階級の御曹司ホアキンは、のちに彼に肝硬変をもたらすとともに彼をスターにすることになる人物、サリータ・ウアンカ＝サラベリア？を知った。

それまでも、彼女がその手の試合でプレーするのを何度も見たことがあったし、敵を攻めるその激しさに対し、いくつもファウルを取りさえしていた。周りから〈男勝り（マリマチョ）〉と呼ばれてはいたが、ホアキンは、血色が悪く、古びた運動靴を履き、ジーンズにぼろぼろのセーターという格好の若者がまさか女だとは思ってもみなかった。彼はそのことを官能的に発見した。ある日、疑問の余地のない反則〈マリマチョはキーパーもろともボールをゴールに蹴りこんだ〉にペナルティーを科すと、母親を侮辱する言葉が返ってきた。

「今なんて言った」貴公子は怒りをあらわにした。自分の母親が、ちょうどその瞬間に錠剤を飲み、煎じ薬を味わい、注射針に耐えているだろうと思ったのだろうか。「男ならもう一度言ってみろ」

「そうじゃないけど言ってやらあ」マリマチョは答えた。そして〈譲歩しないためには火刑場へ向かうこともためらわないスパルタ人の誇り〉、路地裏ならではの形容詞をたっぷりとちりばめて、再び母親を侮辱した。

ホアキンは彼女にパンチを見舞おうとした。だが拳は空を切り、その瞬間、彼はマリマチョの頭突きを食らって地面に倒れてしまった。そのとたん、彼女はここぞとばかり彼に飛び掛かり、手、足、膝、肘で攻撃した。〈いつしか愛の押し合いの様相を呈し始めるマット上の格闘〉、彼は相手が女であることに気づき、呆気に取られるとともに射精しかねないほどの興奮を覚えた。殴り合ううちに、彼は思わぬところにあった膨らみに触れたのだ。その感触がもたらした感動はあまりに大きく、彼の人生を変えてしまったほどだった。喧嘩のあと相手と友好を結び、彼女の本名がサリータ・ウアンカ＝サラベリアだと知った彼は、その場でターザンを観ようと映画に誘い、一週間後にプロポーズした。だがサリータは妻になることを拒んだばかりか、キスすらさせなかった。するとホアキンは、古風にも酒場に入り浸るようになった。そしてたちまち、恋の痛手をウイスキーで癒すロマンチストから、そのアフリカの渇きを灯油で潤しかねない不治のアル中に変ってしまった。

一体、何がホアキンの裡でサリータ・ウアンカ＝サラベリアに対する情熱を目覚めさせたのだろうか。彼女は若く、身体は若鶏のようにほっそりしていて、肌は外気と日射にさらされて荒れ放題、前髪は男のダンサー並みに短く、サッカー選手としても見劣りがしなかった。彼女の服装といい、することなすこと、そして付き合っている連中といい、すべて女らしさからはほど遠かった。おそらく、だからこそ――生まれついての悪癖や常軌を逸した熱情の持ち主だったために――かの貴公子には彼女が大いに魅力的に感じられたのではないか。彼がラ・ペルラの荒れ果てた家に初めてマリマチョを連れて行った日、両親は二人が立ち去ると、吐き気をこらえながら互いに顔を見合せた。かつて大金持ちだった男は、苦々しい気持ちを次の言葉に封じ込めたのだった。「我々が育てた息子は、脳味噌が足りないだけでなく、妙な趣味を持っているらしいな」

しかしながら、サリータ・ウアンカ＝サラベリアは、ホアキンをアル中にすると同時に、丸めたぼろきれをボールにして蹴り合う路地の試合の審判から、国立サッカー場での選手権試合の審判へと飛躍させる、トランポリンの役目も果したのだった。

マリマチョは、貴公子の情熱をはねつけただけでは満足せず、彼を苦しめて楽しんでいた。映画、サッカー、闘牛、レストランと、誘われれば決して断らず、高価なプレゼント〈恋に落ちた若者は、わずかに残った一家の財産をそんなことにつぎ込んでいたのか？〉をためらうことなく受け取りはしたが、ホアキンが彼女に愛を語ることは許さなかった。彼が〈花の美しさをたたえるにも顔を赤らめる童貞男の臆病さ〉、彼女をどれほど愛しているかどもりながら言おうとすると、サリータ・ウアンカ＝サラベリアはかっとなって立ち上がり、橋の下の社会特有の言葉で罵って彼を傷つけ、それ以上言うなと命じるのだった。ホアキンが酒場をハシゴして、激しい酔いをただちに得るために、酒をちゃんぽんで飲み出したのはこの頃だ。フクロウの鳴く時間に家に戻ってきては、よろめきながらラ・ペルラの屋敷の部屋から部屋へ次々と吐瀉物の航跡を描いていく彼の姿は、両親にとって見慣れたものとなった。そして身体がアルコールで溶けかかる寸前、サリータの電話が彼を甦らせる。すると彼は新たな希望を胸に抱く。こうしてまた地獄の悪循環を繰り返すのだった。舌の発作（チック）を抱えた男と心気症（ヒポコンデリー）持ちの女は、暗澹たる思いに衰弱し、ほとんど同時に亡くなると、プレスビテロ・マエストロ墓地の霊廟に埋葬された。すっかり小さくなってしまったラ・ペルラの屋敷は、辛うじて残っていた財産とともに債権者の手で競りに掛けられるか、あるいは国に没収された。ホアキン・イノストローサ＝ベルモントは、今や自分で稼がなければならなかった。

　彼がどのような人物であるかを考えれば（彼の過去は、彼が野垂れ死ぬか乞食になるはずだと声高に訴えていた）、その人生は上出来以上のものだった。一体どんな職業を選んだのか。なんとサッカーの審判である。空腹に駆られ、またつれないサリータに貢ぎ続けたい一心で、彼は悪童たちに試合の審判を頼まれると、何ソルか要求するようになり、彼らが割勘で払うのを見ると〈二と二で四、四と二で六〉、料金を吊り上げていき、やり繰りもうまくなった。サッカー場での見事な審判ぶりは世間に知られていたので、ユースチームの試合を請負う契約を結ぶことになり、ある日、大胆にもサッカー審判コーチ連盟に出向いて登録を申請した。そして、目を見張る成績で合格したために、その日から彼が（見栄を張って？）同僚と呼べるようになった連中は面喰らってしまった。

ホアキン・イノストローサ＝ベルモントのホセ・ディアス国立競技場デビュー——黒地に細い白のストライプの入ったユニフォーム、額に緑のサンバイザー、口には銀色に光るホイッスル——は、ペルー・サッカー史に残る出来事となった。あるベテラン・スポーツ記者はそれを、「彼とともにフィールドに、不屈の正義と芸術的霊感が入場した」と表現することになる。その正確さ、その公正さ、ファウルを見つけ出すその速さ、そしてペナルティーを与えるその手際のよさ、その威厳（選手たちは彼の前で常に視線を落とし、話しかけるときは名前に「ドン」をつけて敬意を表した）、そして試合の九十分間を通してずっと走り続けられる身体のコンディション、ボールから十メートル以上は決して離れないといったことが、たちまち彼を人気者にした。誰かのスピーチにあったように、彼は選手が逆らわず、観客がブーイングを浴びせない唯一のレフェリーであり、試合が終るたびにスタジアム全体の喝采を受けるただ一人の人間だった。

その才能と努力は、並外れたプロ意識からのみ生まれるものだったのか。それもあるだろう。しかしもっと深い理由は、ホアキン・イノストローサ＝ベルモントが〈ヨーロッパで成功を収めながら、本当に求めていたのはアンデスの小さな村で誉め称えられることであったために、辛い日々を送る若者の秘密〉、そのあざやかな試合さばきでマリマチョを感動させたいと思っていたことにあった。二人は毎日のように会っていた。口さがない人々の卑猥な噂によれば、彼らは恋人同士ということになっていた。ところが、実際には、何年もの間、一途な気持ちが揺らぐことはまったくなかったにもかかわらず、サッカーの審判はサリータの抵抗に打ち克つことができなかった。

ある日サリータは、カヤオの酒場の床に伸びていた彼を救い出し、彼が住んでいた旧市街の下宿へと連れ帰った。そして痰とおが屑の汚れを拭き、横にしてやってから、自らの半生の秘密を語って聞かせた。こうしてホアキン・イノストローサ＝ベルモントは〈吸血鬼のキスを受けた男の蒼白さ〉、この少女の青春の早い時期に、呪われた愛と結婚の解消という出来事があったことを知った。事実、サリータと彼女の兄（リチャード？）との間に悲劇的な愛が芽生え、それは——人類に降りかかる炎の瀑布（ばくふ）、毒の雨——妊娠という結果を招いた。そこでかつては相手にしていなかった彼女に言い寄る男（赤毛のアントゥネス？　ルイス・マロキン？）と狡猾にも結婚したため、近親相姦によって身ごもった子供は、汚れなき姓を名乗ることができるはずだった。しかしながら、若くて幸運な夫は——悪魔が鍋に入り込み、しっぽでケーキを台なしにする——寸前で彼女の悪だくみを見破り、継子を実子として密輸しようとしたずる賢い女に三下り半を突き付けた。やむなく中絶したサリータは、名門の一族、高級住宅地、輝かしい姓から逃げ出して、宿無し女へと身を落し、ベヤビスタやラ・ペルラの空き地でその個性とマリマチヨという渾名を手に入れた。それ以来、彼女はもはや二度と男に身を任せず、あらゆる現実的な点を含め（ああ、精子保有という点だけは除いて？）、永遠に男として生きていくことを誓ったのだった。

サリータ・ウアンカ＝サラベリアの冒瀆に彩られた悲劇、彼女がタブーを犯し、世間のモラルと宗教的戒律を踏みにじったことを知って、ホアキン・イノストローサ＝ベルモントの愛情は、冷めるどころかますます揺るぎないものになった。さらにラ・ペルラ出身の男は、マリマチョの心の傷を癒し、彼女を世間や男性と和解させようと考えた。彼女を再び女らしく、魅力に溢れ、お茶目で愛嬌のある、伝説の女優ラ・ペリチョリ？のようなリマ娘にしようと思ったのだ。

名声がさらに高まり、リマや国外で国際試合の審判を務めることを請われたり、メキシコやブラジル、コロンビア、ベネズエラで働かないかと誘われたりしても〈サン・フェルナンドの医学校で結核のモルモットを使って実験を続けるためにニューヨークでコンピュータを使うことを諦める学者の愛国心〉、ことごとく断る一方で、近親相姦を犯した少女の心を射止めようとますます執拗に迫った。

そして彼は、サリータ・ウアンカ＝サラベリアが根負けしそうな兆し――丘から立上るアパッチ族の狼煙、アフリカのジャングルに響く太鼓の音――が仄かに見えた気がした。ある日の午後、アルマス広場の〈ハイチ〉で、コーヒーとクロワッサンの軽食を取ったあと、ホアキンは少女の右手を自分の両手で一分以上も（審判である彼の体内時計がそれを正確に測っていた）握ることができた。それからしばらくして、ペルー代表チームが、評判の芳しくない国――アルゼンチンだかどこだか？――からやってきた、鋲で装甲したスパイク、膝当て、肘当てと、まさに敵に手傷を負わせるための装備で試合に現れた殺人者の集団と一戦を交えることになった。自分たちの国ではいつもそんなふうにサッカー――拷問と犯罪を織り混ぜた？――をするのだという彼らの言い分（それは事実である）には耳を貸さず、ホアキン・イノストローサ＝ベルモントは彼らに次々と退場を命じ、結局、対戦相手不在のために、ペルーチームの不戦勝となった。当然のことながら、審判は群衆の肩に担がれてピッチを後にし、サリータ・ウアンカ＝サラベリアも、二人きりになると――ペルー人魂の発露？　スポーツ特有の感傷趣味？――彼の首に抱きつき、キスを浴びせたのだった。一度彼が病いに倒れた（不吉な肝硬変がスタジアムの男の肝臓をじわじわ鉱物化していき、周期的な発作を起させるようになった）とき、彼がカリオン病院に入院していた一週間というもの、彼女はつきっきりで看病し、ある夜ホアキンは、彼女が彼のために？涙を流しているのを目にした。こうしたことのすべてに勇気づけられた彼は、くる日もくる日も、手を変え品を変えして結婚を申し込んだ。しかし無駄だった。サリータ・ウアンカ＝サラベリアは、彼がタクトを振る試合〈記者たちは彼の審判ぶりを交響曲の指揮に喩えた〉を欠かさず観たばかりか、国外にもついて行き、しまいにはホアキンが年老いた両親およびピアニストの妹とともに暮らしていたペンシオン・コロニアルに引っ越してきてしまった。それでも彼女は、二人の愛が清いままであることをやめて激しい歓びに変るのを拒んだのである。いつまでも答えの出ない状態は〈花びらを決してむしり尽せない雛菊（ひなぎく）〉、ホアキン・イノストローサ＝ベルモントのアルコール中毒を悪化させ、しらふでいるより酔っ払っている彼を見ることの方が多くなってしまった。

アルコールは、彼のプロ生活のアキレス腱であり、事情通によれば、それが障害となって彼はヨーロッパで審判することができなくなったのだった。その一方で、酒を浴びるほど飲んでいた人間が体力勝負の仕事をこなすことができたことを、どのように説明できるのか。実は〈歴史に敷き詰められた数々の謎〉、彼は二つの天性をともに発揮し、三十路（みそじ）を過ぎてからは、その二つは同時的なものとなったのである。ホアキン・イノストローサ＝ベルモントは、べろべろに酔った状態で試合の審判を務め、酒場にいても頭の中で審判を続けるようになった。

アルコールは彼の才能にとってマイナスにならなかった。そのために目が曇ることはなかったし、威厳が弱まることも、走るスピードが鈍ることもなかった。確かに、ときには試合の最中しゃっくりに襲われることがあったし〈空を曇らせ美徳にけちをつける中傷〉、サハラ砂漠のごとき渇きに苦しんだ彼が、選手の救護に駆けつけた看護士から塗布剤の瓶を奪い取って冷水のように飲み干したことがあるという噂が、まことしやかに囁かれていた。しかし、そうしたエピソード――奇想天外な話、天才の神話――も、彼の成功の妨げとはならなかった。

こうしてスタジアムの耳を聾する拍手喝采と、真の信仰（エホバの証人？）の布教者としての魂に秘められた、青春時代の狂気染みた夜にビクトリア地区の少女（サリータ・ウアンカ＝サラベリア？）を心ならずも犯してしまったことに対する良心の呵責〈肉を啄む異端審問官の鉗子、骨を蝕む腫瘍〉を和らげるための悔悟の泥酔とのはざまで、ホアキン・イノストローサ＝ベルモントは花盛りの年齢五十歳を迎えた。広い額、鷲鼻、鋭い眼差し、実直にして善良な心の持ち主であった彼は、その職業の頂点へとはい上がったのだった。

そんな状況の中、リマは、過去半世紀における最も重要なサッカーの祭典の舞台となった。ペルーとボリビアという、いずれも対戦相手から屈辱的な数のゴールを奪って勝ち上がってきた二つのチームによって行われる、南米選手権の決勝戦である。慣例では第三国のレフェリーがこの試合の審判を務めるはずだったが、両チーム、特にアウェーチームの面々から――中央高原の寛大さ、アンデスの貴族的精神、アイマラ族のプライド――まれに見る執拗さで、名だたるホアキン・イノストローサ＝マロキンに試合の審判を務めてほしいとの強い要求があった。そして正選手も控えの選手もコーチ陣も、要求が通らなければストライキに訴えると脅したので、協会も同意し、エホバの証人は、誰もが忘れ難いものになるだろうと予想したこの試合を管理する任務を引き受けたのだった。

リマのしつこい灰色の雲もその日曜日には晴れ渡り、熱い日射しに決戦はいやが上にも盛り上がることになった。多くの人々が、チケットを手に入れられるかもしれないという幻想を胸に（ひと月前に完売したことが分かっていた）、戸外で夜を明かした。日の出前から国立サッカー場周辺は、どこもかしこも、ダフ屋を追い回し、入場するためならいかなる犯罪でもやってのける覚悟の人々でごった返した。試合の二時間前にはすでに、スタジアムは立錐（りっすい）の余地もなかった。南の偉大な国（ボリビア？）の何百人もの市民は、汚れなき高地から飛行機、車、徒歩でリマへとやって来て、東側観客席に陣取った。遠征軍と現地軍の歓声と地響きが、両軍の登場を前にスタジアムを加熱していた。人々があまりにも密集しすぎているのを見て、当局は警戒態勢をとっていた。わずか数ヶ月の間に――英雄的行為と自己犠牲、大胆にして優雅――カヤオの犯罪者や悪党を一掃したことで、警察の中でも最も名の通っていた部隊が、安全の確保並びにスタンドとフィールドにおける両国民の平和的共存のため、リマへと派遣された。犯罪者が恐れるそのリーダーは人も知るリトゥーマ隊長で、彼はスタジアムを熱心に歩き回り、ゲートや付近の道を点検しながらパトロール隊が持ち場についているかどうかを確かめ、彼の右腕である百戦錬磨の曹長、ハイメ・コンチャに霊感溢れる指示を与えた。

キックオフの笛が鳴るころ、すし詰めの群衆が大歓声を上げる西側スタンドには〈自分を犯した男に夢中になってしまう被害者のマゾヒズム〉、サリータ・ウアンカ＝サラベリア――彼が審判を務める試合を見逃したことはなかった――に加えて、製薬会社の宣伝部員ルイス・マロキン＝ベルモント（刑務所の特別許可によってスタジアム北側スタンドにいた？）にナイフで刺されて以来、苦しみを嘗めつつ横たわっていた床から起き上がったばかりの、高徳の士ドン・セバスティアン・ベルグアや、妻のマルガリータ、ネズミの群れに嚙まれた傷痕――ああ、痛ましきジャングルの夜明け――もすっかり癒えた娘のロサがいた。

ホアキン・イノストローサ（テリョ？　デルフィン？）が――いつものように、喝采に応えて四方を向かざるをえなかった――粋で素早い身振りによって試合開始を告げたときには、悲劇を予感させるものなど何もなかった。それどころか、選手のプレーぶりといい、フォワードが攻め込み、バックスが守り切るたびに客席から沸き起こる喝采といい、すべてが熱狂と紳士的精神に満ちた雰囲気の中で進んでいた。最初の瞬間から、予想が的中したことは明らかだった。試合は互角の勝負となり、フェアでありながらも白熱するものとなった。ホアキン・イノストローサ（アブリル？）の審判ぶりはかつてなかったほど芸術的で、まるでスケート靴を履いているかのように、選手の邪魔をすることなく常に適切なアングルを確保しながら、芝の上を滑っていた。そして厳しいけれども偏らない判定によって〈口論を喧嘩へと発展させる情熱〉、試合が決して荒れないようにしていた。しかし〈人間の限界〉、聖なるエホバの証人の〈苦行僧の無関心、イギリス人の冷静さ〉、運命が仕掛けた計略の実現を阻むことはできなかった。

地獄のメカニズムが容赦なく動き出したのは、後半に入り、両チームの得点が一対一、観客の声はかすれ、手は熱くほてってひりひりし出したときだった。リトゥーマ隊長とコンチャ軍曹は、万事順調に運んでいると無邪気に話し合っていた。午後のひとときを台なしにするような事件——窃盗、喧嘩、迷子——は一つも起きていない。

だが時計の針が四時十三分を指したとき、五万人の観衆は、とんでもないものを目の当たりにした。南側スタンドの最も混み合った奥の方から、突然——黒い、痩せた、背が高い、歯がない——男が現れ、フェンスを軽々と乗り越えると、何やら訳の分からないことを叫びながらフィールドに闖入してきたのだ。彼が裸同然——腰から一枚の布を垂らしているだけ——だったこと以上に観客を驚かせたのは、足先から頭まで、全身切り傷だらけだったことである。ぞっとするような唸り声がスタンドを震え上がらせた。入れ墨の男が審判を狙っていることは、誰の目にも明らかだった。もはや疑う余地はなかった。大男は吠えながら、サッカーファンのアイドル（グメルシンド・イノストローサ＝デルフィン？）目がけて一直線に走っていた。だが審判は、自らの芸術に没頭していたので男には気づかず、せっせと試合を作り続けていた。

迫りくる暴漢は誰だったのか。謎のごとくカヤオに辿り着き、夜警に発見されたあの密航者なのだろうか。当局に安楽死という形で処刑することを決定されながらも、夜の闇の中で軍曹（コンチャ？）に命を救われたあの哀れな男だったのか。リトゥーマ隊長にも、コンチャ軍曹にも、それを確かめている余裕はなかった。ただちに行動を起さなくては国の英雄が襲われるかもしれないと悟り、隊長――上司と部下の間には、睫（まつげ）を動かすだけで理解し合うという意思伝達の方法があった――は軍曹に行動するよう命じた。するとハイメ・コンチャは座ったままピストルを抜いて、弾を十二発撃ち、そのすべてを裸の男（五十メートル先にいた）の体のあちこちに埋め込んだのだった。こうして軍曹は〈遅くてもしないよりましという諺通り〉、与えられた任務を遂行するに至った。なぜなら、実際、男はカヤオにいた密航者だったからだ。

自分たちのアイドルに死をもたらしたかもしれない男がピストルで蜂の巣にされるのを見た観衆は、一瞬前までは憎しみの対象だったその男と連帯し――軽薄で涙もろい女の移り気、尻軽女の浮気心――彼を被害者に仕立て上げて警察と対峙（たいじ）した。空を飛ぶ鳥の耳を聾する口笛が一斉に上がり、日陰席（ソンブラ）も日向席（ソル）も、黒人が十二の穴から地面に体中の血を流している光景に対する怒りをあらわにした。銃声は助手闘牛士（ペオン）たちをうろたえさせたが、グラン・イノストローサ（テリェス＝ウンサテギ？）は自らの信念に従い、闘牛の中断を許さず、飛び入りの死体を巧みによけながら相変らず鮮やかな審判ぶりを披露し続け、野次の口笛に加えて飛び交い始めた叫び声や悲鳴、罵声には少しも耳を貸さなかった。スタンドから前触れのように落ちてき始めた――色とりどりの、宙を飛び交う――クッションは、たちまちリトゥーマ隊長率いる特別警備隊を目がけ、雨あられと降り注いだ。リトゥーマは嵐の匂いを嗅ぎ取ると、すぐさま行動に出ることを決定した。彼は警官たちに催涙弾を準備するよう命じた。何としても流血を避けたかったのだ。そして間もなく、闘牛場(アレナ)の退避柵が至る所で乗り越えられ、興奮した闘牛ファンが四方八方から闘牛場目指して荒々しく突進してきたとき、彼は隊員たちに催涙弾を何発か使うよう指示した。涙やクシャミが（彼は考えた）人々の怒りを鎮め、風が化学の煙を運び去ってしまえば、再び平和がアチョ闘牛場を支配するだろう。同様に、四人の警官から成る一隊に、激昂した連中の標的になっていたハイメ・コンチャ軍曹を護衛するよう命じた。群衆が彼を血祭りにあげようとしていることは火を見るより明らかだった。ただし、そのためには、まず雄牛に立ち向かわねばならなかった。

しかし、リトゥーマ隊長は、肝腎なことを忘れていた。二時間前に、彼自ら、闘牛場の周囲を威嚇するようにうろついていたチケットのないファンたちが力ずくで会場に入り込もうとするのを防ぐために、一階スタンドへの通路を遮るシャッターと鉄格子を下ろすよう命じていたのだ。こうして〈命令の忠実な遂行者〉、警官たちが人々に催涙弾を何発も見舞い、たちまち客席の至るところから悪臭のする煙が上がり出すと、観客は一斉に逃げ出した。彼らはハンカチを口に当て、涙を流し、躓(つまず)き、跳びはね、押し合いへしあいしながら出口目掛けて走った。人々の奔流は、閉ざされたシャッターと鉄格子に堰止められた。堰止められた？　それもわずか数秒の間、各縦隊の最前列が、後ろからやってきた者たちの圧力で巨大なハンマーに変り、そのハンマーにへこまされ、膨らまされ、打ち壊され、跡形もなく引きちぎられてしまうまでのことだった。そんなわけで、その日曜日の午後四時半、たまたま闘牛場の近くを通り掛かったリマック地区の住人たちは、世にも珍しい光景を見物することができた。突然、ばりばりという凄まじい音とともに、アチョ闘牛場の扉が砕け散り、押し潰された死体を吐き出し始め、狂乱した群衆が〈これぞ泣き面に蜂〉、その亡骸を踏みつけながら、血の海と化した狭い出口から逃げ出してきたからだ。

橋の下のホロコーストにおける最初の犠牲者には、エホバの証人をペルーにもたらしたモケグア出身のドン・セバスティアン・ベルグアとその妻マルガリータ、そして甘きフルートの優れた奏者である娘のロサも含まれていた。信心深い一家は、彼らを救うはずであったその慎重さが災いして命を落とした。というのも、人喰い人種の飛び入り参加というハプニングが起き、男が闘牛に八つ裂きにされるやいなや、ドン・セバスティアン・ベルグアは〈吊り上がった眉、独裁者の指〉、一族の者に命じた。「退却！」説教師には縁のない言葉である恐怖ゆえではなく、分別ゆえ、すなわち敵どもが口実を作って自分たちの信仰の名に泥を塗ろうとするのを避けるために、自分や家族の者がいかなるスキャンダルにも巻き込まれるわけにはいかないと考えてのことだった。こうしてベルグア一家が急いで日向席を後にし、出口に向かって階段を下りていたとき、催涙弾が炸裂した。三人が六番ゲートでシャッターが上がるのを穏やかに待っていたとき、背後に、群れをなす人々が大声を上げ涙を流しながら突進してくるのが見えた。犯してもいない罪の告解をする暇も与えられぬまま、恐怖に駆られた群衆によってシャッターに押しつけられ、文字通りすりつぶされてしまった（ピュレ、ヒトのスープ？）ドン・セバスティアンは、自分が否定していたあの世へ行く一瞬前に、いまだ頑固に、信心深く、異端の姿勢を貫いて、こう叫ぶことができた。「キリストは木の上で死んだ。十字架ではない」

ドン・セバスティアン・ベルグアを刺し、ドニャ・マルガリータと音楽家を凌辱した気が触れた男の死は（表現は適切だろうか？）それほど不当でもなかった。なぜなら、悲劇が起きると、若きマロキン＝デルフィンは、好機が到来したと考えたからだ。彼はどさくさに紛れて、歴史的な闘牛を見る間自分を監視するよう刑務所に命じられた看守の手を逃れ、リマ、そしてペルーから国外に脱出して名前を変え、狂気と犯罪に彩られた新しい人生を歩むつもりだった。彼の思惑が雲散霧消したのは五分後、五番ゲートの扉のあたりで（ルーチョ？　エセキエル？）マロキン＝デルフィンと彼の手を握っていたチュンピータス刑務所の看守が、闘牛ファンの最前列を進むという疑わしき栄誉に与った結果、群衆によって細切れにされたときだった（看守と製薬会社宣伝部員の指が、二人が死体となってからも絡み合っていたことは、後の語り草になった）。

サリータ・ウアンカ＝サラベリアの死は、少なくとも雑踏にもみくちゃにされなかった分だけ優雅だったと言える。それは当局が彼女の行動と意図をとんでもなく誤解し、取り違えたために生じたことだった。事件が次々と発生し、牛の角に貫かれた人喰い人種や榴弾が煙を撒きちらすのを目の当りにしたり、骨が折れた人々の悲鳴を聞いたりしたティンゴ・マリア出身の娘は〈死の恐怖に勝る愛の炎〉、愛する男のそばにいるべきだと決意した。そしてファンの集団とは反対に、闘牛場へと降りて行ったので、踏み潰されることを免れたのだ。ところがリトゥーマ隊長の鷲の目を免れることはできなかった。立ち込めるガスの煙の中から正体不明の人影が現れて、退避柵を飛び越え、マタドール（周囲の一切にかまうことなく、牛をけしかけ、膝をついてパセを演じていた）に駆け寄っていくのを認めた彼は、マタドールが襲われるのを命ある限り阻止するのが自分の義務だと確信すると、ピストルを抜くなり早撃ち三発で、恋する女の足と心臓をあっけなく停止させたのだった。サリータは、他ならぬグメルシンド・ベルモントの足許に崩れ落ちた。

ラ・ペルラ生れの男は、ギリシア悲劇さながらの昼下がりに死んだ者たちのなかで、自然死した唯一の人間だった。ただし、この平凡な時代にあっては異常とも言える、愛する女性が足許で息絶える有様を見て心臓麻痺で死ぬ男の現象を、自然と呼べるならの話であるが、彼はサリータの傍らに倒れ、二人は息を引き取る寸前、ついに堅く抱き合い、こうして結ばれたまま、悲運の恋人たち（あのロミオとジュリエットのように？）の夜へと足を踏み入れたのだった……。

そのころ、汚点ひとつなく任務を全うしてきた社会秩序の番人は、自らの経験と洞察力にもかかわらず秩序が混乱を極め、アチョ闘牛場とその一帯が、死体がごろごろ転がる墓地に変ってしまったことを憂い、残っていた最後の弾で〈海の底まで船と運命をともにする老練な船乗り〉、頭を撃ち抜き（輝かしくはなかったが雄々しく）その生涯を閉じた。隊長が非業の死を遂げるのを見たとたん、警官たちの士気は萎えてしまった。彼らは、規律や団結の精神、組織に対する愛情などすっかり忘れ、制服を脱ぎ捨て、死体から剝ぎ取った服を着て逃げ出すことしかもはや頭になかった。逃げおおせた者も何人かいた。しかし、ハイメ・コンチャはそうはいかなかった。彼は生き残った人々に玉を抜かれた後、囲い場の太い梁に、彼自身の革ベルトで首から吊るされた。ドナルド・ダックの健全な読者、仕事熱心な百人隊長は、事件に調子を合わせるかのように？雲が垂れ込め、冬の霧雨を降らせ始めたリマの空の下で、その体を揺らしていた。

この物語は、このままダンテ風の殺戮の場面で終ってしまうのか。さもなければ不死身の鳩（鶏？）のごとく、その灰の中から新たなエピソードと一筋縄では行かない登場人物とともに再生するのか。この闘牛場の悲劇にいかなる出来事が続くのだろうか？

17

午前九時、僕たちは大学公園で乗合バスに乗り込み、リマを発った。フリア叔母さんは帰国前の最後の買い物を済ませるという口実で叔父さんの家を、僕の方は局へ行くふりをして祖父母の家を出た。彼女はネグリジェと替えの下着をバッグに詰め込んでいた。僕はポケットに歯ブラシとクシ、それに電気カミソリ（実は僕にはまだあまり必要がなかった）を入れていた。

パスクアルとハビエルが大学公園で僕たちを待っていてくれ、切符も買ってあった。運よく他に乗客はいなかった。パスクアルとハビエルは気を利かせて運転席の近くに座り、後ろの席をフリア叔母さんと僕に譲ってくれた。空はいかにも冬の朝らしくどんよりと曇り、止むことのない霧雨が砂漠を進む僕たちに長い間つきまとった。僕たちは旅の間絶えず情熱的なキスを交わし、手を堅く握り合ったまま口をきかずにいたので、エンジンの音に混じってパスクアルとハビエルの話し声や、ときには運転手が何か意見を言っているのが聞こえてきた。チンチャには午前十一時半に着いた。太陽がさんさんと輝き、暖かさが心地よかった。晴れ渡った空、きらめく風、人がひしめく街の喧噪、何もかもが幸せの前兆のように思えた。フリア叔母さんは満足そうに微笑んでいた。

パスクアルとハビエルが、準備が整っているかどうかを確かめに先に区役所へ出掛ける一方、フリア叔母さんと僕は〈ホテル・スダメリカーノ〉に部屋を取った。建物は木と日干しレンガでできた古い平屋で、食堂がわりに使われている屋根付のパティオがあり、十二の部屋がタイル張りの通路の両側に並んでいる様子は娼家を思わせた。受付にいた男が身分証を求めた。彼は僕のラジオ局の社員証を見る以上のことはせず、僕が自分の姓の隣りに「妻」と書き添えたときも、からかうような目でフリア叔母さんをちらっと見ただけだった。僕たちが通された小さな部屋は、床のタイルがところどころ欠けて地面が覗き、緑の菱形模様のベッドカバーが掛かった、寝ると体が沈むダブルベッドと、藁を編んだ小さな椅子があり、壁には服を吊るすための太い釘が打ち付けられていた。部屋に入るやいなや僕たちは激しく抱き合ってキスを交し、体をまさぐったけれど、フリア叔母さんは僕を押しとどめ、笑いながら言った。

「そこまでよ、バルギータス。先に結婚しなくちゃだめ」

彼女は上気し、喜びに眼を輝かせ、僕は彼女をとても愛(いと)しく思い、結婚できることが嬉しくて仕方がなかった。そして彼女が廊下にある共同のバスルームで手を洗い、髪を直している間に僕が自分に誓ったのは、僕が知っている、不幸以外の何物でもないあらゆる夫婦とは違って末永く幸せに暮らすこと、そして結婚がいつの日か作家になるための妨げにならないようにするということだった。ようやくフリア叔母さんが戻ってきたので、僕たちは手をつなぎ、歩いて役所に向かった。

途中、雑貨屋の店先でパスクアルとハビエルが何か冷たい物を飲んでいるのに出くわした。区長はある落成式を主宰するために出掛けてしまっていたが、すぐに戻るという。僕は二人に、パスクアルの親戚が僕たちを正午に結婚させてくれると約束したのは百パーセント確かなのか、二人で僕をかつごうとしているのではないかと問いただした。ハビエルは、せっかちな新郎を種に冗談を飛ばし、その場にぴったりの格言を持ち出した。切望は失望のもと。僕たち四人は時間をつぶすためにアルマス広場の背の高いユーカリと樫(かし)の木陰を歩いた。何人かの子供たちが走り回り、靴を磨いてもらいながらリマの新聞を読んでいる老人たちもいた。三十分後に区役所に戻ってみた。するとばかでかい眼鏡の痩せた小さな秘書が嬉しくないことを教えてくれた。区長は落成式からは帰ってきたものの、〈エル・ソル・デ・チンチャ〉へ昼食を食べに行ってしまったのだ。

「結婚式の件で我々が待っていることを伝えてくれなかったんですか」ハビエルが咎めるように言った。

「お供の女性とご一緒でしたので、今は控えた方がいいと思いましてね」いかにも自分は礼儀をわきまえているといった調子で言った。

「そのレストランに探しに行って、連れ戻してきましょう」パスクアルが僕を落ち着かせようとして言った。「心配いりませんよ、ドン・マリオ」

人に尋ねるうちに、広場のそばにある〈エル・ソル・デ・チンチャ〉が見つかった。それはクロスの掛かっていない小さなテーブルが並ぶペルー料理の店で、奥には音を立て、湯気が立ち昇る厨房(ちゅうぼう)があり、女性たちが銅鍋や深鍋やいい匂いのする大皿と格闘していた。音量を目一杯上げた蓄音機からはペルーのワルツが流れ、店は大繁盛だった。入口でフリア叔母さんが、食事が終るまで待つ方が賢明なのではないかと言い出したとき、区長がパスクアルに気づき、店の隅から声を掛けてきた。僕たちは、金髪に近い髪の若い男が、六人の会食者が囲むビールが何ダースも並んだテーブルから立ち上がり、ラジオ・パナメリカーナの編集部員と抱き合うのを見た。パスクアルがこっちへ来いと合図をよこした。

「そうだった、すっかり忘れてたよ新郎新婦さん」そう言いながら区長は僕たちに握手を求め、手馴れた様子でフリア叔母さんを上から下まで眺め回して値踏みした。彼は自分を卑屈な態度でじっと見つめている男ばかりの同席者たちの方を振り向くと、ワルツに負けないよう大声で話した。「この二人はたった今リマから駆け落ちして来たところだ。で、この私が縁結びをするというわけだ」

笑いと拍手が沸き起こり、僕たちに握手を求める手が伸びた。区長は僕たちに席を勧め、二人の幸せに乾杯をするためにビールを注文した。

「何もくっついていることはないだろう。一生そうしていられるんだから」区長はやけに嬉しそうにそう言ってフリア叔母さんの腕を摑み、自分の脇に座らせた。「新婦さんはここ、私の隣りだ。運のいいことにうちのかみさんがいないからな」

一座はどっと沸いた。彼らは区長より年上の商売人や農夫で、全員晴れ着を着ていて、区長に負けないくらい酔いが回っているようだった。パスクアルの知り合いも何人かいて、リマでの生活ぶりや郷里にはいつ帰ってくるのかといったことを彼に尋ねていた。テーブルの端にハビエルと並んで座っていた僕は努めて笑顔を装い、生ぬるいビールをちびちび飲りながら、絶えず時間を気にしていた。ところが、区長とその取り巻きたちはたちまち僕たちに関心を示さなくなった。ビールがあとからあとから運ばれた。それも初めはビールだけ、次はセビーチェ、ニベの蒸し焼き、甘いデザートと一緒に、そしてまたビールだけ、という具合にテーブルに乗った。もはや結婚式のことを思い出す者などひとりもいなくなり、パスクアルさえもが目を赤く燃え上がらせ、甘ったるい声を張り上げて、区長のワルツに合わせて歌っていた。当の区長ときた日には、昼食の間ずっとフリア叔母さんに言い寄り、今や腕を肩に回そうとし、腫れぼったい顔を彼女に擦り寄せていた。フリア叔母さんは笑顔を作ろうと努力しながらも彼との間に仕切りを作り、時々困ったように僕たちのほうを見た。

「おい、落ち着け」ハビエルが言った。「結婚式のこと、それだけを考えるんだ」

「どうやらぱあになったみたいだ」彼にそう言ったとき、区長は幸福の絶頂にあり、ギタリストを呼んで、〈エル・ソル・デ・チンチャ〉を閉め、みんなで踊るのだと口走っていた。「そして僕はあのろくでなしの顔をぶん殴って、刑務所行きだ」

腸(はらわた)が煮えくり返っていた僕は、無礼なことをしようものなら奴の顔面をめちゃくちゃにしてやるつもりで席を立ち、フリア叔母さんに店を出ようと言った。彼女がほっとした顔でさっと立ち上がっても、区長は引き留めようとはしなかった。彼はマリネラをなかなかの名調子で歌い続け、僕たちが出て行くのに気付くと手を振って別れを告げ、僕には皮肉っぽく見える笑顔を浮かべた。ハビエルが後からついてきて、あいつはただのアル中だと言った。三人で〈ホテル・スダメリカーノ〉に歩いて向かう途中、僕はパスクアルをこき下ろした。どうしてか分からないけれど、その馬鹿げた昼食会の責任を彼に負わせたのだ。

「だだっ子みたいな真似はよせ。冷静でいられるようにならなくちゃだめだぞ」ハビエルが小言を言った。「あの男、飲み過ぎて、何もかも忘れちまったんだ。だけど暗くなる必要はない、今日中には結婚させてくれるさ。電話するからフリアと一緒にホテルで待っててくれ」

部屋で二人きりになるやいなや僕たちは、ほとんどやけになって抱き合い、キスし始めた。互いに何も言わなかったけれど、手や唇が激しくかつ美しい感情を雄弁に語っていた。最初はドアのそばで立ったままだったのが、だんだんベッドに近づいていき、やがてそこに座り、固い抱擁を一瞬たりとも緩めることのないまま、ついに倒れ込んだ。

幸福と欲望に目がくらんだ僕は、慣れない手つきでもどかしさを味わいながら、まずフリア叔母さんの身体を服の上から愛撫した。次に、しわくちゃになった煉瓦色のブラウスのボタンをはずし、胸元にキスしていると、そのとき、やぼな拳がドアを激しく叩いた。

「すべてオーケーだ、内縁のご両人」ハビエルの声が聞こえた。「五分後に区役所だ。どじな区長が二人をお待ちかねだぞ」

僕たちはうろたえると同時に晴れやかな気分で跳び起き、フリア叔母さんは恥ずかしさで顔を真っ赤にしながら乱れた服を直し、僕は子供のころのように目をつぶり、抽象的なことや敬うべき人々のこと——数字、三角形、円、それに祖母や母——を思い浮かべて、勃起が収まるのを待った。廊下の洗面所で、まず彼女が、続いて僕が身なりを整えると、二人で区役所に飛んで行ったので、着いたときにはひどく息が切れた。秘書はすぐに僕たちを区長室に通した。壁にペルーの紋章をあしらった盾が掛かった広い部屋には、議事録や小さな旗の置かれたデスクと、学校の机のような長椅子が六脚、我が物顔に並んでいた。ドイツ人のような赤ら顔の区長は顔を洗ったばかりで、髪もまだ湿っていたがきちんと正装し、デスクの向こうから僕たちに向かって鄭重(ていちょう)にお辞儀した。礼儀正しく真面目そのもので、まるで別人だった。デスクの両側にはハビエルとパスクアルがいて、いたずらっぽい笑いを浮かべていた。

「では執り行うことにしよう」区長が言った。彼の声は持ち主とは裏腹に、震えていてはっきりせず、言葉が舌に引っ掛かっているようだった。「書類はどこかな」

「あなたがお持ちのはずですよ、区長」これ以上ないというほど丁寧にハビエルが言い返した。「早く手続きを済ませるために、パスクアルと私が金曜日に置いていきました。お忘れですか」

「もう忘れたなんて、酔っ払ってるのか」パスクアルがやはり酔いの回った声で笑いながら言った。「置いていけと言ったのはそっちだろう」

「そうか。だったら秘書が持っているはずだな」区長は気まずそうにつぶやくと、むっとした顔でパスクアルを見ながら秘書を呼んだ。「おい、君」

とんぼ眼鏡の痩せた小男が出生証明書とフリア叔母さんの離婚確定判決書を見つけるのに何分もかかった。僕たちが静かに待つ一方、区長の方は煙草をふかし、欠伸（あくび）をしたり、もどかしげに腕時計を眺めたりしていた。ようやく秘書が意地悪そうに書類を調べながらやってきた。デスクにそれを置くとき、彼はいかにも役人的な口調でぼそぼそ言った。

「これです、区長。前に申し上げた通り、未成年であることが婚姻の障害となっております」

「誰かに何か訊かれたのか」そう言うとパスクアルは、絞め殺しそうな勢いで秘書官に詰め寄った。

「私は義務を全うしているだけです」秘書は答えた。そして区長の方に向き直ると、僕を指さし、辛辣に主張した。「彼はまだ十八歳ですが、結婚のために必要な、法的免除の書類が提出されておりません」

「こんな能無しが助手だなんて、いったいどうなってるんだ」パスクアルが爆発した。「どうしてこいつをクビにしてもう少し賢い奴を雇わないんだ」

「静かにしろ。お前は飲み過ぎだ。そんなに突っ掛かって」区長が言った。彼は時間稼ぎに咳払いした。そして腕を組むと、フリア叔母さんと僕を深刻な顔で見つめた。「私は結婚の予告を無視して助けてあげるつもりだった。しかしことが重大すぎるんだ。済まない」

「何ですって」僕は面喰らって言った。「僕の年齢のことなら金曜日からご存じのはずじゃありませんか」

「これじゃまるっきり茶番ですよ」ハビエルが口を挟んだ。「何の問題もなく二人を結婚させてやるって約束してくれたのに」

「私に罪を犯せとでも言うのかね」区長は区長で憤慨した。そして不愉快そうに言った。「それに大声を出さないでもらいたい。話して理解し合うのが人間だ。どなり合うものじゃない」

「おい、気でも狂ったのか」パスクアルが我を忘れて机を叩きながら言った。「あんたはちゃんと約束したじゃないか、年のことも分かってたし、問題ないって言ったぞ。記憶喪失だか法律尊重だか知らないが、いい加減にしろ。しらばっくれるのをやめて、今すぐ二人を結婚させるんだ」

「女性の前で汚い言葉を使うんじゃない。お前は酒に弱いんだからもう金輪際飲むな」区長は冷静に言った。そして秘書の方を向くと手振りで退がるように命じた。僕たちだけになると、彼は声を落とし、共犯者めいた笑いを浮べて言った。「あいつが政敵のスパイだってこと、君たちには分からんだろう。あいつに気づかれたとなると、もはや結婚させる訳にはいかないんだ。厄介きわまりないことになるからね」

　あれこれ理由を並べ立てても彼を説得することはできなかった。僕は、両親がアメリカに住んでいて、そのため教会が定めた年齢の規定を免除してもらうのに必要な書類が出せないこと、親戚の連中は僕たちの結婚には干渉しないだろうこと、フリア叔母さんと僕は結婚したらすぐに外国に飛び、二度と戻らないことを彼に誓った。

「約束したんですから、そういうぺてんに掛けるみたいなことはしないでください」とハビエルが言った。

「そんなつれないこと言わないでくれよ、従兄だろう」パスクアルが彼の腕を摑んで言った。「はるばるリマからやって来たのが分からないのか」

「みんな、落ち着いてくれ。そう一斉に攻め立てられても困る。いいアイデアが浮かんだんだ。これですべて解決さ」ようやく区長が口を開いた。彼は立ち上がり、僕たちに片目をつぶってみせるとこう続けた。「タンボ・デ・モーラだよ。漁師のマルティンがいる。今すぐ行くんだ。私の紹介で来たと言えばいい。漁師のマルティンは実に気のいい混血(サンボ)なんだ。喜んで結婚させてくれるだろうよ。その方がいい。小さな村なら波風も立たないだろう。マルティンだ。村長のマルティンだよ。いくらか摑ませればそれでオーケー。あいつは読み書きがほとんどできないし、書類だって見やしないさ」

　僕は彼に付添ってもらおうと、冗談を言ったり、おだてたり、懇願したりしてみたが、彼は言を左右にして受け付けなかった。約束があるし仕事もある。それに家族が待っているんだ。彼は玄関までついて来て、タンボ・デ・モーラなら二分でけりがつく問題だと請け合った。

　区役所の玄関の真ん前で、ボディーに継ぎのあるおんぼろタクシーをつかまえ、交渉の末タンボ・デ・モーラまで運んでもらうことになった。車の中でハビエルとパスクアルは区長についてあれこれ言い合い、あんな面(つら)の皮の厚い奴には会ったことがないとハビエルがけなせば、パスクアルは秘書のせいにしようとした。すると突然、運転手が二人の会話に割り込んで、ハビエル同様チンチャの区長をこき下ろし始め、闇取引と袖の下だけが生き甲斐の男だと言い出した。フリア叔母さんと僕は腕を組んで見つめ合い、僕はときどき彼女の耳許で愛していると囁いた。

　タンボ・デ・モーラについたのは黄昏時で、海岸からは炎の円盤が海に沈んでいくのが見え、雲一つない空には無数の星が瞬き始めていた。僕たちは、集落を作っているサトウキビの茎と泥でできた二十を超える小屋と、底の抜けた舟と修繕のために杭に掛けられた網の間を歩き回った。生魚と海の匂いがした。そのうち黒い肌をした裸同然の子供たちに取り囲まれ、一体何者で、どこから来たのか、何を買うつもりなのかと、質問攻めに遭ってしまった。やっとのことで村長の小屋を見つけた。夫人は黒人で、竈の火を藁のうちわで煽っていた。彼女は額の汗を手で拭いながら、夫は漁に出ていると言った。それから空の様子をじっと眺め、もうじき帰ってくるだろうと言い足した。僕たちは浜辺に行って彼を待つことにした。そして一時間ほど流木に腰掛けて、仕事を終えた舟が帰ってくるところや、舟を砂浜に引き上げる複雑な作業を眺め、帰って来た男たちの妻が、分け前をほしがる犬どもに邪魔されながら、浜でただちに魚の頭を落とし、腸を取り除く様子を見ていた。マルティンは一番最後に帰って来た。あたりは暗くなり、月が出ていた。

彼は巨大な太鼓腹をした白髪頭の黒人だった。冗談好きでよくしゃべり、日暮れどきの涼しさにもかかわらず、身につけているものと言えば肌に張りついた古いパンツ一枚だけだった。僕たちは彼をあたかも天から降りて来た者のように迎えて挨拶し、舟を引き上げるのを手伝い、小屋までお供することにした。漁師たちが住む扉のない家から漏れる仄かな竈の光を頼りに歩きながら、僕たちはやってきた理由を説明した。彼は馬みたいにばかでかい歯を剝き出して笑い出した。

「厄介事なら御免だよ。おとなしく料理してくれそうな人間を他に探してくれ」彼は歌うような大声で言った。「その手のインチキが原因で、こっちは鉄砲弾を喰らいそうになったんだ」

村長の話によると、彼は何週間か前にチンチャの区長に頼まれ、結婚の予告を無視して一組の男女を結婚させた。すると四日後に、すでに二年前に結婚していた新婦――カチーチェ村生れの娘だ。あそこじゃ女どもはみんな箒をもっていて、夜になると空を飛ぶのさ」と彼は言っていた――の夫が怒り狂って現れ、姦通した二人を大胆にも合法的に結婚させた取り持ちを殺してやると息巻いたという。「チンチャの区長め、何もかも承知の上だったんだ。あの抜け目のなさのお陰で地獄に落ちもせず、そのうち天国へ飛んで行くんだろうよ」嘲るようにそう言うと、彼は水滴できらきら光る太鼓腹を掌で叩いた。「奴のところによからぬ話が持ち込まれると、のし付きで漁師のマルティンに贈られてくる。責任は黒ん坊に取らせろというわけだ。実に抜け目がない奴さ」

彼の態度は取り付く島がなかった。書類には目もくれず、僕やハビエルやパスクアルが議論を吹っ掛けても――フリア叔母さんは黙り込み、ときどきこの黒人の毒のあるユーモアのために仕方なく笑みを浮かべていた――冗談を言ってはぐらかし、チンチャの区長を笑い者にしたり、夫が死んでもいなければ離婚してもいないのにカチーチェの魔女を他の男と結婚させてしまった村長を殺そうとした夫の話を、高笑いとともに再び語るという具合だった。彼の小屋に着くと、意外にも夫人が味方になってくれた。村長は顔や腕、大きな胴体を拭き、竈の上でぐつぐつ煮えている鍋の匂いを意地汚く嗅ぎながら、自ら僕たちの要望を彼女に伝えた。

「薄情な人だね、あんたは。結婚させてやったらどうなの」夫人は気の毒そうにフリア叔母さんを指さして言った。「見てごらん、かわいそうに。駆け落ちして来たっていうのに結婚できないんで、辛い思いをしてるじゃないか。結婚させてやったってあんたにゃどうということないだろう。それともあんた、村長だからって偉そうにしてるのかい」

マルティンは小屋の土間を四角い足で行ったり来たりしてグラスやカップを掻き集めていた。そこで僕たちは攻撃を再開し、生涯忘れることのない感謝の気持ちから、何日分もの漁に相当する報酬に至るまで、ありとあらゆるものをお礼に提供すると言ってやった。それでも彼は頑として譲らず、しまいには夫人に向かって分かりもしないことに首を突っ込むなと不愉快そうに言い出す始末だった。しかしすぐさま機嫌を直し、僕たち一人ひとりにグラスやカップを手渡してピスコ酒を少しずつ注いでくれた。「あんた方がわざわざここまでやって来たことが無駄にならんようにな」彼は自分のグラスを掲げると僕たちを慰めるようにそう言ったが、そこには皮肉な調子は微塵もなかった。けれど続く乾杯の言葉は、二人の状況からすれば最悪だった。「新郎新婦の幸せのために、乾杯」

別れるとき彼は、タンボ・デ・モーラに来たのが失敗だったのは、前にカチーチェ娘の一件があったからだが、チンチャ・バハやエル・カルメン、スナンペ、サン・ペドロといった地方の小さな村ならどこへ行っても即座に結婚させてくれるはずだと言った。

「そこらの村長は暇で何もすることがないんだ。だから婚礼があるとなりゃみんな大喜びで酔っ払うだろうよ」彼は最後にそう叫んだ。

僕たちは口もきかずにタクシーが待っている場所に戻った。運転手は、待ち時間がこんなに長いのなら、料金についてもう一度話し合う必要があると言った。チンチャへの帰り道、僕たちは次の日の朝早くから区や集落を一つずつ訪ねてまわり、報酬をはずんで悪徳首長を見つけることにした。

「そろそろ九時じゃない」フリア叔母さんが突然言った。「もう姉さんに知らせが行ったかしら」

僕はルーチョ叔父さんかオルガ叔母さんに伝えるべきことをグラン・パブリートに覚えさせてから十回繰り返して言わせ、さらに万全を期すために、「マリオとフリアは結婚しました。二人のことはご心配なく。とても元気で、二、三日中にはリマに戻る予定です」と、彼のために紙に書いておいたのだ。彼は夜九時に公衆電話からメッセージを伝え、すぐに電話を切るはずだった。僕はマッチの光で腕時計を見た。ああ、親戚はもう知らせを受けただろうね。

「ナンシーは質問攻めに遭ってるわ」それが他人事でもあるかのように、フリア叔母さんは冷静を装って言った。「みんなあの子がぐるだって知ってるもの。彼女、針のむしろよ」

おんぼろタクシーは穴だらけの道を跳びはねながら進み、いつ動かなくなってもおかしくなかった。車の鉄板という鉄板、ねじというねじが絶えず軋んだ。月は砂丘を仄かに照らし、ときおりヤシや無花果(いちじく)、アカシアの木が立っているのが分かった。空には無数の星が輝いていた。

「つまりもうお前の親父にも知らせが届いたってことだ」とハビエルが言った。「飛行機から降りたとたんにな。いやはやとんだ歓迎さ」

「神に誓って村長をひとり見つけます」パスクアルが言った。「この地で明日お二人を結婚させられなけりゃ、チンチャ男の名がすたる。これは男の約束です」

「結婚させてもらえる村長を探してるのかね」運転手が興味を示した。「駆け落ちしてきたんだね。早く言ってくれりゃいいのに、信用してくれないんだから。グロシオ・プラドへ連れて行ってやればよかった。あそこの村長なら身内みたいなものだから、すぐに結婚させてくれたのに」

それならグロシオ・プラドまで行ってほしいと頼もうとすると、彼に出鼻を挫(くじ)かれた。その時間だと村長はもう村にはいなくて、驢馬(ろば)で一時間ほどのところにある農園に出掛けてしまっていると彼は言った。明日にしたほうがいいよ。そこで八時に迎えに来てもらうことにして、もしその身内同然の村長と一緒に手助けしてくれるなら、お礼はたっぷりすると持ち掛けてみた。

「任せてくれ」その一言で僕たちは元気になった。「福者メルチョリータの村で結婚できるなんて、これ以上何を望むというんだね」

〈ホテル・スダメリカーノ〉の食堂は閉まりかけていたけれど、ハビエルがボーイを説き伏せて、何か作ってもらうことになった。ボーイはコカ・コーラと、温め直したライスが添えてある目玉焼きを運んできたが、味わってなどいられなかった。食べている途中、自分たちが陰謀でも企んでいるかのように声を落として話していることに気づいた僕たちは、発作を起したみたいに笑い出した。それぞれの部屋へ引き上げるとき——パスクアルとハビエルはその日結婚式が済んだらリマに帰るはずだったのだが、情勢が変ったために残ることになり、ホテル代を節約しようと二人で一部屋に収まっていた——五、六人の男たちが、大声でビールを注文しながら食堂へ入って行くのが見えた。その連中の中には乗馬用のブーツやズボンを穿いている者もいた。彼らのアルコールが回った声、哄笑、グラスのぶつかる音、たわいない冗談、下品な乾杯の言葉、そして遅くなってからは、彼らのげっぷや嘔吐の音が僕たちの初夜のBGMとなった。昼間役所で大いに失望させられたにもかかわらず初夜は激しく、美しかった。キスするたびに猫の金切り声みたいな音を立てる、蚤だらけだったはずの古いベッドの上で、僕たちは何度も愛し合い、そのたびに身体の中でまた炎が燃え上がり、愛している、決して嘘をつかない、裏切ったりしない、離れはしないと言い合いながら、手や唇でお互いを知り、相手を喜ばせることを覚えていった。ドアがノックされたとき——七時に起してくれるように頼んでおいたのだ——酔いどれたちはようやく静かになったところだった。僕たちはまだ目を開け、緑の菱形模様のベッドカバーの上で裸の身体を絡めたまま、心地よい睡魔に襲われながら、互いに感謝の気持ちを込めて見つめ合っていた。

〈ホテル・スダメリカーノ〉の共同バスルームでの身支度は、英雄的戦いと呼ぶに値した。シャワーは一度も使われたことがなさそうな代物で、錆びたノズルの先からは水が四方八方に噴き出すのに、肝腎の人間には少しもかからないばかりか、黒い液体をさんざん撒き散らしてからようやくきれいな水が出てくるという具合だった。タオルはなく、手を拭くための汚いぼろきれがあるだけだったので、僕たちは仕方なくシーツで体を拭いた。けれど二人とも幸せだったし、気分が高揚していたので、不便もまた楽しかった。食堂には先に身支度の整ったハビエルとパスクアルがいて、寝不足の青白い顔で、前夜の酔っ払いたちがほったらかしていった食堂の目を覆いたくなるような有様を不快そうに眺めていた。割れたグラスや煙草の吸い殻が散乱し、反吐や痰の上には従業員の手でおが屑が撒いてあったが、あたり一面に悪臭が立ちこめていた。僕たちは通りに出て、広場の枝葉がよく繁（しげ）った背の高い木立が見える店へカフェオレを飲みに行った。灰色の霧が立ち込めるリマからやってきた僕には、力強い陽の光と晴れ渡った空の下で一日が始まることがなんだか奇妙に感じられた。ホテルに帰ると、運転手がもう僕たちを待っていた。

　タクシーは両側にぶどう畑や綿花畑が連なる埃っぽい間道をグロシオ・プラドに向かって走り、畑の先の荒れ地のはるか彼方にはアンデスの褐色の山並みを望むことができた。黙りこくった僕たちとは対照的に、運転手はすっかり饒舌になり、福者メルチョリータについてあれこれ盛んにまくし立てた。彼はメルチョリータが自分の持っているものをすべて貧しい人間に分け与え、病人や年寄りの世話をしてやったり、苦しんでいる者を慰めてやったりしたこと、そして生きているうちから崇められ、その地方の村という村から信心深い人々がこぞって彼女の下に集まり、彼女と一緒に祈りを捧げたことを語った。また彼女の起した奇跡についてもいくつか話を聞かされた。治る見込みのない瀕死の病人を元気にしたり、彼女の前に現れる聖霊たちと話したり、神を見たり、石の上に薔薇の花を咲かせたりしたばかりか、その石は保存されていると彼は言った。

「ウマイの少女の福者やルレンの生き神様なんかよりずっと人気があるんだ。住んでた庵や行列（プロセシオン）にどれだけ人が集まるかを見りゃ分かる」彼は続けた。「あの方が本物の聖女だと認められないなんておかしな話だ。お客さんたちはリマの人なんだから、早く聖女になるように運動してもらえんかね。聖女になって当たり前なんだ、誓ってもいい」

　僕たちは頭のてっぺんから足の先まで埃まみれになりながら、ようやくだだっ広く四角い形をしたグロシオ・プラドの中央広場に着いた。そのとたん、メルチョリータの人気を目の当りにすることになった。女や子供がどっと押し寄せてきて車を取り囲み、身振りを交えながら大声で、庵や生家、苦行した場所、奇跡を起した場所、埋葬された場所を案内すると言ったり、肖像画や祈禱文集、彼女の顔が描かれた肩衣（スカプラリオ）やメダルを売り付けようとしたりした。すると運転手が、巡礼でも観光客でもないのだからうるさくつきまとうなと言ってくれたので、僕たちはやっとのことで解放された。

煉瓦造りにトタン屋根の役場は、小さい上にやけにみすぼらしい建物で、広場の脇に力なく立っていた。入口はまだ開いていなかった。

「あいつはじきに来るさ」運転手が言った。「それまで日陰で待ったらどうかね」

僕たちは役場の軒下の歩道に腰を下ろした。そこからは、舗装してない道が四方に向かって真っすぐに延び、両側に質素な家や葦でふいた小屋が並んでいるのが見えた。道は五十メートルほどで尽き、その向こうには畑と荒れ地が広がっていた。フリア叔母さんは隣りで僕の肩に頭を持たせかけ、目を閉じていた。荷物運びの男たちが歩いてもしくは驢馬に乗って目の前を通り過ぎたり、女たちが曲り角のあたりを流れる小川の水を汲みに行ったりするのを眺めているうちに三十分が過ぎた。そのとき馬に乗った老人が通りかかった。

「ドン・ハシントを待ってるのかね」老人はつばの広い麦藁帽子を脱ぐと、僕たちに訊いた。「イカに出掛けなすったよ。司令官と話して息子を兵営から連れ戻そうというんだ。徴兵だと言って兵隊たちが息子を連れて行ったのさ。夕方まで帰っちゃ来るまい」

運転手は、グロシオ・プラドに止まってメルチョリータゆかりの地でも回ってみたらどうかと言ったけれど、僕は、他の村へ行って運試しをすると言い張った。さんざん交渉した揚句、運転手は昼まで僕たちに付き合うことになった。

遠征を開始したときはまだ朝の九時だった。車は騾馬(らば)しか通らないような道をガタゴト進み、砂丘に呑み込まれかけた抜け道で僕たちを砂まみれにしながら、あるときは海の方へ、またあるときはアンデスの麓まで近づき、それこそチンチャ県を隈なく回った。エル・カルメンに入ったところでタイヤがパンクしてしまい、ジャッキがなかったので、運転手がスペアタイヤと取り替える間、四人で車を持ち上げていなくてはならなかった。昼前になると、次第に強くなり出した日射しがもはや耐え難いまでになり、車体は熱くなるいっぽうで、みんな蒸し風呂にいるかのように汗だくになってしまった。そのうちラジエーターから煙が出始めたので、ブリキ缶で水を運んできては、冷ましてやらなければならなかった。

僕たちは三、四人の区長と談判し、ときには小屋が二十ばかりあるだけの小さな集落の長たちとも掛け合った。彼らはいずれも田舎の人間で、会おうとすれば、野良仕事をしている畑や近所の人々に油や煙草を売っている雑貨屋まで探しに行かなくてはならず、なかでもスナンペでは、酔って溝にはまったまま眠りこけている村長を揺り起さなければならないという有様だった。村長の居場所を突き止めるとただちに僕がタクシーを降り、ときにはパスクアル、ときには運転手、ときにはハビエルを伴って——経験から、こちらの人数が多いほど、よけい相手がびくつくことが分かった——説明をしに行った。けれどどんなふうに話を持っていっても、農夫か、漁師か、あるいは商人でもある彼ら（チンチャ・バハの村長は自ら「まじない師」と称していた）の顔には不審の表情が、目には警戒の色が浮かぶのがありありと分かった。きっぱりと否定したのは二人だけだった。一人はアルト・ラランの老人で、驟馬でアルファルファの束を運んでいる途中の彼に話をすると、自分が治める村の住民以外は誰も結婚させないと言った。もう一人はサン・フアン・デ・ヤナクの村長で、サンボの農夫の彼は僕たちを見ると、警察の人間が何かを調べに来たと思ったらしく、ひどく驚いた。そして僕たちが何を望んでいるのかを知ると怒りだし、「だめだ、いんちきはできん。神様が見捨てなすったこんな村に白人がやってきて結婚なんかしようものなら悪いことが起きる」と言った。他の連中は、どれもこれも同じような言い訳を並べ立てた。一番ありふれた言い訳はこうだ。登記簿をなくしたあるいは切らしているので、チンチャから新しい帳簿が送られてくるまでこの役場では出生届も死亡届も婚姻届も受付けられない。最も想像力にあふれていたのはチャビンの村長の答えだった。毎晩この辺りに現れてはニワトリを二、三羽喰い荒らす狐を退治しに出かけなければならないので、時間がないから無理だと彼は言ったのだ。ただプエブロ・ヌエボではもう少しで成功するところだった。村長は僕たちの話にじっと耳を傾け、頷くと、結婚の予告を免除するには五百ソル掛かると言った。彼は僕の年齢をまったく問題にしなかったばかりか、どうやら、今では成人は二十一歳以上ではなく十八歳以上だと請け合った僕たちの言葉を信じているようだった。僕たちが、机代わりになっていた二つの樽に渡した板の前に立つと（日干し煉瓦造りの小屋の屋根は穴だらけで、そこから空が見えた）、村長は一言ひとこと声に出して書類を読み始めた。ところが、フリア叔母さんがボリビア人だという事実を知ったとたん、彼は怖じけづいてしまった。そんなことは婚姻を妨げるものではなく外国人でも結婚できるのだといくら説明しても、もっとお金を払うからと言っても、もはや何の役にも立たなかった。「この件に関わるのは御免だ」彼は言い張った。「この女性がボリビア人だってことから面倒が起きるかもしれん」

三時頃、暑さでぐったりし、埃まみれになって、僕たちはチンチャに戻ってきた。誰もが塞ぎ込んでいた。郊外まで来ると、フリア叔母さんが泣き出してしまった。僕は彼女を抱き締め、耳許で、泣かなくていい、愛している、たとえペルーの村という村を訪ね歩かなくてはならないとしても二人は必ず結婚する、と言ってやった。

「結婚できないから泣いてるんじゃないの」と言って彼女は涙ぐんだまま笑おうとした。「何もかもばかばかしくなったからよ」

ホテルに着くと、僕たちは運転手に、グロシオ・プラドへ行って彼の身内同然の友人が帰ってきているかどうか知りたいから、一時間したら戻ってきてほしいと頼んだ。

四人ともそれほどお腹を空かせてはいなかったので、昼食はチーズサンドとコカ・コーラでいいということになり、僕たちはカウンターで立ったまま済ませた。それから部屋で少し休むことにした。前の晩寝ていなかったし、その日は朝から失敗続きだったにもかかわらず、仄暗い部屋の菱形模様のベッドカバーの上で激しく愛し合う気力はあった。ベッドからは、天井に近い、汚れで曇ったガラスの明り取りから、弱々しく卑しい残りかすのような日光が、辛うじて差し込んでいるのが見えた。その後二人は起き上がって食堂で共犯者たちと落合うかわりに、あっという間に眠り込んでしまった。眠りながらも時折発作のように訪れる激しい欲望のために僕たちは本能的に互いを求め合い、相手の身体をまさぐった。すると今度は心配と不安のせいで悪夢に苛まれるのだった。僕が、後で夢の話をすると、どちらの夢にも親戚の人々の顔が出てきたことが分かった。僕が、夢の中で一瞬ペドロ・カマーチョが少し前から巻き起していた天変地異を実際に経験している気がしたと言うと、フリア叔母さんは笑った。

ドアを叩く音で目が覚めた。あたりは暗く、明り取りのガラスの割れ目から外の電灯の光がいく筋か漏れていた。今行くと大声で応え、頭を振って眠気を払いながらマッチを擦って時計を見た。夜の七時だった。僕は世界が頭の上から降ってきた気がした。また一日を棒に振ったばかりか、なお悪いことに、この先区長探しをしようにも資金がほとんど残っていなかった。手探りで戸口まで行って、ドアを半分開け、起してくれなかったことでハビエルに文句を言おうとしたとき、彼が満面の笑みを浮かべているのに気が付いた。

「すべてオーケーだ、バルギータス」彼は羽を広げたクジャクのように誇らしげに言った。「グロシオ・プラドの村長が登記と証明書を用意してくれているところだ。二人とも大罪を犯すのはそのくらいにして、急げ。俺たちはタクシーで待ってるぞ」

ドアを閉め、遠ざかって行く彼の笑い声が聞こえた。フリア叔母さんはベッドから身を起し目をこすっていた。暗がりの中で僕は、彼女が驚き、信じられないといった表情を浮べているのを想像することができた。

「あの運転手に、僕の最初の本を捧げることにするよ」二人で服を着ながら僕はそう言った。「勝利の歌はまだ歌わないでね」フリア叔母さんは微笑んだ。「証明書を見せられたって私は信じないから」

大急ぎで部屋を出て、食堂の前を通りかかると、すでに大勢の男たちがビールを飲んでいて、誰かがすごく気の利いた言葉でフリア叔母さんを冷やかしたので、どっと笑いが起きた。パスクアルとハビエルが乗っていたのは午前のとは違うタクシーで、運転手も違っていた。

「あの男、小賢しくもこっちの足許を見て、値段を二倍に吊り上げてきたんです」パスクアルが説明した。「だからあいつにはあいつにふさわしい所へさっさと行ってもらい、神様が遣わしたこの師匠にお願いしたんです」

運転手を替えたりすると結婚式がまたぱあになるのではないかと思い、僕は背筋が寒くなった。けれどハビエルが僕たちを安心させてくれた。午後から彼らをグロシオ・プラドまで連れて行ったのも、もうひとりの方ではなく今ここにいる運転手だったのだ。彼らがいたずらっぽい調子で話してくれたところによると、また断られたときフリア叔母さんが嫌な思いをしなくてすむように「僕たちを休ませておき」、二人だけでグロシオ・プラドへ交渉しに行くことにしたのだった。彼らは村長と長い間話し合い、片を付けてきていた。

「すごく賢い混血（メスティーソ）、チンチャ特産の優秀な男の一人ですよ」パスクアルが言った。

「メルチョリータの行列に加わって、彼女に感謝しなくちゃだめですよ」

　グロシオ・プラドの村長はハビエルの説明を静かに聞き、のんびりとすべての書類に目を通してからしばらく考え、やがて条件を挙げた。千ソル、ただし先に出生証明書の数字の六を三に書き換えて、僕が三年早く生まれたことにするというものだった。

「プロレタリアの知恵さ」ハビエルが言った。「結局俺たちは没落階級の人間なんだ、これは間違いない。俺たちが思いつきもしなかったことを、あの庶民階級の男ときたら庶民の常識で、一瞬にして見事に見つけ出してしまうんだからな。もう手続きは済んだ。だからお前は立派な成人さ」

　村長とハビエルは他ならぬ役場で六を三に書き換えてしまった。そして村長はこう言ったのだった。インクが同じであろうがなかろうがどうでもいい。大事なのは中身だ。僕たちは八時頃グロシオ・プラドに着いた。星の輝く明るい夜で、暖かく、心地よかった。村の小さな家や小屋には灯が点っていた。その中に一番明るく光る家があり、葦の壁から無数の蠟燭の光が漏れていた。パスクアルは十字を切ると、あれが福者が暮らしていた庵だと言った。

　役場では村長が、黒い表紙のぶ厚い帳簿に登記し終えるところだった。ひとつしかない部屋の床は土間で、湿り気を帯びた土から水蒸気が上っていた。テーブルには火の点った蠟燭が三本立っていて、その弱々しい光に照らされた漆喰の壁にはペルー国旗がピンで止めてあり、共和国大統領の肖像写真の額が掛かっていた。村長は五十過ぎの太った男で、無表情だった。ペンでゆっくりと字を書いていた彼は、一区切りごとに首の長いインク壺にペン先を突っ込んだ。そしてフリア叔母さんと僕を見ると、深々と頭を下げた。その調子で書いていたとすると、登記を済ませるのに一時間以上掛かった計算になる。彼は作業を終えると身動きもせずに言った。

「立会人が二人要るんだが」

ハビエルとパスクアルが進み出たけれど、ハビエルは未成年だったので、パスクアルだけが村長に認められた。そこで僕は外に出て、タクシーの中で待っていた運転手に話を持ちかけた。すると彼は百ソルで立会人になることを引受けてくれた。彼は金歯を光らせた痩せぎすの黒人(サンボ)で、四六時中煙草をくゆらせ、村に来るまでの間少しも口を利かなかった。ところが、村長が署名する場所を指示すると、困ったという顔で首を振った。

「なんてこった」運転手は悔やむように言った。「新郎新婦を祝うのに、安酒一本出てこない結婚式なんて見た例しがないね」彼は入口から哀れむような目で僕たちを見やると、一言付け加えた。「ちょっと待ってな」

村長は腕組みをすると目をつぶり、そのまま眠ってしまいそうだった。フリア叔母さん、パスクアル、ハビエルそして僕はどうすればいいのか分からず、互いに顔を見合わせた。ついに僕は外で別の立会人を見つけることにした。

「その必要はありません、戻ってきますよ」パスクアルはそう言って僕を引き止めた。「それに彼の言うことはもっともです。祝杯のことを考えておくべきだったんだ。あのいて、今にも警察が来るって感じ」

「神経がもたないわ」フリア叔母さんが僕の腕を引っ張って囁いた。「銀行強盗をして
サンボに教えられましたね」

わずか十分かそこらが何年にも感じられた。ついにサンボが二本のワインを手に戻ってきたので、式を続けることができた。立会人が署名を終えると、村長はフリア叔母さんと僕に署名させた。そして法典を開くと蠟燭に近づけ、書くときと同じくらいゆっくりと、夫婦の義務と責任について触れている項目を読み上げた。それから僕たちに一枚の証明書をよこすと、二人が夫婦になったことを宣言した。僕たちはキスを交わしてから、立会人や村長と抱き合った。運転手が歯でコルクを抜き、グラスがなかったので瓶のまま少しずつワインを回し飲みした。チンチャへの帰り道——誰もが陽気でしかも心穏やかだった——ハビエルが結婚行進曲を口笛で吹こうとした。だがその懸命の努力にもかかわらず、とても聞けたものではなかった。

僕たちはタクシー代を払った後、ハビエルとパスクアルがリマ行きの乗合バスに乗れるよう、アルマス広場へ向かった。一時間後に出るのが見つかったので、〈エル・ソル・デ・チンチャ〉で食事をする時間があった。その店で僕たちは計画を練った。ハビエルはミラフローレスに着き次第ルーチョ叔父さんの家を訪ねて親戚の機嫌をうかがい、電話をよこすことになった。僕たちは次の日の朝リマへ帰ることにした。パスクアルは二日以上も局をサボったことを正当化するために、何かうまい言い訳をでっちあげなく

てはならなかった。

バス乗り場で彼らを見送ると、僕たちは老夫婦のように会話を交わしながら〈ホテル・スダメリカーノ〉に戻った。フリア叔母さんは気分がすぐれず、それをグロシオ・プラドのワインのせいにした。そこで彼女に、僕にとっては最高においしいワインだったと言ってやった。ただし、ワインを飲むのが生まれて初めてだったことは黙っておいた。

18

リマの吟遊詩人、クリサント・マラビーリャスが、旧市街にあるサンタ・アナ広場から延びる路地で生まれたとき、近所の家々の屋根からは、ペルーでも一、二を争う見事な凧がいくつも揚がっていた。薄紙でできた美しい物体は、バリオス・アルトスの上空を颯爽(さっそう)と昇ってゆき、ラス・デスカルサス修直院の明り窓から、禁域に暮らす修道女たちをこっそり覗き見た。やがてペルー風ワルツやマリネラ、ポルカの地位を凧の高みへ昇らせることになるこの赤ん坊の誕生とまさに時を同じくして、サンタ・アナの路地には地元でも指折りのギタリストやカホン奏者そして歌手が集まり、凧の完成を祝うパーティーが催されていた。クリサント・マラビーリャスを取り上げた産婆は、出産が行われたH号室の小窓を開け放つと、その地区の住民の数が一人増えたことを告げるとともに、こう予言した。「生き延びてくれりゃ、この子は立派なハラナ歌いになるよ」

しかし、彼が生き延びられるかどうかは疑わしかった。体重は千グラム足らず、脚はあまりに華奢で、歩くことなどとうていできそうになかった。この地区に〈贖い(セニョール・デ・リン)の主(ピアス)〉への帰依を広めることに日々心血を注いできた父親のバレンティン・マラビーリャス(自分の家に信徒を集め〈向こう見ずな行動力あるいは長寿を信じて疑わぬ情熱〉、死ぬまでに奇跡の主信徒会より多くの信者を集めることを誓っていた)は、自分の守護聖人が奇跡を起こして息子の命を救い、ごく普通の人間として歩けるようにしてくれるだろうと言い切った。魔法の指を持つ料理人で風邪ひとつ引いたことがなかった母親のマリア・ポルタルは、神に願い、夢にまで見た息子の姿形――人間もどきの芋虫? 哀れな胎児?――を見て仰天し、夫を家から叩き出すと、近所の人々の目の前で、彼に責任を押し付け、この人の似非信仰心のせいで半人前の子供が生まれたのだと彼をなじった。

けれど実際には、クリサント・マラビーリャスは生き延びて、その小さくて滑稽な脚で歩けるようにさえなった。歩きぶりが決して優雅でなかったのはもちろんだが、一歩進むごとに三回脚を動かす様――腿を上げ、膝を曲げ、足を降ろす――はむしろ操り人形を思わせ、あまりの遅さに、彼のそばを通りかかった人々は、狭い道に入り込んで身動きがとれなくなった聖体行列の後についているような錯覚に陥るのだった。しかし少なくとも、と両親(すでに和解していた)は言ったものだ、クリサントは松葉杖なしに、自分の意思で世界中どこへでも出掛けることができる、と。ドン・バレンティンはサンタ・アナ教会の祭壇の前に跪き、目に涙を浮かべて〈贖いの主〉に感謝の祈りを捧げたが、マリア・ポルタルの方は、奇跡を起こしたのは街で最も有名な医師で、身体障害者を専門に扱い、多くの麻痺患者を短距離走者に変えたアルベルト・デ・キンテーロス博士以外の誰でもないと言っていた。マリアは彼の家で開かれたペルー色豊かな大パーティーの料理を手掛けたことがあり、その折にかの賢者から、いかに貧弱であろうともクリサントの四肢が彼自身を支え、どんな道でも歩き回れるようにするためのマッサージや体操や世話の仕方を教わっていたのだった。

クリサント・マラビーリャスが、彼が生れることになった伝統ある地区に住む他の子供たちと同じような幼年時代を過ごしたと言える者は、おそらく一人もいないだろう。幸か不幸か、その痩せこけた肉体のために、近所の子供たちの体と心を成長させていった遊びに加わることができなかった。ぼろきれを丸めたボールでサッカーをすることもなく、リングでボクシングをしたり街角で独楽回しをすることもできず、サンタ・アナ広場の子供たちがリマの旧市街を舞台に、チリモヨやコチャルカ、シンコ・エスキーナス、セルカードといったよその地区のグループを相手に、パチンコや石や足を使って繰り広げていた戦争にも決して参加しなかった。サンタ・クララ広場に面した公立小学校（そこで彼は読み書きを習った）の同級生とカントグランデやニャーニャの果樹園に果物を盗みに入ったり、リマック川で素っ裸になって泳いだりすることも、サントーヨの牧場で裸の驢馬に乗ったりすることもできなかった。小人症かと思わせるほど背が低く、箒のように痩せていて、父親譲りのチョコレート色の肌と母親譲りの真っすぐな髪の毛のクリサントは、賢そうな目で遠くから同級生を眺め、自分には禁じられたその手の冒険の中で彼らが楽しみ、汗をかき、成長し、逞しくなっていくのを、諦めと憂い？穏やかな悲しみ？の浮かんだ顔でじっと見ているのだった。

一時期彼は、父親（〈贖いの主〉を崇めていた上に、さまざまなキリスト像や聖母像の担ぎ手として修道会を渡り歩く暮しをしていた）に勝るとも劣らぬ信心深い人間になるかに見えた。というのも彼は、何年もの間、サンタ・アナ広場の周辺のいくつかの教会で、ミサの侍祭を忠実に務めていたからだ。几帳面で、唱和の文句を克明に記憶し、いかにも純真そうに見えたので、教区の司祭たちも彼の動作が緩慢でぎこちないことには目をつぶり、ちょくちょく彼を呼んではミサの手伝いをさせたり、聖週間の十字架の道行きのときに鈴（ベル）を鳴らさせたり、あるいは聖体行列で香の煙を撒き散らさせたりした。彼が常にだぶだぶの侍祭服を着て聖三位一体教会やサン・アンドレス教会、カルメン教会やブエナ・ムエルテ教会、果てはコチャルカス教会（つまりそんな遠くからも声がかかったのだ）の祭壇にいるのを見るにつけ、また流暢（りゅうちょう）なラテン語で熱心に唱和するのを聞くにつけ、自分の息子に軍人や冒険家、女を虜にする色男が辿る波瀾万丈の人生を望んでいたマリア・ポルタルは、ため息を禁じえなかった。しかし、リマの信徒会の帝王、バレンティン・マラビーリャスは、自分の血を分けた息子が司祭になると考えただけで胸の高まりを感じるのだった。

誰もが間違っていた。少年には聖職者の資質など備わっていなかった。彼が授かったのは、内に秘めた激情であり、その感受性は、何を、どこで、どのようにして糧にすればいいのかが、まだ分かってはいなかった。音を立てて燃える教会の大蠟燭、香の煙、祈禱、奉納物に囲まれた聖像、死者への祈りや儀式、十字架、跪拝が醸し出す雰囲気は、年の割には早過ぎる、詩情を求める気持ちや精神性に対する渇きを癒すのに役立つだけだった。マリア・ポルタルは、修道女たちがお菓子を作ったり、日々の仕事をするのを手助けしていた。そのため彼女は修道院の普通の人間が立ち入ることを厳しく禁じた場所に出入りできる、ごくわずかな人間の一人だった。この料理が上手なことで知られる女は決まってクリサントを連れて行き、彼が大きくなっても（年齢がであって体格ではない）、修道女たちは彼をあまりに見慣れてしまっていたために（単なる物体、ぼろ、人間のなり損ない、生きた装身具）、マリア・ポルタルが修道女たちと、この世のものとは思えぬペストリー、震えるカスタード、純白の卵菓子、クッキーや菓子パンなど、アフリカでの伝道に必要な資金を集めるために売られるお菓子類を作っている間、彼は禁じられた場所を自由にうろつくことができた。そんなわけで、クリサント・マラビーリャスは十歳のときに恋の味を知ることになった……。

彼を一瞬にして虜にした少女は名をファティマといい、年は彼と同じで、ラス・デスカルサス修道院の女ばかりの世界で使用人として下働きをしていた。クリサント・マラビーリャスが初めてファティマを見たとき、彼女は山から切り出した石を敷き詰めた修道院の廊下にバケツの水を流し終え、今度は花壇の薔薇や白百合に水をやろうとしていた。まだ幼い少女だった彼女は、穴を開けた粗布袋に身を包み、頭巾がわりの綿の粗布で髪を覆っていたにもかかわらず、その生れの良さを隠すことはできなかった。大理石の肌、目の下の青い隈、凜々しい顎、細く締まった足首。彼女は〈庶民が羨む名門の悲劇〉、捨て子だった。ある冬の夜、空色の毛布に包まれ、フニン通りに面した修道院の回転式受付台に、涙ながらに綴ったかのような筆跡の書き置きとともに捨てられていたのだ。「私は、名誉ある一族を絶望の底に突き落とした忌まわしい愛の落とし子です。私が社会で生きていくとなると、私の人生を生み出した張本人たち、同じ父と母を持つために、愛し合うことも、私を産むことも、私を自分たちの子供と認めることもできないはずの二人の罪を負わなければなりません。神の祝福を受けられた修道女の皆様、私を恥ずかしいと思わずに、そして私に恥ずかしい思いをさせることなく育てられるのは、あなたがただけなのです。私の両親は自らを苛み、皆様に天の門を開かせるであろうその慈善の行いへのお礼として、修道会に十分な寄付をすることでしょう」

修道女たちは、その近親相姦の落とし子のそばに、金の詰まった袋を見つけ〈福音を説いて服を着せ、食べ物を与えてやることが必要な異教の人喰い人種〉、ついに納得した。彼女を召使いとして育て、のちのち天分を示すようであれば、主の新たな僕として純白の修道服を着せることにしたのである。洗礼名にファティマを選んだのは、拾われたのがポルトガルの羊飼いたちの前に聖母が現れた日だったからだ。こうして少女は世俗から遠く隔てられ、ラス・デスカルサス修道院の純潔の壁に囲まれた汚れなき環境の中で、修道女たちの小さな罪（常に取るに足らない）に赦しを与えるために週に一度やってくる、礼拝堂付きの司祭にして中風病みの老人であるドン・セバスティアン（ベルグア？）以外の男性を（クリサント以前に）見ることなく育った。彼女の性格は穏やかで優しく従順で、眼力を備えた尼僧たちは〈慧眼を養い、吐息に至福を施す清らかな精神〉、彼女の一挙手一投足に紛れもない聖性の兆しが見えると言っていた。

クリサント・マラビーリャスは、超人的な努力によって舌をもつれさせる内気を克服し、少女に近づくと、野菜畑の水撒きを手伝ってもかまわないかと訊いた。すると彼女は頷いた。それからというもの、マリア・ポルタルが修道院へ行くときは、彼女が修道女たちと料理を作っているあいだ、ファティマとクリサントは二人で独居房を掃除したり、二人で内庭の床を磨いたり、二人で祭壇の花を替えたり、二人で窓ガラスを洗ったり、二人で床のタイルにワックスをかけたり、二人で祈禱書の埃を払ったりした。醜い少年と美しい少女との間には〈常に最良のものとして思い出す初恋〉、死が二人を分かつまで続く？絆が生まれつつあった。

なかば片輪の少年が十二歳に差し掛かった頃、バレンティン・マラビーリャスとマリア・ポルタルは、まもなくクリサントを霊感溢れる詩人、そして優れた作曲家に変えることになる性向が萌したことに気づいた。

それは、サンタ・アナ広場界隈に住む人々が、少なくとも週に一度は開いていた宴のさなかのことだった。仕立て屋チュンピタスの車庫、鍛冶屋のラマ親子の小さな中庭、バレンティンの住む路地では、やれ誕生日だ、やれ通夜だと（喜び祝うために？　悲しみを癒すために？）口実には事欠かず、ギターのつま弾きや箱（カホン）を打つリズム、手拍子や甲高い声とともに明け方まで続くどんちゃん騒ぎが開かれたものだった。何組ものカップルが――強い酒にマリア・ポルタルが作る香りのいい料理――調子づき、床石に火花を散らす一方で、クリサント・マラビーリャスはギタリストや歌手、カホン奏者を、あたかもその言葉や音が人から生れたとは思えないというように、じっと見つめていた。そして演奏家たちが煙草を吸ったり、酒を飲んだりするために休憩を取ると、少年は恭（うやうや）しい態度でギターに近寄り、驚かせないように優しく撫でると六本の弦をつま弾き、一つ一つの音に耳を傾けていた……。

たちまち彼に素質が、傑出した天賦の才があることが明らかになった。この身体が不自由な少年は聴力にすぐれ、いかなるリズムであろうと即座にそれを捉えて合せられたし、その小さな手は力こそなかったもののいかなるペルー音楽にも巧みにカホンの伴奏をつけることができた。楽団員が食べたり飲んだりするいつもの休憩時間に独りでこつを覚え、ギターと大の親友になった。近所の人間には、新人の演奏会としてパーティーで演奏する彼の姿がおなじみになった。

彼の脚は成長することなく、既に十四歳になっていながら八歳にしか見えなかった。ひどく痩せていて――芸術的天性の確かな証拠、霊感あふるる者に相応しい痩身――もし軍隊のように勢いよく彼に食べ物を詰め込むマリア・ポルタルがいなかったならば、慢性の食欲不振のせいで、若き吟遊詩人は消えてなくなっていたことだろう。このひ弱な存在は、しかしながら、こと音楽にかけては疲れを知らなかった。地元のギター弾きが何時間も歌と演奏を続けたあと疲れ果て、指がつったり、声がかれて出なくなり、床に寝転んでしまっても、片輪の少年はそのまま藁の椅子に座り続け（決して床に届かない日本人の脚、疲れを知らぬ小さな指）、パーティーは始まったばかりであるかのように弦から妙なる調べを引き出し、歌を口ずさんだ。ただし、力強い声は出せなかった。ある種のワルツを歌うとき、ソの音で目の前の窓ガラスにひびを入れる有名なエセキエル・デルフィンの離れ業を真似ることはできなかった。とはいえ、迫力に欠けるかわりに、彼には音程の正確さ、偏執的な音へのこだわり、音符ひとつなおざりにすることのないニュアンスの豊かさが備わっていた。

しかしながら、彼を有名にしたのは演奏や歌のうまさではなく、作曲家としての才能だった。脚の不自由なバリオス・アルトスの少年は、ペルー音楽を演奏したり歌ったりするだけでなく、作曲することもできたのだ。その才能が明らかになったのは、ある土曜日、料理の名人として知られるマリア・ポルタルの聖人の日を祝うために、色とりどりの紙吹雪や紙テープが飛び交い、クラッカーが鳴り、サンタ・アナの路地を活気づけた、いつ果てるとも知れぬパーティーの席上だった。真夜中になると突然、楽団は、茶目っ気たっぷりの歌詞が対話の形になっている誰も知らないポルカを演奏し、集まった人々を驚かせた。

どうやって？
愛を、愛を、愛をこめて
何をする？
花を、花を、花を付けて行く
どこに？
穴に、穴に、ボタン穴に
誰のため？
マリア、マリア、マリア・ポルタル……

そのリズムは居合わせた者たちに感染し、踊ったり、飛んだり跳ねたりしたい気にさせ、歌詞は人々を楽しませ、彼らの心を揺さぶった。誰もが同じ好奇心を抱いた。作者は誰か。すると演奏していた連中が一勢に振り返ってクリサント・マラビーリャスを示したので、彼は〈真に偉大な人間に備わる謙虚さ〉、目を伏せた。マリア・ポルタルは彼にキスの雨を降らせ、信徒バレンティンは涙を拭い、地区を挙げて、デビューしたての詩歌の作り手に大喝采を送った。ベールを被った女性たちの町に、一人のアーティストが生れていたのだ。

こうしてクリサント・マラビーリャスは華々しいスタート（陳腐とも言えるこのスポーツ的な言葉が、神の息吹？が印された仕事を形容することができるなら）を切った。何ヶ月も経たないうちに彼の曲はリマ中に知れ渡り、わずかな年月の間にペルー人の記憶と心に刻み込まれた。アベルたち、カインたちが、彼こそが国で最も愛されている作曲家であることに気づいたとき、当の彼はまだ二十歳前だった。彼のワルツは金持ち連中のパーティーを盛り上げ、中流階級が祝宴で踊る曲となり、貧乏人たちにとってはごちそうだった。首都の楽団は、競って彼の曲を演奏したし、男であろうが女であろうが、厳しいプロの道に入ったときに、マラビーリャスの素晴らしい（マラビージャス）作品を取り上げない歌手はいなかった。レコードが作られ、歌集が出るようになり、ラジオも雑誌も彼を扱わないわけにはいかなくなった。人々の噂話や想像の中で、バリオス・アルトスに生まれた片輪の作曲家は今や伝説的人物となっていた。

　決して気取らず、白鳥のごとく無関心に賛辞を受けとめる少年は、人気にも誉れにも目がくらんだりはしなかった。音楽に専念するために、学業は高校二年でやめてしまった。パーティーで演奏し、セレナーデを弾き、言葉遊びの詩を作るたびにもらう謝礼をためてギターを買うことができた。手に入れた日、彼は幸福感を味わった。悩みを打ち明ける友、孤独を共にする仲間、霊感を表現する声に出会ったのである。

　彼は楽譜が書けず読むこともできなかったが、習ったりはしなかった。作曲するときは耳と勘だけが頼りだった。メロディーを覚えてしまうと、地区で教師をしている混血のブラス・サンヒネスに歌って聞かせ、それを音符で五線に書き取ってもらった。自分の才能を管理しようとも思わなかった。曲の著作権は取らず、そこから発生する権利金をもらうこともなく、友人たちがやってきて、芸術的才能に乏しい凡人どもが彼の曲や歌詞を剽窃していると教えても、ただ欠伸をするばかりだった。こうした無頓着ぶりにもかかわらず、そのうちいくばくかの金が入るようになった。レコード会社やラジオ局が送ってきたり、あるいはパーティーで演奏すると、主催者が受け取ってくれと言ってきかないこともあったのだ。クリサントはこうした収入を両親に差し出し、二人が亡くなってからは（彼はすでに三十歳だった）、友人たちと使ってしまうのが常だった。彼はバリオス・アルトスと、自分が生まれた路地のH号室から離れたいとは思わなかった。貧しい生れへの忠誠と愛着ゆえ、場末を愛するがゆえだったのだろうか。確かにそれもあるだろう。だが最大の理由は、狭い玄関から石を投げれば届く距離に、ファティマという名の、血がつながっている少女がいたからだった。小間使いをしていた頃に知り合った彼女は、今や修道服に身を包み、神の妻として従順と清貧、そして（なんと）貞潔を誓っていた。

彼女こそは彼の人生の秘密であり、そして誰もが常に、彼の萎れた脚とバランスの取れていない体格のせいだと思い込んでいた〈魂の傷に対する大衆の盲目〉、その悲しみの存在理由だった。一方、実際よりも年下に見せるその奇形のおかげで、ラス・デスカルサスの宗教の砦すなわち修道院に通う母親に相変らずついて行けたので、クリサントは少なくとも週に一度は憧れの少女に会うことができた。シスター・ファティマは片輪の少年を、彼が彼女を愛するのと同じように愛していたのだろうか。それを知ることは不可能だ。ファティマは〈野原の花粉の淫らな秘密を知らぬ温室の花〉、女子修道院という無菌室の中で老いた女たちに囲まれたまま、意識と感情を育み、幼女から少女へ、少女から女へと成長していった。彼女の目や耳、そして空想に届くものはすべて、修道会（厳格な上にも厳格な）の道徳という篩に掛かっていた。この美徳の塊みたいな女性に、自分が神の所有物であると信じているもの（愛？）が人間同士の間でもやり取りされうるなどと、どうすれば予想できただろう。

しかし、言うならば〈山を下って川と出会う水、目も開かないうちから白い乳を吸うために乳房を探す仔牛〉彼女は、おそらく彼を愛していたのだろう。いずれにせよ、彼は彼女の友人であり、彼女が知った同じ世代の唯一の人間であり、裁縫の名人マリア・ポルタルが修道女たちに刺繍の極意を授けているあいだに二人で一緒にしていた仕事、つまり床を掃いたり、ガラスを磨いたり、植木に水をやったり、蠟燭に火を点したりすることをもしも遊びと呼べるならば、生涯ただ一人の遊び友だちだった。

とはいえ、幼い、のちには若いと形容されるようになる二人が、何年もの間、盛んに話をしたことは事実だ。邪気のない会話——彼女は純真だったし、彼は内気だった——の中で〈白百合の繊細さと鳩の霊性〉、二人は、シスター・ファティマが収集していた切手の色の美しさや、クリサントによる市電や自動車、映画についての説明など別の話題を通じて、直接触れることなく愛を語り合っていた。ファンの好奇心を大いに掻き立てた「ファティマはファティマの聖母」というタイトルの誰でも知っているワルツ以外には名前が出てこないこの謎の女性に捧げられたマラビーリャスの歌には、そういったことのすべてが〈分かる者には分かる〉、語られている。

彼女を修道院からさらって自分のものにすることなど絶対できないと分かっていながらも、クリサント・マラビーリャスは、週に何時間か彼のミューズに会えることに幸せを感じていた。そんなひと時から彼の霊感が力強くあふれ、その結果モサマラやヤラビー、フェステホ、レスバロサのような音楽が沸き出てくるのだった。彼の生涯第二の悲劇（身体が不自由なことに次ぐ）は、偶然ラス・デスカルサス修道院の院長が、膀胱を空にしている彼を見た日に起きた。マザー・リトゥーマは赤くなったり青くなったりした上に、しゃっくりが止まらなくなった。彼女はマリア・ポルタルのところへ飛んで行き、息子の年齢を問いただした。するとお針子は、背丈と体格は十歳のそれにすぎないけれども、実はもう十八歳になったと告白した。そこでマザー・リトゥーマは十字を切りながら、彼が修道院に出入りすることを未来永劫にわたって禁じたのだった。

それはサンタ・アナ広場の吟遊詩人にとって自分が殺されるに等しい衝撃で、彼は、原因不明の奇病に罹った。何日も床に就いたままの彼を——ひどい高熱、歌うようなうわ言——医者やまじない師が膏薬を貼ったり呪文を唱えたりしてなんとか昏睡状態から救い出そうとした。ようやく起き上がったとき、彼は自分の脚で立つことすらままならない亡霊に等しかった。しかし、愛する女性から引き離されたことは、彼の芸術にとっては有益だった（他にどんな方法がありえただろうか）。それは彼の音楽を涙なしには聴けないほど感傷的なものにする一方、その歌詞を男らしく劇的なものにした。クリサント・マラビーリャスの偉大な愛の歌はこの時期のものだ。友人たちは、甘いメロディーに乗せて囚われの少女、籠の中のヒワ、狩の獲物になった鳩、野から摘まれ主の神殿に召された花、そして遠く離れて望みを失った愛に苦しむ男のことが歌われるのを聞くたびに訝った。相手の女性は誰なのか。そして〈イブを堕落させた好奇心〉、詩人に群がっていた女たちの中にそのヒロインの正体を見いだそうとした。

なぜなら、そのちんちくりんぶりと醜さにもかかわらず、クリサント・マラビーリャスはリマの女性を惹きつける魅力をもっていたからだ。銀行に預金のある白人女、ごくありふれた混血女、安アパートに住む黒人女、生きることを学びつつある小娘から、再び人の道を踏みはずそうという年寄りまでもが、サインをもらうという口実で、彼の住む慎ましやかなH号室を訪ねてくるのだった。彼女たちは色目を使い、プレゼントを贈り、甘い言葉をささやいて気を引き、彼をデートにあるいはいきなり罪深い行為へと誘うのだった。こうした女性たちは、首都の名前まで気取っている（心地よい風（ブエノス・ビエントス）？　心地よい時間（ブエノス・ティエンポス）？　体によい空気（アイレス・サルダーブレス）？）例の国の女性のように、結婚するなら普通の男よりもいいという馬鹿げた偏見によって、奇形の男を好む習慣をもっていたということだろうか。いや、ちがう。この場合、サンタ・アナ広場の小男には、その豊かな芸術によって後光が射していたのであり、彼の精神の在り方が、肉体の惨めさを帳消しにしたばかりか、むしろその肉体を魅力溢れるものにしていたのだ。

クリサント・マラビーリャスは〈治りかけの結核患者の穏やかさ〉、言い寄ってくる女たちの気勢を角が立たないようにうまく殺ぎ、そういうことをするのは時間の無駄であることを悟らせた。そんなとき彼が謎めいた言葉を口にしたことから、彼の周りを様々な噂や憶測が飛び交うことになった。「ぼくは貞節の価値を信じてる。ぼくはポルトガルの羊飼いなんだ」

その頃の彼の暮しぶりは、精神的ジプシーの放浪生活そのものだった。昼頃起き出すと、決まってサンタ・アナ教会の教区主任司祭と昼食を共にした。司祭は予審判事を務めた人物で、かつて彼の執務室で一人のクエーカー教徒（ドン・ペドロ・バレダ＝イ＝サルディバル？）が、自分に着せられた無実の罪（ブラジルからの客船の船倉に潜り込んで密航してきた黒人を殺した？）を晴らそうと、身体の一部を切り落としたことがあった。大きな衝撃を受けたドクトル・ドン・グメルシンド・テリョは、裁判官の服から司祭の服に着替えたのだ。その切断事件は、クリサント・マラビーリャスによってロバの顎骨で作った楽器キハーダとギターとカホンによるフェステホの曲「私の血は無実の証」の中で永遠に記憶されることになった。

吟遊詩人クリサント・マラビーリャスとグメルシンド神父はリマの街を連れ立って歩くのが習慣だった。その折にクリサントは――人生そのものから養分を吸収する芸術家?——自分の歌に使う登場人物やテーマを拾い集めた。彼の音楽——伝統、歴史、民間伝承、噂——は、都市に生きる典型的な人物やその暮しぶりの中に永久に留まった。セルカド広場の隣りの闘鶏の飼育場やサント・クリストの飼育場でマラビーリャスとグメルシンド神父は、サンディア・コロセウムでの試合に備えて飼育係が闘鶏を仕込んでいるのを見物したものだったが、そこから生れたのがマリネラの曲「母さん、真っ赤なとさかは危ないよ」である。また、二人がカルメン・アルトの小さな広場で日光浴をしながら、野外舞台で布の人形を巧みに操って近所の人々を楽しませている人形遣いのモンレオンを眺めていたとき、クリサントはワルツの「カルメン・アルトの乙女」(「君の指は針金、心は藁、ああ、愛しき人よ」で始まる)のテーマを思いついた。クリサントがワルツ「信心深き人よ、あなたもかつては女だった」に出てくる黒い布をかぶった老婆たちとすれ違ったのも、ポルカの「悪童たち」に歌われている若者たちの喧嘩に居合わせたのも、言うまでもなく、こうしたリマ旧市街の下町を散歩している最中だった。

六時頃になると二人は別れ、司祭はカヤオで殺された人喰い人種の魂に祈りを捧げるために教会へ帰り、吟遊詩人の方は仕立て屋チュンピタスの車庫へと向かった。彼はそこで親しい仲間——カホン奏者のシフェンテス、キハーダ奏者のティブルシオ、歌手のルシア・アセミラ?そしてギタリストのフエリペとファン・ポルトカレーロ——と新曲の練習をしたり、曲に手を入れたりした。そして暗くなると、決まって誰かが友愛の印にピスコの瓶を取り出すのだった。こうして彼らは演奏しては話し合い、練習の合間に一杯やったりしながら時を過ごした。夜になり、メンバーが街のレストランに夕食を食べに行くと、彼らは店の名誉としてどこでも必ずおごってもらうことができた。パーティー——誕生日、婚約指輪の交換、結婚記念日——が待ち受ける日もあれば、どこかのクラブと契約している日もあった。家路につくのは夜が明ける頃で、体の不自由な吟遊詩人は、家の戸口で友人たちと別れを告げたものだった。しかし彼らが立ち去り、それぞれのあばら家で眠りにつく頃になると、背中を丸めてぎこちなく歩く人影が決まって路地から現れた。亡霊のようなその影は、夜明け前の霧雨が降り霧が立ちこめる湿った闇の中を、ギターを引きずりながら歩き、人っ子一人いないサンタ・アナ広場のラス・デスカルサス修道院に臨む石のベンチに腰を下ろした。すると夜明けの猫たちは、この世のギターがそれまで奏でた中でも最も感動的なアルペジオと、人間の霊感が生み出した最も情熱的な愛の歌を、いくつも耳にすることができた。早起きの女性信者の中には、修道院の前で小さな声で泣きながら歌う彼の姿を見かけ、虚栄に酔った彼が聖母マリアに恋をして、夜明けにセレナーデを捧げているのだという残酷な噂を撒き散らす者もいた。

何週間、何ヶ月、そして何年もが過ぎた。クリサント・マラビーリャスの名声は〈膨らんで太陽を目指して昇っていく気球の宿命〉、彼の曲と同様広まっていった。けれども、誰ひとり、彼の親友にして元警官、妻と子供たちに袋叩きにされ（ネズミを飼っていたせいで?）、回復しつつある中で神の声を聞いたグメルシンド・リトゥーマ神父でさえ、クリサントが幽閉されたシスター・ファティマに対して計り知れない情熱を抱いていることなど考えもしなかった。一方、彼女の方は、その年月のあいだ、聖女への道を駆け足で進んでいた。汚れなきカップルは、吟遊詩人が男の性を授かった存在であること（あの不幸な朝、予審判事の執務室での一件にもかかわらず？）を修道院長（シスター・ルシア・アセミラ？）に知られてしまった日以来、言葉を交わすことができなかった。それでも、時の流れの中で、困難を極め、また距離をおいてではあるが、二人が互いの姿を見られるという幸運に恵まれることもあった。シスター・ファティマは修道女になると、修道院に暮らすほかの者たちと同じく、二人ずつ交替で一日二十四時間、礼拝堂の中でラス・デスカルサスの聖母に祈りを捧げながら寝ずの番をするようになった。夜明かしをする修道女たちは木の格子で一般の礼拝者と隔てられ、格子の目は細かった。それにもかかわらず、仕切りを挟んでどちらの側からも、互いに相手を見ることができたのだ。このことは、リマの吟遊詩人の頑なまでの信仰心がいかなるものであったかを十分に物語っている。その信仰心はしばしば近所の住人の笑いの対象となったが、マラビーリャスは宗教色の濃い舞曲トンデーロによる作品「そう、私は信ずる者……」で応じたのだった。

実際、クリサントは、かなりの時間をラス・デスカルサス教会で過ごした。日に何度もそこに足を踏み入れては、礼拝したり、格子の向こう側をちらっと見たりした。もしも——陶が高鳴り、脈が速くなり、背筋が寒くなる——格子の碁盤目を通して、白い修道服姿という変ることのないシルエットが占めるいくつもの祈禱台の一つにシスター・ファティマの姿を認めようものなら、彼は即座に植民地時代に敷かれた床石に跪いた。前かがみになると（身体が小さいので、その姿勢になるともはや前を見ているのか横を見ているのか傍目には区別がつかなかった）、祭壇を見ているような印象を与えつつ、実際には、愛する女性の体を包む長い雲、糊のきいた白い塊を、じっと見つめることができた。シスター・ファティマは〈力を倍増しようと深呼吸するスポーツ選手〉、時折祈りを中断し、祭壇（升目状の？）の方へ視線を移したが、そのときクリサントの姿に目が留まった。幼なじみを認めると、雪のように白い修道女の顔にかすかな笑みが浮かび、その繊細な心に優しい気持ちが甦った。二人は目と目が合ったその瞬間——シスター・ファティマは自分の視線を落とすべきだと感じていた——天国の天使たちすら顔を赤らめるような？会話をかわしていた。なぜなら——そうだ——まだ五歳にもなっていなかった頃のある晴れた朝、ピスコ郊外で製薬会社の宣伝部員ルーチョ・アブリル＝マロキンが運転していた車に轢かれながらもその車輪から奇跡的に救われた彼女は、ファティマの聖母への感謝を示すために修道女になる一方、独居房の孤独の中で、やがて、バリオス・アルトスの吟遊詩人を心から愛するようになっていたからだ。

クリサント・マラビーリャスは、愛する女性と肉体的に結ばれることを諦め、礼拝堂の中で、この意識と無意識のはざまを通じて気持ちを伝え合う以上のことは望まなかった。しかし、シスター・ファティマが彼の曲を、彼女がそれと知らずに霊感を与え続けてきた歌の数々を聞くことがないという――その芸術だけが美点だった男にとっては残酷な――考えを受け入れることができなかった。彼は、自分が二十年も前から、毎日明け方に肺炎に罹る恐れと闘いながら彼女のために歌ってきたセレナーデが、愛しい女性の耳に届いていないのではないかという疑い――修道院の分厚い防御壁を一目見れば誰でもそう思うだろう――を抱いていた。ある日、クリサント・マラビーリャスは、自分のレパートリーに宗教的テーマや神秘的テーマを盛り込み始めた。その結果、聖ロサの奇跡、聖マルティン・デ・ポーレスの偉業（動物学的な？）、殉教者たちの逸話やキリストを死に追いやった総督ピラトへの呪いなどが、風俗を描写した曲に続くことになった。このことによって彼が人々の支持を失うことはなかったばかりか、司祭や修道士、修道女、カトリック改革派といった新たなファンを大量に獲得した。威厳を備え、香の香りを漂わせ、聖なるテーマに満ちたペルー音楽は、それをサロンやクラブに閉じ込めていた壁を乗り越え、以前ならば考えられなかった場所である教会や聖体行列、修養所、神学校でも聴かれ始めたのだ。

巧妙な計画は、実現までに十年掛かりはしたものの、ついに成功を収めた。ラス・デスカルサス修道院は、ある日、キリスト教徒に持て囃（はや）されたトロバドール、信徒会の詩人、十字架を背負った音楽家から受け取った、アフリカ伝道支援のチャリティーコンサートを礼拝堂と回廊で開かせてほしいという申し出を、断ることができなかった。リマの大司教は〈深紅の智恵と知者の耳〉、〈公演にお墨付きを与え、ラス・デスカルサス修道女たちが音楽を堪能できるように俗人の出入りを禁じた修道会の規則を何時間か停止することを触れた。そして本人も、高僧たちを従えて、コンサートを聴きに行くつもりだった。

副王たちの都市の歴史の中でも特筆されるその出来事は、クリサント・マラビーリャスが花盛りの年齢、五十歳?を迎えた日に起きた。鋭い額、広い鼻、鷲のような視線、実直にして善良な心の持ち主であり、その風貌は、心の美しさを映し出していた。

ひとりひとりに招待状が送られ、それなしでは行事に参加することができないと告知されていたにもかかわらず〈社会によって打ち砕かれる個人の予想〉、現実は重くのしかかった。人も知るかのリトゥーマ軍曹とその片腕であるハイメ・コンチャ伍長に率いられた警察のバリケードも、大群衆を前に紙でできているかのように後退った。会場は前の晩から詰めかけた人々で溢れ返り、彼らは畏れつつも回廊や玄関、階段、ホールまでぎっしり埋め尽した。招待客たちは秘密の入口から直接上の階へ入場することを余儀なくされ、古びた手摺の後ろにすし詰めになりながら、公演を楽しもうと待ち構えていた。

午後六時、吟遊詩人——征服者の笑顔、青い水兵服、スポーツマンの足取り、風になびく金髪——が楽団と合唱隊を引き連れて登場すると、大歓声が天井にこだまし、修道院を揺るがせた。グメルシンド・マラビーリャスはその場に跪き、バリトンの声で天にましますわれらが父よとアベマリアを唱える一方で、彼の目（とろけそうな?）は、無数の顔の中に、見知った人々を見つけ出していった。

　その最前列には高名な占星術師、（エセキエル？）デルフィン＝アセミラ教授がいた。星の動きを詳しく調べ、潮を読み、手を神秘的に動かして町の大富豪の奥様方の運勢を占ってきた彼には〈ビー玉で遊ぶ学者の単純さ〉、弱点があった。つまり、郷土音楽に目がなかったのだ。またそこには、精一杯めかしこみ、上着のボタン穴に赤いカーネーションを挿し、真新しいかんかん帽をかぶった、リマで一番有名な黒人、あの、飛行機？の貨物室に密かに潜り込んで大洋を渡り、ここで第二の人生（自分の部族に伝わる毒薬でネズミを殺すという公共性を備えた趣味に没頭し、そのお陰で巨万の富を得た？）を送っていた男の姿もあった。そして〈悪魔や運命が演出する偶然〉、自身が主役となった武勇伝——鋭いペーパーナイフで右手の人差し指を切り落とした？——にちなんでエル・モーチョ（指なし）なる異名を獲得したエホバの証人、ルーチョ・アブリル＝マロキンと、彼にあまりにも苛酷な試練を課して愛情の証を求めた、ビクトリア生まれの気紛れで魅力的な美女、サリータ・ウアンカ＝サラベリアが、いずれもかの音楽家を称賛するがゆえに、そろって会場に姿を見せていた。さらには、多くの郷土愛溢れる人々の中に、ミラフローレス生まれの男、リチャード・キンテーロスの血の気のない顔が見られないはずがなかった。彼は、後にも先にもたった一度だけラス・カルメリータス修道院の扉が開くのを利用して回廊に滑り込むと人ごみに紛れ、近親相姦の愛から解き放つために両親によって閉じ込められた妹（シスター・ファティマ？　シスター・リトゥーマ？　シスター・ルシア？）をたとえ遠くからであろうと一目見ようとした。さらには自らの利害を度外視して、耳と口が不自由な貧しい子供たちに顔の表情や仕草で会話する方法を教える仕事に携わり、住処であるペンシオン・コロニアルを離れようとしなかった聾唖のベルグア一家さえもが、人々の好奇心に感染して、リマのアイドルを自分の目で見ようと（耳が聞こえなかったので）そこに居合せていた。

街を悲嘆に暮れさせることになる終末的状況が突如生じたとき、グメルシンド・テリョ神父のリサイタルはすでに始まっていた。オルガンを伴奏にすばらしい頓呼法の曲「我が信仰、売り物にあらず」の終結部を歌う叙情詩人の声に、玄関、中庭、階段、天井に鈴なりになった何百という聴衆はうっとりと聴き惚れていた。グメルシンド神父を誉め称える嵐のような喝采が〈カフェオレさながらに混じり合う明と暗〉、人々に死をもたらすことになった。というのも、彼らはあまりに歌に夢中になり、あまりに熱心に拍手喝采を送り続けたので、天変地異の兆しと主のカナリヤが惹き起こした興奮とを混同してしまったのだ。すぐに走って逃げ出せば助かったはずなのに、誰もそうはしなかった。揺れているのが自分たちではなく〈耳をつんざく火山の地鳴り〉、地面の方だと気づいたときにはもう遅かった。なぜなら、ラス・カルメリータス修道院に三つしかない出入口――偶然なのか、神の思し召しによるのか、建築家のミスが原因か――は最初に崩れてふさがってしまい、巨大な石の天使像が正門に覆いかぶさるとともに、地震が起きたとたん修道院から逃げようとしていたクリサント・マラビーリャス軍曹と同行していたハイメ・コンチャ伍長、リトゥーマ巡査はその下敷になった。勇敢な警官と二人の助手は、地中の猛火の最初の犠牲者となった。こうして、ペルー消防局の三人の立見客は〈靴に踏み潰されるゴキブリ〉、涼しい顔をした花崗岩の石像に押し潰され、カルメリータス修道会の聖なる扉口で（最後の審判を待ちながら？）その生涯を閉じた。

そうこうするうちに、音楽と信仰ゆえに集まったキリスト教徒たちは、修道院の中で蠅のように死んでいった。歓声の後に続いたのは、悲鳴や叫び、うめき声の大合唱だった。高級な石も、古びた日干し煉瓦も地底の振動——果てしなく続く発作のような——に耐えることができなかった。ひとつまたひとつと、亀裂の生じた壁が崩れ落ち、よじ登って外に出ようとした者たちを木っ端微塵にした。ネズミどもの殲滅者として名の通ったベルグア一家？もこうして死んでいった。その数秒後には〈地獄の大音響と砂塵の竜巻〉、二階の回廊の床が抜け落ちて、中庭にすし詰めになった人々の上に、マザー・グメルシンダの歌がよく聞こえるように二階席に陣取っていた人々——生きた砲弾、人の隕石——を霰（あられ）のように降らせた。独特の治療法（九本のピンを倒すやかましい遊び？）を編み出して市民の半数をノイローゼから立ち直らせたリマの心理学者、ルーチヨ・アブリル＝マロキンは、このとき敷石で頭を割られてこときれた。しかし、わずかな時間に最も多くの死者を出したのは、ラス・カルメリータス修道院の天井が崩れ落ちたときだった。そのとき死を迎えた人々には、かつて信奉していたエホバの証人を脱退した後に、「十字架の名のもとに木の幹を笑う」という一冊の書を著して法皇に絶賛され、世界的な名声を得ていたマザー・ルシア・アセミラも含まれていた。

　シスター・ファティマとリチャードの死は〈血や修道服でさえ抑えられない激しい愛〉、さらに哀れだった。二人はいつまでも燃え続ける業火の中、周りでは人々が窒息し、踏みつけられ、焼け焦げ、苦しんでいたにもかかわらず、傷一つ負わずに抱き合っていた。火が収まり、一面の炭と立ち込める煙の中で、夥しい死体に囲まれながら、愛し合う二人は口づけを交わした。脱出するときが来たのだ。そこでリチャードはマザー・ファティマの腰を抱きかかえ、激しい炎によってできた壁の割れ目に向かおうとした。ところが愛する二人が歩き出したとたん、足許の床が——悪名高き人喰い地面か？　天の裁きか？——口を開けた。ラス・カルメリータスの修道女たちが死者の遺骨を納めていた植民地時代の地下室を隠す落し戸を、火が蝕んでいたのだ。悪魔に魅せられた？　兄妹は納骨堂へと落ちてゆき、最期を遂げたのだった。

　悪魔が彼らを連れ去ったのか。二人の愛は地獄で結末を迎えたのか。それとも、不運な彼らの苦しみを見かねた神によって天に召されたのか。血と音楽、神秘と炎に彩られたこの物語は終ってしまったのだろうか。あるいはあの世へと続くのか？

19

ハビエルは朝七時にリマから電話をよこした。通信の状態は最悪だったけれど、耳障りな雑音も不安定な音声も、彼の声が不安に満ちていることを隠し切れなかった。

「悪い知らせだ」彼は開口一番そう言った。「しかも山ほどある」

リマまであと五十キロというところで、前夜彼とパスクアルが乗った帰りのバスが道路から飛び出し、砂地でひっくり返ってしまったのだ。二人に怪我はなかったものの、運転手と別の乗客一人が全身にひどい打撲を負っていた。真夜中に車を止めて手を貸してくれる人間を見つけるのは、まさに悪夢だった。くたびれ切って下宿にたどり着いたハビエルは、そこでさらに大きな驚きに出くわした。戸口で僕の父が待っていたのだ。父は真っ青な顔でハビエルに詰め寄り、ピストルを見せると、今すぐ僕とフリア叔母さんがどこにいるのか教えなければ一発見舞ってやると言って脅した。ハビエルはあまりの恐怖に死にそうな思いをしながらも（「今までピストルなんて映画でしかお目に掛かったことがなかったからな」）、そんなことは知らないし、ここ一週間僕とは会ってもいないと、母親はもちろんありとあらゆる聖人の名にかけて繰り返し誓ったのだった。そのうち父もいくらか落ち着きを取り戻し、僕に直接手渡すようにと言って手紙を置いていった。今起きたばかりの出来事に呆然としながらも（「最悪の夜だったよ、バルギータス」）、ハビエルは、父が立ち去るやいなや、母方の親族も同じように怒り心頭に発しているのかどうか確かめるために、ただちにルーチョ叔父さんと話をすることにした。ルーチョ叔父さんはガウン姿で彼を迎え入れた。二人は一時間近く話し合った。彼は怒ってはいなかったけれど、悲しむと同時に心配し、混乱していた。ハビエルは僕たちが既にあらゆる法律に基づいて結婚したことを告げ、彼も僕を思いとどまらせようとしたが無駄だったと言い切った。ルーチョ叔父さんは、僕たちが一刻も早くリマへ戻り、進んで困難に立ち向かい、事態の解決に努めることを勧めた。

「最大の問題はお前の親父だな、バルギータス」ハビエルは報告の締めくくりに言った。「親戚の連中は少しずつ折れてくる。だけど親父さんはかっかきてるからな。お前宛ての置手紙になんて書いてあるか知らないだろう」

僕は他人の手紙を読んだことに文句をつけてから、今すぐリマに戻り、昼に彼の仕事場に会いに行くか電話を入れるつもりだと言った。フリア叔母さんは服を着ているところだった。僕は彼女に何もかも包み隠さず、ただし、酷い事実をいくらかでもやわらげようと努めながら話した。

「ピストルの話はちっとも面白くないわね」フリア叔母さんはそう批評した。「あの人が一発お見舞いしたい相手は私だと思うんだけれど、違うかしら。ねえ、バルギータス、ハネムーンの真っ最中に舅(しゅうと)に撃ち殺されるなんて、私嫌よ。おまけに事故ですって。可哀そうなハビエル。パスクアルも可哀そう。私たちの気違い沙汰のせいで、とんだ目に遭ったわね」

　彼女はちっとも怯えていなかったし、悲しんでもいなかった。それどころかとても幸せそうで、あらゆる困難に立ち向かう気でいるように見えた。それは僕も同じだった。ホテルの会計を済ませると、二人でアルマス広場にカフェオレを飲みに行き、三十分後には再び古びた乗合バスに乗り、リマに向かっていた。旅の間、僕たちはほとんど休みなく唇や頰や手にキスし合い、愛していると耳許で囁き、目のやり場に困っている乗客や、バックミラーでこちらをうかがっている運転手を弄んでやった。

　リマには朝の十時に着いた。どんよりとした日で、立ちこめた霧が家並みや人々を幻のように見せ、何もかもが湿気を含んでいたので、空気のかわりに水を吸っているみたいな気がした。乗合バスは僕たちをオルガ叔母さんとルーチョ叔父さんの家の前に置き去りにしていった。二人は扉を叩く前に、握り合った手に力をこめて勇気を奮い起した。フリア叔母さんは真剣な顔付きになり、僕は自分の心臓の鼓動が速まるのが分かった。

　戸を開けてくれたのはルーチョ叔父さん本人だった。彼はひどく無理して笑顔を作り、フリア叔母さんの頬にキスしてから、僕の頬にもキスしてくれた。

「お前の姉さんはまだベッドの中だが、もう起きてるよ」叔父さんは寝室を指さしながらフリア叔母さんに言った。「いいから入りなさい」

彼と僕は、小さな部屋に入って腰を下ろした。そのときは神学校の赤レンガの壁と屋根がぼんやりと見分けられるにすぎなかったけれど、霧がかかっていなければそこからイエズス会の神学校や海岸通りや海が見渡せるはずだった。

「耳を引っ張ったりはしないからな、お前はもう耳を引っ張られるような年じゃない」ルーチョ叔父さんはぶつぶつ言った。彼は憔悴し切っていて、その顔から寝ていないことは明らかだった。「自分がどんな羽目に陥ったか想像ぐらいつくだろう」

「二人が離れ離れにされないためにはこうするしかなかったんです」前もって用意しておいた科白で彼に答えた。「フリアと僕は愛し合ってるんです。決して気違い沙汰なんかじゃありません。一緒に考えたことだし、自分たちが何をしたのかちゃんと分かってます。二人でなんとかやっていくって約束しますよ」

「お前はまだ洟たれ小僧だ。手に職があるわけじゃなし、暮らす場所だってないじゃないか。女房を養うためには大学をやめて、身を粉にしなけりゃならないぞ」ルーチョ叔父さんはそうつぶやくと、煙草に火をつけ、首を振った。「お前は自分で自分の首を絞めてるんだ。そんなことは誰も認めやしない。なぜって、お前がひとかどの人間になることを親戚中が期待してるからだ。一時の気紛れからお前が月並みな人間になってしまうのを見るのは誰だって辛い」

「僕は勉強を放り出すつもりはないし、大学だってちゃんと卒業します。結婚しなければやってたはずのことは、ちゃんとやるつもりです」と僕は意気込んで言った。「僕を信じてください。そして親戚たちが僕を信じるように働きかけてください。フリアも僕を助けてくれるだろうし、これからは今まで以上に勉強も仕事も頑張りますよ」

「まずは怒りで我を忘れてる父さんの頭を冷やすことだな」ルーチョ叔父さんの口調が突然やわらいだ。僕の耳を引っ張るという義務を果し、今度は僕に手を貸そうとしているようだった。「今、あいつには、分別なんて通用しないな。フリアを警察に突き出すと言って脅すし、何をしでかすか分かったもんじゃない」

僕は、父と話して事実を受け入れてもらうよう努力するつもりだ、と言った。ルーチョ叔父さんは僕を足の先から頭のてっぺんまでしげしげと眺めた。僕は結婚したての新郎が汚れたシャツを着ていることが恥ずかしくなり、すぐにシャワーを浴びて服を着替え、ついでに気をもんでいる祖父母を安心させに行かなくてはと考えた。その後もしばらくの間僕たちは話を続け、コーヒーも飲んだけれど、それでもフリア叔母さんはオルガ叔母さんの部屋から出て来なかった。僕は泣き声や叫び声、言い争う声が聞えないかと耳を澄ました。だけどドアの向こうからは物音ひとつ聞えてこなかった。ついにフリア叔母さんが一人で現れた。長い間陽に当たっていたみたいに上気していたけれど、顔には微笑みが浮かんでいた。

「少なくとも生きて出て来られたようだな」ルーチョ叔父さんが言った。「姉さんに髪を摑まれるんじゃないかと思ったが」

「最初はあやうくびんたを食らうところだったわ」フリア叔母さんは僕の隣りに腰を下ろすと告白した。「もちろんひどいことも言われたのよ。それでも、とにかく事が収まるまではこの家に置いてくれそうなの」

僕は立ち上がると、ラジオ・パナメリカーナへ行かなければと言った。こんなときに仕事がなくなったらそれこそ悲劇だからね。ルーチョ叔父さんは玄関までついてきてくれた。彼は昼食を食べに戻ってきなさいと言い、別れ際に僕がフリア叔母さんにキスすると、にっこり笑った。

角の雑貨屋まで走って行って従妹のナンシーの家に電話をすると、幸い本人が出た。僕だと分かると彼女は声を失った。十分後にサラサール公園で落ち合うことになった。公園に着くと、好奇心の塊になったちびのナンシーが待っていた。彼女の話を聞く前に、こちらが先にチンチャでの冒険の一部始終を話し、例えばフリア叔母さんは結婚式にどんな服を着たのかといった類の細々とした突拍子もない質問に次から次へと答えなければならなかった。彼女が大いに喜び、大笑いした（けれど信じてはくれなかった）のは、僕たちを結婚させてくれた村長が、半裸で裸足の黒人の漁師だったという、事実をいくらか歪めた話だった。それを終えたところでようやく一族が僕たちの駆け落ちのニュースをどのように受け止めたのかを教えてもらうことができた。予想どおりのことが起きていた。家から家への行ったり来たり、白熱した秘密会議、数限りない電話でのやり取り、大量の涙、そしてどうやら僕の母はまるで独り息子を亡くしたかのように慰められ、訪問を受け、みんなに付き添ってもらっていたようだ。ナンシーはといえば、僕たちの共犯者にちがいないと思われ、二人がどこにいるのか白状するよう脅されたり問い詰められたりしたのだった。しかし彼女は断じて知らないと言い張り、さらには大粒の涙まで流してみせたので、彼女への疑いは弱まったのだった。そのちびのナンシーも僕の父のことで不安を感じていた。

「お父さんの怒りが収まるまでは会おうなんて考えちゃだめよ」彼女は僕に忠告した。「あんたを殺しかねないほど怒り狂ってるわ」

借りた部屋のことを尋ねて、またもや彼女の現実的な感覚に驚かされた。まさにその日の朝、貸し主の女性と話をしてくれていたのだ。その結果分かったのは、バスルームを修繕し、ドアを一つ取り替え、ペンキを塗り直す必要があるので、十日間は住めないだろうということだった。僕はすっかり落ち込んでしまった。祖父母の家に向かって歩きながら、この先二週間、いったいどこに二人で隠れていられるだろうかと思案に暮れた。

問題を解決しないまま祖父母の家に着くと、ばったり母に出くわした。母は居間にいて、僕を見るなり派手に泣き声を上げた。そして僕をぎゅっと抱き締め、目や頬を撫で、髪に指を突っ込んでしゃくり上げながら、いかにも同情に堪えないといった調子で、

「息子や、私のかわいい子、一体何をされたの、あの女がお前に何をしたの」と繰り返した。一年近くも会っていなかったし、顔を泣き腫らしていたにもかかわらず、母は若返り、前よりきれいになっていた。母をなだめるために出来る限りのことをしながら、僕は、何もされてはいないし、結婚することに決めたのも自分一人の意志によるのだと力説した。母は、義理の娘になったばかりの女性の名前を耳にするたびに激しくむせび泣き、湧き起る怒りに任せてフリア叔母さんのことを「あの年増女」だとか「あのあばずれ」、「あの出戻り」と呼んだ。その芝居じみた場面が演じられている最中にそれまで考えつきもしなかったことにふと思い当たった。母を悩ませていたのは人に何を言われるかということよりも、宗教の問題ではないか。母は熱心なカトリックだったから、フリア叔母さんが僕より年上だという事実も、彼女が離婚した（つまり教会によって結婚することを禁じられた）女性であることに比べれば、大した問題ではなかったのだ。

祖父母の助けを借りて、ようやく母を落ち着かせることができた。二人の老人は的確な判断と思いやりと機転のお手本を示した。祖父はいつものように僕の額に軽くキスすると、「これはこれは、詩人君、ついに現れたな、みんな心配してたんだぞ」と言っただけだった。祖母は何度もキスしたり抱き締めたりしてから、母に聞かれないようにうんと声を落し、どこか悪戯っぽい調子で、僕に耳打ちするように尋ねた。「それでフリアは元気なのかい」

シャワーをたっぷり浴びて、着替えたあとで——四日前から着たままだった服を脱ぎ捨てたとき、大きな解放感を味わった——母と話し合うことができた。母はすでに泣き止み、椅子に座って祖母が淹れたお茶を飲んでいた。その母の身体を、椅子の肘掛けに座った祖母が、小さな子供にするように優しくさすってやっていた。僕は冗談（「でもママ、喜んでくれなきゃ。ママの大の仲良しと結婚したんだから」）を言って母を笑わせようとしたけれど、結果は裏目に出た。そこで慌てて、母の心の最もデリケートな部分に触れるようなことを言った。つまり、勉強はやめないこと、弁護士の資格を取ること、さらにはペルーの外交官についての見解（「あいつらは馬鹿でなけりゃホモなんだよ、ママ」）を、そのときは変えて、母の夢だった外務省入りさえ誓った。すると母は少しずつ態度を軟化させ、相変らず葬式のときみたいな顔をしていたものの、大学のこと、成績のこと、ラジオ局でのアルバイトのことを尋ね、ほとんど手紙を書かないのは親不孝だと言って僕をなじった。母によると、父はひどいショックを受けていた。父もまた僕に大きな期待を抱いていて、だからこそ「あの女」が僕の人生を台無しにしてしまうのを食い止めようとしていたのだ。父は何人もの弁護士に相談していた。結婚には効力がなく、取り消すことができ、フリア叔母さんは未成年者誘惑罪で訴えられる可能性があった。父はあまりに激しく怒っているので、今は「恐ろしいこと」が起きないように僕に会いたがらず、フリア叔母さんが即座に国から出ていくことを要求していた。さもないと痛い目に遭うわと母は言った。

僕は、フリア叔母さんとはまさに離れ離れにならないために結婚したのであり、挙式の二日後に妻を外国へやるというのは難しいと思うと応えた。しかし母は、僕と議論したがらなかった。「パパがどんな人か知ってるでしょう。あの人の性格が分かっているなら、気が済むようにさせてあげないと。だって、そうじゃなかったら……」そう言って母は目に恐怖の色を浮かべた。最後に僕は、仕事に遅れるから後でまた話し合おうと言い、別れ際にもう一度、僕の将来について母を安心させるために、弁護士の資格は絶対取ると宣言した。

リマの旧市街へ向かう乗合バスの中で、不吉な予感に襲われた。もし僕のデスクに他の誰かが座っていたら。三日も休んでしまったし、ここ数週間、失敗続きの結婚の準備のせいでニュース原稿には一切関わっていなかったために、パスクアルとグラン・パブリートがありとあらゆるでたらめをしでかしているに違いなかった。そのときの個人的事情の煩わしさに加えて、仕事を失ったりしたらどうなるだろうと考えると気が滅入った。そこでヘナロ父子がほろりとしそうな言い訳をあれこれ考え始めた。ところが、ひやひやしながらパナメリカーナ・ビルディングに入った僕は、あっけに取られてしまった。エレベーターの中で鉢合せになった革新的プロモーターが、あたかも十分前に別れたばかりのような調子で僕に挨拶したからだ。彼は深刻な顔をしていた。

「破滅間違いなしだ」彼は首を振りながら苦々しげに言った。まるでそのことについてちょっと前から僕と話し合っているような感じだった。「どうすりゃいいのか教えてくれ。あいつが収容されることになった」

　僕は彼がうろたえているのに合せ、お通夜のときみたいな顔をしながら、相手の話を完全に理解しているかのように、「そりゃ大変だ、困ったことになりましたね」と小声で相槌を打った。彼は二階でエレベーターを降りたが、僕は自分がいなかったことを気づかせないほど重大な事件が起きたらしいことを喜んだ。屋上では、パスクアルとグラン・パブリートが、会葬者みたいな雰囲気でジュニアの秘書ネリーの話に耳を傾けていた。彼らは僕に挨拶しただけで、結婚のことで僕を冷やかす者はいなかった。彼らは悲嘆に暮れた様子で僕を見つめた。

「ペドロ・カマーチョが精神病院に連れて行かれたんです」グラン・パブリートが悲痛な調子で口ごもりながら言った。「こんなに悲しいことはありませんよ、ドン・マリオ」

　そして三人で、中でも経営陣の側から事件を追ってきたネリーが中心になって、ことの詳細を語ってくれた。それによると、雲行きが怪しくなったのは、ちょうど僕が結婚前のごたごたでてんてこ舞いしていたころだった。終幕は、相次ぐ大災害とともに始まった。例の大火事や大地震、衝突に転覆、脱線事故によって数分の間に何十人もの登場人物の命が奪われ、ラジオ劇場は支離滅裂になった。そうなると今度はラジオ・セントラルの声優や技術スタッフの方がびっくり仰天し、物書き先生の防護壁になるのを止めてしまった。それは彼らが聴取者の困惑や抗議がヘナロ父子の耳に届くのを阻めなくなったことを意味した。しかし二人は二人で新聞の動きからすでに警戒していた。数日前からラジオ欄のコラムニストたちがペドロ・カマーチョの天変地異をからかいの対象にしていたからだ。ヘナロ父子は彼を呼び、傷つけたり怒らせたりしないように細心の注意を払いながら問い質した。ところが話し合っている最中に、彼は突然感情が抑えられなくなり、一気にまくし立てた。大災害の連続は物語をゼロからやり直すための苦肉の策で、記憶があやふやになり、もはや前に何が起きたのか、誰が誰で、どの物語に登場したのか分からなくなってしまい、さらには——「それも泣き叫んだり、髪の毛を掻きむしったりしながらよ」とネリーは請け合った——ここ数週間、仕事はもとより、生活することや、眠ることさえもが、拷問に等しいのだと彼は告白したのだった。ヘナロ父子は彼をリマでも指折りの医者であるドクトル・オノリオ・デルガードに診てもらいに行かせた。するとドクトルは、物書き先生は仕事ができるような状態ではないと即座に診断した。「疲弊した」脳をしばらく休ませる必要がありますな。

僕たちがネリーの話を夢中で聞いていると電話が鳴った。電話の主はジュニアで、今すぐ僕に会いたいとのことだった。今度こそ小言を食らうだろうと覚悟して彼のオフィスまで降りて行った。けれども彼は、エレベーターで出くわしたときと同様、当然彼の問題を知っているものとして僕を迎えた。彼はハバナに電話をし終えたところで、CMQが急を要するこちらの弱みに付け込んで以前の四倍もの値段を吹っかけてきたと言って悪態をついた。

「悲劇だ、こんな不幸なことはない。あの番組は聴取率が最高だったから、スポンサーの間で奪い合いだったのに」彼は書類を引っ掻き回しながら言った。「またCMQのサメどもを頼ることになるなんて、最悪だよ」

僕はペドロ・カマーチョがどんな具合なのか、彼に面会したのか、どのくらいで仕事に復帰できるのか尋ねた。

「望みはゼロだ」彼はむっとして、吐き捨てるように言った。けれど、最後は憐れむような調子になった。「ドクトル・デルガードは奴の精神が溶解しつつあるというんだ。溶解だぞ。どういうことか分かるか。多分、魂がへばるってことだろう。脳みそが腐るとかそんなことだと思うが、違うか。親父が、治るまで何ヶ月も掛かるのかと聞いたら、ドクトルはこう答えた。『恐らく何年も掛かるでしょう』。分かるか」

力無くうなだれた彼は、占い師ばりの確信に満ちた調子で、これから起きるであろうことを予言した。今後はCMQの台本を使うことを知ったら、スポンサーは契約をキャンセルするか、半額にしろと要求するだろう。しかも最悪なのは、新しいラジオ劇場が三週間後か一ヶ月後にならないと届かないことだ。今キューバの状況はむちゃくちゃだからな。テロはあるしゲリラもある。CMQも社員が捕まったり、あれこれごたごたがあって、てんやわんやなんだ。だからといって、聴取者がひと月もラジオ劇場なしでいられるわけがない。ラジオ・セントラルは聴取者を失い、アルゼンチンのラジオ劇場という古臭いけれど手強い番組をぶつけてきたラジオ・ラ・クロニカやラジオ・コロニアルに客をさらわれるかもしれない、と彼は言った。

「ところで、お前に来てもらったのは、実はそのためなんだ」僕がそこにいることに初めて気付いたかのように、彼は僕を見つめると言い添えた。「手を貸してもらう必要がある。インテリもどきのお前にとっちゃ、朝飯前の仕事のはずだ」

仕事というのは、ペドロ・カマーチョがやってくる前の古い台本が保存してある、ラジオ・セントラルの倉庫に潜り込むことだった。そして台本をチェックして、CMQの新鮮なラジオ劇場が届くまでの間に合せに使えそうなのを見つけ出さなければならなかった。

「もちろんそのための手当は出す」彼はきっぱりそう言った。「我が社は決して搾取なんてしないからな」

僕はジュニアに深く感謝し、彼の悩みに対して心から同情した。たとえ百ソルもらえるにすぎないとしても、そのときの僕には望外の喜びだった。オフィスを出ようとして戸口まで行ったとき、彼の声に呼び止められた。

「そうだ、ちょっと待て、お前、結婚したんだってな」。振り返ると、彼は親愛の情溢れる顔をしていた。「犠牲者はどっちだ。多分、女の方だな、違うか。とにかく、おめでとう。そのうちお祝いに一杯やろう」

僕のオフィスからフリア叔母さんに電話を掛けてみた。オルガ叔母さんはいくらか落ち着きを取り戻したものの、ことあるごとにあらためて驚いては、「本当に馬鹿なことをしたね、あんたは」と言っているらしかった。フリア叔母さんは、貸し部屋にはまだ住めないことにそれほど気落ちしていなかった(「だって今まで長いこと離れて寝起きしてきたんだから、あと二週間ぐらい平気だわ、バルギータス」)。心ゆくまで風呂に浸り、服を着替えたら、すっかり楽観的な気分になったと彼女は言った。僕は、これからラジオ劇場の台本の山と格闘しなければならないので昼食を食べに行けないことを伝え、夜に会おうと言った。それから〈エル・パナメリカーノ〉と、二回分のニュース原稿を片付けると、ラジオ・セントラルの倉庫に乗り込むことにした。そこは光の射さない洞窟のようなところで、あちこちに蜘蛛の巣が張り巡らされ、足を踏み入れたとたん、闇の中をネズミが走る足音が聞こえた。どこもかしこも紙だらけで、紐で括って積んであるのもあれば、ばらばらになって散らばっているのもあった。埃と湿気のせいでたちまちくしゃみが出はじめた。その場で作業できそうになかったので、紙の山をペドロ・カマーチョの仕事場に運び込み、彼の書き物机だったところにどっかり腰を据えた。彼の痕跡は残っていなかった。文例辞典も、リマの地図も、そこに書き込まれていた社会・心理・人種学的な記号もすべて跡形もなく消えていた。CMQの古いラジオ劇場の乱雑さと汚さは並大抵ではなかった。湿気のために文字はぼやけ、ネズミやゴキブリがページをかじったり糞を残したりしてあったばかりか、ペドロ・カマーチョの物語のように、台本と台本が混ざり合ってしまっていた。選択の余地はあまりなく、なんとかして判読可能な台本を見つけ出そうとするのがせいぜいだった。

ラジオ劇場のジグソーパズルを組み立てるために、アレルギー性のくしゃみを連発しながら、甘ったるく悪趣味な素材を片っ端から調べ、三時間ほどが過ぎたとき、小部屋のドアが開いてハビエルが顔を出した。

「お前は今問題だらけの身だろう。なのに相変らずペドロ・カマーチョのことにかまけてるなんて信じられないな」彼はかんかんになって言った。「俺はお前の祖父さんの家から来たんだ。せめて、自分の身に何が起きてるのかをわきまえて、びくびくしたらどうだ」

彼は、ため息が出そうなほど台本が積んである机の上に、封筒を二つ投げてよこした。一つは前夜、父が彼に預けていった手紙だった。そこにはこう書かれていた。

「マリオ。あの女をこの国から出て行かせるために四十八時間の猶予を与える。もしそうしなければ、私が自ら必要な影響力を行使して、彼女の大胆不敵な行動に高い代償を払わせるつもりだ。お前に関しては、私が銃を持っていること、お前が私の顔に泥を塗るのを許さないことを知っておいてもらいたい。お前が文面に従わず、あの女が指定された時間内に出国しない場合は、通りの真ん中で五発の弾を食らわせ、犬のごとくお前を殺すことになるだろう」

手紙の最後には二つの姓が飾り文字で記され、追伸が添えてあった。「もし望むなら、警察の保護を要請してもかまわない。お前を見つけ次第、犬のごとく殺してやるという私の決意を明らかにするために、ここにもう一度署名することにする」。そして実際、最初のよりも力強い筆跡で二つ目のサインがしてあった。もう一つの封筒は、三十分前に祖母が、僕に届けてほしいと言ってハビエルに託したものだった。警官が持って来たというその封筒には、ミラフローレス警察署の召喚状が入っていた。それによると、僕は翌日朝九時に警察署に出頭しなければならなかった。

「一番やっかいなのは手紙なんかじゃなくて、ゆうべ俺が会ったときの様子からすると、脅迫の内容を間違いなく実行しそうなことだ」ハビエルは憐れむようにそう言って、窓辺に腰を下ろした。「さあ、どうしようか」

「とりあえず弁護士に相談しよう」それしか頭に浮かばなかった。「僕の結婚や、他のことについても、ただで相談に乗ってくれるか、後払いにしてくれる人間を誰か知らないか」

　僕たちは早速、彼の親戚で、昔何度かミラフローレスの海岸で一緒に波乗りをしたこともある、若い弁護士のところへ行った。彼はとても親切で、チンチャでの一件を話すと愉快そうに耳を傾け、僕にいくつか冗談を飛ばしさえした。そしてハビエルが予想した通り、報酬はいらないと言った。彼は僕に、あの結婚は、僕の出生証明書の日付を改竄したせいで無効ということはないが、無効にすることは可能だと説明してくれた。しかし、そうするためには法的手段が必要だとも言った。もし訴訟が起らなければ、結婚は二年経つと自動的に「成立」し、もはや取り消すことはできなくなるのだ。フリア叔母さんについては、確かに「未成年誘惑罪」を犯したとして彼女を告発し、警察で報告書を書き、少なくとも一時的に拘留させることは可能だった。その後は裁判になるだろうが、彼は状況からすると――つまり僕は十八歳であって、十二歳ではないので――起訴は成立しないと確信していた。どこの法廷でも無罪が宣告されるだろうな。

「いずれにせよ、その気になれば、お前の親父はフリータを痛い目に遭わせることができるというわけだ」ラ・ウニオン通りを歩いて局へ帰る途中、ハビエルが結論を下した。「政府筋に顔が利くってのは本当なのか」

よくは知らなかった。将軍の友人がいるか、仲間が大臣の地位に就いているかだろう。僕は急に、警察が何をしようとしているのかを知るために翌日まで待つのはよそうという気になった。その日のうちに疑問を解決するために、ラジオ・セントラルにある紙の混沌(マグマ)の中からラジオ劇場をいくつか救い出すのを手伝ってほしいとハビエルに頼んでみた。すると彼は引き受けてくれたばかりか、もし僕が投獄されたら、毎回差し入れのタバコをもって面会に来てくれると言った。

午後六時、僕は何とか形が整った二回分のラジオ劇場をジュニアに手渡し、次の日にはさらに三回分を渡す約束をした。それから七時と八時のニュース原稿にさっと目を通して、パスクアルには〈エル・パナメリカーノ〉のインタビューまでに戻ると約束し、その三十分後にはハビエルと一緒にミラフローレスの七月二十八日大通りにある警察署にいた。さんざん待たされた末にようやく署長——制服を着た年配の男——と諜報警察の主任に迎えられた。父は既にその日の朝、僕から事件に関する供述を取るよう依頼に来ていた。彼らは手書きの尋問リストを用意していたけれど、僕の答えは警官がタイプで打った。ところがそれが最悪のタイピストだったために、おそろしく時間が掛かった。僕は結婚したことを認めはしたけれど（「自らの希望と意志によって」そうしたのだと、力を込めて言った）、場所と立ち会った首長の名前を言うことは拒んだ。証人が誰だったかも答えなかった。尋問リストは、悪徳弁護士が悪意をもって作った感じがした。僕の生年月日の後に（あたかもそれへの答えからは分からないことであるかのように）僕が未成年か否か、どこに、誰と住んでいるのかを訊き、そして当然のことながら、フリア叔母さん（ドニャ・フリアと呼んでいた）の年齢についての問いがそれに続いた。僕はこの問いに対しても、女性の年齢を明かすのは悪趣味だからと言って答えることを拒否した。これが二人の警官の子供じみた好奇心をそそることになった。彼らは僕が供述書に署名し終えると、「単なる好奇心からにすぎないが」かの「ご婦人」が僕よりいくつ年上なのかを尋ねた。ハビエルと一緒に警察署から出ると、自分が殺人か強盗でもしでかしたような不愉快な気がして、僕はたちまち憂鬱になった。

ハビエルは僕がへまをしでかしたと考えていた。結婚した場所を明さないのは父を刺激して、ますます苛立たせるだけだし、どうせ何日もしないうちに調べ出すだろうからまるで意味がないというのだった。すっかり気が重くなった僕は、その晩、局へ戻るのが億劫になった。そこでルーチョ叔父さんのところへ行くことにした。ドアを開けてくれたのはオルガ叔母さんだった。彼女は顔をこわばらせ、僕を殺しそうな目つきをしていたけれど、何も言わずに頬を近づけ、僕にキスさせた。彼女は僕を連れてフリア叔母さんとルーチョ叔父さんのいる部屋に入った。

彼らを一目見ただけで、何もかもうまく行っていないことが分かった。僕は何が起きたのか訊いてみた。

「困ったことになったわ」フリア叔母さんが指を僕の指に絡めながら言った。僕はその仕草がオルガ叔母さんを不愉快にさせたことに気づいた。「私の舅ときたら、好ましからざる人物として私をこの国から追い出そうとしてるの」

ホルヘ叔父さんとファン叔父さん、そしてペドロ叔父さんはその日の午後父に会い、その様子を見てぎょっとした。冷ややかな怒り、じっと見据えたまま動かない視線、揺るぎない決意をうかがわせる話しぶり。彼は断固たる態度をとっていた。フリア叔母さんは四十八時間以内にペルーを出国するか、さもなければ成り行きに従わざるをえなかった。事実父と独裁政権の下で労働大臣を務めているビジャコルタという名の将軍——おそらく高校の同級生だろう——とは親友同士で、二人の間ではすでに話がついていて、もし自分の意志で出国しないのであれば、フリア叔母さんは飛行機まで兵士に護送されることになっていた。僕については、もし父に従わなければ、その代償は高くつくはずだった。そしてハビエルにしたように、叔父たちにもピストルを見せたのだった。僕はみんなに手紙を見せ、警察の尋問のことを話してその場を締めくくった。父からの手紙は、彼らを完全に僕たちの味方につける効力があった。ルーチョ叔父さんがウイスキーを注ぎ、みんなで飲んでいると、オルガ叔母さんが突然泣き出し、ボリビアでも指折りの一族の出だというのに、どうして妹が罪人のような扱いを受け、警察に脅されなければならないのかとこぼした。

「私が出て行くしかないわね、バルギータス」フリア叔母さんが言った。叔父夫婦と視線を交わしたところを見ると、それについてはもう話が済んでいるらしかった。「そんな目で見ないで。悪だくみをするわけじゃないし、この先ずっとというわけでもないんだから。あなたのお父さんの怒りが収まるまでのことじゃない。これ以上のスキャンダルを避けるためよ」

三人はそのことで話し合い、あれこれ意見を交わしたあげく、あらかじめ一つの計画を立てていたのだ。彼らはボリビアをはずし、彼女が祖母のいるチリのバルパライソに行くという案を考え出した。彼女はみんなが落ち着くまで、必要最低限の期間をそこで過ごす。そして僕が呼んだらすぐさま帰ってくる。僕は怒って反対し、フリア叔母さんは僕の妻であり、一緒にいるために結婚したのだから、何が何でも二人で行くと言い張った。すると彼らは僕がまだ未成年であることを思い出させた。僕は父の許可なしではパスポートを取ることも国を出ることもできなかったのだ。そこで僕は、こっそり国境を越えると言った。彼らは僕に、だったら外国に行って生活するのにいくらお金を持っているのかと訊いた（僕の手許には数日分のタバコ代がかろうじて残っているだけだった。局からの前借りと服を売った金と質屋で得た金は、結婚費用と部屋の借り賃ですでに消えていた）。

「私たちはもう結婚してるのよ。この事実が取り上げられることはないわ」フリア叔母さんは目に涙を浮かべ、僕の髪をくしゃくしゃにし、僕にキスを浴びせながら言った。
「ほんの二、三週間、長くても二、三ヶ月のことじゃない。私のせいであなたが撃たれるなんて、そんなの嫌よ」

食事の間、オルガ叔母さんとルーチョ叔父さんは、あれこれ理屈を並べて僕の説得に努めた。ここは理性的にならなくてはいけない、自分の望み通り結婚したんだから、今度は取り返しのつかないことにならないように、一時的に譲らなくてはだめだ。叔父夫婦のことも理解してやる必要があった。というのも、彼らはフリア叔母さんの姉と義兄として、父や他の親戚に対して微妙な立場にあったからだ。つまり、二人は彼女を攻撃することも、味方につくこともできなかったのだ。我々はこれからもお前たちの力になるつもりだし、現に今だってそうしているじゃないか。今度はお前が何かする番だ。フリア叔母さんがバルパライソに滞在しているあいだ、僕は何かもう一つ仕事を探さなければならなかった。でなければ、いったいどうやって二人で暮すの、誰が面倒を見てくれると言うの。親父さんもしまいには平静を取り戻して、二人のことを認めてくれるはずだ。

真夜中近くになって――叔父夫婦はもう寝るからと言って遠慮がちに引き上げ、フリア叔母さんと僕は、服を全部脱がず、どんな物音も逃すまいと聞き耳を立て、不安に苛まれながら、という最悪の状態で愛し合っていた――僕はついに折れた。他に解決策はなかった。翌朝、ラパス行きのチケットをチリ行きのと替えてもらうということにしたのだ。半時間後、祖父母の家にある独り者の部屋に向かってミラフローレスの街を歩きながら、僕は自分の無力を痛感して苦々しい気持ちになり、ピストルを買う金すら持っていないことを呪った。

フリア叔母さんはその二日後、夜明けに出る飛行機でチリに旅立った。航空会社はためらうことなくチケットを交換してくれたものの、差額が生じた。僕たちはそれを、なんとパスクアルが貸してくれた千五百ソルのお陰で払うことができた（彼が預金通帳に五千ソル貯めているという、彼の給料を考えればまさに大手柄の話を聞かされて、僕はびっくりした）。フリア叔母さんになにがしかのお金を持たせてあげようと、僕はまだ手許に残っていた本を、法規集や法学の教科書も含め、一冊残らずラパス街の古本屋に売り払い、その代金を五十ドルに両替した。

オルガ叔母さんとルーチョ叔父さんも、空港までついて来てくれた。出発の前の晩、僕は彼らの家に泊めてもらった。僕たちは眠らなかったけれど、セックスはしなかった。夕食が済んで叔父たちが引き上げた後、僕はベッドの端に腰掛けて、フリア叔母さんがスーツケースに荷物を丁寧に詰めるのを眺めた。

それから二人で真っ暗な居間に戻り、手を握り合ったまま一緒に肘掛椅子に座った。そして、家の者たちを起さないように声をひそめて話しながら、三、四時間はそこにいた。ときおり抱き合い、顔をくっつけ、キスもしたけれど、時間の大部分を煙草を吸ったり、話をしたりして過ごした。また一緒になったらどうするか、どんな形で彼女に仕事を手伝ってもらうかといったことや、いかなる方法を使ってでも、遅かれ早かれ、いつか二人でパリに行って屋根裏部屋に住み、ついに僕が作家になるであろう日のことなどについて、あれこれ語り合った。僕は、病院で狂人たちに囲まれ、自身も間違いなく気が触れてしまっている、彼女の同国人のペドロ・カマーチョの話をした。それから、離れ離れの間はお互いがしたこと、考えたこと、感じたことをすべて細大漏らさず伝え合えるよう、毎日長い手紙を書くという取り決めをした。僕は、彼女が帰ってくるまでに問題を解決し、二人が飢え死にしないように十分な稼ぎを得られるようにしておくと約束した。五時に目覚まし時計が鳴ったとき、夜はまだ明けていなかった。その一時間後、リマタンボの空港に着くころに、ようやく空が白みはじめた。フリア叔母さんは、僕のお気に入りの、彼女が美しく映える青いスーツを着ていた。別れるとき彼女はとても落ち着いていたけれど、僕の腕の中でわなないているのが分かった。一方、僕のほうは、早朝の展望テラスで彼女が飛行機に乗り込むのを見ているうちに、胸が詰まり、涙があふれてきた。

彼女のチリでの亡命生活は一ヶ月と十四日に及んだ。それは僕にとって決定的な六週間だった。その間（救いの手を差し伸べてもらおうと友人や知人、クラスメートに教授たちを探し回り、彼らに頼み込んだり、うんざりさせたり、ノイローゼにさせたりしたおかげで）、すでにラジオ・パナメリカーナで始めていたものに加えて六つの仕事を掻き集めることができた。一つ目は局の隣りにあるナショナル・クラブの図書館で働くことだった。僕に課せられたのは、毎日二時間、午前のニュースの合間に出向き、新着の本や雑誌の登録をして、蔵書目録を作ることだった。サン・マルコス大学の歴史の教授は、彼の授業での成績がよかったからか、アシスタントとして使ってくれた。そして僕は午後三時から五時までの間、ミラフローレスにあった教授の家で、彼が征服期の巻と独立期の巻を担当していたペルー通史の企画のために、年代記に表れる様々なテーマに関するカードを作った。こうした新しい仕事の中で一番傑作だったのは、リマ市の公共福祉局から請け負ったものだった。プレスビテロ・マエストロ霊園には植民地時代に作られた一連の区画があるが、その記録台帳は散逸していた。僕の務めは墓碑に書かれていることを読み解いて、名前と日付のリストを作成することだった。好きな時間を選んでできる仕事で、報酬は死者一人分につき一ソルという出来高払いだった。僕は夕方、六時のニュースとインタビュー番組の間にそれをこなし、その時間は空いていたハビエルが決まって付き合ってくれた。季節は冬で日が暮れるのが早かったから、八代にわたる大統領の議事堂で就任式を挙げるのにことごとく参列してきたという太った霊園長は、カンテラと、上の方にある壁穴式の墓の碑文を読むことができるように梯子(はしご)を貸してくれた。ときどき僕たちのどちらかが、人の話し声やうめき声、鎖の音が聞こえたとか、墓石のあいだに白っぽいものが見えたなどと冗談を言うと、言われた方は真に受けて、肝を冷やしたものだった。墓地には週に二、三回出掛け、さらに毎週日曜日の午前中もこの仕事にあてた。他の仕事は多少（多分にというよりは少々）文学的なものだった。

エル・コメルシオ紙日曜版に毎週載ったコラム「人と作品」は、詩人や小説家、エッセイストに取材したインタビュー記事だった。「ペルー文化」という雑誌には月一回、僕が作った欄「人、本、思想」に記事を連載した。そして最後はもう一人の親しくしていた教授がくれた仕事で、彼はカトリック大学入学の資格を持つ連中のために（僕がライバル校サン・マルコス大学の学生であるにもかかわらず）、一般教養のテキストを書いてみないかと勧めてくれた。毎週月曜、入学準備プログラムに必要な事柄（祖国のシンボルに始まり、土着の植物や動物、果てはインディオの権利擁護派と親スペイン派との論争に至るまで多岐にわたっていた）をどれか一つ取り上げて文章にまとめ、彼のところへ提出するのだ。

仕事をいくつも得たことで（いくらかペドロ・カマーチョと張り合えそうな気がした）収入は三倍になり、二人の人間が生きていくのに十分な額に達した。すべての仕事先から給料を前借りすることによって、ジャーナリズムの仕事に欠かせないタイプライターを請け戻し（記事はほとんどパナメリカーナで書いていたのだけれど）、工面したお金を従妹のナンシーにも渡して、家主が本当に二週間で引き渡してくれた貸し部屋を飾る小物を買い揃えてもらった。小さな部屋二つをおもちゃみたいなバスルーム付きで借り受けた朝は幸せそのものだった。こけら落しをするのはフリア叔母さんが戻ってくる日だと決めていたので、相変らず祖父母の家で寝起きしていたものの、僕は毎晩のようにそこへ行って、記事を書いたり死者のリストを作ったりした。休むことなく何かをしていたし、あっちこっち動き回っては出たり入ったりしていたにもかかわらず、疲れもしなければ気が滅入ることもなく、むしろとても張り切っていたばかりか、前と同じくらい盛んに本を読みさえした（毎日乗りまくった路線バスや乗合バスの中でだけとはいえ）と思う。

フリア叔母さんの手紙は約束どおり毎日届き、祖母は悪戯っ子みたいな目つきで「誰からの手紙だろうね、誰かしら」と呟きながらそれを渡してくれた。僕のほうも一日も欠かさず彼女に手紙を書いた。それは夜、一番最後にする仕事で、ときには眠気で気が遠くなりそうになりながらも、その日の奮闘振りを報告した。彼女が出発してから二、三日の間に、祖父母の家やルーチョとオルガの叔父夫婦の家、そして街角で何人もの親戚と出くわし、彼らの反応を目の当たりにすることになった。各人各様だったけれど、中には思いがけない反応もあった。最も厳しかったのがペドロ叔父さんで、挨拶しかけた僕を氷のような目で見つめると、くるっと背を向けてしまった。ヘスス叔母さんは大粒の涙をこぼして僕を抱き締め、芝居がかった声で「かわいそうな子」とつぶやいた。他の叔父や叔母たちは、何事もなかったかのように振舞おうと決めたらしく、僕に優しくしてはくれたもののフリア叔母さんのことには一切触れず、結婚についても知らぬふりをしていた。

父にはずっと会っていなかったけれど、フリア叔母さんをペルーから追い出せという要求が通ってしまうと、いくらか怒りが収まったということは知っていた。両親は父方の叔父の家に泊まっていて、僕が一度も訪ねなかったかわりに、母は毎日祖父母のところに来ていたので、僕たちはそこで顔を合せた。母の僕に対する態度は曖昧で、母親らしい愛情を示すかと思うと、直接的にであろうが間接的にであろうが触れてはならない話題が顔を出すたびに色を失い、涙を流して、「決して許せませんからね」ときっぱり言うのだった。部屋を見に来てくれるように誘ったときは、侮辱でもされたかのように腹を立てた。そして僕が服や本を売り払ってしまったことを、それがギリシア悲劇に等しい出来事だと言わんばかりに、絶えず蒸し返すので、そのたびに僕は、「ママ、もうラジオ劇場みたいな話を持ち出すのは止めてくれよ」と言って彼女を黙らせるのだった。母は父のことにも触れず、僕も尋ねなかったけれど、父に会った親戚たちを通じて、もはや僕の将来に対する絶望が怒りに取って代わり、「あいつは二十一歳になるまでは私に従わなくてはならんだろう。その後は身を持ち崩そうがどうしようが、あいつの勝手だ」と口癖のように言っていることが分かった。

　あれこれ何種類もの仕事があったにもかかわらず、その何週間かのうちに新しい短篇を書き上げた。タイトルは「女福者とニコラス神父」だった。舞台はもちろんグロシオ・プラドで、反教権主義的な色合を帯びていた。物語はメルチョリータが人々の信仰を集めているのに目を付けた主人公の小賢しい神父が、それを商売に利用して一儲けすることを思い立ち、やり手の実業家さながらの野心と非情な手法によって肖像画、肩衣（スカプラリオ）、お守りなど女福者にちなんだあらゆる種類の記念品を製造、販売したり、彼女が暮したいくつかの場所で入場料を取り、彼女のために礼拝堂を建立しローマに使節団を送り込んで彼女の列聖を促進するための募金や籤引きを企画するなど多彩な事業を企てるという内容だった。僕は、新聞記者の体裁を取った二種類のエピローグを書いた。一つは、グロシオ・プラドの住民がニコラス神父の金儲けに気づいて彼をリンチにかけるというもので、もう一つは神父がリマの大司教になるというものだった（僕はこの短篇をフリア叔母さんに読んで聞かせてからどちらかの結末を選ぶことにした）。これを書いたのは、ナショナル・クラブの図書館でだった。そこで新着本の目録を作るという仕事は、僕にとって象徴的と言えた。

ラジオ・セントラルの倉庫から救い出したラジオ劇場（この仕事は僕にとって二百ソルの臨時収入を意味した）は、ＣＭＱの台本が到着するまでにかかる一ヶ月間の放送用にいずれも短縮された。けれど、革新的プロモーターが予想した通り、どれもこれもペドロ・カマーチョが獲得したとんでもない数の聴衆を引き留めることはできなかった。聴取率は下がり、スポンサーを逃がさないように広告料を値下げしなければならなかった。それでも事態はヘナロ親子にとってそれほどひどくならずにすんだ。常に創意に満ち、精力的だった彼らは、「六万四千ソルクイズ」なる番組で新たな金脈を掘り当てたのだ。これは映画館のル・パリ座からの公開放送で、雑多なテーマ（自動車、ソフォクレス、サッカー、インカ帝国、等々）に詳しい解答者がクイズに答え、番組のタイトルになっている合計金額にまでたどり着くことができるというものだった。コルメナ街の

〈ブランサ〉で（その頃はちょくちょく）一緒にコーヒーを飲んでいたジュニアを通じて、僕はペドロ・カマーチョの足取りをたどった。彼はひと月近くドクトル・デルガードの個人病院にいたのだが、あまりに高くつくので、ヘナロ親子は彼を市の社会福祉局の精神病院ラルコ・エレーラへ移すことに成功し、そこではどうやら十分丁重に扱われているらしかった。ある日曜日、プレスビテロ・マエストロ霊園で墓石の目録作りを終えた後、彼を訪ねようとラルコ・エレーラの入口まで路線バスに乗った。例のハーブティーが作れるよう、プレゼントに袋入りのミントとレモン・バーベナを持っていった。けれど、他の面会者にまじって刑務所を連想させる大きな鉄の門をくぐろうとしたまさにその瞬間、僕は入るのをよすことにした。四方を塀に囲まれ雑然としたこの場所で――大学一年のときそこで心理学の実習をしたことがあった――狂人の集団に仲間入りした物書き先生に再会すると思うと、まだ会わないうちにひどく辛い気持ちになってしまったからだ。僕は回れ右をすると、ミラフローレスへ戻った。

あくる日の月曜日、僕は母に、父と話がしたいと言った。すると母は、慎重に振舞うこと、父の神経を逆撫でするようなことは言わないこと、暴力を振るわれないようにすること、と忠告した上で、父の泊まり先の電話番号を教えてくれた。父は次の日の朝十一時に、かつて渡米するまで自分が仕事をしていたオフィスで僕を待つと言った。それはカラバヤ通りのビルの、両側に居住用の部屋と事務所が並ぶタイル張りの廊下の突き当たりにあった。〈輸出入商会〉に入ると――昔から父の下で働いている何人かの社員の顔があった――社長室に通された。父は独りで、以前使っていたデスクに向かって腰掛け、クリーム色の三つ揃いを着て緑の地に白い水玉の模様のネクタイを締めていた。僕は父が一年前より痩せ、心なしか顔が蒼白くなっていることに気づいた。

「おはよう、パパ」僕は声がしっかり響くように精一杯努力して、戸口から声をかけた。

「言うべきことを言うがいい」父は椅子を指さしながら、怒っているというよりは中立を保った調子で言った。

僕は椅子の縁に腰掛けると、競技に入る直前の陸上選手のように深く息を吸い込んだ。

「僕が今してることと、これからすることを、話しに来たんだ」どもりながらそう言った。

父は黙ったまま、僕が話を続けるのを待っていた。そこで、平静を装うためにできるだけゆっくり話し、父の反応を窺いながら、慎重に、自分が手に入れた仕事のこと、ひとつひとつの稼ぎがどのくらいか、仕事をどれもきちんとこなした上に大学の宿題を片づけて、試験に備えるためにどのように時間をやりくりしているかといったことを、詳しく説明した。嘘はつかなかったものの、すべては最も明るい見通しに基づいていた。知的で真面目な生活をきちんと送っているし、何としても大学は卒業したい。僕が黙ると、父も口をつぐんだまま結論を待った。そこで僕は、唾を飲み込んでからこう言わなければならなかった。

「分かったでしょ、僕は自分の稼ぎで食べて暮らしていけるし、勉強だって続けられるんだ」。そう言った後で、自分の声が、聞き取るのも難しいほどか細くなるのが分かった。「フリアを呼び戻すのを許してもらおうと思って来たんだ。僕たちは結婚したんだし、彼女は独り暮しなんかできっこないよ」

父が目をしばたたかせ、さらに蒼ざめたので、一瞬子供の頃の悪夢が甦り、また例の発作的な怒りに襲われるのだろうと思った。ところが父は素っ気なくこう言っただけだった。

「分かっているだろうが、その結婚は無効だ。お前は未成年だから、許可なしでは結婚できない。だからもし結婚できたとすれば、許可状か出生証明書に手を加えるしかなかったはずだ。どっちにしても結婚は簡単に取り消せる」

父は、公文書の改竄はゆゆしき問題であり、法律によって罰せられることになると説明した。そのために誰かが責任を取らなければならないとすれば、それは判事が相手にそそのかされたと考えるであろう年下の僕ではなく、年上なので、当然ながら、そそのかしたと見なされるはずの彼女の方だ。氷のように冷ややかな口調で法律についての意見を述べ終わると、父は、自分の胸のうちを小出しにしながら長々と話した。僕はてっきり父に憎まれていると思っているだろうが、実は絶えず僕の幸せを望んでいるのであり、ときに厳しい態度を取ることがあったのは、僕の欠点を直し、将来に備えさせるためだった。僕の反逆的行動や反抗心は身の破滅を招くだろう。この結婚は自分で自分の首を絞めるようなものだ。父は僕のためを思って反対しているのであって、僕が考えているのとは異なり、痛め付けるのが目的ではない。なぜなら、自分の息子を愛さない父親などいるはずがないからだ。そのことを別にすれば、僕が恋に落ちたことは理解できる。それは悪いことではなく、とどのつまりは男らしい行為であり、例えば僕がオカマになることの方がよほど恐ろしい。とはいえ、まだ十八歳の、洟たれ小僧のような学生の分際で、文字通りの年増でそれも離婚歴のある女性と結婚するというのはとんでもなく無謀な行動で、その真の結果は、ずっとあとになり、結婚がたたって哀れな人生の敗残者になったときに初めて分かるのだ。父が僕に望んでいるのはそんなことではなく、最良にして、最高の人生なのだ。いずれにせよ、少なくとも勉強だけは続けることだ。さもないと常に後悔することになる。父が立ち上がったので、僕も立ち上がった。隣りの部屋のタイプを打つ音によって途切れながらも気まずい沈黙が続いた。僕が大学を卒業することを口ごもりながら約束すると、父は頷いた。別れ際、一瞬戸惑ってから、僕たちは抱擁を交わした。

父のオフィスから中央郵便局に行き、電報を打った。「オンシャデル。シキュウチケットヲオクルヨテイ。アイヲコメテ」。その日の午後は、歴史学者の家で、〈パナメリカーナ〉の屋上で、墓地で、どうしたらお金を掻き集められるかそればかり考えていた。その夜、僕は借金できそうな相手とそれぞれから借りる金額を一覧表にした。ところが、次の日、祖父母の家に彼女からの返信が届いた。「アスＬＡＮビンデック。アイヲコメテ」。あとで分かったことだが、彼女は、指輪、イヤリング、ブローチ、ブレスレット、そして服もあらかた売り払ってチケットを買ったのだった。そういうわけで、木曜日の夕方、リマタンボの空港で僕が出迎えた彼女は、乞食同然の女性だった。

僕はその足で彼女を新居に連れて行った。ナンシーが自分の手でワックスを掛け、雑巾で拭き掃除をしてくれた部屋には「歓迎」を意味する赤い薔薇が一輪飾られていた。フリア叔母さんは新しいおもちゃのように何から何まで細かく調べた。彼女はきちんと整理された墓地のカードや「ペルー文化」の記事用のメモ、エル・コメルシオ紙のためにインタビューすることになっている作家のリスト、仕事の時間割、そしてこれまでの出費が書き込んであり、理論的には生活していけることを示している表を見て面白がった。僕は、彼女を抱いてから「女福者とニコラス神父」というタイトルの短篇を読んで聞かせるので、結末を選ぶのを手伝ってほしいと言った。

「まあ、バルギータスったら」彼女は急いで服を脱ぎながら笑った。「あなたもだいぶ男らしくなってきたわ。だから仕上げに、その童顔を隠すために口ひげを生やすって約束してね」

20

フリア叔母さんとの結婚生活はまさに大成功を収め、彼女自身を含め一族全員が恐れ、望み、あるいは予想していたよりもはるかに長く続いた。なんと八年間だ。その時期に、僕の執念、彼女の協力と熱意、それに幸運がいくらか加わって、他の予想（夢、欲望）は現実となった。二人は名高いパリの屋根裏部屋で暮らすようになり、僕の方は、どうにかこうにか作家となり、本を何冊か出していた。法学部を終えることはできなかったけれど、家族へのせめてもの罪滅ぼしに、そして多少は食べるのに苦労しないように、法律に負けないくらい退屈で倒錯した学問分野、つまりロマンス語学で学士号を取った。

フリア叔母さんと僕が離婚したとき、あちこちにいる僕の一族のあいだでおびただしい涙が流された。なぜなら、誰もが（当然ながら僕の父と母をはじめとして）彼女を愛していたからだ。そして一年後、僕が再婚したとき、今度の相手は従妹だったのに（なんと偶然にもオルガ叔母さんとルーチョ叔父さんの娘だった）、親族の間のスキャンダルは、一度目（とりわけ陰口が凄まじかった）ほど騒がしくはなかった。それどころか、僕を無理にでも教会を通じて結婚式をさせようと、全員揃って共謀し、リマの大司教（彼ももちろん親戚の一人だった）までもが巻き込まれた。彼は教会法から特別に免除することでその結婚を認める旨の書類に急いでサインしたのだ。そのころには家族の驚きも収まり、僕がどんなでたらめをしでかすのか期待するように（つまり、前もって許してくれるように）なったのだった。

フリア叔母さんとはスペインで一年、フランスで五年過ごし、その後は従妹のパトリシアとともに、はじめはロンドン、次にバルセロナでと、ヨーロッパに暮し続けた。そのころになると、僕はリマのある雑誌と契約して記事を送るようになり、原稿料として毎年ペルーに何週間か帰国するための航空券をもらっていた。そうして可能になった旅行は、おかげで家族や友人に会えたこともあり、僕にとってとても貴重だった。僕はヨーロッパにいつまでも住み続けるつもりだった。理由は色々あったけれど、とりわけそこでなら記者、翻訳家、アナウンサー、教師といった、自由な時間がたっぷり取れる仕事をいつでも見つけることができたからだ。初めてマドリードの地を踏んだとき、僕はフリア叔母さんにこう言った。「僕は努力して作家になるんだ。だから文学から離れずに済む仕事しか引き受けないよ」。するとは彼女は答えた。「つまり私にスカートを破いて、頭にターバンを巻いて、今日から〈グラン・ビア〉に立って客を取れってことね」。これは確かなことだが僕はすごくラッキーだった。パリのベルリッツ語学校でスペイン語を教えたり、フランス・プレス社でニュースの原稿を書いたり、ユネスコのために翻訳をしたり、ジェネヴィリエールのスタジオで映画の吹き替えをやったり、フランス・ラジオ＝テレビ局の番組を作ったりと、食べるための仕事には事欠かなかった上に、どれもこれも少なくとも一日の半分はもっぱら書くことに充てられた。問題は、僕の書くものがすべてペルーを扱っていることだった。そのことは、書けば書くほど視野（僕は「写実的な」小説にこだわっていた）がぼやけてきて、確実性を欠くという問題を引き起こしていた。それでも僕にとってはリマで暮らすことなど想像さえできなかった。リマで生活費を稼ぐために七つの仕事をこなし、それでも食べていくのがやっとで本もろくに読めず、こっそりと、それもわずかな空き時間やすでに疲れ切っているときにしかものが書けなかった頃のことを思い出すと身の毛がよだち、もう死ぬまであんなことはしないと自分に誓ったものだった。それからもうひとつ、ペルーは悲しい人々の国だと僕は常々感じていた。

そんなわけで、まずエスプレソ紙と、次に「カレータス」誌との間で取り決めた、年に二枚の飛行機のチケットと記事を交換するという条件は、僕にとって願ってもないものだった。毎年、たいていは冬（七月か八月）だったけれど、二人がペルーで過ごしたひと月は、それまでの十一ヶ月の間書こうとしてきた雰囲気や風景、人々の中に僕をどっぷり浸からせてくれた。久々に周囲から聞こえてくるペルー風スペイン語とその独特の言い回しや単語、イントネーションに耳を傾ける。すると、気持ちの上では近くにあるはずなのに実際には遠のいてしまったもの、年ごとに古び、失われていく言葉の響きや解読の手掛りといったものの真っ只中に再び身を置くことができる。それは僕にとって大いに役に立ち（具体的にどうであるかはともかく精神的には間違いなくそう言えた）、エネルギーの補給となった。

リマに来ることは一種のバカンスだったのに、滞在中僕は文字通り一秒たりとも休まなかったので、結局へとへとに疲れてヨーロッパに戻ったものだった。二人は密林の樹木のようにあちこちにいる僕の親戚や無数の友人から毎日のように昼食や夕食に招かれ、残りの時間を僕は資料集めに費した。そんな具合で、ある年は執筆中の小説の舞台となる世界を直接見たり聞いたり感じたりするために、アマゾンの源流地帯のアルト・マラニョンを旅行し、またある年は、研究熱心な友人たちに付き添ってもらい、別の小説の主人公がふしだらな時間を過ごす夜の街――キャバレーやバー、売春宿――をくまなく調べて回ったりした。こうした仕事と遊びを兼ねた旅――なぜならこの手の「調査」は決して義務ではなかったし、たとえ義務だったとしても常に活気に満ちていて、それ自体を楽しむことができ、そこから文学に役立つことを得るためだけの行為ではなかったからだ――を実行に移している間は、かつてリマに住んでいたときには一度も経験したことがなく、再びペルーで暮らす今もしないことをあれこれ試みたものだった。たとえば、庶民的なペルー風クラブや劇場に民族舞踊を観に行ったり、場末のバラックの間を歩き回ったり、カヤオやバホ・エル・プエンテ、バリオス・アルトスのようなよく知らない、あるいは全く知らない地区をぶらついたり、競馬に金を賭けたこともあれば、植民地時代に建てられた教会の地下墓地や伝説の女優ペリチョリが住んでいた（とされる）屋敷を見物したこともあった。

ところが、その年はむしろ資料による調査に掛かりきりだった。マヌエル＝アポリナリオ・オドリア将軍の時代（一九四八―一九五六）を背景とする小説を書いていた僕は、リマでひと月バカンスを過ごす間、週に二、三日、午前中、国立図書館の資料閲覧室に行って当時の雑誌や新聞に目を通し、さらには少しばかり自虐的な気分を味わいながら、独裁者のブレーン（法廷的な修辞から判断すると全員司法関係者）が彼のために書いた演説のテキストもいくつか読んでみた。昼近くに図書館を出て、露天商が居並ぶ巨大な市場に変りつつあったアバンカイ大通りを歩いた。歩道は多くがポンチョや山岳民族のスカートを身につけた男女の集団で埋め尽され、彼らは地面に広げた毛布や新聞紙の上で、あるいは箱やブリキ缶やシートで急ごしらえした屋台で、ピンやヘアクリップから洋服、スーツに至る、考えつくかぎりのありとあらゆる安物、そしてもちろん、小さなコンロを使ってその場で調理したありとあらゆる種類の食べ物を売っていた。リマで最も大きく様変りした場所の一つであるアバンカイ大通りは、今やアンデス出身の人々でごった返し、揚げ物や調味料の強烈な匂いとともにケチュア語が聞えてくることも珍しくなかった。もうそこには、十年前、大学の新入生だった僕が同じ国立図書館に向かってよく歩いたころの、見掛ける人間と言えば一人か二人の浮浪者を除いてオフィス勤めをする人ばかりだった、あの堅い感じのする大通りの面影は少しも残っていなかった。そのあたりを何ブロックか歩くと、農村から首都への人の移動の問題を、凝縮されたかたちで見たり触れたりすることができた。移住者たちはその十年の間にリマの人口を二倍に増やし、丘や砂地やゴミ捨て場に柵で囲ったスラム街を次々に生み出した。そこには旱魃(かんばつ)や苛酷な労働条件、将来に希望が持てないことや飢えのために故郷を捨ててやって来た、何千、何万という人々が住み着いていた。

リマが見せる新たな顔に少しずつ馴染みながら、アバンカイ大通りを大学公園やかつてサン・マルコス大学だった建物(キャンパスはリマ郊外に移り、僕が文学や法律を学んだばかでかい校舎は博物館といくつかの事務所として使われていた)がある方角に向かって歩いた。僕がそうしたのは好奇心と多少の郷愁のせいだけでなく、文学的な興味のせいでもあった。要するにそのころ書いていた小説のいくつかのエピソードは、大学公園やサン・マルコスの旧校舎、近所の古本屋、ビリヤード場、薄汚れた喫茶店を舞台にしていたのだ。その朝、僕は旅行者のように美しいプロセレス礼拝堂の前に立ち、周りで商売をしている人々——靴みがき、ジャムサンド売り、アイスクリーム売り、サンドイッチ売り——を観察していた。まさにそのとき、誰かに肩を摑まれた。それは——十二歳年を取っていたのに前とちっとも変らない——グラン・パブリートだった。

僕たちは固く抱き合った。本当に彼は昔のままだった。相変らずたくましく陽気な喘息持ちの混血男(チヨロ)で、歩くときにほとんど地面から足を上げないために、スケートをしながら人生を送っているように見えた。六十を超えているはずなのに白髪は一本もなく、四〇年代のアルゼンチン人のように頭をポマードで塗り固め、癖のない髪を入念に撫でつけていた。ただし、ラジオ・パナメリカーナのジャーナリスト（理屈の上では）だった頃よりも、格段にいいものを身に着けていた。緑のチェックの三つ揃いに輝くネクタイ（彼がネクタイをつけているのを見るのは初めてだった）、ぴかぴかの靴。再会できた嬉しさに、僕はコーヒーを飲もうと提案した。彼は同意し、二人は僕の記憶の中でやはり大学生活と結びついていたレストランバー〈パレルモ〉のテーブルに辿り着いた。僕は彼に、暮しぶりについて聞くつもりはないと言った。上々の暮しぶりであることが一目で分かったからだ。彼――人差し指にはインカ風の絵が描かれた金の指輪をはめていた――は満足そうに微笑んだ。

「文句は言えませんよ」彼は頷いた。「結構苦労もしましたが、歳を取って星回りが変ったんです。でもまずはビールで乾杯だ。あなたに会えて本当に嬉しいんです」彼はボーイを呼び、よく冷えたピルスナーを注文すると笑い声を上げ、そのせいで例の喘息の発作を起した。「結婚は破滅だなんて言いますがね、私の場合は逆でした」

一緒にビールを飲みながら、グラン・パブリートは時折発作のために中断したものの、こんなことを話した。ペルーにテレビ放送がやってきたとき、ヘナロ親子は彼に深紅の制服と帽子を着用させ、チャンネル5のためにアレキーパ大通りに建てたビルの門番に据えたのだった。

「ジャーナリストから守衛だなんて、格が下がったと思われますね」彼は肩をすくめた。「肩書という意味では確かにそうです。でも肩書で食べていけますか。給料が上がったんですよ、それが肝腎なんです」

守衛といってもさして骨の折れる仕事ではなかった。来客を取り次いだり、彼らに局内の各部署がどういう配置になっているか教えたり、公開番組に参加する人々の列を整理したりすればよかった。あとの時間は辻にいる警官とサッカーの議論をして過ごしていた。だがそれに加えて——彼は舌を打ち、快い思い出に浸った——何ヶ月かすると仕事がひとつ増え、毎日昼になるとチャンネル5から一ブロック先の、アレナレス街にある食堂〈ベリッソ〉で作っているチーズや肉の入ったパイを買いに行くようになった。ヘナロ親子が好んで食べた上に、社員や俳優、司会者、プロデューサーたちの好物でもあったので、グラン・パブリートは彼らにもこのパイを届けてやり、しこたま小遣いを稼いだのだ。〈ベリッソ〉とテレビ局の間を行き来している最中にグラン・パブリート（赤い制服のせいで地元の子供たちから「消防士」というあだ名をつけられていた）は、未来の妻と知り合った。彼女こそはその歯触りも味も申し分のないパイを作っていた女性、〈ベリッソ〉の料理女だった。

「あいつは将軍みたいな制服と帽子が気になって、私を見た、そのとたん私に一目惚れってわけです」大笑いして咳き込み、ビールを飲んではまた咳き込みながら、グラン・

パブリートは話を続けた。「とびきりの混血美人でしてね。今こうして話をしている人間より二十ばかり若い。おっぱいなんか弾丸もはね返しちまう。言ってみればそんな感じの女なんですよ、ドン・マリオ」

彼は彼女を会話に引き入れ、お世辞を言ったりからかったりし始めた。彼女はそのたびによく笑い、二人はたちまちデートをするようになった。そして彼らは恋に落ち、映画さながらの恋人同士になった。褐色の肌をした彼女は大胆で野心的、頭はいくつもの計画で一杯だった。彼女は二人でレストランを開こうと言い出した。グラン・パブリートが「金はどうする」と訊くと、二人の退職金を使うと彼女は答えた。彼の方は不確かなもののために確実なものを捨てるのは狂気の沙汰だと思ったが、彼女は意志を貫いた。とはいえ退職金ではパルーロ通りの貧乏くさい店を買うのがやっとで、テーブルや厨房用品を揃えるためにありとあらゆる人間から借金をしなければならなかったし、彼が自分で壁にペンキを塗り、扉に〈クジャク（エル・パボ・レアル）〉という店の名前を書く始末だった。一年目は食べるのが精一杯で、仕事は厳しかった。夜明けとともに起き出してラ・パラーダの市場へ行き、最高の食材をできるだけ安い値で手に入れると、何から何まで二人だけでこなした。彼女が料理を作ると彼がそれを運び、代金を受け取り、掃除と後片付けは二人で一緒に終わらせた。店を閉めるとテーブルの間にマットを敷き、その上で寝た。ところが、一年経つと客が詰め掛けるようになった。あまりの繁盛ぶりに料理の手伝いとボーイを一人ずつ雇い入れたものの、ついに入り切れない客を断るほどになった。すると褐色の肌をした女は、広さが三倍もある隣りの家を借りることを思いついた。彼らは早速実行し、幸いそれを後で悔やむことにはならなかった。今では二階にも客を入れ、〈エル・パボ・レアル〉の向かいに小さな家を構えるようになった。互いに深く理解し合っていることが分かった二人はついに結婚に踏み切ったのだった。

僕はお祝いの言葉を言ってやり、彼女には料理を習った経験があるのかどうか聞いてみた。

「いいことを思いつきました」突然グラン・パブリートが言った。「パスクアルも誘って、うちのレストランで昼飯を食べましょう。私におごらせてください、ドン・マリオ」僕は同意した。誘われると断れないということもあったけれど、パスクアルに会ってみたい気がしたからだ。グラン・パブリートの話では、パスクアルはスポーツ・芸能雑誌社を経営し、彼同様出世したということだった。二人はちょくちょく会っていた。パスクアルが〈エル・パボ・レアル〉の常連だったからだ。

雑誌「エクストラ」のオフィスはかなり遠く、ブレニャ地区のアリカ大通りの外れにあった。僕たちは、ヨーロッパに行く前にはまだなかった路線バスを使ってそこまで行った。グラン・パブリートが住所を思い出せなかったためにさんざん歩き回らされた揚句、やっとのことで、ファンタシア座の裏のうらぶれた路地にあるのを見つけた。「エクストラ」が順調に行っていないことは外から見ても明らかだった。ガレージの二つの扉の間にたった一本の釘でまさにぶら下がっている看板に、週刊誌の名前が書かれていた。中に入ると、二つのガレージは壁に開けただけの穴でつながっていることが分かった。その穴はきれいに仕上がっているわけでも框がはまっているわけでもなかったので、まるで左官屋が途中で仕事を放り出したかのようだった。穴の前には目隠し代わりの段ボールが屏風のように立ててあり、そこには公衆便所さながらの汚い言葉や卑猥な画がちりばめられていた。僕たちが入った方のガレージの壁には、湿気や汚れのために生じた染みの間に写真やポスター、「エクストラ」の表紙が貼ってあり、サッカー選手や歌手、それに一目で犯罪者や被害者だと分かる顔が並んでいた。どの表紙にも派手な見出しが付いていて、「結婚するために相手の母親を惨殺」だとか「警察が仮面ダンスパーティーに踏み込む。参加者は全員男性！」といった文句が目に飛び込んできた。その部屋は編集、写真の現像、資料の保管のために使われているらしかった。どこもかしこも足の踏み場もないほど物が散らかっていた。二人の男が台の上のタイプを猛烈な勢いで叩き、一人の少年が返本された雑誌の山を束ねては紐でくくっていた。隅にある戸の開いた洋服簞笥はネガやプリントや乾板であふれかえり、脚の一本をブロックを三つ積み重ねて代用したテーブルの向こうでは、赤いセーターを着た若い女性が領収書の数字を出納簿に書き写していた。そこでは人も物もひどく窮屈そうに見えた。僕たちは誰にも呼び止められなかったし、何かを訊かれることもなかった。それどころか挨拶ひとつ返ってこないという有様だった。段ボールの屏風の向こう側には、やはり刺激的な表紙の貼られた壁の前に机が三つ並び、それぞれの上に発行人、編集長、経理と机の持ち主の役職名がインクで書かれたプレートが乗っていた。僕たちが部屋に入り込んだのに気づくと、青焼きを覗き込んでいた二人の男が顔を上げた。立っている方がパスクアルだった。

僕たちは大げさに抱き合った。彼はびっくりするほど変っていた。でっぷりと太り、お腹が迫り出し、顎は二重顎、その表情にはどこか年寄りじみたところが見られた。前にはなかったどことなくヒトラーを思わせる妙なちょび髭には白いものがまじり始めていた。彼の態度には深い愛情が感じられ、笑ったときに前歯がなくなっているのが分かった。挨拶を終えると、彼はデスクの向こう側に座っていた芥子色のシャツの混血男を紹介してくれた。

「こちらは『エクストラ』の発行人」とパスクアルが言った。「レバリヤッティ博士です」

「危うく失敗するところだったよ。グラン・パブリートが経営者は君だって言ったんだ」彼にそう言いながら、握手をしようとレバリヤッティ博士に手を差し出した。

「ここが傾きかけていることは確かだが、そこまで落ちぶれちゃいない」彼は口を挟んだ。「とにかく全員掛けたまえ」

「僕は編集長なんです」パスクアルが説明した。「こっちが僕のデスクです」

グラン・パブリートが、パナメリカーナ時代を懐しむために〈エル・パボ・レアル〉に行こうと誘いに来たのだと言った。パスクアルはその考えを歓迎したものの、僕たちは何分間か待つ必要があった。彼は校正済みの青焼きを印刷所に戻しに行かなければならなかった。次の号の校了寸前で、急いでいたのだ。そしてレバリャッティ博士と向き合ったままの僕たちを置き去りにして彼は出て行った。僕がヨーロッパに住んでいることを知ると、博士は僕を質問攻めにした。フランス女は噂通り尻軽なのか。ベッドの中では百戦錬磨の恥知らずなのか。そしてヨーロッパの女性についての比較統計表を作ってほしいとせがんだ。女には国ごとに違う習慣があるというのは本当か。博士は、例えば旅行経験が豊富な連中から、傑作な話を（グラン・パブリートは喜びのあまり目を白黒させながら彼の話を聞いていた）大量に仕入れていた。イタリア娘があれをしつこくしゃぶるというのは確かな話か。パリジェンヌは後ろから攻められないと決して満足しないのか。ノルウェーの女は自分の父親と寝るのか。僕がレバリャッティ博士のとりとめのない質問にできる限り答え続ける一方、彼はひどく卑猥で精液にたっぷりまみれた言葉で部屋の空気を汚染し続けた。そして僕たちが昼飯にありつけないでいることをひっきりなしに詫び、この調子だと昼食を終えたときにはとんでもない時間になっているだろうと言った。グラン・パブリートは発行人の官能的にして社会学的な知識の披露にたまげ、興奮しながら大笑いした。博士の好奇心にうんざりした僕は、彼の電話番号を尋ねた。すると彼は皮肉っぽい表情を浮べた。

「一週間前に止められたんだ。電話代が滞ってるからね」と彼はやけにぶっきらぼうに言った。「見ての通りうちの雑誌は沈没寸前なものだから。ここで働いている我々能無しも、雑誌と一緒に沈みかけているのさ」

すると彼は間髪容れずに、「エクストラ」はオドリア将軍の独裁政権時代に創刊され、出だしは順調だったとマゾっ気たっぷりに話し出した。体制側がある人々を攻撃し別の人々を弁護する目的で記事を書かせ、裏で金を渡していたからだ。おまけに数少ない合法的な雑誌だったから、焼きたてのパンさながらの売れゆきを示した。ところがオドリアが失脚すると、激しい競争が始まり、たちまち経営難に陥ってしまった。そんなとき彼が、すでに死に体だったこの雑誌を拾い上げた。そして誌面を一新し、センセーショナルなニュース記事を満載した雑誌に変身させて甦らせたのだ。負債を抱えていたにもかかわらず、一時はすべてがうまく行っていた。ところがここへ来て、紙の値上がりや印刷費の増大、敵対する者たちによる反対キャンペーン、広告主の撤退によって雲行きが怪しくなり出した。そこへ追い討ちをかけるように、たちの悪い連中に名誉毀損で訴えられ、裁判に負けてしまった。今や経営者たちは恐れをなし、倒産の巻き添えを食わないように株券をすべて編集者に譲り渡した。もはやそう長くはないだろう。というのもここ何週間かの状況は悲劇的だからだ。給料を払う金が一銭も無いので、社員がタイプを持ち去り、机を売り払ったばかりか、金目の物はすべて盗まれてしまったので、倒産はさらに早まりそうだった。

「ひと月ともたんだろうな、君」ある種の喜びと不愉快さが入り交じった調子で彼は繰り返した。「もうこの雑誌は死んでるんだ。腐臭がしないかね」

　確かにすると言おうとしたとき、小さな骸骨のような人物が屏風をどける必要なしに狭い隙間から部屋に入ってきて、会話を遮った。どこか滑稽に見えるドイツ人風の髪型のその男は、くたびれた青のオーバーオールを着て、継ぎだらけのシャツの上に色褪せたねずみ色のセーターが張りついているという具合に浮浪者そっくりの身なりをしていた。何よりも異様だったのはその足許だ。辛うじて赤みが残るバスケットシューズはぼろぼろで、片方は底が剝がれてしまったのかそれとも剝がれかかっているのか、つま先を紐でくくってあった。レバリャッティ博士は、彼を見るなり叱りつけた。

「人をからかうのもいい加減にしろ」そう言って彼が脅すように近づいていくと、骸骨は飛び上がった。「〈アヤクーチョの怪人〉到着についての資料は昨夜持ってくるはずじゃなかったのか」

「はい、昨夜確かに持って参りました。警邏隊が惨殺死体を警察署に搬入してから三十分後には、関連資料をすべて揃え、ここに戻っておりました」小男はそう答えた。

　あんまりびっくりしたので、僕はさぞかし間が抜けた顔をしていたに違いない。完璧な発声、熱っぽい声色、「惨殺」や「関連資料」といった大げさな言葉遣いは彼のものでしかありえなかった。けれど、レバリャッティ博士がどやしつけているこの案山子みたいな男の顔つきや身なりを見る限り、とてもあのボリビア人の物書き先生とは思えなかった。

「嘘をつくんじゃない、せめて自分の非ぐらい認めたらどうだ。貴様が資料を持ってこなかったから、メルコチータは記事を書き上げられず、ニュースは中途半端なまま出ることになる。しかし私は中途半端な記事は好かんのだ。そんなものはジャーナリズムもどきにすぎないからだ」

「確かに持って参りました」ペドロ・カマーチョは脅えながらも丁寧な口調で答えた。「オフィスが閉まっていたのです。十一時十五分ちょうどでした。通行人に時間を尋ねたのです。そこで、持っていた資料の重要性を承知しておりましたので、メルコチータ宅へ向かいました。午前二時まで歩道で彼を待ちましたが、結局睡眠のために帰宅されることはありませんでした。小生に落ち度はありません、〈怪物〉を乗せた警邏隊の車が落盤に遭い、九時ではなく十一時に到着したのです。それゆえ職務怠慢という非難はご容赦願います。小生にとってはこの職場こそ第一、健康よりも大事なのですから」

たやすかったわけではないけれど、僕は目の前に居る男と思い出の中のペドロ・カマーチョを少しずつ結びつけ、重ね合わせていった。目が飛び出ているところは同じだったけれど、あの狂信的なところ、何かに憑かれたようなきらめきは失われていた。今やその瞳は輝きに乏しく冴えなかった上に、おどおどしていて不安げだった。一方、表情や仕草、話すときの身振り、縁日の物売りに似た腕や手の不自然な動きは、耳に快く響いて人を魅了するその類いまれな声と同じく、昔のままだった。

「路線バスにも乗合にも乗らないというそのけち臭い根性のせいで、どこにだって時間通り着くわけがない。それが正真正銘の真実だ」レバリャッティ博士はヒステリックに唸った。「けちるのはよせ、この糞ったれめが、路線バス一回分、コイン四枚ぐらい奮発して、決められた時間にちゃんと着いてみろ」

しかし、変らないところより変ったところの方が多かった。最も大きな変化の原因は髪型にあった。肩まであった長髪を切って丸刈りにしたために、顔がさらに角張って小さくなり、個性や資質が失われてしまっていた。おまけに前にも増して痩せたものだから、苦行僧どころか、ほとんど亡霊に近かった。だが、見た瞬間彼だと分からなかったのは、多分服装のせいだ。昔は黒い服しか身に着けず、てかてかした喪服みたいなスーツと蝶ネクタイは彼の人格と分かちがたく結び付いていた。その運送屋風のオーバーオールに継ぎだらけのシャツ、そして紐でくくり付けた靴という格好の彼は今や、漫画的だった十二年前の彼をさらに漫画にしたようだった。

「あなたが考えておられることは事実ではないと保証できます」彼は確信に満ちた調子で自己弁護を始めた。「いかなる場所であろうと小生の脚で、あんな有害な乗り物よりずっと早く着くことができることはすでに証明済みです。小生が歩くのは吝嗇ゆえではなく、より迅速に職務を全うするためなのです。しかも多くの場合走っております」

このあたりも彼は昔のままだった。つまりユーモアがまったく欠けているのだ。彼の言っていることは、かつてなら彼の口をついて出ることなどおよそ考えられない内容だったにせよ、それを冗談やウィット、さらには感情のかけらすらこめることなく、機械のごとく没個性的に話していた。

「馬鹿げたことにこだわるのはよせ。私は担がれるほど若くないぞ」レバリャッティ博士はこちらに向き直り、僕たちを証人に仕立てようとした。「こんな愚にもつかない話を聞いたことがあるかね。歩いた方が路線バスより早くリマの警察署を回れるだと？この男はそのしょうもない嘘を私に信じさせようとしてるんだ」。彼は、僕たちには目もくれずじっと彼を見上げているボリビア人の物書き先生の方を再び振り返った。「食事にありつくたびに思い出してくれているだろうから敢えて言う必要もないと思うが、貴様がここで仕事をさせてもらえるのはお情けなんだぞ。うちだって記者を減らさなけりゃならないほどの左前で、資料集めなんか置いておけるわけがないんだ。だから少しでもありがたいと思って、きちんと義務を果たしてくれ」

そのときパスクアルが「準備オーケー、印刷に入った」と言いながら屏風から入ってきて、僕たちに待たせたことを詫びた。するとペドロ・カマーチョが出て行こうとしたので僕は歩み寄った。

「お元気ですか、ペドロ」手を差し出しながら彼に言った。「僕のこと、覚えていませんか」

彼は生まれて初めて会ったかのように驚いた様子で、目を細め、顔を近づけて、僕を上から下までしげしげと眺めた。そして最後に儀礼のように素っ気なく会釈すると握手を求め、いかにも彼らしいお辞儀をしながらこう言った。

「初めまして、ペドロ・カマーチョです。よろしく」

「まさか」僕はひどく混乱しながら言った。「僕、そんなに老けましたか」

「記憶喪失ごっこなんてよせよ」そう言ってパスクアルが背中をぽんと叩くと彼はよろめいた。「〈ブランサ〉でこの男にしょっちゅうコーヒーをおごらせたことも覚えてないのかい」

「ミントとレモン・バーベナのハーブティーだけれどね」僕は茶化しながらも、兆候のひとつぐらい表れないものかとペドロ・カマーチョの真剣かつ無関心な顔を窺った。彼は頷き（ほとんど毛のない頭のてっぺんが見えた）、その場しのぎに一瞬歯を覗かせて笑った。

「とても胃によい飲物です。消化を促し、おまけに脂肪を燃焼させる」彼はそう言うと、僕たちから逃れるために妥協するかのように急いで呟いた。「ああ、そうかもしれません。否定はできない。きっと会ったことがあるのでしょう」。そして彼は繰り返した。

「どうぞよろしく」

　グラン・パブリートもまた彼に近づいて、父親が息子に示すような、それでいて相手をからかうような態度で肩に腕を回した。彼は半ば愛情を込め、半ば蔑みながらペドロの体を揺すり、僕に向かってこう言った。

「つまり、ここじゃペドロ坊やは自分が有名人だった頃のことを思い出したくないらしいんです。なにしろ今はみそっかすですからね」。パスクアルが吹き出し、グラン・パブリートも笑い、僕は笑うふりをし、当のペドロ・カマーチョは無理に笑おうとした。

「パスクアルや私のことも覚えていないなんて出まかせを言ってるくらいですから」小犬にでもするように彼の毛の薄い頭を掌で撫で回した。「これから昼飯を食べに行ってお前さんが王様だったあの時代を懐かしもうというんだ。ついてるぞ、ペドリート、今日は温かいものが食べられる。おごってもらえるぞ」

「まことにありがたいのですが、諸君」ペドロは儀式めいたお辞儀をすると即座に言った。「しかしご一緒することはできません。家内が待っているのです。食事に戻らなければ気を揉むことでしょう」

「すっかり尻に敷かれちまって、今じゃあの女の奴隷だ、みっともないったらありゃしない」そう言ってグラン・パブリートは彼を揺すった。

「結婚されたんですか」僕は仰天して言った。まさかペドロ・カマーチョに家庭があり、奥さんがいて、子供がいるなんて想像できなかったのだ。「それはおめでとうございます。僕はあなたのことを筋金入りの独身主義者だとばかり思っていました」

「すでに銀婚式を迎えました」彼は淡々と、だがはっきりした口調で答えた。「すばらしい妻です。あんなに献身的でよくできた女は他にはいない。事情があって離れて暮らしていたのですが、私に助けが必要になったとき、戻ってきて支えになってくれました。繰り返しになりますが、本当にすばらしい妻でして。アーティスト、それも外国人アーティストなのです」。するとグラン・パブリート、パスクアル、レバリャッティ博士の三人がからかいを含んだ目で互いの顔を見合ったのが僕には分かった。けれど、ペドロ・カマーチョは気づかないふりをした。そしてひと呼吸置いてから付け加えた。「それでは諸君どうか楽しくやってください、小生は想像の中でご一緒しましょう」

「これ以上人の期待を裏切らないでくれよ。これが最後通牒だ」レバリャッティ博士が屛風の向こうに消えていく物書き先生に警告した。

ペドロ・カマーチョの足音が消えないうちに――彼は外に通じる扉に辿り着くところだったはずだ――パスクアル、グラン・パブリート、そしてレバリャッティ博士の三人はどっと笑い声を上げ、意地の悪い表情を浮べて目くばせを交わしながら彼が出て行った方を指さした。

「見掛けほど間抜けじゃない。間男されてるのを隠すために間抜けのふりをしてるだけだ」レバリャッティ博士が今度は喜色満面の顔で言った。「あいつが自分の女房の話をするたびに、正しいペルー語じゃ三流ストリッパーと呼ぶ女を、アーティストと称するのはやめろと言ってやりたくてたまらないんだがね」

「あの醜さときたら想像を超えてますよ」妖怪を見た子供の顔付でパスクアルが僕に言った。「やたら年を食った百貫デブのアルゼンチン女で、髪の毛を脱色して化粧を塗りたくってるんです。〈メサンニーネ〉という乞食用の安キャバレーで、裸同然の格好でタンゴを歌ってますよ」

「いい加減にしろ、恩知らずなことを言うんじゃない。二人とも相手をしたんだろうが」レバリャッティ博士が言った。「ま、その点では私も同類だがね」

「歌手だなんてとんでもない、売女ですよあいつは」グラン・パブリートは燠火のように真っ赤な目で叫んだ。「間違いありません。私も〈メサンニーネ〉にその女を見に行きましたが、ショーが終わると人のところへ寄ってきて、二百ソル出せばしゃぶってあげると抜かしたんです。そこで言ってやりましたよ。だめだよ婆さん、だってあんたには前歯がないだろう。俺は軽く噛んでもらうのが好きなんだ。ただどころか金を積まれたって御免だよって。誓って言いますが、前歯が一本もないんですよ、ドン・マリオ」

「二人はとっくに結婚してたんですよ」パスクアルがシャツの袖を降ろし、ジャケットを着てネクタイを締めながら僕に言った。「ペドリートがリマにくる前に、ボリビアでね。ところが彼女が奴さんを捨て、あの店に来て娼婦稼業を始めたらしいんです。で、精神病院入りの騒ぎがあったときに、二人はよりを戻した。そんなわけで、あいつは自分の女房のことを献身的な女だと必ず言うんです。奴が気違いになってから帰ってきたんですから」

「ああして犬みたいに感謝してるのは女房のお陰で食っていけるからさ」レバリャッティ博士が彼の言葉を正した。「カマーチョが警察から資料をもってくる仕事の稼ぎだけであの夫婦が生きていけると思ってるのかね。彼女が体を売って、それで食べてるんだ、でなきゃ今頃あいつは肺病に罹ってるよ」

「実を言うとペドリートはそんなに稼がなくても食べていけるんです」パスクアルはそう言った。それから僕にこう説明した。何しろ「二人は今サント・クリストの路地に住んでますからね。ずいぶん落ちぶれたものでしょう。この博士ときたら、ラジオ劇場の台本を書いていた頃のあいつはサインを求められるほどの名士だったと僕が言っても、信じようとしないんです」

僕たちは部屋を出た。隣りのガレージからは出納簿の娘も記者も返本の少年も消えていた。荷物が山と積まれた乱雑な部屋は明りが消されると不気味に感じられた。外に出るとレバリャッティ博士がドアを閉め、鍵をかけた。僕たち四人は横一列になり、タクシーをつかまえるためにアリカ大通りの方へ歩き始めた。何か言わなくてはと思った僕は、どうしてペドロ・カマーチョがただの資料係なのか、どうして記者ではないのか尋ねてみた。

「文章の書き方を知らないからさ」レバリャッティ博士は待ってましたとばかりに答えた。「気取った奴で、誰にも分からない言葉を使う。それじゃジャーナリズムを否定するようなものだ。だから警察署を回らせているのさ。別に必要じゃないんだが、とにかく楽しませてくれるからね。奴は私の道化なんだ。おまけに下男を雇うより安い」そう言っていやらしく笑うと、彼は僕たちに向かって訊いた。「ところで、率直なところ、私はその昼飯に呼ばれているのかいないのか」

「もちろん歓迎ですよ」グラン・パブリートが答えた。「あなたとドン・マリオは名誉招待客です」

「奴ときたらやたら妙なところにこだわるんです」パルーロ通りに向かうタクシーの中

で、パスクアルが蒸し返した。「たとえばバスには乗りたがらない。いつも歩きで、その方が早いって言うんです。奴が一日に歩く距離なんて考えただけで疲れますよ。旧市街の警察署を一回りするだけだって何キロも歩かなけりゃならない。奴の靴がどんな具合か見たでしょう」

「けちにもほどがある」レバリャッティ博士が不愉快そうな顔で吐き捨てるように言った。

「けちだとは思いませんね」グラン・パブリートは弁護にまわった。「ちょっと頭がおかしいだけです。それに運が悪い」

昼食は延々と続いた。色とりどりの熱いペルー料理と冷えたビールが次から次へとテーブルに乗り、量は多くはなかったが、ありとあらゆるものがあった。辛口の小話や過去の逸話が披露され、人の噂で盛り上がり、政治もいくらか話題になった。そしてまたしても僕は、ヨーロッパの女性に向けられた飽くことを知らない好奇心を満たしてやらなければならなかった。酔いが回ったレバリャッティ博士が四十を過ぎていたもののまだまだ魅力を備えていたグラン・パブリートの奥さんにちょっかいを出したために、殴り合いの喧嘩になりそうな場面さえあった。だが僕は、その充実した午後の間ずっと、三人がペドロ・カマーチョのことにもはや一言も触れないようにあれこれ気配りしていたのだった。

オルガ叔母さんとルーチョ叔父さん（彼らは義理の姉と兄から姑と舅に変った）の家

に着いたときにはもう日が暮れていた。僕は頭が痛く、気が滅入っていた。従妹のパトリシアはふくれっ面で僕を迎え入れた。そしてパトリシアはこう宣言した。フリア叔母さんが相手なら、あの手この手で彼女を騙し、小説のための取材にかこつけて、陰でひどいことができたかもしれない。彼女は人から夫を立てない女だと噂されたくないために、敢えて文句を言わなかったからだ。でも自分の場合は、夫を立てるつもりはないから、今度僕がマヌエル＝アポリナリオ・オドリア将軍の演説のテキストを読むために国立図書館へ行くという口実で朝の八時に家を出て、夜の八時に目を真っ赤にしてビールの匂いをぷんぷんさせ、口紅に違いない染みをハンカチにつけて帰ってくるようなことがあれば、僕を爪で引っ掻くか、頭に皿を叩きつけてやる。従妹のパトリシアは毅然とした性格の女だから、誓ったことは実行するに違いない。

単行本版訳者あとがき

マリオ・バルガス＝リョサに初めて会ったのは、一九七九年三月、彼が国際ペンクラブ会長として東京大会を主宰するために初来日したときのことだ。すでに世界的知名度を備えていた作家も日本では、前年に中短篇集『小犬たち／ボスたち』の翻訳が出てはいたものの、ほとんど無名に近かった。だが来日直前に長篇『ラ・カテドラルでの対話』の邦訳が刊行されることにより、この作家がラテンアメリカにふさわしい圧倒的なパワーの持ち主であることが明らかになるとともに、大江健三郎氏との誌上対談や新聞記事を通じて、ようやく日本でも知られるようになった。この頃、六〇年代にすでに世界的〈ブーム〉を引き起こしていたラテンアメリカの新小説の翻訳紹介が活発化し、八〇年代に入ったとたんに日本でも一種の〈ブーム〉が生じたことを記憶されている読者も多いに違いない。

当時のバルガス＝リョサはペドロ・カマーチョの言う〈男盛りの五十歳〉にはまだなっていなかったが、〈長身で精悍、意外にソフトな喋り方〉、見るからに魅力的な彼が世界でスター扱いされていることにただちに納得がいったものだった。

世界的〈ブーム〉の中心となった作家を四人挙げるとすると、ガルシア＝マルケス、フエンテス、コルタサルそしてバルガス＝リョサというのが定番だが、この四人をビートルズに喩えることもできるだろう。実際、ドノソは六〇年代の〈ブーム〉をビートルズの活躍した時代と重ね合せている。

だがもちろん、彼らがアイドルだったから〈ブーム〉が生じたわけではない。六〇年代のすごさは、ドノソの言葉を借りれば、作家たちがこぞって壮大なコンセプトをもつ実験的な作品を書こうとしたところにある。ドノソ自身を含め「彼らは小説という聖体をそのまま拝領しはしなかった。だからフォークナーやヴァージニア・ウルフ、ジョイス、ヘンリー・ジェイムズをさえ超えようとした、あるいは彼らとは違うことをしようとした」のであり、しかもアイデンティティの探求というテーマを備えていた。それが民族性を超えて普遍性を獲得したのである。フエンテスがバルザックを範としつつそれを超えようとし、バルガス＝リョサはフローベールに淫しつつそれを超えようとする。

また、集団としての共通性とは別に、個々の作家には当然ながら特性がある。たとえばバルガス＝リョサの特徴をドノソが実に見事に言い当てている。彼はバルガス＝リョサをすべてのラテンアメリカ作家の中でももっとも「歴史」に密着した作家で、もっとも写実的作家と評している。そして、「まごうことなき歴史的真実を捉えようと」するバルガス＝リョサは「事物を信じて疑わない。彼は白か黒かの人間なのだ」

以上は生前のドノソに個人的に行ったインタビューの中で彼が語ってくれた言葉の引用なのだが、今回『フリアとシナリオライター』を訳していて、ドノソの指摘がバルガス＝リョサとともに作中人物のペドロ・カマーチョにも当てはまることに気づいた。事物を信じて疑わない、白か黒かの人間とはペドロ・カマーチョのことではないか。〈僕〉が作者の分身であることは明らかだが、〈物書き先生〉もまた分身だったのだ。これは何を意味するのだろうか。そこに自己戯画の要素があることは確かだが、それはこういうことではないか。

つまり、当時の〈僕〉はまだ作家として確立していない。ペドロ・カマーチョは実はその未熟な作家の鏡像ではないか。というのも、本来の語り手はすでに作家となっている後の時代の〈僕〉であり、その目から見れば、未熟な〈僕〉は批判の対象になってもおかしくないからだ。つまり、新聞からの切り抜きで剽窃をしている〈僕〉も、狂ってきて文例集から（？）さかんに引用する〈物書き先生〉も、オリジナリティの問題の前では同類となる。いずれもパロディーの対象になるのだ。

『都会と犬ども』、『緑の家』、『ラ・カテドラルでの対話』と六〇年代に壮大な長篇を発表し、幻想性を排した〈ウルトラリアリズム〉の手法で個性を主張したバルガス＝リョサだが、七〇年代に入ると作風を変える。『パンタレオン大尉と女たち』は慰安婦調達係の兵士の行動を通じて軍を風刺する作品である。軍隊批判というのは彼の一貫した姿勢だが、この作品にはそれまでみられなかったユーモアの要素が色濃く現れるのだ。そのユーモアは『フリアとシナリオライター』でさらに強まる。後者の場合、そのユーモアを生んでいるのがパロディーの要素である。それはキューバのカブレラ＝インファンテやアルゼンチンのプイグらがすでに作品に取りこんでいたわけだが、バルガス＝リョサはなぜ『フリアとシナリオライター』に笑いとパロディーを持ちこんだのだろう。ひとつにはこれが自伝的性格の強い作品だからではないだろうか。自伝的要素というのはそれ以前の作品にも見られる彼の特徴でもある。だが、伝記的部分の登場人物に実名が使われることはそれまでなかった。当然ながらモデルの問題が生じるはずだ。ここには親族とはいえ、結婚そして離婚の相手になった女性フリアが登場するが、彼女は実在の人物で、実際バルガス＝リョサと作中にあるような関係にあった。リアリズムを特徴とする作家であれば、当然、そこで語られていることはおよそ事実であるとして受け取られる可能性が高い。そこでフィクション性を主張するために行ったのが、パロディーの手法とユーモアを使うことだったのではないか。もっとも、実際には、手記を出版して反論したのだが。

もっともバルガス＝リョサの文学的狙いはやはり実験にあったのだろう。冒頭の長いエピグラフに、メキシコの作家でヌーヴォーロマン風の作品『ファラベウフ』で知られるエリソンドの文章を使ったのは、まさに自意識の文学を意識してのことだろう。したがって『フリアとシナリオライター』は、書くということについて書いた小説なのだ。これはポストモダン文学の特徴でもあり、バルガス＝リョサもその傾向に無関心ではいられなかったにちがいない。だが、彼は、考える方を先行させ、読者を置き去りにしてしまう作家ではない。作中の枠小説にしても、半端に終えずもっと読ませてほしいと思うのは訳者ひとりではないだろう。だが、少なくともペドロの書くシナリオは通俗的なのであり、それをそのままひとつの作品と見なすことはできない。だがそういうものも好きで書いてみたい。こうした分裂した感情を抱いた作家には先例がある。セルバンテスである。彼は騎士道小説に惹かれるがゆえに、それをパロディーとして復活させた。バルガス＝リョサのパロディーにも同様の効果があるのではないだろうか。フローベール論の中で彼は自分がメロドラマ的要素を好むと告白している。それをいかに小説に生かすか。彼にとってパロディーはその解決策のひとつだったのだろう。あるいは彼がバフチンのラブレー論を興味をもって読んだことも関係しているかもしれない。シナリオ中の修道院やサッカー場での大混乱はカーニバルと関係がありそうだからだ。そこでは貴賤の別なく人々はカタストロフに遭い、死んでいく。ペドロはそこで終らせず、復活再生の可能性を残すのだ。この経験は『世界終末戦争』のラストの描写に生かされている。

それを一例として、『フリアとシナリオライター』は自己言及性とともに自作のパロディーを披露する間テクスト性も特徴としている。たとえば、二つの異なる物語を同時進行させるのは彼の十八番であり、ラジオ劇場に登場するリトゥーマ軍曹は、短篇で誕生し、その後成長して『緑の家』などで活躍する人物だ。あるいは後年〈僕〉がグラン・パブリートと再会し、身の上話をするところは『ラ・カテドラルでの対話』の主人公サンティアゴとかつて父親の運転手だったサンボのアンブロシオとの再会のパロディーとして読める。

さらに、短篇ピシュタコとボルヘスの関係は悪い冗談としか思えないものの、創作のヒントかもしれないと思わせるのがブニュエルの「忘れられた人々」を観たという件だ。その映画に登場するストリートチルドレンとそのアンチヒーロー像は、短篇「ボスたち」や『都会と犬ども』、そしてラジオ劇場の物語に反映しているようである。つまりここには整理されない形で彼の作家論をはじめ断片的文学論やアイデアが満載されているのであり、〈僕〉とその影ともいうべきペドロの双方にそれが窺えるのだ。そのあたりが見えてくると、この作品は重層的魅力を発揮し始めるはずだ。

長年抱えていた翻訳の終りが見えかかったところで、僕は初めてペルーを訪れた。現実のリマを体験することがその大きな目的のひとつだった。彼の小説に出てくる街や通りを歩き、海岸に行き、それらが読んだときの印象とそっくりなのにびっくりしたが、海岸から内陸に向かってミラフローレスの真ん中を走るホセ・ラルコ大通りで〈緑の家〉という書店に出くわした。好奇心から中に入ると、なんと『運動する人生』というバルガス＝リョサによる、インタビュー形式のグラビア版回想録を見つけたのだ。そこには小説のモデルたちの写真があり、彼の小説の印象がさらに現実に近づいたのだった。その中に、彼とフリアが写ったものがあり、「フリアとの結婚」という文章が添えられている。それを読むと、フリアとの生活は規律を要したが、ありとあらゆる仕事をこなしながらも不思議なことに本を読み作品を書くことができたとある。これは小説中の言葉でもあるだけに、彼の〈現実〉が小説に似ていることをあらためて認識させられることになった。

内田兆史氏に下訳をお願いしてからずいぶん年月がたってしまった。が、とにかく翻訳が終り、少しばかり肩の荷が下りた。あとは読者に楽しんでもらえることを祈るのみである。訳出にあたり、底本には Mario Vargas Llosa, *La tía Julia y el escribidor*, Seix Barral, Barcelona., 1977 を用いた。文字通り根気よく付き合ってくれた編集の島田和俊さんには感謝してもしきれない。

二〇〇四年五月

阿佐ヶ谷〈西瓜糖〉にて

野谷文昭

文庫版訳者あとがき

ウルトラリアリズムの作家とユーモア

マリオ・バルガス＝リョサの小説を読んだことのある人は、このコメディータッチのユーモラスな小説『フリアとシナリオライター』を読み始めたときに、あるいは、しかつめらしい顔をせずに読み進めていることを自覚したときに、意外という印象を抱くかもしれない。バルガス＝リョサの小説といえば、シリアスで長く、ずっしり重いというイメージで語られるのが普通だからだ。相手が権力であれ、組織であれ、制度であれ、それを悪や敵として、ときに傷つき痛めつけられながらも、無謀とさえ言えるほど果敢に立ち向かい、大抵は勇ましく敗北する個人の闘いを、ハラハラしながら読み進めるのを楽しんでいるファンは多いし、そんな風に読ませるスタイルこそこの作家の本領だと考えている人も少なくないだろう。二〇一〇年に彼にノーベル文学賞が与えられたのも作品のそんな性格が評価されたからだ。

バルガス＝リョサほど資料を大量に集めて読み込み、舞台となる場所を可能な限り訪れて精力的かつ精緻な調査を行う作家も珍しい。得られた資料や経験は、ひとつの作品のために使われることもあれば、他の作品に活かされることもある。ただし、その手法は古い自然主義や写実主義とは異なり、現実を写すのではなく、もうひとつの現実を作るというものである。それが彼の言う「神殺し」に他ならない。先行する欧米作家の作品から学んだ手法や理論を取り込んで自分なりに更新し、しばしばウルトラリアリズムと呼ばれもする斬新な作品を生み出す。そのような作業を行った結果、『緑の家』、『ラ・カテドラルでの対話』、『世界終末戦争』、『チボの狂宴』のようなフィクション、あるいは『ケルト人の夢』、『楽園への道』といった伝記小説が生まれるわけだが、いずれも大長篇と呼べるスケールを特徴としている。

リアリズム作家として歴史や事実にこだわり、重厚なテーマを備えている彼の小説は必然的に重くなる。しかも想像力をはたらかせ、事実をつなぎ合わせ、解釈を加えるばかりか、ひとつの作品の中で複数の物語を同時進行の形で展開させるのが彼一流のスタイルであることはよく知られている。また事実へのこだわりは、時代背景をきちんと描き込むところにも表れていて、それが作品に厚みをもたらしている。

そうして生まれた作品と比べると、本書『フリアとシナリオライター』は長さこそ大長篇並みでありながら、あれ、どこか違うという気にさせられるのではないだろうか。

それはユーモアを導入することによって軽みを得た一九七〇年代に書かれた作品だからである。そんな中にアマゾンに駐留する軍隊の男たちの欲望処理という目的のために、上層部からある密命を受け、文字どおりくそ真面目に奮闘する軍人の物語をユーモラスかつ皮肉たっぷりに描く『パンタレオン大尉と女たち』がある。そしてもうひとつこの時期を代表するのが、一九五〇年代の牧歌的なリマを舞台に、自伝的要素を中心にしながらユーモアを全面に押し出した本作『フリアとシナリオライター』なのだ。

その作風への挑戦は、ガルシア＝マルケスのユーモア、とりわけ『百年の孤独』（一九六七年）の影響があるようだ。バルガス＝リョサは、ガルシア＝マルケスの文学についての博士論文を書いた折に、詳細な研究や分析を行っている。だが、同じユーモアでもガルシア＝マルケスの場合は、カリブ的というか、ユーモア感覚を備えた語り手が同じ感覚を共有する友人や仲間、同じ共同体に属する人々を笑わせることを目的とするような語り口を特徴としている。だからそこには仲間内にしか通じないジョークや隠語がかなり含まれていたりする。

一方、バルガス＝リョサの場合その感覚は希薄だ。例えばホセ・マリア・アルゲダスの作品が典型だが、ペルー文学（と呼びうる実体が存在するとして）自体が感傷性を特徴としていて、ユーモアには欠けている。バルガス＝リョサもその意味ではペルー人作家なのだ（その反動としてペルー出身のアルフレド・ブライス＝エチェニケのユーモア小説が生まれたりする）。そこで彼が思いついたのが、ペドロ・カマーチョという奇人もしくは怪人と呼べそうな人物を登場させることだった。

この人物のモデルはボリビアの著名な劇作家ラウル・サルモン・デ・ラ・バーラで、一九五二年の革命によりリマに亡命中だった。当時まだ学生だったバルガス＝リョサが働いていたラジオ局でシナリオライターとして人気を博したが、精神を病み、やがてシナリオは破綻する。彼はこの人物について小説を書くことを望んでいた。この人物の奇矯（ききょう）ぶりもさることながら、彼が書くフィクショナルなラジオ劇場のシナリオはいくつかのことを可能にした。ひとつはペルーという国の階層社会や人種の多様性を表現することだ。カマーチョもフリアもボリビア出身でありながら、同じスペイン語世界であるリマの文化に適応している。フリアは上流階級の持つ越境性によって、カマーチョの場合は両国のメディアを通じてである。もうひとつ可能になったのは、バルガス＝リョサという作家自身が本来扱わないような素材をもとに物語を作ることである。その試みは、彼の創作の可能性を広げ、のちに『つつましい英雄』のようなメロドラマを書く上で明らかに役立っている。また、『若い小説家に宛てた手紙』という評論で述べている「質的飛躍」という概念、すなわちリアリズムから空想的あるいは幻想的物語への転換を実践する場としての役割も担っているようだ。「僕」はこの用語をタイトルにした短篇を書いて親友のハビエルに読んで聞かせたあと、その原稿をくず籠（かご）に放り込むというエピソードがある。その行為は「僕」が基本的に幻想を扱わない作家であること、そして自己批評を厭（いと）わない純文学系小説家の卵であることを意味している。

また作者は自身の伝記的な部分を露悪的に晒すことによってもユーモアを生もうとしている。バルガス＝リョサにとって、おそらくユーモア抜きには主人公のひりつくような青春小説あるいはそのパロディーを書くことができなかったのだろう。そうしなければ単なるメロドラマになってしまうからだ。『ラ・カテドラルでの対話』の主人公でジャーナリストのサンティアゴと本書のマリオは、どちらも作者の分身的要素を含みながら裏腹の関係にあり、同じ一九五〇年代のリマを背景としていても、読者にはモデルが同一人物とは思えないかもしれない。

もっとも、バルガス＝リョサの作風は読者の哄笑(こうしょう)を招くものではない。そこがガルシア＝マルケスの作風との違いでもあるが、偶数章で語られるカマーチョ作のシナリオには時折思わず吹き出してしまうような箇所がある。思うに、バルガス＝リョサは主にカマーチョとそのシナリオを通じて、自分も土俗的物語を書くことができるし、ユーモアも表現できるということを示したかったのではないか。ただし、そのユーモアはしばしばブラックであり、風刺になっていて、笑い転げることのできない彼の気質を反映しているようだ。それでも彼はガルシア＝マルケスを模した土俗的な魔術的リアリズム風の作品も書けるということをアピールしていると思わせる。

ユーモアといえば、一九九〇年に日本を訪れたアルゼンチンの作家マヌエル・プイグの言葉が記憶に残っている。彼にインタビューする機会があったので、僕は自分が訳した彼の小説『蜘蛛女のキス』に触れ、そこで描かれる主人公たちは辛く厳しい状況にあってもその言動にはユーモアが感じられると伝えた。するとプイグが「だって人生にはユーモアがあるじゃないか」とさらりと応えたことを思い出した。思い出した、というより、心に残る印象的な言葉だった。プイグの作品は基本的にはそれほどユーモラスではないからだ。

人生にはユーモアがある、というのは、裏に辛さや哀しみが存在することを感じさせる言葉だ。バルガス＝リョサはユーモアをあまり見せないタイプの作家かもしれないが、このユーモラスな『フリアとシナリオライター』にはとっつきやすいせいかファンも多い。一九七九年三月、国際ペンクラブの会長を務めていたバルガス＝リョサがゲストとして招かれて来日したペンクラブ東京大会の会場で、本書の英語版を読んだという筒井康隆氏が、読み進めるごとに笑わせられたと話してくれた。

二人の狂える「物書き」

とはいえこの『フリアとシナリオライター』が単に笑いを取るだけの娯楽作品でないことは言うまでもない。それは冒頭にメキシコの作家サルバドール・エリソンドのヌーヴォーロマン風の一説をエピグラフとして掲げていることからも明らかだ。そこでは書くということの意味が問われている。マリオにとって書くことと、シナリオライターであるカマーチョにとって書くこととの違いは何か。マリオはまだその意味を把握しきれてはいない未熟な「物書き」なのだ。

ところで、本書の構造は必ずしも単純ではない。まず主旋律となっているのが、主人公の「僕」がサン・マルコス大学法学部に籍を置く学生でありながら法律家ではなく小説家を目指していたころの自伝的物語である。著者の分身とも言える学生のマリオ（マリート、バルギータスとも呼ばれる）が、たまたま知り合った義理の叔母のフリアと恋仲になり、周囲の反対の声と障害に抗って結婚するために奔走する。その顚末を、やがて本格的作家になった「僕」がのちに回想する。そのドタバタ劇に、彼がアルバイト先の放送局で出会ったボリビア出身のシナリオライターであるペドロ・カマーチョの人生の浮沈、リマの放送局で番組が人気を博し大成功を収めながらも、彼自身はやがて精神に異常をきたして破滅する物語がもうひとつの旋律として並走する。ペドロ・カマーチョとはタイトルにあるシナリオライターのことだが、そのカマーチョが書いて放送された複数のシナリオが本筋のストーリーにメタフィクションの形で説明なしに突然割り込んでくる。もっとも、「僕」の恋愛騒動の方がカマーチョのストーリーに割り込んだと言うべきかもしれない。いずれにせよ「この悲劇はいかなる結末を迎えるのだろうか？」といったステレオタイプな科白によって終わるから、この入れ子状の物語は容易に区別がつくだろう。ところがカマーチョのシナリオが、彼の精神錯乱によって辻褄が合わなくなり始める。登場人物や筋が入り乱れた末に、ついにいくつもの物語の登場人物たちが揃って大地震で命を落とすという破局を迎え、番組のファンを啞然とさせる。登場人物の関係を把握できなくなり行き詰まった作者のカマーチョ自身が、シナリオの混乱に決着をつけるために行使した最終手段である。このように、アルゼンチン嫌いといった偏見の持ち主でありながらも生真面目なカマーチョが創作するシナリオと、登場人物たちの演じるドタバタ劇、そしてカマーチョ自身の奇行ぶりがしばしば笑いを誘う。

カマーチョの書くシナリオはどれも大衆小説として独立した作品になりそうで、文体は俗っぽく、「男盛りの五十歳」といったクリシェが繰り返し使われる。そもそもリマの朝の風景を描く出だしからしていかにも軽く、物語そのものもラジオドラマ的なのだ。バルガス＝リョサは多分それらを通俗小説のパロディーとして書いたのではないだろうか。シリアスな作品では書けないからこそ、彼はカマーチョの作品とすることでアリバイを作り、実際には笑いながら楽しんでいたのかもしれない。でありながら、漫画風に描かれるカマーチョ自身の生き方は、どこかペーソスを感じさせるのが不思議だ。

一方、語り手の「僕」の行動もかなり当時の常識から逸脱していて、それが周囲を戸惑わせる。彼は法的には認められない結婚届をいかに受理させるかで散々苦労した挙げ句、友人や同僚の協力による奇策を使って成功するのだが、この経緯もカマーチョのシナリオに負けず劣らず相当なドタバタ劇であり、バルガス＝リョサの作品としてはハラハラさせるだけでなく、珍しく笑わせる。ラジオドラマのシナリオを挟み込むのは、マリオ自身の恋愛劇をシリアスにしないための工夫なのかもしれない。なぜなら、フランスの作家フローベールを信奉する彼のことだから、これがシリアスな小説なら、得意の自由間接話法を駆使して、悩める「僕」の心理描写を意識の流れによって入念に行うはずだからだ。

本格的作家を志望するマリオではあるが、まだ駆け出しの「物書き」にすぎず、次々にシナリオの傑作を生み出すカマーチョの能力とプロ意識に驚嘆している。つまり今の「僕」と通俗作家カマーチョは、本格的作家ではなく、ジャンルこそ異なるが「物書き」同士なのだ。しかしこの小説の語り手は、カマーチョがやがて精神に異常をきたし、破滅したことを知っている。その末路は哀れを誘う。一方、「僕」の方はフリア叔母さんとめでたく結婚に成功し、念願どおり二人でスペインそしてパリに渡る。その後、二人は離婚し、「僕」は従妹のパトリシアと再婚する。その経緯は彼の実生活に近いのだが、離婚の理由や再婚の経緯などは詳しくは語られていない。そのあたりは現実に近すぎて、ユーモラスに描くことができなかったのだろう。叔母のフリアにせよ、従妹のパトリシアにせよ、「僕」の周辺には身内が数多く登場する。それは自伝『水を得た魚』を読むとわかるように、フィクションではなくリアルな現実である。それにしても主人公と接点のある親戚の数の多さと結びつきの強さは、カトリシズムが根強い古い社会と無関係ではなさそうだ。

書くという悪癖

バルガス＝リョサは書くことに意識的な作家だが、考えすぎて書けなくなるということはなく、すでに膨大な作品を生んでいる。それでも決して書くことをやめない。彼の盟友であるスペインの作家アルマス・マルセロはバルガス＝リョサについての評論で、それを「書くという悪癖」と呼んでいる。本書の冒頭に置かれたエピグラフに「書く」という表現が一体いくつ使われているだろう。エリソンドの原典は『書くことを書く男』で、まさにこの小説を書いたバルガス＝リョサ自身に当てはまる。

それにしても当のバルガス＝リョサはいつまで書き続けるのか。アンデルセンの童話に、欲しかった赤い靴を履いたところ、踊り出し、止まることができなくなった少女の話がある。あるいは文学畑では何を書いても詩になってしまった詩人パブロ・ネルーダの例もある。バルガス＝リョサの場合もそんな「悪癖」を持つ特殊な人々の系列に属するのかもしれない。

先に触れたように、この小説は五〇年代のリマを舞台としている。まだテレビが登場せず、ラジオ文化が花盛りだったころだ。人々は映画を観に行くか、家庭でラジオ放送を聴いていて、ラジオ番組は人々に共通の話題を提供していた。テレビが登場するのはもっとあとである。そのこともあり、この小説には、作者のバルガス＝リョサの過ぎし日々への郷愁が感じられることも確かだ。このたび文庫版として復刊するこの懐旧的だが若さを感じさせる作品を、とりわけ今の若い世代の読者はどのように読むのだろうか。

二〇二三年七月

野谷文昭

解説　ライフ・イズ・パーティー

斉藤壮馬

初めて『フリアとシナリオライター』を読んだのは、上京して一人暮らしを始めた大学生のころ。ちょうど語り手の「僕」とほぼ同年代で、講義をさぼってカフェテリアでくだを巻いたり、完成するあてのない「文学的」短編の構想を練ったりしていた、怠惰なるモラトリアムの最中だった。

当然そのときは、まさか巡りめぐってこのような文章を寄稿させていただけるなんて、つゆほども想像していなかった。人生とは不思議な巡り合わせの連続だ。

親元を離れての大学生活は、「僕」よろしく何もかもが新しく刺激に満ちていた。多くの友とも出会えたし、数えきれない失敗もした。ガルシア＝マルケスは読んだことがあったが、南米の作家だけでいっても、アレホ・カルペンティエールやカルロス・フエンテス、マヌエル・プイグ、フリオ・コルタサルなど、それまで知らなかった作家をたくさん教えてもらい、貪るように読みふけったものだ。

また偶然にも、本書の翻訳者である野谷文昭さんのラテンアメリカ文学に関する講義を受講していたりもした。紳士的かつユーモアのある先生の語り口が印象に残っている。たしかそのあたりの時期に、大学の図書館でたまたま『フリアとシナリオライター』を手に取ったはずだ。

高校生のころも何度かリョサを読もうと挑戦してきたが、その難解さにいまいち嵌(はま)りきれずにいた。だからどうしてそのとき『フリアとシナリオライター』を選んだのかは定かでない。すべては朧(おぼろ)げな記憶の彼方だが、結果、あまりの面白さに徹夜で読み切ってしまい、くだんの友人らに熱っぽくあれこれ語ってしまったことだけは確かである。

余談だが、大学の入学式の日、地元のそれよりはるかに大きい図書館を目にしたぼくは、感動のあまり「ボルヘスじゃん……」と呟いてしまった。こそばゆくも懐かしい思い出だ。


主人公である「僕」と叔母であるフリアのロマンスが中心となるパートと、変人天才作家ペドロ・カマーチョの手によるラジオ劇場パートが交互に描かれる本作は、何よりもまず、抜群のリーダビリティをほこっている。訳文が素晴らしいのはもちろんのこと、物語それ自体に「早く続きが読みたい！」と思わされる訴求力があるのだ。

この文章を書くにあたり、以前購入した単行本版を引っ張り出してきたところ、帯には「ポップで優雅でちょっと感傷的なスラップスティック・ラブコメディ」と書いてあった。たしかに、シニカルでいたいお年ごろだがまだまだ「マリオちゃん」な「僕」の目線で語られるアクの強い周囲の人々も、巧みなプロットと絢爛な言葉遣いでリスナーを引き込みながら次第に整合性を失ってゆくカマーチョの脚本も、スノッブな筆致でありながら、読み心地としては喜劇的だ。

初読時も思ったが、今回再読してもやはり、筒井康隆さんの作品、たとえば『脱走と追跡のサンバ』のような味わいを感じた。思えば筒井氏もラテンアメリカ文学には多大な影響を受けているはずだから、どこか共通する雰囲気があるのも頷ける。序盤のラジオ劇場で、ドクトル・アルベルト・デ・キンテーロス——「広い額、鷲鼻、鋭い眼差し、実直にして善良な心」、読み終えた今、もうこの文章だけで笑ってしまう——がジムのトレーナーにしごかれるシーンのドライブ感など、勢いのあまり自然と笑い声が漏れてしまったほどである。

ただ、以前とは違う感想も抱いた。それは、『フリアとシナリオライター』はまぎれもなく青春小説なんだな、ということ。むろん本作は、「著者による半自伝的青春小説である」などと紹介されることが多い。だが今改めて読み返してみると、「僕」の語り口がどこか懐かしく、ほろ苦く、恥ずかしく、羨ましく感じられたのだ。まるで、あの向こうみずで、世界のことをなんでもわかっているつもりだったころの「ぼく」みたいだな、と。

当時のぼくは、いつか自分にもロマンティックな出会いが訪れるはずだと夢想する反面、ものごとをシニカルに捉えるのが格好いいとも考えていた。本作のロマンスパートに対しても、素敵だなと思う一方で、「これはフィクションなんだ。事実を元にしていても、小説的脚色があるに決まっている」と斜に構えて読んだ覚えがある。

しかし時は経ち、ぼく自身も世界も大きく変化した。だからだろうか、「僕」とフリアのロマンスパートが、まさしくあのころの煌めきと切なさを孕んでいるようで、素直に胸を打ったのだ。

書きながらふいに、学生時代にサークルの先輩から言われた言葉を思い出した。煙草を燻（くゆ）らせながら先輩いわく、「二十歳って、いちばん無敵な歳だよね」。正直あまりピンとはこなかった。でも、今なら少しわかる気がする。

ポール・ニザンの『アデン、アラビア』を引用するまでもなく——「ぼくは二十歳だった。それがひとの一生でいちばん美しい年齢だなどと誰にも言わせまい」——青春の最中にいるとき、客観的にそれを語ることは難しい。けれど、ぼくも「僕」も、一度はそれを経験したはずなのだ。

さて、そんな青春とロマンスの描き方がじつに見事な本作だが、とりわけ好きな場面がいくつかあるので、引用しつつお話ししたい。

叔母フリアのことを快く思っていなかった「僕」は、ひょんなことから彼女のことが気になりはじめる。叔父ルーチョの五十歳の誕生日のお祝いパーティーで〈グリル・ボリーバル〉という店へ行った夜のこと。「僕」はフリアの「唇のすぐ近く」にキスをして、こう囁く。

「もうマリオちゃんなんて呼ばせないよ」彼女が顔を離して僕を見つめ、笑顔を作ろうとしたとき、僕はほとんど機械的に体を屈めて唇にキスをした。〔…〕僕はフリア叔母さんの手を取ると、両手で優しく握りしめ、ずっとそのままでいた。彼女は手こそ引っこめなかったものの、まだ驚きが収まらないらしく、口をきこうとしなかった。祖父母の家で車から降りるとき、僕は彼女がいくつ年上なのだろうと自問した。

ダンスフロアの熱狂の中、人目を忍んでする秘密の口づけ。むろんぼくにこんな経験はないが、こういうシチュエーションは憧れだったし、何より光やにおい、彼らの息づかいさえも感じられるような美しい描写に魅了された。

彼らはこっそり逢瀬を重ね、肉体的接触のないまま親密になってゆく。しかしフリアは男たちから引く手あまたで、「僕」はそのたびにやきもきする。ある日、「申し分のない結婚相手」から昼食に招かれたフリアに、心を揺さぶられる「僕」。意を決して彼女に尋ねると、こんな言葉が返される。

その後ホルモン専門の医者とはデートしたのだろうか？

「何度も電話を掛けてきたわ」そう言って彼女は僕の好奇心を煽った。それからキスをしながら真相を明かしてくれた。「もう一緒に出かけないって言ってやったの」

僕は喜びで有頂天になり、空中浮揚の短篇について長々と話して聞かせた。それは十ページの作品で、うまく仕上がりそうなのでエル・コメルシオ紙日曜版の文芸付録に載せてもらおうとしていた。僕はそこに暗号めいた献辞を添えるつもりだった。「フリオの女性形に捧げる」

この浮かれよう、まさしくあの年ごろの若者である。だがその安直さがむしろ可愛くうつり、フリアも「僕」に惹かれていく。彼らはこっそりと交際を続けるが、とうとう親族らに見つかってしまう。そんな急展開の中、「僕」はフリアへ求婚する。こちらのシーンも、若者の浅はかさと真剣さを絶妙なバランスで描いていてぐっとくる。

「僕と結婚しないかい」そう尋ねた。

彼女は笑ったけれど、さして楽しそうではなかった。

「本気で言ってるんだ」僕は引き下がらなかった。

「本当に私に結婚してほしいって頼んでるの」フリア叔母さんは前よりは楽しそうに笑った。

「イエスか、ノーか」僕は言った。「急いでくれ、もうすぐパスクアルとグラン・パブリートが来る」

「自分はもう大人だって家族に証明するためにプロポーズするのね」フリア叔母さんが優しく言った。

「それも目的だ」僕は認めた。


しかし父をはじめとする親族一同の猛反対にあった彼らは、従妹のナンシーや学友ハビエル、同僚パスクアルらの力を借り、合法的に結婚をしてしまえる場所を求めて旅に出る。ここからのクライマックスがぼくはいっとう好きだ。さながらロードノベルのような勢いで、彼ら一同（パーティー）はあちこちを奔走する。いくつもの困難を乗り越えた先の終着点は、お読みのとおり。最終章では後年の「僕」によりエピローグが語られ、物語は幕を下ろす。

　初めて読んだときは、あっさりとしているが前向きな終わり方だと思った気がする。しかし今回は、ビターでうら寂しい余韻を感じた。それは、「僕」をはじめとする登場人物たちが歳を重ね、否応なしに変わってしまったという事実が、醒（さ）めた筆致で淡々と描かれているからだ。特に、かつての天才作家ペドロ・カマーチョの落ちぶれた姿と、彼を「半ば愛情を込め、半ば蔑みながら」からかうパスクアルら同僚たち、そしてそれに気づきながらも「笑うふりをし」てしまう「僕」の対比に心を抉られた。愚かしくも熱にうかされた日々は、もう終わってしまったのだ。

長い人生の中で、よい時期はいつまでも続かない。この世の栄華を極めたようなラジオ劇場も、狂おしいほど燃え上がった恋も、いつかは終焉をむかえる。どんなに楽しい宴も、永遠には続かない。考えてみれば当然のことだが、その只中にいたあのころは、そんなこと考えもしなかった。けれど今、少しばかり歳を重ねてしまったぼくには、「僕」の気持ちがわかってしまう。哀しくて、しかし微笑ましくもある、名状しがたい感情だ。

十年前と今とですらここまで味わいが変わるならば、さらに歳を重ねて再読したら、いったいどんな余韻を感じるだろう。本というのは不思議なもので、テクストは変わることなく存在しているにもかかわらず、読み手のまなざし一つでまったく違う表情を見せてくれる。それはどこか、記憶を繙く行為と似ている。

この本には、まぎれもなく「僕」の、そしてぼくの青春が刻まれている。思うに青春というやつは、単に終わるわけではなくて、形を変えてそこにありつづけるのではないか？　その答えは、また十年後、あるいはもっとその先に本作に触れたときに確かめることにしよう。

（さいとう・そうま／声優）

本書は、二〇〇四年五月に国書刊行会より刊行された同名の単行本を文庫化したものです。本文中、今日の観点からは差別的または不適切な表現も含まれますが、作品の内容や成立背景、執筆時期に鑑み、そのままとしました。